La Secte des oubliées

À propos de l'autrice

Karin Slaughter est l'une des romancières les plus populaires au monde. Publiés dans cent vingt pays, avec plus de trente-cinq millions de copies vendues à travers le globe, ses vingt et un romans ont tous été qualifiés de best-sellers par le *Sunday Times*. Slaughter vit à Atlanta, en Géorgie, et est également la fondatrice du projet *Save The Libraries* (« Sauvons les bibliothèques »), une association à but non lucratif visant à soutenir les bibliothèques et leurs programmations.

Son roman *Pieces of Her* est en cours d'adaptation par Netflix, et les séries *Grant County* et *Will Trent* vont être adaptées à la télévision.

Pour plus d'information, consultez le site KarinSlaughter.com
Facebook : AuthorKarinSlaughter
Instagram : @SlaughterKarin

De la même autrice chez HarperCollins

Mort aveugle
Au fil du rasoir
À froid
Triptyque
Au fond des bois
Pretty Girls
Angie
Dernier Souffle
Une fille modèle
Son vrai visage
Argent sale
La Dernière Veuve
L'Épouse silencieuse
Faux Témoin

KARIN SLAUGHTER

La Secte des oubliées

Traduit de l'anglais (États-Unis) par
SOUAD DEGACHI *et* MAXIME SHELLEDY

Harper Collins
NOIR

Titre original :
GIRL, FORGOTTEN

HARPERCOLLINS FRANCE
83-85, boulevard Vincent-Auriol, 75646 PARIS CEDEX 13
Tél. : 01 42 16 63 63

www.harpercollins.fr

ISBN 979-1-0339-1316-0 — ISSN 2551-0096

Pour Mme D. Ginger.

17 AVRIL 1982

Emily Vaughn se regarda dans le miroir et fit la grimace. La robe était aussi belle que dans la boutique ; c'était son corps, le problème. Elle se tourna et se retourna, cherchant un angle qui ne lui donnerait pas l'air d'une baleine échouée sur la plage.

— Rose, tu ferais mieux d'arrêter les cookies, lui dit sa grand-mère, assise dans un coin de la pièce.

Emily mit un instant à comprendre. Rose était la sœur de sa grand-mère. Elle était morte de la tuberculose pendant la grande dépression, et on avait donné à Emily « Rose » comme second prénom en son honneur.

— Mamie..., répondit-elle en posant une main sur son ventre. Je ne crois pas que ce soit à cause des cookies.

— Tu en es sûre ? lui demanda sa grand-mère avec un sourire malicieux. J'espérais que tu les partages avec moi.

Après avoir jeté un nouveau coup d'œil réprobateur à son reflet dans le miroir, Emily se força à sourire. Elle s'agenouilla laborieusement devant le rocking-chair de sa grand-mère. La vieille dame était en train de tricoter un tout petit pull. Tels des colibris, ses doigts voletaient autour de la minuscule encolure. Elle avait retroussé l'une des longues manches de sa robe victorienne.

Emily toucha doucement l'hématome violacé qui formait comme un bracelet autour du poignet osseux de sa grand mère.

— Quelle maladroite je fais ! dit cette dernière d'une voix chantante qui valait toutes les explications du monde. Freddy, tu ferais mieux d'enlever cette robe avant que papa ne rentre à la maison.

Voilà qu'elle prenait Emily pour son oncle Fred, à présent. La sénilité n'était rien d'autre qu'une promenade parmi les nombreux squelettes cachés dans le placard de la famille.

— Tu veux que j'aille te chercher des cookies ? lui demanda Emily.

— Ce serait adorable.

Sa grand-mère continua de tricoter, mais ses yeux, qui d'habitude vagabondaient sans cesse, se posèrent soudain sur Emily. Un sourire se dessina sur ses lèvres. Elle inclina la tête sur le côté, comme pour observer l'intérieur nacré d'un coquillage.

— Regarde-moi cette belle peau toute lisse ! dit-elle. Tu es tellement jolie.

— C'est de famille.

Emily s'émerveillait de l'état de conscience presque tangible qui venait de transformer le regard de sa grand-mère. Elle était revenue, comme si un grand coup de balai l'avait débarrassée des toiles d'araignée qui encombraient son cerveau.

— Bonjour mamie, dit Emily en caressant sa joue ridée.

— Bonjour, chère enfant.

La vieille dame s'arrêta de tricoter pour prendre le visage d'Emily au creux de ses mains.

— C'est quand, ton anniversaire ? demanda-t-elle.

Emily savait qu'elle devait lui répondre le plus précisément possible.

— J'aurai dix-huit ans dans deux semaines, mamie.

— Deux semaines, répéta sa grand-mère en souriant de plus belle. Comme c'est merveilleux d'être jeune ! Toutes ces promesses ! Tu as la vie devant toi, comme un livre à écrire.

Emily prit sur elle, érigeant une forteresse invisible pour endiguer la vague d'émotions qui menaçait de la submerger. Elle ne voulait pas gâcher ce moment en se mettant à pleurer.

— Raconte-moi un chapitre de ton livre à toi, mamie.

La vieille dame eut l'air ravi. Elle adorait raconter des histoires.

— T'ai-je déjà parlé de l'époque où j'étais enceinte de ton père ?

— Non, répondit Emily, même si elle avait entendu ce récit des dizaines de fois. C'était comment ?

— Épouvantable ! lança sa grand-mère en riant, comme pour atténuer ses propos. J'étais malade du matin au soir. J'arrivais à peine à sortir de mon lit pour faire la cuisine, la maison était en pagaille, et dehors c'était une vraie fournaise, tu peux me croire. Je mourais d'envie de me couper les cheveux. Ils étaient si longs qu'ils m'arrivaient à la taille, et quand je les lavais, la chaleur les faisait frisotter avant même qu'ils aient eu le temps de sécher.

Emily se demandait si sa grand-mère n'était pas en train de confondre sa vie avec *Bérénice se fait couper les cheveux*. Il arrivait souvent que les récits de Fitzgerald ou de Hemingway viennent se mêler à ses souvenirs.

— Et finalement, tu les as coupés, tes cheveux ?

— Oh non, penses-tu ! répondit la vieille dame. Ton grand-père ne m'a jamais autorisée à le faire.

Les lèvres d'Emily s'entrouvrirent sous l'effet de la surprise. Ce détail-ci ressemblait davantage à du vécu qu'à de la littérature.

— Ça a fait tout un foin. Mes parents sont intervenus. Ils sont venus chez lui plaider ma cause, mais ton grand-père a refusé de les laisser entrer.

Emily serrait les mains tremblantes de sa grand-mère entre les siennes.

— Je me souviens qu'ils se sont disputés sur le perron, devant la porte d'entrée. Ils étaient sur le point d'en venir aux mains quand ma mère les a suppliés d'arrêter. Elle voulait me ramener chez eux pour s'occuper de moi jusqu'à la naissance du bébé, mais ton grand-père a refusé.

Sa grand-mère prit un air étonné, comme si quelque chose venait de lui traverser l'esprit.

— Tu imagines à quel point ma vie aurait été différente s'ils m'avaient ramenée à la maison ce jour-là ?

Non, Emily ne pouvait se l'imaginer. Elle ne pouvait se représenter que les réalités de sa propre vie. Comme sa grand-mère à l'époque, elle était prise au piège.

— Mon petit agneau, dit la vieille dame en essuyant d'un doigt noueux les larmes d'Emily avant qu'elles ne coulent sur ses joues. Ne sois pas triste. Tu réussiras à partir. Tu iras à l'université. Tu rencontreras un garçon qui t'aimera. Tu auras des enfants qui t'adoreront. Tu vivras dans une maison magnifique.

Emily sentit sa poitrine se contracter. Cette vie rêvée, elle l'avait bel et bien perdue.

— Mon trésor, poursuivit sa grand-mère. Tu dois me faire confiance. Je suis dans les brumes qui séparent la vie et la mort, et cela me permet de voir à la fois le passé et l'avenir. Et je ne vois pour toi rien d'autre que du bonheur dans les jours à venir.

Emily sentit sa forteresse se fissurer sous le poids du chagrin : quel que soit l'avenir que la vie lui réservait – heureux, malheureux, ou bien ni l'un ni l'autre –, sa grand-mère ne serait bientôt plus là pour en être témoin.

— Je t'aime tellement, dit-elle.

La vieille dame ne répondit pas. Les toiles d'araignée avaient resurgi, et son regard était à nouveau perdu dans le vague. C'étaient les mains d'une étrangère que sa grand-mère tenait entre les siennes. L'air gêné, elle les lâcha, reprit ses aiguilles à tricoter et se remit à son ouvrage.

Emily se releva et essuya ses dernières larmes. Il n'y avait rien de pire que de voir pleurer quelqu'un que l'on ne connaissait pas. Elle était tentée de se regarder à nouveau dans le miroir, mais elle se sentait suffisamment mal sans avoir à supporter son reflet une seconde de plus. Cela n'aurait rien changé, de toute façon.

Sa grand-mère ne leva pas les yeux lorsque Emily attrapa ses affaires et quitta la pièce.

Elle resta en haut de l'escalier et tendit l'oreille. La voix stridente de sa mère était étouffée par la porte close de son bureau. Elle n'entendait pas la voix de baryton de son père, qui était sans doute encore en réunion à l'université, mais elle ôta tout de même ses chaussures avant de descendre précautionneusement l'escalier. Elle connaissait les craquements de cette vieille maison aussi bien que les cris de dispute de ses parents.

Elle s'apprêtait à poser la main sur la poignée de la porte d'entrée quand elle repensa aux cookies. La vieille horloge de parquet imposante allait bientôt sonner 17 heures. Grand-mère ne se souviendrait pas d'en avoir demandé, mais elle n'aurait rien d'autre à manger avant 18 heures.

Emily posa ses chaussures à talons devant la porte et cala son petit sac à main contre celles-ci. Elle passa devant le bureau de sa mère sur la pointe des pieds et se rendit à la cuisine.

— Nom de Dieu ! Tu crois aller où, habillée comme ça ?

La cuisine empestait la bière éventée et le cigare de son père. Il avait jeté sa veste noire sur l'une des chaises et retroussé les manches de sa chemise blanche. Une canette de bière National

Bohemian était posée sur le plan de travail à côté de deux autres, vides et écrasées.

Emily regarda une goutte de condensation couler le long de la canette.

Son père claqua des doigts, comme pour sommer l'un de ses étudiants de se mettre au travail.

— Réponds-moi, ordonna-t-il.

— J'étais juste…

— Je sais ce que tu étais *juste* sur le point de faire, l'interrompit-il. Tous les dégâts que tu as déjà causés dans cette famille ne te suffisent pas ? Tu comptes en plus faire voler nos vies en éclats deux jours avant la semaine la plus importante de la carrière de ta mère ?

Le visage d'Emily s'empourpra de honte.

— Ça ne concerne pas…

— Je n'en ai strictement rien à faire de ce que tu penses, tonna-t-il en faisant sauter la languette de la canette et en la jetant dans l'évier. Maintenant, fais demi-tour et va m'enlever cette robe affreuse. Et tu ne sortiras de ta chambre que quand je te le dirai.

— Oui, papa.

Elle ouvrit le placard pour y prendre des cookies. À peine ses doigts eurent-ils effleuré le paquet orange et blanc des biscuits Berger que la main de son père se referma autour de son poignet. Son cerveau ne se concentra pas sur la douleur, mais sur le souvenir de la contusion en forme de menotte qui entourait le frêle poignet de sa grand-mère.

Tu réussiras à partir. Tu iras à l'université. Tu rencontreras un garçon qui t'aimera…

— Papa, je…

Il serra plus fort, et la douleur lui coupa le souffle. Elle tomba à genoux et, les yeux fermés, sentit l'haleine nauséabonde de son père s'insinuer dans ses narines.

— Qu'est-ce que je t'ai dit ?

— Tu…

Elle poussa un petit cri de surprise en sentant les os de son poignet se mettre à trembler.

— Je suis désolée, je…

— Qu'est-ce que je t'ai dit ?

— D'… D'aller dans ma chambre.

L'étau se desserra. Emily laissa échapper un profond soupir de soulagement. Elle se leva et referma la porte du placard avant de sortir de la cuisine. Elle reprit le couloir en direction de l'escalier et allait poser un pied sur la première marche, juste à l'endroit qui craquait le plus, quand elle se ravisa et reposa le pied par terre.

Elle se retourna.

Ses chaussures étaient toujours alignées devant la porte avec son sac à main. Les accessoires étaient d'un turquoise parfaitement assorti à sa robe en satin. Mais la robe était trop serrée et Emily avait dû renoncer à mettre des collants, car elle n'avait pas réussi à les enfiler au-dessus des genoux ; de plus, ses pieds avaient tellement enflé qu'ils lui faisaient mal, alors elle laissa là ses chaussures à talons, attrapa son sac à main et sortit.

Alors qu'elle traversait la pelouse, une douce brise printanière vint caresser ses épaules nues. L'herbe lui chatouillait les pieds. Elle sentait l'odeur âpre et salée de l'océan, au loin. En cette saison, l'Atlantique était bien trop froid pour les touristes qui, l'été, envahissaient la promenade du bord de mer. À cette période de l'année, la plage de Longbill appartenait aux habitants du coin – et ils n'auraient jamais accepté de faire l'interminable queue devant Chez Thrasher pour acheter un cornet de frites, ni ne se seraient extasiés devant les machines qui étiraient les rubans multicolores de caramel dans la vitrine de la boutique de bonbons.

L'été.

On n'en était plus qu'à quelques mois.

Clay, Nardo, Ricky et Blake se préparaient tous à recevoir leur diplôme ; ils allaient bientôt commencer leur vie d'adulte, et quitter cette station balnéaire étouffante et pathétique. Leur arriverait-il un jour de repenser à Emily ? Pensaient-ils seulement à elle à l'heure actuelle ? Avec pitié, peut-être. Sans doute aussi avec un certain soulagement à l'idée de s'être enfin débarrassés de la gangrène qui gagnait leur petit cercle maladivement exclusif.

Être tenue à l'écart ne la faisait plus autant souffrir aujourd'hui qu'au début. Emily avait enfin accepté de ne plus faire partie de leurs vies. Contrairement à ce que sa grand-mère avait dit, elle ne partirait *pas*. Elle n'irait *pas* à l'université. Elle ne rencontrerait *pas* de garçon qui l'aimerait. Elle passerait le restant de ses jours à souffler dans un sifflet de maître-nageuse sur la plage pour rappeler à l'ordre des petits morveux insupportables, ou à faire goûter gratuitement un nombre incalculable de glaces à l'italienne, vissée derrière le comptoir de Chez Salty Pete.

La plante de ses pieds claquait contre le bitume tiède. Elle tourna au coin de la rue. Elle avait envie de regarder en arrière vers la maison, mais elle retint ce geste dramatique. Au lieu de cela, elle convoqua l'image de sa mère en train de faire les cent pas dans son bureau, échafaudant des stratégies, le téléphone collé à l'oreille. Son père devait être en train de vider sa canette, et il se demandait sans doute s'il allait se contenter des bières qui restaient dans le réfrigérateur ou s'il irait chercher le whisky dans la bibliothèque. Sa grand-mère devait terminer le tout petit pull qu'elle tricotait, se demandant certainement pour quel enfant elle avait bien pu le commencer.

Une voiture approcha, et Emily quitta le milieu de la chaussée. Elle vit une Chevrolet Chevette bicolore la dépasser lentement, puis les feux de stop s'allumèrent, rouge vif, et la voiture s'immobilisa dans un grincement de freins. De la musique à plein volume s'échappait des vitres baissées. C'étaient les Bay City Rollers, qui chantaient *S-A-T-U-R-D-A-Y night !*

Emily vit la tête de M. Wexler se tourner du rétroviseur intérieur vers le rétroviseur extérieur. Les feux de stop clignotaient tandis qu'il levait le pied de la pédale de frein pour le poser sur l'accélérateur, et vice versa. Il ne parvenait pas à se décider : devait-il s'arrêter ou poursuivre sa route ?

Emily recula d'un pas en voyant la voiture faire marche arrière. Elle sentit l'odeur du joint qui se consumait dans le cendrier. Elle supposa que Dean était censé jouer les chaperons ce soir, mais son costume noir aurait été plus approprié pour un enterrement que pour un bal de fin d'année.

— Em ! l'appela-t-il en criant pour se faire entendre malgré la musique. Qu'est-ce que tu fais ?

— À votre avis ? rétorqua-t-elle en écartant les bras pour lui montrer sa robe de bal bouffante.

Il lui jeta un rapide coup d'œil, puis la regarda de la tête aux pieds, comme il l'avait fait lorsqu'elle était entrée dans sa classe pour la première fois. En plus d'enseigner les sciences sociales, M. Wexler était également entraîneur de course à pied. Il portait donc généralement un short en polyester bordeaux et un polo blanc à manches courtes, comme tous les autres entraîneurs. Mais la ressemblance avec eux s'arrêtait là.

Dean Wexler n'avait que six ans de plus que ses élèves, pourtant il possédait une sagesse et une connaissance du monde qu'aucun d'eux n'atteindrait jamais. Avant d'aller à l'université, il avait pris une année sabbatique pour traverser l'Europe avec son sac à dos.

Il avait creusé des puits dans des villages d'Amérique latine. Il buvait des infusions et fumait de l'herbe qu'il faisait pousser lui-même. Il avait une épaisse moustache digne de Tom Selleck dans *Magnum*. Il était censé leur enseigner l'éducation civique et les sciences politiques, mais il arrivait à un cours avec un article expliquant que le DDT empoisonnait encore les nappes phréatiques, et passait le cours suivant à démontrer que le président Reagan avait conclu un accord secret avec les Iraniens lors de la crise des otages, pour faire basculer l'élection en sa faveur.

En bref, tous les élèves trouvaient que Dean Wexler était le prof le plus cool qu'ils avaient jamais eu.

— Em…, répéta-t-il dans un soupir.

La voiture s'immobilisa pour de bon. Il tira le frein à main et coupa le moteur, interrompant la chanson à *ni-i-i-ight*.

Dean sortit de la voiture. Il la dominait de toute sa hauteur, mais pour une fois, son regard n'était pas méprisant.

— Tu ne peux pas aller au bal. Que penseraient les gens ? Que vont dire tes parents ?

— Je m'en fiche, répondit-elle d'une voix qui monta dans les aigus sur la fin, car cela lui importait évidemment beaucoup.

— Tu dois anticiper les conséquences de tes actes.

Il esquissa un mouvement pour lui saisir le bras, mais se ravisa.

— Ta mère est sur la sellette, en ce moment.

— Vraiment ? demanda Emily comme si sa mère n'avait pas, dernièrement, passé tant d'heures au téléphone que son oreille avait pris la forme du combiné. Elle a des ennuis, ou quoi ?

Il poussa un profond soupir dont le but était clairement de montrer à Emily à quel point il se montrait patient avec elle.

— Je crois que tu ne te rends pas compte que tes actes pourraient faire capoter tout ce pour quoi elle a travaillé jusqu'à présent.

Emily regarda une mouette planer au-dessus d'un amoncellement de nuages. *Tes actes. Tes actes. Tes actes.* Elle avait déjà entendu Dean faire preuve de condescendance auparavant, mais jamais envers elle.

— Et si quelqu'un te prenait en photo ? demanda-t-il. Et si jamais un journaliste venait au lycée ? Pense à l'image d'elle que ça renverrait.

Emily se mit à sourire car une idée se faisait jour dans son esprit : il plaisantait. Bien sûr qu'il plaisantait.

— Emily, reprit Dean, qui, de toute évidence, ne plaisantait pas. Tu ne peux pas…

Sans finir sa phrase, il se changea en mime et fit un grand geste vague désignant le corps d'Emily. Les épaules nues, la poitrine trop généreuse, les hanches trop larges, les coutures distendues à la taille de cette robe de satin turquoise qui ne parvenait pas à dissimuler son ventre arrondi.

C'était pour cela que sa grand-mère tricotait un pull minuscule. C'était aussi pour cela que son père ne l'avait pas autorisée à sortir de la maison ces quatre derniers mois. Que le proviseur l'avait virée du lycée. Et qu'elle avait été séparée de Clay, Nardo, Ricky et Blake.

Elle était enceinte.

— Que dirait ta mère ? demanda Dean, qui avait enfin retrouvé l'usage de la parole.

Emily hésita, cherchant à s'extraire du torrent de honte qui s'était déversé sur elle, cette même honte qu'elle subissait depuis qu'on disait d'elle qu'elle n'était plus la gentille fille qui avait un avenir prometteur, mais la mauvaise fille qui allait payer le prix fort pour ses péchés.

— Depuis quand vous vous souciez autant de ma mère ? demanda-t-elle. Je croyais qu'elle n'était qu'un rouage dans un système corrompu.

Elle avait prononcé ces paroles sur un ton plus virulent qu'elle ne l'aurait voulu, mais sa colère était bien réelle. Dean Wexler parlait exactement comme ses parents. Comme le proviseur. Comme les autres profs. Comme le pasteur. Comme ses anciens amis. Ils avaient tous raison et Emily, elle, avait toujours tort, tort, tort.

— J'avais confiance en vous, dit-elle, pensant que ces mots seraient ceux qui le blesseraient le plus.

Il ricana.

— Tu es trop jeune pour avoir un système de croyances fiable.

Emily se mordit la lèvre inférieure, peinant à contenir sa colère. Comment n'avait-elle pas compris plus tôt à quel point ce type était bidon ?

— Emily…, fit-il en hochant à nouveau la tête d'un air triste.

Il continuait à essayer de l'humilier pour la faire céder. Il ne tenait pas à elle – pas vraiment. Il voulait juste ne pas l'avoir sur le dos. Et il tenait surtout à ce qu'elle ne fasse pas un esclandre au bal de fin d'année.

— Tu es énorme, dit-il. Tu vas juste te rendre ridicule. Rentre chez toi.

Elle n'avait aucune intention de faire demi-tour.

— Vous affirmiez qu'on devait mettre le feu au monde. C'est ce que vous avez dit. Brûlez tout, pour tout recommencer. Construisez quelque chose…

— Tu ne construis rien, la coupa-t-il. Tu prépares juste une petite combine pour essayer d'attirer l'attention de ta mère, c'est évident.

Il se tenait devant elle les bras croisés. Il consulta sa montre.

— Grandis un peu, Emily. Tu as passé l'âge d'être égoïste. Tu dois penser à…

— À quoi je dois penser, Dean ? À quoi voulez-vous que je pense ?

— Ne parle pas si fort, bon sang !

— Ne me dites pas ce que j'ai à faire ! s'exclama-t-elle, les poings serrés, le cœur battant à tout rompre. Vous l'avez dit vous-même. Je ne suis plus une gamine. J'ai presque dix-huit ans. Et j'en ai plus qu'assez que les gens – les hommes – me disent ce que je dois faire.

— Ah bon, je suis le patriarcat, maintenant ?

— Je ne sais pas, Dean, qu'est-ce que vous en pensez ? Vous faites partie du patriarcat ? En tout cas, on verra comment ils réagiront, les patriarches, quand j'aurai dit à mon père ce que vous avez fait.

Une sensation de brûlure lui envahit le bras et se répandit jusqu'au bout de ses doigts. Elle sentit ses pieds quitter le sol, puis son corps pivota en l'air et fut plaqué contre l'aile de la voiture. Le métal était chaud contre ses omoplates nues. Elle entendait le cliquetis que faisait le moteur en refroidissant. La main de Dean tenait fermement son poignet. Son autre main recouvrait sa bouche. Il avait collé son visage tellement près du sien qu'elle voyait la sueur s'insinuer entre les poils de sa moustache.

Emily se débattit. Il lui faisait mal. Vraiment mal.

— Quels sales bobards tu comptes raconter à ton père ? siffla-t-il. Dis-moi.

Quelque chose avait craqué dans son poignet. Elle sentait ses os s'entrechoquer comme des dents qui claquaient.

— Qu'est-ce que tu vas dire, Emily ? Rien, c'est ça ? Tu ne vas rien dire du tout ?

Emily sentit sa tête se balancer d'avant en arrière. Elle n'aurait su dire si c'était la main moite de Dean qui la faisait bouger, ou si quelque chose au fond d'elle, un instinct de survie, lui commandait d'acquiescer.

Il ôta lentement ses doigts, l'un après l'autre.

— Qu'est-ce que tu vas dire ? répéta-t-il.

— R-rien. Je ne vais… Je ne vais rien lui dire du tout.

— Tu as bien raison. Parce qu'il n'y a rien à dire, en effet.

Il s'essuya la main sur sa chemise tout en s'écartant d'elle. Il jeta un coup d'œil au poignet enflé d'Emily, indifférent à sa douleur, évaluant seulement le risque qu'il avait pris en la brutalisant de cette façon. Il savait qu'elle ne dirait rien à ses parents : ils lui auraient seulement reproché d'être sortie alors qu'ils lui avaient ordonné de rester à la maison.

— Rentre chez toi avant qu'il t'arrive vraiment malheur, dit-il.

Emily s'écarta pour le laisser remonter dans sa voiture. Le moteur cala une fois, deux fois, puis démarra. L'autoradio se ralluma, et la cassette se remit à tourner : *S-A-T-U-R…*

Les pneus lisses patinèrent et crissèrent sur la route. Dean l'abandonna dans un nuage de caoutchouc cramé. L'odeur était nauséabonde, mais Emily ne broncha pas et resta là, ses pieds nus collés à l'asphalte brûlant, tenant son poignet enflé qui palpitait au rythme de son pouls. Sa main droite se posa sur son ventre. Elle imagina les pulsations rapides qu'elle avait entendues à l'échographie s'accorder aux battements effrénés de son cœur.

Elle avait scotché toutes les photos d'échographie sur le miroir de sa salle de bains, car elle se disait que c'était ce qu'elle était censée faire. On y voyait une petite tache en forme de haricot se développer lentement – des yeux et un nez apparaissaient, puis des doigts et des orteils.

Elle était censée ressentir quelque chose, n'est-ce pas ?

Une vague d'émotion ? Un lien immédiat ? De l'admiration mêlée de respect, une impression de majesté ?

Au lieu de tout cela, elle n'avait éprouvé que de l'appréhension. De la peur. Elle avait ressenti le poids de la responsabilité et, en même temps, quelque chose de tangible : une raison d'être.

Elle savait ce que c'était qu'un mauvais parent. Chaque jour – et même plusieurs fois par jour –, elle promettait à son enfant qu'elle remplirait ses devoirs de mère.

Cette fois, elle prononça ces paroles à haute voix, comme un rappel.

— Je te protégerai. Personne ne te fera jamais de mal. Tu seras toujours en sécurité.

Elle mit une demi-heure pour rejoindre la ville. Ses pieds nus, brûlés, puis écorchés, avaient fini par s'engourdir quand elle atteignit enfin les planches de cèdre blanc de la promenade qui longeait le front de mer. L'océan Atlantique s'étendait sur sa droite, les vagues accrochaient le sable quand la marée les tirait en arrière. À sa gauche, les vitrines éteintes des magasins reflétaient le soleil qui se couchait à l'horizon, dans la baie de la Delaware. Elle l'imagina passer au-dessus d'Annapolis, puis de Washington DC, de la vallée de Shenandoah ensuite, avant d'entamer son grand voyage vers l'ouest – tout cela tandis qu'elle avançait péniblement sur les planches de la promenade, cette même promenade qu'elle arpenterait sans doute jusqu'à la fin de ses jours.

À la même époque l'année précédente, elle avait visité le campus de Foggy Bottom à l'université George Washington. Avant que tout ait si magnifiquement déraillé. Avant que sa vie ait pris un tout autre tournant. Avant qu'elle ait perdu le droit d'espérer, et, pire encore, de rêver.

Son avenir était tout tracé : vu le passé de sa famille, son admission à l'université George Washington aurait été une simple formalité. Elle aurait passé ses années d'étudiante confortablement installée entre la Maison Blanche et le Kennedy Center. Elle aurait fait son stage auprès d'un sénateur. Elle aurait suivi les traces de son père en étudiant les sciences politiques. Elle aurait suivi celles de sa mère en étudiant le droit à Harvard, puis en travaillant cinq ans dans un prestigieux cabinet, après quoi elle aurait obtenu un poste de juge dans un tribunal d'État, puis un jour peut-être de juge fédéral.

Que dirait ta mère ?

— Ta vie est finie ! avait hurlé la mère d'Emily lorsque sa grossesse était devenue visible. Plus personne ne te respectera, désormais !

Ce qui était drôle, c'est qu'en repensant aux quelques derniers mois, Emily devait reconnaître que sa mère avait dit vrai.

Elle quitta la promenade et emprunta la longue ruelle obscure entre le magasin de bonbons et le stand à hot-dogs, puis traversa Beach Drive. Enfin, elle se retrouva sur Royal Cove Way.

Quelques voitures passèrent, dont certaines ralentirent, sans doute pour jeter un œil à ce ballon de plage abandonné dans sa robe de bal turquoise pétant. Emily se frotta les bras car il commençait à faire frais. Elle n'aurait pas dû choisir une couleur aussi vive. Elle n'aurait pas dû opter pour une robe bustier. Elle aurait dû la retoucher, pour qu'elle soit mieux adaptée à son corps qui ne cessait de grossir.

Mais toutes ces bonnes idées ne lui venaient qu'à l'instant, maintenant que ses seins gonflés débordaient de son corsage et que ses hanches oscillaient comme le balancier d'une pendule dans une maison close.

— Salut, beauté ! cria un garçon depuis la fenêtre ouverte d'une Mustang.

Ses amis étaient entassés à l'arrière. Une jambe sortait par la fenêtre. Emily sentit l'odeur de bière, d'herbe et de sueur qui s'échappait de la voiture.

Elle posa une main protectrice sur son ventre et traversa la cour du lycée. Elle pensa à l'enfant qui grandissait en elle. Au début, il ne lui avait pas semblé réel. Puis il lui avait fait l'impression d'une ancre qui la tirait vers le bas. Ce n'était que récemment qu'elle s'était mise à l'envisager comme un être humain.

Son être humain.

— Emmie ?

Elle se retourna et vit, à sa grande surprise, Blake qui se cachait dans l'ombre d'un arbre. Il dissimulait une cigarette à l'intérieur de sa main. Aussi étonnant que cela pût paraître, il s'était mis sur son trente et un pour le bal. Pourtant, depuis l'école élémentaire, lui et les autres membres de la clique ne cessaient de se moquer des soirées dansantes et bals de promo, tout ce cirque bon pour les ploucs qui y tenaient plus que tout car ce seraient sans doute les plus belles soirées de leur petite vie minable. Le smoking noir de Blake contrastait avec le blanc éclatant et les teintes pastel des costumes des autres garçons qu'Emily avait vu passer dans leurs voitures.

Elle s'éclaircit la voix.

— Qu'est-ce que tu fais ici ? demanda-t-elle.

Un grand sourire apparut sur le visage de Blake.

— On s'est dit que ce serait marrant de venir se payer la tête des ploucs.

Elle chercha Clay, Nardo et Ricky du regard, car ils se déplaçaient toujours en groupe.

— Ils sont à l'intérieur, dit Blake. Sauf Ricky. Elle est en retard.

Emily ne savait pas quoi dire. *Merci du renseignement* ne semblait pas approprié, vu que la dernière fois que Blake lui avait adressé la parole, il l'avait traitée de salope et de pauvre conne.

Elle commença à s'éloigner, en lui lançant un vague « À plus ».

— Em ?

Elle ne s'arrêta pas, ni ne se retourna, car s'il avait peut-être eu raison de la traiter de salope, elle n'était certainement pas conne.

De la musique s'échappait des portes ouvertes du gymnase. En arrivant à l'autre bout de la cour, Emily sentit les basses faire vibrer ses dents du fond. Le comité d'organisation du bal de promo avait apparemment choisi le thème « Idylle en bord de mer », ce qui était aussi triste que prévisible. Des poissons de papier multicolores filaient entre des rangées de banderoles bleues. Emily ne vit pas un seul marlin bleu, le poisson dont la ville tirait son nom de *Longbill* – mais au nom de quoi aurait-elle pu les critiquer à ce sujet ? Elle n'était même plus élève ici.

— La vache, dit Nardo. Tu as du cran de te pointer ici dans cet état.

Il se tenait près de l'entrée, sur le côté, exactement là où elle s'attendait à le voir rôder. Il portait le même smoking noir que Blake, mais avec un pin's « J'ai tué JR » sur le revers, pour qu'il soit bien clair que sa présence ici était une blague. Il proposa à Emily une gorgée de sa bouteille à demi vide, dans laquelle il avait comme d'habitude mélangé de l'alcool de maïs Everclear à 95 degrés et du Kool-Aid à la cerise.

Elle secoua la tête.

— Je ne bois pas pendant le Carême, dit-elle.

Il s'esclaffa et fourra la bouteille dans la poche de sa veste. Emily remarqua que les coutures de celle-ci avaient déjà presque craqué sous le poids du tord-boyaux. Il avait une cigarette roulée derrière l'oreille. Emily se rappela ce que son père lui avait dit à propos de Nardo, la première fois qu'il l'avait rencontré – *Ce gamin finira en prison ou à Wall Street, mais pas forcément dans cet ordre.*

— Alors..., fit-il en prenant la cigarette et en cherchant son briquet dans ses poches. Qu'est-ce qui amène une mauvaise fille comme toi dans un endroit aussi convenable ?

Emily leva les yeux au ciel.

— Où est Clay ?

— Pourquoi ? Tu as quelque chose à lui dire ?

Il se mit à lui lancer des œillades pleines de sous-entendus en regardant ostensiblement son ventre.

Elle attendit qu'il ait fini d'allumer sa cigarette. De sa main valide, elle se caressait le ventre comme une sorcière aurait frotté une boule de cristal.

— Et si c'était à toi que j'avais quelque chose à dire, Nardo ?

— Merde, fit-il en lançant un regard nerveux derrière elle.

Ils avaient attiré une petite foule autour d'eux.

— C'est pas drôle, Emily, ajouta-t-il.

Elle leva à nouveau les yeux au ciel.

— Où est Clay ? demanda-t-elle encore.

— Qu'est-ce que j'en sais, bordel ?

Il se détourna d'elle, faisant mine de s'intéresser à la limousine blanche extra-longue qui venait d'arriver dans le parking.

Emily avança dans le gymnase. Elle savait que Clay serait quelque part près de la scène, sans doute entouré d'un groupe de filles belles et minces. Sous ses pieds nus, elle sentit la température du sol chuter d'un coup ; elle marchait maintenant sur le parquet ciré. Le thème balnéaire était également développé à l'intérieur du bâtiment. Des ballons flottaient au plafond de la grande et haute salle, prêts à être lâchés sur la foule à la fin de la fête. Les grandes tables rondes étaient ornées en leur centre de décorations marines faites de coquillages collés, et de fleurs de pêchers rose vif.

— Regardez ! dit quelqu'un. Qu'est-ce qu'elle fout ici, celle-là ?

— Purée !

— Quel culot.

Emily continua à avancer en regardant droit devant elle, sans s'arrêter. L'orchestre était en train de s'installer sur l'estrade, et on avait mis un disque pour meubler le silence. Son estomac gargouilla lorsqu'elle passa près des tables où la nourriture était disposée. Le sirop écœurant qui passait pour du punch. Les petits sandwichs trop gras, à la viande ou au fromage. Les bonbons au caramel que les touristes de l'été dernier n'avaient pas achetés. Les seaux métalliques pleins de frites toutes molles. Les friands à la saucisse. Les beignets au crabe. Les cookies et gâteaux de la marque Berger.

Elle s'immobilisa avant d'avoir atteint l'estrade. La rumeur de la foule s'était tue. Elle n'entendait plus que l'écho de la voix du chanteur Rick Springfield les mettant en garde contre le fait de parler aux inconnus. *Don't talk to strangers…*

Les gens la regardaient. Mais ce n'étaient pas juste des gens. C'étaient les chaperons. Les parents. Sa professeure d'arts plastiques, qui avait un jour vanté ses talents exceptionnels. Sa prof d'anglais, qui avait écrit « Je suis impressionnée ! » en marge de sa dissertation sur Virginia Woolf. Son professeur d'histoire, qui lui avait promis de lui donner le rôle du procureur dans le procès fictif qu'il organisait cette année.

Jusqu'à ce que…

Emily redressa les épaules et reprit son chemin en direction de l'estrade, le ventre en avant comme la proue d'un transatlantique. Elle avait grandi dans cette ville, elle y était allée à l'école, à l'église, en colonie de vacances, en classe verte, en randonnées et en soirées pyjama. Ces gens avaient un jour été ses camarades de classe, ses voisins, ses copines chez les Éclaireuses, ses binômes de labo en cours de sciences naturelles, les élèves avec lesquels elle faisait ses devoirs à l'étude, les copains qu'elle fréquentait quand Nardo emmenait Clay avec sa famille en Italie, et quand Ricky et Blake aidaient leur grand-père au snack-bar.

Et maintenant…

Tous ses amis d'autrefois l'évitaient comme si ce qu'elle avait était contagieux. Quelle bande d'hypocrites ! Elle avait fait ce qu'ils faisaient tous ou mouraient d'envie de faire, mais elle avait eu la malchance de se faire prendre.

— Bon Dieu, chuchota quelqu'un.

— C'est scandaleux, dit un parent.

Leurs remarques ne la blessaient plus. Dean Wexler, dans sa Chevrolet bicolore merdique, avait débarrassé Emily de la dernière trace de honte qu'elle pouvait ressentir au sujet de sa grossesse. La seule chose qui en faisait un sujet de culpabilité, c'était ce que ces connards bien-pensants se disaient entre eux.

Refusant de prêter attention à leurs messes basses, elle se répétait en silence la liste des promesses qu'elle faisait à son bébé…

Je te protégerai. Personne ne te fera jamais de mal. Tu seras toujours en sécurité.

Clay était adossé à l'estrade, les bras croisés, comme s'il l'attendait. Il portait le même smoking noir que Blake et Nardo. Ou, plus vraisemblablement, ces deux derniers portaient le même que lui. Car il en avait toujours été ainsi, avec ces garçons. Dès que Clay faisait quelque chose, les autres s'empressaient de l'imiter.

Il ne dit rien quand elle s'arrêta devant lui, se contentant de hausser un sourcil interrogateur. Elle remarqua qu'il était entouré de pom-pom girls, lui qui n'arrêtait pas de les tourner en dérision. Les autres membres de la bande se disaient probablement que leur présence au bal de fin d'année était ironique et décalée. Seul Clay savait qu'ils étaient venus pour qu'il puisse tirer un coup.

Rhonda Stein, la cheffe des pom-pom girls, prit la parole alors que personne d'autre n'osait le faire.

— Qu'est-ce qu'elle fout ici, *celle-là* ?

Elle regardait Emily mais la question s'adressait à Clay.

— Elle se prend peut-être pour Carrie, suggéra une autre pom-pom girl.

— Quelqu'un a apporté du sang de porc ?

— Qui va la couronner ?

Des rires nerveux fusèrent, mais tous regardaient Clay pour qu'il donne le *la*.

Il inspira profondément et prit tout son temps avant de rendre son verdict. Puis il haussa une épaule avec nonchalance.

— Elle est libre de faire ce qu'elle veut.

Emily sentit l'air sec de la salle lui irriter la gorge. Lorsqu'elle avait envisagé le déroulement de cette soirée, se réjouissant déjà à l'idée du choc qui frapperait tous ces gens quand ils la verraient, elle s'était délectée en imaginant le récit qu'elle en ferait plus tard à son enfant : comment sa mère, tentatrice anticonformiste et bohème, avait osé danser enceinte au bal de fin d'année. Elle s'était préparée à ressentir toutes les émotions possibles, à part celle qui s'emparait d'elle à présent : l'épuisement. Elle se sentait mentalement et physiquement incapable de faire autre chose que tourner les talons et rebrousser chemin.

Ce qu'elle fit.

La foule s'écarta à nouveau sur son passage, mais à présent on les aurait tous dits prêts à brandir des fourches et des lettres écarlates. Les garçons en colère grinçaient des dents. Les filles lui tournaient littéralement le dos. Elle vit des enseignants et des parents secouer la tête d'un air dégoûté. *Qu'est-ce qu'elle venait faire ici ? Pourquoi voulait-elle gâcher la soirée de tout le monde ? Quelle Jézabel. Quelle putain. Elle n'avait que ce qu'elle méritait. Pour qui se prenait-elle ? Elle allait gâcher la vie d'un pauvre garçon.*

Emily ne s'était pas rendu compte à quel point l'atmosphère du gymnase était étouffante avant de se retrouver enfin à l'abri, dehors. Nardo ne rôdait plus près des portes. Blake était sans doute tapi dans l'ombre d'un autre arbre. Ricky était là où elle se trouvait généralement dans les moments comme celui-ci, c'est-à-dire nulle part où elle aurait pu lui être utile.

— Emily ?

Elle se retourna et constata avec surprise que Clay l'avait suivie dehors. D'habitude, Clayton Morrow ne suivait jamais personne.

— Qu'est-ce que tu viens faire ici ? demanda-t-il.

— Je m'en vais, répondit-elle. Retourne là-bas, va rejoindre tes amis.

— Ces tocards ? rétorqua-t-il avec une moue dédaigneuse.

Il regarda au-dessus de l'épaule d'Emily, semblant suivre des yeux quelque chose de trop rapide pour être perçu par un humain. Il adorait observer les oiseaux. C'était son côté intello coincé, qu'il tenait secret. Il lisait Henry James, adorait Edith Wharton, remportait systématiquement des A en calcul infinitésimal et n'aurait jamais su dire ce qu'était un lancer franc ni comment faire vriller un ballon de football, mais tout le monde s'en fichait car il était beau à tomber.

— Qu'est-ce que tu veux, Clay ? demanda Emily.

— C'est toi qui es venue ici pour me voir.

Elle trouvait cela étrange qu'il parte du principe qu'elle était venue ici pour le voir, lui. En fait, Emily ne s'attendait à croiser aucun d'eux au bal. Son intention première était de coller la honte à tout le reste de l'école pour l'avoir ostracisée. Pour être tout à fait honnête, elle avait espéré que M. Lampert, le proviseur, appellerait M. Stilton, le chef de la police, pour la faire arrêter. Ensuite il aurait fallu payer sa caution, et son père aurait été furieux, et sa mère…

— Merde, marmonna Emily.

Tout ce qu'elle faisait là n'avait peut-être effectivement pour seul objectif que d'attirer l'attention de sa mère, après tout.

— Emily ? l'appela Clay. Allez, dis-moi. Pourquoi tu es venue ici ? Qu'est-ce que tu me veux ?

Ce n'était pas une réponse, qu'il attendait. C'était l'absolution. Mais Emily n'était pas son pasteur.

— Retourne t'amuser dans le gymnase, Clay, répondit-elle. Va te taper une pom-pom girl. Va à l'université. Décroche-toi un boulot génial. Profite de toutes ces portes qui seront toujours ouvertes pour toi. Profite bien du reste de ta vie.

— Attends, fit-il en posant une main sur son épaule pour la retenir. Ce n'est pas juste, ce que tu dis.

Elle plongea son regard dans les yeux bleu clair de Clay. Cet instant n'avait aucune importance pour lui – c'était juste un échange déplaisant qui disparaîtrait de sa mémoire aussi rapidement qu'un nuage de fumée. D'ici vingt ans, Emily ne serait plus rien pour Clay, sinon une source de malaise qui se rappellerait à lui à chaque fois qu'il ouvrirait sa boîte aux lettres et trouverait une invitation à une fête des anciens du lycée.

— C'est *ma* vie qui n'est pas juste, rétorqua-t-elle. Pour *toi*, tout va bien, Clay. Toujours. Et ça ira *toujours* bien.

Il poussa un profond soupir.

— Ne deviens pas comme ces bonnes femmes aigries et chiantes, Emily. Vraiment, ça me chagrinerait beaucoup.

— Et toi, débrouille-toi pour que le commissaire Stilton n'apprenne pas ce que tu fais en cachette, Clayton, répliqua-t-elle en se dressant sur la pointe des pieds pour voir la peur dans ses yeux. Vraiment, ça me chagrinerait beaucoup.

D'une main rapide comme un serpent fondant sur sa proie, Clay la saisit par le cou. De son autre main, il menaçait de lui décocher un coup de poing. Ses yeux étaient noirs de rage.

— Tu vas finir par te faire tuer un de ces quatre, sale pétasse.

Emily ferma les yeux en attendant le coup, mais elle n'entendit qu'un petit rire nerveux.

Elle rouvrit les paupières à demi.

Clay la relâcha. Il n'était pas assez bête pour lui faire du mal devant des témoins.

Celui-là ira à la Maison Blanche, avait dit son père la première fois qu'il avait rencontré Clay. *S'il ne finit pas pendu au bout d'une corde.*

Emily avait laissé tomber son sac à main quand il l'avait empoignée. Clay le ramassa, essuya la terre sur le satin et le lui tendit, comme pour se montrer galant.

Elle le lui arracha des mains.

Cette fois, il ne la suivit pas lorsqu'elle s'éloigna. Elle passa devant plusieurs petits groupes de jeunes gens qui se rendaient au bal, dans leurs teintes pastel et leurs crinolines. La plupart d'entre eux ne s'arrêtèrent que pour ouvrir de grands yeux ronds en la voyant, mais elle reçut tout de même un sourire chaleureux de Melody Brickel, qui avait été un jour son amie dans l'orchestre du lycée, et cela lui fit chaud au cœur.

Elle attendit que le feu passe au vert pour traverser la rue. Personne ne la siffla ni ne l'apostropha, cette fois, même si une autre voiture pleine de garçons ralentit de façon menaçante en arrivant à son niveau.

— Je te protégerai, murmura-t-elle au petit passager qui grandissait en elle. Personne ne te fera jamais de mal. Tu seras toujours en sécurité.

Le feu passa enfin au vert pour elle. Le soleil disparaissait à l'horizon, projetant de longues ombres au bout du passage piéton. Emily s'était toujours sentie en confiance quand elle déambulait toute seule en ville, mais là, elle avait la chair de poule. Elle n'était pas tranquille à l'idée de repasser par la ruelle entre la boutique de bonbons et le vendeur de hot-dogs. Ses pieds étaient très douloureux, après cette marche punitive. Son cou lui faisait mal là où Clay l'avait serré. Son poignet continuait à la lancer, comme s'il était fracturé ou méchamment foulé. Elle n'aurait pas dû venir. Elle aurait dû rester chez elle et tenir compagnie à sa grand-mère jusqu'à ce que la pendule sonne l'heure du dîner.

— Emmie ?

C'était à nouveau Blake, surgi de l'entrée obscure du stand à hot-dogs, tel un vampire.

— Ça va ? lui demanda-t-il.

Elle sentit son courage l'abandonner. Plus personne ne lui demandait jamais si elle allait bien.

— Je dois rentrer chez moi, répondit-elle.

— Em…

Il n'allait pas la laisser partir aussi facilement.

— C'est juste que…, reprit-il. Vraiment, ça va ? Je trouve ça bizarre que tu sois venue. C'est bizarre qu'on soit tous venus, en fait, mais surtout parce que, ben… tes chaussures. On dirait que tu les as perdues.

Tous deux baissèrent les yeux vers ses pieds nus.

Emily laissa fuser un grand éclat de rire qui résonna en elle comme la Liberty Bell. Elle rit tellement fort qu'elle en eut mal à l'estomac. Elle en était pliée en deux.

— Emmie ?

Blake posa une main sur son épaule, pensant qu'elle avait perdu la raison.

— Tu veux que j'appelle tes parents ou…

— Non, le coupa-t-elle en se redressant et en s'essuyant les yeux. Je suis désolée. Je viens de me rendre compte que je suis en cloque et que j'ai des cloques plein les pieds.

Blake sourit à contrecœur.

— Et… tu l'as fait exprès ?

— Non. Si ?

Elle n'en avait honnêtement aucune idée. Peut-être que c'était son inconscient qui faisait des siennes. Peut-être que c'était le bébé qui contrôlait ses hormones. Elle était prête à accepter ces deux explications, car la troisième hypothèse – qu'elle était devenue folle à lier – n'était vraiment pas agréable à envisager.

— Je suis désolé…, dit Blake.

Ses excuses sonnaient toujours faux car il refaisait sans cesse les mêmes erreurs.

— Pour mes paroles, ajouta-t-il. Enfin, pas tout à l'heure, mais l'autre fois. Je n'aurais pas dû te dire ça… Enfin, ce n'était pas bien de ma part de balancer que…

Emily savait exactement de quoi il parlait.

— Que je ferais mieux de le jeter dans les chiottes et de tirer la chasse ?

Il eut l'air aussi stupéfait qu'Emily le jour où il lui avait suggéré cette solution, des mois auparavant.

— Oui, ça, répondit-il. J'aurais pas dû te dire ça.

— Non, tu n'aurais pas dû, acquiesça Emily.

Mais elle sentit sa gorge se serrer car, en vérité, ce n'était pas elle qui avait pris la décision de garder cet enfant, mais ses parents.

— Il faut que je…, commença-t-elle.

— Allons quelque part et…

— Merde ! s'exclama-t-elle en écartant brusquement son poignet blessé, que Blake avait fait mine de vouloir attraper.

Emily posa maladroitement le pied sur une bosse du trottoir et, perdant l'équilibre, elle tenta de se raccrocher à la veste de Blake, mais en vain, car elle sentit bientôt son coccyx craquer contre le bitume. La douleur était intenable. Elle s'allongea sur le côté. Quelque chose d'humide se mit à couler entre ses jambes.

Le bébé.

— Emily ! s'exclama Blake, tombant à genoux près d'elle. Ça va ?

— Va-t'en ! le supplia Emily, tout en acceptant néanmoins son aide pour se remettre debout tant bien que mal.

Elle avait écrasé son sac à main, dans sa chute. Le satin était tout déchiré.

— Blake, va-t'en, s'il te plaît. Tu aggraves les choses ! Pourquoi est-ce que tu empires toujours tout ?

Elle vit une expression douloureuse passer dans les yeux de Blake, mais elle ne pouvait pas se préoccuper de lui pour l'instant. Son esprit turbinait et inventoriait toutes les blessures que cette chute brutale avait pu infliger à son enfant.

— Je ne voulais pas…

— Bien sûr que non, tu ne voulais pas ! hurla-t-elle.

C'était lui qui continuait à répandre des rumeurs. C'était lui qui poussait Ricky à se montrer si cruelle envers elle.

— Tu ne veux jamais rien, pas vrai ? poursuivit-elle. Ce n'est jamais ta faute, tu ne te plantes jamais, tu n'es jamais responsable de rien. Eh bien, devine quoi ? Là, c'est ta faute. Tu as eu ce que tu voulais. Tout est ta faute, merde !

— Emily…

Elle trébucha et se rattrapa au mur constituant l'angle de la boutique de bonbons. Elle entendit Blake dire quelque chose, mais ses oreilles se remplirent soudain d'un bruit suraigu, comme un hurlement.

Était-ce son bébé ? L'appelait-il à l'aide ?

— Emmie ?

Elle repoussa Blake et s'éloigna dans l'allée en titubant. Un liquide chaud dégoulinait le long de ses cuisses. Elle plaquait ses paumes contre les briques rugueuses pour éviter de tomber à genoux. Un sanglot lui resta en travers de la gorge. Ouvrant grand la bouche pour reprendre son souffle, elle sentit l'air salé lui brûler les poumons. Aveuglée par l'éclat du soleil couchant qui se réverbérait sur les planches de la promenade, elle recula dans l'obscurité et s'appuya contre le mur, à l'entrée de la ruelle.

Emily jeta un œil en direction de la rue. Blake avait disparu. Plus personne ne la voyait.

Elle remonta sa robe volumineuse, retenant les volutes de satin sous son bras blessé. Elle passa sa main valide entre ses jambes. Elle s'attendait à voir du sang sur ses doigts, mais ce n'était pas le cas. Elle se pencha en avant et renifla sa main.

— Oh ! murmura-t-elle.

Elle s'était uriné dessus.

Emily rit à nouveau, mais en pleurant, cette fois. Elle était tellement soulagée que ses genoux se dérobèrent sous elle. Un pan de sa robe resta accroché au mur en brique, tandis qu'elle s'affaissait au sol. Son coccyx lui faisait mal, mais elle s'en fichait. Elle était folle de joie à l'idée de s'être seulement fait pipi dessus. Les sombres pensées qu'elle avait eues quand elle avait cru que du sang coulait entre ses jambes lui en apprenaient davantage que n'importe quelle échographie scotchée à son miroir de salle de bains.

À ce moment précis, ce qu'Emily avait souhaité plus que tout au monde, c'était que son bébé aille bien. Et ce n'était pas par sens du devoir. Un enfant, ce n'était pas seulement une responsabilité. C'était l'occasion pour elle d'aimer quelqu'un comme elle-même ne l'avait jamais été.

Et, pour la première fois depuis que cette longue humiliation avait commencé, cet état dont elle avait honte et contre lequel elle ne pouvait rien, Emily Vaughn sut sans l'ombre d'un doute qu'elle aimait ce bébé.

— On dirait que c'est une fille, avait dit le médecin lors du dernier examen.

À cette époque, Emily avait accueilli la nouvelle comme une nouvelle étape du processus d'humiliation, mais à présent, cette information fit céder le barrage qui retenait ses émotions depuis si longtemps.

Sa fille.

Sa toute petite fille, si précieuse.

Elle porta la main à sa bouche. Le soulagement l'affaiblissait tant qu'elle serait tombée à la renverse si elle n'avait pas déjà été assise par terre, sur le sol humide et froid. Elle baissa la tête vers ses genoux. De grosses larmes roulèrent sur ses joues. Elle ouvrit la bouche sans réussir à prononcer un seul mot. L'amour qui lui emplissait la poitrine était si gigantesque qu'elle ne pouvait articuler le moindre son. Elle appuya la paume contre son ventre et imagina une petite main venir se poser contre la sienne. Son cœur se mit à tanguer lorsqu'elle pensa au jour où elle pourrait embrasser le bout de ces petits doigts si précieux. Grand-mère lui avait dit que chaque bébé avait une odeur spéciale que seule sa maman reconnaissait. Emily voulait connaître cette odeur. Elle voulait se réveiller au milieu de la nuit et écouter la respiration rapide de la jolie petite fille qui avait grandi en elle.

Elle voulait faire des projets.

Dans deux semaines, elle aurait dix-huit ans. Dans deux mois, elle serait mère. Elle chercherait un emploi. Elle quitterait la maison de ses parents. Grand-mère comprendrait – et ce qu'elle ne comprendrait pas, elle l'oublierait. Dean Wexler avait raison à propos d'une chose au moins : Emily devait grandir. Il n'était plus question de ne s'occuper que d'elle-même, à présent. Elle devait quitter Longbill Beach. Elle devait commencer à planifier son avenir elle-même, plutôt que de laisser les autres le faire à sa place ; et, ce qui comptait plus que tout le reste encore, c'était qu'elle donnerait à son bébé tout ce qu'elle n'avait jamais eu elle-même.

De la bonté. De la compréhension. Un sentiment de sécurité.

Emily ferma les yeux. Elle invoqua l'image de sa petite fille flottant sereinement dans son corps. Elle prit une profonde inspiration et se mit à réciter son mantra, cette fois-ci par amour plutôt que par sens du devoir.

— Je te protégerai…

Un craquement soudain lui fit ouvrir les yeux.

Emily vit des chaussures de cuir noir, des chaussettes noires, l'ourlet d'un pantalon noir. Elle leva les yeux. Le soleil couchant l'aveugla, et une batte fendit l'air.

Son cœur se serra d'un coup. Une peur soudaine, irrémédiable, s'empara d'elle.

Ce n'était pas pour elle qu'elle avait peur, mais pour son bébé.

Elle se recroquevilla sur elle-même, les bras enroulés autour de son ventre, les jambes repliées contre elle, et se laissa retomber sur le côté. Elle lutta de toutes ses forces pour gagner un instant encore, une ultime respiration, pour que les derniers mots qu'elle avait adressés à sa fille ne soient pas un mensonge.

Quelqu'un avait toujours eu l'intention de leur faire du mal.

Elles n'avaient jamais été en sécurité.

I

DE NOS JOURS

Andrea Oliver supplia son estomac de ne pas se retourner, tandis qu'elle courait sur le sentier de terre battue. Le soleil lui écrasait les épaules. La terre mouillée aspirait ses chaussures dans un bruit de succion. La sueur avait transformé son T-shirt en un film étirable qui lui collait à la peau. Les tendons de ses cuisses étaient devenus de véritables cordes de banjo en acier qui vibraient à chaque fois que ses talons martelaient le sol. Elle entendait des grognements derrière elle : les traînards se donnaient à fond pour essayer de suivre le rythme. Devant elle, il y avait les battants, les acharnés, les alphas prêts à traverser à gué une rivière pleine de piranhas si cela leur donnait ne serait-ce qu'un pour cent de chances d'arriver les premiers.

Andrea, elle, se contentait d'être au milieu de la meute, ni à la traîne, ni championne olympique, ce qui en soi était déjà un accomplissement. Deux ans plus tôt, elle aurait été résolument en queue de peloton ou, plus probablement, toujours au fond de son lit alors que son réveil braillait pour la cinquième ou sixième fois. Ses vêtements auraient été éparpillés un peu partout dans le minuscule appartement au-dessus du garage de sa mère. Chaque enveloppe non ouverte sur la table de sa cuisine aurait porté le tampon IMPAYÉ. Quand elle se serait enfin extirpée de son lit, elle aurait vu trois textos de son père qui lui demandait de ses nouvelles, six autres, de sa mère, voulant savoir si elle s'était fait enlever par un tueur en série, et un appel manqué de son patron qui lui disait que c'était le dernier avertissement avant qu'elle ne soit renvoyée.

— Merde, maugréa Paisley.

Andrea regarda par-dessus son épaule et vit Paisley Spenser se détacher du groupe. L'un des traînards avait trébuché. Thom Humphrey était étalé par terre, sur le dos, et regardait les arbres au-dessus de lui. Un grognement collectif emplit la forêt. La règle stipulait que, si l'un d'eux ne finissait pas la course, ils devaient tous recommencer.

— Lève-toi ! Lève-toi ! cria Paisley en faisant demi-tour pour encourager son camarade (ou le forcer à se relever à coups de pied). Tu peux le faire ! Allez, Thom !

— Allez, on y va, Thom ! cria le reste du groupe à l'unisson.

Andrea grogna aussi, mais sans ouvrir la bouche car elle ne faisait pas suffisamment confiance à son estomac qui tanguait comme les transats sur le *Titanic*. Depuis des mois elle faisait des sprints, des pompes, des *jumping jacks*, des *burpees*, elle grimpait à la corde et courait environ dix-sept millions de kilomètres par jour, mais elle était toujours une petite joueuse. Sa gorge s'emplit de bile. Ses molaires s'entrechoquaient. Elle serra les poings tout en amorçant le dernier virage du sentier. L'ultime ligne droite. Encore cinq minutes, et plus jamais de sa vie elle n'aurait à endurer cette course infernale et épuisante.

Paisley passa à toute vitesse à côté d'elle, lancée comme un boulet de canon en direction de la ligne d'arrivée. Thom était de retour dans la formation. La ligne se resserra. Tout le monde puisait au fond de ses ressources.

Andrea n'avait plus de réserves dans lesquelles puiser. Elle savait que son estomac allait sans doute chier par sa gorge si elle faisait le moindre effort supplémentaire. Elle entrouvrit les lèvres pour inspirer un peu d'air, mais elle se retrouva à avaler un nuage de moucherons. Elle toussa en se maudissant ; elle aurait dû s'en douter. Elle avait passé vingt semaines à suer sang et eau au centre d'entraînement de la police fédérale, dans le comté de Glynn, en Géorgie. Entre les moustiques, les puces de sable, les moucherons, les blattes de la taille de rats, les rats de la taille de chiens, et le fait que le centre d'entraînement des feds de Glynco était situé littéralement au milieu d'un marais, elle aurait dû se douter qu'il valait mieux ne pas essayer de respirer.

Un lointain grondement de tonnerre parvint à ses oreilles. Elle se concentra sur ses foulées, car la piste descendait maintenant en pente raide. Le tonnerre se transforma en un staccato d'applaudissements et de cris d'encouragement. Les coureurs les plus acharnés venaient de déchirer le ruban jaune. Ils étaient acclamés par les membres de leur famille venus célébrer leur victoire au terme de cette exténuante et dantesque séance de torture qui semblait avoir été imaginée soit pour les tuer, soit pour les rendre plus forts.

— Merde alors, marmonna Andrea, stupéfaite.

Elle n'était pas morte. Elle n'avait pas abandonné. Après des mois de formation théorique à laquelle s'ajoutaient cinq à huit heures de combat rapproché par jour, après l'apprentissage *ad nauseam* des techniques de surveillance, des procédures d'exécution des mandats, du maniement des armes à feu, après un entraînement physique épuisant qui lui avait fait gagner près de deux kilos de muscle, elle n'était maintenant plus qu'à vingt mètres de devenir enfin un agent de l'US Marshals Service – si incroyable que ça puisse paraître.

Thom la dépassa par la gauche, comme une flèche – ce qui était tellement typique de cet enfoiré. Elle parvint à rassembler ses dernières forces pour trouver un second souffle, rien que pour le contrarier. La décharge d'adrénaline lui étourdit le cerveau. Ses jambes redoublèrent d'effort. Elle doubla Thom et rattrapa Paisley. Toutes deux échangèrent un grand sourire de triomphe – trois mecs avaient renoncé au cours de la première semaine, trois autres avaient été priés de partir, l'un d'eux avait disparu après avoir fait une blague raciste, l'autre après avoir eu les mains baladeuses. Paisley Spenser et elle faisaient partie des quatre uniques femmes de cette promotion de quarante-huit élèves. Encore quelques foulées, et tout ce qui resterait à faire serait de monter sur l'estrade pour la remise de diplôme.

Paisley franchit la ligne la première, battant Andrea d'une courte tête. Toutes deux levèrent les bras en signe de victoire. Poussant des cris de joie, la très nombreuse famille de Paisley fondit sur elle comme autant d'oiseaux de proie pour l'embrasser avec chaleur. Tout autour d'elle, Andrea apercevait des scènes d'euphorie similaires. Dans la foule, tous les visages affichaient de grands sourires béats, sauf deux.

Ceux des parents d'Andrea.

Laura Oliver et Gordon Mitchell avaient tous deux les bras croisés. Ils suivaient des yeux Andrea, à qui des inconnus tapaient dans le dos pour la féliciter. Paisley lui mit un coup de poing taquin au bras. Andrea lui rendit la pareille et vit son père sortir son téléphone. Elle sourit, mais il n'avait pas l'intention de photographier son exploit historique. Il lui tourna le dos et répondit à un appel.

— Félicitations ! cria quelqu'un.

— Je suis tellement fier de toi !

— Bravo !

La bouche de Laura s'étira en une ligne fine quand elle vit Andrea fendre la foule. Elle avait les yeux humides mais ce n'étaient pas des larmes de fierté qu'elle venait de verser, comme après la première représentation musicale d'Andrea à l'école ou quand celle-ci avait décroché une médaille à l'exposition d'arts plastiques.

Sa mère était dévastée.

Un des inspecteurs en chef proposa un gobelet de Gatorade à Andrea. Elle secoua la tête, dents serrées, et se dirigea à petites foulées vers la rangée de toilettes mobiles bleu vif. Au lieu d'en choisir une, elle fit le tour pour passer derrière, ouvrit la bouche et vomit presque tout le contenu de son estomac.

— Meeerde..., laissa échapper Andrea, énervée.

Elle avait beau avoir appris à coller des raclées aux méchants uniquement à l'aide de ses poings et de ses pieds, elle n'était toujours pas capable de contrôler son estomac fragile. Elle s'essuya la bouche d'un revers de la main. Sa vue se brouilla. Elle aurait dû accepter le Gatorade, finalement. Si elle avait appris une chose à Glynco, c'était qu'il fallait s'hydrater. Et aussi qu'il ne fallait jamais, au grand jamais, être surprise en train de vomir, parce qu'à Glynco, on vous collait un surnom pour le restant de votre carrière. Il était hors de question qu'on la connaisse sous le nom de Vomita Oliver.

— Andy ?

Elle se retourna et vit, sans surprise, sa mère qui lui tendait une bouteille d'eau. S'il y avait un domaine dans lequel Laura excellait, c'était voler au secours des gens qui ne lui avaient rien demandé.

— Andrea, la corrigea-t-elle.

Laura leva les yeux au ciel, car Andrea avait passé les vingt dernières années à lui demander de l'appeler Andy.

— Andrea. Ça va ?

— Oui, maman. Ça va.

La bouteille d'eau était glacée. Andrea la colla contre sa nuque.

— Tu pourrais au moins faire semblant d'être contente pour moi.

— Je pourrais, concéda Laura. C'est quoi, la procédure, en cas de nausée ? Les criminels attendent que tu aies fini de vomir avant de te violer et de t'assassiner ?

— Ne sois pas dégueulasse, maman, ils le font avant.

Andrea dévissa le capuchon de la bouteille d'eau.

— Tu te rappelles ce que tu m'as dit, il y a deux ans ?

Laura ne répondit pas.

— Le jour de mon anniversaire ? précisa Andrea.

Laura ne disait toujours rien, même si aucune d'elles n'oublierait jamais le trente et unième anniversaire d'Andrea.

— Maman, tu m'as dit d'arrêter mes conneries, de dégager de ton garage et de commencer à vivre ma vie.

Andrea écarta les bras.

— Eh bien voilà ce que ça donne, ajouta-t-elle.

— Je ne t'ai jamais demandé de rejoindre l'ennemi, merde ! rétorqua Laura, perdant enfin son sang-froid.

Andrea toucha l'intérieur de sa joue du bout de la langue. À force de serrer les dents, une ligne s'était formée en relief sur la face interne de sa joue. Elle n'avait jamais vomi devant personne. Pas une seule fois. Elle était la deuxième plus petite de sa promo ; du haut de son mètre soixante-cinq, elle ne dépassait Paisley que de deux centimètres. Toutes deux pesaient vingt-cinq kilos de moins que le gars le plus mince du groupe, mais elles avaient l'une comme l'autre fini dans les cinq premiers, et elles venaient de doubler la moitié de leur classe à la course à pied.

— Dis-moi, ma chérie, cette idée à la con de devenir marshal, ce ne serait pas une vengeance, en quelque sorte ? demanda Laura. Tu essaies de me punir de ne pas t'avoir mise au courant ?

Mise au courant, c'était un euphémisme, étant donné que Laura avait caché à Andrea pendant trente et un ans que son père biologique était un psychopathe, gourou d'une secte, avec un penchant pour le meurtre de masse. Sa mère avait même été jusqu'à lui concocter un père biologique imaginaire qui serait mort dans un tragique accident de la route. Andrea croirait sans doute encore à ses mensonges si Laura, deux ans plus tôt, n'avait finalement pas été mise au pied du mur et forcée de lui avouer la vérité.

— Alors ? demanda Laura.

De ces deux dernières années, Andrea avait retenu une douloureuse leçon : ne rien dire pouvait faire aussi mal que tout dire.

Laura poussa un profond soupir. Elle n'avait pas l'habitude d'être celle que l'on manipulait. Ses mains se posèrent sur ses hanches. Elle regarda à nouveau la foule, puis le ciel, et reposa enfin les yeux sur Andrea.

— Mon amour, tu es vraiment incroyable.

Andrea prit une gorgée d'eau froide.

— La force et la volonté dont tu as fait preuve pour arriver jusqu'ici prouvent que tu pourrais faire à peu près tous les boulots que tu veux, ajouta Laura. Et j'adore ça. Je t'aime pour ton cran et ta détermination. Je veux que tu fasses ce qui te passionne. Mais ça ne peut pas être ça.

Andrea se rinça la bouche avant de recracher l'eau.

— À l'école du cirque, ils m'ont dit que je n'avais pas d'assez grands pieds pour faire clown.

— Andy ! s'exclama Laura en tapant du pied, agacée. Tu aurais pu retourner aux Beaux-Arts, devenir enseignante, ou même rester au centre d'appels du 911.

Andrea but une longue gorgée d'eau. À trente ans, elle aurait pris tout ce que sa mère disait au pied de la lettre. Aujourd'hui, elle se rendait compte que celle-ci essayait simplement de la diriger.

— Donc, m'endetter encore plus, me retrouver au milieu de gamins mal élevés, ou écouter des citoyens du troisième âge se plaindre que leurs poubelles ne sont pas ramassées, et tout ça pour 9 dollars de l'heure ?

Laura ne se laissa pas démonter.

— Et ton talent artistique, alors ?

— Voilà qui est lucratif…

— Tu aimes dessiner.

— La banque aime que je rembourse mes prêts étudiants.

— Ton père et moi, on pourrait t'aider…

— Lequel, de père ?

Un silence glacial retomba.

Andrea vida sa bouteille pendant que sa mère se ressaisissait. Elle se sentait coupable de ce dernier coup bas. Gordon avait été – et était encore – un père formidable. Jusqu'à récemment, il était d'ailleurs le seul père qu'Andrea ait jamais connu.

— Bon, dit Laura en faisant tourner sa montre sur son poignet. Tu ferais mieux d'aller prendre une douche. La remise des diplômes est dans une heure.

— Je suis épatée que tu connaisses le programme.

— Andy…, commença Laura avant de se reprendre. Andrea, j'ai l'impression que tu essaies de te fuir toi-même. Que tu imagines qu'être dans une autre ville et faire ce boulot dingue et dangereux fera de toi une personne différente.

Andrea mourait d'envie que la leçon de morale prenne fin. Sa mère, mieux que personne, aurait dû comprendre ce besoin de faire exploser sa vie et de reconstruire, à partir des cendres et des décombres, quelque chose qui ait davantage de sens. Si à vingt et un ans Laura était devenue membre d'une secte violente, ce n'était pas parce que sa vie était parfaitement équilibrée. Et ce n'était pas non plus parce qu'elle avait eu une révélation qu'elle avait dénoncé le père biologique d'Andrea à la police. Sans même parler de ce moment où, deux ans plus tôt, elle avait pété les plombs à la simple idée que la vie d'Andrea puisse être en danger.

— Maman, dit Andrea. Tu devrais être heureuse de me savoir à l'intérieur.

Laura eut l'air sincèrement perplexe.

— À l'intérieur de quoi ?

— Du système, répondit Andrea à défaut d'une meilleure description. Si jamais il sort un jour de prison, si jamais il essaie encore une fois de nous emmerder, j'aurai tout le service des US Marshals derrière moi.

— Il ne sortira pas de prison.

Laura s'était mise à secouer la tête avant qu'Andrea ait fini de parler.

— Et, même s'il sort, on peut se débrouiller toutes seules, ajouta-t-elle.

Toi, tu peux, pensa Andrea. C'était ça, le problème. Quand les choses avaient déraillé, Laura avait réagi en dure à cuire, tandis qu'Andrea s'était recroquevillée dans un coin, terrorisée, comme une gamine jouant à cache-cache. Elle n'avait aucune envie de se sentir aussi impuissante si son père braquait – ou plutôt *quand* il braquerait – à nouveau sur elles son regard meurtrier.

— Ma chérie, tenta encore une fois Laura, j'aime la personne que tu es aujourd'hui. J'aime ma petite fille sensible, artiste et généreuse.

Andrea se mordit la lèvre. Elle entendait s'élever de nouvelles acclamations, ce qui signifiait que les derniers retardataires avaient franchi la ligne d'arrivée. Des étudiants avec lesquels elle s'était entraînée et qu'elle avait battus de presque dix minutes.

— Andrea, laisse-moi te prodiguer le même conseil que ma mère m'a donné sans que je lui demande rien.

Laura ne parlait jamais de sa famille, encore moins de son passé. Elle n'eut donc pas de mal à obtenir toute l'attention d'Andrea.

— J'étais plus jeune que toi, mais exactement dans le même état d'esprit. Chaque défi que la vie me lançait, je le considérais comme une falaise du haut de laquelle je devais me jeter.

Andrea ne voulait pas le reconnaître, mais cela lui semblait familier.

— Je me croyais tellement courageuse et audacieuse, dit Laura. Il m'a fallu des années pour comprendre que, quand on tombe, on ne contrôle plus rien du tout. Et tout ce qu'on fait, c'est laisser la gravité prendre le dessus.

Andrea se força à hausser les épaules.

— Je n'ai jamais eu le vertige, répliqua-t-elle.

— C'est presque mot pour mot ce que j'ai répondu à ma mère, dit Laura en souriant à ce souvenir secret. Elle savait que je ne courais pas vers un but. Si je le faisais, c'était pour fuir, fuir tout – et surtout me fuir moi-même. Et tu sais ce qu'elle m'a dit ?

— Je pense que tu vas bientôt me le dévoiler.

Souriant toujours, Laura prit délicatement le visage d'Andrea entre ses mains.

— Elle m'a dit : « Où que tu ailles, tu es là. »

Andrea voyait l'inquiétude briller dans les yeux de sa mère. Laura avait peur. Elle essayait de la protéger. Ou peut-être essayait-elle de la manipuler, comme elle l'avait toujours fait.

— Bon sang, maman, dit Andrea en reculant d'un pas. À t'entendre, elle aurait fait une grand-mère fantastique. Si seulement j'avais eu l'occasion de la rencontrer…

L'expression de douleur qui s'afficha sur le visage de Laura fit comprendre à Andrea que la blessure infligée était trop profonde. C'était nouveau entre elles, ces échanges de piques acérées qui transformaient leurs langues en lames de rasoir.

Andrea serra légèrement la main de sa mère dans la sienne. Elles ne se réconciliaient plus jamais avec des mots. Elles posaient un pansement sur la plaie, qu'elles laissaient s'infecter jusqu'à la fois suivante.

— Je ferais mieux d'aller retrouver papa.

— Ouaip, répondit Laura, la gorge serrée de larmes contenues.

En repartant vers la foule, Andrea se sermonna en silence. Puis elle se réprimanda de s'être ainsi sermonnée, car après tout, à quoi bon ?

Elle jeta sa bouteille vide dans la poubelle à recycler, tout en recevant de nouvelles tapes amicales dans le dos et des félicitations de la part de parfaits inconnus qui semblaient tous la trouver géniale. Andrea balaya du regard cet océan de visages, blancs pour la plupart, jusqu'à trouver son père, qui se tenait debout, seul, au fond. Gordon était plus grand que la plupart des autres pères ; de corpulence mince, il arborait une moustache qui lui donnait un faux air d'Idris Elba – si Idris Elba avait été un intello à lunettes, avocat spécialiste des successions et fiducies, président du club local d'astronomie et grand amateur de jazz qui en parlait beaucoup trop dès qu'on le lançait sur le sujet.

Andrea était trempée de sueur et Gordon portait l'un de ses costumes Ermenegildo Zegna, mais il l'attira tout de même contre lui pour la serrer fort dans ses bras et lui embrasser le sommet du crâne.

— Papa, je suis toute sale.

— C'est à ça que servent les pressings.

Il l'embrassa encore une fois sur la tête avant de la lâcher.

— Je suis très fier de ce que tu as accompli, ma chérie.

Elle releva la précision des termes qu'il employait. Il n'était pas fier de la voir devenir membre de la police fédérale. Il était fier du travail qu'elle avait accompli, exactement comme il avait été fier d'elle quand elle avait tracé le contour de sa main pour dessiner une dinde, à la maternelle.

— Papa, je…, commença-t-elle.

Il secoua la tête. Il souriait, mais Andrea connaissait bien les sourires de son père.

— Parlons un peu de l'état dans lequel tout cela met ta mère. Je crois qu'on peut tous les deux y trouver quelque chose de drôle.

Andrea se retourna et vit Laura qui se frayait nerveusement un chemin à travers une rangée d'hommes armés. Les inspecteurs portaient tous des polos bleu marine, sur les poches desquels était cousu le blason officiel de l'United States Marshals Service. À la ceinture de leurs pantalons marron clair brillait l'étoile d'argent des Marshals. Un Glock était accroché à leurs hanches.

L'un des instructeurs les plus sympathiques se mit en tête de discuter avec Laura. Gordon gloussa en la voyant s'agiter, mais Andrea s'était montrée bien trop vache avec sa mère pour prendre le moindre plaisir à la voir se tortiller ainsi.

— Je ne sais pas, dit Andrea.

Gordon baissa les yeux vers elle.

— Si tu te demandes pourquoi je fais ça, la réponse est : je ne sais pas, ajouta-t-elle.

Le reconnaître ôtait un véritable poids à Andrea. Jusque-là, elle ne s'était jamais autorisée à prononcer ces mots à voix haute. Peut-être que le conseil intempestif de Laura lui avait délié la langue.

— Mentalement, je n'arrête pas de me raccrocher à des explications du genre : devenir marshal me donne l'impression d'avoir un but dans la vie. Ou bien : il faut que j'essaie de réparer les dégâts que mes parents biologiques ont essayé de provoquer... Mais la vérité, si je suis sincère, c'est que je ne fais que mettre un pied devant l'autre en me disant que la fuite en avant, c'est toujours mieux que la chute en arrière.

Comme à son habitude, Gordon soupesa longuement ses mots avant de parler.

— Au début, j'ai cru que tu essayais juste d'emmerder ta mère – d'ailleurs, bravo, c'est réussi. Mais s'infliger plus de quatre mois de discipline physique et d'études intensives, ce ne sont pas exactement les caractéristiques habituelles d'une rébellion.

Là, il marquait un point.

— C'est juste que sniffer du fentanyl et me faire mettre en cloque par un gang de bikers, ça m'attirait moyen.

À l'expression de Gordon, elle comprit qu'il n'appréciait pas la blague.

— Je trouve ça normal que tu veuilles des réponses au sujet de ton enfance.

— Oui, je suppose, dit Andrea même si cette explication n'en était qu'une parmi tant d'autres.

Le service des US Marshals, dont Andrea faisait désormais partie, contrôlait le programme de protection des témoins. L'arrangement que Laura avait conclu en échange de son témoignage contre le père d'Andrea les avait toutes deux catapultées dans ce programme, même si Andrea n'était pas encore née lorsque sa mère l'avait signé. Moyennant son témoignage contre le père d'Andrea, Laura avait pu s'inventer une histoire de veuvage tragique dans une petite ville côtière de Géorgie. Au lieu d'être cataloguée comme une criminelle de sang-froid, elle s'était forgé une légende personnelle qui faisait d'elle une orthophoniste de bourgade que ses positions antigouvernementales rendaient à même de comprendre parfaitement les anciens combattants auprès desquels elle officiait à l'hôpital militaire.

Malheureusement, Andrea avait appris durant sa seconde semaine à l'école des Marshals que toutes les archives du programme de protection des témoins de l'USMS étaient scellées. Absolument personne ne pouvait en obtenir l'accès sans une raison solide et juridiquement défendable. On n'était pas chez les Illuminati. On n'accédait pas à tous les secrets du monde en adhérant au club.

— Quoi qu'il en soit, le badge des Marshals est très impressionnant, reprit Gordon qui savait changer de sujet au bon moment. Ça fait très Wyatt Earp.

— On appelle ça une étoile d'argent. Et Wyatt Earp n'est devenu un US marshal que quand on a essayé d'assassiner son frère. Virgil Earp était le lieutenant en service pendant la fusillade d'OK Corral.

Andrea était intarissable sur le sujet. Les instructeurs avaient fait en sorte que l'histoire de l'USMS soit gravée de manière indélébile dans leurs cerveaux.

— Tous mes compliments aux professeurs qui ont réussi à te faire ouvrir un manuel scolaire, dit Gordon avec un sourire qui avait encore l'air forcé. En début de carrière, le salaire fournit de quoi vivre. Après la première année, tu es assurée d'avoir une augmentation par échelon. Et après ça, il y a d'autres augmentations qui peuvent intervenir. Les congés payés. Les congés maladie. Une assurance maladie. La retraite obligatoire à cinquante-sept ans. Ensuite, tu pourras toujours faire valoir ton expérience dans un cabinet de conseil, jusqu'au jour où tu seras prête à te retirer de la circulation.

Il tentait d'y mettre du sien, alors elle essaya à son tour.

— On ne poursuit que les vrais méchants, tu sais.

Il leva des sourcils interrogateurs.

— On sait à qui on a affaire, expliqua-t-elle. Ce n'est pas comme la police locale : eux, ils interpellent un conducteur pour excès de vitesse et ils ne savent pas s'ils viennent d'arrêter un membre d'un cartel ou un type en retard à son entraînement de softball.

Gordon attendait la suite.

— On a leur nom, l'historique de leurs crimes. Le juge nous délivre un mandat et nous envoie les chercher.

Elle haussa les épaules.

— On assure aussi le transport des prisonniers jusqu'au tribunal. Ou on fait des confiscations civiles contre les criminels en col blanc. Ou on veille à ce que les pédophiles en liberté surveillée fassent bien tout ce qu'ils sont censés faire. On n'enquête pas vraiment. Sauf si on nous assigne des missions très spécifiques. La plupart du temps, on a affaire à des gens qui ont déjà été condamnés. On sait parfaitement qui ils sont.

Gordon hocha à nouveau la tête, mais davantage pour signaler qu'il l'avait écoutée que pour approuver ce qu'elle était en train de dire.

— Tu connais le tableau *Notre problème à tous* ? demanda-t-elle.

— Norman Rockwell. 1964. Huile sur toile.

Gordon avait une solide culture artistique.

— Cette œuvre a été inspirée par une petite fille de six ans nommée Ruby Bridges qui avait intégré une école élémentaire réservée aux Blancs à La Nouvelle-Orléans, précisa-t-il.

— Tu savais que les hommes qui l'escortaient étaient des US marshals ?

— C'est vrai ? demanda Gordon.

Andrea lui récita tous les faits qu'elle avait appris en vue de ce moment précis.

— Les Marshals assurent la sécurité des cours suprêmes de justice et des délégations étrangères. On leur confie aussi la mission de protéger les athlètes olympiques. Et les scientifiques en Antarctique. C'est la plus ancienne agence de forces de l'ordre du pays. C'est George Washington lui-même qui a nommé les treize premiers marshals.

Laura choisit ce moment précis pour rejoindre la discussion.

— Ce sont aussi eux qui pourchassaient les esclaves fugitifs et les rendaient à leurs propriétaires, dit-elle. Et ce sont eux qui dirigeaient les camps d'internement dans lesquels étaient enfermés les Nippo-Américains pendant la Seconde Guerre mondiale. Et ce sont eux qui…

— Laura, l'interrompit Gordon.

Andrea baissa les yeux au sol. Elle entendait les conversations que les autres parents avaient avec leurs enfants, et aucune ne lui semblait aussi désagréable et embarrassante que la leur.

— Ma chérie ?

Gordon attendit qu'Andrea relève les yeux.

— Tu as mon soutien, dit-il. Tu l'as toujours eu. Tu n'as pas besoin de me convaincre.

— Oh ! pour l'amour du ciel ! marmonna Laura.

Gordon posa une main sur l'épaule d'Andrea.

— Promets-moi seulement de toujours te rappeler qui tu es.

— Oui, renchérit Laura. N'oublie pas qui tu es, *exactement.*

De toute évidence, ils parlaient de deux choses différentes, mais Andrea n'avait aucune envie d'ouvrir le débat à ce sujet.

— Monsieur Mitchell, madame Oliver…

Un Marshal venait de surgir de nulle part. Il portait un costume élégant, un pistolet dissimulé sous sa veste. Mike fit un clin d'œil à Andrea comme s'il ne s'était écoulé que deux secondes – et non un an et huit mois – depuis la dernière fois qu'elle l'avait vu.

— Je suis l'inspecteur Michael Vargas, des USMS. Vous devez être très fiers de votre fille.

— Vargas ?

Laura avait eu un mouvement de recul perceptible en voyant Mike. Il était son référent dans le programme de protection des témoins, et elle lui faisait à peu près autant confiance qu'à n'importe qui travaillant pour le gouvernement.

— C'est un nouveau pseudo, ou vous dites enfin la vérité ?

— La vérité à quel propos ? demanda Andrea en fusillant sa mère du regard.

— Agent Vargas, ravi de vous rencontrer.

Gordon serra la main de Mike en faisant mine de ne pas le connaître, car c'était ainsi que le WitSec, le programme de protection des témoins, fonctionnait. Même les instructeurs d'Andrea ignoraient complètement qu'elle avait grandi sous la protection du programme. Elle doutait même que le directeur en soit informé.

— Madame Oliver.

Mike savait que Laura ne lui serrerait pas la main.

— Félicitations. Je vois que vous rayonnez de fierté.

— J'ai besoin d'un verre.

Laura s'éloigna à la recherche d'un bar improbable, dans un centre de formation fédéral à 10 h 30 du matin. L'autorité l'avait toujours hérissée, mais voir sa fille rejoindre les mêmes personnes qui régentaient le moindre de ses gestes depuis plus de trente ans avait transformé Laura en porc-épic armé d'un bazooka.

Mike attendit qu'elle soit hors de portée de voix.

— Que personne ne lui dise que les Marshals ont aidé à faire respecter la prohibition, conseilla-t-il.

Gordon serra à nouveau l'épaule d'Andrea avant de faire sa propre sortie.

Mike le regarda s'en aller.

— Au moins ta mère est venue, pas vrai ? dit-il à Andrea. C'est déjà ça.

Elle garda les lèvres closes tout en essayant de se redonner un semblant de contenance. Andrea était tout en sueur et dégoûtante à cause de la course, mais la chaleur qui lui brûlait le corps était due à la présence de Mike. Ils étaient sortis ensemble pendant quatre mois très intenses, puis elle avait coupé les ponts. Cette décision avait été aussi douloureuse que nécessaire. Mike faisait partie de l'ancienne vie d'Andrea, de cette époque où, comme venait de le souligner sa mère adorée, elle n'avait encore jamais rencontré de falaise du haut de laquelle elle risquait de dégringoler. Elle n'avait pas besoin d'un homme doté du complexe du sauveur qui allait se précipiter pour la rattraper dans sa chute. Elle devait apprendre à se sauver elle-même.

Et c'était peut-être bien *pour ça*, qu'elle était entrée chez les Marshals.

C'était en tout cas une explication aussi bonne qu'une autre.

— Comment tu trouves mon nouveau look sexy ?

Mike se gratta la barbe, qui était fournie et sombre.

— Tu aimes ? demanda-t-il.

Elle en était dingue, mais elle haussa les épaules.

— Viens, on va marcher un peu, dit Mike.

Il donna un léger coup d'épaule à Andrea pour la pousser à le suivre, mais pas avant d'avoir jeté un coup d'œil en direction de Laura et Gordon, visiblement lancés dans une discussion animée.

— Ils sont à nouveau ensemble ?

C'était bien le cas, mais Andrea ne comptait pas balancer la moindre information au référent de sa mère.

Mike tenta une nouvelle approche.

— Je suis content que Gordon soutienne ta décision de basculer du bon côté.

Gordon était un Noir diplômé de droit dans une fac de l'Ivy League, et il se mettait à suer à grosses gouttes dès qu'il voyait un policier dans son rétroviseur.

— Mon père m'a toujours soutenue, répliqua-t-elle.

— Ta mère aussi, dit-il.

Il eut un grand sourire devant le regard sceptique qu'elle lui lança. Qu'il prenne la défense de Laura alors que cette dernière avait failli lui faire perdre son boulot quelques années plus tôt était soit la preuve de ses grandes capacités de résilience, soit le signe d'une amnésie traumatique.

— Tu devrais te montrer un peu plus indulgente avec elle, ajouta-t-il. Ce boulot peut être risqué, et Laura le sait mieux que quiconque. Elle a peur qu'on te fasse du mal.

Andrea éloigna la conversation du sujet de sa vie privée.

— Je parie que ta mère a organisé une énorme fête quand tu as eu ton diplôme, dit-elle.

— C'est vrai, reconnut Mike. Et ensuite, je l'ai retrouvée en train de sangloter comme une Madeleine dans le cellier parce qu'elle était terrifiée à l'idée qu'il puisse m'arriver quelque chose.

Andrea fut prise de remords. Elle avait été tellement déterminée à finir coûte que coûte sa formation de marshal qu'elle n'avait pas pris le temps de réfléchir au fait que sa mère avait peut-être de bonnes raisons de détester son récent choix de vie. Laura Oliver était bien des choses, mais elle était loin d'être bête.

— Dis-moi un truc, dit Mike en la poussant en direction du bâtiment administratif. Est-ce qu'on fait comme si tu n'étais pas rongée de remords de m'avoir largué il y a un an et demi ?

C'était plutôt Andrea qui faisait comme s'il ne l'avait pas poussée à bout au point qu'elle ne savait plus si elle devait crier passionnément son nom ou fondre en larmes.

Si sa mémoire était bonne, ils avaient chacun leur part de responsabilité dans la rupture.

— Hé, fit-il en lui donnant gentiment un nouveau coup d'épaule. Je crois que cette question mérite une réponse.

Elle en trouva une.

— Je croyais qu'on avait une relation sans prise de tête.

— C'est vrai ? fit Mike en tendant le bras pour ouvrir la porte vitrée. Pourtant, j'imagine que *sans prise de tête*, ça ne suppose pas de t'emmener en voiture jusqu'au fin fond de l'Alabama pour te présenter à ma mère.

Sa mère s'était révélée être l'exact opposé de Laura, une sorte de June Cleaver – la femme au foyer de la série *Leave It to Beaver* – déguisée en Rita Moreno, avec un petit côté Lorelai Gilmore, des *Gilmore Girls*.

— *Sans prise de tête*, ça peut vouloir dire beaucoup de choses, répliqua néanmoins Andrea.

— Ah bon ? Je ne me souviens pas d'avoir reçu ce message. C'était par texto ? Par message vocal ?

— Par pigeon voyageur, rétorqua-t-elle. Tu n'as pas vu le tweet ?

À l'intérieur du bâtiment administratif, les lumières étaient éteintes, mais la climatisation en faisait l'endroit le plus merveilleux qu'Andrea avait jamais visité. Elle sentait sa peau picoter à mesure que la transpiration séchait.

Mike devint étonnamment silencieux quand il traversa le couloir pour ouvrir la porte donnant sur l'escalier. Andrea le laissa passer devant elle au nom du féminisme, mais aussi pour apprécier la vue. Les longs muscles des cuisses de Mike s'étiraient sous son pantalon ajusté. Agrippé d'une main ferme à la rampe, il montait les marches deux par deux. Andrea avait couché avec des garçons avant Mike, mais il était le premier véritable homme avec qui elle ait eu une relation. Il était tellement intelligent, tellement sûr de lui. Quand elle était avec lui, elle avait l'impression d'être transparente.

Il ouvrit la porte en haut des marches.

— Les femmes et les enfants d'abord, dit-il en passant le premier.

Andrea plissa les yeux pour tenter d'y voir quelque chose dans le couloir obscur, tout en se demandant ce qu'ils pouvaient bien faire ici. C'était un des dons de Mike – il obligeait le cerveau d'Andrea à faire abstraction des choses sensées. Elle aurait déjà dû être sortie de sa douche à l'heure qu'il était. Elle allait être en retard à sa propre remise de diplôme.

— Où est-ce que tu m'emmènes ? demanda-t-elle.

— C'est toi qui aimes les surprises.

Andrea était tout le contraire d'une personne qui aimait les surprises, mais elle le suivit tout de même dans une salle de réunion vide.

Les lumières étaient éteintes. Mike ouvrit les stores afin de laisser entrer les rayons du soleil.

— Assieds-toi, dit-il.

En principe, il était son supérieur hiérarchique, mais elle n'avait aucune intention d'obéir à ses ordres.

Elle fit le tour de la pièce, qui servait aux exercices de surveillance et d'arrestation des fugitifs. Les cours étaient terminés, et les tableaux blancs avaient été parfaitement nettoyés. Sur les murs figuraient les portraits encadrés de divers illustres marshals d'autrefois. Robert Forsyth, qui, dans les années 1790, avait été le premier marshal tué dans l'exercice de ses fonctions. L'agent Bass Reeves, le premier marshal noir au tournant du siècle dernier. Phoebe Couzins, qui avait été non seulement la première femme à intégrer les US Marshals, mais également l'une des premières femmes à obtenir un diplôme de droit aux États-Unis.

Le plus imposant des cadres exposait une affiche du fameux film de 1993, *Le Fugitif*, avec Harrison Ford en détenu évadé et Tommy Lee Jones en marshal lancé à sa poursuite. Andrea se dit que c'était toujours mieux que le poster géant des *Ailes de l'enfer* avec Nicolas Cage qui décorait le foyer de son dortoir, à Glynco. Ce n'était pas si fréquent que Hollywood mette les Marshals à l'honneur.

Mike se tenait devant un gigantesque planisphère. Des épingles bleues plantées sur la carte indiquaient les différents emplacements des avant-postes de l'USMS. Les Marshals formaient une étroite communauté d'environ trois mille agents en mission dans le monde entier. Ils se connaissaient tous – ou, du moins, ils connaissaient tous quelqu'un qui connaissait quelqu'un. Andrea avait bien conscience que son exil loin de Mike l'avait propulsée dans un boulot où elle était vouée à retomber sur lui.

— Qu'est-ce que tu as demandé, comme affectation ? s'enquit-il.

Andrea n'avait pas fait de requête spécifique. Elle recevrait son affectation après son diplôme.

— J'ai demandé à aller vers l'ouest.

— Ça fait loin de chez toi, commenta-t-il tout en sachant parfaitement que c'était l'objectif. Tu as décidé ce que tu veux faire ?

Elle haussa les épaules.

— Ça dépend, non ?

Il fallait reconnaître que l'USMS tenait vraiment à ce que ses agents fassent le travail qu'ils souhaitaient effectuer, c'est pourquoi on les plaçait en rotation la première année. À raison de périodes de deux semaines, ils réussissaient à toucher un peu à tout – interpellation de fugitifs, sécurité judiciaire, confiscation de biens, opérations relatives aux détenus et à leur transport, surveillance des criminels sexuels, programme des enfants disparus, et bien sûr, le WitSec, le programme de protection des témoins.

L'espoir d'Andrea, c'était d'avoir une illumination et de finir par trouver sa vocation. Si cela n'arrivait pas, elle pourrait toujours se contenter des excellentes conditions de retraite et des congés payés.

— Dans l'Ouest, leurs bureaux sont minuscules. Et tu n'auras pas beaucoup d'effectifs sur lesquels t'appuyer. Tu devras sans doute faire du remorquage la majeure partie du temps.

Il voulait parler du transport de prisonniers. Elle haussa les épaules.

— Il faut bien commencer quelque part, répondit-elle.

— C'est vrai.

Mike s'avança jusqu'à la fenêtre et regarda dehors, en direction du terrain d'entraînement.

— Il y en a encore pour quelques minutes. Pourquoi tu ne t'assieds pas ?

Andrea aurait dû le forcer à être plus clair, mais tout ce qu'elle arrivait à faire, c'était regarder fixement ses larges épaules. La chose la plus sexy, chez Mike Vargas, ce n'était pas son corps musclé ni sa voix grave, ni même sa nouvelle barbe affolante. Il avait cette façon de parler à Andrea qui lui donnait l'impression d'être la seule personne à laquelle il s'était jamais confié. Comme lorsqu'il lui avait avoué qu'il adorait le réalisme magique, mais n'était pas fan des histoires de dragons. Qu'il était chatouilleux des pieds et qu'il détestait avoir froid. Que, même s'il leur en voulait parfois, il adorait ses trois sœurs aînées qui aimaient le mener à la baguette. Que, quand il était petit, sa sainte de mère avait cumulé deux boulots pour nourrir la famille, mais qu'il aurait volontiers sauté un repas pour pouvoir passer plus de temps avec elle. Qu'il lui avait menti au sujet de son père la première fois qu'ils avaient parlé de leurs familles.

Qu'il avait dix ans quand son père s'était levé au milieu de la nuit pour affronter ce qu'il croyait être un intrus et avait accidentellement tiré une balle dans la tête du frère aîné de Mike, alors adolescent.

Qu'il entendait parfois encore l'atroce bruit sourd qu'avait fait le corps de son frère en heurtant le plancher.

Que parfois, Mike croyait entendre l'autre bruit sourd, celui du corps de son père cette fois, quand l'homme s'était suicidé une semaine plus tard.

— Hé, au fait, j'allais oublier…, dit Mike en se retournant, tout sourires. Je voulais te donner un conseil.

Andrea adorait le ton taquin qu'il avait employé.

— Ah, un conseil que je n'ai pas demandé… C'est ce que je préfère.

Le sourire de Mike s'élargit encore.

— Quel que soit l'endroit où tu te retrouves affectée, ça pourra t'être utile de dire à tout le monde qu'on sort ensemble.

Elle s'esclaffa littéralement.

— En quoi ça me serait utile ?

— Bah ! premièrement, regarde-moi, dit-il en écartant les bras. Je suis un vrai canon.

Sur ce point, il n'avait pas tort.

— Et deuxièmement ?

— Les gars de ton nouveau poste vont se demander pourquoi tu ne couches pas avec eux.

Il s'adossa contre la fenêtre.

— Et ils vont commencer à se poser des questions… Est-ce qu'elle est de la police des polices ? Est-ce qu'elle m'espionne ? Est-ce que je peux lui faire confiance ? Ou alors, peut-être qu'elle est lesbienne ? Dans ce cas pourquoi elle ne fait pas son coming out ? Qu'est-ce qu'elle cache ? Est-ce que sa petite amie est plus jolie que moi ?

— Ce sont les seules raisons envisageables ? Soit je suis une balance, soit je suis gay ? Ça ne peut pas être parce qu'ils ne m'intéressent pas ?

— Chérie, ce sont des US marshals. Évidemment qu'ils t'intéressent.

Andrea secoua la tête. À Glynco, la seule chose qui puait encore plus que la sueur et le répulsif antimoustiques, c'était la testostérone.

— Je crois que ton ego a avalé mon pigeon voyageur.

Les yeux de Mike pétillèrent dans les rayons du soleil.

— Ça explique pourquoi j'ai encore le goût de ta peau dans la bouche.

Tous deux sursautèrent lorsqu'un type en costume noir équipé d'une oreillette filaire, avec cet air de « Robocop » propre aux agents fédéraux, passa son crâne chauve dans l'entrebâillement de la porte. Il jeta un coup d'œil dans la pièce, hocha la tête, puis disparut.

— Désolé, je suis en retard.

Un homme plus âgé, d'allure imposante, entra dans la salle par la même porte ; on aurait dit qu'il absorbait tout l'oxygène de la pièce. D'un geste élégant, il tendit la main vers Andrea.

— Ravi de faire enfin ta connaissance, Andrea. Je suis très fier de ce que tu as accompli ici, au centre de formation. C'est une sacrée réussite.

Elle dut se mordre la lèvre pour empêcher sa mâchoire de se décrocher. Il ne s'était pas présenté, mais elle connaissait son visage – bien sûr qu'elle le connaissait. Il avait été un candidat sérieux lors de la dernière primaire en vue de l'élection présidentielle, jusqu'à ce qu'un scandale le mette hors jeu et l'oblige à se désister. Heureusement, il avait réussi à retomber sur ses pattes, et était aujourd'hui le second sénateur de l'État de Californie.

C'était également – elle ne l'avait appris que récemment – le frère aîné de Laura, ce qui, d'un point de vue technique, faisait de lui l'oncle d'Andrea.

— Est-ce que vous avez…, commença-t-elle mais sa voix se brisa. Vous n'avez pas vu ma mère ?

Les sourcils botoxés de Jasper Queller tressaillirent.

— Elle est ici ?

— Oui, avec mon père. Gordon. Ils… euh…

Andrea dut s'asseoir. Elle avait oublié que Mike était dans la pièce, jusqu'au moment où il se présenta lui-même à Jasper. Elle avait bien envie de lui flanquer un grand coup de pied dans les burnes pour lui faire regretter de l'avoir emmenée ici. Et elle était tentée de se flanquer des coups de pied à elle-même, pour être tombée dans son piège, car Jasper n'avait pas débarqué ici par hasard.

Tout cela avait été organisé.

Andrea entendit une question rebondir dans sa tête, comme une balle de ping-pong ; une question qu'on lui avait posée deux ans plus tôt, quand sa vie avait été mise sens dessus dessous…

Bon Dieu, ma petite, t'as passé ta vie avec un hameçon dans la bouche ?

À l'époque, elle avait répondu par l'affirmative. Mais deux ans plus tard, elle n'avait plus aucune excuse pour continuer de mordre à l'hameçon.

— Qu'est-ce que vous faites ici ? demanda-t-elle à Jasper.

Mike devina que c'était le bon moment pour s'éclipser et se faufila par la porte.

Jasper posa une fine mallette en cuir sur la table. Le cliquetis que firent les serrures plaqué or en s'ouvrant la fit penser à un tintement de pièces de monnaie. Elle ne savait pas qui avait conçu son costume, mais une chose était sûre, c'était un beau travail de couturier. Le vêtement qu'elle contemplait là valait sans doute à lui seul la totalité des dettes qu'elle avait contractées pour financer ses études.

— Puis-je ? demanda-t-il en désignant une chaise.

Andrea n'avait pas besoin de consulter l'organigramme affiché au mur. Le service des US Marshals dépendait du département de la Justice, lequel était supervisé par la Commission judiciaire du Sénat, elle-même composée de vingt-deux sénateurs, dont l'homme qui venait de lui demander s'il pouvait s'asseoir en face d'elle.

— Je vous en prie.

Elle essaya de ponctuer sa phrase d'un geste théâtral de la main, mais ne parvint qu'à la cogner contre le bord de la table. Malgré la clim glaciale, elle sentit une goutte de sueur rouler le long de son dos. Ses émotions partaient dans tous les sens. Laura deviendrait folle si elle découvrait que sa fille et son frère se trouvaient ensemble dans la même pièce. Mais, quelle que soit la colère qu'Andrea ressentait à l'égard de sa mère, il n'y avait aucune ambiguïté possible : jamais, au grand jamais, elle ne se rangerait du côté de Jasper.

— Andrea, j'aimerais commencer par te dire que je suis navré qu'on ne se soit pas rencontrés plus tôt.

Même assis, Jasper gardait un maintien militaire, alors qu'il ne portait plus l'uniforme depuis des dizaines d'années.

— J'avais espéré que tu viendrais vers moi, ajouta-t-il.

Elle observa les fines rides qui plissaient le contour de ses yeux. Jasper avait six ans de plus que Laura, mais ils avaient le même nez patricien et les mêmes pommettes hautes.

— Pourquoi est-ce que je serais venue vers vous ?

Il hocha la tête.

— Bonne question. Je suppose que ta mère y était opposée.

— Le sujet n'a jamais été soulevé, répliqua-t-elle, car elle savait que la vérité était une arme redoutable.

Jasper la regarda, le visage partiellement dissimulé derrière sa mallette ouverte. Il en sortit un dossier qu'il mit sur la table, puis il referma la mallette et la posa par terre.

Andrea se retint de poser la moindre question sur ce dossier, car c'était de toute évidence ce qu'il voulait qu'elle fasse.

— Je vais être en retard pour la cérémonie, dit-elle.

— Crois-moi, ils ne commenceront pas sans toi.

Elle serra les dents. Le petit monde des US Marshals venait de rétrécir encore un peu. Bientôt, elle allait être entourée par un tas d'enquêteurs patentés qui se demanderaient pourquoi un sénateur avait retardé toute une cérémonie dans la seule intention de parler à Andrea Oliver.

— Ça me fait vraiment quelque chose de te voir en personne.

Jasper la dévisageait ouvertement.

— Ton allure me rappelle tellement ta mère, dit-il encore.

— Pourquoi j'ai l'impression que ce n'est pas un compliment ?

Il sourit.

— C'est mieux que d'être comparée à ton père, j'imagine.

Elle supposa qu'il avait raison, en effet.

— Justement, c'est à cause de lui que je suis ici, dit Jasper en tapotant sur le dossier. Comme tu le sais, les chefs d'accusation additionnels déposés contre ton père il y a deux ans se sont conclus par une absence d'unanimité dans le verdict du jury. Le ministère de la Justice ne lui intentera pas d'autre procès. En attendant, le temps qu'il lui reste à purger pour sa peine originelle se réduit. La conspiration dans l'intention de commettre des actes de terrorisme intérieur était un tout nouveau chef d'accusation, avant le 11 Septembre. L'association de malfaiteurs en vue de perpétrer un meurtre n'a qu'une efficacité limitée, et, bien que le témoignage de ta mère ait été utile, il n'a pas été tout à fait suffisant, n'est-ce pas ? On s'en sortirait presque mieux si ton père avait réussi à mener ses crimes jusqu'au bout.

Andrea n'apprécia guère la pique dirigée contre Laura, mais elle leva les mains en signe d'impuissance. Nick Harp avait encore quinze années à tirer, sur les quarante-huit de sa condamnation initiale.

— Et donc ?

— Ton père sera à nouveau admissible à une libération conditionnelle dans six mois, répondit Jasper.

Le ton qu'il employa noua l'estomac d'Andrea. La seule raison pour laquelle elle réussissait à dormir la nuit, c'était parce qu'elle savait Nick derrière les barreaux.

— Il a déjà eu des auditions de libération conditionnelle par le passé. Ils la lui refusent toujours. Qu'est-ce qui vous fait croire que cette fois, ce sera différent ?

— On pourrait dire que l'attitude générale à l'égard du terrorisme intérieur a pris un nouveau tournant, récemment, en particulier dans les rangs des commissions de libération conditionnelle les plus conservatrices.

Jasper secoua la tête, comme si un sénateur des États-Unis était un être bien impuissant en ce bas monde.

— J'ai réussi à empêcher qu'on lui accorde la libération conditionnelle, les années passées, mais cette fois, il se peut qu'il ait une chance.

— Sérieusement ?

Andrea ne chercha même pas à dissimuler son scepticisme.

— Mais c'est vous qui supervisez le Bureau des prisons, rétorqua-t-elle.

— Exactement, confirma-t-il. Et ce serait inconvenant qu'on me surprenne à tenter de faire pencher la balance.

La gorge d'Andrea était devenue terriblement sèche. Elle tremblait de peur à l'idée que Nick puisse sortir de prison, et elle était furieuse que Jasper ait imaginé ce guet-apens.

— Excusez-moi, sénateur, mais nous savons tous les deux que vous avez déjà fait des choses inconvenantes par le passé.

Il sourit à nouveau.

— Le portrait craché de ta mère…

— Allez vous faire voir, avec vos comparaisons à la con.

Andrea se pencha au-dessus de la table.

— Vous savez ce qu'il nous a fait la dernière fois ? C'est un monstre. Il y a eu des morts. Et tout ça alors qu'il était toujours en prison. Vous savez ce qu'il fera quand il sortira ? Il viendra directement régler son compte à ma mère. Et à moi.

— Excellent, dit Jasper en imitant le geste nonchalant qu'Andrea avait eu quelques minutes plus tôt. Il semble donc que nous ayons tous un intérêt personnel à son maintien en détention.

Andrea révisa sa stratégie, car visiblement, jouer les garces glaciales ne fonctionnait pas.

— Qu'est-ce que vous attendez de moi ?

— Rien, au contraire, c'est moi qui suis venu ici pour te donner quelque chose.

Il ôta sa main du dossier. Elle vit qu'il y avait une étiquette dessus, mais ne put lire ce qui y était écrit.

— J'aimerais t'aider, Andrea. Ainsi que la famille.

Elle savait qu'il voulait parler de Laura, même si, jusque-là, il n'avait pas encore prononcé le prénom de sa mère.

— Tu as demandé une affectation sur la côte ouest.

Elle secoua la tête avec véhémence. La dernière chose dont elle avait besoin, c'était de se retrouver dans l'État de son oncle.

— Ça ne m'intéresse pas de...

— Écoute-moi jusqu'au bout, s'il te plaît, l'interrompit-il en levant la main. Je me demandais si tu ne préférerais pas plutôt quelque chose de plus proche, comme le bureau de Baltimore.

Une vague d'angoisse la submergea et la laissa sans voix.

— Il y a dans ce district une juge fédérale qui reçoit des menaces de mort crédibles. Quelqu'un lui a envoyé un cadavre de rat à son domicile, à Baltimore.

Jasper marqua une brève pause.

— Tu as peut-être entendu parler de cette histoire à la télé, aux infos du soir.

Andrea n'en avait pas eu vent parce que plus personne de sa génération ne regardait les infos du soir.

— Cette juge a été nommée par Reagan, continua Jasper. C'est l'une des dernières encore en vie, d'ailleurs. On lui a pas mal mis la pression pour qu'elle prenne sa retraite sous l'administration précédente, mais elle a raté le coche.

Andrea ne s'était jamais intéressée à la politique, mais elle savait que l'USMS avait pour mission de protéger les juges fédéraux.

— Sa nomination à son poste de juge s'est faite sur une toile de fond tragique. Une semaine avant son audition de confirmation, sa fille a disparu. Et au même moment, un cadavre a été retrouvé dans une benne à ordures, en périphérie de la ville. Une jeune femme au visage défoncé. Deux vertèbres de son cou étaient fracturées. Ils ont pu l'identifier grâce aux dossiers dentaires. C'était la fille de la juge.

Andrea sentit la plante de ses pieds se mettre à picoter, comme si elle se tenait au bord du toit d'un immeuble très haut.

— Aussi incroyable que ça puisse paraître, la fille a survécu à l'agression.

Jasper se tut un instant, comme si ce fait méritait un certain recueillement.

— Bien que *survécu* soit un terme tout relatif, poursuivit-il enfin. D'un point de vue médical, elle était dans un état végétatif, mais elle était également enceinte. À ce que je sache, ils n'ont jamais découvert qui était le père. Ils ont maintenu son corps en vie grâce à des machines et respirateurs artificiels pendant près de deux mois – jusqu'au moment où le bébé a pu venir au monde en toute sécurité.

Andrea se mordit fort la lèvre pour empêcher son corps de trembler de façon visible.

— À l'époque, le calvaire de cette jeune fille est devenu un véritable symbole. Cette situation tragique a sans doute facilité la confirmation de sa mère à son poste. C'est Reagan qui a vraiment été le fer de lance de la position anti-avortement. Avant cela, personne de son camp ne s'intéressait réellement à cette question. Bush a dû tourner le dos au Planning familial pour obtenir le poste de vice-président.

Jasper sembla percevoir l'impatience d'Andrea et en vint au fait.

— La juge et son mari ont élevé l'enfant. Je dis l'enfant, mais elle a quarante ans, aujourd'hui. Elle a elle-même une fille. Une ado. J'ai d'ailleurs entendu dire que celle-ci n'était pas facile.

Andrea reposa la même question que précédemment.

— Qu'est-ce que vous faites ici ?

— Je crois que ce que tu veux vraiment me demander, c'est : « Qu'est-ce que tout cela a à voir avec mon père ? »

Sa main se reposa sur le mystérieux dossier.

— Les tribunaux fédéraux sont en pause pour l'été. Comme à leur habitude, la juge et son mari sont retournés dans leur propriété familiale, où ils vont passer les deux prochains mois. L'USMS a envoyé deux équipes pour assurer la sécurité de la juge, une la nuit, l'autre le jour, pendant que l'inspecteur judiciaire spécial venu du QG de Baltimore mène l'enquête sur les menaces de mort. Cette mission de sécurité n'est vraiment pas éreintante. Dis-toi que c'est une sorte de baby-sitting. Et Longbill Beach est une très belle ville. Je suppose que tu sais où c'est ?

Andrea dut s'éclaircir la voix avant de pouvoir répondre.

— Dans le Delaware.

— Tout juste, dit Jasper. En fait, Longbill Beach est la ville dans laquelle ton père a grandi.

Andrea assembla les pièces restantes du puzzle.

— Vous pensez que c'est Nick Harp qui a tué la fille de la juge, il y a quarante ans.

Jasper acquiesça d'un hochement de tête.

— Le meurtre est un crime imprescriptible. Une condamnation pour meurtre le ferait moisir en prison pour le restant de ses jours.

Andrea entendit les mots résonner dans sa tête, comme un écho – *en prison pour le restant de ses jours.*

— Le bruit court que ce serait lui le père de son enfant, ajouta Jasper. Elle lui a demandé des comptes en public, le soir où elle a disparu. Ils se sont disputés devant plusieurs témoins. Il l'a menacée physiquement et verbalement. Ensuite, il a quitté la ville peu de temps après l'identification du cadavre.

Andrea sentit sa gorge se serrer. Elle voulait se concentrer sur ces informations, mais au fond d'elle, tout ce à quoi elle arrivait à penser, c'était que Nick Harp était le père d'un autre enfant.

Et ensuite, il l'avait abandonnée.

— Vois par toi-même.

Jasper lâcha enfin le dossier, le faisant glisser dans sa direction.

Andrea laissa le dossier fermé entre eux. Elle arrivait à en lire l'étiquette, à présent :

EMILY ROSE VAUGHN. Née le 01/05/64. Décédée le 09/06/82

Sa vision se brouilla sur le nom de la jeune fille. Elle était toujours sous le choc. Elle tenta d'aiguiser son attention – un meurtre, pas de délai de prescription, Nick derrière les barreaux pour le restant de ses jours –, mais son esprit ne cessait de revenir à cette simple question : s'agissait-il d'un piège ? Elle ne pouvait pas faire confiance à Jasper. Elle avait appris à ses dépens qu'elle ne pouvait réellement faire confiance à personne.

— Alors, dit Jasper, tu n'es pas curieuse ?

La curiosité n'était pas vraiment l'émotion qu'elle ressentait en cet instant.

La frayeur, plutôt. L'inquiétude. La colère.

Une demi-sœur de quarante ans qui avait grandi dans une petite ville balnéaire, exactement comme Andrea. Encore une enfant qui ne résoudrait jamais l'énigme que lui posait sa mère. Un père sadique qui avait détruit leur vie, avant de passer à la victime suivante.

Andrea tendit une main tremblante vers le dossier. La couverture était épaisse sous ses doigts. Sur la première page apparaissait la photo d'une jolie jeune fille blonde, qui souriait ouvertement à l'objectif. À en juger par sa permanente et son fard à paupières bleu, on était très clairement au début des années quatre-vingt.

Andrea tourna la page. Puis la suivante. Elle reconnut le rapport de police à sa mise en forme : date, heure, lieu, plan de rues, schéma de la scène de crime, potentielle arme du crime, témoins, blessures sur le corps d'une innocente jeune fille de dix-sept ans.

Elle continua de feuilleter le dossier, les doigts moites de transpiration. Elle tomba sur les notes de l'agent chargé de l'enquête. Les ordinateurs étaient rares en 1982. Apparemment, les machines à écrire aussi. L'écriture griffonnée était presque illisible, photocopiée à de si nombreuses reprises que les lettres en étaient devenues charbonneuses.

Elle savait que le nom de Nicholas Harp ne figurerait nulle part dans ce dossier. C'était le pseudonyme que son père utilisait à l'époque où il avait rencontré sa mère. Il avait abandonné sa véritable identité au printemps 1982, quand il avait définitivement quitté Longbill Beach. Là-bas, les gens le connaissaient sous son vrai nom. Elle le trouva à la dernière page, entouré et souligné deux fois.

Clayton Morrow.

2

— C'est très beau, l'Oregon, maman.

Andrea ignora le regard perplexe que le chauffeur Uber lui lança alors qu'ils traversaient la baie de Chesapeake. Elle tourna la tête, pour lui signifier que son coup de fil était privé.

— Je crois que je vais bien me plaire ici, ajouta-t-elle.

— J'espère bien, dit Laura.

On entendait de l'eau couler dans l'évier. Laura préparait le dîner pour Gordon, chez eux, à Belle Isle.

— Ça fait tellement longtemps que je ne suis pas allée là-bas, poursuivit-elle. Je me souviens des arbres.

— Le sapin de Douglas est l'arbre emblématique de l'État. La fleur, c'est celle du mahonia à feuilles de houx. Mais ça n'a rien à voir avec le houx. Ça donne de petits fruits qui ressemblent à des baies.

Sur l'écran de son téléphone professionnel, Andrea faisait défiler avec son pouce la page Wikipédia sur l'Oregon.

— Tu savais que c'est le neuvième État le plus grand ? demanda-t-elle.

— Non, je ne savais pas.

— Et…

Andrea chercha une information qui ne lui donnerait pas l'air d'être en train de lire des statistiques.

— Il y a une forêt humide au nord-ouest qu'on appelle la Vallée des Géants. C'est cool, non ?

— Il fait froid là-bas ? Je t'avais dit de mettre un blouson dans ta valise.

— Ça va, répondit Andrea en consultant le site de la météo. Dix-sept degrés.

— Il est encore tôt, dit Laura. La température va chuter au coucher du soleil. Tu devrais acheter un manteau. Ça coûtera moins cher que si je t'en envoie un par Fedex. Dans le Nord-Ouest Pacifique, le temps est très changeant, en été. On ne sait jamais à quoi s'attendre.

— Ne t'inquiète pas pour moi, maman.

Andrea regardait par la fenêtre en écoutant sa mère lui décrire exactement le genre de vêtement qu'elle devrait s'acheter pour se protéger des rigueurs du climat à près de cinq mille kilomètres de chez elle.

— C'est très important qu'il ait une fermeture éclair étanche, continua Laura. Et des élastiques autour des poignets, parce que le vent va s'engouffrer dans tes manches.

Andrea ferma les yeux, le visage baigné par le soleil de ce début d'après-midi. Sa boussole interne tournait trop vite. Jasper n'avait pas seulement fait pencher la balance de façon inconvenante, il avait tout flanqué par terre. Elle était censée prendre deux semaines de congé avant de se lancer dans sa première mission. Grâce à cet oncle qu'elle ne connaissait pas, à peine vingt-quatre heures après l'obtention de son diplôme, on lui confiait déjà deux tâches. La première, c'était de jouer les baby-sitters pour une juge qui avait reçu des menaces de mort et à qui on avait envoyé un rat crevé par la poste ; la seconde, c'était de faire en sorte que son père reste derrière les barreaux en se débrouillant pour trouver la preuve qu'il avait assassiné une jeune fille oubliée depuis longtemps.

Comme pour la moitié des décisions qu'elle avait prises au cours des deux dernières années, Andrea ne savait pas trop pourquoi elle avait accepté la proposition de Jasper. Sa première impulsion avait été de quitter la pièce. Puis elle s'était autorisée à faire la seule et unique chose qu'elle s'interdisait depuis deux ans : se remémorer le moment où sa vie avait explosé.

Au lieu de se montrer à la hauteur, elle s'était mise à tourner sur elle-même comme un petit singe mécanique entrechoquant des cymbales cassées. De cette époque, il n'y avait rien dont elle fût fière. Elle n'avait rien prévu, rien projeté. Elle n'avait jamais envisagé les conséquences de ses actes. Elle avait seulement conduit sur des milliers de kilomètres sans but précis, cherchant à résoudre le mystère de la vie de ses parents et à découvrir la vérité sur tous les crimes qu'ils avaient commis. Sa fougue et son caractère impétueux avaient failli leur coûter la vie, à Laura et à elle. Sans parler de ce qu'elle avait fait à Mike. Il avait tenté de la sauver de nombreuses fois et, pour tout remerciement, elle lui avait mis un coup de pied dans les couilles, au sens propre comme au sens figuré.

Peut-être était-ce donc pour toutes ces raisons qu'elle avait accepté.

C'était une explication comme une autre.

Comment s'y prendrait-elle pour résoudre un meurtre perpétré quarante ans plus tôt ? Elle n'en avait pas la moindre idée. Ses premières vingt-quatre heures en tant qu'US marshal s'étaient déroulées sous de bien fâcheux auspices.

La veille, elle avait fait cinq heures de route dans une voiture de location afin d'arriver à l'aéroport d'Atlanta à temps pour attraper son vol de 21 h 50 à destination de Baltimore, mais le mauvais temps avait retardé son vol de deux heures et demie, puis, la météo empirant, son avion avait été dévié vers Washington DC et n'avait pas pu y atterrir avant 2 heures du matin. À partir de l'aéroport de Washington-Dulles, elle avait fait une course de vingt minutes en taxi jusqu'à un motel pas cher d'Arlington, en Virginie, où elle avait dormi quatre heures, puis elle avait encore dormi une heure et demie dans le train qui l'emmenait au quartier général du service des US Marshals à Baltimore, dans le Maryland.

Personne ne l'attendait, à son arrivée. Tous les officiers étaient partis assister à une conférence à Washington DC. Une marshal nommée Leeta Frazier, qui s'occupait généralement des cas de confiscation de biens, avait relégué Andrea dans une salle de réunion pour lui faire signer tout un tas de papiers. Elle lui avait aussi remis une brochure qui lui enseignait comment ne pas harceler sexuellement qui que ce soit, lui avait donné son pistolet de fonction, un Glock 17 de 9 mm, ainsi que son étoile d'argent, puis elle lui avait dit de revenir plus tard pour rencontrer sa supérieure et tout le reste de l'équipe.

Pour couronner le tout, Leeta s'était avérée incapable de lui fournir un véhicule, raison pour laquelle Andrea avait fini dans l'Uber le plus cher de la planète, en route pour Longbill Beach. Tout cela commençait déjà à ressembler à la version longue de la journée la plus ennuyeuse de l'histoire de l'humanité. Ce n'était que maintenant, à bientôt 14 heures, qu'elle longeait enfin la côte du Maryland pour se rendre dans le Delaware, où elle devait – avec un peu de chance et si tout se passait comme prévu – rencontrer son nouveau coéquipier.

— Envoie-moi une photo quand tu l'auras acheté, dit Laura.

Andrea dut rembobiner toute la conversation pour comprendre que sa mère parlait du fameux blouson qu'elle était censée s'acheter pour affronter un climat qu'elle ne subirait pas.

— D'accord, j'essaierai de m'en souvenir, répondit-elle.

— Et tu m'as promis de m'appeler deux fois par jour.

— Non, je n'ai jamais promis ça.

— De m'envoyer des textos, je veux dire.

— Nan.

— Andrea..., dit Laura.

À ce moment-là, Gordon dit quelque chose, et Laura couvrit le micro de son portable d'une main.

Andrea éteignit l'écran de son téléphone professionnel, tout en se demandant si elle n'avait pas déjà réussi l'exploit d'enfreindre le règlement en cherchant sur Google des informations sur l'Oregon. Elle n'arrivait toujours pas à croire qu'ils lui avaient donné un pistolet et un insigne. Elle était de la maison maintenant – c'était une vraie marshal. Elle pouvait arrêter des gens. Elle aurait pu faire du chauffeur d'Uber son adjoint si elle en avait eu envie. Elle aurait peut-être même pu le forcer à garder ses petits yeux perçants sur la route, car, dès la seconde où il avait capté qu'elle était de la police, il s'était mis à la dévisager comme si elle était un étron déposé sur sa banquette arrière.

Une phrase que l'un de ses formateurs avait écrite au tableau blanc lui revint à l'esprit.

Si vous voulez que les gens vous aiment, ne vous engagez pas dans les forces de l'ordre.

— D'accord, répondit Laura, qui avait repris leur conversation téléphonique. Je ne te le demande pas formellement, mais ça me ferait très plaisir de recevoir un petit texto de temps en temps, ma chérie, pour m'assurer que tu es encore en vie.

— OK, finit par concéder Andrea sans savoir si elle le ferait vraiment, toutefois. Il faut que j'y aille, maman. Je crois que je viens de voir une sturnelle de l'Ouest.

— Oh ! envoie-moi une pho…

Andrea raccrocha. Elle regarda une bécassine planer, portée par la brise, et faire ce truc étrange d'avancer tout en donnant l'impression de voler sur place.

Elle ferma les yeux un instant et laissa échapper une longue expiration, espérant également expulser son épuisement. Elle sentait que son corps avait désespérément besoin de dormir, mais si ses dernières tentatives de repos avaient bien prouvé une chose, c'était que son esprit était parfaitement enclin à jongler avec deux préoccupations différentes. En effet, elle cherchait d'une part à identifier les véritables motivations de son oncle, se demandant si son père biologique découvrirait ce qu'elle faisait et chercherait à tout faire capoter, et d'autre part, elle ressassait sa conversation avec Mike pour essayer de déterminer ce qui la ferait se sentir le mieux : lui dire qu'elle avait commis une terrible erreur ou l'envoyer se faire foutre.

Elle ne pouvait pas continuer à jouer à ce petit jeu pendant encore deux heures. Du moins pas à l'arrière d'un Uber qui sentait le produit de nettoyage Armor All et le désodorisant parfum pin des montagnes. Pour empêcher son esprit de s'emballer, elle ouvrit son sac à dos et sortit le dossier Emily Vaughn.

Ses yeux se posèrent immédiatement sur l'étiquette usée, dactylographiée. Elle se demanda comment Jasper avait fait pour obtenir des copies de l'enquête de police. Sans doute avait-il accès à toutes sortes d'informations, en sa qualité de sénateur. De plus, il était riche comme Crésus, alors, dans les cas de figure où son pouvoir ne suffisait pas, une grande mallette pleine de billets devait parvenir à faire tomber les réticences.

Non que les manigances de Jasper aient eu une quelconque importance pour elle. L'enquête parallèle qu'elle allait mener n'avait qu'un seul objectif, et ce n'était pas d'obtenir les faveurs de son oncle plein aux as. Ce qu'elle désirait plus que tout, c'était s'assurer que son père reste enfermé – non seulement pour garantir la sécurité de Laura, mais aussi parce que la place d'un homme capable de transformer une poignée de personnes vulnérables en une secte destructrice était derrière les barreaux. Et si cela impliquait d'élucider un meurtre commis quarante ans plus tôt, alors elle trouverait un moyen de le faire. Si elle ne réussissait pas à prouver que son père avait fait le coup, ou s'il s'avérait que le coupable était en fait quelqu'un d'autre… il serait toujours temps de se jeter du haut de cette falaise-là quand elle l'atteindrait.

Elle prit une nouvelle inspiration et expira l'air sans bruit, puis elle ouvrit le dossier.

Ce fut la photo d'Emily Rose Vaughn qui la frappa le plus. Il s'agissait visiblement de sa photo de terminale. Cette jeune fille d'à peine dix-huit ans était belle, même avec sa permanente et ses yeux trop maquillés. Andrea retourna la photo et regarda la date. La grossesse d'Emily devait déjà être apparente quand elle avait fait la queue avec ses camarades de classe pour se faire photographier. Peut-être portait-elle une gaine, un collant ventre plat, ou un autre de ces instruments de torture féminine dont les années 1980 avaient le secret, pour essayer de cacher la vérité.

Andrea observa à nouveau le visage d'Emily. Elle essaya de se rappeler l'effet que cela faisait d'être sur le point de quitter le lycée. L'excitation à l'idée d'entrer à l'université. La hâte de quitter son foyer. Le sentiment qu'on devenait adulte, ou du moins un adulte aux besoins duquel ses parents subvenaient encore intégralement.

Emily Vaughn avait servi d'incubateur humain pendant les sept derniers mois de sa vie. À en croire les rapports de police, Jasper disait vrai quand il affirmait que le père du bébé n'avait jamais été identifié. En 1982, on était encore treize ans avant le procès d'OJ Simpson, qui avait eu un tel retentissement sur l'opinion publique que le système judiciaire en était venu à se montrer plus enclin à prendre en compte les preuves ADN. À cette époque, la seule preuve valable aurait été la parole d'Emily, et elle avait apparemment emporté son secret dans la tombe.

La question qui se posait était la suivante : Clayton Morrow avait-il été soupçonné parce que c'était un suspect crédible, ou les crimes de Nick Harp le désignaient-ils comme coupable rétrospectivement ?

Andrea avait fait les recherches d'usage sur Google et trouvé très peu d'informations concernant l'agression d'Emily Vaughn. Aucun podcasteur de *true crime* ni aucun producteur de télé ne s'était penché sur l'affaire, sans doute parce qu'il n'y avait pas de nouvelle piste à explorer. Aucun nouveau témoin. Les quelques éléments de preuve qui avaient été récoltés sur les différentes scènes de crime avaient été perdus, ou bien emportés par les inondations provoquées par l'ouragan Isabel, en 2003.

La page Wikipédia de la juge Esther Vaughn renvoyait à vingt et un articles de journaux publiés quarante ans plus tôt, au sujet des circonstances entourant la mort d'Emily. Seize d'entre eux étaient tirés du *Longbill Beacon*, un journal alternatif qui avait mis la clé sous la porte huit ans auparavant et dont le site avait laissé place à une page 404. Les articles des grands journaux nationaux étaient payants, et elle choisit de ne pas les consulter car elle ne voulait pas laisser son numéro de carte bancaire sur les sites en question – d'ailleurs, elle n'était pas sûre que sa carte fonctionne. La base de données de l'USMS n'était pas une solution envisageable non plus, car effectuer une vérification des antécédents sans avoir reçu le feu vert des autorités légitimes dans le cadre d'une enquête officielle constituait une violation du règlement – et de la loi fédérale.

Ce qui signifiait que le travail de détective auquel Andrea se livrait sur Internet s'acheva dans une impasse, une fois la page Wikipédia intégralement parcourue. La mort d'Emily Vaughn n'avait laissé presque aucune trace sur Internet. Au fil des ans, dans les nombreuses tribunes que lui avaient accordées les journaux, Esther Vaughn évoquait sa « tragique perte personnelle », dont elle se servait pour cautionner une conception de la justice pénale digne d'un membre de l'administration Reagan, mais elle n'entrait jamais dans les détails. Concernant le mari de la juge, Andrea avait trouvé un communiqué de presse datant de l'année précédente et émis par l'université Loyola, dans le Maryland – une université jésuite privée de lettres et sciences humaines et sociales –, qui annonçait que le Dr Franklin Vaughn, professeur émérite de l'école de commerce Sellinger, prenait sa retraite afin de passer plus de temps avec sa famille.

Et là non plus, aucun détail au sujet de ladite famille n'apparaissait.

Par ailleurs, comme les articles de son épouse, les écrits pontifiants du Dr Vaughn sur l'économie et la justice sociale proposaient presque exclusivement des solutions qui demandaient à chacun de se serrer la ceinture – même dans les cas où les principaux intéressés n'avaient pas les moyens de s'en payer une.

Mais le plus frappant, c'était que le nom de la fille d'Emily semblait ne figurer nulle part sur Internet.

Andrea ne savait trop comment interpréter cette absence totale de traces, même si quelques explications lui venaient à l'esprit. La fille d'Emily étant du début de la génération Y – elle avait sept ans de plus qu'Andrea –, les réseaux sociaux ne devaient pas être son environnement naturel. Il était facile de faire en sorte que son nom n'apparaisse pas en ligne si on n'y allait pas, et pour ce genre de personnes, Facebook était tout aussi nul et inutile qu'Instagram, TikTok et Twitter. La fille d'Emily pouvait aussi très bien avoir modifié son nom à l'état civil, ou pris le nom de famille de son époux, ou encore coupé les ponts avec ses grands-parents. Ou, plus vraisemblablement, elle se faisait discrète parce que sa mère avait été sauvagement assassinée, sans doute par son père mégalomane, et que sa grand-mère était une juge fédérale, et que les gens, qui étaient déjà mauvais quarante ans plus tôt, étaient devenus des monstres absolus maintenant qu'ils avaient Internet.

Andrea ne pouvait donc rien faire d'autre que s'interroger. La fille d'Emily vivait-elle encore à Longbill Beach, ou était-elle partie ? Avait-elle divorcé ? Jasper avait dit qu'elle avait un enfant, elle aussi, une adolescente *pas facile*, mais cette dernière était-elle proche de ses arrière-grands-parents ? Lui avait-on dit la vérité à propos de la mort d'Emily ? Que faisait-elle dans la vie ? À quoi ressemblait-elle ? Avait-elle les yeux bleu glacier, les pommettes saillantes et la petite fossette au menton de Nick Harp, ou le visage plus arrondi, en forme de cœur, de sa mère ?

Andrea porta une main à son propre visage. Elle n'avait aucun des traits aristocratiques de Jasper et Laura, même si Jasper avait probablement raison quand il disait que l'*allure* d'Andrea le faisait penser à Laura. Elle avait les yeux noisette, et non bleu glacier. Son visage était étroit, mais pas triangulaire, avec une fossette quasi imperceptible au menton qu'elle tenait sans doute de son père, pensait-elle. Son nez était un mystère de la génétique – légèrement retroussé, comme celui de Porcinet humant une tulipe.

À l'aide d'un trombone, elle rattacha la photo d'Emily à la première page du dossier. Elle parcourut à nouveau les rapports, qu'elle avait déjà lus un nombre incalculable de fois : à l'aéroport avant d'embarquer, dans l'avion, à l'arrière des taxis, dans sa chambre de motel, dans le train. Des traces de doigts ici et là faisaient office de preuves accablant les crackers orange au beurre de cacahuète qu'elle avait engloutis en guise de petit déjeuner.

Elle devrait faire mieux que ça.

Tous les futurs agents du Centre d'entraînement de la police fédérale de Glynco passaient dix semaines intensives hallucinantes à l'école d'enquête criminelle. Elle avait pris place aux côtés de tout un panel de futurs policiers fédéraux rodés aux subtilités de leur spécialité – département de lutte antidrogue, brigade de répression contre les trafics d'alcool, de tabac et d'armes à feu, police fiscale, police aux frontières, département de la santé et des services sociaux. Après quoi les aspirants marshals s'étaient embarqués pour dix semaines supplémentaires d'instruction spécialisée, en plus des exigences physiques sisyphéennes qui distinguaient ce service de tous les autres.

Les instructeurs avaient imaginé des affaires factices complexes et détaillées – un fugitif en cavale, un enlèvement d'enfant, une série de menaces croissantes visant un juge de la Cour suprême. L'équipe d'Andrea avait attentivement scruté et analysé de fausses images de caméras de vidéosurveillance d'entreprises, de distributeurs automatiques de billets et de portes d'entrée de résidences de particuliers. En ligne, ils avaient cherché des plans d'immeubles et des cartes, mené des vérifications de solvabilité et des recherches dans les archives publiques afin de se renseigner sur la famille d'un suspect, ses amis et ses connaissances plus ou moins lointaines. Ils avaient aussi dû parcourir des comptes de toutes sortes sur les réseaux sociaux, passer en revue les images enregistrées par les lecteurs automatiques de plaques d'immatriculation ou par les systèmes de reconnaissance faciale, envoyer des assignations à des propriétaires de téléphones portables, ingurgiter une multitude de mails et de textos.

En 1982, un policier n'avait que sa bouche, ses oreilles et ses yeux. Il posait des questions. Obtenait parfois des réponses. Les mettait en rapport et tâchait de résoudre le puzzle.

Elle n'aurait pas affirmé que le travail du chef de la police de Longbill avait été exemplaire, surtout si l'on considérait que le tueur n'avait jamais été identifié, mais il s'était tout de même acquitté de l'essentiel. Dans le dossier, il y avait des schémas tracés à la main représentant, avec indication des dimensions, la benne à ordures à l'arrière du restaurant-grill Chez Skeeter dans laquelle Emily avait été retrouvée. Un croquis rudimentaire de corps humain donnait à voir, marquées par des croix, les différentes violences qu'Emily avait subies. La ruelle où l'on avait retrouvé le sang correspondant au groupe sanguin d'Emily avait été mesurée et minutieusement inspectée en quête d'indices. On avait également trouvé une hypothétique arme du crime – un morceau de bois provenant d'une palette brisée dans la ruelle –, abandonnée dans la rue principale. Un amas de fils noirs avait été découvert sur la palette, mais le FBI n'avait pas retenu cet élément, le jugeant peu concluant car trop commun. Rien qu'en parcourant les nombreuses dépositions de témoins, Andrea parvint à élaborer une chronologie retraçant les derniers faits et gestes d'Emily Vaughn avant que sa vie ne soit brutalement interrompue.

Le plus poignant de ces ultimes témoignages, le détail dont Andrea ne parvenait pas à se remettre, était un mot qui aujourd'hui aurait simplement été effacé de l'écran de l'ordinateur, un fantôme perdu dans les limbes de la technologie.

Ce mot, elle l'avait trouvé dans la transcription écrite d'un appel aux services d'urgence, après qu'un commis de cuisine du fast-food avait soulevé le couvercle de la benne à ordures et découvert le corps nu d'Emily Vaughn, dont la grossesse était criante, allongé en travers de sacs-poubelles éventrés. L'écriture de l'opérateur téléphonique était toute tremblante, sans doute parce que la police de Longbill Beach n'avait d'ordinaire rien de plus grave à gérer que des plaintes au sujet de touristes indisciplinés et de mouettes agressives. La première ligne résumait sans doute à elle seule la première chose que le commis avait annoncée, au téléphone.

Corps d'une femme trouvé dans les ordures derrière grill Skeeter.

Ils ne savaient pas qu'Emily était encore en vie à ce moment-là. C'étaient les secouristes qui s'en étaient aperçus par la suite. Mais ce qui émouvait Andrea au point de lui faire venir les larmes aux yeux, c'était que, plus tard, probablement lorsque les policiers s'étaient rendu compte de l'âge de la personne à laquelle ce corps appartenait, quelqu'un avait rayé la mention *femme* et avait écrit : *Corps d'une jeune fille…*

Une jeune fille bourrée de potentiel. Une jeune fille à la tête pleine de rêves et d'espoirs. Une jeune fille que l'on avait retrouvée allongée sur le côté, les bras serrés autour de son enfant à naître.

Pour Andrea, Emily ne serait jamais simplement *une jeune fille*. Elle était *la première jeune fille* – parmi toutes celles que son père avait laissées dans son sillage de violence.

Elle sentit que la voiture commençait à ralentir. Le trajet de deux heures était passé plus rapidement que prévu. Elle referma le dossier d'Emily et le rangea dans son sac à dos. La voiture s'était engagée dans l'avenue principale de ce qui devait être Longbill Beach. Des dizaines de touristes abrutis par le soleil flânaient devant les stands de restauration rapide et déambulaient le long d'une large et blanche promenade de planches qui longeait l'océan Atlantique, et dont on aurait dit qu'elle s'étirait en direction du sud pour rejoindre la même promenade de planches à Belle Isle, près de mille kilomètres plus bas.

Elle pensa à sa mère, non sans agacement.

Où que tu ailles, tu es là.

— Vous pouvez me déposer à…, commença Andrea, avant de grimacer car le chauffeur avait choisi pile ce moment-là pour monter le volume de l'autoradio. La bibliothèque ! cria-t-elle. Déposez-moi devant la bibliothèque !

Il hochait la tête au rythme de la musique qui beuglait et fit un virage serré à droite, s'éloignant de la mer. La chanson qu'il avait mise était de toute évidence destinée à Andrea : « Fuck Tha Police », de N.W.A.

Elle s'autorisa à lever une nouvelle fois les yeux au ciel lorsque la voiture prit un autre tournant sportif qui l'envoya se cogner l'épaule dans la portière. La bibliothèque publique de Longbill Beach se trouvait derrière le lycée, et semblait un peu plus récente que ce dernier. Au lieu des briques rouges du lycée, la façade de la bibliothèque était recouverte d'un enduit peint en rose saumon, ce qui faisait très station balnéaire, avec des fenêtres palladiennes qui transformaient sans doute l'intérieur du bâtiment en fournaise l'été.

Le chauffeur ne prit pas la peine de baisser la musique quand il s'arrêta devant la bibliothèque.

Près de la boîte pour le retour des livres se tenait un homme aux membres noueux, vêtu d'une chemise hawaïenne défraîchie, d'un jean et de bottes de cow-boy. Il était plus âgé que le chauffeur, mais il se mit à taper des mains en rythme tandis que les gars de N.W.A. scandaient leur refrain et qu'elle ouvrait la portière de la voiture.

— *Fuck the police, fuck, fuck*, cria-t-il en faisant un two-step en direction de la voiture. *Fuck the police !*

Avant sa formation à Glynco, Andrea avait toujours rangé les gens en deux catégories seulement : ceux qui étaient plus jeunes qu'elle, et ceux qui étaient plus vieux. Aujourd'hui, elle se disait que ce type avait environ cinquante-cinq ans, mesurait un peu plus d'un mètre quatre-vingts pour quatre-vingts kilos environ. Des tatouages d'aspect militaire remontaient en volutes le long de ses bras musclés. Son crâne chauve brillait dans le soleil déclinant. Sa barbe poivre et sel taillée à la Van Dyke s'achevait en une pointe diabolique un centimètre en dessous de son menton.

— *Fuck the police*, répéta-t-il en tournant sur lui-même sans se soucier que les pans de sa chemise se soulèvent. *Fuck, fuck.*

Elle resta pétrifiée à la vue du Glock 9 mm fixé à sa ceinture. Juste à côté, une étoile d'argent brillait. Elle en déduisit qu'il devait s'agir de son nouveau coéquipier. Puis elle se dit qu'il avait dû être chargé jusque-là d'appréhender des fugitifs, car le code vestimentaire était particulièrement peu strict pour les agents qui traquaient les individus de la pire espèce.

Elle tendit la main dans sa direction.

— Je suis…

— Andrea Oliver, tout juste débarquée de Glynco, termina-t-il à sa place avec un impressionnant accent texan. Agent Bible, se présenta-t-il à son tour en serrant la main d'Andrea. Ravi que vous soyez enfin arrivée. Vous avez des bagages ?

Elle lui tendit machinalement son sac polochon, qui contenait juste assez de vêtements pour une semaine. Si elle restait là plus longtemps, elle devrait expliquer à sa mère pourquoi il fallait lui envoyer ses affaires à Baltimore, et non à Portland.

— Excellent ! lança Bible au chauffeur en levant les deux pouces. J'adore ce que tu nous racontes là, avec ta musique, fiston. Ça, c'est du soutien !

Si le chauffeur avait une réponse à lui adresser, Bible ne prit pas le temps de l'écouter. Il s'éloigna et fit à Andrea un signe de tête pour l'inviter à le suivre.

— Je me suis dit qu'on pourrait tailler une bavette en marchant, histoire de mieux se connaître et de mettre notre plan au point. Bon, c'est pas comme si j'avais vraiment eu le temps de cogiter, vu que ça fait seulement deux heures environ que je suis là. Moi c'est Leonard, au fait, mais tout le monde m'appelle Catfish, le poisson-chat.

— Catfish Bible ?

Pour la première fois en deux ans, Andrea regrettait que sa mère ne soit pas là. Ce type semblait tout droit sorti d'un roman de Flannery O'Connor.

— Et toi, tu n'as pas un petit surnom ? demanda-t-il.

Il la regarda secouer la tête.

— Allez, tout le monde a un surnom ! Je parie que tu ne veux juste pas me le dire. Attention !

Elle avait failli se faire accrocher par un gamin à bicyclette.

— Vise un peu ça, dit-il en tournant la tête pour que la lumière éclaire bien les fines cicatrices qui lui striaient les deux joues. Je me suis bagarré avec un poisson-chat.

Andrea se demanda si ce poisson avait un cran d'arrêt.

— Bref, fit Bible qui marchait aussi vite qu'il parlait. J'ai appris que ton vol avait été retardé. Ça a dû être un enfer de sauter dans un avion juste après le marathon des gerbeurs.

Il faisait allusion à la course finale de la formation des marshals, la « Marshal Mile », dernière ligne droite avant l'obtention du diplôme. Il voulait lui montrer qu'il était au courant des circonstances très inhabituelles dans lesquelles elle s'était vu confier cette mission en urgence.

— Ça va, répondit-elle. Je suis prête à commencer.

— Super. Moi aussi, ça va. Ça va super bien, même. Et je suis toujours prêt. On va faire une équipe du tonnerre, Oliver. Je le sens dans mes tripes.

Elle resserra sa prise sur les poignées de son bagage et changea son sac à dos d'épaule tout en s'efforçant de suivre le rythme de Bible, qui avançait à grandes enjambées. Leur progression devint plus laborieuse lorsqu'ils atteignirent l'artère principale. D'un côté comme de l'autre, Beach Drive était remplie de touristes de toutes corpulences et de tous âges, qui s'arrêtaient au beau milieu du trottoir pour consulter un plan, écrire un texto ou regarder le soleil, bouche bée.

Andrea sentait qu'elle ne passait pas inaperçue avec sa tenue. Elle arborait un polo noir estampillé d'un gigantesque logo USMS jaune dans le dos et au-dessus de la poche de poitrine. À l'école, on n'avait rien pu lui trouver d'autre qu'une taille S pour homme, mais les manches pendaient sous ses coudes et le col remontait tellement haut qu'il lui chatouillait le menton. Elle avait défait les ourlets de son pantalon mais celui-ci était encore trop court d'un ou deux centimètres, et la taille trop large d'un ou deux centimètres également car, puisque les pantalons pour femmes avaient de petites poches et étaient dépourvus de passants, elle avait été obligée d'acheter un pantalon pour garçons au rayon enfants, ainsi qu'une épaisse ceinture tissée pour accrocher son pistolet, ses menottes, sa bombe lacrymogène et son étoile d'argent. Pour la première fois de sa vie, elle avait des hanches. Mais pas comme elle l'aurait souhaité.

Bible sembla remarquer sa gêne.

— Tu as un jean dans ce sac ?

— Oui, répondit-elle.

Elle en avait un, mais pas plus.

— J'aime bien être en jean, dit-il.

Au passage piéton, il appuya sur le bouton du feu tricolore. Sa tête dépassait au-dessus de la foule, comme celle d'un suricate.

— C'est confortable, stylé, pratique.

Andrea regarda les plaques de rue pendant que Bible se lançait dans un monologue animé sur les avantages et inconvénients de la coupe relax par rapport au slim fit. Elle reconnut l'intersection évoquée dans l'un des témoignages :

Je soussignée Melody Louise Brickel déclare que, le 17 avril 1982 à environ 18 heures, j'ai vu Emily Vaughn traverser la rue à l'intersection de Beach Drive et Royal Cove Way. Elle semblait revenir du gymnase. Elle portait une robe turquoise sans bretelles, faite de satin et de tulle, et avait un sac à main assorti, mais elle ne portait ni collants ni chaussures. Elle avait l'air perturbée. Je ne suis pas allée la voir parce que ma mère m'avait dit de ne pas m'approcher d'elle ni de son groupe d'amis. Je ne l'ai plus jamais revue vivante. Je ne sais pas qui est le père de son bébé. Je jure, sous peine de sanctions pénales, que le contenu de mon témoignage est vrai.

— Tu as rencontré qui, au QG ? demanda Bible.

Andrea s'arracha à ses pensées.

— Tout le monde était parti assister à une conférence, répondit-elle. Il y avait une femme qui travaillait sur des confiscations de biens et qui...

— Leeta Frazier, la coupa Bible. Une nana sympa. Elle est là depuis presque aussi longtemps que moi. Mais, écoute-moi bien, parce que ça c'est plus important : Mike m'a demandé de veiller sur toi.

Andrea sentit son cœur se serrer.

— Mike n'a pas...

— Alors là, je t'interromps tout de suite, dit-il. Cussy – c'est ma femme – me dit toujours que la galanterie, ça ne sert à rien avec les jeunes, c'est comme donner de la confiture aux cochons, mais j'aime autant t'informer que je n'ai jamais cru à ces rumeurs-là, et je ne dis pas ça juste parce que vous êtes fiancés.

Andrea en resta bouche bée.

— Content qu'on ait parlé de ça, en tout cas, ajouta-t-il. Bon débarras.

Le feu était passé au rouge pour les voitures. Bible commença à traverser la rue, au milieu d'un troupeau d'adolescents qui avaient pris des coups de soleil. Il jeta un œil par-dessus son épaule en direction d'Andrea.

— Tu as trouvé où crécher à Baltimore ?

— Non… je…, essaya-t-elle de répondre tout en trottinant derrière lui pour le rattraper. On n'est pas… Mike et moi…

— Ce ne sont pas mes oignons. Et on n'en parlera plus jamais, dit-il un doigt sur les lèvres. Mais dis-moi plutôt, qu'est-ce que tu sais à propos de la juge ?

— Je…

Elle eut l'impression d'être aspirée par un trou noir.

— Écoute, je me souviens de ce que ça fait d'être un marshal flambant neuf, tout juste sorti de sa boîte. On vient de te filer ton insigne, tu ne sais même pas où tu dois aller, mais t'inquiète, je suis là pour te coacher. Mon dernier coéquipier est sur une plage quelque part, en train de siroter des mai tai et de compter les lamantins. On forme une équipe maintenant, toi et moi, comme une famille, mais une famille de boulot, parce qu'une famille, tu en as déjà une, ça, je l'ai bien compris.

Andrea monta sur le trottoir. Elle prit une inspiration. La première fois qu'elle avait rencontré Mike, il l'avait mitraillée avec le même genre de banalités, lui aussi. Il avait essayé de la déstabiliser, de lui faire dire des choses qu'elle ne voulait pas révéler, et ça avait marché tant de fois qu'elle s'était sentie idiote.

Elle avait passé les deux années suivantes à travailler sur elle pour ne plus être ce genre de femme.

Elle prit une autre inspiration et se lança.

— La juge s'appelle Esther Rose Vaughn, déclara-t-elle. Elle a quatre-vingt-un ans. Elle a été nommée par Reagan. Confirmée en 1982. C'est l'une des deux derniers juges conservateurs à siéger à la Cour. Elle a une petite-fille et une arrière-…

Bible s'arrêta si abruptement dans sa marche qu'Andrea faillit l'emboutir.

— Comment es-tu au courant pour sa petite-fille et son arrière-petite-fille ? demanda-t-il.

Andrea se sentit prise sur le fait. Peut-être était-ce à dessein que la fille de quarante ans d'Emily Vaughn n'avait aucune présence visible en ligne.

Au lieu de s'empêtrer dans des explications laborieuses, elle demanda :

— Et pourquoi je ne serais pas au courant ?

— Exactement, fit-il avant de reprendre sa marche effrénée.

Ne sachant que faire d'autre, elle continua à le suivre sur ce trottoir qui n'en finissait pas. La foule se clairsemait ; les derniers badauds se dispersaient pour aller se planter devant les vitrines pleines de taches de doigts et regarder les machines étirer les rubans de caramel. La partie touristique de la rue s'étiolait au niveau d'un loueur de vélos et d'un établissement proposant des cours de paddle et des séances de parachute ascensionnel. Comme tout le reste, les canoës et autres kayaks en location lui semblèrent extrêmement familiers. Elle avait passé de nombreux étés à la plage, à regarder les touristes essayer de tenir tant bien que mal sur leur planche de surf à contre-courant, ou de ne pas envoyer leur parachute dans les tours du bord de mer.

— La juge, donc.

Bible reprit son bavardage aussi rapidement qu'il l'avait interrompu.

— Elle a reçu des menaces de mort, dit-il. Mais ce n'est pas très grave. Ça arrive tout le temps, surtout depuis qu'elle a rejeté cette farce de contestation judiciaire des élections, il y a deux ans.

Andrea hocha la tête. De nos jours, les menaces de mort étaient devenues tellement banales qu'on pouvait en recevoir même à Starbucks.

— Les dernières menaces qu'elle a reçues ont été jugées crédibles parce que ces lettres contenaient certains détails précis sur sa vie privée, ajouta Bible. Des lettres envoyées par la poste. La juge n'utilise pas les mails.

Andrea hocha à nouveau la tête, mais sentit une migraine lui venir suite à l'afflux de toutes ces nouvelles informations. Jusqu'à présent, elle s'était uniquement concentrée sur Emily Vaughn et son assassin potentiel. L'expression *baby-sitting* l'avait poussée à mettre de côté toute réflexion relative à sa véritable mission, mais elle se rendait compte à présent que cette mission était en réalité très sérieuse.

Elle chercha à parler comme un marshal.

— D'où les lettres ont-elles été expédiées ? demanda-t-elle.

— À partir de cette boîte postale bleue qu'on a croisée en arrivant de la bibliothèque. Il n'y a pas de caméra dessus. Et on n'a retrouvé aucune empreinte digitale exploitable. Les lettres ont été envoyées pendant les vacances, l'une vendredi, l'autre samedi, puis dimanche et lundi. Elles étaient toutes adressées au cabinet de la juge, au tribunal fédéral de Baltimore, dans l'immeuble où tu es allée aujourd'hui. On est un peu de la même famille, les juges et nous. La juge, je la connais depuis belle lurette, ses collègues aussi. On se protège les uns les autres.

— Et le rat, il a été envoyé au tribunal, lui aussi ? demanda encore Andrea.

— Non, répondit Bible. La boîte qui contenait le rat n'a pas été expédiée par la poste. Elle a été directement déposée dans la boîte aux lettres de la juge, en ville – c'est-à-dire à Guilford, un quartier rupin au nord de Baltimore, à deux pas des universités Johns Hopkins et Loyola.

— Loyola, où le mari de la juge, le Dr Franklin Vaughn, enseignait les sciences économiques avant de prendre sa retraite l'année dernière.

Bible fit claquer sa langue, sans doute en signe d'approbation parce qu'elle avait bien fait ses devoirs.

— C'est la même personne ? s'enquit-elle. Celle qui a écrit la lettre de menace et celle qui a déposé le rat dans la boîte aux lettres ?

— Peut-être que c'est le même gars, ou peut-être bien qu'il y en a deux.

— Des gars ?

— D'après mon expérience, si une femme veut te tuer, elle ne tourne pas autour du pot.

L'expérience d'Andrea l'avait menée aux mêmes conclusions.

— Et comment vous interprétez cette histoire de rat mort ? demanda-t-elle. On dirait un truc sorti du *Parrain*, du genre « voilà comment finissent les rats de ton espèce ».

— J'apprécie tes goûts en matière de films, mais non. Les membres de la Baltimore Crew sont tous morts ou disparus, et la juge ne planche plus sur ce genre d'affaires, maintenant. Donc, tu te demandes peut-être pourquoi on n'est pas à Baltimore, à l'heure qu'il est. On a de la veine, ce sont les vacances d'été, sinon la juge irait bosser au tribunal tous les jours. Elle ne resterait jamais planquée chez elle à cause d'un rat mort. Elle aime ses habitudes, cette dame. Elle passe l'été dans sa maison de Longbill depuis sa confirmation. Ils sont arrivés ce matin en voiture, son mari et elle, aux premières lueurs de l'aube, comme ils le font tous les étés depuis deux cents ans. Ce que tu dois te mettre dans la caboche, c'est que la juge fait ce qu'elle a à faire, un point c'est tout.

Andrea comprenait ce qu'il voulait dire, en grande partie grâce aux recherches qu'elle avait déjà effectuées sur Google. Toutes les photos de la juge Esther Vaughn qu'elle avait trouvées montraient une femme à l'air austère, qui fixait toujours l'objectif et portait invariablement un beau foulard aux couleurs chatoyantes, lequel jurait avec la sévérité de son tailleur noir. Les descriptions les plus anciennes qu'Andrea avait lues d'elle dans diverses publications étaient une véritable rétrospective des clichés les plus répandus à l'époque pré-#MeToo. Plusieurs articles datant des années 1990 qualifiaient ainsi la juge Vaughn de *femme difficile*. Au début des années 2000, on évoquait, de façon un peu plus conciliante, une *femme compliquée*. Plus récemment, en revanche, on avait employé à son sujet toutes sortes d'adjectifs très forts : *imposante*, *impérieuse*, *intelligente*, et, le plus souvent, *indomptable*.

— Quoi qu'il en soit, voilà le topo sur la juge, conclut Bible. Finalement, peu importe qui a envoyé quoi et pourquoi, ou s'il s'agit de la même personne ou non. L'enquêteur judiciaire au QG de Baltimore est en train de traquer ce lièvre-là. Nous, on n'est pas des enquêteurs. Notre seul boulot, c'est d'assurer la sécurité de la juge.

Elle sentit sa gorge se serrer. Tout cela commençait à prendre une tournure un peu trop dramatique – et le pistolet chargé qu'elle portait à la ceinture n'y était pas pour rien. Un déséquilibré chercherait-il vraiment à s'en prendre à la juge ? Aurait-elle le cran de s'interposer entre une femme de quatre-vingts ans et un assassin potentiel ?

— On a perdu à la courte paille, toi et moi, en arrivant ici après les autres, reprit Bible. On fait partie de l'équipe de nuit, et notre job, c'est d'ouvrir grand les mirettes au cas où l'homme au rat ou l'auteur des lettres montrerait sa bobine. Pigé ?

Andrea n'avait retenu qu'une seule information : ils formaient l'équipe de nuit. Elle ne rêvait que d'une chose depuis que son vol avait été retardé, c'était d'un bon lit dans une chambre d'hôtel tranquille.

— Première escale, déclara Bible en indiquant un petit immeuble de briques jaunes à quelques mètres d'eux. On va rencontrer le chef de la police. Règle numéro 12 des Marshals : prévenir les autorités locales de notre présence le plus tôt possible, leur donner l'impression qu'ils sont importants. Je voulais t'attendre pour faire les présentations. Tu as des questions, jusque-là ?

Elle secoua la tête alors qu'ils grimpaient les marches du perron.

— Non.

— Tant mieux. On y va.

Andrea rattrapa la porte de justesse en tenant son sac devant elle, juste avant que le battant ne se referme derrière Bible. Elle changea son sac à dos d'épaule et entra. L'accueil faisait la taille d'une cellule de prison. Une odeur de spray désinfectant Lysol lui monta immédiatement aux narines, mêlée à celle, puissante, des pastilles désodorisantes pour urinoirs. Les toilettes étaient situées juste en face du comptoir d'accueil, à moins de cinq mètres.

— Bonsoir, dit Bible, adressant un bref salut au policier qui tenait la réception. Je suis le marshal Bible. Et voici ma coéquipière, la marshal Oliver. On est venus voir le grand patron.

Andrea entendit le policier émettre un petit grognement alors qu'il décrochait le téléphone. Elle parcourut du regard le mur autour de la porte des toilettes, qui était entièrement recouvert de photos représentant les membres du département de police de Longbill Beach depuis 1935. Elle suivit les dates des yeux, passant d'un côté de la porte des toilettes à l'autre, jusqu'à ce qu'elle trouve ce qu'elle cherchait.

Sur la photo de 1980, on voyait un chef de la police à la mâchoire carrée de personnage Lego, flanqué de trois hommes. La légende indiquait :

LE COMMISSAIRE BOB STILTON ET SON ÉQUIPE.

Elle sentit son cœur tanguer bizarrement.

Bob Stilton était l'enquêteur qui avait été chargé de l'affaire Emily Vaughn.

Elle eut cette fois du mal à déglutir. Le commissaire était exactement comme elle l'avait imaginé – de petits yeux perçants, l'air méchant, et un gros nez rouge d'alcoolique. Sur toutes les photos, il avait les poings tellement serrés que les jointures de ses doigts en étaient blanches. À en croire les rapports qu'il avait rédigés, il était fâché avec la grammaire et la ponctuation. Et l'idée d'exposer le détail de ses raisonnements déductifs ne l'avait apparemment jamais effleuré. Les déclarations, documents justificatifs et schémas figuraient tous en bonne et due forme dans le dossier, mais le bonhomme en avait éliminé les notes de terrain qui auraient pu révéler ses idées sur la tournure que prenait l'affaire. L'unique indication laissant entendre que Clayton Morrow était un suspect tenait en quelques mots, que le chef avait griffonnés au bas de la dernière page du dossier, qui se trouvait être le rapport d'autopsie :

MORROW L'A TUÉE. AUCUNE PREUVE.

Andrea passa à la photo suivante, sur le mur, qui datait de cinq ans plus tard. Cinq années supplémentaires séparaient ce cliché du suivant. Elle continua d'avancer dans le temps. L'équipe était passée de six à douze hommes. Le chef Bob Stilton était de plus en plus voûté à mesure qu'il vieillissait, jusqu'à ce qu'apparaisse, au centre de la photo de 2010, un sosie plus jeune et moins rondouillard :

LE COMMISSAIRE JACK STILTON ET SON ÉQUIPE.

Elle connaissait aussi ce nom-là. Jack Stilton était le fils de Bob Stilton. En 1982, le jeune Stilton avait rédigé un témoignage dans une écriture laborieuse, qui faisait état de la dernière fois qu'il avait vu Emily Vaughn en vie.

> *Je soussigné Jack Martin Stilton déclare que, le 17 avril 1982 à environ 17 h 45, j'ai vu Emily Vaughn parler avec Bernard Fontaine, dit « Nardo ». Ils étaient devant le gymnase. C'était le soir du bal de promo. Emily portait une robe bleue ou verte et avait un petit sac à main. Nardo portait un smoking noir. Ils avaient l'air très en colère tous les deux, ce qui m'a inquiété, alors je me suis approché. J'étais au pied de l'escalier quand j'ai entendu Emily demander où était Clayton Morrow. Nardo a répondu : « Qu'est-ce que j'en sais, bordel ? » Ensuite Emily est entrée dans le gymnase. Nardo m'a dit : « Cette connasse ferait mieux de fermer sa p… de gueule avant que quelqu'un la lui ferme. » Je lui ai dit de se la boucler mais je ne crois pas qu'il m'ait entendu. Je suis allé fumer une cigarette derrière le gymnase. Je ne les ai plus revus, ni l'un, ni l'autre. Je ne suis resté au bal qu'une demi-heure et puis je suis rentré chez moi, où j'ai regardé la télé avec ma mère. On a regardé la série* One of the Boys *avec Dana Carvey, et puis « Saturday Night Live », où Elton John était invité. Je n'ai pas vu Clayton Morrow au bal.*

Je n'ai pas vu non plus Eric « Blake » Blakely ou sa sœur jumelle Erica « Ricky » Blakely, mais je crois qu'ils étaient tous là parce que c'est comme ça qu'ils fonctionnent. Je ne sais pas qui est le père du bébé d'Emily. Elle ne mérite pas tout le mal qui lui est arrivé. J'ai porté un costume noir, une fois, aux funérailles de mon oncle Joe, mais c'était ma mère qui l'avait loué, donc il n'était pas à moi. Je jure, sous peine de sanctions pénales, que le contenu de mon témoignage est vrai.

Andrea entendit une porte s'ouvrir bruyamment derrière elle.

— Commissaire Stilton, dit Bible. Merci de venir nous voir à une heure aussi tardive.

Quand Andrea se retourna, Bible serrait vigoureusement la main de Jack Stilton, qui venait d'apparaître dans la pièce en chair et en os.

— Je vous promets de ne pas vous retenir trop longtemps, ajouta Bible.

Elle essaya de faire bonne contenance pendant que Bible faisait les présentations. Stilton avait l'arcade sourcilière gauche barrée d'une cicatrice – un trait blanc qui dessinait un éclair entre les poils de son sourcil –, sans doute obtenue lors d'une bagarre ancienne. Par ailleurs, son petit doigt avait de toute évidence été fracturé et mal remis en place. Malgré cela, on n'aurait pas dit le genre de type à chercher les embrouilles. Ses kilos en trop lui faisaient une bouille de bébé, même si elle savait qu'il avait le même âge que Clayton Morrow, l'homme qui, trois ans après son départ de Longbill Beach, s'était présenté à Laura sous le nom de Nicholas Harp.

Elle eut l'impression d'être coupée en deux en serrant la main de Jack Stilton.

Avait-il été ami avec son père ? En savait-il plus qu'il ne l'avait laissé entendre dans sa déposition, quarante ans plus tôt ? On n'aurait vraiment pas dit le genre de type à rester chez lui pour regarder la télé avec sa mère.

— Vous êtes des marshals tous les deux ?

Stilton semblait sceptique, sans doute parce que Bible ressemblait à un skateur en semi-retraite, et qu'elle avait l'air d'avoir trouvé son pantalon dans un bac à vêtements pour petits garçons chez Costco. D'ailleurs, c'était le cas.

— En effet, nous sommes de l'USMS, commissaire Stilton, répondit Bible. Hé, j'imagine qu'on vous a sorti pas mal de blagues sur le fromage du même nom quand vous étiez petit, pas vrai ?

— Non, rétorqua Stilton, dont les narines se dilatèrent.

— Je vais essayer d'en trouver une ou deux, dit Bible en assénant à Stilton une grande claque dans le dos. Allez-y, tous les deux, moi je dois aller serrer la pogne au meilleur ami de ma femme. C'est bon pour toi, Oliver ?

Andrea se contenta de hocher la tête tandis que Bible disparaissait dans les toilettes.

Stilton échangea un regard agacé avec le policier à l'accueil.

— Allons dans les bureaux, alors, dit-il à Andrea à contrecœur.

Andrea avait l'impression que Bible la poussait tout de suite dans le grand bain pour voir si elle savait nager.

— Ça fait longtemps que vous êtes chef de la police ? demanda-t-elle à Stilton.

— Oui.

Elle attendit qu'il en dise davantage, mais rien ne vint ; le commissaire lui tourna juste le dos et franchit la porte qui menait au fond du poste de police.

Pour la nage, on repasserait.

Stilton la conduisit à la salle de la brigade ; son ceinturon en cuir couinait lorsqu'il marchait.

La pièce était fonctionnelle : un grand rectangle ouvert flanqué de deux bureaux, plus petits, au fond, dont l'un arborait un écriteau INTERROGATOIRES, et l'autre, COMMISSAIRE STILTON. Une table de conférence et une kitchenette occupaient tout un côté de l'open space. De l'autre côté, quatre tables de travail étaient séparées les unes des autres, dans des box. Les lampes au plafond étaient allumées, même s'il n'y avait personne d'autre qu'eux dans le bâtiment. Elle se dit que les autres membres de la brigade étaient soit partis en patrouille, soit chez eux avec leurs familles.

— Le café vient d'être fait, dit Stilton avec un geste de la main en direction de la kitchenette. Servez-vous, ma jolie.

— Euh…

Elle était prise de court. Le seul homme qui l'avait jamais appelée *ma jolie*, c'était Gordon.

— Non merci, répondit-elle.

Stilton se laissa lourdement tomber dans un grand fauteuil de cuir au bout de la table de conférence.

— Très bien, chérie, dit-il. Est-ce que vous allez me dire ce qui se passe, ou est-ce qu'on doit attendre votre patron ?

Elle avait choisi de ne pas relever le « ma jolie », mais cette fois elle lui lança un regard acéré.

— Oh ! ne vous la jouez pas féministe avec moi, dit Stilton. Personne ne couvre les jolies demoiselles comme vous de mots doux, dans le Sud ?

Son imitation de l'accent du Sud donnait l'impression que Scarlett O'Hara lui avait tordu les couilles avec les lacets de son corset. Pas étonnant que les gens détestent autant les flics.

— Allez, chérie ! fit Stilton. Où est votre sens de l'humour ?

Elle posa ses sacs par terre, puis elle s'assit sur la table. Elle fit la même chose qu'avec le chauffeur Uber : elle sortit son téléphone et ignora Stilton. Sa vision se brouilla alors qu'elle regardait l'écran sans le voir. Elle se forçait à ne pas relever la tête. Au début, elle sentait qu'il la regardait, puis il comprit enfin le message qu'elle voulait lui faire passer. Il se leva en grognant bruyamment et se dirigea vers la kitchenette. Elle l'entendit prendre un mug sur l'étagère, puis elle perçut le déclic de la cafetière quand il la souleva de la plaque chauffante.

Ses yeux finirent par focaliser sur les notifications qui s'affichaient sur l'écran de son portable. Comme elle pouvait s'y attendre, elle avait reçu deux textos, un de sa mère et un de son père. Laura lui avait envoyé un lien vers la collection permanente d'art amérindien du musée d'Art de Portland. Gordon lui demandait de l'appeler au cours du week-end, mais seulement si elle avait le temps. Elle alla dans ses contacts et trouva le numéro de Mike. Elle n'avait pas oublié ce que Bible lui avait dit devant la bibliothèque.

Elle lui écrivit :

MAIS QU'EST-CE QUE TU AS RACONTÉ À CES GENS, BORDEL ?????????

Les pointillés indiquant que son correspondant était en train de répondre s'éternisèrent.

Le texto de Mike arriva enfin :

DE RIEN !

— Désolé, dit Bible en claquant la porte derrière lui.

Il vit qu'elle était sur son téléphone.

— Le café est chaud ? demanda-t-il à Stilton.

Celui-ci refit le même grand geste en direction de la kitchenette, en s'affalant à nouveau dans son fauteuil.

— Merci bien.

Elle entendit les bottes de Bible racler le carrelage tandis qu'il traversait la grande pièce pour se servir une tasse de café.

— On ne veut pas vous retenir trop longtemps, commissaire Cheese, reprit Bible. Et si vous nous transmettiez votre rapport ? On vous le rendra plus tard.

Stilton eut un air perplexe.

— Mon rapport ? demanda-t-il.

Bible eut l'air déconcerté, à son tour.

— Je croyais que ça faisait un moment que vous étiez ici ? Peut-être que votre prédécesseur a laissé quelque chose auquel on pourrait jeter un œil ?

Stilton fit la moue.

— Jeter un œil à quoi ? interrogea-t-il.

— À votre dossier sur la juge.

— Quel dossier ? continua Stilton en secouant la tête.

— Ah, je vois, fit Bible, au temps pour moi.

Bible se détourna du chef et s'adressa à Andrea.

— La plupart du temps, expliqua-t-il, les flics locaux ont des dossiers en cours sur tous les événements inhabituels qui se sont déroulés à proximité du domicile d'un juge fédéral – présence prolongée de personnes inconnues, voitures garées dans la rue trop longtemps, ce genre de choses. Ce sont des trucs qui se font, en général, quand on a une personnalité importante dans la juridiction.

Andrea rempocha son téléphone, soudain honteuse d'avoir eu le réflexe de le sortir. Bible lui montrait comment elle aurait dû s'y prendre. Au lieu d'ignorer ce crétin de Stilton, elle aurait dû lui rappeler qu'elle était un agent fédéral, et que lui n'était qu'un minable.

— Et quid des suicides ? demanda Bible au commissaire. Il y en a eu, ces derniers temps ? Ou même seulement des tentatives ?

— Je…, commença Stilton, à nouveau désemparé. Deux filles ont essayé de se suicider à la ferme des babas cool, là-bas. L'une d'elles s'est ouvert les veines. C'était il y a un an et demi, environ. Et pendant les vacances de Noël, on en a repêché une autre dans l'océan, aussi glacée qu'un iceberg. Mais elles s'en sont tirées toutes les deux. Elles cherchaient juste à attirer l'attention.

— La ferme des babas cool ? répéta Bible. Qu'est-ce que c'est, au juste ?

— C'est à environ dix kilomètres de la route côtière, mais à vol d'oiseau ça ne ferait qu'un ou deux kilomètres. C'est pile à la limite du comté.

— C'est là où il y a tous les bâtiments arc-en-ciel ?

— Oui, c'est ça, confirma Stilton. Ça fait des années qu'ils y font leurs conneries hydro-biologiques. Des tas d'étudiants étrangers vont vivre là-bas et y faire des stages. Ils ont des dortoirs, une cantine, un entrepôt. Mais moi je trouve que ça ressemble plutôt à un gros prétexte pour faire bosser les gens à l'œil. Surtout des étudiantes, en fait. De très jeunes femmes. Loin de chez elles. C'est la catastrophe assurée.

— D'où les deux tentatives de suicide.

— Exactement.

Andrea vit Stilton hausser les épaules. Elle avait bien envie d'en faire autant. Elle ne voyait absolument pas pourquoi Bible s'intéressait à ces suicides.

— D'accord, fit Bible en posant son mug sur la table. Merci pour le temps que vous nous avez accordé, monsieur. Permettez-moi de vous donner ma carte. Je vous serais très reconnaissant de me tenir au courant si un autre suicide se produisait.

Stilton observa la carte que Bible avait posée sur la table.

— Bien sûr, répondit-il.

— On a détaché une équipe qui surveille la maison de la juge vingt-quatre heures sur vingt-quatre, juste au cas où vous ne l'auriez pas remarqué, dit Bible. Deux agents toute la journée, deux la nuit. Moi, je m'assieds généralement avec un fusil sur le perron. Une façon de dissuader les intrus, si vous voulez. En dehors de nos heures de service, on a pris nos quartiers au motel, un peu plus haut dans la rue. Appelez-nous si vous avez besoin de quoi que ce soit, et on en fera autant.

Stilton leva les yeux de la carte qu'il tenait à la main.

— C'est tout ? demanda-t-il.

— C'est tout, répondit Bible en lui administrant une claque dans le dos. Merci pour votre aide, commissaire Cheese.

Andrea suivit Bible en silence ; ils repassèrent par l'accueil et sortirent. Elle réfléchit aux différentes solutions qui s'offraient à elle tandis qu'ils redescendaient les marches du perron l'un derrière l'autre. Bible l'avait jetée dans le grand bain, et elle avait coulé comme une pierre enchaînée à une enclume. Cela faisait à peine quelques heures qu'elle était dans le métier, et elle échouait déjà.

Bible s'immobilisa au milieu du trottoir.

— Alors ? demanda-t-il.

Elle ne pouvait nier la vérité. Les formateurs leur avaient répété sept jours sur sept que la première chose à faire était d'affirmer leur autorité. Si elle n'arrivait pas à se faire respecter par le flic d'un bled paumé, elle ne réussirait jamais cet exploit auprès d'un malfrat.

— J'ai merdé, répondit-elle. Je l'ai laissé prendre l'ascendant, alors que j'aurais dû faire en sorte de nous le mettre dans la poche. On pourrait avoir besoin de lui un jour.

— Qu'est-ce qu'il a fait pour te mettre en rogne ?

— Il m'a appelée « ma jolie » et il s'est moqué de mon accent.

Bible éclata de rire.

— Eh bien, c'est quelque chose, ça, Oliver, dit-il. Le tenir à distance, c'est une façon de procéder, en effet. J'ai déjà vu des cas où ça marchait. Mais j'ai aussi vu des nanas flatter le gars dans le sens du poil, lui donner du « chéri » aussi, et parfois même flirter un peu.

Il y avait des tas de choses qu'elle ignorait, mais elle était sûre que flirter avec un homme dans le cadre professionnel ne lui vaudrait jamais le respect de qui que ce soit.

— Qu'est-ce qu'il y a d'autre, comme solution ? demanda-t-elle.

— Règle numéro 16 des Marshals : imagine que tu es un thermomètre. Observe ce qu'on te renvoie et ajuste ta température en fonction. Là, le chef se montrait un peu chaud, alors tu aurais dû te réchauffer un peu, toi aussi. Ce n'était pas la peine d'être glaciale. Tente le coup, la prochaine fois. Le métier s'apprend sur le tas.

Elle hocha la tête en entendant ce refrain familier. Dans son métier, il fallait toujours nuancer et ajuster ses réactions, mais elle était davantage habituée aux extrêmes.

— OK, répondit-elle.

— Enfin, ne te fais pas trop de bile pour l'instant. Tu peux oublier ce bon vieux Cheese. C'était sans doute la dernière fois que tu le voyais, de toute façon.

Andrea en déduisit que la leçon était terminée. Bible se remit en marche.

— J'ai laissé ma bagnole devant la bibliothèque, dit-il en pressant le pas comme pour la forcer à accélérer le sien. On va manger un morceau avant d'aller chez la juge.

En entendant parler de nourriture, elle sentit son estomac gargouiller. Elle suivait Bible en traînant péniblement les pieds. Tous les dix mètres environ, il y avait sur le trottoir une petite boîte noire de la taille d'un carton à chaussures. Elle reconnut les pièges qu'on trouvait aussi dans la petite ville balnéaire où elle avait grandi. Les touristes attiraient les rongeurs. Elle se demanda si la personne qui avait envoyé le rat mort au juge l'avait ramassé là, dans le centre-ville. Et puis la question lui sortit de la tête car elle était trop épuisée pour réfléchir, poser un pied devant l'autre lui demandait toute son énergie.

— Il y a un snack-bar, un peu plus haut, dit Bible en accélérant de plus belle. Je les ai appelés pour qu'on nous réserve deux places au comptoir. Je suppose que ça t'ira ?

— C'est super.

Elle espérait vraiment que la nourriture lui donnerait un regain d'énergie. Son estomac gargouilla à nouveau quand elle sentit une odeur de frites flotter dans l'air. Devant eux, l'enseigne au néon de Chez RJ projetait une lueur rose sur le trottoir.

MILK-SHAKES-HAMBURGERS-OUVERT JUSQU'À MINUIT.

— Ben ça alors, fit Bible avec un grand sourire en tenant la porte à une femme qui sortait, les bras chargés de sacs de vente à emporter.

— Catfish ?

Elle semblait surprise de le voir.

— Qu'est-ce que tu fais ici ? demanda-t-elle.

— Le coach m'a rappelé sur le terrain, répondit-il, avant de faire les présentations. Judith, je te présente Andrea Oliver, ma nouvelle coéquipière.

— Bonjour, dit Judith.

Elle regardait Andrea, semblant attendre une réponse.

— Euh…, commença Andrea, qui avait visiblement du mal à retrouver sa voix. Euh, bonjour, dit-elle enfin.

— Elle n'est pas très bavarde, expliqua Bible. Laisse-moi te filer un coup de main avec tout ça.

Il prit les sacs plastiques et accompagna Judith jusqu'à sa voiture, garée tout près. Un homme attendait derrière le volant. Andrea aperçut l'étoile clipsée à sa ceinture.

— On va manger un morceau, dit Bible à Judith. Dis à la juge qu'on sera là vers 17 h 30 pour que je puisse mettre ma nouvelle coéquipière au parfum.

— 18 heures, plutôt, pour nous laisser le temps de finir de manger, dit-elle. Mamie nous force à dîner de bonne heure.

Judith ouvrit la portière et déposa son sac à main matelassé, qui faisait plutôt la taille d'une sacoche, sur le siège passager. Puis elle récupéra les sacs que lui tendait Bible. À la lumière du jour, elle semblait un peu plus âgée qu'Andrea ; elle devait avoir environ quarante ans. Elle portait un chemisier chatoyant avec un genre de sarong ample et fluide en guise de jupe. Elle avait un air à la fois pragmatique et bohème, même si la voiture dans laquelle elle grimpa était une élégante Mercedes gris métallisé.

Bible lui fit au revoir de la main.

— À tout', dit-il.

La portière se referma avec un discret déclic. Le moteur se mit à ronronner.

Judith jeta un œil à travers la vitre et regarda Andrea d'un air intrigué. Andrea ne sut que faire. Elle ouvrit son sac à dos et se mit à fourrager dedans comme pour y chercher quelque chose d'une importance vitale. La voiture s'éloigna enfin, mais le visage de la femme était à présent gravé dans sa mémoire.

Des yeux bleu glacier. Des pommettes saillantes. Une petite fossette au menton.

Judith ressemblait trait pour trait à leur père.

17 OCTOBRE 1981

Six mois avant le bal de promo

Emily frissonna ; un vent mordant entaillait la surface de l'océan. Ses yeux se fermèrent pour se protéger de la brûlure du sel dont l'air était saturé. Elle se sentait triste, endolorie et fatiguée, mais aussi étrangement éveillée. Elle n'avait jamais fait d'insomnie auparavant, bien que sa grand-mère lui ait dit qu'elles étaient fréquentes, dans la famille. Peut-être que c'était cela, avoir presque dix-huit ans – être presque une adulte, presque une femme : être dans l'incapacité de mettre son cerveau en veille et de se reposer.

L'université. Un stage. Une nouvelle ville, une nouvelle école, de nouveaux amis.

Emily plaça un point d'interrogation silencieux derrière le mot *amis*.

Elle avait grandi à Longbill Beach et avait toujours connu les mêmes personnes, les mêmes lieux, les mêmes choses. Elle n'était pas sûre de se rappeler comment on se faisait de nouveaux amis, et n'était pas non plus certaine de le vouloir. Même si elle fréquentait aussi d'autres personnes du lycée, le cœur de sa vie affective était constitué, depuis le CP, de quatre personnes seulement : Clay, Nardo, Blake et Ricky. Ils se surnommaient joyeusement *la clique,* depuis que M. Dawson, le directeur de l'école élémentaire, avait utilisé ce mot pour mettre en garde Ricky au sujet de ses fréquentations.

Aussi loin qu'Emily pût se souvenir, les membres de la clique avaient passé tous leurs week-ends ensemble, ainsi qu'un bon nombre de soirées. Ils avaient de nombreux cours en commun. Ils étaient tous inscrits à des cours optionnels de perfectionnement. À l'exception de Blake, tous faisaient partie du club de course à pied de M. Wexler. Ils lisaient des livres incroyables et parlaient de politique, d'actualité internationale et de films français. Ils se défiaient sans cesse les uns les autres, cherchant à atteindre une pureté intellectuelle toujours plus grande.

À la même période, l'année suivante, ils allaient tous se retrouver éparpillés à travers le pays, et Emily serait seule.

Elle bifurqua à gauche dans Beach Drive. Dans le centre-ville, les rangées de magasins vides formaient un barrage contre les rafales de vent venues du large. La foule déchaînée des touristes était partie, ce qui était un soulagement, mais n'allait pas sans une certaine tristesse. La dernière année de lycée d'Emily mettait tant de choses en perspective. Il lui était beaucoup plus facile de regarder en arrière que de se projeter dans l'inconnu. Ici, tout ce sur quoi elle posait les yeux l'emplissait de nostalgie. Le banc dans le parc, sur lequel Clay s'était confié à elle et lui avait raconté l'accident de voiture qui avait tué sa mère. L'arbre contre lequel elle s'était adossée pour que Ricky lui mette un pansement sur l'égratignure qu'elle s'était faite en dégringolant bêtement au bas des deux marches du perron de la bibliothèque. Le passage entre la boutique de bonbons et le stand à hot-dogs où, deux ans plus tôt, Blake, tout guilleret parce qu'il avait gagné le concours de débats du comté, avait essayé de l'embrasser.

Emily entendit de grands éclats de rire, et son cœur se mit presque à ronronner comme un chaton à la vue des garçons qui arrivaient à l'autre bout de la rue. Clay et Nardo avançaient côte à côte. Ils discutaient en savourant la caresse du soleil de cette fin d'après-midi sur leurs visages battus par le vent. Nardo était mince, parce qu'il courait beaucoup, mais il avait toujours eu un visage poupon, presque de chérubin. Clay était plus grand, plus sérieux et calme. Sa mâchoire carrée sembla fendre l'air lorsqu'il se retourna pour jeter un coup d'œil par-dessus son épaule. Comme toujours, Blake était à la traîne derrière eux, les mains plongées dans les poches de son pantalon de velours côtelé. Comme il avançait les yeux rivés sur le trottoir, il fut totalement pris de court lorsque Nardo s'arrêta brusquement.

Emily l'entendit crier « Bon Dieu ! », malgré la distance de cinquante mètres qui la séparait d'eux. Elle sourit en voyant Blake pousser Nardo. Puis Clay trébucha à son tour, et ils se mirent tous à se bousculer sur le trottoir, comme les billes d'un flipper. Elle sentit son cœur déborder d'amour en les regardant – leur jeunesse, leur décontraction, leur amitié à l'épreuve du temps. Sans crier gare, des larmes lui vinrent aux yeux. Elle aurait voulu s'accrocher à ce moment pour toujours.

— Emily ?

Elle se retourna, étonnée – sans l'être vraiment – de voir Jack Stilton assis sur les marches devant le poste de police. Il tenait un stylo à la main et, sur ses genoux, un cahier ouvert sur une page blanche.

— Cheese, dit-elle, esquissant un sourire et essuyant ses larmes. Qu'est-ce que tu fais assis ici ?

— Je suis censé faire un exposé, répondit-il en tapotant son stylo sur le cahier, visiblement agité. On a dormi au poste, papa et moi.

Emily sentit son cœur se serrer. Sa mère à elle pouvait se montrer froide et autoritaire, mais au moins ce n'était pas une alcoolique cinglée qui changeait la serrure de la porte d'entrée dès que l'envie lui prenait.

— Je suis désolée, dit-elle. Ça craint vraiment.

— Ouais.

Il continuait de tapoter son carnet du bout de son stylo, tout en surveillant d'un air méfiant les garçons au bout de la rue. Quand ils étaient en groupe, il arrivait qu'ils se montrent très méchants envers lui.

— Ne le dis à personne, d'accord ?

— Bien sûr que non.

Elle envisagea un instant de s'asseoir sur les marches près de lui, mais Clay l'avait déjà repérée. À coup sûr, il se moquerait encore d'elle et de ce qu'il appelait sa collection de jouets cassés.

— Je suis vraiment désolée, Cheese. Tu sais que tu peux toujours venir dormir dans notre cabanon à outils. Mes parents n'y vont jamais. N'attends pas que je te le propose. Je peux t'y installer un oreiller et une couverture quand tu veux.

— Ouais, répéta-t-il en hochant la tête. Peut-être.

— Em ! l'appela Clay du bout de la rue.

Il tenait la porte du snack-bar ouverte, mais il ne l'attendit pas car il savait qu'elle viendrait.

— Je ferais mieux de…, dit-elle à Cheese.

— Bien sûr.

Cheese laissa retomber sa tête et se mit à griffonner des mots dans son cahier.

Elle se sentait mal pour lui, mais pas assez pour lui venir en aide. Elle plongea les mains dans les poches de son manteau et courut vers le snack-bar à petites foulées.

Lorsqu'elle poussa la porte, la cloche fixée au-dessus du battant tintinnabula. Une bouffée d'air trop chaud l'enveloppa. Il n'y avait que trois clients, assis à bonne distance les uns des autres, sur des tabourets pivotants, devant le long comptoir. La clique s'était déjà installée dans son habituel box semi-circulaire, au fond de la salle. Ricky fit un clin d'œil à Emily en passant devant elle avec un plateau chargé de sodas et de milk-shakes. Perché sur son tabouret, dans la cuisine, Big Al leur lança un regard noir. Même hors saison, il n'aimait pas que la clique envahisse son restaurant. Mais il avait tout de même décidé que le sacrifice en valait la peine, car cela lui permettait aussi de garder un œil sur ses deux petits-enfants. De plus, c'était toujours Nardo qui réglait la note.

— Vous ne m'écoutez pas, s'agaça Clay.

Il attrapa un milk-shake sur le plateau de Ricky, mais c'était aux garçons qu'il s'adressait.

— Vous êtes obtus ou vous faites semblant ? ajouta-t-il.

Nardo venait d'enfourner une poignée de frites dans sa bouche, mais il répondit tout de même.

— Je préfère être aigu, ironisa-t-il.

Ricky rit mais tous les autres poussèrent un grognement exaspéré.

— C'est exactement ce que je veux dire, rebondit Clay en prenant une paille dans le distributeur. Le monde est en train de s'effondrer, les gens crèvent de faim, moi je crois qu'il faudrait faire la révolution, et vous, pauvres crétins, vous ne pensez qu'à vos bagnoles de sport et à vos jeux vidéo.

— Ce n'est pas vrai, rétorqua Nardo. Je pense aussi beaucoup au sexe.

— On a toujours envie de ce qu'on ne peut pas avoir, observa Blake.

Ricky ricana, puis mit une claque sur l'épaule de Blake. Il se leva en poussant un soupir dramatique, pour que Ricky puisse prendre sa place habituelle entre Nardo et lui.

En silence, Emily s'assit auprès de Clay qui, comme d'habitude, ne se décala pas pour lui faire de la place, de telle sorte qu'elle se retrouva inconfortablement posée sur une seule fesse.

— À propos, fit Blake, puisqu'on parle de bagnoles, vous avez vu que M. Constandt s'est acheté une DeLorean ?

— En fait, intervint Nardo, ça s'appelle une DMC-12.

— Pour l'amour du ciel ! soupira Clay, renversant la tête en arrière et regardant le plafond. Pourquoi je perds mon temps avec des ploucs ignares et chiants comme vous ?

Emily et Ricky échangèrent un regard complice et levèrent toutes deux les yeux au ciel. Elles ne supporteraient vraiment pas d'entendre encore une fois leur éternel débat sur la révolution, d'autant plus que la pire chose qui fût jamais arrivée à un membre de la clique, c'était que, quelques années auparavant, Big Al avait demandé à Blake et Ricky de travailler au snack-bar le soir et le week-end pour l'aider à remettre l'établissement sur pied après qu'il avait été ravagé par un incendie parti de la cuisine.

Clay poussa un grognement en remettant sa tête d'aplomb. Il se mit à suçoter sa paille, la bouche en cul-de-poule. Sa pomme d'Adam montait et redescendait lorsqu'il déglutissait. Le soleil couchant qui filtrait à travers la vitrine du café baignait son beau visage d'une lueur angélique. Emily fut prise d'un élan de désir à la vue de ses traits harmonieux. Il était indéniablement séduisant, avec ses épais cheveux bruns et sa bouche à la Mick Jagger, pulpeuse et sexy. Tout en buvant son milk-shake, il posait son regard bleu et tranquille sur les visages des personnes assises en demi-cercle autour de lui, dans le box. D'abord Blake, puis

Ricky, puis Nardo. Mais il évita Emily, inconfortablement assise à sa gauche.

— Très bien, fit Nardo, qui était toujours le premier à rompre le silence. Finis ce que tu étais en train de dire.

Clay prit son temps, aspira le fond de son verre de milk-shake avant de le pousser sur le côté, c'est-à-dire juste devant Emily, sous son nez. Ses narines se dilatèrent. Le lait avait une odeur désagréable, presque comme s'il avait tourné. Elle se mit à agiter fébrilement la jambe. Elle se sentait un peu nauséeuse.

— Ce que je disais, reprit enfin Clay, c'est que les membres du Weather Underground *agissaient*. Ils s'entraînaient comme des soldats. Ils faisaient des manœuvres et pratiquaient l'art de la guérilla. C'étaient des étudiants, mais ils ont réussi à se transformer en une véritable armée prête à changer le monde.

— Ils ont fait sauter le bâtiment dans lequel ils se trouvaient, et eux avec ! rétorqua Nardo, visiblement ravi de pouvoir placer cette information. Pas très convaincant, comme stratégie.

— Ils ont frappé le Capitole, contesta Clay avant d'énumérer toutes leurs cibles sur ses doigts. Et le département d'État, aussi. Ils ont braqué un fourgon blindé de la Brinks. Ils ont jeté des cocktails Molotov sur les flics et s'en sont pris à un juge fédéral de la Cour suprême.

Emily pinça les lèvres. Sa mère était juge fédérale.

— Putain, quand même ! fit Clay. Ils ont mis une bombe au Pentagone, les gars !

— Et à quoi ça a servi ? riposta Nardo, plus impérieux que d'habitude, repoussant une mèche de cheveux blonds et fins qui lui tombait devant les yeux.

Il était le seul d'entre eux à s'être fait percer l'oreille. Un énorme diamant ornait son lobe gauche.

— Ils n'ont rien accompli du tout avec leurs actions, poursuivit-il. Ils ont fait sauter un ou deux immeubles vides, tué quelques personnes…

— Des innocents, intervint Emily. Qui avaient des familles et…

— Oui, d'accord, l'interrompit Nardo en balayant son intervention d'un geste de la main. Ils ont tué des innocents, et ça a changé que dalle.

Emily n'aimait pas se faire rembarrer.

— Ils n'ont pas tous fini en prison ou en cavale ? demanda-t-elle.

Clay la regarda pour la première fois depuis qu'elle était entrée dans le snack-bar. D'habitude, elle était aux anges quand il faisait attention à elle, mais là elle avait les larmes aux yeux. Il avait été accepté dans une université à l'ouest du pays. Celle où elle irait était à une heure de Longbill. Des milliers de kilomètres allaient les séparer. Elle se languirait de Clay, alors que lui l'oublierait, très certainement.

Clay se retourna vers Nardo.

— Lis le manifeste *Prairie Fire*. Le but du Weather Underground, c'était de renverser l'impérialisme américain, d'éradiquer le racisme et de créer une société sans classes sociales.

— Minute papillon, intervint Nardo, le contredisant à nouveau. Moi je l'aime beaucoup, notre système de classes sociales.

— Comme c'est étonnant ! marmonna Blake. Le gars dont le grand-père a financé Standard Oil veut maintenir le statu quo.

— Ta gueule, répondit Nardo en lui lançant une frite qui atterrit devant Emily. Ce que je ne comprends pas, Clayton, c'est comment ça se fait que tout ça ne nous serve pas de contre-exemple. Le Weather Underground. L'Armée de libération symbionaise. Nom de Dieu, même Jim Jones et Charles Manson – qu'est-ce qu'ils sont devenus, eux et leurs disciples ?

Emily tourna la tête, feignant de contempler le snack-bar vide. Le milk-shake de Clay l'avait déjà bien écœurée, et la frite enrobée de ketchup avait achevé de lui retourner l'estomac. Elle se sentit bizarrement chancelante, comme prise d'une espèce de mal de mer – ou de ce qui s'en rapprochait le plus sur la terre ferme.

— Ce que tu ne comprends pas, Bernard, commença Clay, c'est que M. Wexler a raison. En ce moment, à la Maison Blanche, on a un vieux schnock fan de Barry Goldwater, une espèce de *has been* rescapé des films de série B qui distribue allègrement des branlettes subventionnées à ses potes des grandes entreprises, pendant qu'il démolit les prétendus assistés et booste le complexe militaro-industriel.

— Ça fait beaucoup pour une seule phrase, commenta Ricky, prenant instinctivement la défense de Nardo.

— Ça s'appelle essayer de comprendre le monde, chérie.

Ricky et Emily échangèrent un second coup d'œil. La révolution se souciait très rarement des droits de la femme.

— OK…, intervint Blake de son ton pédant habituel. Mais j'imagine qu'on pourrait aussi objecter qu'on parle encore de tous ces gens aujourd'hui, non ? Si on connaît encore le Weather Underground, Charles Manson et Jim Jones après toutes ces années, ça veut bien dire qu'ils sont encore d'actualité, si je ne m'abuse ?

— Ils s'inspirent et se stimulent les uns les autres, déclara Clay en levant en l'air quatre doigts écartés. Ça, c'est le salut que Bernardine Dohrn a fait pour afficher sa solidarité avec les filles du clan Manson qui avaient planté Sharon Tate avec une fourchette.

— Oh mon Dieu, fit Ricky, l'air vraiment dégoûté. S'il vous plaît, les gars, là c'est vraiment pas cool.

Les garçons firent chacun toutes sortes de petits bruits pour s'excuser des propos de Clay ou manifester leur mansuétude à l'égard des faits décrits.

Emily vit Blake prendre la main de sa sœur sous la table. Ils étaient jumeaux, mais on n'aurait même pas dit qu'ils étaient de la même famille. Ricky était petite, ronde, avec un nez fin, et Blake, qui faisait une tête de plus qu'elle, avait une silhouette anguleuse et de longs muscles fins. Même leurs cheveux étaient différents. Ceux de Ricky formaient comme un halo de boucles souples autour de son visage, tandis que Blake avait les cheveux longs et raides, aux épaules, beaucoup plus clairs que ceux de sa sœur.

— Bref, fit Nardo en écartant à nouveau une mèche de ses yeux et en levant en l'air son nez retroussé, qui n'était pas sans rappeler le groin d'un petit cochon. Parlons plutôt du week-end prochain, hein, les enfants ? Papa et maman partent enfin passer quelques nuits en ville, alors vous savez ce que ça veut dire.

— La Fête du mois ! s'exclama Ricky en levant son verre.

Emily baissa les yeux vers la table. Ses mains s'étaient mises à trembler.

— En fait, dit Blake, le week-end prochain, ça fera plus d'un mois depuis la dernière fête.

— Oui, d'accord, ce sera la Fête du mois plus une semaine, dit Nardo. Mais tout ce qui compte, les amis, c'est qu'elle aura lieu !

— Hourra ! fit Ricky en levant à nouveau son verre.

Emily se força à inspirer profondément.

— Excellente nouvelle, mon vieux, dit Clay en tendant le bras au-dessus de la table pour prendre une cigarette dans le paquet de Nardo. Il y aura qui, cette fois ?

— Oui, fit Blake, sarcastique. Qui est-ce qu'on va bien pouvoir inviter ?

Ricky ricana. Ils n'invitaient jamais personne. Ils restaient toujours tous les cinq, car c'était exactement ce qui leur plaisait.

— Si je peux me permettre une suggestion..., commença Clay en laissant la cigarette allumée pendiller de ses lèvres. Que diriez-vous d'organiser une autre petite session avec notre cher ami M. Timothy Leary ?

Tout le monde éclata de rire, mais Emily sentit le tremblement de ses mains s'étendre au reste de son corps. Des gouttes de sueur perlèrent sur sa nuque. Elle lança un nouveau regard furtif en direction de Ricky. Cela faisait des années qu'ils organisaient ces fêtes mensuelles. Ce n'étaient pas tant des fêtes au sens conventionnel du terme que des délires improvisés où ils carburaient à l'alcool et au cannabis pour résoudre les grands problèmes du monde et se faire rire les uns les autres.

Jusqu'au mois dernier.

Ils avaient essayé le LSD pour la première fois, et il y avait encore des moments de cette soirée dont personne ne se souvenait.

— Allez Emmie-Em, lança Clay qui avait perçu l'hésitation de cette dernière. Ne gâche pas la fête avant même qu'elle ait commencé !

— Tu t'es bien éclatée la dernière fois, renchérit Nardo. Vraiment *é-cla-tée* !

Emily fut prise d'une soudaine envie de vomir en voyant Nardo hausser les sourcils d'un air égrillard.

— Il a raison, intervint Ricky, volant comme d'habitude au secours de Nardo. Ne gâche pas la fête pour tout le monde, Em.

— Allez Emmie, insista à son tour Blake. Tu sais comment ça marche, entre nous. Les Trois Mousquetaires.

Telle était l'interprétation de Clay du célèbre « Un pour tous, tous pour un » : soit ils se bourraient la gueule et/ou se défonçaient tous ensemble, soit personne ne le faisait. On aurait dit qu'ils oubliaient chaque fois qu'Emily était généralement la seule qu'il fallait convaincre, à grand renfort de cajoleries.

— Tu vas quand même pas laisser un seul petit *bad trip* gâcher l'expérience de tout le monde, dit Clay en lui mettant un coup d'épaule un peu trop agressif.

Emily sentit la fesse sur laquelle elle tenait en équilibre perdre du terrain sur la banquette ; et bien sûr, Clay la poussa à nouveau.

— Clay ! s'écria-t-elle.

Elle dut s'agripper à lui pour ne pas se retrouver par terre.

— Je te tiens, lui dit-il.

Il avait le bras enroulé autour de sa taille, et le visage tout près d'elle. Emily regarda sa main posée sur le torse de Clay. Elle sentait ses muscles fermes sous sa chemise. Les battements réguliers de son cœur. Le même élan instinctif que tout à l'heure s'empara d'elle.

— Mais bon Dieu, baise-la, qu'on en finisse ! lança Nardo d'un ton où le dédain le disputait à l'excitation.

Sans tenir compte de sa remarque, Clay redressa Emily sans effort, avec un petit reniflement. Puis d'une pichenette il envoya sa cendre valser dans le verre à moitié vide de Nardo.

— Ricky, ma vieille, dit Nardo, je veux bien un autre milk-shake.

Ricky leva les yeux au ciel.

— Je croyais que M. Wexler avait dit qu'on devait tous perdre quelques kilos, répliqua-t-elle.

— Je crois qu'il voulait juste parler de toi, ma chère, rétorqua Nardo, ravi de l'embarrasser publiquement. Allez, ma petite vache, va me chercher un milk-shake.

— Parle à mon cul, rétorqua Ricky.

Nardo cracha une volute de fumée au visage de Ricky.

— Ne prends pas tes désirs pour des réalités, dit-il.

Emily détourna à nouveau le visage. L'odeur âcre de la fumée lui donnait des haut-le-cœur. Elle passa les mains sur son visage. Elle avait l'impression d'avoir les joues en feu et avait encore le souffle un peu court de s'être retrouvée aussi près de Clay. Elle méprisait ce corps qui la trahissait. Elle se leva tellement vite qu'elle fut prise de vertige.

— Il faut que j'aille aux toilettes, dit-elle.

— Idem, fit Ricky en donnant un coup d'épaule à Blake pour pouvoir se lever et sortir du box à son tour. Essayez de pas faire exploser la baraque en notre absence.

Cette dernière pique était surtout adressée à Nardo, qui agita à nouveau les sourcils pour toute réponse.

— Nom d'un chien ! murmura Emily quand elles furent hors de portée de voix. Pourquoi tu ne dis pas simplement à Nardo ce que tu ressens pour lui ?

— Tu sais très bien pourquoi, répondit Ricky.

Tout le monde le savait. Bernard Fontaine était un sale con. Il l'avait toujours été et le serait toujours. Le grand drame de Ricky, c'était qu'elle le savait – toute sa vie ou presque, elle avait vu Nardo se comporter chaque jour comme un sale con – et que, malgré cela, elle se cramponnait encore à l'infime espoir qu'il finirait par changer. Elle appela son grand-père, qui s'affairait devant le gril.

— Papy, dit-elle, Nardo veut un autre milk-shake.

Big Al lui lança un regard circonspect tout en se dirigeant vers la machine à milk-shake. Ce qui était drôle, c'était qu'il considérait toujours Nardo comme la mauvaise influence du groupe, alors que c'était en fait Clay qui les incitait toujours à se mettre en danger. Toutes les bêtises qu'ils avaient faites – voler de l'alcool, prendre de la drogue, faucher de l'argent et des objets de valeur dans les voitures immatriculées dans d'autres États –, c'était Clay qui en avait eu l'idée.

Ce n'était jamais lui qui en avait fait les frais.

— On va derrière le restau pour respirer un coup ? suggéra Ricky.

Emily la suivit dans le long couloir. Les bouffées d'air frais l'attiraient vers l'extérieur comme des lignes de pêche. Elle sentait l'odeur salée des embruns s'engouffrer par la porte. Ses cheveux voletaient au vent. La promenade de planches se déroulait comme un tapis le long du bord de mer.

Ricky sortit un paquet de cigarettes de la poche de sa veste, mais Emily secoua la tête. Elle se sentait encore nauséeuse, ce qui devenait récurrent. Ces derniers temps, la moindre odeur lui soulevait l'estomac, qu'il s'agisse de fleurs coupées sur la table de la cuisine ou des cigares puants de son père. Elle avait sans doute chopé un virus intestinal.

Une grande étincelle jaillit de l'allumette de Ricky lorsqu'elle la frotta contre le côté de la boîte. Elle leva la flamme vers le bout de sa cigarette. Ses joues se creusèrent lorsqu'elle aspira la fumée, qu'elle recracha avec une toux rauque. Emily repensa à ce que Blake avait dit la première fois que sa sœur avait fumé : *On dirait que tu fumes parce que tu trouves ça cool, et pas parce que tu en as envie.*

Emily avança jusqu'au bord de la promenade, contre le vent. Elle posa les avant-bras sur la balustrade. La mer faisait des tourbillons autour des piles, en contrebas. Elle sentit les embruns lui caresser doucement la peau. Ses joues étaient encore brûlantes, depuis que Clay l'avait tenue tout contre lui.

Comme toujours, Ricky lisait dans ses pensées.

— Tu m'as demandé où j'en étais avec Nardo, mais toi et Clay alors ?

Emily serra les lèvres. Quatre ans auparavant, Clay avait décidé que le sexe ne ferait que compliquer le bon fonctionnement du groupe. Emily avait interprété ce décret comme le signe qu'il ne s'intéressait pas à elle, car Clay trouvait toujours une façon d'obtenir ce qu'il voulait.

— L'année prochaine, il sera au Nouveau-Mexique, répondit Emily.

— Ce n'est pas si loin !

— C'est à trois mille kilomètres d'ici.

Emily avait fait ce calcul à l'aide d'une formule qu'elle avait trouvée dans *L'Almanach du vieux fermier*, un périodique annuel auquel son père était abonné.

Ricky s'étrangla avec sa fumée et toussa à nouveau.

— Ça prendrait combien de temps en voiture ? demanda-t-elle.

Emily haussa les épaules, mais elle connaissait la réponse à cette question.

— Deux ou trois jours, selon la fréquence des arrêts.

— Eh ben, Blake et moi on sera juste au bout de la rue, à Newark, dans notre bonne vieille université du Delaware, dit Ricky avec un sourire empreint de tristesse.

Le seul aspect positif de la mort tragique de leurs parents, c'était une action en justice qui avait permis de financer leurs études, à son frère et elle.

— Ce sera à combien d'heures de route de la fac où tu iras ? demanda Ricky.

Emily se sentit mal parce qu'elle n'avait pas songé à calculer la distance entre le quartier de Foggy Bottom, à Washington DC, et l'université du Delaware.

— Deux heures, tout au plus, se hasarda-t-elle.

— Et Nardo ira à l'université de Pennsylvanie, si son père graisse la patte aux bonnes personnes. Ce n'est qu'à quelques heures de l'UD.

Ce calcul-là, Ricky l'avait fait, évidemment.

— Donc ce n'est pas loin, n'est-ce pas ? ajouta-t-elle. Il te suffira de sauter dans le train pour venir nous voir quand tu veux.

Emily se contenta de hocher la tête, car elle sentait qu'elle ne réussirait pas à parler. Elle était incroyablement triste, déchirée entre l'irrépressible envie que sa vie change et celle, non moins impérieuse, de rester bien à l'abri au sein de la clique.

Si Ricky ressentait la même chose, elle ne l'exprimait pas. Elle fumait en silence, le pied posé au bas de la rambarde, en lançant un regard noir en direction du large. Emily savait qu'elle détestait l'océan. Les parents de Ricky et Blake étaient morts dans un accident de bateau quand les jumeaux avaient quatre ans. Big Al subvenait à leurs besoins, mais il jouait son rôle parental à contrecœur. On aurait pu dire la même chose des parents de Nardo, toujours en déplacement, que ce soit pour leur travail à New York, pour des vacances à Majorque, un gala de bienfaisance à San Francisco, un tournoi de golf au lac Tahoe... n'importe où, à vrai dire, tant qu'ils n'avaient pas à passer du temps avec leur fils. Quant aux parents d'Emily – eh bien, il n'y avait pas grand-chose à en dire, hormis qu'ils s'attendaient à ce qu'elle réussisse.

Étrangement, Clay était le seul du groupe à avoir deux adultes stables et aimants dans sa vie. Il avait été adopté par les Morrow à la mort de sa mère. Il avait quatre sœurs et un frère biologiques qui vivaient ailleurs dans le monde, mais il n'en parlait jamais, et ne se souciait certainement pas de prendre de leurs nouvelles. Sans doute parce que les Morrow le traitaient comme un présent que leur aurait fait le Christ lui-même. Et Clay n'était pas du genre partageur.

— Em ? demanda Ricky. Qu'est-ce qui t'arrive, en ce moment ?

— Rien, répondit Emily en haussant les épaules et en secouant la tête en même temps. Tout va bien.

D'une pichenette, Ricky envoya sa cendre dans l'océan. Elle était décidément très douée pour lire dans les pensées d'Emily.

— C'est bizarre, hein ? dit-elle. Je veux dire, on est tous sur le point de commencer notre vie, mais en même temps, on est encore ici, pas vrai ?

La balustrade vibra lorsque Ricky tapa du pied dessus, pour indiquer qu'elle était *ici*, pile à cet endroit, devant le snack-bar de son grand-père. Emily était heureuse que sa meilleure amie partage cette même impression d'écartèlement. Elle ne comptait plus le nombre de fois où elles étaient toutes deux sorties en douce du snack-bar par la porte de derrière, pendant que les garçons se disputaient pour savoir laquelle des drôles de dames de Charlie était la plus sexy, citaient des répliques des Monty Python, ou cherchaient à deviner laquelle des élèves de troisième avait été jusqu'au bout.

Emily savait que Ricky et elle perdraient leur belle complicité une fois qu'ils seraient tous partis à l'université.

— Berk, grimaça Ricky en regardant sa cigarette qu'elle n'avait fumée qu'à moitié. Je déteste ces trucs-là.

Emily la regarda envoyer le mégot dans l'océan. Elle tâcha de ne pas penser à ce que cela ferait aux poissons.

— Je te trouve différente depuis la fête du mois dernier, dit Ricky.

Emily détourna le regard. La tristesse s'empara à nouveau d'elle. La nausée. Les tremblements. Elle eut l'impression d'entendre le *ding* d'une machine à écrire atteignant le bout de la ligne. Le roulement du retour de chariot. Puis elle imagina les barres à caractères se lever une par une, d'un coup sec, et épeler le mot suivant, en lettres majuscules : LA FÊTE.

Elle n'en avait aucun souvenir. Ce n'était pas comme avoir oublié où elle avait mis ses clés, ou zappé un devoir à faire. Pour ce genre de désagréments mineurs, son cerveau l'aidait toujours à retrouver le contexte. Elle arrivait à s'imaginer en train de lâcher ses clés sur la table plutôt que dans son sac, ou de rêvasser en classe et d'oublier de noter un devoir à faire. Mais lorsqu'elle cherchait à se remémorer le soir de la Fête, son cerveau ne l'emmenait pas très loin. Elle se rappelait avoir grimpé les marches en béton jusqu'à la grande porte d'entrée à double battant de chez Nardo. Elle se souvenait du carrelage couleur terre d'ombre dans le vestibule. Le salon en contrebas, avec son lustre en or et son énorme meuble TV. Les grandes fenêtres qui offraient une vue plongeante sur la piscine. La chaîne hi-fi qui occupait un mur entier. Les baffles, presque aussi hautes qu'elle.

Mais ces détails ne provenaient pas de ce soir-là en particulier – celui de la Fête. Elle les connaissait en raison du nombre incalculable de fois où elle avait dit à ses parents qu'elle dormait chez Ricky, ou qu'elle allait travailler chez une amie à qui elle n'avait même pas parlé depuis des années, alors qu'en réalité ils allaient tous chez Nardo pour picoler, jouer à des jeux de société, regarder des films, ou fumer de la marijuana en refaisant le monde détraqué dont ils étaient sur le point d'hériter.

Le soir de la Fête, en revanche, n'était rien d'autre qu'un trou noir.

Emily revoyait Nardo ouvrir la porte d'entrée. Elle se rappelait que Clay avait posé un petit carré de papier sur sa langue. Elle se souvenait qu'elle s'était assise sur l'un des canapés en daim.

Et puis elle s'était réveillée par terre, dans la chambre à coucher de sa grand-mère.

— Enfin bref, fit Ricky avec un soupir en tournant le dos aux vagues.

Elle avait les coudes posés sur la balustrade, ce qui faisait ressortir ses seins comme ceux d'une figure de proue.

— Je ne connais rien à l'acide, mais Clay a raison, ajouta-t-elle. Tu ne devrais pas laisser un seul *bad trip* tout te gâcher. Les hallucinogènes peuvent avoir un effet thérapeutique. Cary Grant en prenait pour guérir de ses traumatismes d'enfance.

La lèvre inférieure d'Emily se mit à trembler. Elle se sentit soudain déconnectée, comme si son corps était resté là, sur la promenade avec Ricky, mais que son cerveau s'était envolé ailleurs – un ailleurs où il était plus en sécurité.

— Em..., fit Ricky qui voyait bien que quelque chose n'allait pas. Tu sais que tu peux me parler.

— Je sais, répondit Emily.

Pourtant, le pouvait-elle vraiment ? Ricky et Blake avaient ce rapport bizarre qu'ont les jumeaux, qui faisait que se confier à l'un revenait automatiquement à révéler ses secrets à l'autre. Et puis il y avait aussi Nardo, qui obtenait tout ce qu'il voulait de Ricky. Et Clay, à qui ils allaient toujours tout répéter.

— Les garçons doivent sans doute se demander ce qui nous est arrivé, dit Emily.

— Ouais, on ferait mieux d'y retourner.

Ricky se décolla de la balustrade et commença à se diriger vers le snack-bar.

— Tu as récupéré la fiche d'exercices du cours de trigo ? demanda-t-elle.

— J'allais..., commença Emily, avant d'être interrompue par les spasmes de son estomac.

Agressée par la brise salée, les odeurs de cuisine, ou la fumée de cigarette – ou bien les trois en même temps –, elle se sentait soudain très mal.

— Em ? fit Ricky en lui jetant un regard par-dessus son épaule alors qu'elles s'engageaient dans le couloir. La feuille d'exercices ?

— J'allais justement…

Le vomi lui remonta dans la gorge. Emily colla les mains contre sa bouche et se précipita vers les W-C. La porte s'ouvrit d'un coup et se referma sur son épaule. Elle se rua vers les toilettes. Le lavabo était plus proche. Un liquide chaud se mit à couler entre ses doigts. Elle retira ses mains et un torrent de vomi tomba en cascade dans le lavabo.

— Nom d'un chien, marmonna Ricky.

Elle tira une poignée de serviettes en papier du distributeur et fit couler de l'eau froide dans le second lavabo.

— Bon Dieu, qu'est-ce que ça pue, dit-elle.

Le corps secoué de convulsions, Emily fermait les yeux pour ne pas voir dans le lavabo les cookies non digérés et le soda qu'elle avait partagés avec sa grand-mère avant de quitter la maison. Elle eut un nouveau haut-le-cœur et sentit son corps demander grâce. Elle était vidée, mais elle ne pouvait plus s'arrêter.

— Ça va aller, la réconforta Ricky en lui posant des serviettes fraîches sur le cou.

Elle frottait le dos d'Emily en lui disant des mots rassurants. Ce n'était pas la première fois qu'elle se consacrait à la tâche douteuse de venir en aide à quelqu'un qui vomissait. Dans le groupe, c'était elle qui avait l'estomac le plus solide et l'instinct maternel le plus développé.

— Putain ! s'exclama Emily.

Ce mot qu'elle n'utilisait jamais était sorti de sa gorge comme un crachat ; elle ne s'était jamais sentie aussi malade de toute sa vie.

— Je sais pas ce qui m'arrive, bredouilla-t-elle.

— Peut-être que tu as chopé un truc.

Ricky jeta les serviettes humides à la poubelle et sortit sa trousse à maquillage.

— Depuis combien de temps tu te sens comme ça ? demanda-t-elle.

— Pas longtemps, répondit Emily, tout en se rendant compte qu'en vérité, ça durait depuis un bon moment.

Trois jours, au moins, peut-être même une semaine.

— Tu te souviens de Paula, qui était en cours d'arts plastiques avec nous ? reprit Ricky qui utilisait son briquet pour chauffer la pointe de son crayon khôl. Elle arrêtait pas de gerber en cours le matin, et tu sais ce qui lui est arrivé.

Emily se regarda dans la glace et vit son visage devenir livide.

— Bien sûr, pour que ça arrive, il faudrait d'abord que tu aies été dépucelée, dit Ricky en redessinant le trait noir autour de ses yeux. Tu as perdu ta virginité sans me le dire ? Oh ! merde…

Elle observait attentivement Emily, imaginant le pire en voyant l'expression de stupeur que cette dernière avait sur le visage.

Ricky eut du mal à déglutir.

— Em, tu n'es pas… ?

— Non.

Emily se pencha au-dessus du second lavabo et s'aspergea le visage d'eau froide. Ses mains tremblaient. Tout son corps tremblait.

— Ne sois pas stupide, dit-elle. Tu sais que je ne ferais jamais ça. Enfin, peut-être que si, mais en tout cas je t'en parlerais, si c'était le cas.

— Mais si tu avais…, commença Ricky sans finir sa phrase. Merde, Em, tu en es sûre ?

— Si je suis sûre d'être encore vierge ?

Elle retourna au lavabo plein de vomi et y fit couler de l'eau pour tenter de le nettoyer.

— Je crois que je m'en souviendrais, si j'avais couché avec quelqu'un, Rick. Enfin, ce n'est pas rien, quand même.

Ricky ne répondit pas.

Emily regardait le visage de sa plus vieille amie dans le miroir. Le silence qui s'était installé entre elles se réverbérait dans le petit espace carrelé comme l'écho d'un coup de canon.

La Fête.

— J'ai eu mes règles vendredi dernier, dit enfin Emily.

— Oh ! putain…, fit Ricky en laissant fuser un rire de soulagement. Pourquoi tu me l'as pas dit ?

— Parce que je te l'ai dit, quand c'est arrivé, répondit Emily. Je les ai eues en plein cours de sport. Je t'ai dit que je devais retourner au vestiaire pour changer de short.

— Ah oui, c'est vrai.

Ricky continua de hocher la tête jusqu'à ce qu'elle se soit convaincue que c'était bien la vérité.

— Désolée, dit-elle. C'est sans doute pour ça que tu es malade. Les règles douloureuses, ça craint carrément.

— Oui, ça doit être ça, acquiesça Emily en hochant la tête.

— On est passées à deux doigts du psychodrame, dit Ricky en levant les yeux au ciel. Bon, je ferais mieux d'apporter son précieux milk-shake à Nardo.

— Rick ? fit Emily. Ne dis pas aux garçons que j'ai vomi, d'accord ? C'est gênant, et tu sais que Nardo va faire des blagues sur le poisson pourri ou un truc dégueulasse comme ça.

— Ouais, bien sûr.

Ricky fit le geste de fermer ses lèvres à double tour et de jeter la clé, mais Emily imaginait déjà la réaction en chaîne – de Blake à Nardo à Clay.

— Je vais nettoyer tout ça, dit Emily en faisant un geste en direction du lavabo sale.

Mais Ricky était déjà sortie.

Emily entendit la porte se refermer.

Lentement, elle se retourna pour se regarder dans la glace.

Ses règles avaient toujours été irrégulières, arrivant généralement en retard ou en avance selon un calendrier qu'elle ne pouvait anticiper. Ou peut-être que c'était elle qui ne faisait pas vraiment attention à ses cycles car elle n'avait jamais eu de rapports sexuels, et comme Ricky avait toujours des tampons sur elle, pourquoi Emily se serait-elle embêtée à surveiller l'arrivée d'une chose qui était plus un désagrément qu'un signal d'alerte ?

Elle ferma les yeux, les paupières tremblotantes. Elle se revit grimper les marches en béton qui menaient à la porte d'entrée de chez Nardo. Tirer la langue pour que Clay y dépose un morceau de buvard imprégné d'acide. Se réveiller par terre près du lit de sa grand-mère, avec la gueule de bois, le corps lourd et moite, et un sentiment de panique car, pour une raison qui lui échappait complètement, sa robe était enfilée sur l'envers et elle ne portait plus aucun sous-vêtement.

Elle rouvrit les yeux. Dans le miroir, elle vit des larmes couler sur ses joues. Son estomac était encore contracté mais elle avait également une faim de loup. Elle était épuisée, mais aussi étrangement revigorée. Elle avait retrouvé ses couleurs. On aurait même dit que sa peau brillait.

Elle avait menti.

Elle n'avait pas eu ses règles la semaine précédente.

Cela faisait quatre semaines qu'elle ne les avait pas eues.

Quatre semaines, depuis la Fête.

3

Debout devant le lavabo des toilettes de Chez RJ, Andrea s'aspergea le visage d'eau froide. Observant son reflet, elle se dit qu'elle était loin d'avoir l'air aussi flippée qu'elle ne l'était. Elle avait enfin rencontré la fille d'Emily. Son hypothétique demi-sœur. Que ce soit arrivé par pure coïncidence et non grâce à ses talents de Sherlock Holmes était une chose qu'elle avait décidé de prendre comme un cadeau plutôt qu'un mauvais présage.

Judith.

Andrea fouilla dans sa poche pour trouver son portable. Elle chercha Judith Vaughn sur Google, mais cela ne donna rien, à part deux notices nécrologiques de femmes très âgées et un compte LinkedIn, qu'elle ne pourrait pas consulter car elle n'avait pas l'intention de s'inscrire. Instagram, Twitter et TikTok furent autant de coups d'épée dans l'eau. Elle vérifia sur Facebook et tomba sur des femmes encore plus âgées et ce qu'elle supposa être des photos de leurs petits-enfants. C'était logique, car Judith Vaughn était un nom d'un autre siècle. Même en restreignant la recherche au Maryland et au Delaware, elle ne parvint pas à trouver une Judith Vaughn dont le profil pût correspondre à celle qu'elle venait de dévisager avec des yeux de merlan frit dans la rue.

Elle posa le téléphone contre sa poitrine. Il était hors de question qu'elle laisse quelques recherches infructueuses sur Internet saboter son enquête parallèle sur Nick Harp. Judith n'avait pas l'air du genre à se marier, mais elle avait bien une fille, alors il était possible qu'elle porte le nom de famille d'un homme. Ou d'une femme, car ce genre de choses arrivait aussi.

Andrea ferma les yeux, prit une grande inspiration et essaya de se concentrer sur ce que cette nouvelle information pouvait bien signifier. Elle était partie du principe que Bernard Fontaine, Eric Blakely et Erica Jo Blakely ne fréquentaient pas les réseaux sociaux pour des raisons générationnelles, mais ce n'était pas d'une logique imparable. Sa mère avait seulement quelques années de moins que l'ancien groupe d'amis d'Emily, et elle possédait un compte Facebook. Certes, Laura passait le plus clair de son temps sur Nextdoor, mais ça, c'était parce que les gens qui vivent à l'année dans une station balnéaire étaient soit des fouineurs, soit des cinglés et/ou des serial killers en puissance.

La porte des toilettes s'ouvrit.

Une femme au visage encadré de boucles poivre et sel la regarda et haussa les sourcils. Elle portait un tablier rouge et un T-shirt blanc. Des bracelets comme ceux de Madonna à chaque poignet – des joncs noir et argent accumulés sur deux ou trois centimètres au moins. Elle cessa de mastiquer son chewing-gum juste avant de faire claquer sa bulle.

— Ça va, ma jolie ? demanda-t-elle.

— Euh…

À nouveau, la bouche d'Andrea refusa brusquement de prononcer le moindre mot. La femme avait la cinquantaine bien tassée, elle mesurait environ un mètre soixante-huit pour un peu plus de soixante kilos, et sous sa teinture brun foncé on voyait réapparaître les racines grises de ses cheveux. Andrea reconnut le tablier à rayures du personnel du snack-bar, mais les lettres RJ qu'elle lut sur son badge firent retentir une minuscule clochette dans sa tête.

Elle dégageait quelque chose de chaleureux et de maternel, comme si elle avait toujours sur elle un sac dans lequel on trouverait une trousse à pharmacie et des cookies, au cas où quelqu'un en aurait besoin.

— Euh, répéta Andrea. Oui, pardon. Ça va, merci.

— Pas de problème.

La femme se remit à mastiquer son chewing-gum et entra dans l'un des deux W-C.

Andrea résista à l'envie de la regarder par l'interstice de la porte. Elle avait grandi dans un petit patelin et, s'il y avait bien une chose qu'elle savait, c'était que, dans ce genre d'endroits, les gens avaient tendance à ne pas déménager trop loin.

Elle attendit d'entendre le pipi couler, puis retourna sur Google pour consulter le site Internet du snack-bar. Après avoir fait défiler la large bannière « NOUS RECRUTONS », elle cliqua sur une page qui exposait en détail l'histoire du restaurant, laquelle remontait aux années 1930, lorsque l'arrière-grand-père, Big Al Blakely, y avait fait ses débuts en tant que serveur. Puis il avait acheté l'établissement, qu'il avait par la suite transmis à son fils, Big Al Junior, mais un incendie avait presque détruit l'entreprise. Et puis, vingt ans auparavant, le nom avait changé pour devenir Chez RJ, quand la femme actuellement enfermée dans l'un des W-C avait abandonné son boulot de rédactrice en chef du *Longbill Beacon* pour reprendre la direction de ce boui-boui. Andrea vit sa photo, avec un nom dessous.

RJ « Ricky » Fontaine.

Je soussignée, Erica Jo Blakely, déclare que je n'étais pas au bal de promo, hier soir. Je suis restée toute seule chez moi jusqu'aux alentours de 18 heures, heure à laquelle mon frère est rentré du bal, plus tôt que prévu car il s'ennuyait. On a regardé Le shérif est en prison, Y a-t-il un pilote dans l'avion *et un bout d'*Alien *sur le magnétoscope, puis nous sommes allés nous coucher. Je ne sais rien au sujet du bébé d'Emily Vaughn. Oui, j'étais sa meilleure amie depuis la maternelle, mais la dernière fois que je lui ai parlé, c'était il y a cinq mois, et c'était pour lui dire : « Ne m'adresse plus la parole. » On ne s'était pas fâchées ni disputées. C'était juste que mon grand-père m'avait dit : « Garde tes distances parce qu'Emily se drogue. » Et je savais que c'était vrai. Je ne sais pas ce qui lui est arrivé, mais je ne la reconnaissais plus. Elle était devenue très amère et colérique. Tout le monde a de la peine pour elle et sa famille, parce qu'elle va sans doute mourir, mais ça ne change rien à la vérité ni aux faits. Je jure, sous peine de sanctions pénales, que le contenu de cette déclaration est vrai.*

Andrea se regarda à nouveau dans le miroir, se demandant comment elle avait bien pu échouer à assembler les pièces d'un puzzle aussi facile. Bien sûr, Ricky Blakely avait épousé Nardo Fontaine. C'était pour cela que toutes ses recherches au nom de Ricky Blakely n'avaient rien donné. Ricky avait pris le nom de famille de son mari. Un amour de lycée, sans doute. C'était souvent comme ça que les choses se passaient dans les petites villes.

Son reflet lui sourit dans la glace. Elle aurait dû avoir envie de se gifler pour ne pas l'avoir compris plus tôt, mais elle se sentait soudain euphorique. Elle venait d'élucider sa première énigme ! Elle avait réellement identifié et retrouvé une personne proche d'Emily. Peu importe le ton déplacé du témoignage de Ricky, elles avaient été meilleures amies presque toute leur vie. La Ricky adulte avait dû passer outre à leur petite prise de bec, depuis le temps. Elle savait sans doute tout ce qui s'était passé.

L'euphorie d'Andrea retomba aussi vite qu'elle était venue.

Comment réussirait-elle à faire parler Ricky ? Elle ne pouvait tout de même pas aller toquer à la porte des toilettes et lui demander de lui révéler tous les détails d'un meurtre brutal dont sa meilleure amie avait été la victime quarante ans plus tôt. *Et d'ailleurs, dites-moi : ce ne serait pas votre autre ami d'enfance, l'assassin ?*

Si Ricky avait voulu balancer des saletés sur Clayton Morrow, elle l'aurait fait des dizaines d'années plus tôt, quand les actes épouvantables de Nick Harp avaient attiré l'attention des médias nationaux. Tous les articles qu'Andrea avait lus révélaient qu'il n'était autre que Clayton Morrow, de Longbill Beach. Dans sa bio, Ricky disait elle-même qu'elle avait fait du journalisme, mais au fil de ses recherches Andrea n'était jamais tombée sur le témoignage de quelqu'un qui aurait véritablement grandi aux côtés de son père. Pour ce qu'elle en savait, personne à Longbill Beach n'avait jamais parlé à la presse. Les frères et sœurs de Clay/Nick, perdus de vue depuis longtemps, n'avaient jamais été retrouvés et ne s'étaient pas manifestés d'eux-mêmes. Ses parents adoptifs avaient refusé de parler aux journalistes. Tous deux étaient morts plus de trente ans auparavant – l'une d'un cancer du sein, l'autre d'une crise cardiaque –, et toutes les informations qu'ils pouvaient détenir sur leur fils avaient disparu avec eux.

Ce qui ramenait Andrea exactement à son point de départ.

Elle sentit resurgir ce réflexe familier qui la poussait à se dire que tout allait foirer de toute façon. Mais, s'il y avait bien une chose qu'elle avait apprise à l'académie, c'était qu'il fallait morceler les tâches pour les rendre faisables. Pour l'instant, elle en était encore à l'étape de la collecte d'informations. Elle passerait à l'étape numéro 2 lorsque le moment viendrait. En attendant, ce qui pouvait l'aider, c'était d'arrêter de penser à son père en tant que Nick Harp. Car c'était Clayton Morrow le suspect potentiel dans le meurtre d'Emily Vaughn. Si elle parvenait à trouver le moyen de coller ce meurtre sur le dos de Clay, alors le dossier Nick serait réglé, lui aussi.

Le bruit distinctif du papier toilette qu'on déroulait la mit en alerte. C'était déjà bizarre qu'elle soit restée là tout le temps où Ricky se soulageait, mais ça le serait encore plus si elle était toujours dans les parages lorsque cette dernière sortirait. Elle se débrouilla donc pour quitter les lieux avant d'entendre la chasse d'eau.

Elle tourna exprès à gauche en sortant des toilettes, au lieu d'aller à droite en direction de la salle du restaurant. La cuisine était vide, alors que c'était l'heure du coup de feu. Elle avança encore dans le long couloir. La porte de derrière était bloquée en position ouverte. Elle aperçut la promenade de planches, au loin. Le rugissement de la mer faisait un bruit assourdissant. Un homme en tenue de friturier apparut. Il lui lança un regard interrogateur. Il avait à peu près le même âge qu'elle et était noir – il ne s'agissait donc pas d'Eric Blakely. Un neveu, peut-être ? Ou un fils ?

Elle sortit à nouveau son téléphone. Elle tapa RJ Blakely dans la barre de recherche et tomba sur un compte Twitter : @CRJMTM

Chez RJ Milk-shakes Trop Mortels.

Dix points pour les qualités de précision. Un rapide balayage des réponses la fit tomber sur des commentaires positifs postés par des touristes, en plus des innombrables connards habituels qu'on trouvait toujours sur Twitter. Il y avait aussi de généreuses photos de milk-shakes exposés sur le comptoir du restaurant. La plupart avec alcool. Elle ne s'habituerait jamais à voir de l'alcool au menu d'un snack-bar. Elle avait grandi dans le Sud, où on pouvait acheter de la meth ou une arme de poing à presque tous les coins de rue, mais où la vente d'alcool était rigoureusement contrôlée.

Derrière elle, la porte des toilettes s'entrouvrit. Elle se précipita dans le couloir en quatrième vitesse, mais eut quand même le temps d'entendre Ricky chuchoter rageusement dans son téléphone portable, comme une cliente mécontente qui demanderait à parler au gérant.

— Certainement pas, sifflait-elle. C'est inacceptable.

Un faible bourdonnement emplissait le restaurant alors que les clients attablés, des gens âgés qui, pour la plupart, n'étaient pas du coin, étaient en train d'engloutir toutes sortes d'aliments frits. Andrea eut l'impression de recevoir un coup de poing à l'estomac en apercevant Catfish Bible assis à l'autre bout du comptoir. Il était bien trop tôt pour dîner, mais elle n'avait rien mangé de la journée à part quelques biscuits orange au beurre de cacahuète au petit déjeuner. Quand elle vit le hamburger et les frites qui l'attendaient sur le bar, devant le tabouret vide à côté de Bible, elle dut essuyer la salive qui s'accumulait aux coins de sa bouche.

— J'ai commencé sans toi, dit Bible qui grignotait le pourtour de son hamburger, comme un gamin. C'est bien, ici. Je suis déjà venu. Je me suis dit que tu voudrais commander le plat du jour.

Elle ne prit pas la peine de lui répondre. Elle s'assit et enfourna le burger le plus profondément possible dans sa bouche, comme s'il risquait de s'enfuir. Elle avala une grande goulée de Coca pour aider le tout à descendre. Le goût inattendu de la boisson lui arracha une grimace.

— N'est-ce pas ? fit Bible. Ils n'ont que du Pepsi, ici.

Elle secoua la tête. On n'avait pas idée.

— Alors, comment tu as atterri dans les forces de l'ordre ? lui demanda Bible.

Elle sentit sa gorge s'étirer comme le ventre d'un python lorsqu'elle avala sa bouchée de viande et de pain. Tous les élèves de Glynco avaient une histoire – un oncle qui était mort dans l'exercice de ses fonctions, une famille de policiers depuis le siècle dernier, un ardent désir de protéger et de servir.

— Je travaillais au poste de police de ma ville, répondit-elle enfin.

Bible hocha la tête d'un air circonspect, et Andrea se demanda à quel point ils avaient vérifié ses antécédents dans son dossier. Par exemple, faisaient-ils la distinction entre le statut de flic en uniforme sur le terrain et celui d'opérateur de police secours travaillant de nuit, un vampire qui s'évanouissait dès que le soleil se levait ?

— Moi j'étais dans les Marines, dit Bible. Je me suis fait un bobo à l'orteil au début de la guerre du Golfe et on m'a renvoyé chez moi pour que je récupère. Ma femme, Cussy, m'a bien fait comprendre qu'elle me flanquerait des coups dans les roustons si je restais encore à traîner dans la baraque. C'est comme ça que j'ai fini par m'engager chez les Marshals.

Andrea le vit hausser les épaules. Lui aussi laissait un sacré paquet de choses de côté, bien sûr.

— Tu es allée à la fac ? demanda-t-il en trempant quelques frites dans le ketchup.

— Oui, à Savannah.

Elle enfonça un autre gros morceau de burger dans sa bouche, mais constata avec désarroi que Bible attendait qu'elle poursuive sa phrase.

— J'ai laissé tomber six mois avant la fin de mon cursus, ajouta-t-elle.

Il mastiquait en même temps qu'elle.

— Moi, pour mon premier tour de piste, j'ai été affecté au district du Sud, dit-il. Ils ont un joli petit QG là-bas, dans Bull Street. Mais dis-moi, tu parles bien de l'École d'art et de design de Savannah ?

Elle termina la fin de son hamburger. À Glynco, Andrea avait appris très tôt qu'il n'y avait aucune façon élégante d'expliquer à un marshal qu'elle avait laissé tomber un diplôme en technique des arts de la scène de Savannah après s'être fait recaler au séminaire « Mettre en lumière le récit », sans qu'il reste planté là, bouche bée, à la regarder comme s'il voyait des papillons s'envoler du cul d'une licorne.

Elle choisit donc de raconter à Bible la version expurgée.

— J'ai décroché un boulot à New York, où j'ai vécu jusqu'à ce que le cancer du sein de ma mère soit diagnostiqué. Alors j'ai réemménagé chez elle pour m'occuper d'elle. C'est là que j'ai travaillé aux services de police du coin. J'ai vu l'annonce pour les US Marshals sur le panneau d'affichage des offres d'emploi. Et puis j'ai passé un an et demi à cliquer sur le bouton « Actualiser » de leur site, jusqu'à ce que ma candidature soit acceptée.

Bible coupa court à sa tentative de diversion.

— Quel genre d'art tu faisais ?

— Le genre « pas assez bon ».

Elle voulait plus que tout changer de sujet, et Bible n'avait manifesté de réel intérêt que pour une seule chose en dehors de sa vie privée.

— Pourquoi as-tu demandé au commissaire Stilton s'il y avait eu des suicides dans le coin ? s'enquit-elle.

Bible hocha la tête tout en finissant son Pepsi.

— Un meurtrier, c'est suicidaire.

À Glynco, on aimait les petites formules presque autant que les acronymes, mais elle n'avait jamais entendu cette maxime auparavant.

— Qu'est-ce que tu veux dire ?

— Adam Lanza, Israel Keyes, Stephen Paddock, Eric Harris et Dylan Klebold, Elliot Rodger, Andrew Cunanan, énuméra-t-il.

Comme elle suivait assidûment les rediffusions du magazine télévisé d'infos *Dateline*, elle avait reconnu les noms des tueurs psychopathes et meurtriers de masse que son coéquipier avait cités, mais il ne lui était jamais venu à l'esprit d'autre qualificatif que « monstrueux » à leur sujet.

— Ils se sont tous suicidés avant qu'on puisse les arrêter, poursuivit Bible. C'est ce qu'on appelle des intrapunitifs, une façon élégante de dire qu'ils ont retourné leur colère, leur culpabilité, leur hostilité et leur frustration contre eux-mêmes. En fouillant dans leur passé, on trouve souvent des pulsions suicidaires et meurtrières. Ils ne tuent pas sur un coup de tête, de but en blanc. Ils y arrivent progressivement, étape par étape. Ils doivent d'abord l'écrire, en rêver, en parler, puis atterrir à l'hôpital…

Bible s'essuya la bouche et jeta sa serviette en papier dans son assiette.

— Il y a cinq ans, on comptait peut-être un millier de menaces contre les juges chaque année. L'année dernière, on en était à plus de quatre mille.

Andrea ne lui demanda pas la raison de cette explosion de cas. Tout le monde avait la rage en ce moment, en particulier contre le gouvernement.

— Est-ce qu'il y en a qui ont mis leurs menaces à exécution ? demanda Andrea.

— Il n'y a eu que quatre tentatives de meurtre réussies contre des juges fédéraux depuis 1979. Mais l'un des criminels ne correspond pas exactement aux critères, puisqu'il se trouvait par hasard au supermarché Safeway pile au moment où un membre du Congrès a été visé.

Elle connaissait cette histoire, car elle assaisonnait son régime *Dateline* de podcasts de *true crime.*

— Gabby Giffords, dit-elle.

— Je vois que tu suis, bravo, dit Bible. Tous les juges assassinés étaient des hommes, jusque-là. Tous les meurtriers aussi, on le sait parce qu'on les a chopés. Tous les juges, sauf un, étaient républicains.

Il s'interrompit un instant pour s'assurer qu'elle l'écoutait avec attention.

— Il n'y a que deux cas connus où des membres de la famille d'un juge ont été assassinés ou grièvement blessés. Dans les deux cas, les juges étaient des femmes, et c'étaient elles, les cibles. Elles étaient démocrates toutes les deux. Dans chaque cas, les assassins étaient des hommes blancs d'âge moyen. Tous deux souffraient de grave dépression – ils avaient perdu leur boulot, leur famille, leur argent. Et ils ont tous les deux fini par se tuer.

— Meurtriers et suicidaires, donc.

Elle voyait enfin où il voulait en venir. C'était encore une chose qu'elle avait apprise à l'académie : dans les forces de l'ordre, on adorait les statistiques.

— OK, fit-elle. En général, la conduite passée d'un individu annonce son comportement à venir. C'est pour ça que le FBI mène des études sur les tueurs en série. Ils recherchent des schémas de comportement. On retrouve généralement ces schémas chez d'autres tueurs en série.

— Exact.

— C'est pour ça que tu as demandé au commissaire Cheese de te signaler tous les suicides potentiels dans la région. Un homme blanc d'âge moyen suicidaire correspondrait au profil d'une personne qui pourrait tenter d'assassiner une juge.

Elle attendit que Bible opine du chef.

— Mais les mailles de ton filet me paraissent quand même un peu larges. Je veux dire, combien de gars correspondant à cette description tentent de se suicider tous les jours sans avoir pour autant l'intention de tuer un juge ?

— Aux États-Unis, il y a environ cent trente suicides réussis par jour, expliqua Bible. Soixante-dix pour cent environ sont le fait d'hommes blancs d'âge moyen, et la plupart d'entre eux utilisent une arme à feu. Et pour anticiper ta prochaine question, ajouta Bible en levant un doigt, non, notre type ne s'est pas suicidé. Je pense qu'il a sans doute essayé et échoué. C'est aussi un schéma récurrent, chez ces gars-là. Si ce n'étaient pas des ratés, ils n'auraient pas autant la rage. Et on sait que notre méchant n'a pas couru à l'hôpital après sa tentative manquée, sinon il y aurait eu un rapport de police, et parmi les quatre-vingt-quatre rapports concernant des tentatives de suicide qui ont été rédigés dans la « région des cinq États » durant les cinq derniers jours, aucun d'eux n'avait de lien avec la juge.

Andrea sentit son cerveau commencer à se réveiller. Cette théorie n'était pas juste une petite fantaisie de la part de Bible. Il y croyait dur comme fer.

— Pourquoi il y aurait forcément un rapport de police ? demanda-t-elle. Ce n'est pas illégal d'essayer de se suicider.

— Ça l'est dans le Maryland et en Virginie. Ça remonte à la *common law* anglaise du XIIIe siècle.

Il haussa les épaules.

— C'est en revanche parfaitement légal dans l'État du Delaware, ajouta-t-il, mais en général, un grand nombre des méthodes employées pour se tuer impliquent des drogues obtenues par des moyens illicites ou des tirs intempestifs interdits par la loi. Sans parler du fait qu'il y a toujours une ex, un voisin ou un collègue qui remarque quelque chose de bizarre et appelle les secours.

C'était une explication logique, mais elle se sentit tout de même obligée de rappeler à Bible ce qu'il lui avait dit lui-même.

— Nous ne sommes pas chargés de l'enquête. Notre seul boulot, c'est d'assurer la sécurité de la juge.

— Bah oui, bien sûr, mais on tape juste la discute, là, championne. On ne peut pas enquêter sur grand-chose sérieusement, au-dessus d'un cheeseburger bien gras, à moins que tu essaies de jouer les Scooby-Doo. Merci.

Ricky faisait le tour des tables avec un pichet pour remplir les verres des clients. Ses mâchoires travaillaient le chewing-gum avec la régularité inexorable d'une machine. Elle commença par le verre d'Andrea et lui adressa un nouveau clin d'œil.

— Tout se passe bien, ma jolie ?

— Oui, madame.

Andrea baissa les yeux vers son verre pour essayer de se redonner une contenance. Elle était toujours euphorique à l'idée d'avoir retrouvé Ricky. Elle pria pour que Bible ne remarque rien.

Mais il le fit.

— On dirait que tu t'es fait une copine.

Andrea ne répondit pas à sa question implicite.

— Des détails précis, dit-elle.

— De quoi tu parles ?

Bible but une grande gorgée de Pepsi.

Elle attendit qu'il ait reposé son verre sur le comptoir.

— Tu as dit qu'il y avait des *détails précis* sur la vie privée de la juge dans les lettres qui ont été envoyées à son cabinet. C'est pour ça que les menaces de mort ont été considérées comme crédibles. Donc il devrait s'ensuivre que la personne qui menace la juge la connaît – au moins suffisamment pour être au courant de ces *détails précis*.

— La vache, Mike ne s'est pas gouré à ton sujet, Oliver..., dit Bible. Tu es maligne comme un singe, ma parole. J'aimerais bien avoir ta mémoire. C'est un truc que tu as chopé dans ton école d'art, le sens de l'observation ?

Elle sentit qu'il allait l'envoyer dans les cordes.

— On dirait que tu connais très bien Judith, dit-elle.

Il reprit son verre et finit le Pepsi. Puis, il fit lentement pivoter son tabouret de façon à se retrouver face à elle.

— On peut parler sérieusement ? demanda-t-il.

— Bien sûr.

— Si on veut que ça marche entre nous, Oliver, il y a un truc que je dois savoir à ton sujet, et un truc seulement.

Sentant venir le coup de bluff, elle y alla au culot, elle aussi.

— Je n'ai rien à cacher, Bible. Pose-moi toutes les questions que tu veux.

— Tu es plutôt du genre tarte ou crumble ?

— Tarte.

Il avait retenu sa respiration et laissa échapper un soupir.

— Ouf, me voilà soulagé !

Elle le regarda se retourner et lever la main pour attirer l'attention d'une serveuse.

Andrea regardait défiler à travers la vitre de la voiture les nombreuses et gigantesques résidences secondaires à l'ouest de Beach Road. Nul besoin de consulter le cadastre de la ville pour comprendre que ces immenses demeures avaient dévoré les petits cottages où les vacanciers séjournaient depuis des générations. Le même genre d'évolution immobilière avait eu lieu à Belle Isle.

La minuscule maison de plage de Laura était à présent cernée par ce qu'elle appelait les maisons-monstres. Elle se plaignait constamment des messages qu'elle retrouvait dans sa boîte aux lettres et qui lui proposaient de vendre son bien contre un joli petit pactole.

— Connards, marmonnait-elle en déchirant les lettres. Et j'irais où, moi ?

Andrea jeta un coup d'œil à Bible, qui était devenu étrangement silencieux depuis qu'ils avaient quitté le snack-bar. L'éclairage du tableau de bord donnait aux cicatrices sur son visage une lueur irréelle. Ses doigts tambourinaient sur le volant au rythme du *yacht rock* qui bourdonnait à la radio. Andrea avait souvent imaginé les gens de la génération de sa mère passer les dernières années de leur vie à traîner les pieds sur une reprise de Duran Duran à la maison de retraite, en criant de temps en temps « Qu'est-ce que tu me racontes là ? » aux membres du personnel, comme dans un remake d'*Arnold et Willy*.

Malgré les goûts musicaux familiers de Bible, elle ne savait pas si elle pouvait faire entièrement confiance à son nouveau coéquipier. À l'évidence, il connaissait mieux la famille Vaughn qu'il ne voulait bien l'admettre. Suffisamment, en tout cas, pour que Judith le traite comme un vieil ami. Il essayait visiblement de découvrir qui avait menacé la juge, même s'il avait clairement dit à Andrea qu'enquêter ne faisait pas partie de leur boulot. Et il ne partageait pas avec elle ce qu'il savait, ce qui était de bonne guerre puisqu'elle ne lui confiait pas non plus les fruits des investigations qu'elle menait en parallèle.

Elle ouvrit la bouche, se disant qu'elle devrait essayer de le faire parler à nouveau, mais elle repensa soudain à ce qu'il avait dit sur la nécessité de se percevoir comme un thermomètre. Comme il était un peu froid avec elle, elle pouvait donc se mettre au diapason.

Son regard se posa à nouveau sur les McMansions, ces horreurs de grandes maisons toutes identiques pour nouveaux riches. Dans son enquête sur le « *cold case* » d'Emily Vaughn, elle en était toujours à l'étape de la collecte d'informations. Le fait était que personne ne savait avec certitude si Clayton Morrow était coupable du meurtre d'Emily Vaughn. Elle l'espérait, car non seulement cela le maintiendrait derrière les barreaux, mais cela apporterait aussi un peu de paix à la famille de la jeune fille assassinée. Mais elle était également consciente que c'était du mauvais travail de détective que de démarrer avec une solution a priori et de remonter la piste à rebours.

Il n'était pas nécessaire d'avoir passé des mois de formation et d'entraînement à Glynco pour savoir que le point de départ de toute enquête sur un meurtre était de chercher un mobile, un mode opératoire et une occasion de passage à l'acte. Elle appliqua cette formule à l'agression violente qui avait entraîné la mort d'Emily.

Pour ce qui était du *mode opératoire,* c'était facile – un bout de bois dont on s'était servi comme d'une batte de base-ball. Le commissaire Stilton père avait fait le lien entre cette arme et une palette de transport de marchandises cassée qu'on avait retrouvée dans l'allée où Emily avait été attaquée. L'arme avait vraisemblablement été balancée depuis la fenêtre d'une voiture, car un type qui promenait son chien avait remarqué la planche ensanglantée tout près de la rue principale, entre le centre-ville et le restaurant-grill Chez Skeeter.

Pour *l'occasion du passage à l'acte,* c'était assez simple aussi – presque tous les gamins de terminale du lycée de Longbill Beach étaient dans le centre-ville pour le bal de promo, ce soir-là. Tout comme les enseignants qui jouaient le rôle de chaperons et les parents qui ne s'étaient pas éloignés du lieu où se déroulaient les festivités. Étant donné la moyenne d'âge des participants du bal, elle supposait qu'ils avaient tous leur propre moyen de transport. Le corps d'Emily ne s'était pas conduit tout seul jusqu'à la benne à ordures du restaurant-grill, à la périphérie de la ville.

Il ne restait que le *mobile*, et il n'en existait pas de plus important que celui de garder un secret. La raison la plus probable de l'agression d'Emily était que le père de son enfant tenait à rester anonyme. D'après tous les témoignages, Emily avait exaucé son souhait. La question avait été posée de façon répétée dans les interrogatoires des témoins, et au vu de leurs déclarations personne ne connaissait la réponse.

Les garçons-pères, ça n'existait pas en 1982. Si vous mettiez une fille en cloque, soit vous l'épousiez, soit vous vous engagiez dans l'armée. Si Clay n'était pas le père, cela faisait donc de Nardo ou d'Eric Blakely les suspects les plus vraisemblables après lui. Plusieurs témoignages d'élèves étant allés au bal laissaient transparaître une jalousie certaine à l'égard du groupe. Ses membres étaient souvent décrits comme arrogants, exclusifs et, pour tout dire, dépravés. Ricky avait épousé Nardo. Il était logique que l'un des gars se soit intéressé à Emily ; mais c'était un peu moins compréhensible qu'Emily le protège.

À moins qu'elle n'ait eu peur de le nommer car elle savait qu'il la tuerait.

Pour quelqu'un qui ne viendrait pas de passer plus de quatre mois à s'entraîner pour devenir membre des forces de l'ordre fédérales, la solution facile serait l'ADN. Malheureusement, utiliser un test génétique en vente libre pour comparer l'ADN de Judith à celui d'Andrea ne donnerait lieu à aucune grande révélation. Il était difficile d'établir de manière certaine les liens de parenté entre des demi-frères et des demi-sœurs sans l'ADN de leurs mères respectives, et l'ADN d'Emily n'était évidemment pas enregistré dans les fichiers. Des sites Internet comme Ancestry.com étaient certes utiles pour retrouver un ADN familial, mais encore une fois, il fallait qu'un échantillon soit présent dans le système pour qu'une correspondance puisse être trouvée et, le cas échéant, tout ce que cela pourrait prouver, c'était une relation génétique assez vague.

Ensuite, il y avait le SIAC, le Système d'index des ADN combinés, une base de données gérée par le FBI qui collectait l'ADN des délinquants condamnés. À ce qu'en savait Andrea, Nardo et Eric Blakely n'avaient jamais été condamnés pour un crime, ni même accusés. En tant que délinquant violent, Clayton Morrow avait déjà son profil ADN répertorié dans le système. Cependant, même si elle réussissait à arracher à Judith un prélèvement buccal, elle n'avait aucun moyen légal de télécharger le profil de son père pour les comparer. Il fallait obtenir le consentement et les mandats, et personne, pas même Jasper, n'était capable de gérer ça sans que Clayton Morrow ne l'apprenne.

Et s'il l'apprenait, il ferait en sorte de lui faire obstacle.

La sonnerie stridente d'un téléphone l'arracha à ses pensées.

Bible jeta un coup d'œil au gigantesque écran tactile sur le tableau de bord, où s'affichait le mot CHEFFE. Il appuya sur le bouton pour décrocher.

— Vous avez Bible et Oliver sur haut-parleur, cheffe.

— Compris.

Étonnamment, la voix voilée à l'autre bout du fil était celle d'une femme.

— Agent Oliver, bienvenue dans le service. Je suis désolée de ne pas avoir été là pour vous accueillir personnellement, mais, comme vous le savez, votre affectation dans ma division a été accélérée, elle n'a pas suivi le processus habituel.

Andrea se rendit compte qu'elle ne savait même pas de quelle division sa cheffe était en train de parler.

— Oui, madame, je comprends.

— Je suis sûre que vous avez dû lire mon mail, à l'heure qu'il est. N'hésitez pas à me dire si vous avez des questions.

— Oui.

Andrea sentit sa gorge s'assécher. Elle n'avait pas regardé son téléphone professionnel depuis ses envolées poétiques sur les arbres de l'Oregon à l'attention de sa mère.

— Oui, madame. Merci, je n'hésiterai pas.

Bible la regarda essayer de déverrouiller son téléphone professionnel. Elle était habituée à la reconnaissance faciale de son iPhone. Il lui fallait un peu de temps pour se familiariser avec le code à chiffres de l'Android. Quand elle parvint enfin à accéder à sa messagerie, elle vit qu'elle avait soixante-deux mails non lus. En faisant rapidement défiler les intitulés des messages, elle en déduisit qu'elle était affectée à la Division de sécurité judiciaire, la DSJ, ce qui n'aurait pas dû la surprendre, étant donné qu'elle était littéralement en route pour assurer la sécurité d'une juge.

— Merci de prendre de nos nouvelles, cheffe, dit Bible. On a un service de nuit qui commence à 18 heures tapantes. On va y aller un peu en avance pour qu'Oliver puisse tâter le terrain.

— Excellent, dit la dame. Félicitations pour vos fiançailles, Oliver. J'ai toujours pensé que Mike était quelqu'un de bien. Et sachez que je n'ai jamais cru à ces rumeurs.

Andrea serra les dents, tout en continuant de faire défiler ses mails. Elle allait tuer cet enfoiré de Mike.

— Il faut que j'y aille, dit la cheffe. Oliver, ma porte est toujours ouverte.

Andrea avait enfin mis la main sur le message de bienvenue de sa supérieure, ce qui était un cadeau du ciel car elle savait maintenant comment s'adresser à la marshal en chef Cecelia Compton.

— Merci, cheffe.

Bible approuva d'un grand sourire.

— Je vous rappelle plus tard, cheffe. J'attends un appel de ma femme avant de partir en service.

— Compris.

Bible raccrocha.

— Règle numéro 32 des Marshals : toujours consulter ses mails avant de les ignorer.

— Une règle utile, marmonna Andrea, qui lisait en diagonale les nombreuses missives de collègues lui souhaitant la bienvenue dans le service.

Même Mike s'y était collé : en bon baratineur, il lui avait écrit un mail formel digne du chef des RH lui-même.

Un autre téléphone sonna.

— C'est Cussy, ma femme, dit Bible.

Bible mit son téléphone personnel contre son oreille et, détournant légèrement la tête pour préserver un semblant d'intimité, dit : « Comment s'est passée ta journée, ma belle ? »

Surprise par la douceur soudaine du ton de Bible, Andrea tâcha de faire abstraction de la conversation de son collègue et continua de passer ses mails en revue. Apparemment, tous les marshals présents dans la région avaient cherché à la joindre. Était-elle censée répondre à tous ces messages de bienvenue insipides ? Leurs auteurs allaient-ils comparer les réponses qu'elle leur adresserait, ou pouvait-elle se contenter de faire un copier-coller ?

Bible émit un gloussement coquin.

— Ma chérie, tu sais que je suis toujours d'accord avec toi.

Andrea tourna à nouveau la tête vers la vitre, se disant qu'elle élargirait peut-être ainsi le minuscule espace d'intimité de Bible. Celui-ci avait ralenti à cause d'un panneau de stop. Ils devaient être proches de la propriété des Vaughn. Elle leva les yeux pour regarder les noms des rues, qu'elle reconnut pour les avoir croisés dans un autre témoignage.

Je soussignée Melody Louise Brickel déclare que, le 17 avril 1982 à environ 16 h 50, j'étais dans ma chambre en train de discuter avec ma mère au sujet de la robe que j'allais porter pour le bal. En fait c'était même une dispute, mais nous nous sommes réconciliées plus tard. Quoi qu'il en soit, je suis allée vers ma fenêtre, qui donne sur le croisement entre Richter Street et Ginger Trail. Là, j'ai vu la voiture marron et beige de M. Wexler à cheval sur la ligne jaune. Il était en costume noir, mais ne portait pas de veste. Sa portière était ouverte, il était debout dans la rue. Emily Vaughn aussi. Elle portait la robe en satin bleu canard vif dans laquelle je l'ai vue en ville plus tard. Je ne pourrais pas dire si elle avait des chaussures, mais sa pochette était assortie à sa robe. Il m'a semblé qu'elle était en train de se disputer avec M. Wexler. Il était très en colère. Il faut que je précise que ma fenêtre était ouverte parce qu'il fait chaud dans ma chambre, vu qu'elle est sous le toit. Bref, j'ai vu M. Wexler attraper Emily et la pousser contre sa voiture. Elle a crié, je l'ai entendue par la fenêtre ouverte. Puis M. Wexler a crié à son tour quelque chose comme – ce ne sont pas ses paroles exactes : « Qu'est-ce que tu racontes ? Il n'y a rien à dire ! » À ce moment-là, j'ai appelé ma mère pour qu'elle vienne à la fenêtre, mais le temps qu'elle arrive, M. Wexler repartait à toute vitesse. C'est là que ma mère m'a rappelé que je n'avais pas le droit de parler à Emily Vaughn ni à aucun des amis avec lesquels elle traînait. Pas parce qu'Emily était enceinte, mais parce que ma mère pensait qu'il ne fallait pas que je les fréquente vu que c'était une mauvaise situation et qu'elle ne voulait pas que je sois blessée parce qu'elle savait que ça me contrariait.

J'ai vu Emily plus tard, ce soir-là, devant le gymnase, je l'ai dit dans ma première déclaration, mais après ça, je ne l'ai plus jamais revue en vie. Je ne vous l'ai pas dit avant, parce que je ne pensais pas que c'était important. Je ne sais vraiment pas qui est le père du bébé d'Emily. Je la connaissais depuis longtemps, depuis la maternelle, mais on n'était pas proches à ce point. En fait, Emily n'était proche de personne que je connaisse, à part peut-être sa grand-mère, qui ne va pas bien. Même avec son groupe d'amis, avant qu'elle soit enceinte, c'était comme si elle les connaissait, mais qu'eux ne l'avaient jamais réellement connue. Pas vraiment. Je jure, sous peine de sanctions pénales, que le contenu de cette déclaration est vrai.

Bible franchit le stop. Andrea regarda les panneaux de signalisation verts disparaître derrière eux. Elle se demandait si M. Wexler n'était pas un outsider dans cette course à la paternité. Ce ne serait pas la première fois qu'un enseignant s'essaierait au détournement de mineure. Cela expliquait peut-être pourquoi Wexler n'était pas mentionné dans la section « Que sont-ils devenus ? » du site Internet du lycée de Longbill, qui affirmait présenter la liste exhaustive des professeurs ayant travaillé dans l'établissement depuis sa création, en 1932.

Google ne l'aida pas beaucoup, non plus. Wexler était un nom de famille allemand qui signifiait « changeur de monnaie » et, apparemment, il y en avait un sacré paquet qui avaient jeté l'ancre à Chesapeake Bay au XVIIIe siècle. À en juger par les pages jaunes, on ne pouvait pas lancer un caillou dans la région sans toucher un natif de Rhénanie.

— C'est ici.

Bible mit son clignotant, bien qu'ils n'aient croisé aucun véhicule depuis qu'ils avaient quitté la ville.

Elle se pencha pour pouvoir apercevoir l'allée bordée d'arbres qui s'étirait sur une longueur équivalente à un demi-stade de football au moins. En dépit des menaces de mort, le portail en fer était grand ouvert. Elle se demanda si le système de fermeture des grilles était défaillant ou si la juge essayait seulement de faire tourner ses agents de sécurité en bourrique.

— Tu sais ce que c'est, la radinerie yankee ? demanda Bible.

Andrea secoua la tête.

— La radinerie du Sud, c'est : je vais manger des cookies rances, pendant que je te sers ces biscuits frais, tout chauds et bien beurrés. La radinerie yankee, c'est : j'ai 10 millions de dollars à la banque, mais je vais couper le chauffage en plein blizzard et, tiens, voilà le manteau naphtaliné que mon arrière-arrière-grand-père portait pendant la guerre de 1812, puisque tu n'as pas le caractère et la trempe nécessaires pour générer ta propre chaleur corporelle.

Elle éclata de rire.

— Ça devrait faire partie de tes règles des Marshals, dit-elle.

— J'en ai une autre pour toi.

Il fit demi-tour dans la cour et se gara en marche arrière dans un espace libre entre deux autres voitures.

— Règle numéro 19 des Marshals : ne leur montre jamais que tu es intimidée.

Elle convoqua mentalement une photo de l'impérieuse juge Vaughn drapée dans l'une de ses luxueuses écharpes.

— Bonne règle, observa-t-elle.

Ils descendirent de voiture ; le soleil de cette fin d'après-midi embrasait tout d'un éclat brûlant. Elle vit une Ford Explorer noire, similaire en tout point à celle de Bible, garée dans l'allée.

— Krump et Harri font la journée, expliqua Bible. De 6 heures à 18 heures.

— Génial, marmonna-t-elle, car rester éveillée encore douze heures d'affilée allait être une véritable partie de plaisir.

— J'adore ton attitude positive, chère collègue, dit-il en lui adressant un vigoureux salut militaire. Et si tu faisais le tour du propriétaire, histoire de te familiariser avec les lieux, avant de venir me retrouver dans la maison ? Passe par la porte du garage et tourne à gauche.

— D'accord.

Elle attendit qu'il disparaisse à l'intérieur. Elle était contente d'emplir ses poumons d'air frais avant de rencontrer la juge. Une part d'elle-même se sentait mal d'en savoir autant sur ce qui avait dû être la pire période de la vie d'Esther Vaughn. Elle ne voyait pas bien comment elle allait cacher le fait qu'elle en savait davantage qu'elle n'aurait dû. Elle avait beau avoir des parents fourbes, elle ne mentait pas facilement.

Elle commença à longer la maison, en espérant que Bible savait que « faire le tour du propriétaire » lui prendrait probablement une bonne quinzaine de minutes. Le garage à lui seul pouvait abriter six voitures. Le domaine était tellement vaste qu'elle apercevait à peine la route, par les grilles ouvertes. Le rugissement lointain de la mer lui fit penser que le jardin devait sans doute avoir un je ne sais quoi de la *Terrasse à Sainte-Adresse* de Monet. La maison était à la mesure de ce cadre. Vue de l'extérieur, la propriété des Vaughn ne semblait tout de même pas sortie de l'imagination d'Escher, mais n'en était pas moins impressionnante, rassemblant à un manoir de style Tudor. Elle s'étirait en son milieu, comme une grande maison à étage, qu'on avait flanquée de deux ailes gigantesques de part et d'autre. Andrea comprit aussitôt ce que Bible avait dit au sujet de la radinerie yankee. Si aucun de ses membres n'était accro à la meth ou au jeu, la famille devait être pleine aux as ; pourtant, il était évident que la maison n'était pas bien entretenue, car elle était rongée par la pourriture.

Elle tourna au coin de la demeure, et l'odeur de l'océan la frappa de plein fouet au moment où le vent changeait de sens. Un sentier pavé sinueux menait à un jardin à l'anglaise, dont le style se caractérisait par une flore luxuriante. Les parterres débordaient de fleurs multicolores. Çà et là, de gros arbustes et des buissons se penchaient au-dessus du chemin de gravier qui s'enfonçait dans la verdure en serpentant. Un muret de pierre irrégulier encerclait une petite fontaine. Il n'y avait pas une mauvaise herbe en vue. Apparemment, quelqu'un entretenait ce jardin avec amour. Une odeur de terre humide s'élevait du sol fraîchement paillé.

Elle sentit également une odeur de fumée de cigarette.

Elle resta dans l'ombre de la bâtisse massive pour arpenter l'arrière de la propriété. Le jardin laissa la place à de grandes étendues non entretenues de pelouse agrémentée de buissons. Plus loin, les arbres se resserraient, bloquant les rayons du soleil. Elle se cogna le pied contre un pavé déchaussé : il y avait un autre sentier sinueux, qu'elle emprunta aussitôt. Elle traversa des plantations qu'on avait laissées pousser de façon anarchique et parvint rapidement à une clairière. À sa gauche, se trouvait une piscine. À sa droite, pile sous le balcon du dernier étage du bâtiment central de la maison, une lumière chaude émanait de ce qui ressemblait à un cabanon de jardin aménagé.

— Putain !

Andrea se retourna et vit une adolescente en top dos-nu et short en jean, qui hésitait entre la peur et la colère de s'être fait surprendre une cigarette à la main. Vu son âge, il n'était pas surprenant de voir la colère l'emporter. Elle balança le mégot dans le jardin en retournant vers la maison d'un pas lourd. Elle laissa dans son sillage un nuage de nicotine et de haine fulminante.

— N'oublie pas de nourrir Syd ! lança Judith par la porte ouverte de l'abri de jardin.

Elle était encore vêtue de sa tenue fluide de tout à l'heure, mais elle avait attaché ses longs cheveux en un chignon souple.

Luttant contre l'embarras qui l'avait saisie un peu plus tôt, devant le snack-bar, Andrea lui demanda :

— Qui est Syd ?

— C'est notre vieille perruche acariâtre. Et ça, c'était Guinevere, ma belle et tempétueuse fille. Au cas où vous vous poseriez la question, elle déteste son prénom presque autant qu'elle me déteste, moi. J'essaie de ne pas le prendre personnellement. On déteste toutes notre mère, à cet âge-là, pas vrai ?

Andrea n'avait pas détesté sa mère avant l'âge canonique de trente et un ans.

— Je suis désolée pour tout à l'heure, dit-elle. J'ai eu une longue journée.

— N'y pensez plus, dit Judith en faisant un signe de la main. Je veux que vous sachiez à quel point j'apprécie ce que vous faites pour ma famille. Grand-mère n'en dira jamais rien, mais ces dernières lettres l'ont vraiment secouée.

Andrea prit cette confession comme une invitation à s'approcher.

— Vous savez ce qu'elles disaient ? Les lettres ?

— Non, elle n'a pas voulu me les montrer, mais j'en ai conclu qu'elles étaient très personnelles. Il en faut beaucoup pour la faire pleurer.

Après toutes les choses qu'elle avait lues à son sujet, Andrea avait du mal à imaginer la juge Esther Vaughn en larmes, mais c'était justement le problème, avec tous ces adjectifs impérieux : on en oubliait qu'on parlait d'un véritable être humain.

— Vous habitez ici ? demanda-t-elle à Judith.

— On est dans la grande maison. J'ai emmené Guinevere et Syd, et je nous ai fait réemménager ici l'année dernière.

Andrea savait que Franklin Vaughn avait pris sa retraite au même moment. Peut-être avait-il réellement démissionné pour passer du temps avec sa famille.

— Inutile de préciser que Guinevere n'était pas enchantée de ce déménagement, dit Judith avec un petit gloussement. Elle appelle cet endroit la maison Serpentard, ce qui est très injuste. C'est notre génération, n'est-ce pas ?

Andrea sentit sa gorge se serrer. Il se pouvait qu'elles soient demi-sœurs. Dans un autre monde, elles auraient été forcées de cohabiter après que leurs parents se seraient remariés, et elles se seraient sans doute détestées.

— Par ici, dit Judith en faisant un geste en direction du cabanon. C'est mon atelier. J'y dors parfois, mais pas quand il fait aussi chaud. Je vais vous faire visiter.

Andrea resta bouche bée en entrant dans un lieu qui lui parut d'emblée très familier. Des étagères en bois s'alignaient sur les murs. Il y avait là des casseroles en inox, des passoires et des entonnoirs. Des verres doseurs. Des gants en nitrile. Des masques faciaux. Des pinces. Des cuillères en bois. Des bandelettes de test PH. Des flacons gicleurs et des compte-gouttes. Un bac de cinq litres d'acide sulfurique. Plusieurs grands sachets transparents de poudre blanche.

— Ne vous inquiétez pas, dit Judith, ce n'est pas de la coke, c'est…

— Du mordant, la coupa Andrea. Qu'est-ce que vous teignez ?

— De la soie, surtout, répondit Judith. Mais vous m'impressionnez. Quand ils posent les yeux sur cette installation, la plupart des policiers s'imaginent que je tiens un labo de drogue.

— Les écharpes de la juge.

Andrea aperçut une rangée entière de séchoirs qu'elle n'avait pas remarqués jusqu'à présent. Des écharpes de différentes couleurs étaient étendues sur les rayonnages. L'une d'elles était d'un bleu si profond que la couleur semblait réfractée à travers un prisme.

— Vous avez vraiment réussi cet indigo. Vous avez utilisé le procédé Gullah Geechee ?

— Là, je suis plus qu'impressionnée, dit Judith. Comment diable une US marshal connaît-elle un antique procédé de teinture rapporté par les esclaves venus d'Afrique ?

— J'ai grandi dans le Sud.

Andrea craignait de trop en révéler sur elle.

— Vous avez fait des études dans ce domaine, ou vous êtes autodidacte ?

— Un peu des deux, répondit Judith en haussant les épaules. J'ai quitté la RISD.

L'École de design de Rhode Island était l'une des meilleures écoles de beaux-arts du pays.

— C'est toujours une grande joie pour moi d'inviter mes anciens professeurs à mes expositions, mais ça, c'est pour mon travail de collage. C'est pour ma grand-mère que j'ai commencé à faire des écharpes, il y a quelques années. On lui a enlevé une tumeur sur les cordes vocales. Dieu merci, ils ont pris le cancer à temps, mais elle reste très complexée par sa cicatrice.

Andrea eut l'impression de recevoir un coup de poing, mais pas à cause du cancer. Elle tourna le dos à Judith, et fit semblant d'admirer les écharpes pour réprimer une brusque montée de larmes. Elle avait toujours adoré l'art, mais jamais elle n'aurait pu penser que cet amour lui venait peut-être davantage de Clayton Morrow que de Laura.

Que lui avait-il transmis d'autre ?

— Les collages sont dans l'atelier, dit Judith. Et il y en a un qui vous intéressera sans doute.

Andrea se retourna en reniflant. Elle fut obligée de s'essuyer les yeux.

— Désolée, j'ai travaillé si longtemps avec les acides que mes yeux n'en souffrent plus, dit Judith en invitant Andrea à passer dans la pièce suivante. Venez, il y a plus d'air dans l'atelier.

Elles franchirent une porte et arrivèrent dans un vaste espace accueillant. Il y avait des fenêtres et des cloisons vitrées partout, même au plafond. Les chevalets présentaient les différents stades de l'œuvre de Judith, qui n'était décidément pas un peintre amateur. C'était une véritable artiste, son travail faisait penser à Kurt Schwitters et Man Ray. Le sol était couvert d'éclaboussures de peinture. Des pots de colle, des ciseaux, des planches à découper, des bobines de fil, des lames, des vernis et des bombes de fixatif s'entassaient sur les tables, à côté de magazines, de photos et d'objets trouvés qui seraient bientôt transformés en nouvelle création.

C'était le plus bel atelier qu'Andrea eût jamais visité.

— Il peut faire une chaleur épouvantable ici, les jours de canicule, mais c'est le seul inconvénient de cet atelier.

Judith s'était arrêtée devant un chevalet qui soutenait ce qui était vraisemblablement son œuvre la plus récente.

— Voilà ce que je me suis dit que vous voudriez peut-être voir.

Andrea ne se concentra pas tout de suite sur les détails. Tout d'abord, elle *ressentit* le tableau, ce qui lui donna la sensation de se tenir sur le pont d'un minuscule bateau ballotté par les vagues d'une tempête imminente. Judith avait utilisé la technique de la solarisation pour créer une impression d'incertitude. Des bouts de lettres et de photographies déchirées, associées en un véritable kaléidoscope, formaient un collage sombre et menaçant.

— C'est l'une de mes créations les plus graves, dit Judith, comme pour s'excuser. Généralement, mon travail est qualifié de masculin ou de puissant, mais…

— La colère d'une femme est rarement comprise, termina Andrea à sa place.

Elle avait fait l'expérience de la même condescendance de la part de certains de ses professeurs masculins.

— Hannah Höch a entendu le même genre de conneries quand elle a exposé avec le groupe Dada, poursuivit Andrea. Mais elle a eu droit à sa propre exposition au MoMA moins de vingt ans après sa mort.

Judith secoua la tête.

— Vous êtes vraiment la marshal la plus fascinante que j'aie jamais rencontrée.

Andrea ne précisa pas qu'elle n'était marshal que depuis un jour et demi. Elle examina attentivement le tableau et lut les mots que Judith avait découpés dans les courriers : certains étaient écrits à la main sur une feuille de cahier, d'autres avaient été tapés à la machine, d'autres encore, à l'ordinateur.

Te tuer salope crève traînée sale juive Satan connasse diablesse youpine meurtrière frigide nique ta mère suceuse de bites sale pédophile sale pute casse-couilles buveuse de sang à la solde de Soros…

— Ce sont les menaces de mort que votre grand-mère a reçues ?

— Pas *les* menaces de mort, mais quelques-unes de celles reçues au fil des ans. En réalité, celles-ci ne sont pas si terribles, comparées aux autres.

Judith eut un petit rire qui n'en était pas vraiment un.

— Je n'ai certainement pas les mêmes opinions politiques que mes grands-parents, mais s'il y a bien une chose sur laquelle on tombe d'accord, c'est que les complotistes barjos d'aujourd'hui sont carrément terrifiants. Ma famille n'est pas juive, d'ailleurs, mais je suppose que ces cinglés s'imaginent que c'est l'une des pires insultes qu'ils puissent nous lancer.

Andrea examina les photographies éparpillées autour du flot d'injures. À l'aide de points de couture et de crayons de couleur, Judith avait transformé les clichés pour les mettre au diapason : Franklin Vaughn, une étoile de David dessinée sur le visage ; Judith, plus jeune, dans un uniforme d'école, la poitrine découpée ; Esther en robe de magistrate, un X gravé sur les yeux ; un rat mort, les pattes en l'air, l'écume à la bouche.

— J'ai trouvé cette pauvre bête qui flottait dans la piscine, dit Judith en montrant le rat. Grand-mère a installé une mangeoire à oiseaux le mois dernier, et ces bestioles-là sont arrivées, la main tendue.

Andrea frissonna. Elle n'avait aucune envie d'imaginer des rats pourvus de mains.

— J'ai payé un type en Nouvelle-Zélande pour ajouter de la bave autour de sa bouche avec Photoshop, ajouta Judith. C'est incroyable tout ce qu'on peut trouver en ligne.

— C'est vrai, répondit Andrea même si elle savait que beaucoup de choses – et de gens – n'avaient aucune visibilité sur Internet.

Elle fit taire sa jalousie artistique et tâcha de se rappeler la véritable raison de sa présence ici. Visiblement, Judith avait cette habitude qu'ont souvent les gens des petites villes de province de partager des informations très personnelles avec de parfaits inconnus. Ou peut-être qu'elle avait juste désespérément besoin de discuter avec quelqu'un qui comprenait ce qu'elle faisait dans cet atelier. Quoi qu'il en soit, cette femme était mûre pour un interrogatoire en règle.

— Est-ce que vous utilisez le nom de Vaughn pour signer vos œuvres d'art ?

— Mon Dieu, non ! Je ne supporterais pas de m'exposer à ce point. J'utilise le second prénom de ma mère, Rose. Judith Rose, ajouta-t-elle.

Andrea hocha la tête, cherchant à dissimuler le fait que son cœur avait failli se décrocher en l'entendant mentionner Emily.

— Vous êtes très douée. Elle doit être très fière de vous.

Judith eut un air perplexe.

— Catfish ne vous a pas dit ?

— Pas dit quoi ?

En silence, Judith fit signe à Andrea de la suivre vers le fond de la pièce. Elle s'arrêta devant les étagères de rangement qui s'alignaient du sol au plafond et sur lesquelles de grands panneaux de toile étaient entreposés. Elle passa le doigt sur plusieurs pièces avant de s'arrêter et de jeter un coup d'œil par-dessus son épaule en direction d'Andrea.

— Soyez indulgente. C'était le premier collage que je faisais de ma vie. J'avais l'âge de Guinevere. J'étais pleine d'angoisses et travaillée par les hormones.

Andrea ne savait pas bien à quoi s'attendre quand Judith fit pivoter sur elle-même une toile qui révéla un collage très primitif. Il en émanait quelque chose de très sombre et perturbant, mais l'œuvre n'était pas aussi percutante que ses autres travaux. Il était clair que Judith avait travaillé dur pour trouver sa vision et son style, de même qu'il était évident pour Andrea que le sujet choisi ici était sa mère décédée. Des photos d'Emily formaient une sorte de cadre autour de l'œuvre ; elles étaient cousues ensemble avec du fil noir très épais, comme on en voit sur les cadavres, après une autopsie.

Andrea chercha quelque chose à dire.

— C'est…

— Brut ? proposa Judith avec un petit rire plein d'autodérision. C'est sûr… Bon, ce n'est pas pour rien que je ne montre pas ça à tout le monde. Même mon agent ne l'a jamais vu.

Andrea tenta de poser une question innocente.

— Est-ce que c'est votre mère ?

Judith opina du chef, mais Andrea connaissait tellement bien la photo de terminale d'Emily Vaughn qui apparaissait dans le coin de l'œuvre qu'elle aurait pu la décrire les yeux fermés. Les cheveux permanentés et gonflés. Le fard à paupières bleu clair. Les lèvres dessinées au crayon, la bouche en cœur. Le mascara qui faisait des paquets sur les cils, comme des toiles d'araignée.

— Tout le monde dit que Guinevere lui ressemble, remarqua Judith.

— C'est vrai.

Andrea se pencha en avant pour observer le travail de plus près. Comme dans ses créations les plus récentes, Judith avait fragmenté les images, les entrecoupant de bouts de texte. Des pages de cahier d'école à carreaux étaient étalées autour de la toile, en motifs aléatoires. Les messages étaient tous rédigés de la même écriture ronde et toute en boucles qui avait dû appartenir à une jeune fille visiblement émotive…

Les gens sont TELLEMENT MÉCHANTS… Tu NE MÉRITES PAS ce que les gens disent sur toi… Continue de chercher… TU DÉCOUVRIRAS LA VÉRITÉ !!!

— C'est vous qui avez écrit ce texte ?

— Non, ça vient d'une lettre que j'ai trouvée dans les affaires de ma mère. Je pense qu'elle se l'était écrite à elle-même. Les discours d'automotivation, c'était très en vogue dans les années

1980. Je regrette vraiment de l'avoir déchirée. Rien à faire, je ne me rappelle pas ce qu'elle disait d'autre.

Andrea se força à se retourner vers Judith. Elle ne voulait pas avoir l'air trop empressée, excitée, nerveuse ou effrayée, elle ne voulait pas afficher toutes ces émotions qui lui picotaient la plante des pieds. Il y avait tant de photos d'Emily. Certaines avec des amies. D'autres où sa solitude était accablante.

Que pouvait lui apprendre la créativité artistique de la Judith de seize ans sur le meurtre de la jeune Emily, alors âgée de dix-sept ans ?

— C'est si mauvais que ça ? demanda Judith, visiblement anxieuse.

Andrea savait ce que cela faisait d'accorder de la valeur à l'opinion d'une personne et de voir cette dernière détourner le regard.

— Non, c'est primitif, mais il est clair que vous recherchiez quelque chose d'important. Je le ressens ici, ajouta Andrea en posant une main sur sa poitrine.

Judith fit un geste similaire, car à l'évidence, elle ressentait la même chose.

Elles restèrent ainsi un moment, deux femmes debout face à face, la main sur le cœur, deux femmes qui étaient peut-être sœurs, jusqu'à ce qu'Andrea s'oblige à revenir au collage.

— Vous vous souvenez du moment où vous avez fait ça ? demanda-t-elle.

— À peine. C'était l'année où j'ai découvert la cocaïne.

Judith partit d'un rire léger, comme si elle ne venait pas d'avouer un crime à un marshal.

— Ce dont je me souviens surtout, c'est de la tristesse. C'est déjà tellement difficile d'être adolescente, mais en plus, vivre avec ce deuil…

— Vous en avez vraiment capturé l'essence.

Andrea inspira profondément et tâcha de réprimer les émotions qui l'assaillaient en examinant de près les menus détails de la vie d'Emily rapportés dans cette œuvre. Le cadre de photos exposait la personnalité de la jeune fille – qu'on la voie en train de courir sur la plage, de lire un livre, ou de jouer de la flûte dans son uniforme de fanfare, sa douceur transperçait presque l'objectif de l'appareil photo. Elle n'avait pas tant l'air fragile que vulnérable et très, très jeune.

Dans le coin supérieur gauche, il y avait une photo de groupe : Emily, flanquée de trois garçons et d'une fille. Ricky était facile à repérer, avec son halo de boucles, et parce que c'était la seule autre fille. Andrea constata que, quand il était adolescent, Clay était d'une beauté à couper le souffle, comme sa mère le lui avait dit. Ses yeux d'un bleu perçant la firent frissonner. Elle supposa que le type qui se tenait à côté de Clay était le frère jumeau de Ricky, Eric Blakely, même s'ils avaient les cheveux d'une couleur et d'une nature différentes. Il ne restait plus que Nardo, qui était forcément le gars blond un peu rondouillard à l'air narquois, qui laissait pendiller au coin de ses lèvres une cigarette roulée, tel un Billy Idol du Delaware.

— C'étaient ses amis, dit Judith qui avait l'air d'attendre désespérément d'autres commentaires. Ou plutôt, des gens qu'elle prenait pour ses amis. Les ados enceintes n'étaient pas encore les stars des émissions de télé-réalité, à l'époque.

Andrea se retrouva à nouveau pétrifiée par le regard de Clay. Elle se força à concentrer son attention sur un Polaroid à moitié estompé.

— Et là, c'est qui ?

— C'est ma mère, avec mon arrière-grand-mère, du côté de mon grand-père. Elle est morte peu de temps après ma naissance.

Judith pointait du doigt une femme en tenue austère, quasi victorienne, qui tenait un bébé potelé et joyeux sur les genoux.

— Grand-mère était très prise par sa carrière de juge, à cette époque. C'est mon arrière-grand-mère qui a pratiquement élevé ma mère. Et c'est ce qui explique mon prénom vieillot, *Judith* : je suis le résultat de ce mélange générationnel.

D'autres photos illustraient la vie sans mère d'Emily. Premier jour d'école, sans personne à ses côtés. Première représentation théâtrale à l'école. Toutes étaient reliées par des extraits de la lettre et des objets trouvés – un morceau de bulletin de notes, un diplôme, une publicité pour les premiers soutiens-gorge de jeune fille. Même s'il y avait évidemment quelqu'un derrière l'objectif, Emily était toujours seule.

Étrangement, tous ces clichés faisaient comprendre à Andrea à quel point Laura avait toujours été présente dans sa vie, sans relâche. C'était toujours Gordon qui prenait les photos. Laura était celle qui l'aidait à mettre le glaçage sur les cupcakes pour la vente de gâteaux à l'école, celle qui lui montrait comment épingler le patron sur les morceaux de tissu pour coudre la robe qu'elle allait porter à sa fête d'anniversaire sur le thème *Orgueil et préjugés*, celle qui se tenait debout à côté d'elle à chaque exposition artistique, à chaque remise de diplôme, à chaque concert, celle qui faisait la queue devant la librairie, affublée d'un chapeau de sorcière, pour la sortie du nouveau tome de *Harry Potter*.

Curieusement, en prenant conscience de cela, Andrea eut l'impression assez mesquine d'avoir marqué un point contre une rivale.

— Ça, évidemment, c'est moi, dit Judith en désignant plusieurs images d'échographie qu'elle avait disposées en éventail au milieu de la toile pour représenter le début de sa vie. Ma mère les avait scotchées sur le miroir de sa salle de bains. Je pense qu'elle devait avoir envie de les voir matin et soir.

— J'en suis sûre, répondit Andrea.

Elle fut attirée par ce qui était écrit sur une jaquette de cassette audio, accrochée dans le coin droit, en bas. De petits bouts de photographies couleur déchirées formaient une sorte de constellation autour des noms de chansons et d'artistes, écrits à la main.

Quelqu'un avait fait une compilation à Emily.

— Une grande partie de la musique des années 1980 ne vaut pas un clou, mais je dois reconnaître que ces morceaux-là sont vraiment bons.

L'encre avait bavé. Andrea ne parvint à lire que quelques-uns des mots qui ressemblaient à des pattes de mouche…

« Hurts So Good » – J. Cougar ; « Cat People » – Bowie ; « I Know / Boys Like » – Waitresses ; « You Should Hear / Talks » – M. Manchester ; « Island / Lost Souls » – Blondie ; « Nice Girls » – Eye to Eye ; « Pretty Woman » – Van Halen ; « Love's / Hard on Me » – Juice Newton ; « Only / Lonely » – Motels

Elle tenta d'abord de trouver un sens à la constellation de fragments photographiques qui entourait les mots, puis elle comprit que tous ces petits bouts ne provenaient pas de plusieurs photos, mais d'une seule. Deux yeux obliques d'un bleu glacier. Deux oreilles. Un nez. Des pommettes saillantes. Une bouche pulpeuse, sensuelle. Une petite fossette au menton.

Andrea sentit une boule se former dans sa gorge, mais elle posa tout de même la question qui lui brûlait les lèvres.

— Qui a fait cette cassette ?

— Mon père, répondit Judith. L'homme qui a assassiné ma mère.

19 OCTOBRE 1981

Emily était assise sur la table d'examen, dans le cabinet du Dr Schroeder. Elle tremblait si fort dans sa blouse de papier qu'elle en avait les dents qui claquaient. Mme Brickel lui avait fait enlever tous ses vêtements, y compris ses dessous, ce qui n'était jamais arrivé auparavant. Sous ses fesses nues, elle sentait le froid du matelas en vinyle à travers la mince feuille de papier blanc tendue dessus. Elle avait les pieds glacés. Elle se sentait nauséeuse, mais elle n'aurait su dire si c'était la même nausée que celle qui l'avait fait sortir en courant du catéchisme la veille au soir, ou celle qui lui avait fait quitter sans autorisation la table du petit déjeuner, le matin même. La première était sans doute due au stress. L'autre avait à voir avec l'odeur écœurante du sirop d'érable, qui lui avait toujours barbouillé l'estomac.

N'est-ce pas ?

Parce qu'il était impossible qu'elle soit enceinte. Elle n'était pas idiote. Elle le saurait, si elle avait eu une relation sexuelle, parce que le sexe, c'était un truc vraiment important. On se sentait différente après l'avoir fait. On savait que les choses avaient irrévocablement changé. Parce que c'était le cas. Le sexe faisait de vous une personne complètement nouvelle. On devenait vraiment une femme, alors ; *elle* était toujours une ado. Elle ne se sentait pas différente aujourd'hui de l'année précédente.

En plus, ne pas avoir ses règles, ça arrivait tout le temps aux filles. Ricky ne savait jamais quand elle allait avoir les siennes. Gerry Zimmerman n'avait pas eu ses règles pendant des mois parce qu'elle suivait un régime bizarre à base d'œufs. Et tout le monde était au courant que Barbie Klein avait tellement joué au tennis et pratiqué la course à pied que ses ovaires avaient arrêté de fonctionner.

Mentalement, Emily se répéta ce qu'elle se disait depuis deux jours en attendant l'ouverture du cabinet de son médecin : elle avait la gastro. Elle avait la grippe. Elle était juste malade, pas enceinte, parce qu'elle connaissait Clay, Blake et Nardo depuis toujours, et qu'il était impossible que l'un d'entre eux lui ait fait quelque chose de mal.

N'est-ce pas ?

Elle eut soudain un goût de sang dans la bouche. Elle s'était accidentellement mordu l'intérieur de la lèvre.

Elle posa une main sur son ventre et en palpa les contours. Est-ce qu'il avait toujours été comme ça ? La nuit dernière, allongée dans son lit, elle avait frotté son ventre comme si c'était la lampe d'Aladin, mais elle l'avait trouvé aussi plat que d'habitude. Y avait-il toujours ce léger renflement quand elle s'asseyait ? Elle redressa les épaules et appuya à nouveau sur son ventre. La chair s'incurva dans la paume de sa main.

La porte s'ouvrit, et elle sursauta comme si elle venait d'être surprise en train de faire quelque chose de mal.

— Mademoiselle Vaughn.

Le Dr Schroeder répandait dans son sillage une odeur de cigarettes et d'eau de toilette Old Spice. En temps normal, il était bourru, mais aujourd'hui, il avait l'air irrité.

— Mon infirmière me dit que vous n'avez pas voulu lui dire pourquoi vous êtes ici.

Emily jeta un regard en direction de Mme Brickel, qui était aussi la mère de Melody. Allait-elle dire à sa fille que cette idiote d'Emily Vaughn avait la gastro et se croyait enceinte alors même qu'elle n'avait jamais couché avec qui que ce soit de sa vie ? Melody allait-elle le raconter à tout le monde au lycée ?

— Mademoiselle Vaughn ? demanda le Dr Schroeder en regardant sa montre. Vous retardez les patients qui se sont donné la peine de prendre de véritables rendez-vous ce matin, eux.

Emily eut soudain la bouche sèche. Elle se passa la langue sur les lèvres.

— Je…

Le Dr Schroeder plissa les yeux.

— Vous… quoi ?

— Je crois…

Emily ne parvenait pas à prononcer ces mots insensés.

— J'ai vomi. Pas beaucoup. Enfin… j'ai vomi hier. Et puis samedi soir. Mais je crois…

Mme Brickel frotta le dos d'Emily en faisant de petits bruits réconfortants.

— Là, doucement, dit-elle.

Emily prit une courte inspiration.

— Je n'ai jamais… Je veux dire, je n'ai jamais été avec personne. Jamais, du genre, mariés. Alors, je ne sais pas pourquoi…

— Vous ne savez pas pourquoi *quoi* ?

Le ton bourru du Dr Schroeder s'était mué en franche hostilité.

— Cessez de vous chercher des excuses, jeune fille. À quand remontent vos dernières règles ?

Emily eut soudain très chaud. Elle avait lu quelque part l'expression *honte cuisante*, mais elle n'en avait jamais expérimenté la sensation jusqu'à ce jour. Ses doigts, ses orteils, son cœur à l'intérieur de sa poitrine, ses poumons, ses entrailles, et même ses cheveux sur son crâne – chaque parcelle de son corps lui semblait embrasée.

— Je n'ai pas…

Elle en avait le souffle coupé. Elle n'arrivait pas à le regarder.

— Je n'ai jamais été avec… avec un garçon. Jamais. Je ne ferais jamais une chose pareille.

Il ouvrit en grand des tiroirs et des portes de placards, puis il les referma violemment.

— Allongez-vous sur la table.

Emily le regarda jeter des objets sur le chariot. Des gants chirurgicaux. Un flacon de liquide. Un bandeau frontal avec un petit miroir dessus. Un instrument en métal qui ressemblait à un long bec de canard, et qui claqua contre le revêtement stratifié.

D'une pression de la main sur l'épaule, Mme Brickel l'invita à s'allonger. Emily appuya la tête sur le coussin ; elle n'arrivait toujours pas à la regarder en face. Au bout de la table d'examen, deux barres étranges s'élevaient vers le plafond. Elles étaient incurvées aux extrémités, comme deux grandes cuillères. À leur vue, elle sentit son cœur faire un bond dans sa poitrine. Elle n'arrivait pas à croire ce qui était en train de se passer. Elle était prise au piège dans un film d'horreur.

— Avancez-vous au bord de la table.

Le Dr Schroeder enfila les gants dans un claquement sec. Elle vit les poils sur le dos de ses grandes mains prendre l'apparence de touffes de fourrure écrasées, sous le vinyle translucide. Il lui saisit la cheville.

Elle poussa un cri.

— Ne faites pas le bébé, aboya le Dr Schroeder.

Il lui attrapa l'autre cheville et la tira jusqu'au bord de la table d'examen.

— Arrêtez de vous débattre.

La main de Mme Brickel vint à nouveau se poser sur l'épaule d'Emily, comme pour la soutenir, cette fois. Elle avait compris. Emily n'avait rien dit des raisons de sa présence ici, mais Mme Brickel lui avait demandé de retirer tous ses habits parce qu'elle avait vu la différence. Elle savait qu'Emily n'était plus une enfant.

Qui d'autre pouvait le deviner ?

— Arrêtez de crier, ordonna le Dr Schroeder en resserrant sa prise sur ses chevilles. Mes autres patients vont vous entendre.

Emily détourna la tête et regarda fixement le mur, tandis qu'on lui calait les talons dans les étriers de chaque côté de la table. Elle avait les genoux complètement écartés. Elle savait que, si elle redressait la tête pour regarder, elle verrait le Dr Schroeder dressé au-dessus d'elle. Imaginer son visage tordu de colère en train de lui lancer des regards furieux la déchira. Un sanglot lui échappa.

— Détendez-vous, dit le Dr Schroeder en s'asseyant sur le tabouret à roulettes. Vous ne faites qu'aggraver les choses.

Elle se mordit si fort la lèvre que le goût du sang lui emplit à nouveau la bouche. Elle ne comprit ce qu'il allait faire que lorsqu'il fut trop tard.

Il enfonça l'instrument métallique froid en elle. La douleur lui arracha un nouveau cri. Elle avait l'impression qu'on lui avait labouré les entrailles. Les mâchoires de métal s'écartèrent dans un bruyant cliquetis. Instinctivement, elle poussa sur ses talons pour tenter de s'échapper, mais cela ne fit que la coincer davantage dans les étriers. Le médecin approcha une lampe. La chaleur était insoutenable, mais ce n'était pas aussi humiliant que le fait d'avoir le visage du Dr Schroeder collé entre ses jambes.

Elle ravala un nouveau sanglot. Ses joues ruisselaient de larmes. Les doigts épais du médecin lui palpèrent l'intérieur du ventre. Elle agrippa la table à deux mains. Ses dents se serrèrent. Une crampe aiguë lui coupa la respiration, comme si l'air restait coincé dans ses poumons. Elle était paralysée, incapable d'expirer. Sa vision tangua. Elle allait s'évanouir. Sa bouche s'emplit de vomi.

Puis ce fut terminé.

L'instrument fut violemment retiré. Le Dr Schroeder se releva. Il repoussa la lampe, retira ses gants et s'adressa à Mme Brickel au lieu de parler à Emily.

— Elle n'est pas intacte.

Mme Brickel laissa échapper une petite exclamation. Sa main se resserra sur l'épaule d'Emily.

— Rasseyez-vous, ordonna le Dr Schroeder. Dépêchez-vous. Vous m'avez fait perdre suffisamment de temps.

Emily eut du mal à soulever les pieds pour les sortir des étriers. Les barres métalliques s'entrechoquèrent. Le Dr Schroeder lui saisit les deux chevilles et leva ses talons en l'air. Au lieu de les relâcher, il les serra l'un contre l'autre.

— Vous voyez ça ? lui dit-il. Si vous aviez gardé les cuisses serrées, vous ne seriez pas dans cette situation.

Elle s'assit tant bien que mal. La blouse de papier s'était déchirée. Elle tenta de se couvrir.

— C'est trop tard pour faire preuve de pudeur, lui lança le Dr Schroeder, son dossier médical entre les mains.

Il commença à écrire.

— À quand remontent vos dernières règles ?

— C'était…

Emily prit le mouchoir que Mme Brickel lui tendait.

— Il y a un… un mois et demi. Mais je… je vous l'ai dit… je n'ai jamais… je n'ai pas…

— De toute évidence, vous avez eu un rapport sexuel. Et d'après ce que j'ai vu, vous en avez même eu à plusieurs reprises.

Elle était trop choquée pour répondre.

À plusieurs reprises ?

— Vous pouvez arrêter de jouer la comédie. Vous vous êtes offerte à un garçon, et aujourd'hui vous en payez les conséquences, dit le Dr Schroeder d'un ton factuel. Qu'est-ce que vous pensiez qu'il allait arriver, fillette écervelée ?

Des deux mains, Emily agrippa sa blouse de papier.

— Je n'ai jamais… je n'ai jamais rien fait avec…

Le Dr Schroeder releva les yeux de ses notes. Il faisait enfin attention à elle.

— Continuez.

— Je n'ai jamais…

Emily ne parvenait pas à articuler les mots.

— J'étais à une fête, et je…

Elle entendait sa propre voix qui restait en suspens dans la petite pièce. Que pouvait-elle dire ? Elle était à une fête avec ses amis, sa clique. Si elle racontait que quelque chose de mal lui était arrivé là-bas, que quelqu'un l'avait droguée ou qu'elle s'était évanouie alors qu'il n'y avait que trois garçons avec elle, cela voudrait dire que l'un de ces trois garçons devait être responsable.

— D'accord, dit le Dr Schroeder qui crut tout comprendre. Vous avez trop bu, ou quelqu'un a glissé un cacheton dans votre verre, c'est ça ?

Emily revit Clay lui poser le buvard d'acide sur la langue. Il ne lui avait rien glissé du tout. Elle l'avait pris de son plein gré parce qu'elle lui faisait confiance. Elle leur faisait confiance à tous.

— Donc, en déduisit le Dr Schroeder, vous affirmez que vous êtes irréprochable dans cette affaire parce qu'un garçon a abusé de vous.

— Je…

Elle ne pouvait pas prononcer ces mots. Les garçons ne lui feraient jamais cela. C'étaient tous des gens bien.

— Je ne me rappelle pas ce qui s'est passé.

— Mais vous reconnaissez que vous avez eu un rapport sexuel.

Ce n'était pas une question, et il avait clairement vu la réponse par lui-même. Elle n'était pas *intacte*.

— Alors ? aboya-t-il.

Elle ne parvint à faire qu'une seule chose : hocher la tête.

Cet aveu le mit encore plus en colère.

— Écoutez-moi bien, jeune fille. Vous feriez mieux de trouver un meilleur mensonge à raconter à votre père. D'après mon examen, je peux vous dire que vous êtes active sexuellement depuis très longtemps. Vous avez échoué au test des deux doigts. J'ai senti un relâchement que je ne m'attendrais à rencontrer que chez une femme mariée.

La main d'Emily se porta à sa poitrine. Était-ce arrivé plus d'une fois ? Quelqu'un était-il entré par effraction dans sa chambre la nuit, pendant qu'elle dormait ?

— Je n'ai pas…, tenta-t-elle à nouveau.

— Si, vous avez. Cela ne fait aucun doute, la coupa-t-il en laissant tomber le porte-bloc sur la tablette du chariot. Réfléchissez bien à ce que vous comptez faire, maintenant. Avez-vous la force morale d'accepter la culpabilité de vos actes, ou allez-vous détruire l'avenir d'un pauvre jeune homme parce que vous n'avez pas su garder les cuisses serrées ?

Elle pleurait beaucoup trop pour pouvoir lui répondre.

— C'est bien ce que je pensais.

Il jeta à nouveau un coup d'œil à sa montre.

— Infirmière Brickel, faites la prise de sang pour confirmer ce que nous savons déjà. Cette fille en est à six semaines de son premier trimestre de grossesse. Mademoiselle Vaughn, je vous donne exactement une heure pour avouer à votre père ce que vous avez fait, avant que je ne l'appelle pour le lui dire moi-même.

Elle sentit sa bouche s'ouvrir, mais elle ne parvint à articuler aucun mot.

Son père ?

Il allait la tuer.

— Vous m'avez bien entendue.

Le Dr Schroeder la regarda une dernière fois, en secouant la tête d'un air dégoûté.

— Une heure, répéta-t-il.

Mme Brickel referma doucement la porte derrière lui. Elle avait les lèvres pincées. Quand Emily et Melody étaient petites, elle leur faisait des cookies les jours où la mère d'Emily rentrait tard du bureau.

— Emily, dit-elle enfin.

Emily laissa échapper un sanglot. Elle ne supporterait pas une nouvelle flagellation verbale. Elle avait déjà l'impression qu'on lui avait enfoncé un couteau dans la poitrine. Comment pourrait-elle faire face à son père ? Qu'allait-il lui faire ? Il l'avait battue si fort, quand elle avait eu un C en géographie l'année précédente que la ceinture lui avait laissé une cicatrice sur l'arrière des cuisses.

— Emily, regarde-moi.

Mme Brickel lui serrait étroitement la main.

— L'examen n'a pas pu indiquer au docteur le nombre de fois où tu as été sexuellement active. La seule chose qu'il peut dire, c'est que ton hymen est rompu. C'est tout.

Emily était stupéfaite.

— Il a dit…

— Il ment, dit Mme Brickel. Il essaie de te faire honte. Mais quoi qu'il arrive, tu n'es pas une mauvaise personne. Tu as eu une relation sexuelle avec quelqu'un. C'est tout ce que tu as fait. En ce moment, tu as peut-être l'impression que c'est la fin du monde, mais ce n'est pas le cas. Tu vas surmonter ça. Les femmes y arrivent toujours.

Emily ravala un nouveau sanglot. Elle ne voulait pas être une femme. Et elle ne voulait surtout pas avoir à affronter son père. *Là*, ce serait la fin du monde. Il ne la laisserait pas aller à l'université. Elle ne serait peut-être même pas autorisée à finir le lycée. Elle serait coincée à la maison, avec sa grand-mère pour seule compagnie, et ensuite, quand sa grand-mère s'en irait, il n'y aurait plus rien.

Qu'allait-elle bien pouvoir faire ?

— Ma chérie, regarde-moi, dit Mme Brickel en la tenant à bout de bras. Je ne vais pas te mentir. Nous savons toutes les deux que ça va être difficile, mais je sais que tu es assez forte pour traverser ça. Tu es une fille incroyable.

— Je ne...

L'esprit d'Emily allait à cent à l'heure. Elle se sentait prise au piège. Sa vie était en train de lui glisser entre les doigts, et elle ne pouvait rien y faire.

— Qu'est-ce que vous croyez que mon père va faire ?

Les lèvres de Mme Brickel se pincèrent à nouveau en une moue.

— Nous allons voir si les opinions politiques de Franklin Vaughn ont un caractère plus sacré pour lui que sa carte de membre du country club.

Emily secoua la tête. Elle ne comprenait pas ce que cela signifiait.

— Pardon, je n'aurais pas dû dire ça, dit Mme Brickel en serrant un peu plus fort les bras d'Emily. Est-ce que ce serait envisageable d'en parler avec le père ?

Le père ?

— Emily, je sais que ce n'est pas l'idéal, mais si tu as des sentiments pour ce garçon, tu n'es pas trop jeune pour te marier.

Se marier ?

— Mais si tu ne veux pas, il existe d'autres solutions.

— Quelles solutions ?

La question avait jailli de la bouche d'Emily. Elle était prise de panique.

— Qu'est-ce que je vais faire ? Comment je vais m'en sortir ? Je ne sais pas qui est le… le… père ! Je l'ai dit au docteur… Je vous l'ai dit… Je ne sais pas ce qui s'est passé. Je vous promets, sincèrement, je ne le sais pas, parce que j'avais pris un truc et… oui, je l'ai pris mais je ne savais pas ce qui allait se passer et je ne peux pas… je ne peux pas dire ça à mon père. Il va me tuer, madame Brickel. Je sais que j'ai l'air hystérique en disant ça, mais il va… il va…

Elle fit une grimace en entendant le son de sa propre voix affolée rebondir contre les quatre murs de la pièce. Son cœur tambourinait comme une caisse claire. Elle dégoulinait de transpiration. Sa nausée était revenue. Elle avait l'impression étrange que sa peau vibrait tellement qu'elle allait se détacher de ses os. Plus rien ne lui appartenait désormais. Le regard ulcéré du Dr Schroeder avait tout dit. Emily avait cessé d'être Emily. Elle était une pécheresse. Elle était une autre fille. Elle posa la main sur son ventre – sur cette chose que quelqu'un avait mise en elle.

Qui ?

— Emily, dit Mme Brickel d'une voix calme et apaisante. Il faut que tu contactes ta mère. Immédiatement.

— Elle est…

Emily s'interrompit. Sa mère était au travail. On ne devait jamais la déranger, à moins que ce ne soit important.

— Je ne… ne peux pas.

— Dis-le d'abord à ta mère, conseilla Mme Brickel. Je sais que tu ne me crois pas, mais Esther comprendra. Tu es sa fille. Elle te protégera.

Emily baissa les yeux. Ses mains tremblaient. Sa blouse de papier était trempée de sueur. Ses larmes en avaient collé le col à son cou. Elle n'avait pas encore fait de prise de sang, après tout. Peut-être que tout cela n'était qu'une épouvantable méprise.

— Le Dr Schroeder a dit six semaines, mais je… je crois que c'était il y a un mois. Ça fait quatre semaines. Pas six.

— Le décompte commence à partir de la date de tes dernières règles, dit Mme Brickel. Pas à partir de la date du rapport sexuel.

Rapport sexuel ?

Les épaules d'Emily se voûtèrent sous le poids de ces mots. Il n'y avait pas d'erreur. Cet horrible cauchemar ne faisait que commencer. Elle avait eu un rapport avec quelqu'un et, à présent, elle était enceinte.

— Emily. Habille-toi. Rentre chez toi. Téléphone à ta mère.

Mme Brickel lui frottait le dos pour l'encourager à se mettre en mouvement.

— Tu vas traverser cette épreuve, mon trésor. Ça va être très, très difficile, mais tu vas t'en sortir.

Emily vit des larmes emplir les yeux de Mme Brickel. Elle savait que l'assistante du docteur était en train de lui mentir, mais elle n'eut pas d'autre solution que de lui répondre :

— D'accord.

— Bien. Maintenant faisons cette prise de sang, veux-tu ?

Elle garda les yeux rivés sur le placard au-dessus du lavabo tandis que Mme Brickel rassemblait son matériel. Celle-ci se montra rapide et efficace, ou peut-être que c'était Emily qui était engourdie, car elle sentit à peine l'aiguille s'enfoncer et remarqua vaguement le pansement collé au creux de son bras.

— Voilà, c'est fait.

Mme Brickel ouvrit un autre tiroir, mais elle ne lui proposa pas la sucette qu'on offrait habituellement aux gentils petits patients. Elle posa une serviette hygiénique ultra-absorbante sur le comptoir.

— Mets ça, au cas où tu aurais de petits saignements.

Emily attendit que la porte se referme. Elle regarda la serviette. Elle avait l'impression de sentir son cœur battre dans son crâne, mais son corps était toujours engourdi. Ces mains qui remontaient son pantalon et boutonnaient sa chemise n'étaient pas les siennes. Quand elle glissa les pieds dans ses mocassins, elle n'eut absolument pas l'impression de contrôler ses mouvements. Ses muscles s'activaient tout seuls – pour ouvrir la porte, traverser le couloir, puis le hall d'accueil, et enfin sortir à l'air libre. Ces yeux que la lumière du soleil matinal faisait larmoyer n'étaient pas les siens. Cette gorge qui se serrait et ravalait de la bile appartenait à quelqu'un d'autre. Et c'était une étrangère que la douleur palpitante entre ses jambes faisait souffrir.

Elle fit quelques pas sur le trottoir. Elle se sentait vide, sa tête tournait. L'image d'une fête foraine lui apparut. Les mécanismes de son cerveau se transformaient en un carrousel. Elle vit les chevaux de bois qui montaient et descendaient – pas le stand de glace, ni le loueur de transats de plage, ni la machine à étirer le caramel qui attendait, endormie dans sa vitrine, que les touristes reviennent, l'été suivant. Elle plissa les yeux et des larmes s'en échappèrent. Le manège tournait de plus en plus vite. Le monde autour d'elle tournoyait. Sa vue se brouilla. Enfin, comme une bénédiction, son cerveau s'éteignit.

Emily cligna des paupières.

Elle regarda autour d'elle, surprise de se retrouver dans un nouvel environnement.

Elle était au snack-bar, dans le box du fond. Il n'y avait personne d'autre avec elle, et pourtant elle s'était encore assise tout au bout de la banquette, sur le rebord, comme elle le faisait toujours quand la clique prenait ses quartiers.

Comment avait-elle atterri là ? Pourquoi avait-elle mal entre les cuisses ? Pourquoi était-elle trempée de sueur ?

Elle se débarrassa de sa veste. Ses yeux se concentrèrent sur le milk-shake posé sur la table devant elle. Le verre était vide. Même la cuillère avait été léchée. Elle n'avait aucun souvenir d'en avoir commandé un et de l'avoir bu. Depuis combien de temps était-elle ici ?

Sur le mur, l'horloge indiquait 16 h 16.

Le cabinet du Dr Schroeder avait ouvert à 8 heures, ce matin-là. Elle avait attendu dehors de pouvoir entrer.

Huit heures… perdues.

Elle avait raté l'école. Sa professeure d'arts plastiques était censée lui donner son avis sur le portrait qu'elle avait fait de sa grand-mère. Puis elle avait un contrôle de chimie. Ensuite, répétition de l'orchestre. Et après ça, elle devait retrouver Ricky dans les vestiaires avant l'EPS pour discuter… de quoi, déjà ?

Elle ne s'en souvenait plus.

Cela n'avait pas d'importance. Plus rien de tout cela n'avait d'importance.

Elle regarda autour de la table, les yeux dans le vague, sans rien voir. Ricky, Blake, Nardo, et Clay. Ses amis. Sa *clique*. L'un d'eux lui avait fait quelque chose. Elle n'était pas intacte. Elle n'était plus vierge. La façon dont le Dr Schroeder l'avait regardée, c'était ainsi que tout le monde allait la considérer, désormais.

— Emily ?

C'était Big Al, debout au-dessus d'elle. Il avait l'air impatient, comme si cela faisait un moment qu'il essayait d'attirer son attention.

— Il faut que tu rentres chez toi, ma grande.

Elle n'arrivait à faire sortir aucun son de sa bouche.

— Tout de suite.

Il la saisit par le bras, mais sans brutalité. Il la mit debout. Il ramassa sa veste et l'aida à l'enfiler. Puis il passa la bandoulière de son sac de cours sur son épaule et lui tendit son sac à main.

— Rentre chez toi, répéta-t-il.

Elle se retourna. Elle traversa le snack-bar et ouvrit la porte vitrée.

Le temps avait changé. Elle ferma les yeux sous la puissance du vent qui soufflait. En séchant, la transpiration lui picota la peau. Elle avait toujours aimé s'évader dans la nature. Quand ses parents se disputaient. Quand les choses devenaient trop dures à l'école. Quand la clique se divisait à cause de quelque querelle qui semblait très importante à l'époque, mais dont on finissait par rire plus tard ou qu'on oubliait. Elle s'était toujours enfuie dehors pour s'échapper. Même sous la pluie. Même en plein orage. Son répit, elle le trouvait sous le couvert ombragé des arbres. Son réconfort, dans la terre ferme sous ses pieds. L'absolution, dans le vent.

Aujourd'hui, elle ressentait…

Elle ne ressentait *rien*.

Ses pieds continuaient d'avancer. Ses mains s'enfoncèrent dans ses poches. Elle ne se rendit compte qu'elle était en train de rentrer chez elle qu'au moment où, levant les yeux, elle vit le portail au bout de l'allée. La rouille empêchait la grille de se fermer. Sa mère avait voulu la faire réparer, mais son père avait dit que c'était trop cher, et les choses en étaient restées là.

Elle remonta l'allée sinueuse en affrontant le vent tête baissée. Ce ne fut que lorsque la maison entra dans son champ de vision qu'elle commença à éprouver de l'appréhension. Ses jambes refusaient de continuer d'avancer, mais elle se força à marcher. Le moment était venu pour elle de faire face aux conséquences de ses actes. Une chose était sûre : le Dr Schroeder était fidèle à sa parole. Il avait dû appeler son père des heures plus tôt. Sa mère devait être au courant, désormais. Ils devaient l'attendre tous les deux dans la bibliothèque. Elle imaginait son père, la ceinture déjà détachée, faisant claquer le cuir dans la paume de sa main tout en lui annonçant exactement ce qu'il allait lui faire.

À l'intérieur du garage, la température baissa légèrement. Elle posa la main sur le bouton de porte et s'aperçut soudain qu'elle sentait le contact du métal froid contre sa paume. Elle écarta les doigts et, d'un coup, toutes les sensations revinrent dans son corps. D'abord dans ses doigts, puis le long de ses bras, de ses épaules et jusque dans sa poitrine, puis vers le bas, dans ses hanches, ses jambes et ses pieds. Étrangement, la dernière partie de son corps à se réveiller fut son ventre. Elle eut soudain une faim de loup.

Sa paume se referma sur le renflement. Elle était bien là, la légère rondeur de la grossesse. Le signe infaillible que quelque chose était en train de grandir en elle. Ce n'était pas la gravité qui lui avait arrondi le ventre. C'était un garçon.

Quel garçon ?

La porte s'ouvrit à la volée.

Elle vit le visage aux traits tirés de sa mère. Esther Vaughn manifestait rarement ses émotions, mais là, son mascara avait coulé. Le khôl sur ses paupières avait tellement bavé qu'elle ressemblait à Tammy Faye Bakker. Devant un tel spectacle, Emily eut envie de rire, mais elle aperçut ensuite la silhouette de son père qui se dressait derrière la porte. Sa présence fit aussitôt paraître le couloir encombré encore plus exigu. Si sa colère avait pu cracher des flammes, ils auraient tous été brûlés vifs sur-le-champ.

Comme par magie, l'inquiétude d'Emily avait disparu. Elle se sentait emplie de calme. Elle s'était résignée à ce qui allait arriver, et était même pressée d'en finir. L'exemple de sa mère lui avait appris qu'il valait parfois mieux se recroqueviller au sol, se protéger le visage avec les bras et encaisser les coups.

Et de fait, elle les méritait.

— Emily !

Esther l'entraîna vers la cuisine. Elle referma la porte du couloir derrière elles, au cas où la femme de ménage serait toujours là. Elle parla d'une voix sévère, mais calme.

— Où étais-tu passée, bon sang ?

Du regard, Emily chercha l'horloge de la cuisinière. Il était presque 17 heures. Elle n'avait toujours aucun souvenir de ce qui s'était passé entre le moment où elle avait quitté le cabinet du Dr Schroeder et maintenant.

— Réponds-moi, dit Esther en tirant d'un coup sec sur le bras d'Emily comme pour faire sonner une cloche. Pourquoi ne m'as-tu pas appelée ?

Emily secoua la tête car elle-même l'ignorait. Mme Brickel lui avait dit d'appeler sa mère. Pourquoi ne lui avait-elle pas obéi ? Est-ce qu'elle devenait folle ? Où étaient passées les huit dernières heures ?

— Assieds-toi, continua Esther. Je t'en prie, Emily, dis-nous ce qui s'est passé. Qui t'a fait ça ?

Emily eut à nouveau l'impression que son esprit essayait de sortir de son corps. Elle s'agrippa à la chaise pour garder les pieds sur terre.

— Je ne sais pas, répondit-elle enfin.

Franklin les avait suivies dans la cuisine, en silence. Croisant les bras, il s'adossa au comptoir. Il n'avait rien dit. Rien fait. Que se passait-il ? Pourquoi n'était-il pas en train de crier, de hurler, de cogner ?

— Ma chérie…

Esther s'agenouilla devant Emily et prit ses mains entre les siennes.

— Je t'en prie, dis-moi ce qui s'est passé. Il faut que je sache. Comment est-ce arrivé ?

— J'étais…

Emily ferma les yeux. Elle vit Clay poser l'acide sur sa langue tendue. Elle ne pouvait pas leur dire ça. Ils accuseraient Clay.

— Emily, s'il te plaît, supplia Esther.

Emily ouvrit les yeux.

— J'ai bu de l'alcool. Je ne savais pas que ça me… J'ai perdu connaissance. Je crois que je me suis évanouie. Et ensuite, quand je me suis réveillée, je ne savais pas qu'il s'était passé quelque chose. Je n'en avais aucune idée.

Esther fit la moue en se remettant en appui sur les talons. Emily devinait que le cerveau de sa mère était en ébullition, qu'elle se creusait les méninges, malgré son émotion, à la recherche d'une solution. C'est pour cela qu'il n'y avait ni cris, ni fessée, ni raclée. Ses parents avaient déjà eu huit heures pour se hurler dessus.

À présent, ils géraient le problème comme ils le feraient de toute menace envers Esther Vaughn et son métier de juge – de la même façon qu'ils avaient géré l'oncle Fred lorsqu'il s'était fait prendre dans ce bar réservé aux hommes, ou quand le père de Cheese, le commissaire Stilton, avait ramené grand-mère à la maison après qu'elle avait vagabondé jusqu'à l'épicerie en chemise de nuit. Emily connaissait les étapes du processus comme si elles étaient gravées dans le blason familial. Admettre le problème.

Rembourser ou glisser un pot-de-vin à qui de droit. Trouver une solution qui épargnerait au nom de la famille de faire les gros titres. Continuer à vivre comme si rien ne s'était passé.

— Emily, dis-moi la vérité, reprit Esther. Il n'est pas question de te faire des reproches. Nous cherchons à trouver des solutions.

— Les reproches ne sont pas complètement exclus, intervint Franklin.

Esther se retourna vers lui et émit un sifflement exaspéré.

— Emily. Parle, dit-elle.

— Je… je n'avais jamais bu avant.

Plus Emily mentait, plus elle croyait à ses mensonges.

— Je n'ai bu qu'une petite gorgée, maman. Je te le promets. Tu sais que je ne ferais jamais une chose pareille. Je ne suis pas… Je ne suis pas mauvaise. Je te le promets.

Ses parents échangèrent un regard qu'elle ne parvint pas à interpréter.

Franklin se racla la gorge.

— C'était soit Blakely, soit Fontaine, soit Morrow, dit-il. Ce sont les seuls avec lesquels tu traînes.

— Non, dit Emily, car il ne les connaissait pas comme elle les connaissait. Ils ne me feraient jamais ça.

— Nom de Dieu ! cria-t-il en tapant du poing sur le comptoir. Tu n'es pas la Vierge Marie. Accouche, à la fin ! Un gars t'a collé sa bite, et maintenant, tu es en cloque.

— Franklin ! Ça suffit ! le mit en garde Esther.

Stupéfaite, Emily regarda son père réfréner son accès de colère. Elle n'avait jamais vu une chose pareille se produire. Esther ne faisait jamais acte d'autorité à la maison. Pourtant, sans qu'Emily comprît bien pourquoi, c'était elle qui semblait être aux commandes, à présent.

— Maman, commença Emily qui, la gorge serrée, eut du mal à déglutir. Je suis tellement désolée…

— Je le sais, dit Esther. Ma chérie, écoute-moi. Je me fiche de ce qui s'est passé… Que tu l'aies voulu ou non est sans importance. Dis-nous seulement qui t'a fait ça, pour qu'on puisse arranger les choses.

Emily ne savait pas comment les choses pouvaient être « arrangées ». Elle se remémora ce que Mme Brickel avait dit au sujet des solutions. Puis elle repensa à Nardo qui lui avait soufflé de la fumée au visage, à Blake qui lui avait fait une remarque désobligeante sur la coupe de son jean, à Clay qui l'ignorait complètement alors que ça faisait presque quinze ans qu'elle s'asseyait d'une seule fesse à côté de lui, à table.

Elle fut frappée d'une brusque et violente prise de conscience. Elle ne les aimait pas – pas comme elle le croyait, en tout cas. Elle ne désirait aucun d'eux. Pas même Clay.

— Emily.

Sa mère continuait de répéter son prénom comme un mantra.

— Emily, s'il te plaît.

Emily se força à ravaler le gros bout de verre qui semblait coincé dans sa gorge.

— Je ne veux pas me marier, dit-elle.

— Et moi, je ne veux pas devenir grand-père, bordel ! explosa Franklin.

Il avait les poings serrés, mais il rabaissa les bras le long du corps.

— Bon Dieu, Esther ! On en a discuté. Emmène-la quelque part et débarrassez-vous-en, un point c'est tout.

— On en a discuté, *effectivement*, répondit Esther en se relevant pour lui faire face, excluant par la même occasion Emily de la conversation. Quelqu'un finira par l'apprendre, Franklin. Cela finit toujours par se produire.

Il balaya son argument d'un revers de la main et passa directement à l'étape suivante.

— Engage quelqu'un. Paie en cash.

— Et qui est-ce que j'engagerais ? Un de mes clercs ? La femme de ménage ?

En chaussettes, Esther brandissait le doigt devant le visage de Franklin.

— C'est toi le mathématicien. À toi de calculer combien de temps s'écoulerait avant que quelqu'un n'aille les voir et leur propose une somme assez alléchante pour les faire reconsidérer leur vœu de silence. Combien de temps, avant que tout ce pour quoi on a travaillé n'implose à cause d'une seule erreur stupide ?

— Ce n'est pas *mon* erreur.

— Oui, mais c'est *ta* réputation, rétorqua-t-elle. C'est toi qui vas à des conférences, qui prends la parole dans les églises et...

— Pour toi ! cria-t-il. Pour ta sacro-sainte carrière !

— Est-ce que tu crois que le *Washington Post* en aurait quoi que ce soit à foutre d'un professeur d'économie de seconde zone s'il n'avait pas une femme en train d'apporter, sans l'aide de personne, le nouveau fédéralisme dans l'État du Delaware ?

Emily n'avait jamais vu son père avoir l'air contrit. Et là, il enfonçait carrément son menton dans sa poitrine.

— Une adoption ? suggéra-t-il enfin.

— Ne sois pas ridicule. Tu sais à quel point le système d'aide sociale à l'enfance est horrible. Autant balancer ce pauvre petit être à la mer. Et le nombre de personnes qu'il faudrait impliquer dans cette galère augmenterait de façon exponentielle.

Esther n'en avait pas encore terminé.

— Sans même parler du fait que Reagan m'effacera définitivement de la liste s'il entend la plus petite rumeur d'un scandale pareil.

— Il pourrait s'écouler des années avant que quelqu'un ne parle. Entre-temps, tu auras été nommée. À un poste à vie. Et tu pourras leur dire d'aller se faire foutre.

Emily sentit le morceau de verre se reformer dans sa gorge. Elle aurait tout aussi bien pu ne pas se trouver dans la pièce.

— Tu ne comprends pas à quel point l'opposition peut être retorse ? s'écria Esther. Regarde ce qu'ils font à Anne Gorsuch. Ça fait à peine un an qu'elle est à l'Agence de protection de l'environnement, et ils lui ont déjà collé une cible dans le dos.

Esther joignit les mains devant son visage.

— Franklin, je ne suis pas une Kennedy. Ils ne balayeront pas le scandale sous le tapis si c'est une femme conservatrice qui se retrouve dans la tourmente.

Emily vit son père regarder fixement le sol. Il finit par hocher la tête.

— D'accord, dit-il. Alors on demandera à ma mère de l'emmener dans une clinique dans un endroit sûr, comme la Californie ou…

— Tu es fou ? s'écria Esther en levant les mains en l'air. Ta mère se souvient à peine de son propre prénom !

— Au moins, elle, elle sait qu'il faut surveiller son satané gamin !

Esther le gifla. La claque retentit comme une branche d'arbre qui se cassait.

Emily en resta bouche bée. Une marque rouge apparut sur la joue de son père. Emily se prépara mentalement à une riposte violente, mais Franklin se contenta de secouer la tête avant de sortir de la cuisine.

Esther croisa les bras autour de sa taille. Elle se mit à arpenter la pièce en long et en large, l'esprit carburant toujours à cent à l'heure. Elle cherchait désespérément une solution.

— Maman…, commença Emily.

— Pas un mot, la coupa Esther en levant une main. Je ne laisserai pas une chose pareille arriver, pas à toi, et certainement pas à moi.

Emily tenta à nouveau de ravaler les éclats de verre qui semblaient encombrer sa gorge, mais rien n'y faisait.

— Ta vie ne sera pas détruite à cause de ça, dit-elle. Pourquoi ne m'as-tu pas demandé à prendre la pilule ?

L'audace de la question frappa Emily de mutisme. Pourquoi aurait-elle pris la pilule ? Est-ce qu'elle en aurait seulement eu le droit ? Personne n'avait jamais évoqué cette possibilité.

— Bon sang ! enragea Esther en reprenant ses allers-retours dans la pièce. Tu es sûre que tu ne veux pas te marier avec lui ?

Lui ?

— Il faudra bien que tu te maries, Emily. Vous n'êtes pas obligés d'avoir le genre de relation que ton père et moi avons. Vous pouvez mûrir. Vous pourrez apprendre à vous aimer.

— Maman, dit Emily, je ne sais pas qui c'est. Je ne me rappelle même pas que ça s'est produit.

Les lèvres d'Esther s'avancèrent à nouveau en une moue sceptique. Elle dévisagea Emily, à la recherche de la moindre trace de tromperie.

— Je t'ai dit la vérité, ajouta Emily. J'ai... j'ai bu quelque chose. Je ne me souviens pas de ce qui s'est passé ensuite. Je ne sais pas qui m'a fait ça.

— Tu dois sûrement en avoir une idée.

Emily secoua la tête.

— Je ne crois pas... Ils ne feraient pas ça. Les garçons. On est amis depuis le CP et...

— Ton père a raison au moins sur ce sujet. Ce sont des garçons, Emily. Ce qui t'est arrivé, c'est exactement ce que les garçons font aux filles qui perdent connaissance après avoir trop bu.

— Maman...

— À ce stade, les circonstances importent peu. Soit tu nommes le garçon – n'importe lequel, je m'en fiche. Donne juste un nom et on arrangera tout ça. Soit tu vis avec la honte pour le restant de tes jours.

Elle n'arrivait pas à croire ce que sa mère était en train de lui dire. Elle qui parlait toujours de vérité et de justice, était à présent en train de demander à sa propre fille de détruire la vie de quelqu'un – qui que ce soit.

— Alors ? demanda Esther.

— Je...

Emily dut s'interrompre pour reprendre son souffle.

— Je ne peux pas, maman. Honnêtement, je ne m'en souviens pas. Et ce serait mal... Je ne pourrais pas affirmer quelque chose dont je ne saurais pas si c'est vrai. Je ne pourrais pas faire ça à...

— Bernard Fontaine est encore plus escroc que son criminel de père. Eric Blakely finira derrière une friteuse, à retourner des galettes de pommes de terre jusqu'à la fin de sa misérable vie.

Emily se mordit la langue pour s'empêcher de prendre leur défense.

— Tu as toujours bien aimé Clay, non ? Est-ce que ce serait si terrible ?

À l'évidence, Esther tâchait de modérer le ton de sa voix.

— Il est très beau garçon. Il va aller à l'université, à l'ouest du pays. Tu pourrais trouver pire.

Emily essaya d'imaginer la vie qu'elle mènerait avec Clay. Toujours mise de côté, inconfortablement installée, une fesse dans le vide, pendant qu'il radoterait éternellement au sujet de la révolution.

Elle sentit sa tête se secouer toute seule avant même que sa réponse ne sorte de sa bouche.

— Non. Je ne peux pas mentir.

— Alors, c'est ton choix, Emily Rose. Souviens-t'en. C'est toi qui as fait ce choix.

Esther hocha une fois la tête, pour entériner la fin d'une ère et le commencement d'une autre.

— Nous allons devoir faire face à ça en famille, exactement comme nous le faisons toujours. Tu n'aurais pas dû aller voir Schroeder. C'est pour ça qu'on est pieds et poings liés, maintenant. Il a la langue bien pendue, et il le raconterait à tout le monde si jamais tu revenais un jour de vacances et que ton petit problème avait disparu comme par enchantement. Sans même parler de son infirmière. Natalie Brickel devait certainement ricaner comme une sorcière, quand elle a appris la nouvelle.

Emily détourna le regard. Mme Brickel avait uniquement fait preuve de gentillesse à son égard.

— Je suis désolée.

— Je sais que tu es désolée, Emily.

La voix d'Esther s'était étranglée. Elle se retourna afin qu'Emily ne la voie pas pleurer.

— Nous sommes tous désolés, et rien de tout cela n'a d'importance.

Emily sentit sa lèvre inférieure se mettre à trembler. Elle détestait quand sa mère pleurait. Tout ce qu'elle pouvait faire, c'était répéter ces mêmes trois mots jusqu'à sa mort.

— Je suis désolée.

Sa mère ne répondit rien. Elle avait enfoui son visage dans ses mains. Elle avait horreur d'être vue quand elle était en position de vulnérabilité.

Emily réfléchit à toutes les choses qu'elle aurait pu faire en ce moment – aller réconforter sa mère, la serrer dans ses bras, lui frotter le dos comme Mme Brickel l'avait fait avec elle –, mais elles n'avaient pas l'habitude de se soutenir mutuellement. Emily avait toujours excellé dans tout ce qu'elle entreprenait. Esther la regardait faire avec un air approbateur. Aucune d'elles ne savait comment réagir face à l'échec.

Tout ce qu'Emily pouvait faire, c'était attendre, les yeux rivés sur ses mains agrippées à la table, qu'Esther se remette de ses émotions. Le Dr Schroeder et son père avaient raison sur un point : elle était seule responsable. Elle voyait toutes les erreurs qu'elle avait faites s'illuminer sur la frise chronologique de sa vie. Elle avait envie de revenir en arrière, armée de la connaissance qu'elle avait aujourd'hui. Elle ne se serait rendue à aucune fête débile. Elle n'aurait pas tiré la langue comme un petit chien et n'aurait pas avalé aveuglément tout ce qu'on lui aurait mis dans la bouche.

Malgré tous ses défauts, Franklin Vaughn avait vu clair dans le jeu des membres de la petite clique d'Emily.

Nardo était aussi vicieux qu'un serpent. Blake parlait beaucoup des belles études supérieures qu'il allait faire grâce à l'argent du procès qu'il intentait aux responsables de la mort de ses parents, mais ils savaient tous qu'il finirait par abandonner la fac. Quant à Clay... Comment avait-elle pu se convaincre que Clayton Morrow méritait qu'elle lui consacre son temps ? Il était arrogant, insensible et très, très égoïste.

Esther renifla et prit un Kleenex dans la boîte posée sur le plan de travail pour se moucher. Elle avait les yeux tout rouges, et son maquillage dégoulinant lui donnait l'air d'un raton laveur. Elle semblait accablée de désespoir.

— Je suis vraiment désolée, murmura une nouvelle fois Emily, qui ne parvenait à rien dire d'autre.

— Je ne comprends pas comment tu as pu laisser cela arriver.

La voix d'Esther était rauque. Les larmes coulaient sur son visage.

— Je souhaitais tant de choses pour toi. Tu le sais, ça ? Je ne voulais pas que tu aies à te battre comme je l'ai fait. J'essayais de te faciliter la vie. De te donner une chance de devenir quelqu'un sans avoir à tout sacrifier.

Emily s'était remise à pleurer. La déception de sa mère la dévastait.

— Je le sais, maman, je suis désolée.

— Plus personne ne te respectera, désormais. Tu comprends ?

Esther serra les mains l'une contre l'autre, comme pour prier.

— Ce que tu as fait, cela revient à balayer d'un seul revers de la main ton intelligence, ton travail, ta volonté et ta détermination… Tout ce que tu as fait de bien jusqu'à aujourd'hui s'est envolé à cause de cinq minutes de… de quoi, d'ailleurs ? Tu n'as quand même pas pu aimer ça. Ces garçons sont à peine sortis de la puberté. Ce sont encore des gamins.

Emily hocha la tête, car sa mère avait raison. Une bande de gamins stupides, c'était tout ce qu'ils étaient.

— Je voulais…

La voix d'Esther se brisa à nouveau.

— Je voulais que tu tombes amoureuse de quelqu'un qui tiendrait à toi. Qui te respecterait. Est-ce que tu comprends ce que tu as fait ? Tout est fini, maintenant. Fini.

La bouche d'Emily était tellement sèche qu'elle arrivait à peine à déglutir.

— Je ne… je ne savais pas.

— Eh bien, tu le sais, maintenant.

Esther secoua la tête une dernière fois, non pour passer à autre chose, mais pour indiquer qu'une décision finale avait été prise.

— À partir de maintenant, chaque fois que les gens te regarderont, tout ce qu'ils verront, c'est une sale putain.

Esther quitta la cuisine et franchit la porte qui donnait sur le couloir, sans la claquer. Elle ne tapa pas non plus du pied sur le parquet. Elle ne cria pas, ne cogna pas rageusement les murs. Elle laissa juste Emily là, avec ces mots qui résonnaient dans sa tête.

Sale putain.

C'était ce qu'avait pensé le Dr Schroeder en lui enfonçant cet instrument métallique douloureux entre les jambes. C'était ce que Mme Brickel pensait secrètement. Son père avait presque prononcé les mêmes mots. Ce serait cette étiquette que ses professeurs et ses anciens amis lui colleraient au lycée, dorénavant. Clay, Nardo, Blake et Ricky diraient tous la même chose. Ce serait la croix qu'elle allait devoir porter toute sa vie.

— Ma puce ?

Emily se leva rapidement de sa chaise, stupéfaite de découvrir sa grand-mère assise sur les caisses de vin empilées dans le cellier. Elle était là depuis le début. Elle avait dû tout entendre.

— Oh ! mamie…

Elle se sentait plus honteuse encore qu'un instant auparavant, chose qu'elle aurait crue impossible.

— Depuis combien de temps tu es là ?

— Je n'ai pas ma montre, répondit sa grand-mère, bien que sa montre fût épinglée au revers de sa robe. Tu veux des cookies ?

— Je vais en chercher.

Emily alla devant le placard et ouvrit la porte. Elle n'arrivait pas à regarder sa grand-mère en face, mais elle lui demanda :

— Mamie, tu as entendu de quoi ils parlaient ?

Sa grand-mère s'assit à la table.

— Oui, j'ai entendu ce qu'ils ont dit.

Emily se força à se retourner. Elle regarda sa grand-mère dans les yeux, non pour chercher à y lire un éventuel jugement, mais pour y déceler un signe de conscience. Était-elle devant la grand-mère qui l'avait élevée, celle qui était sa championne, sa confidente ? Ou était-ce la grand-mère qui vivait entourée d'étrangers inconnus ?

— Emily ? fit sa grand-mère. Est-ce que ça va ?

— Mamie…, sanglota Emily en tombant à genoux devant elle.

— Mon pauvre agneau, quelle malchance, dit la vieille femme en lui caressant les cheveux.

— Mamie ?

Emily surmonta sa tristesse pour parler tant qu'elles en avaient le temps.

— Est-ce que tu te souviens du jour où je me suis réveillée par terre dans ta chambre, au début du mois dernier ?

— Bien sûr que je m'en souviens, dit la grand-mère.

Mais il n'y avait aucun moyen de savoir si c'était bien le cas. Sa mémoire se dégradait de jour en jour. Il lui arrivait souvent de prendre Emily pour sa sœur, décédée depuis longtemps.

— Tu portais une robe verte. Très jolie.

Le cœur d'Emily fit un bond dans sa poitrine. En pensée, elle se revit s'approcher de Clay, la langue tirée vers le buvard d'acide, vêtue de la robe en satin verte qu'elle avait empruntée à Ricky.

— C'est vrai, mamie. J'avais une robe verte. Tu te souviens de cette nuit-là ?

— Il y avait la chaussure derby dehors, répondit la grand-mère en souriant. Quelle drôle de petite bulle. Bip bip !

Le cœur d'Emily se serra. Un instant, sa grand-mère était là, et une fraction de seconde plus tard, elle était partie. Au moins, elle ne se rappellerait pas la conversation qu'Emily venait d'avoir avec ses parents ; mais cela signifiait aussi que sa grand-mère s'étonnerait toujours de la découvrir enceinte au fil des mois, à mesure que son ventre s'arrondirait.

— Mon cœur ?

— Je vais chercher les cookies, répondit Emily qui se leva pour attraper la boîte en s'essuyant les yeux du revers de la main. Tu veux du lait ?

— Oh oui, s'il te plaît. J'adore le lait froid.

Emily ouvrit le frigo. Elle s'obligea à retourner en pensée à cette matinée qui avait suivi la Fête. Elle se rappelait avec clarté s'être réveillée à même le sol, dans la chambre de sa grand-mère. Sa robe était mise à l'envers. Ses cuisses lui avaient semblé contusionnées. Ses entrailles palpitaient d'une douleur qu'elle avait prise pour des crampes menstruelles.

Pourquoi n'arrivait-elle pas à se souvenir de quoi que ce soit ?

— Chaussure derby, chaussure derby, bip bip bip, chantonnait mamie. Comment ça s'appelle, déjà ? Cette voiture, ce pot de yaourt ?

— Une voiture ? répéta Emily en posant le verre de lait sur la table. Quel genre de voiture ?

— Oh ! tu vois bien de quoi je parle, dit la grand-mère en grignotant l'un des biscuits. Elles sont inclinées à l'arrière. On dirait toujours qu'un clown va en sortir.

— Une..., commença Emily en s'asseyant sur la chaise en face de sa grand-mère.

Un nouveau flash lui revint en mémoire : cette fois, c'était l'intérieur obscur d'une voiture. Les voyants du tableau de bord étaient allumés. Le volume de la radio était trop bas pour qu'on distingue les paroles de la chanson. Les mains d'Emily tiraillaient nerveusement un accroc dans l'ourlet de la robe verte que Ricky lui avait prêtée.

— Elles sont inclinées à l'arrière, dit à nouveau la vieille dame. Ces voitures dont on peut voir le coffre à travers le pare-brise arrière.

Emily eut l'impression que sa respiration devenait difficile, comme dans le cabinet du Dr Schroeder. Elle entendit à nouveau la mélodie diffusée par l'autoradio, mais toujours sans en saisir les paroles.

— Une voiture à hayon ?

— C'est comme ça que ça s'appelle ?

Mamie secoua la tête.

— C'est vraiment étrange de voir un homme adulte dans un engin pareil, remarqua-t-elle.

— Quel homme ?

— Oh ! je n'en sais rien, répondit mamie. Il t'a déposée devant la maison, le soir dont tu parles. Je l'ai vu depuis la fenêtre.

Emily sentit ses mâchoires se serrer. À nouveau, une image lui traversa l'esprit et lui parut aussi réelle que celle qui lui revenait sans cesse – Clay déposant l'acide sur sa langue. C'était des heures après la Fête. La nuit était si noire qu'elle voyait à peine sa main tendue devant son visage. Soudain, une portière de voiture avait claqué. Un moteur s'était allumé, et deux phares avaient brusquement éclairé la façade de la maison. Emily avait trébuché. Elle avait la peau des cuisses poisseuse et tout irritée. Baissant les yeux, elle avait vu que le bas de la robe verte de Ricky était déchiré. Puis elle avait relevé la tête et aperçu sa grand-mère, debout devant la fenêtre de sa chambre.

Leurs regards s'étaient croisés. Quelque chose était passé entre elles. Emily s'était sentie différente. Sale.

Le moteur avait vrombi. La voiture avait reculé rapidement. Elle n'avait pas eu besoin de se retourner pour savoir à quoi elle ressemblait. Elle était déjà montée dans cette voiture, au moins un an plus tôt. Il l'avait ramenée chez elle, parce qu'il pleuvait. Quand elle avait fait du stop pour revenir de l'entraînement de course à pied. À l'intérieur, la voiture sentait la sueur et la marijuana. L'extérieur avait la forme d'une bulle. La peinture de la carrosserie la faisait ressembler à une chaussure derby : marron clair sur le dessus, marron foncé en bas. En ville, une seule personne conduisait une Chevrolet Chevette qui ressemblait à cela. C'était le même homme qui l'avait reconduite chez elle le soir de la Fête.

Dean Wexler.

4

En quittant l'atelier de Judith, Andrea fut prise d'un sentiment inexplicable, et sans doute infondé : celui d'avoir été rejetée. La femme qui, selon toute vraisemblance, était sa demi-sœur, ne manifestait aucun intérêt pour le père qu'elles avaient très certainement en commun. Concernant les derniers crimes de Clayton Morrow, Judith n'en connaissait que la version diffusée par le magazine *People*. Elle ne s'était jamais renseignée davantage à ce sujet et n'avait pas non plus cherché à le contacter. Elle ne souhaitait pas en savoir plus. En fait, elle voulait même en savoir le moins possible.

— Pourquoi lui accorderais-je une seule seconde de mon existence ? avait-elle demandé à Andrea. Pourquoi qui que ce soit le ferait-il, d'ailleurs ?

C'était une bonne question, à laquelle Andrea n'aurait pu répondre sans se trahir totalement.

Son iPhone serré dans la main, elle fit le tour de la maison. Elle ne pouvait se résoudre à regarder l'écran. Pendant que Judith fermait l'atelier, elle s'était débrouillée pour prendre quelques photos en douce du collage consacré à Emily. Les échographies, le portrait de groupe, les photos prises sur le vif d'Emily vivant simplement sa vie d'adolescente, les titres qui figuraient sur la jaquette. Puis elle avait passé le reste du court moment qu'elles avaient partagé à hocher la tête, pendant que son interlocutrice lui parlait de Guinevere, qui en effet n'était pas facile, et de la juge, qu'elle lui avait présentée sous un jour plus flatteur. Elle lui avait révélé son intérêt pour le jardinage et le soutien sans faille que la vieille dame lui avait apporté quand elle avait exprimé le désir de faire de l'art plutôt que d'étudier le droit ou les sciences économiques – ou d'embrasser une carrière qui lui aurait permis de payer ses factures.

— Mamie est tellement déterminée, lui avait confié Judith. Elle m'a dit dès le départ qu'elle était bien décidée à ne pas faire avec moi les mêmes erreurs qu'avec ma mère. C'est une façon horrible de se donner une deuxième chance, mais j'ai compris ce qu'elle voulait dire.

Andrea n'était pas restée pour écouter ce en quoi ces erreurs consistaient, même si elle avait eu l'impression que Judith avait très envie de le lui dire. Voilà ce que ça faisait de vivre dans une petite ville. L'isolement, le fait de ne jamais rencontrer qui que ce soit de nouveau, faisait de vous une personne différente. Soit vous vous mettiez à trop parler, soit vous vous muriez dans le silence.

Malgré ses objectifs secrets, Andrea s'était surprise à souhaiter que Judith appartienne plutôt à cette seconde catégorie. C'était trop étrange et malhonnête d'en savoir autant sur la vie d'une personne tout en feignant le contraire. Par exemple, elle aurait pu apprendre à Judith que celle-ci se trompait complètement au sujet d'un détail apparemment infime, mais en fait très important : l'écriture sur la compilation d'Emily n'était pas celle de Clayton Morrow.

À sa connaissance, cette écriture n'appartenait à aucun des membres du petit groupe d'Emily. Les déclarations des témoins de la première enquête avaient toutes été rédigées à la main. Ainsi, l'écriture cursive presque illisible de Jack Stilton était fixée dans le temps, de même que l'habitude enfantine de Ricky Blakely qui consistait à dessiner de petits cercles en guise de points sur ses « i », et la manie qu'avait Clay Morrow d'introduire ici et là des lettres majuscules dans son écriture scripte. Il avait appuyé tellement fort avec le stylo qu'on voyait une ombre sur la photocopie à l'endroit où la pointe s'était enfoncée dans le papier.

Je soussigné Clayton James Morrow déclare que, le 17 avril 1982 à environ 17 h 45, je me tenais près de l'estrade dans le gymnase quand Emily Vaughn est venue vers moi et ma petite amie, Rhonda Stein. Elle nous a regardés sans dire un mot, en se balançant d'avant en arrière, la bouche ouverte. Tout le monde voyait bien qu'elle était droguée ou ivre. De nombreuses personnes ont remarqué qu'elle ne portait pas de chaussures et qu'elle semblait très perturbée psychologiquement. Elle était de toute évidence complètement désorientée. Elle est restée là un instant, sans rien dire, avant de s'en aller. Les gens se sont moqués d'elle, ce qui m'a fait pitié. On avait été amis avant qu'elle se mette à dérailler, alors je me suis senti obligé de m'assurer qu'elle allait bien. Devant le gymnase, je lui ai dit de rentrer chez elle. Ceux qui prétendent que je l'ai empoignée ont mal interprété ce qui s'est vraiment passé. Si ces soi-disant témoins avaient été suffisamment près de nous, ils auraient vu ses yeux se révulser. Je l'ai rattrapée pour qu'elle ne tombe pas à la renverse. C'est tout. Je reconnais lui avoir crié de faire attention, et j'ai peut-être dit qu'elle allait se faire tuer, mais c'était seulement parce que je m'inquiétais pour sa sécurité. Comme je l'ai dit, elle prenait beaucoup de drogue et elle énervait pas mal de monde, surtout parce que le premier gars qui la regardait de travers se retrouvait accusé de l'avoir violée. C'est à cause de ses accès de folie que j'ai cessé de la fréquenter. Je ne sais pas qui est le père du bébé et, franchement, je m'en fiche. Tout ce que je sais, c'est que ce n'est pas moi, parce qu'elle ne m'a jamais intéressé. Je la considérais plutôt comme une sorte de petite sœur, voilà tout. Si elle sort de son coma, c'est exactement ce qu'elle vous dira. J'entretiens une relation très sérieuse avec Rhonda. Elle est capitaine de l'équipe de pom-pom girls et nous avons de nombreux intérêts en commun. Jamais je ne souhaiterais de mal à qui que ce soit, et j'espère qu'elle se rétablira, mais honnêtement, toute cette histoire n'a rien à voir avec moi et je suis content d'entrer bientôt à l'université. Je vais avoir mon bac dans peu de temps et m'en aller. Mes parents pourront m'envoyer mon diplôme par la poste, ou l'accrocher au mur chez eux. Cela m'est parfaitement égal. Je portais un smoking noir, cette nuit-là, comme beaucoup d'autres, je ne sais pas si ça a une quelconque importance, mais on m'a dit de bien le préciser. Je jure, sous peine de sanctions pénales, que le contenu de mon témoignage est vrai.

Ce qui frappait le plus Andrea dans le témoignage de Clay, c'était que, exception faite de la première ligne, qui était visiblement la même pour toutes les déclarations, Clay n'y mentionnait jamais le nom d'Emily.

Elle avait atteint la façade de la demeure des Vaughn. Les deux Ford Explorer étaient toujours garées l'une à côté de l'autre. Elle se dit que Harri et Krump étaient en train de briefer Bible avant qu'il prenne la relève. Au lieu d'entrer dans la maison, elle s'adossa au mur. Elle déverrouilla son iPhone et fit glisser rapidement ses doigts sur l'écran pour effectuer quelques recherches.

« Hurts So Good », de John Cougar, était tiré de l'album *American Fool.*

« Nice Girls » apparaissait sur le premier album éponyme de Eye to Eye.

« Love's Been a Little Bit Hard on Me », de Juice Newton, était tiré de l'album *Quiet Lies.*

Elle chercha tous les autres titres, de ceux de Blondie à ceux de Van Halen, en passant par ceux de Melissa Manchester. Selon Wikipédia, toutes ces chansons étaient tirées d'albums sortis en avril 1982, ce qui signifiait que la personne qui avait fait cette compilation avait été en contact avec Emily quelques semaines, voire quelques jours, avant qu'elle ne soit agressée.

Elle pinça les lèvres. Elle parcourut les clichés qu'elle avait pris en douce du premier collage de Judith, celui réalisé quand elle était adolescente. Elle trouva les notes qui accompagnaient la cassette et zooma dessus.

En 1982, la personne qui avait écrit les noms d'artistes et les titres avait utilisé un stylo-plume. L'encre avait bavé. Les lettres étaient presque calligraphiques, mêlant écriture romaine et écriture cursive de type méthode Palmer. Elle en déduisit que la personne ayant fait la cassette avait cherché à produire un effet artistique, ou bien s'était donné du mal pour essayer de déguiser son écriture.

Étant donné l'agression brutale qu'Emily avait subie, la réponse à cette question était évidente.

Le téléphone d'Andrea se mit à vibrer dans sa main. Elle leva instinctivement les yeux au ciel avant même de voir que le texto provenait de sa mère – car c'était forcément elle. Elle ouvrit le message en tapotant l'écran du bout du doigt et vit apparaître la photo d'un blouson Arc'teryx qui correspondait parfaitement à son style – elle devait bien le reconnaître –, à défaut d'être adapté au climat de la région où elle se trouvait. Puis un autre texto apparut : cette fois il s'agissait d'un lien vers un magasin de vêtements à Portland, dans l'Oregon.

Ils ont ta taille. J'ai parlé à Gil, le gérant. Il est là jusqu'à 22 heures.

— Putain, marmonna Andrea.

Elle répondit :

Peux pas répondre tt de suite, suis dans hélico.

Une porte s'ouvrit dans le garage. Andrea tourna la tête et vit Bible se diriger vers elle.

— Désolée, dit-elle en lui montrant son iPhone. Ma mère cherche à gagner le grand prix de la Mère Poule de l'année.

— Pas de souci, répondit-il.

Mais Andrea sentait bien qu'il y en avait un, de souci.

— Harri et Krump voulaient te faire un coucou avant d'aller se pieuter, ajouta-t-il.

Les deux hommes apparurent derrière Bible. Tous deux mesuraient au moins un mètre quatre-vingt-dix et, l'un à côté de l'autre, étaient aussi larges que la porte du garage. À leur air épuisé, elle vit qu'ils avaient hâte de lever le camp.

Bible fit les présentations.

— Mitt Harri, Bryan Krump, voici Andrea Oliver, notre nouvelle collègue.

— Enchanté, dit Harri en serrant chaleureusement la main d'Andrea.

Elle reconnut en lui le chauffeur de la Mercedes de Judith. Il était encore plus grand que son coéquipier, ce qui signifiait qu'il avait dû se baisser pour passer la porte du garage.

— Bienvenue dans l'équipe, ajouta-t-il.

— Idem, dit Krump qui se contenta de checker du poing avec elle. Ne laisse pas Charlie le coq te tenir la jambe toute la nuit.

Andrea ne put s'empêcher de rire. La comparaison était assez bien trouvée.

— Je vais essayer, répondit-elle.

— Mike est un mec réglo, ajouta Krump.

Elle s'arrêta de rire.

— Je n'ai jamais cru les rumeurs, dit-il encore.

— Moi non plus, s'empressa de préciser Harri.

— Super, marmonna Andrea entre ses dents, incapable de prononcer un seul autre mot.

— À la bonne heure, alors. Merci les gars, dormez bien, dit Bible en tapotant l'épaule d'Andrea pour lui faire comprendre qu'elle devait se dépêcher. La juge est sur le point de monter à l'étage pour la nuit. Viens d'abord faire sa connaissance.

Harri et Krump la saluèrent avant de sortir. Andrea fourra son iPhone dans sa poche et suivit Bible dans le garage. Il y avait une autre Mercedes garée à l'autre bout de la pièce, une grosse Classe S des années 1980 à la peinture dorée ternie et aux sièges de cuir tout craquelés.

— La radinerie yankee, chuchota Bible.

Elle sourit car il était plus sympa avec elle qu'il n'aurait dû l'être, vu qu'il lui avait demandé de surveiller les alentours et qu'au lieu de ça elle avait suivi un cours de trente minutes d'introduction aux techniques de teinture et aux collages de Judith Rose.

— J'ai encore croisé Judith, lui dit-elle. Et Guinevere, aussi.

— J'imagine que Guinevere était allée crapoter en douce pour énerver sa maman, dit Bible. Tu aimes bien ce que fait Judith ?

— Euh… ouais.

Elle s'aperçut qu'elle donnait l'impression de jouer les diplomates alors qu'en fait elle se sentait prise en faute. Puis elle se dit que jouer la carte du tact n'était pas une mauvaise idée.

— L'art, c'est subjectif, dit-elle.

— C'est juste, répondit Bible en lui mettant une petite tape amicale dans le dos. La juge est dans la cuisine avec le Dr Vaughn. Je vais aller jeter un œil dehors. Retrouve-moi dans la bibliothèque. Tu ne peux pas te tromper, c'est la pièce avec tous les livres.

Andrea eut à nouveau l'impression d'être jetée dans le grand bain. Mais cette fois, elle n'allait pas se laisser couler, comme avec le commissaire Stilton. Elle regarda alentour, cherchant à s'orienter dans le long couloir sombre. Elle aperçut un coin W-C, avec des journaux empilés sur le réservoir des toilettes. Un placard à chaussures datant du Moyen Âge. Des dessins de troupeaux en noir et blanc, façon Winslow Homer, dans des cadres accrochés de guingois au mur lambrissé. Les gazouillis de Syd la perruche résonnaient dans l'escalier de derrière. Quelque part, une télévision était allumée. Le cadre ne faisait pas tellement penser à la maison Serpentard ; on aurait plutôt dit que la Miss Havisham des *Grandes Espérances* avait emménagé chez les Poufsouffle.

Elle entendit un tintement d'argenterie contre de la porcelaine et comprit qu'on cherchait à l'attirer vers la cuisine.

Un thermomètre, se rappela-t-elle en avançant dans le couloir. La juge se montrerait sans doute froide, elle devrait donc l'être aussi. Ça, elle savait faire. Après tout, elle était bien la fille de sa mère.

Elle inspira un grand coup avant d'entrer dans la cuisine. Un plafond bas soutenu par de lourdes poutres de chêne. Des plans de travail en Corian. Des placards mélaminés blancs. Des motifs imitation brique sur le linoléum défraîchi. Un lustre en or au-dessus de la grande table de ferme en bois. Celui qui avait relooké la pièce dans les années 1990 n'y était pas allé de main morte. Le seul ajout récent était un collage de Judith – très bon, d'ailleurs – accroché près du frigo.

— Bonjour, ma chère.

Esther Vaughn était assise à table devant une tasse de thé. Son mari était à côté d'elle dans un fauteuil roulant, le visage complètement inexpressif. L'un de ses yeux était laiteux, l'autre, tourné vers le haut et vers la droite, regardait dans le vide.

— Voici le Dr Vaughn, ajouta la juge. Vous allez devoir l'excuser de ne pas vous adresser la parole. Il a subi un AVC hémorragique l'année dernière, mais il est encore totalement sain d'esprit.

Voilà la véritable raison pour laquelle il avait pris sa retraite ; et c'était sans doute aussi pour cela que sa petite-fille était revenue vivre chez ses grands-parents à peu près au même moment.

— Enchantée, docteur Vaughn, dit-elle.

L'homme ne répondit pas, ce qui ne l'étonna pas. Le métier d'orthophoniste de Laura avait familiarisé Andrea aux différents types d'AVC et à leurs conséquences. Les AVC de type hémorragique étaient les pires ; provoqués par la rupture d'une artère dans le cerveau, ils pouvaient donner lieu à une hydrocéphalie, laquelle était responsable de pressions intracrâniennes capables de détruire le tissu environnant – une façon élégante de parler de lésions cérébrales.

Esther interpréta son silence de travers.

— Les fauteuils roulants vous mettent mal à l'aise ? demanda-t-elle.

— Non, madame, au contraire. Ils permettent de garder les personnes qu'on aime auprès de nous.

Andrea avait décidé de se rabattre sur ses bonnes manières du Sud.

— Je vous remercie tous les deux de m'accueillir chez vous, poursuivit-elle. Je sais que c'est une période stressante pour votre famille. Je ferai de mon mieux pour ne pas vous déranger.

Esther l'observa un instant avant de demander :

— Voulez-vous boire quelque chose ?

Andrea sentit que son thermomètre avait du mal à s'acclimater. L'impérieuse, insensible et indomptable juge Vaughn n'était pas aussi imposante que prévu. Des mèches de cheveux s'échappaient de son chignon serré et flottaient sur ses épaules, lui donnant presque l'air d'une gamine. Les rides qui sillonnaient son visage de quatre-vingt-un ans étaient plus douces à la lumière de la cuisine. La juge était petite, elle mesurait moins d'un mètre soixante en chaussettes – c'était d'ailleurs ce qu'elle avait aux pieds –, et elle était drapée dans un peignoir rose pâle en tissu-éponge.

Esther esquissa un mouvement pour se lever.

— Il y a du thé, du lait…, commença-t-elle.

— Rien pour moi, merci, madame.

Andrea lui fit signe de rester assise. La vieille dame paraissait incroyablement frêle. Ses poignets étaient aussi délicats que sa tasse en porcelaine fine.

— Je devrais me mettre au travail, ajouta Andrea. N'hésitez pas à nous dire, à moi ou au marshal Bible, si vous avez besoin de quoi que ce soit.

— Asseyez-vous un instant, je vous prie, dit Esther en désignant la chaise en face de son mari. Nous aimerions en savoir un peu plus long sur vous puisque, comme vous l'avez dit, vous allez passer beaucoup de temps chez nous.

Andrea s'assit à contrecœur. Elle n'arrivait pas à se rappeler ce qu'elle devait faire de ses mains, alors elle les posa sur ses genoux. Puis, se rendant compte que cette posture devait lui donner un drôle d'air, elle joignit plutôt les mains sur la table.

Esther lui adressa un sourire de grand-mère.

— Quel âge avez-vous ? lui demanda-t-elle.

— Trente-trois ans.

— C'était maintenant ou jamais, pour entrer chez les Marshals.

Andrea opina du chef. L'âge maximal était fixé à trente-sept ans.

— Oui, madame, acquiesça-t-elle.

— Vous n'avez pas à me donner du *madame*, Andrea. Nous ne sommes pas dans ma salle d'audience, et nous sommes bien au nord de Savannah et de ses manières policées.

Andrea se força à lui rendre son sourire. De toute évidence, Bible avait transmis son CV à la juge. C'était logique. Elle entrait dans l'intimité de la famille. Ils comptaient sur elle pour les protéger. N'importe qui aurait voulu en savoir davantage à son sujet.

— Ma petite-fille me dit que, contre toute attente, vous appréciez l'art, poursuivit Esther.

Andrea hocha la tête, mais sentit tout son corps se mettre en alerte. Y avait-il un avertissement dans le ton de la juge ? Si Franklin Vaughn l'avait perçu aussi, il n'en dit rien. Son œil valide fixait toujours un point invisible.

— Judith est extraordinaire, dit Esther. Sa mère avait une grande sensibilité artistique, elle aussi. Bien sûr, vous savez ce qui lui est arrivé.

Cette fois encore, Andrea s'en tint à un hochement de tête.

— Les tragédies peuvent déchirer une famille, dit Esther. Moi, j'ai de la chance, car le drame qui a frappé la nôtre l'a plutôt soudée davantage. Et Guinevere est la cerise sur le gâteau. Mais ne lui répétez pas, bien sûr. Cela la gêne que je chante ses louanges. J'imagine que vous étiez comme elle, à son âge. Votre mère devait être comblée.

Andrea résista à l'envie d'avaler d'un coup toute la salive qui venait d'affluer dans sa bouche. La juge allait à la pêche aux informations. Il était impossible qu'elle sache quoi que ce soit à son sujet – quoi que ce soit d'important, en tout cas. Esther Vaughn n'était pas télépathe. Elle n'avait pas non plus accès à son dossier dans les bases de données du programme de protection des témoins. Même le président des États-Unis n'aurait pu connaître sa véritable identité sans une raison sacrément valable. La seule façon dont Esther Vaughn pourrait se douter de quelque chose, c'était si elle faisait une gaffe.

Elle essaya donc de toutes ses forces de s'en empêcher.

— Je suis heureuse pour vous, madame, que vous soyez si proche de votre famille.

Esther prit sa tasse de thé. Elle but en silence, sans plus s'occuper d'elle.

Andrea se concentrait sur sa respiration, pour que celle-ci reste régulière. Elle reconnaissait bien le petit jeu auquel se livrait la juge. Ils faisaient la même chose à Glynco pendant les faux interrogatoires de leurs séances d'entraînement. Les longs silences n'étaient agréables pour personne, mais pour un coupable, ils étaient particulièrement éprouvants.

— Docteur Vaughn ?

Une femme en uniforme d'infirmière vint rompre le silence.

— C'est l'heure de votre bain, je vous emmène à l'étage ? dit-elle. Madame la juge, avez-vous besoin de quoi que ce soit ?

— Non, Marta. Merci.

Esther se pencha en avant et embrassa son mari sur la tempe.

— Bonne nuit, chéri, dit-elle.

Si Franklin Vaughn était encore sain d'esprit, il n'était pas en mesure de le montrer. Son regard resta fixe pendant que l'infirmière installait correctement la couverture sur lui, débloquait les freins du fauteuil roulant et le poussait hors de la cuisine.

Andrea s'était levée pour ne pas être dans le passage. Elle s'apprêta à se rasseoir, mais se ravisa, s'apercevant qu'elle se sentait mieux debout.

Esther s'était redressée. Ses épaules semblaient plus larges. À présent, on aurait dit qu'elle faisait deux fois la taille de la vieille dame qui lui avait offert du thé. L'impérieuse, intimidante et indomptable juge Esther Vaughn venait de faire son entrée dans la pièce.

— Rasseyez-vous, Andrea, dit-elle, les lèvres pincées.

Elle attendit qu'Andrea s'exécute.

— Vous excuserez mes questions indiscrètes, poursuivit-elle. Votre soudaine apparition dans ma vie m'intéresse.

Andrea chercha à faire baisser sa propre température pour l'accorder à celle du glaçon qui venait de se matérialiser devant elle. Elle s'aperçut rapidement qu'elle ne pouvait pas descendre aussi bas. Elle fit appel à sa vieille amie, Mlle Diversion.

— Je suis désolée pour la mort de votre fille, madame, dit-elle. Je comprends que cela puisse vous peser de n'avoir jamais su avec certitude qui était l'auteur du crime.

Esther la fixa si ouvertement qu'Andrea eut l'impression que son cerveau se faisait disséquer. Un flot de culpabilité s'infiltra entre les tranches de matière grise que la juge découpait au bistouri. L'envie irrépressible de tout avouer la rendait nerveuse et agitée. Elle lutta pour garder son sang-froid, mais le silence devint bientôt insupportable.

— Madame ? fit Andrea en gigotant sur sa chaise. Y a-t-il autre chose ?

— Oui, répondit Esther, la clouant à son siège *de facto*. J'ai travaillé au contact des marshals pendant toute ma carrière. Et je n'en ai jamais vu se faire parachuter en mission dès le lendemain de son entrée en fonction. Et encore moins, pardon de le dire, une femme.

Andrea sentit son estomac se nouer. Dans sa vie, elle avait déjà rencontré des gens comme Esther Vaughn. Ils mettaient la pression à leur proie jusqu'à ce que celle-ci cède, ou riposte. L'ancienne Andy aurait immédiatement jeté l'éponge. Mais la nouvelle Andrea était agacée de voir que cette femme la croyait incapable de résister.

— Vous n'avez pas à vous excuser, dit-elle à la juge. On m'a déjà traitée de femme par le passé.

Esther releva le menton. Elle se rendait enfin compte que ce ne serait pas si facile.

— J'imagine que le fait d'être fiancée à un autre marshal a aussi ses avantages, dit-elle.

Si jamais elle revoyait Mike un jour, Andrea lui flanquerait un bon coup de marteau dans les couilles.

Mais pour l'instant, elle se contenta de hausser les épaules.

— Je n'aime pas que les gens viennent s'immiscer dans mon orbite, ajouta Esther. Je m'interroge forcément sur leurs motivations.

Andrea scrutait les rides profondes sur le visage de la juge. Celle-ci était simplement une personne qui savait quelles manettes actionner. Elle n'était pas plus indomptable que le magicien d'Oz caché derrière son rideau.

— Comptez-vous me faire part des vôtres ? demanda Esther.

Andrea mit sa formation en pratique.

— Je veux être le meilleur marshal possible, madame.

— Et vous avez choisi l'univers glamour de la sécurité juridique pour le faire ?

— C'est un essai, madame. L'USMS nous permet de…

— Je connais la procédure de rotation, l'interrompit Esther. J'exerce depuis presque aussi longtemps que les Marshals existent.

Andrea chercha à la faire trébucher.

— Ah ? J'ignorais que vous aviez été nommée par George Washington.

— C'est Reagan qui m'a nommée, répliqua Esther sans même sourire. Mais j'imagine que vous n'avez pas la moindre idée de qui était Ronald Reagan, ni de ce qu'il signifiait pour ce pays.

Sur ce sujet, Andrea ne put s'empêcher de citer Laura.

— Je sais qu'il est mort de pneumonie, répondit-elle. Ce qui est une coïncidence amusante, quand on connaît le nombre de sans-abri et de malades du sida qui sont morts de la même chose, et que Reagan ignorait royalement.

Les yeux d'Esther se braquèrent sur les siens, comme deux canons prêts à faire feu.

Andrea se souvint alors de l'importance de tourner sa langue sept fois dans sa bouche avant de dire ce genre d'âneries. La juge avait un pouvoir bien réel, ici. Elle pouvait exiger qu'Andrea soit affectée à une autre mission. Elle pouvait pourrir sa carrière avant même que celle-ci ait commencé. Andrea se creusa la cervelle pour trouver une façon de se tirer de ce mauvais pas, mais tout ce qu'elle entendait, c'était un mot, toujours le même, qui se répercutait contre les parois de son cerveau, comme une rafale de mitraillette :

Merde-merde-merde-merde-merde-merde-merde-merde.

— Bien, fit Esther en serrant tant les lèvres que toutes les rides autour de sa bouche en semblèrent démultipliées. C'était très drôle, vraiment.

La personne qu'Andrea avait devant elle ne semblait pourtant pas du tout avoir envie de rire.

— Je vais vous laisser vous mettre au travail, déclara enfin Esther en se levant de table.

Andrea l'imita.

— J'imagine que Catfish est dans la bibliothèque, ajouta la juge. Elle se trouve tout au bout du couloir à gauche. Ne montez pas l'escalier, sauf si c'est une question de vie ou de mort. Je comprends que vous devez faire votre travail, mais nous souhaitons conserver un minimum d'intimité, le Dr Vaughn et moi. C'est compris ?

— Oui.

La vieille dame se raidit à nouveau, comme si sa colonne vertébrale s'était changée en acier.

— Oui ? répéta-t-elle.

Andrea saisit clairement l'avertissement, cette fois.

— Oui, madame, se corrigea-t-elle.

Andrea avait dormi d'un sommeil si agité sur le mauvais matelas du motel « Beach, Please » qu'elle se réveilla avec une impression de gueule de bois. Ces douze heures passées à arpenter la ténébreuse demeure des Vaughn lui avaient donné l'impression de chercher Charlie dans le premier cercle de l'enfer de Dante. Tout ce qu'elle pouvait faire à présent, c'était contempler le plafond et prier pour que sa migraine cesse. Elle avait fait un rêve effroyable dans lequel elle était assise à la table de la juge, dans la cuisine, et une araignée gigantesque dépliait vers elle ses longues pattes velues. L'araignée la tirait inexorablement vers sa bouche monstrueuse, une béance humide garnie de nombreux crocs, et Andrea, tétanisée, était incapable de faire le moindre mouvement. Elle s'était réveillée en sursaut, prête à s'enfuir. Puis elle avait glissé et était tombée par terre.

Ce deuxième jour de sa carrière de marshal commençait aussi bien que le premier.

Son iPhone émit un petit *ding* ; c'était un texto. Elle l'ignora, se disant que sa mère lui avait sans doute trouvé un autre blouson, quelque part en Oregon. Elle augmenta le volume de la musique qu'elle était en train d'écouter. Elle avait téléchargé tous les morceaux de la compilation d'Emily. Elle connaissait déjà un peu certains artistes, mais fut mortifiée de constater que sa chanson préférée, dans le lot, était l'œuvre d'une adulte qui se faisait appeler Juice Newton.

Elle ferma les yeux, mais n'arriva pas à se rendormir. Les collages de Judith flottaient dans sa tête. Le plus récent, avec les menaces de mort contre la juge, le plus ancien, que Judith avait fait à l'adolescence, à l'époque où elle essayait d'y voir plus clair dans les sentiments contradictoires qu'elle avait pour sa mère. La compilation. Les bribes d'automotivation : *Continue de chercher ! Tu découvriras la vérité !!!* La photo de groupe d'Emily, sur laquelle figuraient trois des hommes qui, après son meurtre, étaient devenus les principaux suspects.

D'après les notes du chef de la police, Bob Stilton, l'agression s'était vraisemblablement produite entre 18 heures et 18 h 30. Il n'expliquait pas comment il en était arrivé à cette conclusion, mais elle se voyait dans l'obligation de la prendre pour argent comptant. L'arme du crime était une planche arrachée à une palette trouvée dans la ruelle ; on pouvait donc en déduire que l'agression avait été plus improvisée, perpétrée sur un coup de tête, que planifiée. Ce qui était cohérent, car l'agresseur avait de toute évidence été pris de fureur.

Stilton était parti du principe que le corps d'Emily avait été déplacé immédiatement après l'agression, mais Andrea n'en était pas sûre. D'après le schéma du commissaire, la ruelle faisait douze mètres de long sur un peu moins d'un mètre de large. Les bâtiments de part et d'autre faisaient environ cinq mètres de haut, avec des corniches de trente centimètres. Même en plein jour, il faisait suffisamment sombre dans cette allée pour y dissimuler un corps – et les trois gros sacs-poubelles de plastique noir du snack-bar fournissaient en outre un camouflage très efficace.

Elle avait consulté les bulletins météorologiques de ce fameux samedi soir. Le temps avait été clair, sans risque de pluie. Le soleil s'était couché aux alentours de 19 h 42. Si elle avait voulu se débarrasser d'un corps, elle aurait assurément attendu qu'il fasse complètement nuit.

Ce qui laissait à tous les suspects de sa liste bien assez de temps pour faire une apparition au bal de promo, avant de retourner sur les lieux pour s'occuper du corps. Aucun d'eux n'avait d'alibi en béton armé. Même si Eric Blakely, qui reconnaissait avoir été la dernière personne à parler à Emily, cette nuit-là, avait des témoins pour corroborer sa version des faits. Deux de ses camarades de classe soutenaient l'avoir vu dans le gymnase à l'heure de l'agression.

D'après les rapports médicaux, Emily pesait soixante-neuf kilos au septième mois de sa grossesse. Un garçon de dix-huit ans aurait sans doute été capable de soulever un tel poids, mais non sans difficulté. Les voitures étaient interdites sur la promenade le long du bord de mer – jamais les piliers en bois ne supporteraient le poids d'une auto. Le suspect avait donc dû se garer dans Beach Road. Puis il était allé jusqu'au bout de la ruelle pour ramasser Emily, était retourné à pied à la voiture, et il l'avait mise dans son coffre.

De là, on était à quinze minutes en voiture du restaurant-grill Chez Skeeter où, comme l'avait déclaré le commis de cuisine qui avait trouvé Emily dans la benne, la plupart des membres de l'équipe partaient aux alentours de 22 heures, même si l'établissement fermait à minuit. Le garçon en question avait signalé sa découverte à 23 h 58, cette nuit-là. Emily était nue, sans doute parce que sa robe de bal en satin bleu sarcelle était trop facilement identifiable, ou parce que le tueur n'avait pas voulu laisser d'indices. Mais son visage était de toute façon méconnaissable. Elle n'avait rien sur elle permettant de l'identifier, ni sac à main, ni portefeuille. Un secouriste avait d'abord constaté son décès, mais un autre avait ensuite vu sa main bouger et il avait réalisé les gestes de premiers secours.

Et sept semaines plus tard, on avait sorti Judith Rose du corps d'Emily.

Dans son lit, Andrea se tourna sur le côté. Son cerveau commençait à surchauffer. Elle n'avait pas l'espace suffisant pour stocker toutes ces informations. Elle tapota l'écran de son téléphone pour regarder l'heure. Elle avait raté un texto de Mike à 8 h 32 ce matin. Son cœur s'emballa, et Andrea ressentit une vague d'excitation.

Il lui avait envoyé la photo d'un petit troupeau d'animaux buvant au bord d'un lac, accompagnée de trois points d'interrogation.

— Mais qu'est-ce que…

Elle approcha l'écran de son visage et se mit à scruter les animaux, cherchant à les identifier. Mais il était beaucoup trop tôt pour se livrer à ce genre d'investigations. Elle se rallongea sur le dos et ferma les yeux. Elle laissa son cerveau s'emplir de la voix de Juice Newton pendant une minute extatique, puis ouvrit finalement son navigateur.

Animal ressemblant à buffle ou gazelle, entra-t-elle.

Et Wikipédia lui apporta une réponse à sa question : *Les gnous sont une espèce de bovidés du genre* Connochaetes.

— Gnou… ? marmonna-t-elle. Ah d'accord… *Nous*.

La confirmation de lecture était activée, alors Mike saurait qu'elle avait lu son texto. Elle hésitait entre répondre ou jeter son téléphone à travers la pièce, quand elle vit les trois petits points se mettre à rebondir sur son écran, signe qu'il avait autre chose à lui dire. Le texto ne se fit pas attendre.

Tu as encore oublié mon numéro ?

Elle tapa sur la touche espace, mais n'écrivit rien. Elle voulait que Mike voie les points de suspension rebondir, lui aussi. Elle laissa Juice finir de se lamenter sur l'amour qui pouvait être dur, avant de taper :

C'est toujours le 911, c'est bien ça ?

Les points se mirent à rebondir, rebondir, et rebondir encore. Tout ça pour un pouce levé.

Elle ferma l'application. Le téléphone contre sa poitrine, elle regarda fixement le plafond. Elle n'avait pas l'intention de s'emberlificoter les idées à cause de Mike, pour l'instant. Elle réorienta donc ses pensées vers la cuisine des Vaughn, son lustre en or, ses plans de travail en mélaminé, et la juge, assise de l'autre côté de la table, étendant vers elle ses pattes d'araignée.

La veille, Andrea était convaincue qu'Esther Vaughn ne savait rien de l'intervention de Jasper, ni du lien entre elle et Clayton Morrow. Aujourd'hui, elle n'en était plus si sûre. Un juge d'État pouvait obtenir toutes sortes d'informations, et Esther Vaughn n'exagérait pas tant que cela quand elle affirmait être en poste depuis presque aussi longtemps que l'USMS existait.

Les membres du Congrès étant pour la plupart d'âge canonique, elle devait effectivement avoir beaucoup d'amis haut placés. Bien sûr, il était illégal d'aller fouiller dans les bases de données privées des Marshals, mais si l'on avait bien appris une chose, ces dernières années, c'était que les politiciens ne respectaient pas les règles de leur propre jeu.

Elle résista à la tentation de reprendre son téléphone pour taper la recherche suivante : *qui peut savoir si on est dans un programme de protection des témoins ?*

— Oliver !

C'était Bible, qui criait en tambourinant à sa porte.

— Oliver ! Tu es réveillée ?

Elle sortit du lit en grognant. Elle savait que c'était Bible, mais elle jeta quand même un œil par la fenêtre, entre les rideaux. Un rayon de soleil lui transperça la cornée, comme un laser. Elle était tellement aveuglée qu'elle ne réussit pas à voir l'heure sur son téléphone. Elle ouvrit la porte, une main en visière devant ses yeux pour que sa cécité ne devienne pas permanente.

— Encore en pyjama ? demanda Bible.

Elle ne comptait pas s'excuser pour son short et son T-shirt assorti.

— Quelle heure est-il ? s'enquit-elle.

Bible consulta sa montre, même s'il connaissait déjà certainement la réponse à cette question.

— Assez tard, répondit-il. Je me suis dit que ça ne te ferait pas de mal de venir courir avec moi.

— Courir ?

Elle hocha la tête malgré elle. Elle avait l'impression de ne pas parler la même langue que lui.

— Quelle heure est-il ? répéta-t-elle.

— 11 heures passées depuis looooongtemps. Genre, pratiquement midi, répondit-il en sautillant. Allez, viens courir avec moi. Ça te fera du bien d'envoyer des endorphines à ton cerveau. Je ne voulais pas te le dire avant, mais si tu lèves trop le pied après la formation, tu ne retrouveras plus jamais la forme.

— Je…

Elle se retourna pour jeter un regard languissant en direction de son lit. S'il était passé 11 heures, cela signifiait qu'il lui restait sept heures avant de se remettre au travail.

Elle tourna à nouveau la tête vers Bible.

— Quoi ? fit-elle.

— Fantastique, dit-il.

Il se tapa le ventre à deux mains, en rythme.

— Tu sais ce qu'on dit, Oliver. Un marshal maigre, c'est un marshal amoureux de sa femme.

— Qu...

Elle n'arriva pas à demander « Quoi ? » encore une fois. Ils n'avaient grappillé que quatre heures de sommeil, l'un et l'autre. *Bon sang !* Où trouvait-il toute cette énergie ?

— Bible, je...

— Le réceptionniste du motel m'a dit qu'il y avait un joli sentier de randonnée juste de l'autre côté de la route. Il traverse la forêt et conduit directement à cette ferme de babas cool dont nous a parlé ce bon vieux commissaire Cheese, hier.

Il pointait le doigt dans une direction éloignée, mais elle ne pouvait pas voir où exactement.

— On prendra le petit déjeuner juste après, ajouta-t-il. Des pancakes, c'est moi qui régale. Du bacon, des œufs... Ils n'ont pas de pain brioché, mais des pancakes, si... Je l'ai déjà dit ? Merci de te joindre à moi, collègue ! Je t'attends de l'autre côté de la rue.

Elle essayait toujours de formuler une phrase quand il tendit le bras devant elle pour attraper la poignée et fermer la porte. Elle entendit encore sa voix, étouffée, lorsqu'il cria un *Bonjour !* bien trop guilleret à quelqu'un dans le parking.

Elle s'adossa à la porte. Le soleil implacable avait fait empirer sa migraine. Elle n'avait envie que d'une chose, c'était d'aller se remettre au lit. Et ce fut justement la raison pour laquelle elle s'en empêcha. Encore une falaise du haut de laquelle se laisser tomber.

Elle avait la flemme de retirer son haut de pyjama, mais elle sortit quand même une brassière de sport de son sac, histoire d'être un peu plus décente. Son short de running était roulé en boule dans l'une des poches latérales. Elle était en train de chercher des chaussettes assorties, lorsque le véritable sens de ce que Bible venait de lui dire la frappa soudain.

Il voulait aller voir la ferme des babas cool.

Il y avait certainement plus que de la simple curiosité là-dessous. De toute évidence, il enquêtait sur les menaces de mort, même s'il lui avait soutenu qu'ils n'étaient pas là pour ça. Peut-être que son enquête parallèle sur le meurtre d'Emily Vaughn recouperait celle de Bible ? Elle glissa les pieds dans ses baskets. Elle s'attacha les cheveux avec une pince, redressa avec les dents une branche de ses lunettes de soleil qui s'était tordue au fond de son sac, et les mit sur son nez.

Dehors, l'éclat du soleil était tout aussi pénible, mais à présent, elle devait en plus supporter la chaleur. Elle regarda à gauche, puis à droite. La maison de la juge se trouvait à un kilomètre et demi, environ. Le centre-ville était à cinq-dix minutes de marche dans la direction opposée. Le snack-bar devait être ouvert, à cette heure-ci. Elle y trouverait des pancakes. Du café chaud. Une chaise où s'asseoir. Une table sur laquelle elle pourrait poser la tête et se rendormir.

— Collègue !

Comme promis, Bible était de l'autre côté de la rue. Il sautillait sur la pointe des pieds comme Tigrou.

— Allez, on y va, Oliver ! cria-t-il en tapant dans ses mains.

Traînant des pieds sur le bitume, elle s'efforçait péniblement de démarrer. Bible s'élança d'un pas leste et disparut sur le sentier de terre battue. Elle lui emboîta le pas sans réellement parvenir à décoller les pieds du sol. Il était déjà à une dizaine de mètres devant elle lorsque son corps se rappela les principes de base de la course à pied. Elle sentait chacune de ses articulations résister à l'exercice. Pourtant, elle n'en garda pas moins les mains détendues et les coudes pliés près du corps.

Devant elle, Bible prit un virage serré et s'enfonça un peu plus profondément dans la forêt. Elle supposa qu'ils se trouvaient sur une ancienne route forestière. Elle chercha à se repérer. Le sentier s'éloignait du motel en suivant un tracé presque perpendiculaire à la mer. Le soleil était juste au-dessus de leur tête. Et pendant ce temps, chaque tendon de son corps lui répétait la même question en hurlant : *Pourquoi tu n'es pas au lit, bordel de merde ?*

Elle essaya de faire abstraction de tout ce vacarme et s'élança vers l'avant. En silence, elle donnait un nom à chaque pas qu'elle faisait.

Clayton Morrow. Jack Stilton. Bernard Fontaine. Eric Blakely. Dean Wexler.

Le premier était en prison. Le deuxième était flic. Le troisième avait l'air d'être un vrai connard. Le quatrième avait une sœur qui travaillait dans un snack-bar. Le cinquième avait abandonné son boulot de prof et n'était même pas mentionné sur la page *Que sont-ils devenus ?* du site web du lycée.

Clayton Morrow. Bernard Fontaine. Eric Blakely. Dean Wexler. Jack Stilton.

Elle sentit ses muscles se souvenir enfin de l'exercice. À son grand soulagement, la douleur commença à s'atténuer sous l'effet de l'effort. Les endorphines circulaient enfin. Elle pouvait relever la tête sans grimacer de douleur.

Bible avait trois mètres d'avance sur elle. Les yeux d'Andrea parvenaient maintenant à se concentrer sur les détails. Il portait un T-shirt bleu marine estampillé USMS et un short de running noir. Ses baskets étaient usées aux talons. Les muscles de ses jambes étaient saillants, signe qu'il faisait régulièrement de la muscu en salle de sport. Elle allait sans doute passer toute l'heure à se creuser la cervelle pour comprendre pourquoi il lui avait demandé de le suivre dans ce qui était clairement une mission de reconnaissance, alors que ce qu'elle aurait dû faire, c'était appeler Mike quand elle était au motel. Il aurait pu lui parler de ce « nous », et surtout lui donner des infos au sujet de Leonard Catfish Bible.

— Ça va ? lui demanda-t-il en jetant un coup d'œil par-dessus son épaule.

Il ne transpirait même pas, ce phénomène !

— Ça va, souffla-t-elle.

Par habitude, sa langue alla chercher dans sa joue la ligne qu'elle s'était faite à force de serrer les dents. Aussi surprenant que cela paraisse, son estomac se portait bien. Bible ne courait pas à plein régime, il avait ralenti par égard pour elle. Elle se rendit compte qu'il l'attendait. Lorsque le sentier s'élargit, elle réussit à le rattraper.

Ils couraient côte à côte, et leurs pieds martelaient le sol en même temps, même si les foulées de Bible étaient plus longues que les siennes d'environ trente centimètres. Elle cherchait une façon de l'inviter à s'expliquer, quand il devança sa question.

— Il faut que je t'avoue un truc, déclara-t-il.

Pantelante, elle écouta son souffle sortir bruyamment de ses poumons.

— Il se passe quelque chose dans cette ferme, on doit y jeter un œil.

Elle leva les yeux vers lui. Sous l'effort, les cicatrices sur son visage avaient viré au rose vif.

— La femme qui tient le snack-bar m'a dit qu'un corps avait été retrouvé dans le champ, ajouta-t-il en jetant un regard dans sa direction. On dirait un suicide.

Elle faillit trébucher. Ça, c'était une sacrée coïncidence.

— Et pourquoi c'est au snack-bar que tu en as entendu parler ? Le chef de la police ne t'a pas appelé ?

— C'est ça qui est dingue, pas vrai ? dit-il en sautant par-dessus une racine qui sortait du sol. Pas un mot de ce bon vieux Cheese, alors que je lui ai expressément demandé de me tenir au courant si jamais il entendait parler d'un suicide. Et ce champ est pile au milieu de son territoire, en plus. Il t'a passé un coup de fil, à toi ?

Andrea secoua la tête, même si elle n'avait pas encore consulté son téléphone professionnel. L'Android était resté dans sa chambre de motel. Par habitude, elle avait fourré son iPhone dans sa poche en sortant.

— La victime est une femme, poursuivit-il. Assez jeune. Elle ne correspond pas à notre profil, mais quand même, ça me turlupine que Cheese n'ait pas pensé à nous le signaler. Ça me pousse à me demander ce que ce petit malin nous cache d'autre.

Elle se dit qu'il devait en effet leur dissimuler un sacré paquet de trucs.

— Qu'est-ce que tu sais au sujet de cette ferme ? lui demanda-t-elle.

— À part que c'est un repaire de babas cool ?

Elle lui lança un regard qui en disait long. Ce n'était plus le moment de se faire des cachotteries.

— Elle a été créée au milieu des années 1980, répondit-il. On y faisait de l'agriculture bio à l'époque où tout le monde s'en foutait. Ils cultivent des fèves. Ils les font cuire, les assaisonnent et les emballent pour en faire de petits en-cas à grignoter entre les repas. Les « Haricots magiques de Dean », ça s'appelle. Tu connais ?

— Non, répondit Andrea, même si elle avait déjà entendu parler d'un homme nommé Dean.

Je soussigné Dean Constantine Wexler déclare que, le 17 avril 1982 à environ 16 h 50, j'étais en voiture dans Richer Street pour aller encadrer le bal de promotion. J'ai dû faire une embardée pour ne pas la percuter. Elle était dans un état second. Je ne sais pas si elle avait pris de la drogue. Je ne la connaissais pas assez bien pour m'en rendre compte. Je ne l'ai eue comme élève qu'une seule année. Mais je me sentais quand même responsable d'elle, en tant qu'adulte et en tant qu'enseignant. J'ai garé ma voiture et je suis sorti pour m'assurer qu'elle allait bien. Cela relève de mon devoir en tant qu'enseignant de signaler les élèves qui ont des problèmes. Emily portait une robe de soirée et m'a dit qu'elle allait au bal de promo. Je mentionne ce détail uniquement parce qu'elle avait été renvoyée du lycée quelques mois auparavant car elle perturbait les cours. Elle ne portait pas de chaussures. Je n'ai pas non plus remarqué de sac à main. Ses cheveux étaient décoiffés. Je lui ai dit de rentrer immédiatement chez elle. Elle m'a tenu tête et je dois reconnaître que je me suis emporté. Je n'avais pas envie de me retrouver en présence de cette fille. Il faut que vous compreniez que cela fait plusieurs mois qu'elle accuse de parfaits inconnus de l'avoir mise enceinte. Si Melody Brickel affirme que j'ai poussé Emily contre ma voiture, je ne peux que vous recommander d'examiner de plus près la fiabilité de cette source.

Il y a eu des cris, je le reconnais. Mais ces cris provenaient surtout d'Emily. Elle s'est mise à m'accuser de toutes sortes de crimes, ce à quoi j'ai répondu quelque chose comme « Attention à ce que tu dis », ou « Tu n'as rien à dire du tout ». Je ne me souviens pas exactement de ce que j'ai dit parce qu'à ce moment-là, tout ce que je voulais, c'était m'éloigner d'elle le plus vite possible. Vous allez devoir interroger Melody Brickel sur l'exactitude d'un témoignage fondé sur une scène qu'elle prétend avoir vue à plus de cinquante mètres de distance. Ce sont toutes les deux des filles très désagréables et incontrôlables. Je sais que tout le monde affirme qu'Emily vient d'une bonne famille, mais à mon avis, ce n'est là qu'une nouvelle illustration de la question de l'inné et de l'acquis. Ces gamins issus de bulles ultra-conservatrices craquent toujours quand ils se retrouvent confrontés au monde réel. Je sais qu'Emily est dans le coma, mais je n'ai rien à voir là-dedans. Je n'ai aucune idée de qui peut être le père de son bâtard. J'insiste lourdement sur le fait qu'il est absolument impossible que ce soit moi. À vrai dire, je préférerais que tous ces gamins sortent de ma vie. Si je pouvais me permettre de démissionner, j'irais aider des gens qui en ont vraiment besoin, plutôt que de gâcher mes talents dans ce trou perdu. On m'a demandé de préciser la tenue que je portais cette nuit-là : c'était un costume noir et une cravate, mais tout le monde portait du noir. Je jure, sous peine de sanctions pénales, que le contenu de cette déclaration est vrai.

— Comment ça s'est passé avec la juge, hier soir ? demanda Bible.

— On verra si elle me laisse à nouveau entrer chez elle, répondit Andrea, qui se demandait pourquoi il ne lui parlait pas du corps trouvé dans le champ. J'ai fait une blague vaseuse sur le fait que j'étais contente que Reagan soit mort, et elle est montée dans sa chambre.

Bible éclata de rire.

— Tout va bien, Oliver, dit-il. Elle s'est assouplie en vieillissant.

Elle ne voulait même pas imaginer ce que cela aurait donné si la juge ne s'était pas assouplie. Mais ce n'était pas à cause de la juge qu'elle courait dans les bois, dans son haut de pyjama.

— La propriétaire du snack-bar qui t'a parlé du suicide, c'était bien Ricky Fontaine ? La femme aux cheveux bouclés qui nous a servis hier soir ?

— Ouais, fit-il en lui lançant le même genre de regard qu'elle lui avait adressé quelques instants plus tôt. L'un des livreurs de l'entrepôt s'est mis à blablater au snack-bar. Il a dit qu'une des filles ne s'était pas pointée à son service du matin. Des ouvriers agricoles l'ont trouvée dans le champ aux alentours de 9 h 30. Elle a peut-être avalé une poignée de cachets. Ils ont appelé le commissaire, mais celui-ci n'a pas cru bon de le signaler à ses amis, les US Marshals.

Elle marmonna quelque chose d'inaudible, car elle craignait de se trahir.

— C'est par là.

Bible leur fit prendre une autre bifurcation. Il était évident qu'il était déjà venu ici auparavant. Le fait qu'il avait tenu à ce qu'elle l'accompagne pour y retourner n'était pas anodin. Une chose était sûre, il ne l'avait pas fait venir en renfort. Ils n'étaient armés ni l'un ni l'autre. Le badge d'Andrea et son étoile étaient en sécurité au motel, ainsi que son Glock.

Le sentier faisait un virage en épingle à cheveux puis débouchait sur un vaste champ, qui s'étendit bientôt devant eux. À la lumière du soleil, les rangées de plantes vertes et étiolées ressemblaient à un tapis luxuriant. Elle n'avait encore jamais vu de fèves. Les longues cosses cireuses la faisaient penser à des pois gourmands ou à des haricots verts. En contrebas d'une butte se trouvait une serre dont les vitres miroitaient dans la lumière du soleil. Les bâtiments arc-en-ciel au loin et les fanions festifs suspendus à la terrasse couverte qui courait tout autour de la maison leur indiquèrent qu'ils étaient arrivés à la ferme des babas cool.

La tente de police d'un blanc éclatant qui trônait au milieu du champ donnait un aspect sinistre à l'atmosphère générale. Autour de l'endroit où le corps avait été retrouvé, un ruban jaune délimitait un périmètre qui s'étendait sur dix rangées de plantes, espacées d'environ un mètre les unes des autres. Un vieux pick-up de ferme bleu aux pneus surdimensionnés était garé à cheval sur l'une des rangées.

En s'approchant, Andrea sentit un frisson la parcourir. Elle avait appris deux ans plus tôt que la mort s'accompagnait d'un grand calme qui s'insinuait jusqu'à l'âme. Les battements de son cœur ralentirent. Elle se mit à respirer plus profondément. La sueur sur sa peau semblait s'être volatilisée.

Le cadavre avait été recouvert d'un drap blanc. Sous le coton, on devinait la courbe d'une hanche. La femme était allongée sur le côté lorsqu'elle était morte. À en juger par l'odeur douceâtre qui émanait du corps, elle ne devait être là que depuis quelques heures, ce qui confirmait la déclaration du livreur. Le corps avait été découvert vers 9 h 30.

Bible souleva le ruban de police et le tint en l'air pour qu'Andrea puisse passer dessous. Il fit un signe de tête aux deux ouvriers agricoles – elle supposait qu'il s'agissait d'ouvriers agricoles, car ils portaient des salopettes et se tenaient tous deux appuyés au vieux pick-up Ford défoncé. Ils avaient l'air tendus, contrairement aux trois policiers en uniforme qui déambulaient tout autour de la tente. Deux de ces derniers regardaient leurs téléphones, le troisième avait les mains dans les poches ; aucun des trois ne semblait se soucier de ce qui était en train de se passer. Elle reconnut Jack Stilton, le chef de la police, à sa silhouette. Il se tenait penché en avant, la tête à l'intérieur de sa voiture de patrouille, la radio collée à la bouche. Il les avait forcément vus arriver, mais manifestement, cela ne lui faisait pas plaisir.

— Commissaire Cheese ! l'appela Bible en agitant la main. Comment ça va, mon pote ?

Andrea regarda Stilton prendre tout son temps pour s'extirper de sa voiture. Les policiers semblèrent s'éveiller tout à coup, sortant les mains de leurs poches et rangeant leurs téléphones. Les deux ouvriers agricoles échangèrent un regard méfiant. Tous deux étaient blancs, l'un avait la cinquantaine bien tassée, l'autre dans les soixante-cinq ans. Ce dernier avait de longs cheveux en bataille et un T-shirt *tie and dye*, ce qui le rangeait clairement dans la catégorie des hippies.

Le plus jeune avait une cigarette qui pendillait à ses lèvres et un rictus goguenard qui rappela à Andrea une photo qu'elle avait vue la veille.

Le Billy Idol du Delaware.

Bernard Fontaine eut le culot de lui faire un clin d'œil. Elle garda une expression impassible. Une jeune femme morte gisait entre eux, au sol. Une autre jeune femme avait été jetée dans une benne à ordures quarante ans plus tôt. Nardo les avait connues toutes les deux.

— Vous avez dû oublier notre petite conversation d'hier soir, chef, dit Bible en posant fermement une main sur l'épaule de Stilton. Je croyais pourtant vous avoir demandé de m'appeler en cas de suicide.

Les yeux de Stilton n'arrêtaient pas de faire des allers-retours entre Bible et le corps recouvert d'un drap, au sol.

— Eh bien, marshal, il est trop tôt pour se prononcer, répondit-il. On ne sait pas encore s'il s'agit bien d'un suicide.

Andrea dut reconnaître qu'il n'avait pas froid aux yeux. La tente avait été installée pour servir de paravent contre la curiosité des badauds, mais aucun de ces hommes ne portait de combinaison. Personne ne prenait de photos. Aucun marqueur n'avait été laissé au sol pour localiser d'éventuels indices.

— Est-ce que le médecin légiste a été prévenu ? demanda-t-elle à Stilton.

— À votre avis, qu'est-ce que j'étais en train de faire, chérie ?

— Et si vous me le disiez, chéri ? répondit-elle du tac au tac.

Andrea entendit des ricanements, ce qui rendit la situation encore plus exaspérante. Personne ne semblait prendre cette affaire au sérieux. Elle avait travaillé dans un centre d'appels du 911 par le passé. Elle connaissait la procédure à suivre quand on trouvait un cadavre. Les premiers policiers à arriver sur la scène n'étaient pas censés monter une tente, appeler du renfort et boucler le périmètre avant d'avoir contacté le médecin légiste. Il aurait déjà dû y avoir au moins deux camions de pompier garés sur la route, et impérativement une ambulance.

Et personne n'aurait jamais dû partir du principe qu'il s'agissait d'un suicide quand bien même cela y ressemblait.

— Elle vous taquine, chef, c'est tout, dit Bible en posant la main sur l'un des montants de la tente. J'imagine que c'est ça, la ferme des babas cool dont vous m'avez parlé. Ne le prenez pas mal, ajouta-t-il en se retournant vers le vieux hippie.

— Y a pas d'lézard, répondit ce dernier.

Bible regarda le corps. Une brise légère agita un peu le drap. Bible se pencha.

— Ça ne vous dérange pas si je jette un œil ? demanda-t-il à Stilton.

— Si, ça me dérange, rétorqua Stilton, les bras croisés sur sa poitrine. Je ne veux pas être désagréable, mais ce genre d'affaire ne relève pas des compétences des Marshals.

— Et de quel genre d'affaire s'agit-il ? s'enquit Bible.

Les yeux de Stilton ne restaient pas en place. Ils allèrent se poser sur le hippie, puis sur Nardo, puis sur ses adjoints, avant de retourner se braquer sur Bible. Il était évident qu'il ne voulait pas voir de marshals ici. Ce qui était étrange. D'habitude, les flics étaient comme les lévriers : tout excités quand ils voyaient d'autres flics se pointer.

Andrea chercha à comprendre pourquoi elle avait l'impression que quelque chose clochait. C'était la première vraie scène de crime sur laquelle elle se rendait, mais il lui semblait que seuls Bible et elle respectaient le caractère solennel de la situation. Le commissaire voulait qu'ils s'en aillent. Ses agents n'avaient pas l'air d'avoir la moindre idée de ce qu'ils faisaient là. Nardo s'ennuyait, cela ne faisait aucun doute. Le vieux hippy concentrait toute son attention sur la cigarette qu'il était en train de rouler. Il avait le bon âge pour correspondre à une autre personne sur la liste de suspects d'Andrea : Dean Wexler. Mais elle ne comprenait pas vraiment la raison de sa présence ici, aux côtés de Bernard Fontaine.

— Êtes-vous Dean Wexler ? demanda-t-elle au vieux hippy.

Il lécha sa feuille à rouler.

— C'est moi, répondit-il.

Elle ne pouvait pas vraiment crier victoire. Elle n'arrivait pas non plus à se changer en thermomètre, car elle avait du mal à évaluer la température de Wexler. Ni Nardo ni lui ne semblaient se soucier des circonstances, pour une raison qu'elle ne comprenait pas encore.

— Qu'est-ce que vous faites pousser ici ? demanda-t-elle à Wexler.

D'un geste rapide, il porta la cigarette à ses lèvres.

— *Vicia faba*, répondit-il.

Elle éclata de rire, juste parce que Dean Wexler lui semblait du genre à ne pas apprécier qu'une femme se moque de lui.

— C'est une façon bien compliquée de dire fèves, remarqua-t-elle.

Elle vit sa mâchoire se contracter et ses yeux mi-clos lui jeter des éclairs menaçants.

— Marshal, intervint Stilton en s'adressant à Bible. J'apprécie votre aide, mais vous pouvez y aller, maintenant. On maîtrise la situation.

— Et c'est quoi, au juste, la *situation* ? demanda Bible.

Stilton souffla bruyamment, surjouant la patience.

— On a ici une fille – une jeune fille – qui a probablement fait une overdose. Ça faisait un moment qu'elle avait des problèmes. Ce n'était pas la première fois qu'elle essayait de se suicider.

— D'accord, fit Bible. C'est celle que vous avez sortie de l'océan à Noël dernier, ou celle qui s'est taillé les veines il y a un an et demi ?

Andrea sentit la tension entre eux monter d'un cran.

À Glynco, les élèves étaient entraînés à rester à l'écoute de leur corps. On pouvait davantage se fier au réflexe de survie – celui qui vous poussait à vous battre ou à fuir – qu'à n'importe lequel des cinq sens. Elle garda son attention fixée sur Nardo et le vieux hippy. Quelque chose de dangereux émanait d'eux. Pour la première fois de toute sa vie, elle aurait aimé être armée.

— Marshal, dit Stilton, corrigez-moi si je me trompe, mais cette situation n'a rien à voir avec la mission qui vous amène dans ma ville, votre coéquipière et vous.

Bible baissa les yeux vers Stilton.

— Ce qu'il y a de marrant avec les US Marshals, répondit-il, c'est qu'on est l'une des deux seules divisions des forces de l'ordre aux États-Unis chargées de faire appliquer la loi fédérale. Notre mission ne se limite pas à la police aux frontières. Ni à la répression des trafics d'alcool, de tabac et d'armes à feu. Ni à la police fiscale. Nous faisons respecter toutes les lois : celles, toutes fraîches, qui viennent de sortir, comme celles qui remontent au 4 mars 1789, date d'entrée en vigueur de la Constitution américaine.

Stilton avait l'air mal à l'aise, mais il haussa les épaules.

— Et alors ? fit-il.

— USC 482-930.1, déclara Bible d'un ton péremptoire. Le fait d'attenter à ses propres jours constitue une violation de la loi fédérale. Un vieux truc mais toujours d'actualité. Ça remonte à la *common law* britannique.

Bible fit un clin d'œil à Andrea, car ils savaient l'un comme l'autre qu'il bluffait.

— Qu'est-ce que tu en penses, collègue ? lui demanda-t-il.

— Moi, je dirais que la situation m'a tout l'air de relever de notre domaine de compétence.

Stilton décida de revoir son approche.

— Enfin, moi, ce que je dis depuis le début, c'est qu'on n'est pas sûrs qu'il s'agisse d'un suicide.

Bible ne lui fit pas remarquer que son histoire ne tenait pas vraiment debout. Il se contenta de sortir une paire de gants en nitrile de la poche de son short, en adressant à Andrea un nouveau clin d'œil comme pour lui avouer enfin qu'il avait tout prévu.

— Vous êtes sur une scène de crime, marshal, protesta Stilton. Vous devez attendre l'arrivée du médecin légiste. Il ne faut pas polluer…

— Qui a recouvert le corps ? l'interrompit Andrea.

Wexler se racla la gorge.

— Le gars qui l'a trouvée, répondit-il.

Ricky avait dit que c'était un travailleur agricole qui avait découvert le corps. Or, Andrea ne voyait que deux hommes dans ce champ.

— Alors la scène de crime a déjà été polluée, rétorqua-t-elle.

Bible se mit au travail. Il ne dit plus un mot. Il s'agenouilla et tira doucement sur le drap.

Quelqu'un poussa une petite exclamation. Andrea était vraiment fière que ce ne soit pas elle.

Mais elle sentit quand même son estomac se nouer d'un coup.

Certes, elle avait déjà vu des cadavres à la morgue de Glynco, mais on lui avait laissé suffisamment de temps pour se préparer, en amont. Comme ces corps avaient tous été légués à la science, c'était comme s'il y avait une espèce d'entente entre ces morts et elle. Tout s'était déroulé de façon solennelle et prévisible. Elle était là pour apprendre ; ces cadavres étaient là pour lui en offrir la possibilité.

Mais là, elle se sentait submergée par le choc de cette mort soudaine.

Comme devant les collages de Judith, elle dut d'abord s'efforcer de gérer son émotion, qui était à deux doigts de prendre le dessus. Puis elle se concentra volontairement sur les détails. Un flacon de pilules vide par terre. De l'écume rose séchée autour de la bouche. Les cheveux châtain clair. La peau pâle comme la mort. Les doigts aux extrémités bleues, repliés contre la paume d'une main tachée de rouge. Cette jeune femme était restée étendue dans ce champ pendant des heures. Du fait de la gravité, le sang s'était accumulé aux endroits du corps qui étaient en contact avec le sol. Le drap était à présent roulé en boule sur ses pieds. On n'aurait jamais pu la croire endormie ; elle était morte, cela ne faisait aucun doute.

— Mon Dieu, murmura quelqu'un.

Andrea se mit à respirer par la bouche quand l'odeur atteignit ses narines. Elle se rappela qu'elle était flic. Elle savait ce qu'elle avait à faire.

Analyser, comprendre, faire son rapport.

La jeune femme nue était allongée sur le côté.

Ce détail clochait.

La victime n'était pas une *femme*, on aurait dit une jeune fille, de seize ou dix-sept ans, peut-être. Sa hanche gauche pointait vers le haut en un angle aigu. Elle avait le pubis rasé. Les aréoles sombres de ses seins avaient commencé à noircir – un des tout premiers stades de la décomposition. Une robe jaune était pliée sous sa tête, en guise d'oreiller. Elle avait un bras tendu vers l'extérieur. L'autre était enroulé autour de sa taille menue.

Ce qui frappa le plus Andrea, c'était l'état de son corps décharné. Elle avait suivi un cours de dessin anatomique pendant sa première année aux Beaux-Arts. Ce cadavre lui rappelait les illustrations en 3D représentant le corps en transparence. Les os de cette fille apparaissaient sous sa peau. Ses articulations faisaient penser à des charnières de portes. On voyait ses dents en relief derrière ses joues creuses. Ses cheveux étaient sales. Elle avait un cocard à l'œil droit. Ses lèvres étaient bleu pâle. Elle avait le teint cireux, et sa peau fine comme du papier de soie était maculée d'étoiles formées par l'éclatement des vaisseaux sanguins. Des cicatrices roses zébraient ses poignets.

Elle avait déjà essayé de mettre fin à ses jours.

— Oliver, dit Bible d'un ton sec. Prends des photos.

Andrea s'agenouilla près de la fille et sortit son iPhone de sa poche. De son pouce, elle passa en mode photo. Du bout des doigts, elle ôta le drap des pieds de la morte.

Le fait que celle-ci soit pieds nus n'était pas le détail le plus choquant.

Elle avait une entrave de métal autour de la cheville gauche, si serrée que la peau était écorchée au niveau de l'os. Au centre de la bande apparaissaient trois gemmes – une aigue-marine flanquée de deux saphirs bleus. On aurait dit un bijou, mais fixé à la cheville de façon permanente, comme en témoignait la trace de soudure.

Andrea aperçut une inscription gravée dans le métal.

Bible la remarqua également.

— Qui est Alice Poulsen ? demanda-t-il.

20 OCTOBRE 1981

Assise à la table du petit déjeuner, Emily picorait. En face d'elle, sa grand-mère en faisait autant, sans bien comprendre pourquoi il régnait une telle tension dans la pièce, mais sachant instinctivement qu'il valait mieux garder le silence. Esther et Franklin se tenaient chacun à une extrémité de la table, habillés pour le travail, comme un jour parfaitement normal de leur vie normale. Lui lisait le journal. Elle annotait un document, concentrée, la bouche en cul-de-poule. Tous deux portaient leurs lunettes de lecture. Ils finiraient ensuite par les ôter pour fourrer leurs journaux dans leurs mallettes respectives et partir pour le travail dans des voitures différentes.

Emily avait vu ses parents surmonter un nombre incalculable de crises de cette manière, par le passé. Leur façon de s'en tirer, c'était de faire comme si ces choses horribles n'existaient pas. Elle avait peut-être un peu de cette capacité en elle, également, car elle aussi essayait de faire comme si la nuit dernière n'avait pas eu lieu, et la matinée de la veille dans le cabinet du Dr Schroeder non plus. De même que la Fête.

Par-dessus tout, elle tentait de se convaincre que ses souvenirs de M. Wexler la reconduisant chez elle cette nuit-là étaient soit le fruit de son imagination, soit les restes d'un mauvais trip sous acide.

Comme un fait exprès, une nausée soudaine s'empara d'elle. Les œufs dans son assiette s'étaient gélifiés en une masse jaune visqueuse. Le gras du bacon s'était figé autour du pain grillé. Elle n'avait pas la moindre idée du temps qu'elle avait passé à regarder fixement son assiette, mais lorsqu'elle leva enfin les yeux, ses parents étaient partis. Seule sa grand-mère était encore à table.

— Que vas-tu faire de beau, aujourd'hui ? demanda la vieille dame. Moi, je me disais que j'allais travailler un peu au jardin.

Emily sentit les larmes lui monter aux yeux.

— Je vais à l'école, mamie, répondit-elle.

La vieille dame eut un air perdu. Elle ramassa ses couverts et son assiette avant de quitter la table.

Du bout des doigts, Emily empêcha ses larmes de couler. Se maquiller ce matin-là lui avait donné l'impression de se passer du papier de verre sur le visage. Elle avait tant pleuré la nuit précédente que ses paupières étaient irritées. Elle n'avait pas fermé l'œil. La personne qui lui avait rendu son regard dans le miroir lui avait semblé être une parfaite étrangère.

Elle n'était pas *intacte.*

Pourquoi ne ressentait-elle rien d'autre que de la honte ? Faire l'amour, c'était censé être quelque chose de spécial, un moment romantique où elle se serait unie à son âme sœur, où elle se serait donnée à un homme digne de son affection.

Au lieu de cela, c'était arrivé à l'arrière d'une bagnole de clown, sale et minable, celle de son prof.

Peut-être.

Elle se méfiait de sa mémoire car seules des bribes de souvenirs lui revenaient par flashs, presque comme les images stroboscopiques d'un film d'horreur lui montrant quelque chose qui pouvait être ou non la réalité. Elle avait été tellement certaine – alors même qu'elle se disait ne pas l'être – que c'était l'un des garçons. Et à présent, elle ne s'autorisait pas à croire que Dean Wexler, avec sa moustache épaisse et suante, avec ses mains maladroites et baladeuses, lui avait pris quelque chose qu'elle n'avait pas consenti à donner.

Car il s'agissait bien d'un viol, n'est-ce pas ?

Peut-être pas, en fin de compte. Peut-être sa mère avait-elle raison. Et son père aussi. Si on buvait trop, si on prenait de la drogue, on devait accepter le risque inhérent à cette conduite, le risque qu'un garçon fasse ce que les garçons font toujours.

Mais M. Wexler n'était pas un garçon, c'était un homme.

Cela faisait une différence, non ? Si elle disait à son père que ce n'était pas l'un des garçons qui avait abusé d'elle, mais un homme adulte, il aurait vu la situation d'un autre œil. Ou peut-être l'aurait-il simplement vue, *elle*, sa fille, car depuis la veille au soir, il semblait l'avoir totalement effacée de son champ visuel. En traversant la pièce, en s'asseyant à table, en attrapant la cafetière, en lisant son journal, pas une fois il n'avait semblé voir sa fille, assise à quelques mètres de lui.

Elle baissa les yeux vers ses mains. Les larmes lui brouillaient la vue. Elle se demanda si elle n'était pas en train de disparaître tout à fait. La considérerait-on à nouveau un jour comme la personne qu'elle était autrefois ?

— Emily.

Esther se tenait debout dans l'encadrement de la porte. Une main en appui sur le chambranle, elle tirait sur le pied de son collant pour l'ajuster.

— Ne sois pas en retard au lycée, dit-elle.

Emily regarda par la fenêtre, évitant délibérément de poser les yeux sur sa mère. Elle avait senti son cœur palpiter en entendant le ton parfaitement normal avec lequel sa mère venait de lui parler. Esther ne se mettrait plus jamais en colère à ce sujet. Il n'y aurait plus de disputes ni de récriminations. Elle était juge dans tous les sens du terme. Une fois que sa décision avait été rendue, elle ne la remettait plus jamais en question.

Lorsque Emily lança enfin un regard vers la porte, sa mère avait disparu.

Elle expira lentement. Elle posa sa fourchette et son couteau sur l'assiette et rapporta le tout à la cuisine. Elle jeta à la poubelle le reste de nourriture et posa l'assiette et les couverts dans l'évier pour que la femme de ménage s'en occupe. Elle alla chercher son sac de cours et son sac à main près de la porte du garage. Elle ne se rappelait pas les avoir laissés là la veille mais, bien sûr, il y avait tout un tas de choses beaucoup plus importantes dont elle ne se souvenait pas.

Voilà tout ce qui lui revenait : l'habitacle sombre de la voiture de M. Wexler ; les voyants lumineux du tableau de bord ; une chanson à la radio, jouée à faible volume ; ses mains tripotant nerveusement un accroc à l'ourlet de la robe verte de Ricky ; la main de M. Wexler posée sur son genou.

Elle cligna des yeux. Ce dernier détail était-il avéré, ou se forçait-elle à croire quelque chose de faux ?

La seule chose dont elle était sûre, c'était qu'elle ne pouvait pas passer le restant de ses jours debout dans le couloir à réfléchir à cela. Elle avait déjà raté toute une journée d'école – un rendez-vous avec sa prof d'arts plastiques, un contrôle de chimie, une répète avec l'orchestre, cinq minutes avant le cours de sport pour parler à Ricky de quelque chose qui, deux jours plus tôt, lui paraissait très important.

Elle ouvrit la porte. La Mercedes de son père était déjà partie. Elle traversa le garage. Le chauffeur de sa mère bayait aux corneilles devant la maison.

— Em ?

Elle se retourna et vit avec surprise Cheese qui fumait une cigarette, appuyé à un arbre.

— Oh non, Cheese, je suis vraiment désolée, s'exclama-t-elle.

Elle sentit son cœur se serrer. Elle lui avait dit qu'il pouvait dormir dans le cabanon.

— J'ai oublié de te mettre un oreiller et une couverture, dit-elle.

— Ce n'est pas grave, t'inquiète, répondit-il.

Il écrasa sa cigarette sur la semelle de sa chaussure et glissa le mégot dans sa poche.

— Tu sais que je n'ai pas besoin de grand-chose, poursuivit-il. Ça va, ne t'en fais pas.

Ça n'avait pourtant pas l'air d'aller du tout, ce qui la culpabilisait encore plus.

— Je suis désolée, répéta-t-elle.

— On dirait que tu as passé une nuit agitée, toi aussi.

Elle ne pouvait vraiment pas se soucier de son apparence pour l'instant. Le cabanon était de l'autre côté de la maison, mais Cheese avait très bien pu entendre ce qui s'était passé dans la cuisine la veille au soir, s'il était sorti devant le garage.

— À quelle heure tu es arrivé ? lui demanda-t-elle.

— Je sais pas, répondit-il en haussant les épaules. J'étais à la maison, mais maman a pété les plombs. Papa est parti au poste, et moi j'ai juste…

Elle vit sa lèvre inférieure se mettre à trembler. Il n'avait rien entendu du tout. Il avait ses propres problèmes.

— Bref, s'interrompit-il. Je vais t'accompagner au lycée.

Elle le laissa prendre son sac. Ils durent attendre que la voiture de sa mère fasse sa manœuvre. Esther jeta un coup d'œil par le pare-brise arrière, à deux reprises. Pendant un quart de seconde, son impassibilité s'évanouit. Emily eut l'impression de l'entendre penser : *Est-ce que c'était le fils Stilton ?*

Quand la voiture atteignit l'allée, Esther avait retrouvé son visage de marbre.

Cheese ne s'était rendu compte de rien. Il sortit une autre cigarette en secouant son paquet. Emily et lui descendirent l'allée sinueuse en silence, sans que cela ne suscite de gêne entre eux. Elle chercha à se rappeler la première fois qu'elle avait rencontré Cheese. Comme la plupart de ses camarades de lycée, qu'elle connaissait sans vraiment les fréquenter, il faisait partie de sa vie depuis toujours. Ils étaient déjà ensemble à la maternelle. En essayant de faire resurgir son premier souvenir de lui, l'image d'un petit garçon timide assis dans un coin, à regarder les autres s'amuser, lui revint en mémoire. Il ne s'était jamais senti à sa place nulle part, et c'était pour cette raison qu'elle avait toujours fait l'effort d'aller lui parler. Elle-même avait souvent eu l'impression, quand elle était avec la clique, d'être à l'extérieur et de les regarder comme à travers une fenêtre.

Surtout en ce moment.

— OK, fit Cheese. Alors, tu vas me raconter ce qui se passe ?

Elle sourit.

— Ça va, répondit-elle. Vraiment, ça va.

Cheese fumait en silence. Visiblement, il ne la croyait pas.

Elle pensa à quelque chose.

— Tu étais dans le cabanon, il y a à peu près un mois ?

Il eut un air inquiet.

— Si tes parents sont fâchés parce que je…

— Non, non, le rassura-t-elle. Ils s'en fichent, de ça. Je me posais la question parce que je suis rentrée très tard cette nuit-là – la nuit du 26. Et ils se sont mis très en colère parce que j'avais dépassé l'heure autorisée. Du coup, je me demandais si tu avais entendu quelque chose, ou si tu te souvenais de quoi que ce soit.

— Mince, fit-il. Je suis désolé, Emily. Si j'étais là, je n'ai vraiment pas entendu le moindre bruit. Tu t'es attiré des ennuis ? C'est pour ça que tu as l'air si bouleversée ?

Elle secoua la tête. Cheese n'était pas du genre à faire des cachotteries. S'il avait été dans le cabanon cette nuit-là, il lui en aurait déjà parlé. Elle lui posait les mauvaises questions.

— Tu t'y connais un peu, en enquêtes ? tenta-t-elle. Je veux dire, grâce à ton père ?

— Un peu, je crois, répondit Cheese en haussant les épaules. Enfin, c'est peut-être plutôt à force de regarder les rediffusions de *Columbo*.

Elle sourit en le voyant sourire. Elle savait que son propre père regardait cette série à l'époque de sa sortie. Elle-même ne l'avait jamais vraiment suivie, mais elle savait bien sûr qu'il y était question d'un détective intelligent.

— Disons que Columbo doit s'occuper d'une affaire dans laquelle quelqu'un a fait quelque chose de mal, commença-t-elle.

— Emily, elles sont toutes comme ça, les affaires, dans *Columbo*, rétorqua Cheese avec un sourire malicieux. C'est un peu le principe de la série.

— C'est vrai.

Elle s'accorda un instant pour réfléchir.

— Disons que, dans cette affaire, une femme est allée à un cocktail où son… son collier de diamants a été volé, reprit-elle.

— D'accord.

— Seulement, elle n'arrive pas à se rappeler quoi que ce soit de la fête, parce qu'elle a trop bu.

Elle attendit que Cheese opine du chef pour continuer.

— Mais elle a quand même de vagues souvenirs, qui lui reviennent par flashs, où elle se voit parler à des gens, et passer du temps à certains endroits. Mais elle n'est pas sûre qu'il s'agisse de vrais souvenirs.

— On dirait bien qu'elle a été droguée, dit Cheese. L'alcool, ça ne produit pas vraiment ce genre d'effets, sauf si on est bourré au point d'en perdre connaissance. Du moins, c'est ce que j'ai remarqué chez ma mère.

Elle se dit qu'il savait de quoi il parlait.

— Comment cette femme pourrait-elle s'y prendre pour récupérer son collier ?

Cheese sourit à nouveau.

— Elle appellerait Columbo, répondit-il.

Elle lui rendit son sourire.

— Mais comment est-ce que Columbo s'y prendrait pour résoudre l'affaire ?

— Il irait trouver les gens qui étaient à la fête, précisa-t-il presque du tac au tac, et ensuite, il comparerait les notes qu'il aurait prises pour vérifier, par exemple, si ce que tel gars lui avait dit correspondait bien à ce que tel autre lui avait raconté. Parce que, si les différentes versions ne sont pas raccord, ça veut dire que quelqu'un ment, et si quelqu'un ment, alors on sait que cette personne a quelque chose à cacher.

Elle se sentit soudain libérée du poids qui lui pesait depuis longtemps sur la poitrine. Ce que Cheese lui disait était le bon sens même. Pourquoi n'avait-elle pas pensé à aller interroger qui que ce soit ? Elle pourrait les pousser à tout lui avouer.

Il y avait tout de même encore un petit problème.

— Comment Columbo s'y prend-il, alors ? demanda-t-elle. S'il a affaire aux vrais coupables, ils ne vont pas se mettre à tout raconter, surtout pas à la police.

— C'est ce que dit mon père, répondit Cheese en haussant les épaules, mais à la télé, les coupables finissent toujours par avouer. Des fois, ils inventent des mensonges pour faire porter le chapeau à quelqu'un d'autre. Ou bien ils veulent savoir s'ils vont se faire choper, alors ils posent tout un tas de questions sur l'enquête. Et Columbo, c'est le meilleur pour leur tendre des pièges. Il ne les accuse jamais directement. Il dira plutôt un truc comme : « Monsieur, je vois que vous étiez à cette fête. Veuillez pardonner mon indiscrétion, mais pourriez-vous me dire si vous avez remarqué quoi que ce soit de suspect, ou si vous avez vu quelqu'un se comporter bizarrement ? » Il ne pointe jamais le gars du doigt en lui disant : « C'est vous le coupable. » Il le laisse parler et se trahir tout seul.

Elle devait reconnaître qu'il imitait très bien la voix de Columbo.

— Et qu'est-ce qu'il fait d'autre ? demanda-t-elle encore.

— Eh ben, il prend tout en note, ce qui est exactement ce qu'un bon policier est censé faire. Mon père dit que c'est fondamental, parce qu'on entend plein d'informations quand on interroge les gens, mais il n'y en a que quelques-unes qui sont vraiment importantes, alors il faut tout écrire puis reprendre ses notes, les parcourir et sélectionner les trucs réellement valables.

Elle hocha la tête, car tout cela lui semblait très sensé. En cours, elle se sentait parfois totalement submergée par les détails, mais en reprenant ses notes, elle en dégageait l'essentiel.

— La meilleure partie, c'est la fin de l'épisode, poursuivit Cheese. Juste avant la pub, Columbo parle avec le suspect et il fait comme s'il n'avait plus de questions à lui poser, mais juste avant de partir, il se retourne et il dit : « Excusez-moi, monsieur, juste une dernière chose… »

— Une dernière chose ?

— Ouais, tu dois garder ta dernière question, la plus importante, pour la fin, parce que c'est à ce moment-là que le suspect baisse la garde.

Cheese pinça le bout de sa cigarette avant de glisser à nouveau le mégot dans sa poche.

— Tu dis : « C'est super, merci d'avoir répondu à mes questions », poursuivit-il, et tu fais comme si tu allais partir. Tu ranges ton carnet, tes affaires, et le suspect est soulagé, tu vois, parce qu'il croit que c'est fini. Et alors tu te retournes et tu dis…

— « Juste une dernière chose… »

— Correctamundo !

Son imitation de Fonzy n'était pas mal non plus.

— Et c'est comme ça que tu récupères ton collier de diamants, conclut-il.

— Quoi ?

— La dame… Celle à qui on a volé son collier.

— Ah oui, bien sûr.

Emily sentit son cœur trembler dans sa poitrine. Elle se sentait encore plus anxieuse, maintenant qu'elle voyait un nouveau chemin s'ouvrir devant elle.

— Tu feras un bon policier un jour, Cheese, dit-elle.

— Ah ! certainement pas, rétorqua-t-il en sortant une autre cigarette de son paquet. Si je vis encore dans ce trou à rats dans dix ans, rappelle-moi de me tirer une balle dans la tête.

— C'est horrible. Ne dis pas ça.

Cheese lui rendit son sac de cours. Ils n'étaient plus très loin du lycée, maintenant. Sans un mot de plus, il s'empressa de s'éloigner d'elle. Quelques années plus tôt, Nardo s'était moqué de lui parce qu'il le soupçonnait d'avoir un faible pour elle, et depuis, Cheese se donnait beaucoup de mal pour ne pas donner cette impression.

Elle fit glisser son sac à main sur le côté. Elle réfléchit au conseil que lui avait donné Cheese. Elle devait en effet considérer cette situation comme une enquête à mener. La réponse ne changerait sans doute pas grand-chose mais, au moins, elle lui apporterait une certaine tranquillité d'esprit. Peu importait ce que lui disaient son père et sa mère : quelqu'un lui avait vraiment fait du mal. Cette personne avait abusé d'elle au moment où elle était le plus vulnérable. Elle n'était pas sotte au point de penser que le coupable serait puni, mais elle devait au moins savoir de qui il s'agissait, car il en allait de sa santé mentale.

— Qu'est-ce que tu fabriques ?

C'était Ricky, qui venait de lui mettre un coup d'épaule.

— Ça ne pue pas un peu le fromage par ici ? rigola-t-elle.

Emily leva les yeux au ciel et, en guise de réponse, donna à son tour un coup d'épaule à Ricky.

— Je ne sais pas pourquoi tu perds ton temps à jouer avec tous ces jouets cassés, ajouta Ricky.

Emily s'efforça de ne pas mordre à l'hameçon. La clique se montrait toujours très cruelle avec ceux qui n'en faisaient pas partie. Que lui feraient-ils, à *elle*, quand ils apprendraient la nouvelle ?

— Tu étais où, hier ? demanda Ricky. J'ai appelé deux fois chez toi, et ta mère m'a dit que tu dormais.

— J'avais une gastro, répondit Emily. C'est ce que je t'ai dit samedi.

— Ah oui, c'est vrai ! se souvint Ricky en lui donnant un nouveau coup d'épaule. Je croyais qu'on devait discuter, hier, toi et moi.

— Discuter de quoi ?

— Je… Ah merde, voilà Nardo.

Ricky traversa la cour comme une flèche sans se retourner une seule fois.

Emily ne lui emboîta pas le pas. Elle surveilla juste la clique qui se rassemblait devant les portes d'entrée du gymnase. Nardo fumait, même s'il s'était déjà fait prendre à trois reprises. Blake se tenait adossé contre le mur, un livre à la main. Seul Clay était tourné vers elle. Il la suivit des yeux tandis qu'elle gravissait les marches du lycée. Pour la première fois de sa vie, elle ne lui rendit pas son regard. Elle ne lui adressa aucun salut de la main. Elle ne sentit pas ses yeux l'attirer vers lui comme un aimant.

Elle ouvrit la porte. Elle sentait encore dans son dos la chaleur qui émanait du regard de Clay lorsque la porte se referma derrière elle. Dans le hall d'entrée, elle plissa les yeux, un instant aveuglée par la lumière trop vive des plafonniers. Des élèves la doublèrent à toute vitesse. Elle sentit son corps se crisper comme chaque fois qu'elle se retrouvait au lycée. Mais cette fois, son angoisse n'était pas due à la volonté muette d'Esther, qui lui enjoignait sans cesse de réussir. Si elle se sentait angoissée, c'était parce qu'elle avait commencé à échafauder un plan.

Elle irait parler à M. Wexler. Elle l'aborderait mine de rien, comme si tout allait bien. Elle lui poserait des questions. Puis elle ferait mine de partir, avant de lâcher le fameux « Juste une dernière chose… ».

Soudain, elle sentit sa confiance l'abandonner. Pouvait-elle réellement demander à M. Wexler s'il avait abusé d'elle ? Il serait scandalisé. Bien sûr qu'il serait scandalisé. Mais serait-ce parce qu'il était innocent ou parce qu'il était coupable ?

— Emily !

Melody Brickel galopait littéralement vers elle, dans le couloir. Elle avait une passion pour les chevaux, ce qui était l'une des raisons pour lesquelles elle n'était pas très populaire au lycée.

— Tu as raté la répète de l'orchestre, hier ! lui dit-elle.

Emily résista à l'envie irrépressible de se rouler en boule. Mme Brickel était au courant de tout. Avait-elle parlé à sa fille ?

— Em ?

Melody l'attrapa par la main et l'entraîna dans la salle de classe vide de M. Wexler.

— Qu'est-ce qui ne va pas ? lui demanda-t-elle. Tu as une mine affreuse. Tu as pleuré ? Mais j'adore tes cheveux !

— Je suis…

Emily fut prise de panique. Elle était dans la salle de M. Wexler. Il allait bientôt arriver. Elle n'était pas prête. Jamais elle ne pourrait l'affronter. Elle avait eu l'intention d'écrire une liste de questions mais, à présent, tout ce qu'elle voulait, c'était déguerpir avant qu'il arrive.

— Emily ? Qu'est-ce qui ne va pas ? répéta Melody.

— Je…, s'étrangla Emily. Ta mère ne t'a pas dit ?

— Pas dit quoi ? demanda Melody. Tu es allée chez le Dr Schroeder, hier ? Maman n'a pas le droit de raconter ce qui se passe là-bas. Je crois que c'est une règle, ou un truc comme ça, non ? Je n'en sais rien. Mais puisque tu y es allée, qu'est-ce qui cloche ? Tu es sûre que ça va ?

— Oui, je…, commença Emily, cherchant un mensonge à raconter. C'est juste que j'ai mes règles, elles ont commencé il y a quelques jours et elles me font très mal.

— Oh non, ma pauvre, dit Melody en lui saisissant la main. Mais tu es trop vieille pour continuer à aller voir ce vieux bouc idiot. Tu devrais consulter une gynéco digne de ce nom. Ma mère me fait prendre la pilule depuis deux ans, et je remarque à peine quand j'ai mes règles, maintenant.

Emily ne savait pas ce qui était le plus ahurissant : que Melody soit allée voir une gynéco, ou qu'elle prenne la pilule.

— N'aie pas l'air si choquée, andouille, dit Melody. La pilule, ce n'est pas juste pour le sexe. Même si je continue à croiser les doigts !

Elle plongea la main dans son sac et en sortit une cassette.

— Tiens, lui dit-elle, je t'ai apporté ça, mais il faut que tu promettes de me la rendre.

Emily prit machinalement la cassette. Sur la couverture, cinq filles étaient assises ensemble, enroulées dans des serviettes, le visage enduit de crème de beauté. Les Go-Go's. *Beauty and the Beat*.

— Je t'en ai parlé la semaine dernière, ajouta Melody, tout excitée.

La musique était une véritable obsession, chez elle.

— Écoute bien la façon dont le chant ralentit au milieu de « Our Lips Are Sealed », OK ? C'est pas exactement un changement de signature rythmique, mais ça me rappelle un peu ce que font les Beatles dans « We Can Work It Out », quand ils passent d'un 4/4 à 3/4. Ou bien « Under My Thumb », quand les Stones...

Emily n'entendait plus rien. M. Wexler venait d'entrer dans la pièce. Du coin de l'œil, elle le vit déposer une pile de papiers sur son bureau. Elle gardait les yeux rivés sur Melody, qui jouait d'une batterie imaginaire et tapait du pied en suivant un rythme qu'elle seule percevait.

— Tu écouteras bien ce passage, hein ? Il est trop cool. Et elles ont composé la musique elles-mêmes, c'est génial, non ?

Emily opina du chef, même si elle n'avait pas la moindre idée de ce à quoi elle acquiesçait. Par chance, cela suffit à pousser Melody à quitter la pièce à grandes enjambées.

— Qu'est-ce qui l'a excitée comme ça, cette fois ? demanda M. Wexler.

Emily dut déglutir pour réussir à parler.

— Les Go-Go's, répondit-elle enfin.

Il gloussa.

— Elle compare vraiment cette bande de petites filles potelées aux Rolling Stones ? Laisse-moi rire ! Tout ce qu'elles font, c'est jouer la comédie pour pouvoir rencontrer des mecs.

Une semaine plus tôt, Emily aurait abondé dans son sens, peut-être même qu'elle aurait ri avec lui, mais à présent elle demanda :

— Et les groupes de garçons, ce n'est pas pour rencontrer des filles qu'ils font de la musique ?

— Les petits minets que tu écoutes, peut-être, répondit M. Wexler, mais les Stones sont de vrais musiciens. Ils ont vraiment du talent.

Elle serra les mains l'une contre l'autre. Elle s'était remise à transpirer. Elle n'avait aucun plan. Elle ne pouvait absolument pas faire ça. Elle n'était pas Columbo.

— Qu'est-ce que tu voulais me demander, Em ? lui demanda enfin M. Wexler tout en mangeant une poignée de fruits séchés et de noix. J'étais tellement bourré hier soir, que ce matin, j'ai eu l'impression de faire mon jogging dans des sables mouvants. Il faut que je prépare mon cours.

— Je…

Elle se rappela ce que Cheese lui avait dit : elle devait prendre des notes. Comme elle ne pouvait pas utiliser l'un de ses cahiers de classe, elle chercha un carnet à l'aveuglette dans son sac à main, puis sortit son stylo. Elle leva les yeux vers M. Wexler, mais ne trouva pas ses mots.

— Emily ? fit-il. Allez, dis-moi ce que tu veux.

— Je…

Elle perdit courage.

— J'ai raté les cours hier, dit-elle enfin. Il faut que je rattrape ce que vous avez fait.

Il rit.

— Euh, je crois que c'est bon, dit-il. Tu as déjà ton A. Ne t'inquiète pas.

— Mais je…

— Emily, je ne me souviens pas de ce qu'on a fait en cours hier, d'accord ? Je t'ai notée présente. En ce qui me concerne, tu étais là. Ne cherche pas plus loin.

Elle le regarda se retourner et effacer le tableau. Il était très en forme parce qu'il courait tout le temps, mais sa discipline s'arrêtait là. Son pantalon était froissé. Sa chemise avait des auréoles sous les bras. Ses cheveux étaient en bataille. Lorsqu'il se retourna vers elle, elle remarqua qu'il avait les yeux injectés de sang parce qu'il ne s'était pas encore servi de la bouteille de gouttes oculaires Visine posée sur son bureau.

Les petits voyants lumineux du tableau de bord. La chanson à la radio. L'accroc dans la robe verte de Ricky.

— Em ? fit-il en posant les mains sur son bureau. Pour l'amour du ciel, qu'est-ce qui t'arrive, aujourd'hui ? Sans vouloir te vexer, tu as l'air aussi mal en point que moi.

— Je…

Elle essaya de se rappeler ce que Cheese lui avait dit. Il fallait y aller doucement. Ne pas lancer d'accusations. Elle s'assit au premier rang et chercha à se donner un air décontracté.

— Vous vous souvenez du soir où vous êtes venu me chercher chez Nardo, le mois dernier ? demanda-t-elle.

Il eut immédiatement un air et un comportement coupables. Ses yeux se plissèrent. Il alla à la porte et la referma. Puis il se retourna vers elle.

— Je croyais t'avoir dit qu'on ne reparlerait plus de ça.

Elle posa la pointe de son stylo sur le papier. Sa main se mit à bouger.

— Qu'est-ce que tu écris ? lui demanda-t-il d'un ton cassant. Bon Dieu, pourquoi est-ce que tu…

Elle eut un mouvement de recul tandis qu'il lui arrachait le stylo de la main.

— Qu'est-ce qui se passe, bordel ? reprit-il.

— Vous…

Emily avait l'impression de perdre le contrôle. Ce n'était pas comme ça que la discussion était censée se passer. Ne pas attaquer. Ne pas accuser.

— Ma grand-mère vous a vu, dit-elle enfin. Cette nuit-là. Elle a reconnu votre voiture.

Il eut soudain l'air accablé et se laissa tomber sur la chaise à côté d'elle.

— Merde, fit-il.

— Elle… elle m'a posé des questions à ce sujet, hier soir. Elle m'a demandé pourquoi j'étais dans votre voiture à une heure aussi tardive, parce qu'elle sait que vous êtes prof.

Il se prit la tête entre les mains.

— Est-ce qu'elle en a parlé à tes parents ? demanda-t-il d'une voix tendue.

Elle voyait bien qu'il avait peur, ce qui signifiait que le rapport de force s'était inversé. Elle devait le maintenir dans cet état de vulnérabilité, alors elle répondit :

— Pas encore. Je lui ai demandé de ne pas leur dire, mais…

Il se redressa sur sa chaise.

— Il faut qu'on accorde nos violons au cas où elle leur en parlerait, dit-il. *Parce qu*'elle leur en parlera, plutôt. Tu sais aussi bien que moi qu'elle finira par le faire.

Elle fut obligée d'acquiescer.

En un clin d'œil, il avait repris l'ascendant sur elle.

— OK, fit-il en se tournant vers elle. Qu'est-ce que ta grand-mère a vu, au juste ?

Il se pencha vers elle, en appui sur ses coudes.

— Que j'ai…

Elle savait qu'elle devait se montrer stratégique, mais elle s'en sentait incapable.

— Je suis sortie de votre voiture, il était tard et j'étais toute chamboulée.

Il hocha la tête. Elle entendit le son rugueux de sa barbe de trois jours tandis qu'il se grattait la joue.

— D'accord, fit-il. Bon, ce n'est pas grand-chose.

Elle garda les lèvres serrées. Cheese lui avait dit que les coupables avaient besoin de parler. Elle devait donc attendre que M. Wexler reprenne la parole.

— OK, dit-il en ramassant son stylo pour le lui rendre. Alors, voilà ce qu'on va leur raconter…

Elle posa la pointe du stylo à bille sur une nouvelle feuille vierge.

— Nardo m'a appelé à l'aide. Tu faisais une crise de panique. Ils étaient tous défoncés. Alors, je suis venu en voiture pour te ramener chez toi, un point c'est tout. Tout ce qui s'est passé entre Clay et moi, dit-il en agitant la main, on l'oublie. C'est notre parole contre la sienne, et personne ne le croira, de toute façon.

Clay ?

— Ensuite, je t'ai raccompagnée chez toi, conclut M. Wexler. Fin de l'histoire. OK ?

— Mais…

Elle cherchait une façon de lui soutirer plus d'informations.

— Il n'y a pas que Clay dont il faut s'inquiéter, pas vrai ? dit-elle. Nardo et Blake étaient là, aussi. Et Ricky. Ricky était là.

— Ricky était évanouie sur la pelouse, devant la maison, quand je suis arrivé, répondit M. Wexler. Je ne sais pas où Nardo et Blake étaient passés. Est-ce qu'ils pouvaient nous voir depuis la maison ? Il y a des fenêtres qui donnent sur la piscine, non ?

— Euh… oui, peut-être.

Elle sentit sa bouche s'engourdir, comme si on venait de la lui remplir de coton. Ricky, inconsciente sur le gazon. Nardo et Blake quelque part dans la maison. Clay et elle dehors, au bord de la piscine. Ils n'étaient certainement pas en train de nager. La piscine était bâchée, et l'eau trop froide, de toute façon. Que faisaient-ils dehors tous les deux ? Cela signifiait forcément quelque chose.

— Très bien, donc c'est réglé, déclara M. Wexler en tapotant le carnet d'Emily. Écris-le, si ça peut t'aider : tu m'as appelé parce que tu te disputais avec Clay, je suis venu te chercher et je t'ai raccompagnée chez toi, un point c'est tout.

Elle commença à noter ce qu'il lui disait, mais elle ne put s'empêcher de demander :

— À propos de quoi on se disputait, Clay et moi ?

— Qu'est-ce que j'en sais, moi, putain ? Tu n'as qu'à prendre n'importe laquelle de vos anciennes disputes et dire qu'elle était encore d'actualité. Vous êtes sans arrêt en train de vous engueuler, tous autant que vous êtes.

Il se leva.

— Tu ferais mieux d'aller en cours, ajouta-t-il. Et ne dis pas un mot de tout ça aux autres, d'accord ? Tu sais aussi bien que moi qu'ils prendront le parti de Clay, et je ne voudrais pas que tu perdes tes amis pour un truc aussi bête.

Le coton dans la bouche d'Emily se changea en ciment. Elle s'était déjà inquiétée à l'idée de perdre la clique, mais jamais cette perspective ne lui avait paru si proche. Ils allaient tous l'abandonner. Les amis auxquels elle s'était accrochée, les copains qu'elle connaissait depuis l'école primaire, les gens avec lesquels elle passait tout son temps libre depuis dix ans, tous allaient la laisser tomber dès que les choses se corseraient.

Surtout si Clay était impliqué.

— Si tes parents t'interrogent à ce sujet, poursuivit M. Wexler, tiens-t'en à notre version des faits, et tout ira bien pour nous. Je leur raconterai la même chose.

Elle baissa les yeux vers son carnet. Elle n'avait noté qu'un seul mot : *Clay*.

— Emily, dit encore M. Wexler en consultant sa montre. Allez, va en cours ! Je ne peux plus me permettre de vous écrire des mots d'excuse, à toi et ta petite bande. M. Lampert m'a déjà dit que certains profs m'accusaient de faire du favoritisme. Je parie que c'est Darla North. Bon Dieu, cette connasse ne peut vraiment pas la fermer, sa grande bouche !

Emily rangea son carnet et son stylo. Elle se leva et se dirigea vers la porte.

Puis elle se retourna.

— M. Wexler ? dit-elle. Il y a juste une dernière chose…

Il consulta à nouveau sa montre.

— Qu'est-ce que c'est ?

— Ma grand-mère…

Elle devait cesser de chercher des stratégies. Elle devait juste ouvrir la bouche et parler.

— Le soir où vous m'avez ramenée, poursuivit-elle. Ma grand-mère m'a dit que ma robe était déchirée, et qu'elle était à l'envers.

M. Wexler serra si fort les mâchoires qu'on aurait dit que ses dents allaient se briser.

— C'est ça qu'elle a remarqué quand je suis descendue de votre voiture, ajouta-t-elle.

Il frotta à nouveau sa joue râpeuse. Elle entendit le bruit de ses poils drus sous ses doigts. Elle cessa de tourner autour du pot.

— Qu'est-ce que je dirai à mon père quand il m'interrogera à ce sujet ? demanda-t-elle.

Il resta parfaitement immobile, tout d'abord, puis il se déplaça tellement vite qu'elle ne put réagir lorsqu'il la plaqua contre le mur, colla une main moite sur sa bouche, et, de l'autre, lui empoigna la gorge.

Elle étouffait. Elle se mit à lui griffer le dos de la main. Elle sentait la pointe de ses pieds effleurer le sol. Il l'avait soulevée juste assez pour qu'elle ne puisse rien faire d'autre que haleter.

— Écoute-moi bien, petite salope.

Son haleine fétide empestait le café et le whisky.

— Tu vas pas dire un seul mot à ton père. Tu m'as bien compris ?

Elle ne pouvait pas répondre, car les doigts de M. Wexler s'enfonçaient dans sa gorge.

— Je suis allé te chercher chez Nardo. Tu étais en plein milieu d'une dispute à la con avec Clay. Je t'ai ramenée chez toi. C'est tout.

Il resserra son étreinte.

— Tu m'as bien compris ? répéta-t-il.

Elle ne pouvait plus parler. Elle ne pouvait pas bouger non plus. Ses paupières se mirent à papillonner.

Une fraction de seconde plus tard, il l'avait relâchée. Elle s'écroula sur le sol. Elle porta les doigts à son cou endolori, dont elle sentait les artères palpiter. Des larmes roulèrent sur ses joues.

M. Wexler s'accroupit devant elle. Il brandit un doigt colérique tout près de son visage.

— Alors, qu'est-ce que tu vas dire ?

— Que ce…

Elle fut prise d'une quinte de toux. Un filet de sang coula dans sa gorge.

— Que ce n'était pas vous, dit-elle enfin.

— Ce n'était pas moi, répéta-t-il. Nardo m'a appelé pour que je vienne te chercher. Je suis allé chez lui. Tu te disputais avec Clay. Je t'ai raccompagnée chez toi. Je ne t'ai jamais touchée, je n'ai jamais déchiré ta robe, ni…

Elle le vit plisser les yeux. Son regard glissa lentement de son visage jusqu'à son ventre. Elle entendit presque une alarme retentir dans la tête de M. Wexler.

— Putain ! s'exclama-t-il. Tu es enceinte.

Emily écouta ce mot se réverbérer sur les parois en parpaing de la pièce. Personne ne l'avait jamais vraiment prononcé à voix haute jusqu'à présent. Même le Dr Schroeder n'avait pas utilisé ce mot-là. Son père avait utilisé l'expression « en cloque ». Sa mère évitait soigneusement de l'employer, comme elle l'aurait fait en présence d'une personne atteinte d'un cancer.

— Putain !

Il donna un coup de poing dans le mur, puis il poussa un hurlement de douleur et se tint la main. Ses jointures étaient en sang.

— Putain ! répéta-t-il.

— M. Wex…

— Ferme ta gueule, bordel ! siffla-t-il. Bon Dieu, espèce de débile, tu sais ce que ça veut dire ?

Elle tenta de se relever, mais ses jambes étaient trop faibles.

— Je suis… Je suis désolée, dit-elle.

— J'espère bien, ouais !

— M. Wexler, je…, commença-t-elle, essayant de le calmer. Dean, je suis désolée. Je n'aurais rien dû dire du tout. J'ai juste… J'ai peur, d'accord ? J'ai vraiment peur, parce qu'on m'a fait quelque chose et je n'arrive pas à m'en souvenir.

Il la regarda fixement mais elle ne parvint pas à interpréter son expression.

— Je suis désolée, répéta-t-elle, avec l'impression que ces trois mots étaient les seuls qu'elle dirait dorénavant. Ma grand-mère m'a vue sortir de votre voiture, alors j'ai cru… j'ai cru que vous aviez peut-être…

Elle n'acheva pas sa phrase.

Le visage de M. Wexler demeurait indéchiffrable. Elle se dit qu'ils allaient rester ainsi pour toujours, mais il interrompit cette espèce de transe en se levant. Il traversa la pièce avec raideur. Lorsqu'il se retourna, elle vit que ses articulations écorchées avaient taché sa chemise.

— J'ai eu les oreillons quand j'étais petit, dit-il en faisant bouger ses doigts pour voir s'il n'avait rien de cassé. Ça m'a collé une orchite.

Elle le regarda avec de grands yeux. Elle ne comprenait pas du tout ce qu'il racontait.

— Regarde dans le dico, pauvre conne, dit-il en s'asseyant à son bureau. Ça veut dire que je ne suis pas le père de ton chiard.

5

Bible releva la tête, lâchant du regard la bande métallique qui avait été soudée à la cheville de la jeune morte.

— Qui est Alice Poulsen ? leur demanda-t-il à nouveau. C'est ce qui est gravé sur le bracelet.

Nardo regarda Wexler.

— C'est une bénévole, répondit Wexler. Je ne la connais pas.

Bible se leva, visiblement en colère.

— Bénévole pour faire quoi, exactement ? Être privée de nourriture et baguée comme un foutu cobaye de laboratoire ?

Nardo et Wexler le regardaient fixement, comme s'ils s'attendaient à ce qu'il reformule la question.

— Très bien, dit Bible en contractant la mâchoire. Combien de *bénévoles* travaillent ici ?

Cette fois encore, Nardo laissa Wexler répondre.

— Dix, peut-être quinze ou vingt en haute saison.

— Dix, quinze ou vingt. C'est sûr, ça fait une tonne de gens à surveiller.

Bible se tourna vers Stilton.

— Chef, je crois que vous avez dit que Mlle Poulsen avait tenté de se suicider, il y a un an et demi. Elle s'est ouvert les veines. C'est bien ça ?

Stilton hocha la tête.

— C'est exact.

— Alors elle vivait dans cette ferme depuis tout ce temps, et peut-être depuis plus longtemps. Quel âge a-t-elle ? demanda Bible, s'adressant à nouveau à Wexler.

— L'âge légal, répondit Wexler. Nous ne prenons que des personnes majeures, ici. Demandez-leur de vous montrer leur passeport ou leur permis de conduire.

— Mais vous ne connaissez pas cette adulte-là, qui vivait et travaillait sur votre propriété depuis dix-huit mois ?

Wexler ôta un brin de tabac collé à sa langue, mais ne répondit pas.

Andrea sentait la tension augmenter dans le triangle que formaient Bible, Stilton et Dean Wexler. Aucun d'eux ne regardait le cadavre au sol – et seuls deux d'entre eux avaient semblé réellement affectés par la vue de la jeune femme décharnée.

Bible était en colère. Andrea, quant à elle, était absolument horrifiée. Elle se sentait engloutie par les ténèbres qui s'ouvraient devant elle. Cette jeune femme avait été la fille, la camarade de classe, l'amie ou peut-être même la sœur de quelqu'un. Et à présent, elle était morte.

Tout ce qu'elle pouvait faire, c'était suivre les instructions de Bible. Elle releva et photographia les traces de mauvais traitements visibles sur le corps d'Alice Poulsen. Les joues creuses. Les membres atrocement maigres. Les hématomes en forme de doigts qui encerclaient ses poignets. Les os de la cage thoracique qui saillaient, comme la carcasse d'un animal en décomposition. La malnutrition dont cette jeune fille avait souffert n'était qu'une partie de ce qu'elle avait enduré. Elle avait aux coudes et aux hanches des plaies ouvertes qui ressemblaient à des escarres. Des mèches de ses cheveux étaient tombées au sol, comme des soies de maïs. Les ongles des doigts dont elle s'était sans doute servie pour se faire vomir étaient rongés par les sucs gastriques.

S'était-elle volontairement soumise à cette torture ?

Andrea braqua l'appareil photo sur le flacon de médicaments. L'étiquette avait été enlevée. Le bouchon était ouvert. Ses mains tremblaient lorsqu'elle prit les derniers clichés du bracelet de cheville, qui aurait tout aussi bien pu être le fer d'une chaîne. Elle s'essuya la paume des mains sur son short en se relevant. Il y avait quelque chose de vraiment atroce derrière tout cela. Cette fille avait été affamée jusqu'à en devenir squelettique, et étiquetée comme un animal de ferme. Même si Alice Poulsen s'était suicidée, quelqu'un l'avait poussée à cette extrémité.

Elle regarda Nardo, sachant d'instinct que c'était lui le plus sadique des deux.

— Qui a soudé ça à sa cheville ? Elle ne s'est pas fait ça toute seule.

— Attendez un peu, fillette, répliqua Wexler. On ne sait rien de tout ça, nous.

Elle ravala les insultes qui menaçaient de jaillir de sa bouche. Wexler n'avait pas eu l'air choqué en voyant le bracelet de cheville et, de toute évidence, il savait qui était cette fille. Alice vivait sur sa propriété depuis plus d'un an. Rien de tout cela n'avait pu se produire à son insu et sans son approbation. Andrea était tellement en colère qu'elle en tremblait. Cette fille sortait à peine du lycée. Elle était venue ici comme bénévole et elle allait en repartir dans un sac mortuaire.

— Elle n'a plus que la peau sur les os, dit-elle en montrant le corps du doigt. Comment avez-vous pu la laisser devenir comme ça ? Vous l'avez forcément vue. Elle devait ressembler à un cadavre ambulant.

— Ce n'est pas mon domaine, rétorqua Wexler en haussant les épaules.

Elle répéta la première question de Bible.

— Qui est Alice Poulsen ?

— J'sais pas, dit Wexler en haussant à nouveau les épaules. On a eu deux filles du Danemark, l'année dernière. C'est peut-être l'une d'elles.

Il savait très bien d'où elle venait.

— Qui est l'autre fille ? Vous venez de dire qu'il y en avait deux.

Wexler eut un nouveau mouvement d'épaules dédaigneux.

— Comme je viens de vous le dire, je ne les connais pas bien.

— OK, fit Bible, reprenant la main. Alors, qui les connaît bien ? Qui l'a laissée se mettre dans cet état sans rien dire ?

Wexler resta silencieux, puis eut un nouveau haussement d'épaules exaspérant.

Le cœur d'Andrea battait si fort qu'elle avait l'impression de le sentir cogner à l'intérieur de sa bouche. Elle écarta les lèvres et prit une grande inspiration, s'efforçant de maîtriser les émotions qui faisaient vibrer son corps.

À l'académie, elle avait appris comment le stress et la colère faisaient dérailler les sens. Elle s'obligea à contenir sa fureur et à se concentrer sur ce qui se passait devant elle. Manifestement, la conversation intéressait les trois policiers en uniforme, mais ils n'étaient pas sur le qui-vive. Ils ne prenaient pas du tout exemple sur leur chef, Stilton, qui donnait au contraire l'impression que chaque muscle de son corps était contracté. Nardo, pendant ce temps, s'était éloigné de Wexler de quelques pas. Elle n'aurait pas su dire s'il cherchait à mettre de la distance entre eux ou à se rapprocher du pick-up, pas à pas.

Elle fut plus rapide ; elle fit plusieurs grandes enjambées en direction du véhicule, afin de signifier sans ambiguïté qu'elle retiendrait Nardo par le col s'il essayait de monter dedans.

— Tu as un flingue sur toi, Slim ?

Bible s'adressait à Nardo, mais il regardait Andrea. Elle sentit une énorme goutte de transpiration lui rouler le long de la nuque. Elle n'avait pas remarqué que la large salopette de Nardo avait été modifiée dans le bas du dos pour pouvoir accueillir un étui de revolver. Ce ne fut qu'à ce moment-là qu'elle distingua les contours de ce qui était probablement un 9 mm. Elle était tellement en colère qu'elle en avait oublié de vérifier s'ils avaient des armes, ce qui était pourtant la première chose que l'on était censé faire. L'Amérique comptait environ trois cent trente millions d'habitants et près de quatre cents millions d'armes à feu, et le seul moment où l'on pouvait distinguer les gentils des méchants, c'était quand les méchants commençaient à tirer.

— J'ai un permis, répondit Nardo, mais ce ne sont vraiment pas vos oignons.

— Bien sûr, bien sûr.

Bible frappa dans ses mains. Il avait mieux réussi qu'elle à contrôler sa colère.

— Messieurs, je pense que nous devrions tous aller à la maison, là-haut, pour avoir une petite conversation.

— Pas moi, rétorqua Nardo. Je ne parle pas aux poulets sans avocat.

Elle aurait pu prédire sa réponse, qui correspondait presque mot pour mot à la déclaration qu'il avait rédigée quarante ans plus tôt.

Nous sommes le 18 avril 1982 et je soussigné, Bernard Aston Fontaine, ne parle pas aux poulets sans mon avocat.

— Je peux pas te le reprocher, mon gars, dit Bible. Cussy, ma femme, dit toujours qu'elle déteste parler aux flics. Commissaire, et si on montait tous dans votre voiture de patrouille pour emmener tout ce beau monde au sommet de la colline ?

— Sans moi, dit Wexler. Si vous voulez discuter, vous pouvez suivre mon pick-up jusqu'à la maison.

— Je monte avec vous, dit Andrea.

Elle n'attendit pas son autorisation pour faire le tour du pick-up et ouvrir la portière. Elle dut se hisser pour grimper dans la cabine. Sa première impression fut que le joint dans le cendrier n'était pas le premier à avoir été fumé dans la vieille Ford. Le moindre recoin de l'habitacle était imprégné d'une odeur de marijuana. Cette fois, elle ne se laissa pas distraire. Elle ne comptait pas répéter l'erreur du pistolet. Elle se pencha pour s'assurer qu'aucun canon de fusil ne dépassait de dessous le siège, vérifia qu'il n'y avait pas d'armes dans les poches des portières, puis elle ouvrit la boîte à gants.

Wexler s'assit au volant et claqua la portière.

— Vous avez un mandat pour fouiller mon véhicule ?

— J'ai une raison suffisante, lui répondit-elle. Votre collègue porte une arme dissimulée. Je me suis assurée de l'absence d'armes dans votre véhicule afin de garantir ma sécurité.

Après un grognement de mépris, il démarra. Elle chercha à attraper la ceinture derrière elle, mais elle était coincée sur l'enrouleur. Wexler n'essaya même pas de mettre la sienne. Il frappa le levier de vitesse avec le talon de sa main. La banquette vibra quand le vieux moteur se mit à gronder. Les roues avancèrent lentement, de chaque côté des rangées de fèves soigneusement entretenues. Ils allaient devoir rouler comme ça jusqu'au bout du champ et faire demi-tour pour éviter d'écraser les plantations.

En jetant un coup d'œil autour d'elle, Andrea se rendit compte qu'il n'y avait aucun ouvrier agricole en train de récolter les fèves ou de faire quoi que ce soit d'autre. Elle ne savait pas comment fonctionnait une ferme, mais elle savait que, sur une scène de crime, le contrôle de la foule était toujours une question préoccupante. Ce n'était pas le cas ici ; les dix, quinze ou vingt bénévoles auraient pourtant dû se trouver à proximité, étant donné que l'une des leurs gisait, morte, à quelques pas de l'endroit où ils vivaient tous.

À moins que quelqu'un ne leur ait dit de ne pas se montrer.

— Qui gère les bénévoles ? demanda-t-elle. C'est Nardo ?

Wexler se mordilla l'intérieur de la joue en silence. L'aiguille du compteur de vitesse ne dépassait pas les dix kilomètres/heure. Elle se dit qu'il conduisait comme un vieillard parce qu'il en était un. À ce rythme-là, il leur faudrait plusieurs minutes pour atteindre la ferme. Cela lui laissait un peu de temps pour le faire parler. L'astuce du thermomètre ne lui servait à rien, encore une fois. À l'évidence, la jeune femme morte dans son champ était le cadet des soucis de Dean Wexler. Il avait l'habitude de diriger sa ferme exactement comme il l'entendait. Et ce n'était pas le genre de bonhomme à répondre aux questions, surtout si c'était une femme qui les posait.

Elle commença par quelque chose de facile.

— Depuis combien de temps vivez-vous ici, monsieur Wexler ?

— Un bon moment.

Il regardait droit devant lui tandis que le pick-up avançait. Elle cherchait une autre approche quand il la surprit en prenant lui-même la parole.

— Je suppose que cette salope de juge vous a tout raconté sur moi, hier soir.

Elle ne répondit pas.

— Vous êtes arrivée hier après-midi. Vous avez mangé au snack. Passé la soirée chez la juge. Et dormi au motel.

Les lèvres de Dean se tordirent en une moue, de plaisir, sans doute. Il croyait la mettre mal à l'aise.

— C'est un petit patelin, ma jolie. Tout le monde est au courant des affaires de tout le monde.

Elle le regarda fixement.

— Ah oui, c'est comme ça que ça marche ?

— Je vais vous dire autre chose, reprit-il. Vous êtes tous là pour protéger la juge, ce qui veut dire que quelqu'un en a enfin eu marre de ses conneries de sainte-nitouche qui se croit supérieure aux autres.

— À vous entendre, on dirait que vous en avez drôlement marre, vous aussi.

— Si vous essayez de deviner qui la menace, je dois sûrement être le numéro 600 sur votre liste, répondit-il, la regardant d'un air entendu. Et Nardo est encore plus loin derrière. Il n'en a jamais rien eu à foutre de cette famille. En particulier de… Comment elle s'appelait… La fille. Bon sang, je n'arrive même pas à me souvenir de son prénom.

— Emily, dit-elle. Emily Vaughn.

Wexler émit un nouveau grognement. Ils étaient arrivés au bout du champ. Il prit un virage paresseux devant la forêt, puis aligna les pneus du pick-up sur les rangées de plantations, mais au lieu de continuer d'avancer, il écrasa la pédale du frein et le véhicule pila.

Elle laissa échapper un petit cri. La vitesse de sa réaction fut la seule chose qui lui épargna d'aller heurter de plein fouet le tableau de bord métallique. Wexler eut un petit rire satisfait qui avait quelque chose de malsain. Faire peur à Andrea n'avait pas été son seul but : il avait aussi voulu lui faire mal. Il était impossible de lui réclamer des explications sans reconnaître qu'il l'avait bien eue. Tout ce qu'elle put faire, ce fut rester assise à sa place en silence, tandis que le pick-up reprenait sa lente progression en direction de la ferme.

Il souriait toujours quand il sortit sa blague à tabac de sa poche. Calant le volant avec ses genoux, il se roula une nouvelle cigarette. Ils approchaient à nouveau de la tente plantée sur la scène de crime. Quelqu'un avait replacé le drap sur le corps. Il ne tourna même pas la tête quand ils passèrent à côté. Il ne se retourna pas non plus lorsqu'un grand boum leur annonça que Nardo venait de sauter sur la plate-forme, à l'arrière du pick-up.

Nardo ouvrit la vitre coulissante qui les séparait et fit un clin d'œil à Andrea. Puis il referma le poing pour imiter un pistolet et pressa une détente imaginaire dans sa direction.

Elle regarda droit devant elle, en direction de la ferme. Il ne leur restait que quelques minutes avant d'atteindre leur destination. Grâce aux vitres baissées, Nardo pourrait sans doute suivre toute leur conversation. Elle se dit que ce n'était sans doute pas une coïncidence si Wexler avait tenté de l'effrayer au moment où le sujet d'Emily Vaughn avait été abordé. Elle ne devait pas le laisser faire diversion.

— On n'a jamais pu prouver qui était le père de l'enfant d'Emily, dit-elle.

— Judith, précisa l'homme qui prétendait pourtant ne rien se rappeler.

Wexler alluma sa cigarette avec une allumette, puis reprit le volant à deux mains.

— Ce n'était pas moi, chérie. Même Emily ne savait pas qui l'avait mise en cloque. La juge ne vous l'a pas dit ? La gamine n'en avait pas la moindre idée.

Elle eut du mal à conserver une expression impassible. Elle savait que c'était un mystère pour tout le monde, mais pas qu'Emily elle-même l'ignorait.

— Cette salope s'est défoncée lors d'une fête, et elle s'est réveillée enceinte. À ce que j'en sais, tous les gars présents s'en sont payé une bonne tranche.

Il eut un petit sourire devant la réaction atterrée d'Andrea.

— Emily était une vraie fêtarde. Elle savait exactement ce qui allait se passer. Bon Dieu ! C'était probablement ce qu'elle cherchait, de toute façon. Ses parents en ont fait un putain d'ange, quand elle est morte. Mais personne ne dit jamais qu'en réalité, Emily Vaughn se tapait tout ce qui bougeait.

Elle eut l'impression qu'il venait de lui mettre un coup de poing dans la figure. Ce qu'il était en train de décrire était un viol. Qu'Emily ait été défoncée au moment des faits n'avait aucune importance si elle n'avait pas été capable de donner son consentement.

Il fumait sa cigarette avec un petit air satisfait. De toute évidence, l'occasion de rabaisser les femmes était ce qui le motivait à sortir de son lit, le matin.

Elle essaya désespérément de s'appuyer sur la formation qu'elle avait reçue. Ce qu'elle venait d'apprendre était choquant, mais, quand on s'entretenait avec un suspect, on ne pouvait pas se permettre d'être choqué. Il fallait mettre ses émotions de côté le temps de faire son boulot, et gérer les retombées plus tard.

— Je suppose qu'il serait facile d'obtenir l'ADN de la fille d'Emily, dit-elle à Dean. On n'est plus en 1982. La paternité est une chose facile à prouver, aujourd'hui.

— Je tire à blanc, poupée, répondit-il avec le même sourire vicieux. J'ai été mis hors de cause il y a quarante ans. Vous pouvez demander à Cheese. C'est son père qui a mené l'enquête sur toute cette affaire. Si on peut appeler ça une enquête. On savait tous qui était le responsable. Mais cet abruti de flic n'a pas trouvé le moyen de mettre le type derrière les barreaux avant qu'il décampe.

— Clayton Morrow, dit Andrea.

— Exactement.

Wexler souffla la fumée de sa cigarette par le nez.

— En d'autres termes, pas moi.

Il passa la seconde vitesse lorsque le véhicule sortit du champ. L'aiguille du compteur dépassa enfin les 15 kilomètres/heure. Ils étaient dans un espace dégagé, à présent, à une cinquantaine de mètres de la ferme. La pelouse et les mauvaises herbes se disputaient la lumière du soleil. Il y avait là des bâtiments annexes, des poulets, des chèvres.

Elle fit semblant de ne rien voir de tout cela. Elle refusait de laisser Dean Wexler penser qu'il avait eu le dernier mot. Elle envisagea une hypothèse fondée sur les recherches qu'elle avait faites sur Internet.

— Vous n'êtes peut-être pas le père, mais vous avez quand même perdu votre boulot à cause de cette histoire, dit-elle.

Wexler eut l'air perplexe.

— Me faire virer de cette école de merde, c'est la meilleure chose qui me soit arrivée.

Pour la première fois, elle eut le sentiment qu'il disait la vérité sans fard.

— Voilà mon idée du paradis, ajouta-t-il en tendant la main en direction de la ferme. Je peux sortir dans les champs et travailler la terre si j'en ai envie, ou je peux me balancer dans mon hamac et fumer un joint. J'ai de quoi manger, un toit sur la tête et tout l'argent dont j'ai besoin. Il y a quarante ans, j'ai quitté cette école et j'ai découvert la liberté.

— Et pourtant, vous avez quand même trouvé le moyen de vous entourer de jeunes filles fragiles.

Le pied de Wexler s'abattit brusquement sur la pédale de frein.

La tête d'Andrea fut projetée en avant. Encore une fois, ses réflexes la sauvèrent. Nardo ne fut pas aussi chanceux. Son épaule alla percuter la vitre arrière si fort qu'elle en ressentit la vibration jusque dans ses dents.

— Putain, Dean ! cria Nardo en cognant du poing sur la vitre, mais il rigolait. Qu'est-ce qui te prend, mon vieux ?

Le cœur d'Andrea battait à nouveau à tout rompre. Elle ne pouvait pas laisser passer ça, cette fois.

— Monsieur Wexler, si vous tentez encore une fois un truc comme ça, je vous plaque au sol.

Il éclata de rire.

— Je chie plus gros que vous, fillette.

— Vous devriez passer une coloscopie alors, répliqua-t-elle en attrapant la poignée de la portière. Peut-être que le docteur pourra vous sortir la tête du cul.

Tout alla très vite mais, pendant une fraction de seconde, le cerveau d'Andrea parvint à ralentir toute la scène.

Nardo rit à l'arrière du pick-up.

Elle éprouva une douleur soudaine et vive dans le bras, comme une décharge électrique.

Elle baissa les yeux.

La main de Dean était serrée si fort autour de son poignet qu'elle avait l'impression d'avoir le nerf cubital en feu.

Ceux qui aspiraient à devenir marshals devaient s'entraîner entre deux et huit heures par jour au combat stratégique de type militaire, au jujitsu brésilien et au combat au corps à corps pour obtenir leur diplôme. Il ne s'agissait pas d'un cours théorique avec des manuels et des interrogations surprises, mais de pratique sur le terrain, avec des combats quotidiens dans un bac à sable infesté de puces, souvent deux fois par jour, sous une pluie battante ou écrasés par la chaleur torride et tropicale de Brunswick, en Géorgie du Sud.

Parfois, les instructeurs braquaient une lance à incendie sur les élèves, histoire de pimenter un peu les choses.

Pour des raisons évidentes – ou peut-être juste pour leur coller la trouille –, il y avait toujours une ambulance garée à proximité, prête à intervenir. Il n'était pas rare de voir des élèves quitter le cours à cause d'une urgence médicale. On n'avait pas le droit de choisir son adversaire. Cela ne se passait pas comme ça dans la vie réelle, et ce n'était pas non plus comme ça que cela se déroulait à l'entraînement. Les femmes ne se battaient pas uniquement contre des femmes, et les hommes n'affrontaient pas seulement des hommes. Tout le monde se battait contre tout le monde, ce qui signifiait qu'Andrea devait parfois envoyer au tapis Paisley Spenser, et qu'elle devait parfois affronter un camarade dépassant le mètre quatre-vingt-dix, dont le corps avait l'air d'avoir été taillé dans un bloc de granit.

Elle avait très vite appris que le principal inconvénient, quand on était un bloc de granit géant, c'était qu'il fallait une énorme quantité d'énergie physique pour balancer son poing ou projeter sa jambe. Bien sûr, ce type-là pouvait vous briser la colonne vertébrale en un seul coup, mais porter ce coup prenait beaucoup plus de temps car il fallait mettre en mouvement tout ce tas de muscles.

Elle n'avait pas ce problème. Elle était rapide, pouvait être méchante et n'avait pas de scrupules à porter des coups bas.

C'est pourquoi tout se passa en un éclair dans le vieux pick-up Ford de Dean Wexler.

De la main droite, elle lui attrapa le poignet et lui enfonça le pouce dans la base de la paume, tandis que ses autres doigts immobilisaient le dos de sa main. Puis elle lui tordit le bras dans le dos, lui bloqua le coude et l'envoya percuter le volant la tête la première, par une clé de poignet arrière parfaitement exécutée.

Elle ne se rendit même pas compte de ce qu'elle faisait avant de se retrouver à genoux, pesant de tout son poids, sur le dos de Wexler.

— Bordel de merde ! s'exclama Nardo. Tu viens de te faire laminer par une petite fille, mon vieux.

Wexler poussa un grognement, de douleur, cette fois.

— Je vais vous relâcher, lui dit-elle. Ne me touchez plus jamais.

Lentement, elle desserra sa prise. Elle se rassit, prête à réagir, à le plaquer à nouveau s'il essayait de faire quelque chose de stupide.

Cependant, Dean Wexler ne comptait rien tenter. Il ouvrit sa portière en marmonnant :

— Salope.

Elle descendit du pick-up, mais garda ses distances, lui laissant de l'espace. Il marchait comme il conduisait – lentement. Ses articulations étaient rouillées, il était perclus d'arthrite. Elle s'interrogea sur la réaction qu'elle avait eue. Avait-elle été trop violente ? Aurait-elle pu trouver un autre moyen de désamorcer la situation ? Son premier accrochage dans le monde réel l'avait-il transformée en l'un de ces connards de flics qui abusent de leur pouvoir ?

— Bien joué, ma vieille.

Nardo était appuyé contre l'arrière du pick-up. Il sortit une cigarette de son paquet de Camel et lui en proposa une.

Elle secoua la tête. Elle avait encore les poings serrés et le cœur qui battait à tout rompre. Elle se rappela qu'elle avait simplement mis en pratique la formation qu'elle avait reçue. Elle avait laissé couler, la première fois. Puis, elle lui avait lancé un avertissement. Wexler avait fait dégénérer la situation en lui saisissant le poignet. Elle avait réagi. Et, plus important encore, lorsqu'il avait obtempéré, elle l'avait relâché.

— J'imagine que vous pourriez vous faire beaucoup de fric avec ce genre de spectacle, vous pourriez même partir en tournée, rigola Nardo en crachant sa fumée dans une quinte de toux. Ça vous dirait, un petit combat de catch dans la boue ?

Elle agita la main pour dissiper la fumée. Il empestait la bière éventée et l'amertume.

— J'ai rencontré votre femme, au snack-bar. Qu'est-ce qu'elle pense du fait que vous vous baladez ici, au milieu de toutes ces jeunes filles ?

— Mon *ex*-femme, Dieu merci.

Il tira une longue bouffée sur sa cigarette.

— Et pour le savoir, vous avez qu'à lui demander.

— Qu'est devenu son frère ? tenta-t-elle.

— Mort et enterré, le pauvre vieux.

Elle en eut le souffle coupé. D'après le témoignage écrit par Eric Blakely lui-même, il était le dernier du groupe à avoir parlé à Emily avant son agression.

Je soussigné Eric Alan Blakely déclare que, le 17 avril 1982 à environ 18 heures, j'ai vu Emily Vaughn prendre la direction de Beach Drive, depuis les abords du gymnase. Je n'ai pas vu comment elle était habillée parce que ça ne m'intéressait pas. Je n'ai pas non plus remarqué si elle était ivre ou défoncée, même si les deux étaient possibles vu son passif chargé. Elle a essayé de me parler. Je l'ai repoussée. Alors elle m'a crié des insultes, ce qui m'a incité à essayer de la calmer. Elle m'a encore injurié, puis elle est partie dans la ruelle. Je me suis éloigné aussi en direction du gymnase, comme mes autres camarades de classe vous l'ont dit. Cette altercation m'a franchement laissé un goût amer, alors j'ai décidé de rentrer chez moi, où j'ai regardé des vidéos avec ma sœur, Erica Blakely. Je ne sais pas qui est le père du bébé d'Emily. Je portais un smoking noir ce soir-là, mais c'était le cas de tout le monde. Je jure, sous peine de sanctions pénales, que le contenu de cette déclaration est vrai.

Nardo tira une bouffée de sa cigarette.

— Être mort, c'est un peu comme être débile, pas vrai ? C'est facile pour soi, mais difficile pour les autres.

Elle ne put que lui lancer un regard navré. Il s'attendait réellement à ce qu'elle rie.

— Ah là là…, fit-il en lui lançant un clin d'œil à travers la fumée. Vous savez, vous seriez mignonne si vous perdiez quelques kilos. Vous passez la nuit au motel, c'est ça ?

Elle récita la seule prière que Laura lui avait jamais apprise.

— Mon Dieu, rends-moi aussi sûre de moi qu'un homme blanc médiocre.

— Très bon, ça ! dit-il, impressionné. Vous autres, les filles du Sud, vous envoyez du bois !

— Vous voulez dire, comme la personne qui a envoyé du bois à la tête d'Emily Vaughn ?

Nardo retrouva son rictus habituel.

— Sale gouine, marmonna-t-il.

Elle supposa que, pour la génération de ce type, « gouine » était une insulte. Elle le regarda partir à grands pas furieux vers la grange. Elle attendit qu'il soit à l'intérieur pour prendre une grande inspiration et expirer lentement.

Elle regarda sa main gauche. Wexler lui avait serré le poignet tellement fort qu'elle le sentait encore palpiter. Elle allait avoir un bleu, sans doute du même genre que ceux qu'elle avait vus sur le poignet d'Alice Poulsen.

Elle inspira une nouvelle fois. Il fallait qu'elle se concentre sur le crime qu'elle avait devant elle. Le passé chargé de Dean Wexler et de Nardo Fontaine dans l'affaire Emily Vaughn n'était pas la raison pour laquelle Bible et elle étaient venus à la ferme. Une autre jeune fille avait perdu la vie à peine quelques heures plus tôt. Elle gisait dans le champ, sous un drap blanc, tandis que des policiers traînaient autour d'elle, très occupés à regarder leurs portables.

Sur son téléphone personnel, elle avait accumulé des preuves de l'état d'Alice Poulsen. Les parents de la jeune femme étaient à des milliers de kilomètres de là et pensaient probablement que leur fille vivait une aventure plaisante aux États-Unis. Bientôt, quelqu'un allait venir toquer à leur porte pour les détromper. Ils voudraient alors savoir ce qui était arrivé à leur enfant. Andrea et Bible étaient peut-être les seuls à pouvoir leur apporter une réponse.

Analyser, comprendre, faire son rapport.

Elle observa son environnement immédiat. Comme la grange et les trois annexes, la ferme de plain-pied était peinte aux couleurs vives de l'arc-en-ciel. Des fanions étaient suspendus le long de la terrasse couverte qui faisait le tour de la maison. Des bougies avaient été disposées aux fenêtres. Il y avait un poulailler rempli de poules bien grasses. Trois chèvres broutaient sous un magnifique chêne à feuilles de saule. Des brouettes et des outils agricoles étaient rangés près de la grande grange fluo où était garé un tracteur qui coûtait sans doute plus cher qu'une Lamborghini. Au loin, on voyait des silos qui alimentaient ce qu'elle supposait être l'entrepôt, à en juger par l'enseigne LES HARICOTS MAGIQUES DE DEAN. Le logo affichait des couleurs bleu saphir et aigue-marine, pareilles à celles des pierres précieuses du bandeau métallique d'Alice Poulsen.

— Sale connard, marmonna-t-elle.

Dean Wexler savait pertinemment qui était cette fille.

Un crissement de gravier détourna son attention de l'enseigne. La voiture du commissaire remontait la route au ralenti. Ils avaient pris leur temps, probablement pour qu'elle puisse cuisiner un peu Dean Wexler. Bible l'avait encore jetée dans le grand bain. Avait-elle réussi à nager quelques longueurs ou n'avait-elle fait que du sur-place, cela restait à voir.

La voiture de patrouille prit un virage serré. Elle remarqua deux bâtiments métalliques assez bas, au loin. La peinture festive s'était arrêtée à la route de gravier. Ces constructions-là étaient nues, noires et tachées de rouille. Les toits étaient envahis de feuilles mortes. Au-dessus de la porte du plus grand bâtiment, une inscription au pochoir indiquait DORTOIR. Le plus petit portait l'enseigne CANTINE. Toutes les fenêtres de ces deux bâtiments étaient ouvertes, pour anticiper les grandes chaleurs qui s'annonçaient.

Ayant grandi dans le Sud, elle dut se rappeler qu'ici, renoncer à l'air conditionné n'était ni inhabituel, ni particulièrement cruel. En revanche, on pouvait s'interroger sur la rangée de cinq toilettes mobiles bleues qui se trouvaient à moins de dix mètres de la cantine.

La ferme avait l'air assez prospère pour bénéficier de sanitaires en intérieur. D'autant plus que la main-d'œuvre semblait essentiellement composée de bénévoles – un euphémisme pour éviter de parler d'« ouvriers non rémunérés », vraisemblablement. Ayant elle-même consulté un nombre considérable d'annonces pour des stages dans sa vie, elle imaginait aisément celle qui devait vanter *l'expérience vécue* en immersion dans l'univers de l'agriculteur biologique : hébergement et wi-fi à disposition. Les photos qui l'accompagnaient faisaient sans doute l'impasse sur le dortoir rudimentaire et devaient mettre en avant les bâtiments principaux aux couleurs vives.

Pour l'anecdote, la ferme, elle, était climatisée.

La voiture du commissaire Stilton se gara derrière le pick-up Ford bleu. Si Bible et lui avaient eu une conversation sérieuse pendant le trajet, aucun des deux n'en avait l'air satisfait. Stilton claqua sa portière aussi fort que Wexler l'avait fait. Elle resta en arrière tandis qu'il se dirigeait vers la ferme d'un pas lourd.

— Je ne comprends pas bien ce qui arrive au chef Cheese, dit Bible. Comment va le vieux ?

— Il est furax, répondit-elle. Il m'a attrapée par le poignet. Je lui ai mis la tête dans le volant.

— C'est exactement ce qu'il faut faire, commenta Bible d'un air très sérieux. Règle numéro 1 des Marshals : ne jamais laisser personne poser la main sur toi.

Elle était contente de son soutien.

— Par contre, ça va rendre les choses plus difficiles quand on essaiera de lui parler d'Alice Poulsen, dut-elle reconnaître.

— Pour moi, ça n'entre même pas dans l'équation.

Il jeta un nouveau coup d'œil en direction de la ferme.

— Je ne sais pas pour toi, collègue, mais moi, je regrette mes choix vestimentaires.

— Pareil.

Au moins, par-dessus son short de course, il avait mis un T-shirt qui avait l'air un tant soit peu officiel. En revanche, tout autour du col du haut de pyjama lavande qu'elle portait, il y avait une guirlande de *z*.

La porte moustiquaire s'ouvrit.

— Je n'ai pas toute la journée, bordel ! cria Wexler.

— Comme dirait une autre Alice : « De plus en plus curieux », observa Bible.

Elle le suivait sur le chemin qui menait à la maison lorsqu'elle vit deux femmes quitter la grange et se diriger vers le dortoir. Toutes deux marchaient d'un pas lent et mesuré. Elles portaient de longues robes jaunes sans manches, identiques à l'oreiller de fortune sur lequel reposait la tête d'Alice Poulsen. Ce n'était pas la seule ressemblance. Elles étaient pieds nus, elles aussi. Leurs chevelures noires, épaisses et emmêlées, leur arrivaient presque à la taille. Toutes deux étaient si décharnées que leurs bras et leurs jambes faisaient penser à des bouts de ficelle pendillant de leurs robes. L'une comme l'autre auraient pu passer pour la sœur jumelle d'Alice Poulsen.

Une bande argentée enserrait la cheville gauche de chacune d'elles.

— Oliver ?

Bible tenait la porte ouverte. Elle aperçut Dean Wexler et le commissaire Stilton, debout, à l'intérieur. Aucun des deux hommes ne regardait l'autre, mais l'hostilité entre eux était palpable. De toute évidence, ces deux-là avaient une histoire commune. On parlait toujours du côté pittoresque des petites villes, mais le fait était qu'on y trouvait souvent une vendetta à chaque coin de rue.

Elle attrapa la moustiquaire avant qu'elle ne se referme en claquant. Elle s'attendait à trouver une maison déprimante et crasseuse, mais elle fut surprise de découvrir un intérieur lumineux et moderne. La grande pièce à vivre, composée d'un salon et d'une cuisine ouverte, était peinte dans de douces nuances de gris et de blanc. Le canapé en cuir et le fauteuil club assorti étaient noirs. Dans la cuisine, l'électroménager était non seulement en acier inoxydable, mais tout était de la marque Sub-Zero & Wolf, pour un montant qui devait probablement atteindre le salaire annuel d'Andrea. Toute la couleur était concentrée au sol. Chaque planche représentait une des douze teintes du cercle chromatique. Des lapins, des renards et des oiseaux y tourbillonnaient en des motifs récurrents.

Décidément, tout le monde était artiste, dans ce fichu patelin.

— Monsieur Wexler, dit Bible, merci d'accepter de discuter avec nous.

Wexler croisa les bras.

— Cette salope vous a dit ce qu'elle m'a fait ?

— Ma coéquipière m'a dit que vous aviez tenté d'agresser un agent fédéral, répondit Bible. Alors, vous préférez que je vous arrête, ou qu'on s'asseye et qu'on discute comme prévu ?

Il y eut un moment de silence pendant lequel Wexler réfléchit au choix qui s'offrait à lui. L'apparition d'une femme dans le couloir lui épargna de devoir donner une réponse. À l'évidence, elle ne les avait pas entendus. Elle était en train de relever sa chevelure. Elle s'immobilisa en les voyant, surprise par la présence d'inconnus dans la pièce.

Andrea fut étonnée de la voir là.

Elle était plus âgée que les autres, elle devait approcher la trentaine. La même robe jaune. Les mêmes longs cheveux bruns. Les mêmes pieds nus. La même maigreur à fendre le cœur. On voyait nettement saillir les contours de son crâne sous la peau de son visage.

Ses yeux étaient deux globes pressés contre ses paupières bleuies, comme couvertes d'ecchymoses. La bande de métal autour de sa cheville était tellement serrée que la peau était écorchée.

— Dean ? fit-elle d'une voix rendue aiguë par la crainte.

— Tout va bien, Star, répondit Wexler qui avait perdu un peu de son ton bourru. Continue à travailler. Ça n'a rien à voir avec toi.

Star n'insista pas pour avoir une explication. Elle ne regarda personne, ne parla à personne, et partit lentement vers la cuisine. Avec des mouvements robotiques, elle tendit le bras pour ouvrir la porte d'un placard. Andrea se rendit compte que la jeune femme faisait une légère pause après chaque geste. Sortir la farine. Stop. La poser sur le comptoir. Stop. Sortir le sucre cristallisé. Stop. Le poser. Stop. Puis la levure. Stop.

— Dean ?

Stilton ouvrit la poche de sa chemise et en sortit son carnet à spirales et son stylo.

— Alors, on s'y met, ou quoi ?

— Asseyez-vous, dit Wexler. Finissons-en avec ces conneries.

Il n'y avait que le canapé et le fauteuil. Bible et Stilton étaient deux grands gaillards, et Wexler allait de toute évidence prendre le fauteuil. Andrea leur épargna toute tentative de galanterie et se dirigea vers la cuisine ouverte. Elle grimpa sur l'unique tabouret en cuir, rangé sous l'îlot. Elle entendait Star s'affairer derrière elle, mais elle ne se retourna pas et ne fit pas attention à sa présence. À la façon dont Wexler la regardait, elle en déduisit que c'était exactement ce qu'il voulait.

— D'accord, dit Bible.

Il fit un signe de tête à Stilton tandis qu'ils prenaient place chacun à une extrémité du canapé. Visiblement, ils avaient convenu de qui prendrait la tête des opérations.

— Commissaire ?

— Dean, parle-moi de cette pauvre fille dans le champ, dit Stilton.

Derrière elle, Andrea entendit le bruit sourd d'un verre que l'on posait sur le plan de travail.

— Je vous ai dit tout ce que je sais, répondit Wexler. Et je ne sais pas grand-chose parce que, je vous le répète, je ne me rappelle même pas avoir rencontré cette fille.

— Alice Poulsen, précisa Bible.

Star s'immobilisa. Andrea sentit la tension monter derrière elle, mais elle ne se retourna toujours pas.

— Il semble que ce soit le nom de la victime, continua Bible. Alice Poulsen.

— La victime ?

Wexler émit un de ses habituels grognements de dédain.

— Elle s'est suicidée. Ça n'a rien à voir avec moi.

— Et l'état dans lequel elle était ?

Bible avait conscience que Star était dans un état aussi piteux.

— Qu'est-ce que vous avez à en dire ? demanda-t-il.

— Quel état ? C'était une magnifique jeune femme, à ce que j'en ai vu, répondit Wexler avec un rictus qui découvrait ses dents. Ce sont toutes des adultes. Elles font ce qu'elles veulent. Je ne suis même pas leur employeur. Je n'ai aucune idée de ce que les bénévoles fabriquent pendant leur temps libre.

Bible modifia son approche.

— Comment fonctionne ce système de bénévolat ? J'imagine que vous avez un site Internet, ou quelque chose comme ça ?

Wexler sembla se demander s'il valait mieux répondre ou non, puis finit par hocher la tête.

— On reçoit des candidatures sur le site. La plupart d'entre elles viennent de l'étranger. La génération américaine X-Y-Z, ou quel que soit le nom qu'ils se donnent, ils sont tous trop flemmards pour faire ce genre de travail.

— Je comprends, dit Bible. Ça a dû être dur de lancer un endroit pareil à partir de rien.

— J'ai hérité d'un peu d'argent à la mort d'un parent éloigné. Je m'en suis servi pour acheter le terrain.

Wexler se frotta les lèvres du bout des doigts. Ses yeux ne cessaient de se poser nerveusement sur Star.

— En fait, c'est moi qui ai lancé le mouvement bio-hydroponique ici, dans le Delaware. Dès le début, nous avons utilisé l'activité microbienne pour créer des nutriments. Personne d'autre ne le faisait, à l'époque. Pas même sur la côte ouest.

— Hydroponique...

Bible fit mine de s'intéresser au sujet. Il essayait de pousser Wexler à baisser la garde.

— Je croyais que ça fonctionnait avec de l'eau et...

— Oui, au début. Grâce au réchauffement climatique, on peut cultiver en plein champ, maintenant. Bon sang, encore dix ans et on pourra probablement faire pousser des oranges ici.

Il agrippa les accoudoirs de son fauteuil et cessa de regarder Star.

— Quand j'ai commencé, toute la ville pensait que j'étais fou, poursuivit-il. Ils disaient que je n'arriverais jamais à faire pousser les fèves ni à trouver les ouvriers pour que ça marche. Il a fallu vingt ans pour que cet endroit fasse de réels profits. Et regardez le résultat, aujourd'hui.

Andrea remarqua que ses grognements avaient disparu. Dean Wexler s'exprimait drôlement mieux quand il expliquait à quel point il était intelligent.

— Et Alice, dit Bible, vous croyez qu'elle était danoise ?

— Probablement, mais comme je vous l'ai déjà dit, je n'en sais rien. L'Europe a toujours eu une longueur d'avance sur nous en matière d'environnement. En particulier les pays scandinaves.

Wexler se pencha en avant, les coudes sur les genoux.

— J'ai commencé dans les années 1980. Autant dire à l'âge de pierre. Carter avait ses défauts, mais il avait compris les dangers qui menaçaient l'environnement. Il a demandé aux Américains de faire des sacrifices et, comme d'habitude, ils ont choisi les téléviseurs couleur et les micro-ondes.

— Je vois que vous n'avez pas la télévision, ici, remarqua Bible.

— Une bouillie inepte pour endormir les masses.

— Vous avez bien raison, dit Bible en se tapant sur le genou.

Il était hyper doué à ce petit jeu.

— Et ces fèves, alors ? C'est la même chose que les féveroles ? Il me semblait avoir entendu dire qu'elles contenaient une sorte de toxine.

— Oui, la phytothémagglutinine, c'est une lectine naturelle.

Wexler marqua un temps d'arrêt, mais seulement pour reprendre son souffle.

— Il y a une faible concentration de cette toxine dans les fèves. Il suffit de les laisser bouillir pendant dix minutes. Mais c'est là que le processus devient intéressant.

Andrea attendait que Dean Wexler trouve son rythme de croisière. Elle sortit son iPhone. Elle voulait une photo de Star. Cette fille avait des parents, quelque part. Ils voudraient sans doute savoir qu'elle était encore en vie.

— Dans la nature, elles font la taille d'un ongle, continua Wexler, ce qui est trop petit pour le marché de consommation.

Elle se demanda comment elle pourrait bien faire pour retrouver les parents de Star. Ou si cela changerait seulement quoi que ce soit. Cette jeune femme était dans la même pièce que trois officiers de police. Si elle voulait de l'aide, tout ce qu'elle avait à faire, c'était ouvrir la bouche – mais peut-être avait-elle trop peur.

— Le favisme, continua Wexler, est une erreur héréditaire du métabolisme. Les fèves peuvent casser les globules rouges, ce qui peut s'avérer très dangereux, en particulier chez les nouveau-nés.

Andrea se dit que Wexler avait dû être le genre de professeur que les gamins trouvaient cool, mais que les adultes jugeaient assommant. Elle tourna la tête. Star la fixait ouvertement. Les yeux de la jeune femme faisaient l'effet de boules de cristal luisantes enfoncées dans son visage hâve. Elle avait les lèvres entrouvertes. Son haleine douceâtre rappelait l'odeur du sirop contre la toux et de la pourriture.

Elle regardait le téléphone d'Andrea.

— Star, apporte-moi un verre d'eau, ordonna Wexler.

À nouveau, Star se déplaça comme un robot, comme si elle suivait un sous-programme informatique. Aller jusqu'au placard. Stop. En sortir un verre. Stop. Aller jusqu'à l'évier.

Andrea lui tourna le dos, ce qui semblait être exactement ce que Wexler attendait.

— Venons-en au fait, dit-il à Bible. J'ai du boulot.

— Bien sûr, répondit Bible. Alors, parlez-moi du processus de candidature de vos bénévoles.

— Ce n'est pas très compliqué. Les candidats écrivent une lettre de motivation. Ils doivent s'intéresser à l'agriculture biologique, et de préférence avoir déjà fait des études dans ce domaine. Vous l'aurez compris, nous avons une excellente réputation dans le monde entier. On accueille la crème de la crème.

— Ça doit être difficile d'en trier une douzaine sur le volet chaque année.

Wexler vit où Bible voulait en venir.

— Bernard, le gérant de la ferme, passe en revue les candidatures. C'est lui qui choisit les bénévoles.

— Ce sont toutes des femmes ? demanda Bible.

— Comment ça ?

— Tous les candidats sont des femmes ? reformula Bible. Ou est-ce que Bernard élimine les hommes ?

— Il faudrait le lui demander.

Wexler avait retrouvé son petit air suffisant. Visiblement, il voulait se voir attribuer tout le mérite, mais n'acceptait aucun reproche.

— Ça fait trente-cinq ans que Nardo est seul responsable du processus de sélection. Au tout début, je l'ai aidé à en définir les paramètres, mais je ne saurais pas vous dire quand j'ai lu une lettre de candidature pour la dernière fois, ni quand j'ai fait passer un entretien.

— C'est Nardo qui leur fait passer l'entretien ? demanda Bible. Comment ça, il prend l'avion jusqu'en Europe et…

— Non, non. Tout se fait par Internet. Sur FaceTime ou Zoom. Je ne connais pas les détails. Où les annonces sont publiées. Quelles questions sont posées. Pourquoi certaines personnes restent ici une année de plus et pourquoi d'autres décident de rentrer chez elles.

Wexler leva les yeux vers Star. Elle se tenait debout à côté de lui, un verre d'eau à la main. Du doigt, il indiqua la table d'appoint et attendit qu'elle pose le verre sur un dessous-de-verre.

— Une fois que Nardo a choisi les heureux élus, il leur envoie les informations nécessaires, et les bénévoles réservent leurs billets et prennent l'avion. Je ne les rencontre presque jamais.

Star retourna vers la cuisine. Il y avait une trace de farine sur sa joue creuse, qui se voyait à peine tant sa peau était blanche. Andrea entendit le bruissement de ses pieds nus sur le plancher. Star se déplaçait comme un fantôme. À nouveau, ses yeux vinrent se poser sur le téléphone.

— Les bénévoles doivent payer leur voyage ? demanda Bible.

— Bien sûr. Nous ne sommes pas leurs employeurs. Nous leur offrons l'opportunité d'acquérir des compétences de haut niveau et une réelle mise en pratique qui leur sera utile dans leurs études lorsqu'ils retourneront à l'université.

Andrea s'appuya au plan de travail, sur lequel elle posa son téléphone déverrouillé, écran vers le haut. Puis elle le poussa du coude afin que Star puisse le prendre.

— Les bénévoles ne font que de l'agriculture ? demanda Bible. Ou est-ce qu'ils travaillent aussi à l'usine, au bout de l'allée ?

— C'est là-bas que les fèves sont mises en conserve, dit Wexler. L'usine est en grande partie automatisée, mais certaines choses doivent encore être faites à la main, comme l'emballage et le collage des boîtes. Leur enregistrement pour l'expédition. Le chargement dans les camions.

— Des compétences de haut niveau et une réelle mise en pratique, donc, le cita Bible.

— Exactement, dit Wexler sans percevoir l'ironie. Nous leur donnons des compétences précieuses avant qu'ils ne soient relâchés dans la nature. Tout le monde peut s'asseoir derrière un bureau et lire un manuel. C'est un problème que je rencontrais tous les jours, à l'époque où j'enseignais. Pourquoi obliger les gens à lire des théories sur un sujet alors qu'ils peuvent mettre les mains dans la terre et comprendre le monde de façon métaphysique ?

Andrea entendit un rouleau à pâtisserie grincer derrière elle. Une odeur de levure se répandit dans la cuisine. Elle jeta un coup d'œil à son téléphone. Il était exactement à l'endroit où elle l'avait posé. L'écran était devenu noir. Le portable était programmé pour se verrouiller au bout de trente secondes.

— C'est drôle, la façon dont vous formulez ça, « relâchés dans la nature », fit remarquer Bible. Ça veut dire que vous coupez les bracelets qu'elles ont à la cheville avant de les laisser partir ?

— Je vous ai dit tout ce que je savais, répondit Wexler. Cheese, quand est-ce que je vais récupérer mon champ ? On a du travail.

Visiblement, Stilton aimait encore moins son surnom quand c'était Wexler qui l'utilisait.

— Quand je le déciderai, pas avant, répliqua-t-il.

— Et les parents d'Alice ? demanda Bible à Wexler. Je suppose que vous allez les prévenir.

— Je ne saurais pas comment.

— Nardo, peut-être ?

— Je n'en sais rien.

Andrea hésitait à déverrouiller à nouveau son téléphone. Star essayait-elle de lui faire passer un message d'une autre façon ?

— On pourrait vous débarrasser de la corvée d'informer ses parents, suggéra Bible. Il y a peut-être des lettres ou un téléphone dans les effets personnels de Mlle Poulsen. Les gens conservent toutes sortes d'informations dans leurs téléphones.

— Il ne vous faut pas un mandat pour ça ?

Les coins de la bouche de Wexler tressaillirent, trahissant sa suffisance habituelle.

— Enfin, ce n'est peut-être pas une bonne idée de demander un conseil juridique à un flic, ajouta-t-il.

— Je préfère qu'on m'appelle marshal ou agent, dit Bible. En général, les flics, c'est comme le commissaire Stilton, ici présent. Ils gèrent les problèmes au niveau de l'État, comme les contraventions et les délits de conduite en état d'ivresse. Moi, je travaille au niveau fédéral, je m'occupe des crimes comme les abus de biens sociaux, le travail forcé, la coercition sexuelle et le trafic sexuel.

Il y eut un tel silence qu'Andrea entendit le tic-tac du four qui préchauffait.

Elle essaya de ne pas sursauter lorsqu'elle sentit quelque chose de dur contre son coude. Elle attendit que le rouleau à pâtisserie recommence à grincer pour baisser les yeux. Star avait repoussé son iPhone.

— Est-ce que Mlle Poulsen vivait là-bas, dans le dortoir ? demanda Bible. On pourrait juste y faire un saut et…

— Pas sans mandat.

Nardo se tenait de l'autre côté de la moustiquaire, une cigarette aux lèvres.

— Il n'y a pas de danger imminent, la fille est morte, ajouta-t-il. Vous ne pouvez pénétrer dans aucun de ces bâtiments sans autorisation expresse. Nous espérons raisonnablement que nos droits garantis par le quatrième amendement seront respectés.

Bible éclata de rire.

— Vous m'avez l'air de quelqu'un qui connaît suffisamment d'avocats pour essayer de parler comme eux.

— Exact.

Nardo poussa la moustiquaire, mais n'entra pas dans la pièce.

— Dean, j'ai besoin de ton aide dans la grange. Quant à vous, les poulets, soit vous quittez la propriété, soit vous restez dans la zone autour du corps.

— Et ça veut dire tout de suite, grogna Wexler en se levant de son fauteuil.

Stilton et Bible se préparèrent à partir. Andrea se tourna vers Star, mais la jeune femme était occupée à pétrir la pâte. Elle faisait du pain. La poêle était déjà huilée sur la cuisinière.

— Ça sent bon, tenta Andrea. Ma grand-mère aussi faisait du pain, comme ça.

Star ne leva pas les yeux. Peut-être devinait-elle qu'Andrea était en train de mentir. Ou peut-être qu'elle était terrifiée à l'idée que Wexler ou Nardo la punisse pour avoir parlé. Depuis qu'elle était entrée dans la pièce, elle n'avait pas dit un mot à part *Dean*.

— Allez, dehors, les gars, dit Nardo en tenant la porte ouverte tandis que le contingent des forces de l'ordre la franchissait.

Andrea apprécia l'air frais de l'extérieur. La maison lui avait paru suffocante. Bible ne repartit pas en direction du champ, elle n'en fit donc rien non plus. Il reprit sa place dans la voiture du commissaire. Elle monta à l'arrière. À travers le grillage de séparation, elle vit Stilton contourner la voiture par l'avant.

— Qu'est-ce que tu fabriquais avec Star ? demanda Bible.

— Elle n'arrêtait pas de regarder mon…

La portière s'ouvrit. Stilton monta à bord.

Andrea regarda son téléphone, au cas où Star aurait réussi à faire quelque chose pendant que l'écran était déverrouillé. Elle vérifia ses mails. Ses messages. Ses textos. Ses notes. Ses appels manqués. Son calendrier. Trente secondes, ce n'était pas si long. Quand elle avait baissé les yeux vers son téléphone, elle l'avait vu exactement à l'endroit où elle l'avait laissé. Peut-être que Star l'avait repoussé pour lui signifier d'aller se faire foutre.

Stilton mit le contact. Il se tourna vers Bible.

— Je vous l'avais bien dit.

— C'est vrai, chef. C'était une grosse perte de temps.

Bible faisait mine d'être d'accord avec Stilton, mais elle savait qu'il n'en était rien.

— Bon, maintenant, chef, expliquez-moi un peu : c'est quoi, votre histoire, à tous les trois ? J'ai cru percevoir une certaine tension entre vous.

— On était ensemble au lycée.

Stilton sembla d'abord penser qu'il pouvait en rester là, mais il se ravisa.

— Ce sont de sales types.

— Ça me semble exact.

— Ils mentent, ils trichent, mais ils sont assez malins pour ne jamais se faire prendre. Nardo tient ça de son père. Son vieux a passé cinq ans dans une prison fédérale.

La remarque déclencha un signal d'alarme dans la tête d'Andrea. Elle était tombée sur un certain Reginald Fontaine du Delaware, au cours de l'une de ses recherches tâtonnantes sur Internet. On ne faisait pas mention de sa famille, mais on rapportait que l'homme avait été arrêté lors du scandale provoqué dans les années 1980 par la crise des Savings and Loan, les caisses d'épargne américaines. Il avait passé cinq ans au Club Féd, une prison tranquille pour cols blancs. À peu près au même moment, Bernard Fontaine était devenu le dauphin du roi des fèves, son ancien professeur de course à pied au lycée.

— Chef, je vais être très honnête avec vous, dit Bible. J'ai l'impression que vous laissez de côté certains détails sur la ferme des babas cool.

Stilton fit virer la voiture autour du poulailler.

— On a là des demoiselles qui portent le même uniforme – je suppose qu'on peut appeler ça comme ça, reprit Bible. Elles ont toutes les mêmes cheveux longs. Et pardon de dire ça alors que ma femme m'a appris à ne pas faire de commentaires sur la silhouette des femmes, mais celles-là ne se contentent pas de sauter un repas de temps en temps.

— Nan, dit Stilton.

— Elles ont l'air affamées.

— Ouaip, fit Stilton.

— Vous avez une hypothèse à ce sujet ?

— La même que la vôtre, répondit Stilton. Ils dirigent une espèce de secte. Mais vous savez aussi bien que moi, marshal, que faire partie d'une secte n'est pas interdit par la loi.

Andrea avait eu un frisson en entendant le mot *secte*. Elle serra les dents pour les empêcher de claquer. Bien sûr que c'était une secte. Tous les signaux étaient là. Une bande de jeunes femmes perdues, désespérées, qui cherchaient à donner un sens à leur vie. Deux vieux sales types prêts à les aider à en trouver un, moyennant finances.

— Eh bien, je ne peux pas vous contredire là-dessus, chef. Une *secte*, ça me paraît être le bon mot pour décrire ça.

Andrea déverrouilla son portable. Elle ouvrit la galerie de photos et regarda les gros plans qu'elle avait pris d'Alice Poulsen. Les os saillants. Les escarres. Les lèvres gercées et craquelées. Le bracelet de cheville tellement serré qu'il avait entaillé la chair.

Une *secte*.

Alice avait choisi de revêtir la robe jaune. Elle avait choisi de laisser pousser ses cheveux. Elle s'était pliée, vraisemblablement de son plein gré, à la pose de cette bande métallique fixée autour de sa cheville. Elle s'était affamée jusqu'à frôler la mort.

Puis elle était allée dans le champ, avait avalé une poignée de pilules, et elle était morte.

— J'ai eu l'impression que vous connaissiez cette fille, qui était dans la maison… Star, c'est ça ? demanda Bible à Stilton.

Andrea releva la tête. Ce détail lui avait totalement échappé.

— Star Bonaire, répondit Stilton. Sa mère essaie de la sortir de là depuis des années.

— Et ?

— Elle a l'air d'être sortie, d'après vous ? demanda Stilton, l'air enfin en colère. Dites-moi ce que je dois faire, marshal. Elles ont peut-être l'air de gamines, mais ce sont toutes des adultes. On ne peut pas entrer là-dedans et kidnapper un groupe de femmes adultes. Elles veulent être là-bas.

— Où habite la mère de Star ? demanda Bible.

— À environ deux kilomètres du centre-ville. Mais elle est folle. L'année dernière, elle a essayé d'enlever sa fille. Elle est arrivée dans sa Prius, elle s'est arrêtée juste devant le dortoir et elle l'a traînée dehors par le bras. Elle avait même fait venir un spécialiste du lavage de cerveau par les sectes qui les attendait au motel, prêt à la « déprogrammer ».

— Et ? demanda Bible.

— On m'a aussitôt fait venir à la ferme pour l'arrêter pour violation de propriété privée et tentative d'enlèvement.

Stilton secoua la tête.

— Elle a écopé de travaux d'intérêt général, ce qui était un coup de bol parce qu'elle aurait pu aussi bien atterrir en prison. Ils ont obtenu une mesure d'éloignement à son encontre. Elle n'a plus le droit d'essayer de contacter ou d'approcher sa fille.

— Merde, dit Bible. Ça, c'est une mère coriace.

— Ouais, coriace et complètement cinglée. Embrouillez-vous avec la mère, et vous comprendrez très vite comment la fille a atterri dans cet endroit.

Andrea n'était pas sûre qu'on puisse dire de cette femme qu'elle était *cinglée*. Si elle-même s'était retrouvée embrigadée dans un truc comme cette ferme, Laura aurait essayé de faire exactement la même chose – mais *elle* aurait réussi.

— D'autres parents ont-ils déjà essayé de faire sortir leur enfant de là ? demanda Bible.

— Pas à ma connaissance, et ces deux enfoirés m'ont bien fait comprendre qu'ils n'en avaient rien à foutre d'avoir affaire à moi.

La colère de Stilton retomba tandis qu'il s'apitoyait sur son sort.

— Croyez-moi, Wexler a une armée d'avocats à sa disposition. On n'a aucun intérêt à se frotter à ces gens-là. Moi, en tout cas, je ne veux pas. Ils seraient capables de mettre la ville en faillite.

Andrea n'en pouvait plus de l'écouter se trouver des excuses. Elle reporta son attention sur les photos d'Alice Poulsen. Alice avait une mère, elle aussi. Que ferait cette femme en apprenant que sa fille avait été poussée au suicide ? Car il était évident, pour quiconque voyait le corps d'Alice, que cette jeune fille avait trouvé là le seul moyen de s'échapper. Chacune des photos en gros plan donnait un aperçu de la torture qu'elle avait endurée. Qu'est-ce qui pouvait bien motiver quelqu'un à s'affamer comme ça ? Alice travaillait dans une ferme. Elle était entourée de nourriture. Ces privations étaient presque incroyables. Andrea ne pouvait pas s'empêcher de s'infliger le spectacle odieux de ces photos. D'un glissement de doigt sur l'écran, elle les faisait défiler.

Puis elle s'arrêta.

Star n'avait pas eu besoin que le téléphone soit déverrouillé. Deux applications étaient accessibles sans mot de passe sur l'écran de verrouillage de l'iPhone : la lampe de poche, et l'appareil photo.

Andrea zooma sur la photo que Star avait prise. La jeune femme avait saupoudré le comptoir noir de farine blanche et, du bout du doigt, elle avait tracé deux mots.

Au secours.

20 OCTOBRE 1981

Emily avait cherché le mot « orchite » dans l'un des volumes de l'Encyclopædia Britannica, qui occupaient un rayonnage entier de la bibliothèque du lycée. Inflammation d'un ou des deux testicules, généralement provoquée par un virus ou une bactérie ; entraîne souvent la stérilité.

Ensuite, elle avait regardé les notes qu'elle avait prises après avoir quitté la salle de classe de Dean Wexler.

Il dit qu'il n'est « pas le père de mon chiard ». Il a reconnu être venu me chercher à la Fête. Il a dit que Nardo l'avait appelé pour qu'il me ramène à la maison. Il a dit que j'étais en train de me disputer avec Clay près de la piscine quand il est arrivé. Il a promis qu'il me ferait du mal si jamais je l'accusais publiquement. Il m'a attrapée par le cou. Ça m'a fait vraiment mal.

Emily s'était assise à la bibliothèque, les yeux rivés sur ces phrases comme pour essayer d'en deviner le sens caché. Son écriture, régulière en temps normal, était presque illisible par endroits, car elle tremblait de tout son corps lorsqu'elle avait retranscrit la conversation. Une chose lui avait immédiatement paru évidente : Cheese avait raison, elle était passée à côté d'un détail important.

Elle avait écrit une question au bas de la page.

Il dit peut-être la vérité quand il nie être le père, mais ça ne veut pas dire qu'il n'a rien fait, n'est-ce pas ?

Tout au long de la journée, au lycée, elle avait été hantée non seulement par sa discussion avec Dean, mais aussi par ce que le Dr Schroeder avait appelé un relâchement, qu'il s'attendait à ne trouver que chez une femme mariée. Mme Brickel avait dit qu'il mentait, mais elle n'était qu'infirmière. Un médecin en savait sûrement davantage, et il y avait probablement des règles interdisant le mensonge, dans la profession.

Emily referma son carnet et le glissa à nouveau dans son sac à main. Elle marchait sur une route déserte. Elle leva les yeux vers le ciel. Elle n'avait aucune idée de l'heure qu'il était ou du temps qu'elle avait passé dehors. Depuis la veille au matin, elle n'avait plus la notion du temps. Au lycée, le reste de la journée s'était passé dans le brouillard. Arts plastiques, orchestre, chimie, anglais. Elle avait discuté avec Ricky en cours d'EPS et appris le truc important que celle-ci voulait lui confier : elle n'était plus amoureuse de Nardo. Cela n'avait duré que jusqu'à la fin du cours, car Ricky avait alors vu Nardo dans le couloir, et elle avait complètement oublié qu'Emily était à côté d'elle.

Pouvait-elle raconter à Ricky ce qui s'était passé ?

En avait-elle vraiment envie, d'ailleurs ?

Elle était pratiquement sûre que M. Wexler tiendrait sa langue. Il pensait sans doute qu'elle en ferait autant. Sa main alla se poser sur son cou, à l'endroit où il l'avait attrapée. Ou plutôt, étranglée, presque, puisqu'elle avait eu la respiration coupée. Elle avait encore mal quand elle déglutissait, alors que plusieurs heures s'étaient écoulées depuis leur confrontation.

Confrontation ?

Cela s'était-il si mal passé ?

Avant de quitter le lycée, elle avait jeté un rapide coup d'œil dans le miroir de son casier et vu une légère marque rouge sur le côté de son cou – et non l'empreinte de main qu'elle s'était attendue à voir. Ce qui lui restait le plus nettement en mémoire, c'était la colère de M. Wexler. Il n'était pas en colère comme quand il parlait de Reagan qui s'était servi de la tentative d'assassinat dont il avait été victime pour faire sauter le bouclier des protections sociales. Il était en colère comme si sa vie était en jeu.

Dean Wexler se comportait comme si tous ses voyages autour du monde avaient fait de lui un rebelle mais, ses opinions politiques progressistes mises à part, c'était un type tout aussi odieux que le père d'Emily. Il cataloguait les femmes selon qu'elles étaient attirantes ou grosses, intelligentes ou stupides, dignes qu'il leur consacre son temps ou complètement inutiles. Il était facile de voir le monde en noir et blanc quand on contrôlait tout. Elle n'aurait jamais dû le prendre pour quelqu'un qu'il n'était pas.

Elle sortit son journal de détective improvisé de son sac à main et l'ouvrit à la page sur laquelle elle avait écrit : ENQUÊTE À LA COLUMBO. Elle passa en revue, pour la centième fois, le résumé de son entretien.

Nardo avait appelé M. Wexler pour qu'il vienne la chercher. C'était plutôt logique, vu que Nardo était capitaine de l'équipe de course à pied et qu'il avait le numéro de téléphone de M. Wexler. Tout le monde à la Fête était défoncé. M. Wexler n'allait pas les sanctionner, ni les dénoncer. Il avait une voiture. Il pouvait la sortir de là, surtout si elle se disputait avec Clay.

Cette prétendue dispute avec Clay était encore un souvenir perdu.

Il avait beau y avoir d'incessantes prises de bec au sein de la clique, elle en était rarement au centre. Elle était en général la pacificatrice. Surtout quand Clay était impliqué dans l'affaire.

Elle pouvait compter sur les doigts de la main le nombre de fois où elle l'avait défié, et les rares fois où elle l'avait fait, c'était parce que le sujet était important. Comme quand elle avait refusé de continuer à voler l'intérieur des voitures immatriculées hors de l'État. Ou quand elle avait insisté pour qu'ils arrêtent de maltraiter Cheese, ou pour qu'ils l'ignorent, au moins. Ou encore cette fois où elle avait été furieuse contre Clay parce qu'il l'avait poussée dans la piscine.

Elle essaya de faire remonter à la surface ses souvenirs de la Fête. Clay l'avait-il à nouveau poussée dans l'eau ? Elle était bonne nageuse, mais elle détestait avoir l'impression de ne pas avoir le contrôle de son corps. Cette sensation qu'elle avait eue de marcher tranquillement le long de la margelle, puis de voler dans les airs l'instant suivant, avait été terrifiante.

Sa tête se mit à osciller d'avant en arrière, car la robe verte de Ricky n'était pas mouillée lorsqu'elle s'était réveillée. Mais peut-être l'avait-elle mise au sèche-linge ? Et peut-être même que, l'ayant sortie du sèche-linge, elle avait été si pressée qu'elle l'avait accidentellement enfilée à l'envers ?

Et qu'elle avait oublié de remettre ses sous-vêtements ?

C'était sa culotte qui manquait, pas son soutien-gorge.

Et ses cuisses étaient poisseuses. Si elle y repensait assez longtemps, il lui semblait sentir à nouveau l'irritation quand elle marchait.

Elle sentit son estomac se nouer. Elle regarda encore dans son carnet. Le premier mot qu'elle avait écrit était là, en haut de la page.

Clay.

Le lieutenant Columbo se serait aussitôt dirigé vers la maison des Morrow, mais même au lycée ce jour-là, elle avait été bien incapable de parler à Clay de quoi que ce soit – encore moins d'un sujet aussi crucial. Si son plan était de pousser quelqu'un à avouer, elle ferait mieux de suivre le conseil de Cheese et de parler avec les gens qui étaient là ce fameux soir. Si leurs histoires ne coïncidaient pas, quelqu'un mentait, et si cette personne mentait, cela signifiait qu'elle cachait quelque chose.

Ricky était le point de départ le plus évident. Blake la taquinait toujours en disant qu'elle n'avait aucun filtre. Elle disait tout ce qui lui passait par la tête. La semaine dernière, Emily aurait juré que c'était sa meilleure amie. À présent, elle savait d'instinct que Ricky ferait tout ce qui était en son pouvoir pour protéger son frère et Nardo – et peut-être pas dans cet ordre.

Un klaxon de voiture retentit derrière elle. Elle fut surprise de voir Big Al au volant. Sa montre lui indiqua qu'il était presque 17 heures. Al était en retard pour le coup de feu au snack-bar. Elle était tellement perdue dans ses pensées qu'elle avait dépassé la maison des Blakely sans s'en rendre compte.

Elle fit demi-tour et remonta la rue. Elle sentait ses pas s'alourdir à mesure qu'elle approchait de la maison marron à deux niveaux qui avait appartenu aux parents de Ricky et de Blake. Big Al y avait emménagé après l'accident de bateau qui avait tué son fils et sa belle-fille. Il n'avait été proche d'aucun des deux, et la transition avait été difficile. Emily était toujours frappée par le fait qu'ils se comportaient plus comme des colocataires malgré eux que comme une famille.

Non pas que sa propre famille fût un modèle non plus.

La maison des Blakely se trouvait au sommet d'une colline escarpée. Grimper jusqu'en haut ne l'avait jamais gênée par le passé, mais cette fois, elle se retrouva essoufflée quand elle parvint au garage. Puis elle monta l'escalier incroyablement raide et dut s'arrêter sur le deuxième palier. Elle s'aperçut qu'elle appuyait sa main au creux de ses reins, comme une vieille femme. Ou comme une jeune femme enceinte. Elle n'avait pas encore ressenti de lien avec ce qui se passait dans son corps. Avant le diagnostic du Dr Schroeder, elle croyait qu'elle avait une gastro ou qu'elle avait mangé un truc périmé. Elle s'était inventé toutes sortes d'excuses.

Il n'y aurait plus d'excuses, désormais.

Elle regarda son ventre. Il y avait un bébé qui grandissait en elle. Un véritable être humain.

Pour l'amour du ciel ! Qu'allait-elle bien pouvoir faire ?

— Em ?

Ricky tenait la porte moustiquaire ouverte. Elle avait l'air aussi dévastée qu'Emily. Les larmes ruisselaient sur ses joues toutes rouges. De la morve coulait de son nez.

Emily eut honte que sa première réaction soit de la colère. L'idée d'écouter Ricky sangloter à cause de quelque chose d'insignifiant que Nardo avait encore dû faire pour la blesser, alors que sa propre vie était en train de s'effondrer, lui était insupportable.

C'était aussi incroyablement égoïste.

— Ricky, dit-elle. Qu'est-ce qu'il y a ?

— Al…, commença Ricky.

Sa voix s'étrangla. Elle prit Emily par la main et l'entraîna dans la maison.

— Al vient de nous dire… Il a dit… Oh mon Dieu, Em, qu'est-ce qu'on va faire ?

Emily la guida vers le gros canapé moelleux, devant le bow-window.

— Ricky, doucement. Qu'est-ce qu'il y a ? Qu'est-ce qui s'est passé ?

Ricky s'effondra sur elle et posa la tête sur ses genoux. Elle tremblait de tous ses membres.

— Rick…

Emily leva les yeux vers l'escalier qui menait à la cuisine, se demandant où était Blake.

— Ça va aller, Rick. Peu importe ce que c'est, on va…

— Non, ça ne va pas aller, marmonna Ricky.

Elle tourna la tête pour regarder Emily.

— Il n'y a plus d'argent.

— Quel argent ?

— Celui du procès, répondit Ricky. Il était censé être placé sur un compte en fiducie, pour qu'on puisse aller à l'université, mais Al l'a dépensé.

Emily secoua la tête, incrédule. Al était direct et souvent grossier, mais il n'aurait jamais volé ses propres petits-enfants.

— On va être coincés ici, dit Ricky. Pour toujours.

— Je ne…

Emily tentait de comprendre ce qui s'était passé. Cela n'avait aucun sens. Elle était fille de juge. Elle savait que les comptes en fiducie étaient très encadrés. On ne pouvait pas les siphonner aussi facilement, sur un coup de tête. En plus, elle ne voulait pas être méchante, mais elle ne trouvait pas la maison des Blakely particulièrement grandiose. Et la camionnette qu'Al conduisait était plus vieille que les jumeaux.

— Il l'a dépensé pour quoi faire ?

— Pour le restaurant.

Emily se laissa aller en arrière sur le canapé. Quelques années plus tôt, le snack-bar avait presque entièrement brûlé. Al avait réussi à le reconstruire. À présent, elle comprenait comment.

— Al nous a dit que le restaurant était notre… notre héritage, dit Ricky. Il s'imagine qu'on a envie de travailler dans cet endroit merdique, Em. Il croit que c'est tout ce dont on est capables : servir des milk-shakes à des gros cons pleins de fric de Baltimore.

Emily se mordit la lèvre. Une semaine plus tôt, elle aurait peut-être partagé le dégoût de Ricky, mais à présent, elle comprenait ce que cela signifiait d'avoir quelqu'un à sa charge. Désormais, et pour le restant de ses jours, tous les choix d'Emily se feraient au bénéfice ou au détriment de l'enfant qui grandissait en elle. Le snack-bar était une entreprise viable, voire florissante. Aller à l'université était important, mais pas plus qu'avoir un toit sur la tête et de l'argent pour acheter à manger.

— Il est trop tard pour demander une bourse d'études, continua Ricky, et on ne peut pas obtenir d'aide financière parce qu'Al gagne trop d'argent. Sur le papier, en tout cas.

— Je suis…

Emily ne savait que dire. Elle était vaguement horrifiée de se sentir du côté d'Al.

— Je suis désolée, Ricky.

— Il aime cette saleté de restau plus que nous.

— Tu pourrais peut-être travailler pendant un an et économiser ? suggéra Emily.

Ricky se redressa un peu sur le canapé, l'air atterré.

— Travailler dans quoi, Em ? Tu te fous de moi ?

— Pardon, s'excusa instinctivement Emily.

Ricky avait toujours été du genre lunatique, et, quand elle piquait une colère, il valait mieux ne pas être dans les parages.

— Tu voulais faire du journalisme. Tu pourrais trouver un stage dans un journal ou…

— Ferme-la ! cria Ricky. Tu es pire qu'Al. Tu le sais, ça ?

— Je…

— Tu veux que je serve le café à une bande de vieux cons grincheux, qui me prendront pour une gamine ? demanda Ricky. J'ai besoin d'un diplôme de journalisme, Emily. Personne ne me respectera si je ne suis que la coursière de service. Il faut absolument que je fasse des études.

Emily ne savait pas ce que l'on enseignait dans les écoles de journalisme, mais elle ne voyait pas en quoi une expérience dans un véritable journal serait une mauvaise idée.

— Mais tu pourrais gravir les échelons et…

— Gravir les échelons ? la coupa Ricky d'une voix stridente. Mes parents sont morts, Emily ! Ils ont été tués parce qu'un putain de service de charter a enfreint la loi.

— Je le sais, Ricky, mais…

— Il n'y a pas de mais ! cria Ricky. Nom de Dieu, Em ! Ils ne sont pas morts pour que je sois obligée de choisir entre me faire emmerder par des vieux schnoques et me faire emmerder par des touristes.

— Mais tu te feras emmerder quoi qu'il arrive !

Emily se surprit à crier, elle aussi.

— De toute façon, les gens ne te respecteront pas, Ricky, continua-t-elle. Ils ne te respecteront pas !

Choquée, Ricky garda le silence.

— Personne ne te respectera.

Emily entendait encore les mises en garde de sa mère résonner dans sa tête.

— Pour eux, tu n'es qu'une plouc sortie de sa station balnéaire, avec des notes passables et de gros seins. Rien de tout ça ne force le respect.

Ricky était stupéfaite. Elle regardait Emily comme si celle-ci était devenue une étrangère.

— Merde, mais pour qui tu te prends ?

— Je suis ton amie, dit Emily. Tout ce que je te dis, c'est que tu peux t'en sortir. Ça te demandera de travailler dur, mais…

— Travailler dur ?

Ricky lui rit au nez.

— Qu'est-ce que tu y connais, toi ? Mademoiselle la fille de juge sait ce que c'est que de travailler dur, hein ? C'est la petite cuillère en argent que tu as dans la bouche qui t'étouffe ?

— Je ne suis pas...

— Une saloperie de petite fille gâtée, voilà ce que tu es.

Ricky avait croisé les bras.

— Putain, tout est si facile pour toi ! Tu n'as pas la moindre idée de ce que c'est que de vivre dans le monde réel.

Emily sentit sa gorge se serrer.

— Je suis enceinte.

Ricky en resta bouche bée. Pour une fois, elle se tut.

— Moi non plus, je n'irai pas à l'université, dit encore Emily. Je pourrai m'estimer heureuse si j'arrive à finir mon année de terminale.

Ces mots résonnaient depuis un moment dans sa tête, mais les entendre dans sa propre bouche, prononcés par sa propre voix, lui faisait l'effet d'une condamnation à mort.

— Je ne pourrai pas obtenir de stage au Congrès. Je ne pourrai sans doute pas trouver de travail, parce que je devrai rester à la maison à changer des couches et à m'occuper d'un bébé. Et même quand le bébé sera en âge d'aller à l'école, qui voudra embaucher une mère célibataire ?

La bouche de Ricky se referma, puis s'ouvrit à nouveau.

— Tu te souviens de la Fête du mois dernier ? demanda Emily. Quelqu'un m'a fait quelque chose. Quelqu'un a abusé de moi. Et maintenant, je vais passer le reste de ma vie à le payer.

Ricky commença à secouer la tête. Sa première réaction était la même que celle d'Emily.

— Les garçons ne feraient jamais ça. Tu mens.

— Alors c'était qui ? demanda Emily. Honnêtement, Ricky, dis-moi qui ça pourrait être d'autre.

Ricky continuait de faire non de la tête.

— Pas les garçons, dit-elle.

— Alors qui d'autre ? demanda encore Emily.

— Qui d'autre ? répéta Ricky.

Elle arrêta de secouer la tête et regarda Emily droit dans les yeux.

— N'importe qui, Em. Ça pourrait être littéralement n'importe qui.

Ce fut au tour d'Emily de rester sans voix.

— Tu ne peux pas être sûre que c'est à la Fête que tu es devenue enceinte, dit Ricky en posant les mains sur ses hanches. Tu dis ça juste pour piéger un des garçons.

Emily était sidérée que Ricky puisse seulement penser une telle chose et, pire encore, qu'elle le dise à haute voix.

— Je n'ai jamais…

— Tu discutes tout le temps avec d'autres gars, dit Ricky. Toi et tes jouets cassés ! Tu es allée en camp de musique avec Melody deux étés de suite. Tu vas au club de débat. À des expositions d'art. Hier, tu as disparu toute la journée. Pour ce que j'en sais, tu pourrais très bien te taper la moitié de la ville. Je t'ai vue avec Cheese ce matin, et il a détalé comme un rat apeuré.

— Tu crois que Cheese et moi…

— Tu prends des grands airs, mais qui sait ce que tu fais quand on n'est pas là ?

— Rien, murmura Emily. Je n'ai rien fait.

Ricky se leva et se mit à arpenter la pièce de long en large en s'énervant un peu plus à chaque pas.

— Tu crois que tu peux faire porter le chapeau à Nardo ou à Blake ? Ou à Clay ? Dieu sait que tu adorerais ça, pas vrai ?

Ça fait dix ans que Clay t'ignore, et là, tu as enfin trouvé un moyen de le piéger.

— Arrête de dire que j'essaie de piéger quelqu'un, dit Emily en se levant à son tour. Tu sais très bien que ce n'est pas vrai.

— Je ne vais pas mentir pour toi, dit Ricky. Si ton plan est d'entraîner Clay dans ta chute, ne compte pas sur moi. Et les garçons ne te soutiendront pas non plus.

— Je ne…

Emily dut s'interrompre pour déglutir.

— Je ne veux pas me marier avec Clay. Ce n'est pas pour ça que…

— Sale pute, cracha Ricky.

Puis son visage s'éclaira d'un coup. Elle croyait avoir tout compris.

— Tu en as après Nardo, c'est ça ?

— Quoi ?

— Tu choisis toujours la facilité, Emily. Tu n'en as rien à foutre du mal que tu fais aux autres, du moment que c'est facile.

— Hein ?

— Je te dis que tu es une putain de fille facile !

Ricky était tellement furieuse qu'elle en postillonnait.

— Je parie que ton père a déjà arrangé un accord avec sa famille. Les riches se serrent toujours les coudes. Combien ça va coûter à tes parents, hein, Emily ? Ou alors, ils ont promis de lui ouvrir les portes de la haute société de Washington, c'est ça ? Ou peut-être que ta mère va truquer un petit procès pour rendre service à son père ? Quel genre de pot-de-vin ton père a versé pour détruire la vie de Nardo ?

Emily n'en croyait pas ses oreilles.

— Ce n'est pas… Non. Ça ne va pas se passer comme ça. Mes parents ne feraient jamais…

— Tu es vraiment naïve ! Bien sûr qu'ils le feraient ! Tu planes complètement, entourée de putains de petits oiseaux qui gazouillent, sans jamais te rendre compte du nombre de gens que tes parents ont niqués pour que leur gentille petite fille adorée ait une vie facile sans jamais se soucier de rien !

Ricky se déchaînait.

— Qu'est-ce qu'ils ont dit quand ils ont découvert que tu n'étais plus leur parfait petit ange vierge ?

Emily ouvrit la bouche pour répondre, mais Ricky la coiffa au poteau.

— Laisse-moi deviner. Papa t'a regardée de travers et a rouspété, et maman a trouvé une solution ?

Emily se sentait trahie. Si Ricky voyait les choses comme ça, c'était uniquement parce qu'Emily s'était confiée à elle toutes les fois où les choses s'étaient passées de cette façon.

— Tu ne peux pas t'en débarrasser, hein ? Pas avec maman sur la liste des candidats de Reagan. Ça lui casserait sa baraque, pas vrai ?

Ricky laissa échapper un petit rire amer.

— Ils se serviront sans doute de toi comme exemple ! Maintenant, ils pourront dire aux Noires pauvres du ghetto qui se retrouvent enceintes de prendre exemple sur la conduite vertueuse des Vaughn, parce que leur pute de fille gâtée pourrie est exactement dans la même situation qu'elles.

Ses mots étaient blessants car ils étaient trop proches de la vérité.

— La courageuse Emily est anti-avortement, dit Ricky sur le ton qu'elles utilisaient d'habitude pour se moquer des amis de Franklin Vaughn au country club. C'est facile à dire quand on naît avec une nounou à domicile, dans une propriété à un million de dollars, à trois kilomètres de la plage.

Emily retrouva enfin sa voix.

— Ce n'est pas juste.

— Tu trouves que ce qui nous arrive, à Blake et moi, c'est juste ? demanda Ricky. Et en plus, tu débarques avec des nouvelles encore pires ? Mais j'ai la solution, Emily. Ça va tout arranger ! Tu n'as qu'à te trouver un stage chez Va te faire foutre !

Les derniers mots de Ricky résonnèrent aux oreilles d'Emily comme une sirène d'alarme. Elle avait déjà vu Ricky furieuse. Elle savait à quel point son amie pouvait être insensible. Ricky rayait les gens de sa vie comme on enlevait une tumeur. Et maintenant, elle lui faisait la même chose.

— Tu n'es qu'une connasse, marmonna Ricky. Tu as tout foutu en l'air.

— Ricky…, commença Emily.

Elle avait senti le caractère définitif des paroles de Ricky. C'était fini. La clique n'existait plus. Emily avait perdu sa meilleure amie. Elle n'avait plus personne. Plus rien.

Sauf cette chose qui grandissait en elle.

— Barre-toi, ordonna Ricky en montrant la porte. Dégage de chez moi, espèce de salope débile.

Emily toucha sa joue. Elle s'attendait à la trouver ruisselante de larmes, mais elle ne sentit sous ses doigts que la chaleur cuisante de la honte. Elle ne pouvait s'en prendre qu'à elle-même. Ricky avait raison. Elle avait ruiné leur vie à tous. La clique, c'était fini. Tout ce qu'elle pouvait faire maintenant, c'était essayer de ne pas les entraîner dans sa chute.

— Dégage ! cria Ricky.

Emily courut vers la porte. Elle descendit les marches raides en trébuchant. Puis elle s'arrêta. Blake était assis au bas de l'escalier. Il tenait une cigarette entre ses doigts. Il lui jeta un coup d'œil par-dessus son épaule.

— Je t'épouserai, moi, dit-il.

Elle ne sut pas quoi répondre.

— Ce ne serait pas si mal, dit-il en se levant. On s'est toujours bien entendus, toi et moi.

Elle n'arrivait pas à déchiffrer son expression. Est-ce qu'il plaisantait ? Est-ce qu'il lui avouait quelque chose ?

Blake lut dans ses pensées.

— Ce n'est pas moi, Emmie. Pas si c'est arrivé pendant la Fête. Ou à n'importe quel autre moment, d'ailleurs. Je crois que je me souviendrais où j'ai mis ma bite. J'y suis vraiment très attaché.

Elle regarda un oiseau se poser sur l'un des arbres, de l'autre côté de l'allée. Voilà ce qu'elle avait perdu, en même temps que sa virginité : avant, personne ne se serait adressé à elle de façon aussi grossière ; maintenant, tout le monde le faisait, visiblement.

— De toute façon, j'étais complètement bourré, à la Fête, dit Blake. Je suis tombé comme une masse dans la salle de bains du premier étage. Nardo a dû casser le verrou pour me faire sortir. Je m'étais pissé dessus comme un bébé. Je ne me souviens absolument pas pourquoi, les chiottes étaient juste devant moi.

Elle fit la moue. Elle repensa à son enquête à la Columbo. M. Wexler avait dit que Blake et Nardo étaient dans la maison quand il était arrivé. Blake disait la même chose. Si leurs récits concordaient, c'est qu'ils disaient sans doute tous deux la vérité.

Ce qui signifiait que Clay était le seul garçon qui était resté un moment seul avec elle.

— Allez, viens.

Blake jeta sa cigarette dans une boîte de café vide et fit un signe de tête en direction du garage. Elle se sentit incapable de faire quoi que ce soit d'autre que le suivre à l'intérieur. Des posters de rock étaient accrochés aux murs de parpaing. Il y avait une table de ping-pong, un vieux canapé et une chaîne hi-fi géante qui avait autrefois appartenu aux parents de Blake et de Ricky. La clique avait passé un nombre d'heures incalculable dans ce garage, à fumer, boire, écouter de la musique et discuter de ce qu'ils feraient plus tard pour changer le monde.

Désormais, elle serait coincée à Longbill Beach. À cause d'Al, Blake et Ricky n'iraient même pas à l'université. Nardo ne tiendrait pas une année à Penn. Seul Clay allait se tirer de cette ville oppressante – c'était son destin, aussi sûr que le soleil se levait à l'est et se couchait à l'ouest.

— Je ne peux pas me marier avec toi, dit-elle à Blake. Nous ne sommes pas amoureux. Et si tu n'es pas le…

— Non, ce n'est pas moi.

Il s'assit sur le canapé.

— Tu sais bien que je n'ai jamais pensé à toi de cette façon, ajouta-t-il.

Elle savait que c'était le contraire. Il l'avait embrassée, deux ans plus tôt, dans la ruelle du centre-ville. Et de temps en temps, elle le surprenait encore à la regarder d'une façon qui la mettait mal à l'aise.

— Viens là…

Blake attendit qu'elle s'asseye à côté de lui sur le canapé.

— Réfléchis-y, Em. Ce serait une bonne solution pour nous deux.

Elle secoua la tête. Elle était incapable d'y réfléchir.

— Tu obtiendrais une respectabilité, et moi…

Il haussa les épaules, les mains ouvertes devant lui.

— J'imagine que tes parents voudront que leur gendre aille à l'université, termina-t-il.

Emily sentit ses cheveux se hérisser sur sa nuque. Si Nardo avait un père banquier, c'était quand même Blake qui avait toujours été le plus doué pour les transactions. On aurait dit qu'il tenait un tableau de comptes dans sa tête. Je vais faire ça pour toi, mais en échange, tu feras quelque chose pour moi.

— Et moi, dans tout ça ? demanda-t-elle. Je me contente de rester à la maison et de faire des cookies ?

— On a vu pire, comme vie.

Elle rit. Ce n'était pas la vie qu'elle avait imaginée. Elle comptait aller vivre dans le quartier de Foggy Bottom. Faire un stage auprès d'un sénateur. Devenir avocate. Si toutefois elle faisait des cookies pour son mari et son enfant, les séances de pâtisserie se glisseraient entre ses plaidoiries au tribunal et la préparation d'une motion pour le lendemain.

— Sois raisonnable, dit Blake. Je veux dire, tu pourras aller à l'université. Bien sûr que tu pourras y aller. Mais pas avoir une véritable carrière. Pas avec le genre d'avenir que tes parents envisageront pour moi.

Elle était choquée par la froideur de ses calculs.

— Et de quel genre d'avenir tu parles, au juste ?

— Un avenir dans la politique, bien sûr, répondit-il en haussant les épaules. Ta mère va être choisie pour faire quelque chose dans l'administration. Autant profiter de son succès pour améliorer notre vie à tous les deux, non ?

Elle baissa les yeux vers le sol. Il avait bien réfléchi à la question, c'était évident. Pour lui, sa grossesse n'était rien d'autre qu'une opportunité à saisir.

— Tu oublies que mes parents sont républicains.

— Et alors, ça change quoi ? demanda-t-il en haussant encore les épaules quand elle le regarda. L'idéologie politique, c'est juste un levier pour accéder au pouvoir.

Elle dut se rasseoir sur le canapé. Elle avait du mal à digérer tout cela.

— Donc moi, je suis juste un levier pour toi, c'est ça ?

— Ne sois pas mélodramatique.

— Blake, tu parles de m'épouser et de devenir le père de mon enfant comme un moyen de lancer ta carrière politique.

— Tu ne vois pas le bon côté, dit Blake. On est tous les deux dans une mauvaise passe. On veut tous les deux une meilleure vie. Et je ne te trouve pas complètement répugnante.

— C'est romantique, ça.

— Allez Emmie, fit-il en lui caressant les cheveux. On peut faire en sorte que ça marche. Et que personne ne soit blessé. On peut tous rester amis.

Le mot « amis » fit enfin couler les larmes d'Emily. Ce que Blake lui proposait, c'était une solution. Ils garderaient ça entre eux, dans la clique. La colère de Ricky s'éteindrait aisément devant les explications rationnelles de Blake. Nardo ferait une blague sur le fait qu'il l'avait échappé belle. Clay s'éclipserait vers sa nouvelle vie excitante, loin d'eux. Et elle serait mariée à un garçon qu'elle n'aimait pas. Un garçon qui ne voyait en elle qu'un moyen de parvenir à ses fins.

— Emily…

Il se rapprocha. Elle sentit son souffle dans son oreille.

— Allez, est-ce que ce serait si terrible ?

Elle ferma les yeux. Des larmes coulèrent sur ses joues. Elle vit l'année suivante – et celles d'après – s'ouvrir comme une fleur. Elle pourrait redevenir la gentille fille que tout le monde admirait. Blake aurait son université, sa carrière et son avenir politique. Ce serait exactement ce que Ricky avait prédit : l'argent de la famille Vaughn achèterait la solution qui la tirerait de ce mauvais pas.

Facile.

— Emmie…

Du bout des lèvres, Blake lui effleura l'oreille. Il lui prit la main et la posa sur son machin. Elle fut comme paralysée. Elle sentait la forme dure sous sa paume.

— Hum, c'est bon.

Il lui fit bouger la main sur lui et enfonça la langue dans son oreille.

— Blake ! cria-t-elle en retirant sa main. Qu'est-ce que tu fais ?

— Nom de Dieu !

Il se renfonça sur le canapé, les jambes écartées. À l'entre-jambe, son pantalon était dressé comme une tente.

— Qu'est-ce qui va pas chez toi ? s'écria-t-il.

— Qu'est-ce qui va pas chez toi ? riposta-t-elle. Qu'est-ce que tu fabriquais ?

— Je pense que c'était assez clair, répondit-il en prenant ses cigarettes dans sa poche. Allez, ce n'est pas comme si tu pouvais tomber enceinte une deuxième fois.

Elle porta la main à sa gorge. Elle sentait son cœur battre la chamade.

Il alluma son briquet.

— Que les choses soient claires entre nous, ma grande. Je veux bien acheter la vache, mais je m'attends à avoir plus qu'une simple ration de lait en échange.

Elle le regarda allumer sa cigarette. C'était elle qui lui avait offert ce briquet Zippo pour son seizième anniversaire. Elle avait payé un supplément pour faire graver ses initiales sur le côté, afin que Ricky ne le lui vole pas.

— Tu es un monstre, dit-elle.

— Non, je suis ta deuxième meilleure option.

Devant l'incompréhension qui s'affichait sur son visage, il partit d'un rire qui s'acheva en toux.

— Tu es bouchée, Emily ? Ta meilleure option, c'est de le jeter dans les chiottes et de tirer la chasse.

6

Assise au bord de son lit dans sa chambre de motel, Andrea regardait la photo prise par Star Bonaire. De son doigt, la jeune femme avait tracé deux mots dans la farine blanche.

Au secours.

Andrea avait attendu d'être seule avec Bible pour lui montrer la photo. Il n'avait pas dit grand-chose, il lui avait seulement demandé de prendre une douche et d'être prête quand il l'appellerait. Plus d'une heure s'était écoulée depuis. Elle s'était douchée et elle se tenait prête, mais Bible ne l'avait toujours pas appelée.

Au secours.

Quelle terreur cette jeune femme ressentait-elle pour faire une chose pareille ?

Elle fit défiler les photos jusqu'à celles d'Alice Poulsen. Sa gorge se serra devant les ravages causés par l'inanition. L'anorexie était une forme de contrôle, mais le suicide aussi, d'une certaine façon. Cela revenait à prendre sa vie en main, littéralement. En se rendant dans ce champ, Alice Poulsen savait qu'elle n'en reviendrait pas. Quel courage un acte pareil demandait-il ? Quel genre de désespoir ?

Le même que celui que Star Bonaire avait dû ressentir lorsqu'elle avait photographié son appel au secours.

Andrea ne pouvait plus supporter de regarder ces photos. Elle balança son téléphone sur le bureau et contempla l'étendue de son impuissance dans l'écran noir de la télévision, en face de son lit. Les rideaux de la chambre étaient tirés. Les lumières étaient éteintes. Son poignet gauche lui faisait mal, à l'endroit où Wexler l'avait serrée. Des bribes de souvenirs lui traversaient l'esprit, comme des éclairs : le visage de Wexler écrasé contre le volant ; Nardo allumant une cigarette ; la présence fantomatique de Star qui se déplaçait dans la cuisine ; les deux jeunes femmes qui étaient sorties de la grange. Les robes jaunes. Les longs cheveux. Les pieds nus. Les membres grêles. Les bracelets de cheville assortis.

Victimisées. Marquées. Rabaissées.

Secte. Secte. Secte.

Stilton avait raison : aucune loi fédérale ni aucune loi d'État n'interdisait à qui que ce soit de faire partie d'une secte. On ne pouvait rien faire pour sauver ces femmes. La mère de Star Bonaire avait déjà essayé de libérer sa fille. Elle avait fini par se faire arrêter et s'était retrouvée avec une injonction d'éloignement qui lui interdisait de voir sa propre enfant.

Andrea se leva et se mit à arpenter la pièce. Elle se sentait tellement impuissante. Elle avait suivi toute cette formation, tous ces entraînements, et rien de tout cela n'était de la moindre utilité à Star Bonaire. Ou à qui que ce soit d'autre, d'ailleurs. Elle regarda fixement son téléphone, comme pour inciter Bible à l'appeler. Il était sans doute coincé dans le même genre d'impasse qu'elle. Ses yeux tombèrent sur le carnet et le stylo qu'elle avait posés sur le bureau. Elle s'était lancée dans ses recherches sur Internet, en quête d'infos sur le linge sale de Dean et ses Haricots magiques, avec beaucoup de détermination, mais une heure plus tard, les pages du carnet étaient encore vierges.

Elle passa mentalement en revue le peu qu'elle avait appris au sujet de l'entreprise. Les Haricots magiques de Dean étaient une société enregistrée dans le Delaware depuis 1983. Elle avait trouvé l'acte constitutif de l'entreprise. Dean Wexler y figurait en tant que président, et Bernard Fontaine, vice-président. C'était un détail intéressant, car Nardo n'avait que dix-neuf ans en 1983, année où son père avait été arrêté pour fraude bancaire – mais pas déterminant au point de faire avancer son enquête.

Autre point digne d'intérêt, mais en fin de compte inutile : Bernard Fontaine apparaissait aussi en tant que secrétaire de BFL Trust, une organisation caritative établie à l'automne 2003, dans le Delaware également. Les services des impôts classaient bien cette organisation à but non lucratif dans la catégorie 501(c)3 ; en revanche, le *Charity Navigator*, une agence de notation financière qui rassemblait des informations sur l'usage qui était fait de l'argent récolté grâce aux dons, ne disposait d'aucun élément sur l'association en question.

Lorsqu'elle avait cherché « Haricots magiques de Dean + secte » sur Google, elle n'avait rien trouvé d'autre qu'une avalanche de forums de fans tenus par des dingues de diététique et des amateurs de fèves, mais rien, pas un seul site, ne mentionnait le fait que les femmes qui cultivaient et conditionnaient les fèves crevaient littéralement de faim. Les sites proposant des stages, les petites annonces de l'université, les pages Facebook consacrées aux petits boulots d'été sympa, tous évoquaient Les Haricots magiques de Dean en termes élogieux. Même sur Amazon, où les fèves étaient vendues, les évaluations à une seule étoile étaient éclipsées par un flot d'avis dithyrambiques.

En revanche, le nom de Dean Wexler n'apparaissait nulle part.

Celui de Nardo Fontaine non plus.

Stilton avait dit que Wexler avait toute une armée d'avocats à son service. Il était logique qu'une secte particulièrement procédurière sache faire en sorte de reléguer les commentaires négatifs à son sujet tout en bas des résultats de recherche. De plus, Dean avait également à sa disposition une vingtaine de bénévoles prêtes à passer des journées entières devant leurs ordinateurs portables pour faire le ménage sur Internet.

Et ce n'était pas comme si ces jeunes femmes avaient droit à des pauses déjeuner.

L'un des rares sites que l'on ne pouvait ni nettoyer ni soudoyer était PACER, l'accès public aux archives électroniques des tribunaux, qui présentait une base de données consultable de dossiers, motions et transcriptions juridiques. Fort heureusement, Andrea disposait des identifiants de connexion de Gordon. Ce n'était pas le désespoir qui l'avait conduite à cette page ; elle avait eu une intuition. À la ferme, elle avait trouvé étrange que Wexler emploie systématiquement le terme de *bénévoles* pour évoquer ces femmes, et non celui de *stagiaires*. Une affaire judiciaire remontant à vingt ans plus tôt lui avait fourni une explication.

En 2002, le département de la Justice avait intenté un procès aux Haricots magiques de Dean en vertu de la loi sur les normes du travail équitable, car l'entreprise ne répondait pas aux critères définis par le Test du principal bénéficiaire. Ces critères étaient au nombre de sept et avaient pour but d'évaluer le degré de légalité d'un stage non rémunéré. La plupart concernaient le fait d'approfondir des travaux universitaires en cours, de proposer la validation d'unités de valeur, et de suivre le calendrier universitaire. En d'autres termes, le stage devait profiter au stagiaire, et pas seulement à l'entreprise qui l'accueillait.

Pour qu'ils puissent exploiter ces jeunes femmes, il fallait qu'elles aient un statut de bénévoles.

Après sa découverte sur le site du PACER, tout était allé à vau-l'eau. Elle avait fait une pause lorsque sa chambre de motel avait commencé à lui faire l'effet d'une cellule de prison. Elle était allée s'acheter un sandwich à la salade et aux œufs au distributeur, puis elle avait regagné sa chambre, où elle avait perdu une bonne demi-heure à parcourir les registres d'état civil du comté de Sussex.

Elle y avait trouvé des archives sur le mariage et le divorce de Ricky et de Nardo, mais rien concernant l'acte de décès d'Eric Blakely. Si Bible tardait encore, elle allait sans doute finir par lancer une recherche, en désespoir de cause, sur les cas de rage déclarés chez les animaux domestiques.

Son téléphone émit un *ding*. À contrecœur, elle le fit glisser sur le bureau jusqu'à elle, comme s'il pesait une tonne. Encore un texto de Mike. Cette fois, elle reconnut tout de suite l'animal sur la photo. Le dik-dik était une petite antilope d'environ trente centimètres de haut.

Elle ne se sentait pas l'énergie de trouver une réponse spirituelle à cette *dick pic* détournée.

Son doigt resta donc en suspens au-dessus du bouton d'appel. Mike était capable de réelles qualités d'écoute, une fois qu'on dépassait le stade des conneries habituelles. Il s'était également comporté en adulte quand elle ne lui avait plus donné signe de vie, il y avait maintenant un an et huit mois. Le moins qu'elle pût faire à présent était de se comporter en adulte, elle aussi, et de s'en tenir à sa décision. Même si elle mourait d'envie d'entendre sa voix.

Elle balayait l'écran quand son téléphone sonna.

Elle ferma les yeux. Un appel de sa mère. C'était bien la dernière chose dont elle avait besoin en ce moment, mais elle décrocha quand même.

— Salut, maman.

— Ma chérie, lui dit Laura, je ne vais pas te retenir longtemps. Je sais que tu es occupée, mais je me disais juste que je pouvais t'aider à trouver un logement.

— À trouver quoi ?

— Il va te falloir un endroit où vivre, ma chérie. Je peux aller sur Internet et te prendre des rendez-vous pour des visites d'appartements.

Andrea jura tout bas. Cette initiative aurait vraiment pu lui être utile, en effet, à ceci près que c'était à Baltimore qu'il lui aurait fallu un logement, et non à Portland, dans l'Oregon.

— Tu ne voudrais pas prendre une décision sur un coup de tête et la regretter par la suite, poursuivit sa mère. Indique-moi un quartier qui te plaît, et je te trouverai quelque chose sur Internet. Je préfère contacter un courtier ici, comme ça tu seras protégée.

— Je ne sais pas, répondit Andrea, qui avait furieusement envie de raccrocher. Laurelhurst ?

— Laurelhurst ? Comment en as-tu entendu parler ? Est-ce que d'autres marshals y habitent ?

Andrea avait entendu parler de Laurelhurst dans le magazine *Rolling Stone*, dans lequel elle avait lu que le groupe Sleater-Kinney avait joué dans un bar de ce quartier.

— Quelqu'un m'en a parlé, au bureau, répondit-elle. Il paraît que c'est joli.

— Mon Dieu, j'espère bien ! Si tu voyais les prix…

Laura était apparemment sur l'ordinateur de son bureau. Andrea l'entendait taper sur le gros clavier encombrant.

— Ah, en voilà un, mais… Oh non, l'annonce précise que tu dois avoir un animal de compagnie. Quel genre de propriétaire *exige* la présence d'un animal de compagnie ? Vraiment, je ne comprends rien à Portland. Ah, en voilà une autre, mais…

Andrea écouta Laura lui décrire *in extenso* un appartement d'une seule pièce en sous-sol, qui était de toute évidence un studio et comportait peut-être un autel de wicca dans la salle de bains, mais qui était bien trop cher, de toute façon.

— OK, poursuivit Laura. Laurelhurst s'étend du nord-est au sud-est de Portland. Ah tiens, dans l'un des parcs, il y a une statue de Jeanne d'Arc. Mais ces annonces sont vraiment hors de prix, ma chérie. Et rappelle-toi que tu ne pourras pas faire un saut à la maison pour me piquer du beurre de cacahuète dans le garde-manger.

Andrea s'assit au bord du lit pendant que Laura cherchait des quartiers de Portland moins chers.

— Concordia ? Hosford-Abernathy ? Buckman ?

Andrea posa son front dans sa main. Et dire que c'était ça, l'âge adulte.

— Maman, il faut que j'y aille, dit-elle.

— OK, mais…

— Je te rappelle plus tard. Bisous.

Andrea raccrocha. Elle se laissa tomber à la renverse sur le lit et se mit à fixer le plafond en crépi. Une tache d'humidité y avait formé un nuage marron. Elle s'en voulait de continuer à jouer cette petite comédie idiote avec sa mère. Elle avait passé les deux dernières années à la punir pour lui avoir si bien menti ; et maintenant, l'élève avait dépassé le maître.

— Oliver !

Bible tambourinait à la porte.

— C'est moi, collègue. Tu es visible ?

— Ce n'est pas trop tôt, fit-elle en se levant.

Elle ouvrit la porte. Bible avait un jean et un T-shirt USMS identique au sien. Tous deux portaient leur arme à la ceinture. Ce qui rendait encore plus incongrue la présence de cette toute petite femme derrière Bible, avec son tailleur bleu marine sur mesure et ses talons vertigineux.

— Il faut que je t'avoue un truc, dit Bible. J'ai pris sur moi de faire venir la patronne. Cheffe Cecelia Compton, je vous présente le marshal Andrea Oliver.

— Euh…, fit Andrea en rentrant sa chemise dans son jean. Madame, je vous croyais à Baltimore ?

— Mon mari travaille dans le coin, répondit Compton. Ça ne vous dérange pas si j'entre ?

Compton n'attendit pas sa réponse. Elle avança dans la pièce et regarda autour d'elle, scrutant toutes les choses qu'Andrea ne voulait montrer à personne, surtout pas à sa cheffe. Ses sous-vêtements étalés par terre qui s'étaient échappés de son sac ouvert. Sa tenue de jogging roulée en boule près du miniréfrigérateur. Son sac à dos sur le lit. Dieu merci, elle avait eu l'esprit bien trop accaparé par Alice Poulsen et Star Bonaire pour songer à sortir le dossier de l'affaire Emily Vaughn.

— Bien ! fit Compton en s'asseyant au bord du bureau, sur lequel le sandwich à la salade et aux œufs entamé était déjà en train de ramollir. Bible m'a parlé de la ferme. Quelles sont vos impressions à ce sujet ?

Andrea ne s'était pas préparée à cela, et le fait que Cecelia Compton appartienne à cette catégorie de femmes flippantes et intimidantes qui possédaient une parfaite maîtrise d'elles-mêmes n'arrangeait rien à la situation.

— Respire un coup, Oliver, dit Bible, adossé à la porte close. Commence par Star.

— Star…, répéta Andrea. Elle est très maigre, comme les autres, mais plus âgée, elle doit avoir vingt-sept ou vingt-huit ans. Pieds nus, les cheveux longs. Elle portait la même robe droite jaune que les autres.

— Pensez-vous qu'elle soit là-bas depuis longtemps ?

— Au moins deux ans, d'après le commissaire Stilton. J'imagine que ça s'explique sans doute par le fait qu'elle travaille dans la maison, et non aux champs. Wexler et elle s'appelaient par leurs prénoms. Stilton dit que sa mère habite en ville.

— J'ai entendu parler de la mère, dit Compton. Je ne trouve rien à redire à sa tentative d'enlèvement, si ce n'est que l'exécution en a été imparfaite. Et Alice Poulsen, qu'est-ce que vous en pensez ? Il s'agit d'un suicide, selon vous ?

Andrea ne se sentait pas à même de répondre à cette question. Elle opta donc pour une réponse honnête.

— En tant qu'enquêtrice, je n'ai eu à examiner que deux corps, madame, et les deux étaient à la morgue de Glynco. Donc, pour répondre à votre question, oui, d'après mon expérience limitée, on dirait bien qu'Alice Poulsen s'est suicidée.

Compton voulait en entendre davantage.

— Poursuivez, dit-elle.

Andrea tâcha de rassembler ses idées.

— Elle avait aux poignets des cicatrices qui avaient l'air plus récentes que celles datant de sa précédente tentative de suicide – celle dont le commissaire Stilton nous a parlé. Il y avait aussi un flacon de pilules vide près d'elle, et de la bave séchée autour de sa bouche. Il n'y avait pas de pétéchies dans ses yeux pouvant indiquer une éventuelle strangulation. Nous n'avons pas non plus remarqué de blessures défensives ni de marques de ligature. Elle avait bien quelques contusions, surtout au niveau des poignets, mais rien qui puisse faire penser à une agression.

— Je vois que vous vous êtes livrée à un examen approfondi de la situation, remarqua Compton. Puis-je voir les photos ?

Andrea déverrouilla son iPhone et le tendit à sa supérieure.

Compton prit tout son temps pour observer les photos. Elle les étudia longtemps, une à une, zoomant et dézoomant, passant et repassant d'une photo à l'autre pour faire des comparaisons. Elle s'attarda un long moment sur la photo de l'appel au secours de Star Bonaire. Elle ne dit pas un mot avant de les avoir toutes examinées.

— Alice Poulsen est de nationalité danoise, dit-elle enfin. Le département d'État va prendre contact avec son ambassade. Pour ma part, je suis venue ici pour encadrer les forces de l'ordre locales. Il ne faudrait pas que les Danois s'imaginent que l'on ne prend pas cette affaire au sérieux, ajouta-t-elle en rendant son téléphone à Andrea. On a programmé une autopsie, mais, d'après ce que j'ai vu sur ces images, je me rallie à votre avis.

— Et la dernière photo, qu'en pensez-vous ? demanda Andrea. Star Bonaire appelait à l'aide.

— Ce n'est pas la première fois, répondit Compton. J'ai rendu visite au commissaire Stilton avant de venir ici. Il s'est montré très coopératif avec moi.

Andrea sentit ses dents se serrer. Elle doutait fort que Stilton ait appelé Cecelia Compton *ma chérie*.

— Il y a deux ans, poursuivit Compton, Star Bonaire a glissé un mot à un livreur, à l'entrepôt. Elle y avait écrit la même chose qu'aujourd'hui – *au secours*. Stilton est allé lui parler. Il s'est entretenu avec elle seul à seule. Elle a nié avoir écrit ce mot. Il n'a rien pu faire d'autre que s'en aller.

Andrea secoua la tête malgré elle. On pouvait toujours faire quelque chose d'autre.

— La deuxième fois s'est passée à peu près de la même façon, poursuivit Compton. Star a téléphoné à sa mère en pleine nuit. Elle lui a demandé de l'aide. Stilton s'est à nouveau rendu à la ferme, et Star a nié avoir passé ce coup de fil.

Andrea secoua la tête de plus belle. Elle pouvait témoigner personnellement de la façon dont Jack Stilton s'adressait aux femmes. Il était difficile d'imaginer pire personne pour se charger de ce genre de tâche.

— Eh, collègue, dit Bible, qui semblait percevoir sa frustration. Il n'y a rien d'illégal à faire passer un mot à quelqu'un et à nier ensuite l'avoir fait. Et, bon sang, il n'y a rien d'illégal non plus à appeler sa maman un jour et à l'envoyer paître le lendemain.

— Ce n'est pas sa mère qu'elle a appelée au secours, cette fois, rétorqua Andrea. C'est *moi*. C'est *mon* téléphone qu'elle a utilisé pour prendre cette photo.

— D'accord, alors dis-moi ce qu'on fait maintenant, répliqua Bible. On retourne à la ferme. On demande à parler à Star. Et après ?

— On parle à Star.

— OK, mais qu'est-ce qu'on fera quand elle niera avoir pris cette photo ?

Elle ouvrit la bouche mais la referma sans rien dire.

— Et si Bernard Fontaine se pointe en brandissant son diplôme de droit trouvé dans une pochette-surprise et nous demande de nous en aller ? poursuivit Bible. Et s'ils nous collent leurs avocats au cul et nous poursuivent pour harcèlement ?

Bible leva les bras au ciel.

— On est des poulets, Oliver, ajouta-t-il. On doit respecter les règles du jeu, c'est-à-dire la Constitution.

— Si seulement je pouvais me débrouiller pour me retrouver toute seule avec Star…

— Comment ? demanda-t-il. Ce n'est pas comme si on pouvait la choper chez l'épicier. D'après Stilton, Star est la seule fille qui sort de la ferme, mais elle est toujours accompagnée de Nardo ou de Dean. Et n'oublie pas que sa propre mère a déjà essayé de la faire évader, et qu'elle s'est foutue dans la merde. Si elle n'a pas fini en taule, c'est seulement parce qu'elle a eu beaucoup de chance et un bon avocat.

Andrea refusait d'accepter ce que Bible et Compton disaient. Ils étaient marshals, après tout ; il y avait forcément d'autres solutions.

— Marshal Oliver, dit Compton en sortant son téléphone de son sac à main. Dites-moi de quelle façon nous pouvons venir légalement en aide à Star Bonaire et nous le ferons immédiatement.

Andrea eut l'impression que son cerveau tournoyait comme une toupie dans son crâne. Elle avait déjà essayé de trouver une solution, mais c'étaient eux qui avaient le plus d'expérience, c'était à eux de trouver un plan.

— Oliver ? la pressa Bible.

La seule chose qu'Andrea trouva à dire, c'était la vérité.

— Ça craint, lâcha-t-elle.

— Oui, ça craint, collègue, ça craint vraiment, acquiesça Bible avec un profond soupir. Dans les moments comme celui-là, en général, je demande à ma femme, Cussy, de m'aider. Elle est drôlement maligne. Elle comprend bien les aspects politiques de ces situations inextricables.

— Va te faire foutre, Leonard, souffla Compton d'un air exaspéré.

— Allons, Cussy…

— Va te faire foutre, répéta Compton en croisant les bras. Je vais pas balancer aux chiottes tout ce que je viens de dire. Ton épouse est d'accord avec ton patron, un point c'est tout.

Andrea s'assit sur le lit, abasourdie.

— Vous êtes mariés ? L'un avec l'autre ?

— On ne mélange pas couple et travail, expliqua Compton. Leonard, nom d'un chien, ça fait à peine une journée que tu fais équipe avec cette femme et tu lui apprends déjà à enfreindre les règles ?

— Je croirais entendre ma patronne, dit Bible.

— Va te faire foutre, dit encore Compton en se penchant en avant et en retirant ses chaussures à talons. En ce moment, tu nous pourris bien la vie, à l'une comme à l'autre.

— Désolé, ma chérie, s'excusa Bible en faisant mine de lui prodiguer des caresses dans le vide pour la calmer. Mais, dis-moi, qu'est-ce que tu ferais, à ma place ?

— Eh bien, je commencerais par demander un transfert loin de cette jeune femme. Elle a de toute évidence une brillante carrière devant elle, si tu ne fous pas tout en l'air.

Andrea avait envie de se fondre dans le motif du couvre-lit.

— Bien vu, répondit Bible. J'apprécie beaucoup. Et après ça, qu'est-ce que tu ferais ?

Compton consulta sa montre.

— Vous avez deux heures et demie devant vous avant de devoir rejoindre votre poste chez les Vaughn, dit-elle. Avez-vous oublié que vous avez une mission à remplir, marshals ? Esther a fait l'objet de menaces de mort crédibles. Je ne vous ai pas envoyés ici pour que vous preniez des vacances sur la plage.

— Compris, cheffe, répondit-il en souriant, mais c'était à ma femme que je posais la question.

— Merde, fit-elle en passant d'un rôle à l'autre sans transition. OK, mais c'est juste pour te faire plaisir, petit crétin : ce qu'il te faut, c'est quelqu'un qui soit prêt à te balancer des informations. Quelqu'un de l'intérieur, qui les rende suffisamment nerveux pour les pousser à commettre une erreur.

— Reçu cinq sur cinq, dit Bible. Mais aucune de ces filles n'a jamais dit le moindre mot, et ma cheffe vient de me faire clairement comprendre qu'on ne devait pas s'approcher de Star Bonaire.

— Il nous faut quelqu'un qui ait quitté le groupe, quelqu'un qui soit prêt à parler.

Bible secoua la tête.

— Je parie que ces gens ne gardent pas une liste d'ex-bénévoles dans leurs dossiers.

— Moi, je connais quelqu'un qui pourrait parler.

Andrea fut aussi surprise que ses interlocuteurs d'entendre ces mots sortir de sa bouche, et de s'apercevoir que les vingt minutes qu'elle avait passées à éplucher les archives publiques du comté de Sussex avaient porté leurs fruits.

— Ricky Fontaine, la propriétaire du snack-bar, déclara-t-elle. Elle a été mariée à Bernard Fontaine. J'imagine que le divorce s'est mal passé.

— Et ? fit Compton pour l'inciter à poursuivre.

— Et…

Andrea se demanda si ses collègues pouvaient voir les ampoules s'allumer au-dessus de sa tête. Nardo lui avait dit que Ricky était son ex, mais les archives du comté lui avaient appris la date de finalisation de leur divorce – le 4 août 2002 –, très proche d'une autre date importante dans l'histoire de la ferme.

— Je ne suis pas sûre que ce soit lié, dit Andrea à Compton, mais en 2002, à peu près au moment du divorce des Fontaine, la ferme a fait l'objet de poursuites judiciaires de la part du département de la Justice pour non-respect de la législation encadrant les stages. Selon l'affidavit du département de la Justice récapitulant les faits, le tuyau provenait d'une femme anonyme qui avait utilisé un téléphone public situé dans Beach Street, à Longbill Beach, dans le Delaware.

Bible ne dit rien mais il contracta les mâchoires.

— Eh bien, voyez-vous cela ! réagit Compton. Bible, vous feriez mieux de communiquer davantage avec votre coéquipière et de laisser votre épouse en dehors de tout ça. Une femme humiliée est capable de tout. Cette Ricky, que fait-elle aujourd'hui ?

Bible concentrait toute son attention sur Andrea, à présent.

— Comment tu sais tout ça ? lui demanda-t-il.

Elle haussa les épaules.

— Comment sait-on quoi que ce soit ? rétorqua-t-elle.

— Super, fit Compton. Bible, on croirait t'entendre.

Mais Compton en avait fini avec les taquineries.

— Parlez-moi de Ricky, dit-elle à Andrea. Pensez-vous pouvoir l'amener à se retourner contre son ex ?

Andrea ne put retenir un regard paniqué en direction de Bible. Ce n'était plus seulement le grand bain maintenant, mais le beau milieu de l'océan.

— Je ne suis pas sûre que ce soit Ricky qui ait passé ce coup de fil, s'empressa de préciser Andrea. Enfin, quand j'ai lu ça sur le site du PACER, je me suis dit que c'était sans doute l'une des filles de la ferme. De toute façon, peut-être que Bible devrait…

— C'est toi qui as flairé la piste, l'interrompit Bible en consultant sa montre. Le coup de feu de l'heure du déjeuner doit être passé. Je vais appeler le snack-bar pour m'assurer que Ricky est là.

Andrea n'eut pas le loisir de se dérober.

On frappa deux coups à la porte, si fort qu'elle vibra.

Bible posa la main sur la crosse de son pistolet.

— Tu attends de la visite ? demanda-t-il.

— Non, répondit Andrea, dont la main s'était également refermée sur son arme.

— Sans doute la femme de chambre.

Compton était repassée en mode cheffe ; sans un mot, elle jeta un coup d'œil à Bible, puis ouvrit la porte d'un coup.

Andrea faillit pousser un cri quand elle vit qui se tenait sur le seuil.

— Salut, chérie ! lui lança Mike, avec l'un de ses grands sourires idiots. Surprise !

Andrea attendit que Mike et elle aient fait le tour du motel pour lever les bras au ciel.

— Tu veux bien me dire ce que tu fous ici ?

— Holà, du calme, fit-il, comme pour calmer un cheval sauvage. Et si on…

— N'essaie surtout pas de me faire redescendre ! Tu n'es pas mon petit ami, bordel… et tu n'es certainement pas mon fiancé !

— Ton fiancé ? répéta Mike en riant. Qui t'a dit ça ?

— Bible, Compton, Harri, Krump…, énuméra-t-elle avant de lever à nouveau les bras en l'air. Putain, qu'est-ce qui t'a pris, Mike ?

Il riait encore.

— Ah, ma chérie, ils te font marcher, c'est tout. Je n'ai jamais dit qu'on était fiancés. Mais est-ce qu'ils ont parlé des rumeurs ? Parce que ça, c'est vrai.

— Arrête de rire, nom de Dieu ! s'agaça Andrea, qui se rendit compte qu'elle venait de taper du pied par terre, comme sa mère. Ce n'est pas drôle. Je ne rigole pas.

— Écoute…

— Ne me dis pas d'écouter, connard. Qu'est-ce que tu fous ici, bordel ? D'abord tu me harcèles avec tes textos à la con, et maintenant, tu te pointes à ma porte – devant ma cheffe ! Ça ne me plaît pas du tout. J'ai un boulot à faire.

— D'accord. Ça fait beaucoup, en effet, dit-il d'une voix plus douce.

Il restait imperturbable.

— Tu te rappelles que j'ai un boulot à faire, moi aussi ? ajouta-t-il. Je suis inspecteur au programme de protection des témoins, ce qui veut dire que toute ma raison d'être, c'est d'évaluer et d'empêcher les risques encourus par mes témoins.

— Je connais le descriptif de ton poste, Mike. Je viens de passer quatre mois de ma vie à bûcher là-dessus.

Mike finit par s'énerver.

— Alors tu peux répondre à tes propres questions, merde ! Pourquoi je t'ai envoyé des textos ? Pour attirer ton attention. Pourquoi j'ai dit à tout le monde qu'on était ensemble ? Pour qu'ils gardent un œil sur toi. Pourquoi j'ai fini par venir toquer à ta porte ? J'ai un témoin complètement instable dont l'ex est un psychopathe, et maintenant, sa fille est partie en virée dans la ville natale de ce taré et balance des coups de pied dans toutes les fourmilières qu'elle croise sur son chemin.

Andrea pinça les lèvres.

— C'est quoi, le niveau de danger, dans un cas comme celui-là, marshal ? continua-t-il. Tu as quatre mois de cours à ton actif. Dis-moi, est-ce que mon témoin est en sécurité ?

— Bien sûr qu'elle est en sécurité.

Elle jugea inutile de lui rappeler que Laura n'avait jamais eu besoin de lui, de toute façon.

— Elle va bien, ajouta-t-elle. Elle me croit en Oregon.

— Ah, OK, alors tout va bien, ironisa Mike. J'avais peur qu'un crétin de ce patelin appelle Clayton Morrow pour l'informer que tu étais ici, en train de poser des questions à droite et à gauche, mais en fait, c'est cool. Laura te croit en Oregon, alors tout va pour le mieux.

— Il est enfermé dans une prison fédérale, lui rappela Andrea, et tu es censé surveiller ses communications.

— Je suis navré d'avoir à t'annoncer ça, chérie, mais les taulards peuvent se procurer des téléphones portables comme ils veulent. Ils falsifient l'identité de l'appelant et contactent des témoins, des dealers… Parfois, il leur arrive même de mettre un contrat sur la tête de quelqu'un qu'ils veulent faire taire. Alors, je te repose la question : mon témoin est-il en sécurité ?

L'accès de colère d'Andrea s'était mué en une angoisse dévorante. Son père pouvait être très dangereux.

— Pourquoi tu ne m'as pas dit ça il y a deux jours ? demanda-t-elle. C'est toi qui as organisé le rendez-vous avec Jasper. À quoi tu t'attendais ?

— Pas à ce merdier, en tout cas, rétorqua Mike. Jasper m'a dit qu'il allait t'envoyer à Baltimore pour te rapprocher de Washington. Compton est une vraie rock-star. Bible est une légende vivante. Je ne savais pas que tu étais à Longbill avant que Mitt Harri me contacte sur Slack à 10 heures, ce matin.

Elle ne lui demanda même pas pourquoi Mitt Harri lui avait parlé d'elle. Une vraie bande de lycéennes, ces gars-là.

— Tu croyais que Jasper essayait de m'aider ? demanda-t-elle.

— Pourquoi pas ? C'est ton oncle.

Son oncle était un salopard particulièrement fourbe, mais Mike semblait frappé d'une étrange cécité dès qu'il était question de liens familiaux.

— Qu'est-ce que tu veux que je fasse ? lui demanda-t-elle. Visiblement, tu es venu ici avec une idée derrière la tête.

— Fais-toi transférer ailleurs. Pars à l'ouest, comme tu voulais. Compton ne te posera pas de questions. Elle sait que je bosse à la protection des témoins. Elle ne mettra pas longtemps à assembler les pièces du puzzle.

— Tu plaisantes ? fit-elle, incrédule. Tu me demandes littéralement de m'enfuir !

— Andy…

— Écoute-moi bien, d'accord ? Il faut vraiment que tu l'entendes. Je ne suis plus la pauvre petite fille sans défense que j'étais il y a deux ans, OK ? Je suis la fille de Laura Oliver, bordel de merde. Je n'ai pas l'habitude de fuir, et je n'ai pas besoin que tu viennes me sauver.

Mike avait l'air de ne pas savoir par où commencer.

— La pauvre petite fille sans défense ? répéta-t-il.

— Exactement, dit-elle. Je ne suis plus la même personne. Plus vite tu le comprendras, mieux ça vaudra pour nous deux.

Mike avait l'air perdu.

— Andy, je ne suis pas venu te sauver. Je suis là parce que ta mère va mettre le monde à feu et à sang si Clayton Morrow s'approche de toi.

Elle secoua la tête, même si elle savait en vérité qu'il n'exagérait pas.

— Il ne me fera rien.

— Ce n'est pas Hannibal Lecter, Clarice. Il n'a pas de code d'honneur.

Elle ne savait pas quoi répondre. Elle se sentait soudain terriblement fatiguée. Chaque pas qu'elle faisait en avant lui semblait immédiatement suivi de deux pas en arrière. Elle ne pouvait pas aider Star. Elle n'était pas capable de retrouver l'assassin d'Emily Vaughn. Si Compton l'envoyait à la pêche aux informations auprès de Ricky, elle échouerait sans doute, là aussi.

— Andy.

Elle secoua la tête, s'adjurant intérieurement de ne pas pleurer. Ses larmes auraient décrédibilisé tout ce qu'elle venait de dire. Les deux dernières années n'auraient servi à rien. Repousser Mike n'aurait servi à rien.

— Chérie, parle-moi.

— Non, fit-elle en secouant la tête. Je ne peux pas. Je dois faire mon travail.

Il tendit sa main vers la sienne, et elle tressaillit quand il lui effleura le poignet.

— Andy ?

Elle se détourna de lui, passant silencieusement en revue toute une gamme de jurons. Putain de boulot. Putain de ferme. Putain de Wexler. Elle aurait dû lui mettre un bon coup de poing dans la gueule. Fracturer son putain d'os hyoïde et l'envoyer à l'hôpital.

— Andrea.

Mike se tenait devant elle, le torse bombé, les poings serrés.

— Quelqu'un t'a fait du mal ?

Incapable de se retenir davantage, elle appuya le front contre sa poitrine. Le soulagement fut immédiat, presque comme si elle venait de se décharger sur lui d'une grande partie de son fardeau. Il posa délicatement les mains sur sa tête. Elle sentait son cœur battre. Il attendait un signe pour la serrer dans ses bras.

Mais elle ne s'autorisa pas à faire ce signe.

— Ça va. Vraiment, ça va, dit-elle en relevant la tête. J'ai réglé le problème. Je n'ai pas besoin que tu me sauves.

Les bras de Mike retombèrent le long de son corps.

— Pourquoi est-ce que tu répètes ça ?

— Parce que j'ai besoin que ce soit vrai.

Elle sentit les larmes lui monter aux yeux. Elle les essuya du revers de la main, le poing serré, furieuse que son corps la trahisse ainsi.

— Je ne suis pas comme tes sœurs aînées, qui ont tout le temps besoin que tu les tires d'affaire et à qui tu obéis au doigt et à l'œil, ou comme ta mère, qui s'attend à ce que tu sois à son service vingt-quatre heures sur vingt-quatre. Je suis une femme de trente-trois ans, merde. Je suis capable de me débrouiller toute seule.

— Bien sûr, fit-il en s'écartant d'elle.

Les propos lamentables qu'elle venait de tenir avaient eu l'effet escompté. Mike recula encore d'un pas, puis d'un autre. Il hochait la tête, les bras croisés.

— Je comprends, dit-il. Je te reçois cinq sur cinq.

Elle ravala les excuses qu'elle était sur le point de formuler. Elle aurait pu lui dire à peu près n'importe quoi, mais en lui parlant de ses sœurs et de sa mère, elle avait clairement dépassé les bornes.

Il ne lui restait plus rien d'autre à faire que retourner le couteau dans la plaie.

— À plus tard, lâcha-t-elle.

— OK.

Elle s'éloigna. Elle sentit le regard furibond de Mike dans son dos, jusqu'à ce qu'elle ait tourné au coin du motel. Elle ne pouvait imaginer ce qu'il se disait en ce moment même, mais en ce qui la concernait, elle ne pensait qu'à une seule chose : elle était en train de devenir comme sa mère.

Malgré tous ses *ma chérie* et *mon amour*, Laura pouvait aussi être une véritable garce au cœur de pierre. Ce n'était pas vraiment surprenant, étant donné l'enfance qu'elle avait eue et, surtout, le mal que Clayton Morrow lui avait fait. Au fil des ans, Andrea avait vu sa mère être tour à tour chaleureuse et froide : un jour elle fêtait Noël en famille, le lendemain elle annonçait à Gordon que c'était fini. C'était sa façon de se protéger. Quand les gens s'approchaient d'un peu trop près, elle les repoussait. Si Andrea décidait vraiment d'adopter la volonté de fer de sa mère, elle devrait aussi assumer les dégâts qu'elle laisserait derrière elle. Et les deux années qu'elle venait de passer à tenter de devenir plus forte ne changeraient rien à l'équation.

Où que tu ailles, tu es là.

La voiture de location de Mike était garée devant la porte de sa chambre de motel. Elle savait que c'était la sienne parce qu'il changeait tellement souvent de voitures de location qu'il avait pris l'habitude d'accrocher une patte de lapin au rétroviseur pour les reconnaître.

— Tout va bien ? lui demanda Bible, appuyé contre son SUV.

Il avait pensé à lui prendre son sac à dos.

— Tout va bien.

Elle attrapa le sac et grimpa à bord du Ford Explorer. Elle dut mobiliser toute sa volonté pour se forcer à ne pas chercher Mike du regard.

— J'ai appelé le snack-bar, dit Bible sur un ton très professionnel alors qu'il faisait une marche arrière pour sortir de sa place de stationnement. Ricky est chez elle en ce moment, et elle habite à deux pas. C'est toujours un avantage d'interroger quelqu'un sur son territoire. Elle sera détendue, à l'aise. Si c'était moi, je m'y prendrais plutôt comme ça : « Bonjour madame, je suis là pour vous aider. Dites-moi ce que vous savez au sujet de votre ex, comme ça, on pourra le coffrer une bonne fois pour toutes. »

— Fastoche, répondit-elle, même si elle doutait que les choses se passent aussi simplement.

— Du gâteau, renchérit Bible. Parfait, collègue. Tu vas assurer, j'en suis sûr.

Elle apprécia l'intention, mais elle n'était pas aussi confiante que lui. Mike l'avait ébranlée.

De plus, il lui avait menti.

Il lui avait dit que Mitt Harri lui avait envoyé un message via Slack à 10 heures, le matin même. C'était à ce moment-là qu'il avait appris qu'elle était à Longbill Beach. Pourtant, elle avait reçu son texto avec les gnous à 8 h 32 ce matin, ce qui signifiait que ce n'était pas pour le travail qu'il l'avait contactée. Il l'avait fait parce qu'il avait envie de lui parler, c'est tout. Quant à la photo du dik-dik, il l'avait envoyée quinze minutes avant d'arriver au motel.

Le timing ne concordait pas non plus concernant les rumeurs sur leur relation. Elle connaissait Bible depuis moins de cinq minutes quand il l'avait félicitée pour ses fiançailles. De plus, Mike n'avait aucune raison de s'inquiéter au sujet de Clayton Morrow la veille, alors qu'il la croyait encore à Baltimore. Il n'avait pas lancé cette rumeur pour la marquer comme un chien marquerait une borne d'incendie, ou pour lui rendre la vie difficile. Il l'avait fait parce qu'il voulait simplement qu'elle parle de lui.

Elle l'avait blessé.

Pourquoi l'avait-elle blessé ?

— Tu sais, dit Bible, mon fils a à peu près le même âge que Mike.

Elle saisit la perche qu'il lui tendait, même si elle trouvait étrange qu'il choisisse ce moment précis pour lui parler de sa vie privée.

— Je ne savais pas que tu avais un enfant, dit-elle.

— J'en ai deux. Ma fille est médecin à Bethesda. Elle est super intelligente, comme sa mère, ajouta-t-il avec un grand sourire plein de fierté. Mon fils, par contre... Bon, ne te méprends pas sur ce que je veux dire. C'est un bon garçon. Il a obtenu une bourse pour toute la durée de ses études à l'Académie militaire de West Point, et il a fini par avoir son diplôme de droit à l'université de Georgetown.

Elle sentait qu'il allait y avoir un *mais*.

— Cussy et moi, on ne raconte pas ça à grand monde, mais il est venu nous voir quand il était en deuxième année à Georgetown, et il nous a avoué qu'il voulait devenir avocat de la défense.

Elle sourit malgré elle. Les flics méprisaient les avocats de la défense. Jusqu'au jour où il leur en fallait un.

— Ne t'inquiète pas, le rassura-t-elle. Je sais garder un secret.

— J'ai remarqué.

Comme d'habitude, les propos de Bible étaient à double sens. Il venait à l'instant de lui donner l'occasion d'expliquer pourquoi elle en savait autant sur Dean Wexler, Nardo Fontaine et Ricky Fontaine.

Elle ne pouvait pas le lui révéler. Alice Poulsen et Star Bonaire devaient rester au centre de leur attention. Si elle se laissait emporter par l'histoire d'Emily Vaughn, elle perdrait toute possibilité de convaincre Ricky Fontaine de témoigner contre son ex-mari. Compton avait été claire sur ce point : c'était leur unique chance de mettre fin à la folie furieuse qui régnait dans cette ferme.

— J'ai commencé aux stups, dit Bible. Mike ne te l'a pas dit ?

Elle pensa qu'il allait lui raconter une autre histoire pour la pousser à se confier à lui. Elle ne joua le jeu qu'à moitié.

— Mike ne m'a rien dit du tout, répondit-elle en regardant à travers la vitre.

— Ce qu'ils peuvent être cachottiers, ces petits gars de la protection des témoins.

Il se racla la gorge avant de continuer.

— Voilà ce qui s'est passé : un jour, alors que j'étais assis à mon bureau, j'ai reçu un appel du big boss, à Washington. Il me dit que la brigade des stups a besoin d'une nouvelle tête à El Paso pour conduire un camion de de l'autre côté de la frontière. Un vrai jeu d'enfant : on charge l'héroïne, on décharge l'argent, et le tour est joué.

Elle savait que les Marshals étaient souvent employés dans diverses opérations d'infiltration. Bible avait dû être très crédible dans ce rôle, avec ses tatouages militaires et son accent texan.

— Donc, je me présente à El Paso, poursuivit-il, et là, on essaie de choper des narcotrafiquants qui font venir de la coke depuis Sinaloa. Tu es déjà allée là-bas ?

Il attendit qu'elle secoue la tête.

— C'est un super beau coin, poursuivit-il. Il y a la Sierra Madre, la Basse-Californie du Sud. Les gens sont simples, authentiques. Vachement sympa, avec ça. Et la nourriture…

Bible s'embrassa le bout des doigts, comme un gourmet, tandis qu'il ralentissait pour prendre un virage. Beach Road disparut dans le rétroviseur. Il n'y avait pas de grosses baraques prétentieuses dans ce quartier de la ville, c'était une zone résidentielle pour cols bleus, avec de petites maisons et d'anciens modèles de voitures.

— Bref, fit Bible. Je reçois l'invitation officielle pour me rendre à Culiacán, ce qui n'est pas rien. Alors je la joue cool – je bois des bières, je sors mes références de bad boy, je fais en sorte de me montrer aussi agréable qu'un beau dimanche matin ensoleillé.

Elle eut l'impression de sentir le vent tourner.

Il n'était pas juste en train de lui raconter une anecdote. Il lui confiait qu'il avait infiltré les échelons supérieurs d'un cartel de drogue mexicain. Elle regarda les longues cicatrices fines sur son visage. Elle ne l'avait jamais remarqué auparavant, mais ces lignes se prolongeaient sur son cou et disparaissaient sous le col de sa chemise.

Elle se tourna pour le regarder : elle voulait lui signifier qu'elle comprenait qu'il était en train de lui raconter quelque chose dont il ne parlait pas à n'importe qui.

Il hocha la tête d'un air entendu. Puis il prit une profonde inspiration et continua.

— Deux mois s'écoulent, je commence à réussir à faire parler cet indic, de l'intérieur. Du moins, c'est ce que je pensais. Disons simplement que ce gars n'était pas mon *amigo*, en fait. C'est là que les emmerdes commencent. J'ai à peine le temps de dire ouf que je me retrouve ligoté à une chaise, avec des gars qui jouent à la queue de l'âne avec le marshal.

Elle n'arrivait pas à quitter les cicatrices des yeux.

— Ouais, ils ne m'ont pas raté, dit Bible en se frottant le visage.

Elle ne lui avait jamais vu un air aussi vulnérable. Même sa voix grave avait changé.

— Le type qui s'est occupé de moi, ils le surnommaient *el Cirujano*. Tu parles espagnol ?

Elle fit non de la tête.

— Le chirurgien, traduisit Bible. Mais je ne crois pas que ce mec ait appris à découper les gens comme ça à l'école de médecine.

Elle sentit sa poitrine se comprimer. Par le passé, elle avait indirectement fait l'expérience de ce genre d'épreuve terrifiante, même si, heureusement, elle n'avait pas eu à endurer la douleur physique.

— Il t'a torturé ?

— Oh ! ça, non. La torture, c'est pour obtenir des informations. Je leur ai dit dès le début tout ce qu'ils voulaient savoir. Non, ce mec voulait juste me faire mal.

Elle ne savait pas quoi dire.

— Donc, ça, c'était il y a six ans, reprit Bible. Je sais qu'on ne dirait pas, mais j'étais encore un jeune homme à l'époque. Je voulais rester marshal, mais ma femme, Cussy, a dit *niet*. Elle voulait que je prenne ma retraite. Mais tu me vois pêcher à la ligne pour le restant de mes jours, toi ? Me mettre au macramé ? Aux travaux manuels ?

Cette fois encore, elle resta sans voix, et se contenta de secouer la tête.

— Tu parles ! C'est alors que la juge Vaughn est venue faire un petit tour à l'hosto. Je t'ai déjà dit que j'avais fait deux séjours de six mois en désintox ?

Elle secoua à nouveau la tête. Grâce au métier de sa mère, elle savait ce qu'était une cure de désintoxication. Si on avait gardé Bible là-bas six mois, c'est qu'il avait sacrément besoin d'aide.

— Donc, je vois Esther Vaughn débouler dans ma chambre d'hôpital comme si elle était chez elle. Je n'ai pas honte de dire que je me lamentais pas mal sur mon sort, à cette époque. Elle avance jusqu'à mon lit, et elle ne me dit ni *Bonjour*, ni *Enchantée*, ni *Désolée de voir que vous êtes obligé de chier dans un sac*. Non, elle me dit : « Je n'aime pas le marshal qu'on a assigné à mon tribunal. Quand pouvez-vous commencer ? »

— Elle te connaissait déjà ?

— Moi, en tout cas, je ne la connaissais pas. Je lui avais peut-être adressé un signe de tête dans le couloir, une fois ou deux.

Andrea savait que les Marshals dépendaient du département de la Justice.

— Est-ce que ta femme... Je veux dire, la cheffe...

— Nan. La juge s'est pointée de sa propre initiative. Personne ne dit à Esther Vaughn ce qu'elle a à faire, tu peux me croire.

Il haussa les épaules, mais cette rencontre lui avait de toute évidence laissé une impression durable.

— Il m'a fallu deux mois de plus pour être totalement remis sur pied, poursuivit-il. Et puis j'ai passé les quatre années suivantes assis dans son tribunal. Certains juges aiment bien avoir un marshal sur place, surtout les plus âgés. C'est un poste à vie. Ça énerve bien les autres, en général.

Chaque fois qu'elle pensait avoir compris qui était vraiment Esther Vaughn, quelqu'un venait ébranler ses certitudes.

— Esther ne va pas bien, dit Bible. Son cancer de la gorge est revenu. Et ce coup-ci, elle ne va pas s'en débarrasser. Elle en a assez de se battre, cette dame.

Andrea ne pouvait penser qu'à Judith et Guinevere. Elles allaient encore perdre quelqu'un.

— Esther Vaughn m'a sauvé la vie, ajouta Bible. Je veux découvrir qui a tué sa fille avant qu'elle meure. C'est pour ça que j'en sais aussi long sur cette affaire.

Elle chercha à noyer le poisson.

— Est-ce que la juge sait que tu enquêtes là-dessus ?

— On fait en sorte de rester professionnels quand il le faut, et de mettre les questions personnelles de côté, répondit-il. Elle connaît l'étendue de son pouvoir. Elle ne s'en servirait jamais pour obtenir une faveur à titre personnel. Elle se soucie des apparences.

Andrea se demanda si ce n'était pas plutôt une question de fierté.

— Est-ce que tu as interrogé des suspects ou…

— Pas encore, mais j'y viendrai. On ne peut pas se mettre à défoncer des portes avant de savoir ce qu'on va trouver derrière.

Il marqua une pause.

— Et là, c'est le moment où tu m'expliques comment ça se fait qu'en une seconde à peine tu en sais autant que moi, qui planche sur l'affaire depuis mon arrivée ici, il y a deux jours.

Elle se sentait démasquée, et c'était exactement ce que Bible voulait. Elle mourait d'envie de lui dire la vérité, mais elle savait que c'était impossible. Mike avait tourné en dérision les quatre mois qu'elle avait passés à Glynco, mais la première règle à respecter, à la protection des témoins, c'était de ne jamais parler de la protection des témoins. Même à un autre marshal. Même si ce marshal, en une seule journée, vous avait, d'une façon ou d'une autre, donné l'impression d'être la personne la plus fiable que vous ayez jamais rencontrée.

— Qu'est-ce qui te fait croire que je sais quoi que ce soit ? demanda-t-elle, s'en voulant aussitôt.

— Tu dois encore travailler ton masque impassible, chère collègue, rétorqua Bible. J'ai bien vu que tu n'en menais pas large quand tu t'es aperçue que c'était à Dean Wexler et Nardo Fontaine que tu parlais, à la ferme, tout à l'heure.

Il s'interrompit à nouveau un instant.

— Et puis tout à coup, tu nous sors de nulle part la date du divorce de Ricky Fontaine et les détails d'une affaire d'il y a vingt ans dont personne n'a jamais entendu parler ?

Elle eut soudain la gorge très sèche. Si son visage n'arrivait pas à mentir, sa bouche, elle, le pouvait encore.

— J'ai trouvé tout ça sur Internet, dit-elle. L'assassinat d'Emily. Mon vol avait du retard, alors j'ai eu pas mal de temps devant moi.

— Et la visite surprise de Mike n'a rien à voir là-dedans ?

Elle n'était pas encore prête à reparler de Mike. Instinctivement, elle freina des quatre fers.

— Mon histoire avec Mike est compliquée, expliqua-t-elle.

— C'est ce que mes enfants me disent quand ils ne veulent pas aborder un sujet.

Elle laissa le silence lui tenir lieu de réponse.

— D'accord, fit enfin Bible.

Il avait dit cela sur le ton qu'il employait quand il était contrarié, un ton qu'elle connaissait, maintenant. Il se gara le long du trottoir et mit le levier de vitesse au point mort.

— Nous y sommes, dit-il.

Elle leva les yeux vers une maison à deux niveaux perchée au sommet d'une colline. La pente était si raide qu'il y avait trois volées de marches pour monter en zigzaguant jusqu'au perron. La porte du garage était ouverte. Des cartons et de grandes étagères de rangement encombraient tout l'espace. Ricky utilisait de toute évidence cette pièce pour y entreposer ce qu'elle n'avait pas la place de garder au snack-bar. Des piles de tabliers sales et de torchons s'élevaient autour d'un lave-linge et d'un sèche-linge qui avaient l'air de véritables antiquités.

— Je vais rester ici, dans la voiture, dit Bible. Mais avant que tu y ailles, laisse-moi te rappeler la règle numéro 5 des Marshals : on ne peut monter deux chevaux avec un seul cul.

On aurait plutôt dit l'un de ses sermons à la Charlie le coq, mais elle avait compris ce qu'il voulait dire. Il lui conseillait de chasser Emily Vaughn de son esprit.

— Ce qu'il nous faut, c'est que Ricky nous donne des infos valables sur Wexler, sur Nardo ou sur la ferme. C'est comme ça qu'on pourra aider Star Bonaire.

— Exact.

Andrea ouvrit la portière. Elle amorça son ascension quasi verticale en direction de la maison tout en frottant son poignet endolori. Elle commençait à avoir un hématome. Elle n'avait pas la moindre idée de la raison pour laquelle elle consacrait tant d'attention à cette blessure. Après s'être pris un coup de poing dans le foie à Glynco, elle s'était littéralement mise à pisser du sang. Elle avait aussi eu un œil au beurre noir et la lèvre fendue, qu'elle avait arborés comme des médailles.

Ce qui était différent avec cette blessure au poignet, c'était Dean Wexler. Il avait *voulu* lui faire mal. Il avait voulu la remettre à sa place, de la même façon qu'il avait remis Star, Alice et toutes les autres femmes de la ferme à la leur.

Même si, en général, les Marshals ne menaient pas d'enquête, plusieurs heures de la formation d'Andrea avaient été consacrées à la pratique des interrogatoires. Ricky Fontaine n'était pas une suspecte, mais c'était un témoin potentiel de ce qui se passait dans cette ferme ; et avec un peu de chance, elle connaissait peut-être une femme qui avait réussi à s'en échapper. Andrea devait la mettre en confiance, tout en lui donnant des gages de sérieux et de professionnalisme, de façon qu'elle comprenne que toute information qu'elle accepterait de transmettre serait soigneusement examinée et donnerait lieu à des poursuites judiciaires si l'on découvrait la moindre activité criminelle.

Andrea lâcha son poignet quand elle passa à côté de la Honda Civic verte garée dans l'allée. Elle jeta un coup d'œil à l'intérieur. Une pagaille innommable régnait dans l'habitacle, jonché de papiers et d'ordures. Elle leva les yeux vers la maison, qui était sans doute celle où Eric et Erica Blakely avaient grandi. Elle ne put s'empêcher de se demander si Clayton Morrow avait lui aussi gravi ces trois volées raides de marches en béton. Peut-être était-elle sur le point de poser les pieds là où son père avait marché quarante ans plus tôt.

— Salut, ma jolie. Désolée pour les escaliers. C'est un vrai cauchemar pour les mollets.

Ricky venait d'ouvrir en grand la porte moustiquaire. Elle portait un short et un T-shirt. Ses chevilles étaient nues, mais elle avait encore aux poignets tous ses bracelets à la Madonna. Elle y avait même ajouté quelques rubans de couleur pour rompre la monotonie du noir et de l'argent.

Andrea atteignit le second palier et se mit à grimper la dernière volée de marches. Sa première impression fut que l'aura maternelle et dynamique de Ricky s'était volatilisée. Sa transformation était l'exact opposé de celle qu'Andrea avait observée chez Esther Vaughn. La femme qui se tenait devant elle avait l'air complètement vidée de son énergie, ce qui n'était pas surprenant, étant donné que le snack-bar était ouvert sept jours sur sept, de 6 heures à minuit.

— On m'a appelée du restau pour me dire que vous me cherchiez, ajouta Ricky. Vous voulez un soda ?

— Avec plaisir.

Les instructeurs d'Andrea lui avaient appris que la meilleure façon de mettre une personne à l'aise était de la laisser vous servir.

— Merci d'avoir accepté de me voir, dit-elle. Je vais essayer de ne pas vous accaparer trop longtemps.

— J'espère que ça ne vous embête pas si je continue de travailler pendant qu'on parle. J'ai lancé le chronomètre, pour le sèche-linge. Si je ne continue pas mes lessives, je n'aurai jamais fini à temps. C'est par là.

Ricky fit entrer Andrea dans le salon. Trois paniers pleins de serviettes et de tabliers propres étaient posés par terre. Le canapé et les fauteuils avaient l'air d'être neufs, mais le tapis fauve au sol devait être là depuis un bout de temps. Les tableaux accrochés aux murs pastel avaient sans doute été vendus avec l'étiquette « taille canapé standard » au marché aux puces. Andrea remarqua également plein de photos encadrées sur une console près du couloir. Il y avait deux étroits tiroirs sous la tablette en bois. Ricky avait empilé de très grands livres dans l'espace vacant sous les tiroirs, utilisant en guise de support les croisillons qui reliaient entre eux les pieds grêles du meuble. Andrea aurait voulu observer tout cela de plus près, mais c'était impossible : Ricky était déjà en train de monter l'unique volée de marches d'un escalier ouvert.

Une odeur de renfermé émanait de la cuisine, sans doute à cause de tous les objets qui y étaient entassés. Sur une table ovale s'amoncelaient des factures jaunies par les ans et de la paperasse qui était sans doute aussi vieille qu'Andrea. Un petit carré triste avait été dégagé à l'endroit où Ricky prenait ses repas, toute seule. Elle se dit que Ricky avait dû s'intéresser à la décoration d'intérieur, à une époque. Une suspension bleu ciel pendait au-dessus de l'évier. Les plans de travail étaient en quartz noir. Les placards avaient été peints en bleu vif. Tout l'électroménager était blanc, à l'exception du réfrigérateur, qui était noir. Ses portes étaient tapissées de cartes postales, de pense-bêtes, de photos et des autres conneries habituelles.

— Ne vieillissez pas, mon chou, dit Ricky en dévissant un flacon de pilules.

Andrea reconnut l'emballage rouge ClearRx indiquant qu'il s'agissait d'une prescription. Elle regarda Ricky gober deux pilules. Il y avait au moins une dizaine de flacons sur le plan de travail.

Ricky énuméra :

— Tension artérielle, cholestérol, anti-inflammatoires, trucs pour la thyroïde, les remontées acides, le mal de dos, et les nerfs. Un Pepsi, ça vous va ?

Andrea mit une seconde à comprendre qu'elle parlait du soda.

— Oui, merci.

Ricky ouvrit le réfrigérateur. Andrea remarqua un Polaroid décoloré sur lequel on voyait un adolescent vêtu d'un short en jean. Il avait une tignasse ébouriffée, comme c'était à la mode à la fin des années 1970. Il était torse nu, et on voyait à son torse maigre et à ses coudes anguleux qu'il avait à peine atteint l'âge de la puberté.

Eric Blakely.

Elle se rappela ce que Nardo avait dit du frère de Ricky, à la ferme.

Mort et enterré, le pauvre vieux.

— OK.

Ricky avait rempli un verre de glaçons. Elle ouvrit la canette de Pepsi et en versa le contenu dans le verre, d'un mouvement expert du poignet.

— J'imagine que c'est au sujet de la juge que vous êtes venue me voir, dit-elle.

Andrea savait qu'elle devait travailler son impassibilité. Elle s'efforça de garder l'expression la plus neutre possible.

— Pourquoi dites-vous ça ?

Ricky sortit le chewing-gum qu'elle avait dans la bouche et l'enveloppa dans une serviette en papier.

— Judith ne m'a rien dit à ce sujet, mais le bruit court que le cancer de la juge est revenu, et pour de bon, cette fois. La pauvre femme ne va sans doute pas finir l'année. À sa place, je voudrais savoir ce qui est arrivé à Emily avant de mourir.

Andrea but une gorgée de Pepsi, pour se laisser le temps de réfléchir à la meilleure façon de s'y prendre. Elle avait décidé de ne pas parler d'Emily mais elle savait que faire preuve d'empathie devant un témoin était la façon la plus rapide de gagner sa confiance.

— Je crois que cela lui apporterait effectivement une certaine paix de connaître la vérité.

Ricky hocha la tête, comme si cette confirmation était tout ce dont elle avait besoin.

— Suivez-moi, dit-elle.

Andrea posa le verre sur le plan de travail et suivit Ricky, qui redescendait l'escalier. Elle s'arrêta devant la console près du couloir et prit l'une des photos encadrées.

Elle connaissait cette photo : elle l'avait vue la veille, dans le collage de Judith. Sauf que celle-ci avait été pliée en accordéon afin qu'Emily n'apparaisse plus dans le groupe.

— Désolée, fit Ricky. C'est encore difficile pour moi de voir son visage. Ça fait tout remonter à la surface.

Elle retourna le cadre et l'ouvrit, puis elle déplia la photo et la montra à Andrea.

— Elle était jolie, n'est-ce pas ?

Andrea acquiesça d'un hochement de tête, feignant de n'avoir jamais vu la photo auparavant. Elle désigna Nardo, comme au hasard.

— Qui est-ce ? demanda-t-elle.

— Mon connard d'ex, marmonna Ricky, mais sans amertume.

Puis elle indiqua Clay, sur la photo.

— Lui, c'est Clayton Morrow. Vous êtes flic, alors vous en savez sans doute plus long que moi sur lui. Et là, c'est moi, bien sûr, avant que mes seins ne s'avachissent et que mes cheveux ne deviennent gris. Et lui, c'est mon frère, Eric. On l'appelait Blake.

Andrea s'engouffra dans la brèche.

— L'appelait ?

Ricky replia soigneusement la photo.

— Il est mort deux semaines après Emily, expliqua-t-elle.

Andrea la regarda refermer le cadre. Il y avait d'autres photos sur la table, on aurait dit une sorte d'autel dédié à la jeunesse de Ricky. Clay et Nardo qui fumaient à l'avant d'une décapotable. Blake et Nardo habillés comme des gangsters du temps d'Al Capone. Blake et Ricky en smokings assortis. Quelqu'un qui n'aurait pas su qu'Emily Vaughn faisait partie du groupe ne se serait jamais aperçu de son absence.

— Environ une semaine après l'agression d'Emily, reprit Ricky, Clay nous a dit qu'il avait validé suffisamment de matières pour avoir son diplôme en avance. Il comptait partir pour le Nouveau-Mexique et trouver un boulot là-bas avant le début des cours à l'université.

Andrea baissa les yeux vers les gros livres rangés sous les deux tiroirs. C'étaient des albums de promotion. École élémentaire Dozier. Collège Milton. Lycée de Longbill Beach.

— Blake a proposé à Clay de l'accompagner, pour le relayer au volant de temps en temps. Trois mille kilomètres, à l'époque, c'était toute une histoire. Pas de téléphones portables en cas de panne. Et les appels longue distance coûtaient des sommes astronomiques. Même le téléphone fixe n'était pas à nous. On le louait à la compagnie C&P.

Ricky reposa délicatement la photo de groupe parmi les autres. Elle posa un doigt sur la poitrine de son frère.

— Je ne peux pas lui reprocher d'avoir voulu partir, dit-elle. C'était tellement tendu entre nous tous. Même entre Blake et moi. C'était mon jumeau, vous savez ?

Andrea le savait, bien sûr, mais elle secoua la tête.

— Emily vous avait-elle dit qui était le père du bébé ?

— Non, répondit Ricky d'une voix pleine de regret. Emily ne me parlait plus du tout, à la fin. Je n'en avais aucune idée.

Andrea repensa à ce que Wexler lui avait dit dans le pick-up. Emily avait été violée lors d'une fête. Andrea ne pouvait que partir du principe que Ricky y était présente. De même qu'Eric. Et Nardo. Et Clay. Et peut-être aussi Jack Stilton et Dean Wexler. Il existait un syndrome psychiatrique nommé « folie à plusieurs » – une psychose partagée qui poussait un groupe de personnes à commettre ensemble des actes qu'elles n'auraient jamais commis seules. Andrea n'avait aucun mal à imaginer son père prendre l'ascendant sur ce groupe de jeunes gens disparates et les inciter à libérer leurs plus bas instincts. Puis il avait quitté la ville, et Dean Wexler l'avait remplacé.

Andrea tenta une autre approche.

— Et vous, vous n'avez pas d'hypothèse sur l'identité du meurtrier d'Emily ?

Ricky haussa les épaules.

— Dès le début, les flics se sont focalisés sur Clay, répondit-elle. C'est pour ça qu'il tenait autant à quitter la ville. Et Blake… bah, il avait ses propres raisons pour partir. Ça ne se passait pas bien avec mon grand-père. Il y avait des histoires d'argent entre nous. Ça n'allait pas non plus entre nous deux. On ne se parlait plus vraiment.

Andrea s'éclaircit la voix. Elle savait qu'elle devait marcher sur des œufs. Si Ricky vouait encore un tel culte à son groupe d'amis, ce n'était certainement pas parce qu'elle pensait que c'étaient des gens horribles.

— Pourquoi la police se focalisait-elle sur Clay ? demanda-t-elle.

— Stilton le méprisait, répondit Ricky. Les deux Stilton, d'ailleurs. Clay était différent. Il était brillant. Sarcastique. Séduisant. Leurs petits cerveaux ne pouvaient pas comprendre quelqu'un comme lui, et c'était pour ça qu'ils le détestaient.

Andrea ne jugea pas utile de lui rappeler que Clayton Morrow était aussi un psychopathe et un criminel reconnu coupable.

— Je ne devrais pas dire ça, mais nous étions tous un peu amoureux de Clay. Emily l'adorait. Nardo aurait voulu être lui. Blake le portait sans cesse aux nues. On formait une petite clique vraiment unique, ajouta-t-elle en baissant les yeux vers la photo de Clay et de son frère. Ils étaient partis en randonnée dans les monts Sandia, à côté d'Albuquerque. Ils sont allés nager près de Tijeras. Blake a plongé sous une chute d'eau mais il n'a jamais refait surface. Il n'avait jamais été très bon nageur. On a retrouvé son corps deux jours plus tard.

Cela expliquait au moins pourquoi aucun certificat de décès au nom d'Eric Blakely n'avait été enregistré dans le comté de Sussex : il était mort dans un autre État.

Ricky se détourna de la photo. Elle avait croisé les bras.

— C'est sans doute Clay qui a tué Emily, pas vrai ? dit-elle. Enfin, ce serait logique.

Andrea avait pensé que c'était logique, elle aussi, jusqu'à ce qu'elle ait été témoin de la cruauté dont Nardo Fontaine et Dean Wexler étaient capables.

— J'ai été vraiment horrible avec Emily quand elle m'a annoncé qu'elle était enceinte, ajouta Ricky en laissant son regard errer en direction du canapé, sous la fenêtre. On était toutes les deux ici même, dans cette pièce, et je lui ai dit plein de choses vraiment méchantes. Je ne sais pas pourquoi j'étais à ce point en colère. J'imagine que je savais déjà que c'était fini, vous voyez ? Notre petite clique. Rien n'allait plus jamais être comme avant.

Andrea avait laissé Ricky se mettre suffisamment à l'aise. Elle essaya de reprendre en douceur le contrôle de la discussion.

— La façon dont vous parlez d'elle n'a rien à voir avec le portrait qu'en a fait Dean Wexler, dit-elle.

— Dean ? s'étonna Ricky. Pourquoi parlerait-il d'Emily ?

Andrea haussa les épaules.

— Il m'a dit qu'elle avait des problèmes de drogue et d'alcool.

— Ce n'est pas vrai. Emily ne fumait même pas, protesta Ricky, soudain agitée. Si vous avez parlé à Dean, alors vous avez aussi parlé à Nardo. Qu'est-ce qu'il avait à dire à propos d'Emily ?

— Il ne l'a pas évoquée, répondit Andrea. Le marshal Bible et moi sommes allés à la ferme à cause du corps qui a été retrouvé dans le champ. Mais ça, vous le saviez déjà, n'est-ce pas ? C'est vous qui avez parlé de cette fille à Bible.

Ricky baissa la tête.

— J'ai toujours dit que Cheese n'était qu'un pauvre ivrogne. Parfois, je me demande si Dean ne sait pas quelque chose de compromettant sur lui. Tous les trucs de dingue qui se passent dans cette ferme depuis des années – depuis des décennies – et, pendant ce temps-là, Cheese ferme les yeux sur ce qui se passe au lieu de se sortir les doigts du cul.

— Quels trucs de dingue ?

— Les bénévoles, répondit Ricky, dont l'agitation augmentait à vue d'œil. Si vous voulez en savoir plus, vous n'avez qu'à consulter le compte rendu du procès qui a eu lieu il y a vingt ans. Ils exploitent ces pauvres filles comme pas permis.

— J'ai lu le compte rendu, dit Andrea.

Elle prit soin de garder une voix calme car celle de Ricky tremblait de plus en plus.

— Les fédéraux ont été avertis par un coup de fil anonyme, ajouta-t-elle. C'est une femme qui avait passé l'appel, depuis une cabine dans Beach Road.

Une expression coupable apparut sur le visage de Ricky. Elle sortit son téléphone de sa poche arrière et consulta son chronomètre.

— Mon sèche-linge va bientôt s'arrêter, dit-elle.

Andrea ne comptait pas la laisser s'en tirer comme ça.

— La fille dans le champ a probablement mis fin à ses jours, continua-t-elle.

— Oui, c'est ce que j'ai entendu dire.

— Elle était décharnée, famélique.

Elle regarda Ricky consulter à nouveau son téléphone.

— Toutes les femmes de cette ferme se laissent mourir de faim, ajouta-t-elle. On dirait qu'elles sortent d'un camp de concentration.

— Je prie pour elles, dit Ricky, qui utilisait un pan de sa chemise pour essuyer l'écran de son téléphone. Je prie pour leurs parents. Dean a toute une armée d'avocats prêts à intervenir. On ne tirera rien de lui. Il gagne à tous les coups.

Andrea se rendait bien compte qu'elle était en train de perdre Ricky.

— Est-ce que vous connaissez des filles qui ont réussi à partir ? Elles accepteraient peut-être de parler.

— J'ai à peine le temps de faire des lessives. Vous croyez vraiment que je suis restée en contact avec qui que ce soit de cette époque de ma vie ?

— Si vous aviez une quelconque information à nous transmettre, ça pourrait être sous la forme d'un message anonyme ou…

— Mon chou, les oreilles, ça se lave, OK ? Je ne connais personne. Ça fait vingt ans que je ne me suis pas approchée de cette ferme.

Ricky arrêta de briquer son téléphone. Elle semblait estimer qu'il était enfin propre.

— Une mesure d'éloignement m'interdit d'approcher Nardo à moins de six mètres sous peine de me faire arrêter. Pendant le divorce, Dean m'est tombé dessus à bras raccourcis et j'ai failli perdre le snack-bar. Dieu merci, la maison est en fiducie, sinon je me serais retrouvée à la rue.

Andrea voyait bien qu'elle avait peur.

— Est-ce que Dean a aidé Nardo à financer le divorce ?

— Dean aide Nardo pour tout. Nardo vit à la ferme sans payer de loyer. Il ne touche pas le moindre salaire, ce qui m'a bien foutu dedans pendant la procédure de divorce, vous pouvez me croire.

On aurait dit que Ricky en voulait davantage encore à Wexler qu'à son ex-mari.

— Cette ferme est une mine d'or, ajouta-t-elle, et Dean ne se sert de cet argent que pour acheter les gens ou les entuber. Il dirige l'affaire comme un petit tyran. Personne ne lui dicte sa conduite.

Ricky était lancée.

— Ce que Dean fait à ces filles… Je vous jure sur ma vie que ce n'était pas comme ça quand j'étais là-bas. Nardo est un vrai taré, mais il n'est pas fou à ce point-là. Et j'ai bien vu que Dean exploitait sa main-d'œuvre, mais rien de plus grave que ça. D'ailleurs, je me suis dit que la situation avait dû s'améliorer à partir du moment où il a négocié un accord avec le gouvernement.

Elle s'essuya les yeux avec sa manche ; elle s'était mise à pleurer.

— Je sais que j'ai été lâche dans ma façon de traiter Emily, poursuivit-elle, mais si j'avais vu quoi que ce soit d'aussi… d'aussi répugnant ? D'aussi malsain ? Quels que soient les mots que vous voulez mettre sur ce qu'ils font là-bas… Je n'aurais jamais gardé le silence.

— Je vous crois, dit Andrea, car elle savait que c'était ce que Ricky avait besoin d'entendre. En tant que femme, je suis scandalisée, mais en tant que marshal, il me faut une justification légale pour ouvrir une enquête.

Ricky s'essuya à nouveau les yeux.

— Nom de Dieu, je voudrais vraiment pouvoir vous aider !

Andrea sentait à quel point cette femme était désemparée.

— J'ai appris que la mère d'une de ces filles avait tenté de la libérer, dit-elle.

— Ouais, une espèce de dingue qui a essayé de kidnapper sa propre fille, ironisa Ricky avec un rire forcé. Je ne sais pas ce que je ferais si ma gamine vivait dans un endroit pareil. On n'a jamais eu d'enfants, Dieu merci ! Si j'ai épousé ce connard, c'était uniquement parce qu'il avait du fric. Et puis un an plus tard, son père a tout perdu, et lui s'est retrouvé embrigadé dans la secte de Dean. Nom de Dieu, si ce n'est pas de la poisse, ça !

La chanson « Holiday » de Madonna retentit sur le téléphone de Ricky. Elle éteignit l'alarme du bout du doigt, mais resta immobile. Elle s'essuya à nouveau les yeux, la mâchoire crispée. Elle pesait le pour et le contre, essayant d'évaluer jusqu'où elle pouvait aller, à quel point elle pouvait se confier à Andrea.

— Je n'y avais encore jamais vraiment pensé, dit-elle enfin, mais c'est peut-être parce que vous avez évoqué Emily, et puis parce qu'on s'est mises à parler de Dean et…

Dans le silence de la maison, Andrea entendit le bip du sèche-linge retentir, annonçant la fin du cycle. Ricky avait dû l'entendre aussi, mais elle était manifestement encore aux prises avec son dilemme. Vingt ans après son divorce, cette femme avait encore peur de ce que Dean Wexler pouvait lui faire.

Elle se frotta à nouveau les yeux et s'éclaircit la voix.

— Je n'avais encore jamais vu les choses comme ça, mais les trucs qui se passent à la ferme sont les mêmes saloperies que celles qui sont arrivées à Emily Vaughn il y a quarante ans.

21 OCTOBRE 1981

Emily était assise par terre, tout au fond de la bibliothèque du lycée, le front posé sur les genoux. Elle n'arrivait pas à s'arrêter de pleurer. Elle avait une migraine atroce. Elle n'avait pas réussi à dormir la nuit précédente : ses jambes étaient prises de crampes, son estomac n'arrêtait pas de se soulever, ses pensées faisaient des allers et retours incessants entre Ricky lui disant que leur amitié était finie, et Blake lui mettant la main sur son *machin*.

Les jumeaux avaient-ils toujours été si cruels, ou était-elle stupide, tout simplement ?

Elle prit un mouchoir dans son sac et se moucha. Des éclats de rire lui parvinrent depuis l'entrée de la bibliothèque. Elle se recroquevilla contre le mur. Elle ne voulait pas qu'on la trouve ici. Elle avait séché le cours de chimie. Elle n'avait encore jamais séché. Jusqu'à cette semaine. Jusqu'à ce que toute sa vie parte en vrille.

C'étaient surtout les regards de ses camarades de classe qu'elle n'arrivait pas à supporter. Dans le couloir. Depuis le fond du labo de chimie. Certains d'entre eux l'avaient montrée du doigt en ricanant. D'autres l'avaient regardée comme si elle était la créature la plus infecte sur laquelle ils aient jamais posé les yeux. Ricky avait la langue bien pendue, mais Emily savait que c'était Blake qui avait lancé la rumeur selon laquelle elle était enceinte, parce que les ricanements et les regards les plus hostiles venaient des garçons. Bien sûr, son état actuel n'était pas une *rumeur*, car ce mot-là désignait en général une incertitude ou une entorse à la vérité.

Peu importait la source de cette information licencieuse ; qu'il s'agisse de Blake, de Ricky, ou même de Dean Wexler, Clay savait forcément qu'elle était enceinte. Elle l'avait vu, le matin même, alors qu'elle passait devant les boutiques du centre-ville. Il était seul et fumait une dernière cigarette avant de traverser la rue pour aller au lycée. Leurs regards s'étaient croisés. Il l'avait aperçue, cela ne faisait aucun doute. Même de loin, elle avait vu son expression changer quand il l'avait reconnue, et sa bouche se déformer en un rictus furtif. Elle avait levé la main pour le saluer mais son sourire s'était évanoui. Il avait jeté sa cigarette dans le caniveau, puis avait tourné les talons, comme un soldat sur un terrain de manœuvres, pour prendre la direction opposée.

Et dire que Clayton Morrow se faisait passer pour un rebelle qui se fichait des normes et des conventions de la société américaine moderne en mal de spiritualité ! Il aurait tout aussi bien pu troquer sa Marlboro contre une fourche. Ou peut-être était-ce sa propre faute qu'il fuyait.

Clay ?

C'était le premier mot qu'elle avait écrit dans les notes de son enquête à la Columbo. Plus elle parlait aux gens impliqués dans cette affaire, plus elle se disait que ce devait être lui.

Est-ce que ce serait si terrible ?

Emily avait toujours bien aimé Clay. Elle avait fait des rêves de lui torrides et gênants par le passé et, parfois, quand il était près d'elle ou la regardait d'une certaine manière, elle sentait monter en elle quelque chose qui ne pouvait être que du désir. Il lui avait dit qu'il n'y aurait jamais rien entre eux, et elle avait accepté cet état de fait, mais peut-être qu'elle lui avait fait du rentre-dedans, le soir de la Fête, et peut-être que Clay avait été si défoncé qu'il avait fini par céder, contre son gré. Son père lui avait dit qu'à l'adolescence, les garçons avaient du mal à se contrôler. Elle était partie du principe qu'elle était la victime mais, au fond, peut-être que c'était elle, l'agresseur.

Était-ce possible ?

Elle essuya ses larmes avec son bras. Sa peau semblait à vif. La contusion qu'elle avait au cou, à l'endroit où Dean Wexler l'avait empoignée, avait pris une vilaine teinte bleu foncé. Elle inspira profondément et sortit son carnet de son sac à main.

Les notes qu'elle avait prises après sa discussion de la veille avec Ricky et Blake étaient tachées de ses propres larmes. Ils avaient été aussi ignobles l'un que l'autre, chacun à sa façon. Elle frissonna en repensant à Blake lui attrapant la main pour la poser sur son entrejambe. À sa langue humide dans son oreille. Elle eut un autre frisson, et plaqua sa paume contre l'oreille, comme si cette langue répugnante s'y trouvait encore.

Elle referma son carnet. Elle avait pratiquement mémorisé les trois transcriptions différentes. Dean Wexler avait dit que Nardo et Blake étaient dans la maison ce soir-là. Blake lui avait également raconté que Nardo et lui étaient dans la maison. Si elle appliquait la logique à la Columbo de Cheese, il y avait donc deux personnes qui racontaient la même histoire, ce qui signifiait vraisemblablement qu'ils disaient tous deux la vérité, et donc qu'elle pouvait éliminer Dean et Blake de sa liste de suspects.

N'est-ce pas ?

Elle n'en était pas certaine. Il se pouvait aussi qu'ils aient raconté une histoire identique après s'être concertés. Chercher une troisième confirmation de la part de Nardo n'aurait servi à rien. De fait, la réaction qu'il avait eue en apprenant qu'elle était enceinte était la seule qu'elle n'avait pas trouvée surprenante.

La veille, Ricky avait vitupéré contre Esther et Franklin Vaughn, qui n'étaient selon elle que des enfoirés de rupins qui se servaient de leur fric pour régler leurs problèmes, mais cette fois, les Fontaine avaient devancé les parents d'Emily. Ces derniers avaient reçu une lettre, apportée par un coursier le matin même, avant le petit déjeuner. Dans cette lettre, Reginald Fontaine avisait les Vaughn qu'Emily ne devait sous aucun prétexte parler à – ou, plus important encore, parler de – Bernard Fontaine de façon mensongère, négative ou incendiaire, à moins de vouloir s'exposer à un très coûteux procès en diffamation.

— Quel bouffon ridicule, avait dit Esther après avoir lu la lettre. La diffamation s'applique aux déclarations mensongères et infamantes quand elles sont écrites ou publiées. À l'oral, on appelle cela de la calomnie.

Sa mère avait eu l'air de triompher en remportant cette bataille sur le plan de la rhétorique, mais Emily, *elle*, payait le prix fort.

— Em ?

Elle leva les yeux. Cheese se tenait devant elle, appuyé contre l'un des longs rayonnages de livres. Elle avait choisi de se cacher dans le rayon des « Références bibliques » car elle savait que personne ne s'y aventurerait.

À part, bien sûr, ceux qui savaient que c'était là qu'elle allait toujours se cacher.

— Ça va ?

Elle secoua la tête et haussa les épaules en même temps, mais répondit franchement :

— Non, ça ne va vraiment pas.

Cheese jeta un œil par-dessus son épaule avant de s'asseoir à côté d'elle, contre le mur. Leurs genoux se touchaient presque.

— Il y a du nouveau ?

Elle rit. Puis se mit à pleurer. Enfin, elle se prit à nouveau le visage dans les mains.

— Oh ! Em…, fit-il en passant un bras autour de son épaule. Je suis vraiment désolé.

Elle se blottit contre lui. Il sentait l'eau de toilette Old Spice et les cigarettes Camel.

— Ça va aller, dit-il encore, en lui frottant le bras et en la serrant fort contre lui. Est-ce que tes parents… Est-ce qu'ils vont te laisser… Tu sais ?

Elle secoua la tête. Ses parents avaient déjà pris leur décision à ce sujet.

— OK.

Sa poitrine se souleva alors qu'il prenait une profonde inspiration.

— Je pourrais… Enfin, si tu voulais, bien sûr, je pourrais…

— Merci, mais non, répondit-elle en regardant ses grands yeux doux. Blake m'a déjà demandé de l'épouser.

— Oh ! mon Dieu, non, Emily, marmonna Cheese en s'écartant d'elle. Je n'allais pas te proposer ça. J'allais… Eh bien, j'allais juste te proposer d'aller casser la gueule à celui qui t'a fait ça.

Elle n'était pas sûre de le croire, mais elle décida de prendre ce qu'il disait pour argent comptant.

— Je n'ai vraiment pas besoin que tu te fasses exclure en plus du reste.

— Tu ne vas pas épouser Blake, si ? lui demanda-t-il d'un air inquiet. Em, c'est lui le pire de tous.

Elle eut presque envie de rire.

— Pourquoi tu dis ça ?

— C'est un pervers, répondit Cheese. Pas comme Nardo, qui est juste méchant. Ou Clay, qui s'ennuie, c'est tout. Quand Blake s'en prend à toi, il y va à fond.

À son tour, elle fut prise d'inquiétude.

— Blake ne t'a rien fait, si ?

Cheese secoua la tête mais elle ne le crut pas.

— Tu sais, dit-il, il y a quelque chose que tu pourrais faire pour moi, si tu voulais bien. Je sais que je n'ai pas le droit de te demander ça, mais…

— Qu'est-ce que c'est ?

C'était bien la première fois que Cheese lui demandait quoi que ce soit.

— Je voudrais que tu arrêtes de m'appeler Cheese, répondit-il en l'observant pour voir sa réaction. Ça ne me dérange pas quand c'est toi, mais c'est comme ça qu'*eux* m'appellent, alors…

— D'accord, Jack.

Cela lui faisait tout drôle de l'appeler par son prénom. Elle le connaissait depuis qu'il avait mangé l'un de ses crayons de couleur à la maternelle.

— Enchantée, Jack, ajouta-t-elle.

Il ne sourit pas.

— Tu n'es pas toute seule, Em. Je suis là. Tes parents sont en colère, mais ils vont s'en remettre. Et les gens au lycée, bah, c'est juste une bande de crevards, de toute façon. Qu'est-ce que ça peut te faire, ce qu'ils racontent ? L'année prochaine, on va tous se barrer de cet asile de fous, pas vrai ? Alors qu'est-ce que ça peut faire ?

Elle dut déglutir avant de répondre.

— Dis-moi ce qu'ils disent, lui demanda-t-elle.

— Que tu es une grosse cochonne, dit Nardo.

Tous deux tressaillirent en entendant le ton narquois de sa voix.

— Alors, les amoureux, qu'est-ce que vous faites dans ce petit coin ? demanda-t-il, appuyé contre une étagère. C'est ici que vous avez conçu l'enfant de vos amours illicites ?

— Va te faire foutre, lâcha Jack.

Il se releva péniblement, les poings serrés. Il était plus grand que Nardo, mais Nardo était bien trop cruel. Jack jeta à peine un regard à Emily avant de s'éloigner d'un pas lourd.

— Il donne toujours dans le mélo, notre bon vieux Cheese, dit Nardo.

— Il veut qu'on l'appelle Jack, maintenant.

— Et moi, je veux qu'on m'appelle Monseigneur Du Gland de la Grande Foutrerie, dit Nardo en s'asseyant par terre avec un grand geste théâtral. Hélas, on n'a pas toujours ce qu'on veut.

La seule petite consolation d'Emily dans ce supplice, c'était qu'elle n'aurait plus jamais à faire semblant d'ignorer les remarques sarcastiques de Nardo.

— Tes parents ont très explicitement fait savoir aux miens que je n'étais pas censée t'adresser la parole, dit-elle.

— Mais ce ne serait pas drôle, ça, Emmie-Em, rétorqua Nardo en faisant tomber quelques livres de l'étagère du bas. J'ai entendu dire que tu étais à la recherche de celui qui t'avait mise en cloque ?

Elle s'essuya les yeux. Elle ne voulait même plus penser à son enquête, tout ce qu'elle voulait, c'était qu'il s'en aille.

— Peu importe.

— Vraiment ? Tu pourrais finir avec bien pire que Blake, tu sais.

Elle ne voyait pas comment.

— Il a toujours rêvé d'épouser une femme riche qu'il pourrait contrôler, ajouta Nardo avec un petit ricanement sinistre. Comme ton père avec ta mère, pas vrai ?

Elle s'essuya à nouveau les yeux. Elle détestait qu'il la voie pleurer.

— Ce n'est pas drôle.

— Allez, ma petite, tu sais bien que je te taquine.

Il marqua une pause, s'attendant sans doute à ce qu'elle lui dise que ce n'était pas grave.

Mais elle ne dit rien.

C'était grave.

— J'imagine que tu vas devenir vachement grosse et moche, maintenant. D'après Dean, c'est ça, le pire : tu vas gonfler comme un ballon.

Elle ne s'était pas encore autorisée à voir plus loin que les quelques heures suivantes. Elle posa une main sur son ventre. Elle n'avait jamais été vraiment belle, mais on l'avait toujours trouvée assez mignonne. Que penseraient les garçons quand ils la verraient dans huit mois ? Ou dans un an, avec un bébé en pleurs dans les bras ?

— Tu as intérêt à t'affamer dès la seconde où tu auras expulsé ce machin, lui conseilla Nardo. Tu as du bol d'être mince à la base. Regarde Ricky. Si elle est enceinte un jour, elle deviendra une grosse truie, et elle le restera toute sa vie. C'est ce qui est arrivé à ma tante Pauline. Maintenant, elle est vraiment hideuse.

Elle se dit qu'il n'avait de leçon à donner à personne. Il avait toujours été grassouillet ; mais bien sûr, pour les garçons, ce n'était pas pareil.

— Qu'est-ce que tu veux, Nardo ?

— Juste bavarder un peu, répondit-il en faisant tomber un autre livre par terre. Ricky va se calmer, tu sais. Il y a ce mélange bizarre de complicité et de rivalité entre elle et Blake, mais tu vas finir par lui manquer. Elle n'est pas comme toi. Elle n'a pas d'autres amis.

Emily n'avait jamais entendu les choses dites de façon aussi directe, mais il avait raison, bien sûr. La question qui se posait était celle-ci : voulait-elle que Ricky revienne vers elle ? Comment pourrait-elle un jour oublier toutes les choses affreuses qu'elle lui avait dites ? Elle ne pourrait plus jamais lui faire confiance.

— Malheureusement, poursuivit Nardo, papa et maman m'ont formellement interdit de jouer les preux chevaliers et de me sacrifier pour toi. Tu nous imagines nous marier ? fit-il, riant tout seul. Ricky nous égorgerait tous les deux avant même qu'on puisse partir en lune de miel.

Elle en avait plus qu'assez de ces bons à rien qui parlaient du mariage pour ne rien dire.

— Je ne peux pas prétendre que je n'y ai pas pensé, soit dit en passant, ajouta Nardo en faisant tomber un autre livre. Toi et moi. Il y aurait pire, non ? Même si ce n'est plus à l'ordre du jour, maintenant, évidemment. Vu l'état dans lequel tu es, et tout.

Un autre livre tomba par terre. Il essayait de se donner un air désinvolte, mais comme toujours, il avait une idée derrière la tête.

— Tu es sûre que ça a eu lieu le soir de la Fête ?

Elle sentit son corps se crisper.

— Oui.

— Et tu ne te rappelles pas comment ça s'est passé ? Ni avec qui ?

Elle sentit sa gorge se serrer. Ricky avait vraiment tout raconté à Nardo.

— Non, je ne m'en souviens pas, répondit-elle.

— Nom de Dieu, fit Nardo. Enfin, je ne me rappelle pas grand-chose de cette soirée non plus, alors je suppose que je ferais mieux de ne pas trop la ramener.

Elle le regarda, pour la première fois depuis qu'il était arrivé. Son rictus sournois avait disparu. Il retirait rarement son masque de sale con. C'était là le gars que Ricky voyait et dont elle était follement amoureuse ; et, à vrai dire, c'était aussi ce gars-là qu'Emily considérait comme l'un de ses amis les plus proches.

— Tu ne te souviens de rien non plus ? demanda-t-elle.

— De presque rien. Mais je me rappelle quand même que Blake avait complètement pété les plombs.

Nardo ramassa l'un des livres qu'il avait fait tomber par terre et se mit à en triturer la tranche avec l'ongle du pouce.

— J'étais allongé à plat ventre sur le canapé en train de regarder deux moutons de poussière danser sur l'ouverture de *Casse-Noisette* quand j'ai entendu un bêlement à l'étage, raconta-t-il. On aurait dit un mouton, justement. Tu ne le croiras pas, mais c'était Blake, figure-toi.

Emily secoua la tête. Elle ne savait plus du tout ce qu'elle devait croire ou non.

— Alors je monte à l'étage, poursuivit Nardo, et je m'aperçois qu'il s'est enfermé dans la salle de bains de mes parents, tu te rends compte ? J'ai dû défoncer la serrure pour aller l'aider, le pauvre vieux.

Il retourna le livre qu'il avait dans les mains et en examina le dos.

— Il était à genoux, les mains devant lui comme s'il tenait son zguègue, mais il n'avait même pas ouvert sa braguette, et en plus, il était à un bon mètre des chiottes. Je n'ai pas la moindre idée de ce qu'il avait en tête, mais bon Dieu, quel crétin ! Son premier trip sous acide, et son délire, c'est de pisser un coup ? Le devant de son froc était complètement trempé. Et me demande pas pourquoi il bêlait, comme ça. Quel barjo !

Emily regarda Nardo lui adresser un grand sourire tout en dents.

— Moi, au moins, j'ai vu une licorne, dit-il. Et toi ?

Elle essaya de déglutir.

— Je ne me souviens vraiment de rien.

— De rien du tout ? insista-t-il. Même pas de quand tu es arrivée ?

— Si, reconnut-elle. Je me rappelle avoir marché jusqu'à la porte de chez toi, et avoir pris le buvard que me tendait Clay. Ensuite, tout ce qui me revient, c'est que M. Wexler m'a raccompagnée chez moi en voiture.

— Ouais, fit Nardo en levant les yeux au ciel, ça, je m'en souviens aussi. Tu étais complètement hystérique. Moi, je ne pouvais pas te reconduire chez toi. J'arrivais à peine à distinguer ma main devant mes yeux. Blake était couvert de pisse. J'ai dû soudoyer ce vieux con avec ce qui nous restait d'acide juste pour qu'il vienne te chercher.

Emily remarqua la cadence de sa voix. Elle avait quelque chose de contrôlé, elle était totalement dépourvue de son vitriol habituel.

— Et Clay ? demanda-t-elle.

Il haussa une épaule.

— Je n'en sais foutre rien. Tu lui hurlais dessus, je ne sais pas pourquoi. Ensuite, tu es rentrée dans la maison en courant. Tu avais l'air hors de toi. J'avais peur que tu casses le beau service en porcelaine de ma mère. Et tu te servais un peu trop généreusement du whisky de mon père. Ils allaient être vraiment furax en rentrant.

Elle n'avait jamais vu les parents de Nardo être furax au sujet de quoi que ce soit.

— En tout cas, ce qui est sûr, c'est que ce n'est pas Dean qui t'a mise en cloque. Ce mec s'est bousillé les couilles quand il était petit. Même s'il voulait faire un bébé, il ne pourrait pas.

Emily baissa les yeux vers ses mains. Ce n'était pas le genre d'information que Dean Wexler partageait comme ça, sans raison. Ce qui signifiait qu'il avait déjà parlé de tout cela avec Nardo.

— Est-ce que…, commença Nardo, en laissant le livre retomber par terre. Est-ce que tu crois que ça pourrait être Clay ?

— Je…

Elle s'interrompit. Dans sa tête, elle passa en revue la liste des questions que Nardo venait de lui poser. C'était lui qui était en train de la jouer Columbo avec elle. Tout ce qui manquait, c'était le « Juste une dernière chose… ».

Elle se racla la gorge, cherchant à empêcher sa voix de trembler. Il n'y avait pas que Dean et Nardo. Ils s'étaient tous concertés – Blake, Ricky, Clay, Nardo et Dean. Ils étaient tous de mèche ; et tous étaient tombés d'accord sur le fait que c'était Nardo qui s'en sortirait le mieux avec elle pour régler la situation.

— Et toi, tu crois que c'était Clay ?

— Eh bien…, commença Nardo avant de hausser les épaules. Sans vouloir te blesser, ma vieille, Clay n'a jamais eu d'attirance pour toi, il a toujours été très clair là-dessus. Prendre un acide, ça ne te pousse pas à faire des trucs que tu ne ferais pas en temps normal. Et, franchement, il a mieux à sa disposition, tu ne crois pas ? Il n'a pas besoin d'aller pêcher dans notre petite mare.

Elle regardait ses mains.

— Allons, ma vieille, tu ne vas quand même pas prendre tes désirs pour des réalités, si ?

Il attendit qu'elle lève les yeux vers lui.

— Une accusation comme ça pourrait foutre sa vie en l'air, ajouta-t-il.

Cette fois encore, ils faisaient tous bloc pour défendre Clay. Elle se demanda pourquoi personne ne se souciait jamais vraiment de sa vie à *elle*. Même Ricky ne s'était focalisée que sur les garçons – sur ce que sa grossesse risquait de leur causer à *eux* comme torts, comment elle risquait de gâcher *leur* vie.

— Tu ferais mieux de faire attention, dit encore Nardo. Tu as dit toi-même que tu ne savais pas qui c'était. Il se peut même que tu te trompes de soirée… Qui sait, hein ? Tu vois d'autres gens, en dehors de la clique, avec tous les trucs que tu fais, tes répétitions, tes débats, et tout ça.

Elle emprunta une repartie de Blake.

— Je sais où j'ai mis mon vagin, Nardo. J'y suis très attachée.

Il eut l'air surpris par sa vulgarité.

— Toi, tu dis que tu étais dans la salle de bains avec Blake. M. Wexler est stérile. Qui est-ce qu'il reste ? Qui d'autre est-ce que ça pourrait être ?

— Cheese ?

Elle rit, pour la première fois depuis longtemps.

— Tu n'es pas sérieux, j'espère ?

— Bien sûr que je suis sérieux.

— Il n'était même pas là.

— Il était pile devant toi quand tu es entrée dans la maison, rétorqua Nardo. Nom de Dieu, Emily ! Qui nous a vendu l'acide, d'après toi ?

7

Andrea regarda la moustiquaire se refermer derrière Ricky Fontaine. La buanderie était dans le garage et, pour y aller, il fallait passer par l'escalier extérieur. Les sandales de Ricky claquèrent sur le béton tandis qu'elle descendait les marches en zigzag pour aller sortir les serviettes du sèche-linge.

Les trucs qui se passent à la ferme sont les mêmes saloperies que celles qui sont arrivées à Emily Vaughn il y a quarante ans.

Pour une réplique de sortie de scène, c'était percutant, mais à y regarder de plus près, cela ne tenait pas la route. Emily Vaughn ne s'était pas affamée jusqu'à se retrouver à l'article de la mort. Elle était enceinte de sept mois le soir de son agression. Elle portait une robe de bal turquoise ou bleu sarcelle, selon les déclarations des témoins, et non une robe jaune. Ses cheveux lui arrivaient aux épaules et étaient permanentés ; ils n'étaient pas emmêlés et longs jusqu'à la taille. Certes, les filles de la ferme étaient pieds nus comme Emily le soir du bal, mais cela n'avait rien d'original quand on vivait sur une exploitation agricole, se disait Andrea, sans doute influencée par ses racines sudistes.

Alors, en quoi étaient-elles semblables ?

Elle repensa au début de la conversation. C'était Ricky qui avait parlé à Bible du cadavre à la ferme, mais quand une US marshal avait frappé à sa porte quatre heures plus tard, tout ce dont elle avait voulu parler, c'était d'Emily Vaughn. Wexler avait fait la même chose dans le pick-up, mais il s'était comporté comme un tel connard qu'Andrea l'avait percé à jour.

— Merde, marmonna-t-elle.

Elle se dirigea vers la moustiquaire. Ricky était arrivée au premier palier. Bible était toujours dans son SUV, dans la rue. Andrea trouva son numéro enregistré dans les contacts de son téléphone.

Il décrocha dès la première sonnerie.

— Ouaip ?

— Dis-moi quand elle remonte.

— OK.

Elle remit son portable dans sa poche. Elle était tendue. Ricky l'avait invitée à entrer dans la maison, ce qui signifiait qu'elle avait du même coup renoncé aux droits garantis par le quatrième amendement.

Dans la maison, tous les coups étaient permis.

Elle ressortit son portable de sa poche et s'approcha de la console. Elle photographia les portraits encadrés. Puis elle s'agenouilla et trouva l'album de la promotion 1981-1982 du lycée de Longbill Beach. L'imprimeur avait laissé les premières pages vierges afin que les camarades de classe puissent les signer. Ricky n'avait pas beaucoup d'amis, à l'époque, mais Andrea prit des photos de leurs signatures et des petits mots qu'ils lui avaient écrits. Il y avait beaucoup de « On reste en contact », et plusieurs « Allez Longbill ! ».

Elle regarda les tiroirs fermés. Son cœur faisait tic-tac, comme un chronomètre. L'étendue de son autorité se limitait à ce à quoi consentirait une personne raisonnable. Ricky pouvait-elle raisonnablement s'attendre à ce qu'Andrea ouvre les tiroirs dans la pièce où elles s'étaient trouvées ensemble un instant auparavant ? Elle lui avait ouvertement parlé du groupe, des photos, d'Emily Vaughn et de son frère.

La justification était un peu fumeuse, mais c'était quand même une justification.

Le tiroir de gauche fut un peu dur à ouvrir. Andrea y trouva des bouts de papier, de vieux reçus, un cliché de Ricky et de Blake soufflant les bougies d'un gâteau d'anniversaire, un autre de Nardo et de Clay assis au comptoir du snack-bar. Elle récolta autant d'infos qu'elle le put. Elle regarda l'horloge de son téléphone. Elle n'avait aucune idée de l'heure à laquelle Ricky était descendue, mais cela ne prenait pas une éternité de vider un sèche-linge, de le remplir à nouveau de serviettes humides, de mettre le linge sale dans la machine à laver et de remonter l'escalier.

Elle avait les mains moites lorsqu'elle ouvrit le tiroir de droite.

Il était rempli d'autres souvenirs. Des photos de mariage sur lesquelles on voyait Ricky et Nardo beaucoup plus jeunes. Un Zippo en argent, gravé aux initiales E.A.B. Un certificat de décès établi au Nouveau-Mexique au nom d'Eric Alan Blakely. Une police d'assurance obsèques au nom d'Al Blakely. Un reçu de 200 dollars émanant d'une entreprise de pompes funèbres de Longbill Beach, dont la description indiquait *cendres*. Un reçu de la boutique Les Tenues de soirée de Maggie barré d'un tampon rouge PAYÉ à demi effacé, avec les initiales du vendeur. Elle tâta le fond du tiroir du bout des doigts et sentit une boîte métallique plate, légèrement plus large que sa main. Elle la prit.

Elle n'avait aucune idée de ce qu'elle avait sous les yeux.

La boîte en métal faisait environ 10 x 15 cm et était recouverte d'une peinture marron bas de gamme. Elle se dit qu'elle devait servir à ranger de petits cigares, mais il y avait une fenêtre découpée en forme de thermomètre sur le couvercle. À la place des chiffres, c'étaient des lettres de l'alphabet, rangées par paires sur un fond blanc. Une aiguille en métal argenté glissait de haut en bas de la fenêtre.

Elle ne comprenait toujours pas ce que c'était. Elle retourna la boîte dans sa main, essaya de trouver un fermoir, un bouton, un logo, ou même un numéro de série.

Son téléphone sonna.

— Elle remonte l'escalier, dit Bible.

— Merde.

Elle s'empressa de prendre trois photos de la boîte métallique sous différents angles avant de la remettre dans le tiroir, qu'elle dut pousser avec sa hanche pour réussir à le fermer. Puis elle traversa la pièce précipitamment pour retrouver Ricky à la porte d'entrée.

— Laissez-moi vous aider, proposa-t-elle en tendant le bras vers le panier.

Ricky s'écarta.

— Je m'en charge, mon chou.

Elle mâchait encore un gros chewing-gum. Son attitude avait complètement changé. Andrea se demanda si elle n'avait pas passé un coup de fil pendant qu'elle était dans le garage ; ou peut-être s'était-elle rendu compte qu'elle en avait dit un peu trop.

— Désolée, je dois vous demander de partir. Je suis déjà en retard pour le boulot.

Andrea n'avait pas l'intention de s'en aller.

— Ce que vous avez dit au sujet de la ferme… Que ce qui était arrivé à Emily était en train de se reproduire. Qu'est-ce que vous vouliez dire par là ?

— Oh ! je n'en sais rien.

Ricky balança les serviettes sur le canapé et se mit à les plier au rythme des bulles de chewing-gum qui éclataient et des bracelets argentés et noirs qui cliquetaient.

— Pour être parfaitement honnête, vous venez me voir au mauvais moment. Je ne supporte pas Dean et Nardo, c'est évident, mais je ne suis pas ce qu'on pourrait appeler un témoin fiable, surtout avec cette mesure d'éloignement.

Andrea observa ses gestes rapides et expérimentés. Elle parlait plus vite qu'avant. Peut-être qu'elle n'avait appelé personne, finalement, mais que les deux pilules qu'elle avait avalées sans eau dans la cuisine faisaient enfin effet.

— J'aurais aimé vous être plus utile, continua Ricky en faisant claquer une serviette et en la pliant en trois. Vous aviez raison, quand vous disiez qu'Esther méritait un peu de paix... Tout ce que je peux vous dire, c'est ce que j'ai déjà raconté à Bob Stilton il y a quarante ans : j'ai vu Clay danser avec une pom-pom girl dans le gymnase presque toute la soirée. Je ne me souviens même plus du nom de cette fille.

Andrea fit comme si elle n'avait pas lu exactement le contraire dans le témoignage écrit de Ricky. La meilleure amie d'Emily avait déclaré qu'elle n'était pas allée au bal de promo.

— Vous avez une autre idée de qui pourrait être le meurtrier d'Emily ? demanda Andrea.

— Oh ! vous savez..., commença Ricky en prenant une autre serviette sur le tas. Les gens sont capables de tout pour protéger leurs enfants, pas vrai ?

Andrea entendit une sonnette d'alarme se déclencher dans sa tête.

— C'est vrai, répondit-elle.

— Vous ne pigez pas, hein ?

Ricky secoua une nouvelle serviette.

— Emily avait du mal à être méchante avec les gens, même avec ceux qui le méritaient. Clay les appelait « la collection de jouets cassés d'Emily ». Et Cheese était le plus abîmé de tous. Il traînait toujours autour d'elle, un peu comme un petit chien triste, et elle, elle était gentille avec lui, mais pas comme il l'aurait voulu.

Andrea voulait s'assurer qu'elle comprenait bien ce que Ricky insinuait.

— Vous êtes en train de me dire que Jack Stilton, le commissaire de police actuel, a tué Emily Vaughn ?

— Tout ce que je dis, c'est que ça expliquerait pourquoi personne n'a jamais été inculpé. Le vieux a protégé son fils.

Ricky quitta son linge des yeux pour la regarder.

— N'écoutez pas ce que je raconte, mon chou. Je regarde trop de séries policières à la télé.

Andrea se dit qu'elle en avait entendu assez.

— Merci de m'avoir accordé votre temps. N'hésitez pas à me contacter si vous pensez à quelque chose d'autre.

Ricky s'arrêta un instant de mâcher son chewing-gum.

— J'y manquerai pas.

Andrea franchit la porte. En descendant les marches, elle sentit le bout de sa langue toucher machinalement l'intérieur de sa joue. Elle essayait de comprendre ce qui venait de se passer, ne serait-ce que parce que Bible allait lui poser des questions.

Ce dernier attendit qu'elle ait fermé la portière de la voiture et attaché sa ceinture.

— Tu as trouvé quoi ?

— Un sacré guêpier, si tu vois ce que je veux dire.

— Je crois bien, collègue, dit Bible en démarrant, mais en général, c'est une erreur humaine qui provoque ce genre de merdier, et j'ai du mal à croire que tu aies fait une erreur là-bas.

Il ne savait pas à quel point il se trompait.

— Ricky pense que c'est Stilton qui a tué Emily Vaughn.

Il eut un petit rire surpris.

— Stilton fils ou Stilton père ?

— Stilton fils. Jack. Et le père aurait étouffé l'affaire.

— Bah ça alors, elle est bonne, celle-là ! dit-il, l'air peu convaincu. Mais ce que j'entends, c'est que tu m'as l'air d'avoir monté deux chevaux à la fois, là-dedans.

Elle sentit le reproche, mais elle continua de filer la métaphore.

— Oui, et on peut dire que Ricky m'a bien fait cavaler. Dès le départ, elle a mis le sujet Emily Vaughn sur le tapis. Je n'ai même pas eu le temps de boire mon Pepsi. Dean Wexler a fait la même chose, tout à l'heure, dans le pick-up. C'est comme s'ils récitaient tous les deux un scénario identique : d'abord, ils parlent de la juge, ensuite, ils évoquent Emily, et pour finir, on se retrouve en plein guêpier.

Bible fronça les sourcils.

— Que t'a dit Ricky, exactement ?

Elle essaya de résumer la conversation point par point.

— Elle m'a raconté comment son frère s'est noyé au Nouveau-Mexique deux semaines après la mort d'Emily. Elle m'a dit à quel point elle avait été une amie merdique pour Emily. Et ensuite, quand je l'ai enfin poussée à aborder le sujet de la ferme, elle s'en est prise à Dean Wexler.

— Et pas à Nardo ?

— Elle dit qu'il n'est pas impliqué dans les trucs que fait Dean, mais bon… Je ne sais pas. Il est forcément au courant de ce qui se passe. Enfin, encore une fois, ce type est clairement un sadique. Peut-être qu'il aime regarder ?

Elle éprouva le besoin d'écrire tout cela dans son calepin afin de ne pas perdre le fil.

— Ricky affirme qu'il n'était pas du tout question de ces histoires de secte et compagnie quand elle vivait à la ferme.

— Et tu la crois ?

— Je ne sais pas.

Elle se dit qu'elle ferait aussi bien de se faire tatouer ces quatre mots sur le front.

— Elle a peur d'eux, je crois. De Wexler plus que de Nardo, c'est net.

— C'est logique, dit Bible. C'est lui qui contrôle l'argent. C'est lui le boss. Continue.

— Dean aurait obtenu une mesure d'éloignement permanente à l'encontre de Ricky. On peut vérifier ça ?

— Je mets Leeta sur le coup.

Il tapota sur son téléphone tout en conduisant.

— C'est le mot *permanente* qui te fait tiquer ? demanda-t-il à Andrea.

— Oui, répondit-elle. Avec une mesure temporaire, le juge se contente d'une déclaration sous serment, et la mesure expire au bout de quelques mois ou de quelques années. Pour convaincre le juge d'opter pour une mesure d'éloignement permanente, il y a une audience au cours de laquelle il faut présenter une déclaration faisant état d'un danger, apporter des preuves de violences et d'abus, et donner des détails suffisamment parlants.

— Exact, dit Bible. Quoi d'autre ?

— J'imagine que le truc le plus bizarre, c'est quand Ricky m'a dit que les saloperies qui se passaient à la ferme étaient les mêmes que celles qui étaient arrivées à Emily.

Bible réfléchit à cette déclaration.

— Ça n'a aucun sens. Tu lui as demandé des explications ?

— J'ai essayé, mais le sèche-linge s'est mis à sonner à ce moment-là. Quand elle est remontée, elle a tout balayé d'un revers de main.

— Bon, fit-il. Et ta petite entorse au quatrième amendement a donné quoi ?

Elle sortit son iPhone. Elle allait devoir organiser ses photos en albums pour ne pas risquer d'envoyer accidentellement celles de ses vacances sur le cloud des US Marshals. Elle fit défiler les images tout en parlant.

— Il y avait un tas d'albums de promotion, depuis l'école élémentaire. Beaucoup de photos, dont une de groupe, pliée en accordéon pour faire disparaître Emily. Un Zippo. Le certificat de décès d'Eric Blakely, daté du 23 juin 1982 au Nouveau-Mexique. Un certificat de décès au nom d'Al Blakely datant de 1994. Je suppose que c'est Big Al. J'ai aussi trouvé une police d'assurances obsèques à son nom.

— Hmm, fit Bible.

Elle avait retrouvé la photo de la boîte métallique. Elle la lui montra.

— Est-ce que c'est une petite boîte à cigares, ou un porte-cartes ? Ou bien…

Il rit.

— C'est un index de poche.

— Je n'ai aucune idée de ce que c'est.

— Ça date de l'âge de pierre, avant que les gens se mettent à transporter toute leur vie dans leur téléphone.

Il pointa le doigt en direction de la petite fenêtre allongée avec les lettres.

— Il faut aligner le petit curseur, là, sur les lettres correspondantes. Par exemple, pour Bible, tu le mets sur A-B, pour Oliver, tu le fais glisser sur…

— O-P, dit-elle. C'est un carnet d'adresses, quoi.

— Tu as tout compris, collègue. Donc, si je voulais chercher ton numéro, je ferais glisser le curseur jusqu'aux lettres O-P, j'appuierais sur le bouton au bas du boîtier, et le dessus s'ouvrirait et afficherait toutes les pages pour les noms commençant par O et P.

Elle zooma sur la photo qui montrait le bas de la boîte. Le bouton n'était pas plus grand qu'une écharde incrustée dans le boîtier.

— Comment on appuie là-dessus ?

— Avec l'ongle du pouce, répondit Bible. Quand on ne le faisait pas délicatement, on finissait avec un bleu sous l'ongle. C'était très désagréable. Vous, les gamins de la nouvelle génération, vous ne savez pas à quel point vous avez la vie facile.

Elle se dit que sa vie serait infiniment moins stressante si elle n'avait pas de portable.

— Ce carnet d'adresses devait appartenir au frère de Ricky ou à son grand-père. Il y avait leurs noms sur tout le reste, dans le tiroir.

— Le tiroir ?

Bible répéta ces mots d'un ton soupçonneux.

— Tu avais une raison valable pour regarder dans un tiroir ?

Elle rougit.

— J'avais une justification.

— Collègue, pour info, les justifications, ça ne me suffit pas. Moi, j'ai besoin qu'on la joue réglo. La fin ne justifie pas toujours les moyens.

Il avait dit cela d'une voix douce, mais la réprimande était ferme.

— Compris ?

— Compris, répondit-elle en se forçant à le regarder dans les yeux.

— Très bien, la leçon est apprise. Tu peux ranger ça.

Elle éteignit son téléphone. Elle ne se rendait compte de son désir d'impressionner Bible qu'à présent qu'elle l'avait déçu.

— Ça n'a servi à rien. Je n'ai pas trouvé d'informations susceptibles d'aider Star Bonaire ou les autres filles de la ferme. Ricky m'a bien roulée. Je suis désolée.

— Madame, il faut arrêter de dénigrer ma coéquipière.

Il gara à nouveau la voiture le long du trottoir, puis il détacha sa ceinture de sécurité et se tourna sur son siège pour lui faire face.

— J'aimerais te dire un truc, collègue. Tu vas croiser deux types de personnes au cours de ce qui sera, j'en suis sûr, ta longue et brillante carrière dans les forces de l'ordre : les gens qui veulent te parler et ceux qui ne veulent pas.

— OK, dit-elle.

À l'évidence, sa formation n'était pas terminée.

— Face à chaque catégorie, tu devras te demander : *Pourquoi ?* Si le type reste fermé comme une huître, ça ne veut pas toujours dire que c'est un mauvais gars. Peut-être qu'il a vu des vidéos de gens qui te ressemblent en train de faire du mal à des gens qui lui ressemblent. Ou peut-être qu'il a juste envie de s'occuper de ses affaires et de garder son clapet fermé. Et c'est très bien comme ça, parce que ne pas parler à la police est un de ses droits inaliénables en tant que citoyen américain. Bon sang ! Tu as déjà lu ton contrat de travail ? Tous les syndicats des forces de l'ordre font écrire noir sur blanc qu'on ne peut pas interroger un agent de police sans la présence d'un avocat. Ce qui vaut pour les uns vaut pour les autres, c'est l'ironie de la chose.

Elle se mordilla l'intérieur de la joue.

— Ricky voulait vraiment me parler.

— Ça, c'est la seconde catégorie, dit Bible. Ceux-là, parfois, ils veulent juste se rendre utiles. Parfois, ils ne savent que dalle, mais ils ont envie de participer à l'action. Ou alors ils essaient d'infléchir tes réflexions dans un sens qui les arrange. Ou peut-être qu'ils sont carrément coupables et qu'ils veulent savoir ce que tu sais. Ou peut-être que ce sont juste des fouille-merde.

— Ricky pourrait appartenir à n'importe laquelle de ces catégories, reconnut Andrea. Je ne sais pas ce qu'elle a derrière la tête, mais, à la fin de notre conversation, mon instinct me disait qu'elle cachait quelque chose.

Pour une fois, ce fut Bible qui sortit son téléphone. Les yeux plissés, il tapa sur l'écran. Il trouva rapidement ce qu'il cherchait et lui tendit son portable.

Elle ne savait pas à quoi s'attendre, mais certainement pas à une lettre scannée. Taille de police 12. Times roman. Encre noire sur fond blanc. Une phrase, tout en majuscules.

ÇA TE PLAIRAIT QUE LE MONDE ENTIER SACHE QUE TON MARI ÉTAIT VIOLENT ENVERS TOI ET TA FILLE, MAIS QUE TU N'AS RIEN FAIT POUR LA PROTÉGER ?

Andrea regarda Bible.

— Continue, dit-il.

Elle passa à la deuxième page scannée.

TU AS SACRIFIÉ TON ENFANT À TA CARRIÈRE ! TU MÉRITES TA CONDAMNATION À MORT PAR LE CANCER !

Elle regarda à nouveau Bible.

— Ce sont les menaces qui ont été envoyées à la juge ?

— Ouaip.

Elle plissa les yeux.

— Alors, d'après la première, Franklin Vaughn maltraitait sa femme et son enfant.

— C'est ça, confirma-t-il. Continue de lire.

TU CRÈVES DU CANCER ET TON MARI EST UN LÉGUME, MAIS TOUT CE DONT TU TE SOUCIES, C'EST L'EMPREINTE QUE TU VAS LAISSER !

Elle se rappela que Bible lui avait dit qu'il y avait des *détails précis* sur la vie privée de la juge qui rendaient ces menaces de mort crédibles.

— Ricky m'a dit que le cancer de la juge était un secret de Polichinelle. Tout le monde sait qu'elle est en phase terminale.

— Continue de lire.

Andrea téléchargea le scan suivant.

TU VAS CREVER, ESPÈCE DE SALOPE ARROGANTE, INUTILE, PERSONNE NE T'AIME ! TOUT LE MONDE VERRA TON IMPOSTURE. JE VAIS FAIRE EN SORTE QUE TU SOUFFRES !

Et le suivant.

TU MÉRITES UNE MORT LENTE, DOULOUREUSE ET TERRIFIANTE POUR CE QUE TU AS FAIT ! PERSONNE N'EN AURA RIEN À FOUTRE QUAND TON CADAVRE POURRIRA DANS TA TOMBE ! JE VAIS BIENTÔT TE TUER. SURVEILLE TES ARRIÈRES !

— Les marshals chargés de la sécurité au tribunal passent au crible tous les mails que les juges reçoivent, expliqua Bible. Le premier de ces messages n'avait pas l'air trop inquiétant, alors il a été archivé. Puis le deuxième est arrivé le lendemain, et il ciblait le cancer de la juge, alors ils lui en ont parlé et ils lui ont proposé une protection, mais elle a dit que ce n'était pas une affaire d'État. Puis les troisième et quatrième messages sont arrivés le surlendemain et le jour suivant, et la juge les a également considérés comme insignifiants. Ce qui est sa prérogative. On ne peut pas l'obliger à accepter une protection. Mais ensuite, c'est à Baltimore, à l'adresse de sa résidence personnelle, que la cinquième lettre est arrivée, accompagnée du rat mort, et c'est là qu'on a fait appel à moi.

— Ça fait penser à un comportement psychotique, dit Andrea, d'envoyer des lettres à intervalles si rapprochés.

— Absolument.

— C'est Esther qui a demandé que ce soit toi qui interviennes ?

— Elle n'a pas eu besoin de le faire, répondit Bible. La patronne me tient au courant des lettres depuis le début, et ma femme, Cussy, garde un œil sur Esther parce qu'elle lui est reconnaissante de ce qu'elle a fait pour moi, il y a quelques années.

Andrea comprenait enfin leur mode de fonctionnement.

— Alors la patronne et ta femme étaient d'accord pour que ce soit toi qui assures la sécurité de la juge jusqu'à ce que l'enquête permette de neutraliser la menace ?

— Tu vois, quand je te disais que tu étais maligne !

Elle ne voulait pas d'une médaille en chocolat.

— Est-ce que la juge a reconnu qu'Emily et elle avaient été victimes de violences de la part de son mari ?

— La juge ne répond pas aux questions auxquelles elle n'a pas envie de répondre.

Cela ressemblait bien à Esther Vaughn, mais il était difficile de dire si son silence était une confirmation ou un déni.

Voilà où cela menait, d'être impérieuse.

Elle passa les scans en revue, relisant les cinq lettres. En termes de menaces de mort, elle avait déjà vu bien pire. Elle-même avait reçu davantage de vitriol quand elle avait naïvement donné son avis lors de la discussion sur Philip Guston sur la page Facebook de l'École d'art et de design de Savannah. Elle ne connaissait aucune femme qui n'avait pas reçu au moins une menace de viol sur Internet pour avoir seulement exprimé son opinion.

Le téléphone vibra. Bible avait reçu un mail. Andrea ne put s'empêcher de lire la notification.

— C'est Leeta qui répond à ta demande au sujet de la mesure d'éloignement de Ricky, dit-elle.

— Jette un œil.

Elle ouvrit le mail et cliqua sur la pièce jointe. L'ordonnance émise par le juge à l'encontre de Ricky Jo Blakely Fontaine apparut à l'écran.

LA PARTIE ADVERSE EST INFORMÉE PAR LA PRÉSENTE QUE TOUTE VIOLATION INTENTIONNELLE DE CETTE ORDONNANCE PERMANENTE EST UNE VIOLATION CRIMINELLE QUI ENTRAÎNERA SON ARRESTATION IMMÉDIATE.

— Purée…, murmura Andrea.

C'était on ne peut plus clair. Elle survola le laïus juridique habituel et s'arrêta sur la demande de mesure d'éloignement. Elle fit défiler la page jusqu'au cœur de la plainte de Bernard Fontaine et la lut à voix haute, à l'attention de Bible.

— « À plusieurs reprises au cours des dix dernières années, mon ex-femme, Ricky Jo Blakely (Fontaine), s'est présentée chez moi et chez mon associé, Dean Wexler, pour me menacer verbalement. La dernière fois, elle était ivre et a laissé une flaque de vomi sur le pas de ma porte (cf. photo ci-jointe). Au cours de ces six derniers mois, ses agressions se sont aggravées. Elle a crevé tous les pneus de ma voiture (cf. photo ci-jointe). Elle a jeté une pierre sur la fenêtre de ma chambre (cf. photo ci-jointe). Elle a menacé certains employés sur mon lieu de travail (cf. déclarations sous serment ci-jointes). Elle a envoyé à plusieurs organismes gouvernementaux des lettres anonymes dans lesquelles elle affirme que mon associé (Wexler) et moi-même dirigeons une exploitation illégale (cf. copies ci-jointes). Elle est venue hier soir sur mon lieu de travail et a brandi une arme (un couteau) en menaçant de me tuer. J'ai dû appeler la police (cf. rapport ci-joint). Lors de son arrestation, elle a menacé verbalement de nous tuer tous les deux, Dean Wexler et moi. Elle est actuellement en détention, mais je craindrais pour ma vie si elle venait à être libérée. »

— Eh bien, dis donc ! Toutes les conditions sont effectivement réunies pour une mesure *permanente*, commenta Bible. On dirait que cette bonne vieille Ricky Jo est enragée. C'est arrivé quand, tout ça ?

— Merde, c'était il y a seulement quatre ans.

En voyant la date, elle avait failli lâcher le téléphone. Ce n'était pas un guêpier dans lequel elle s'était fourrée ; c'était un véritable nid de frelons.

Chez elle, Ricky avait fait en sorte de paraître anéantie par son divorce et terrifiée par Nardo et Wexler ; mais quand on était terrifié par quelqu'un, on n'allait pas crever ses pneus ni vomir sur le pas de sa porte, après seize ans de séparation. Si on faisait tout ça, c'était pour attirer l'attention de cette personne.

Elle regarda Bible. Il semblait attendre qu'elle comprenne quelque chose, quelque chose qui n'avait rien à voir avec l'injonction d'éloignement.

— J'étais en train de te parler de Ricky, et tu m'as montré les menaces de mort envoyées à la juge, dit-elle.

— C'est exact.

Elle émit une hypothèse.

— Tu penses que c'est Ricky qui a écrit les menaces de mort.

Il eut l'air content.

— Encore exact, collègue.

— Merde, chuchota-t-elle, car elle n'en était pas sûre du tout.

Rétrospectivement, cela expliquerait l'absence de violence sexuelle dans les menaces. Et le rat. Il y avait des pièges tout le long de la promenade de planches. Ricky n'aurait pas eu à aller trop loin pour en trouver un. Sans compter que les lettres timbrées avaient été déposées dans la boîte postale bleue située au bout de Beach Road.

— Pourquoi ? demanda-t-elle à Bible. Qu'est-ce que la juge a bien pu faire à Ricky ?

— Il y a environ cinquante ans, le snack-bar a brûlé.

Elle se souvenait d'un article qu'elle avait lu sur le site Internet de Chez RJ au sujet de l'incendie dévastateur, mais, à moins qu'Esther Vaughn soit une pyromane, elle ne voyait pas le rapport.

— Et ?

— C'est Big Al qui a élevé Ricky et Eric après la mort de leurs parents dans un accident de bateau, dit Bible tout en la regardant attentivement pour observer sa réaction. Un accord juridique a été conclu avec la compagnie navale, et 200 000 dollars ont été placés sur un compte pour prendre en charge les enfants. Big Al était le fiduciaire. Les enfants étaient au courant de l'existence de cet argent. Ils pensaient que ça couvrirait leurs frais d'université, peut-être même une nouvelle voiture et un acompte pour une maison. À l'époque, avec ce genre de somme, même divisée en deux, on pouvait s'acheter tout un tas de choses.

Les deux années et demie qu'Andrea avait passées à l'université de Savannah lui avaient coûté presque l'intégralité de ce montant.

— Mais le snack-bar a brûlé, dit-elle.

— Exact. Et en tant que fiduciaire, Big Al a estimé qu'il était dans l'intérêt des enfants d'utiliser cet argent pour le reconstruire. Le snack-bar était dans la famille depuis des années. Il a déposé une requête auprès du tribunal. La cour a été convaincue par ses arguments, et tout l'argent a été dépensé.

— Déposé une requête ? répéta-t-elle.

— La cour de la chancellerie du Delaware statue sur les droits civils, les biens immobiliers, les tutelles, les fiducies, ce genre de choses. À l'époque, Esther était chancelière. Elle a autorisé Big Al à utiliser l'argent pour reconstruire le snack-bar. Elle a même ajouté que les études universitaires, c'était bien joli, mais que le snack-bar assurerait aux deux enfants un revenu convenable à vie.

Andrea essaya d'imaginer ce qu'elle ressentirait si le cours entier de sa vie d'adulte avait été changé par une seule personne. En réalité, ce ne fut pas très difficile.

— Je suppose qu'il n'y a pas de preuves, sinon Ricky aurait été arrêtée, dit-elle. Quelqu'un l'a interrogée ?

— On n'attaque pas un serpent à sonnette de front, on l'attrape par la queue, cette saleté.

Elle avait déjà entendu cette expression. La meilleure façon de faire craquer un suspect, c'était de le surprendre avec des informations qu'il ignorait qu'on avait. Les inspecteurs se chargeraient de l'enquête ; Andrea et Bible, eux, étaient là pour faire du baby-sitting.

— La juge sait que c'est Ricky qui a écrit les menaces ?

— Oui, elle le sait, répondit Bible, mais c'est une hypothèse, ça n'a pas été prouvé. Les Marshals protègent les Vaughn au cas peu probable où je me tromperais. Et, je sais que c'est difficile à croire, collègue, mais il m'est déjà arrivé de me tromper.

— Attends une minute, dit Andrea, qui avait repéré une faille dans ses explications. Hier soir, tu m'as dit que le profil d'une personne qui menaçait un juge correspondait le plus souvent à un homme blanc d'âge moyen avec des tendances suicidaires.

— C'est vrai. Ce qui ferait de Ricky une exception. Règle numéro…

— Oh ! arrête avec ça !

— OK, OK !

Son grand sourire satisfait lui rappela Mike.

— J'aurais pu te dire dès le départ que j'avais Ricky dans le collimateur. Je te baladais un peu, collègue. Tu me caches des trucs, je te cache des trucs. Il faut qu'on puisse se faire confiance, pas vrai ? Sans rancune ?

— Sans rancune.

— Fantastique ! Alors, il y a autre chose qu'il faut que tu saches : si Ricky est une exception, c'est seulement parce que c'est une femme. À ma connaissance, elle a déjà tenté de se suicider trois fois.

Elle en resta bouche bée.

— La première fois, elle a crashé seule sa voiture quand elle avait la vingtaine. La deuxième fois, elle a fait une overdose en pleine rue le jour de son quarantième anniversaire. Plutôt spectaculaire, la circulation a été complètement interrompue. La troisième fois, c'était en garde à vue ; elle a essayé de se pendre dans la cellule de détention de Stilton, après que Dean l'a fait arrêter pour violation de sa mesure d'éloignement.

— Tu as demandé à Stilton s'il y avait eu des tentatives de suicide, et il n'a pas du tout parlé de Ricky.

— Ouaip, ce qui veut dire qu'il mentait, répondit Bible. Les deux premières tentatives, je veux bien qu'elles lui soient sorties de la tête, mais la dernière a eu lieu il y a quatre ans, et ça s'est passé dans sa propre boutique.

Elle dut prendre un moment pour réfléchir à tout cela. Une seule raison évidente pouvait pousser Stilton à vouloir éloigner deux US marshals de son territoire.

— Tu as rigolé quand je t'ai raconté que Ricky m'avait dit que Jack Stilton avait tué Emily, dit-elle.

— Je n'affirmerais pas que Jack n'est pas sur ma liste, mais il y a de bien meilleurs suspects.

Clayton Morrow. Jack Stilton. Bernard Fontaine. Eric Blakely. Dean Wexler.

— Ma question va te paraître insensée, mais est-ce que la perte de l'argent de la fiducie pourrait être le mobile de l'agression d'Emily ? Visiblement, Ricky est aujourd'hui encore furieuse à ce sujet. J'imagine que son frère et elle estimaient que la juge avait détruit leur vie et qu'ils lui en voulaient peut-être au point de se venger sur sa fille.

— Les témoins n'ont pas dit qu'Eric était dans le gymnase au moment de l'agression ? demanda Bible. Et personne n'a vu Ricky dans les environs, ce soir-là.

— Mais les témoins ne sont pas toujours fiables. Tous les membres du groupe d'amis d'Emily ont un alibi. Ils ne peuvent pas tous dire la vérité.

— C'est vrai. Et les gens ne disent généralement que ce qu'ils pensent qu'on veut entendre.

— Je crois que j'ai répondu moi-même à ma question insensée. Ça n'avait rien à voir avec la juge et la fiducie. Le meurtrier d'Emily n'en voulait pas à Esther. Il en voulait à Emily. Il lui a réduit le visage en bouillie. Il lui a cassé deux vertèbres cervicales. Il l'a déshabillée et jetée dans une benne à ordures. Pourquoi faire tout ça, au lieu de la jeter dans l'océan, qui n'était qu'à vingt mètres ?

— Parce que c'était une affaire personnelle, et que l'assassin n'était pas vraiment doué pour le meurtre.

— Ça nous ramène au mobile que tout le monde a en tête depuis le début : Emily allait nommer publiquement le père de son bébé, et celui-ci l'a fait taire.

— Exactement.

Visiblement, Bible était arrivé à la même conclusion qu'elle.

— Il y a quarante ans, Wexler s'est lui-même déclaré hors jeu, dit-il. Il a prétendu être stérile.

Elle le savait grâce à ses lectures.

— Bob Stilton l'a pris au mot, mais il n'y a ni dossier médical, ni déclaration sous serment d'un médecin dans le…

— Le dossier ? demanda-t-il en souriant à nouveau de son air content de lui.

Il avait réussi à lui faire admettre qu'elle avait lu le dossier de l'enquête sur Emily Vaughn.

— Tu as autre chose à me dire ? ajouta-t-il.

Elle connaissait un détail supplémentaire, mais il ne provenait pas du dossier d'Emily.

— Dean Wexler m'a dit qu'Emily s'était droguée lors d'une fête, et que c'était comme ça qu'elle s'était retrouvée enceinte. Il m'a dit qu'elle n'avait jamais su qui lui avait fait ça.

La nouvelle ne sembla pas surprendre Bible, mais il avait parlé avec davantage de personnes qu'elle, y compris la propre mère d'Emily.

— Je suppose que tu as ta petite théorie sur ce qui s'est passé ce soir-là ? demanda-t-il.

Effectivement, elle en avait une.

— Emily Vaughn s'est fait agresser entre 18 heures et 18 h 30, le 17 avril 1982. Le soleil s'est couché aux alentours de 19 h 42, ce jour-là.

Il commença à hocher la tête, comme si c'était ce qu'il voulait entendre.

— La violence de l'attaque semble indiquer que la victime connaissait son agresseur. L'arme était déjà dans l'allée, alors il s'agissait sans doute d'un acte non prémédité. On a retrouvé des fils noirs sur la palette, mais tous les garçons étaient en noir ce soir-là. Après l'agression, le meurtrier a probablement caché

Emily derrière un tas de sacs-poubelles et attendu qu'il fasse nuit pour la déplacer.

— Quoi d'autre ?

— Les déclarations des témoins. Stilton a dit qu'il avait quitté le bal de bonne heure et qu'il avait regardé la télé avec sa mère. Clay dansait avec une pom-pom girl, mais les horaires sont incertains. Pour Nardo, c'est pareil – les gens l'ont vu, puis ils ne l'ont plus vu. Idem pour Dean Wexler, qui était là-bas en tant que chaperon. Eric était au bal. Des témoins l'ont vu se disputer avec Emily peu de temps avant l'agression. Puis ils l'ont vu s'en aller à pied. Dans son témoignage, Eric affirme qu'il est rentré tôt et qu'il a passé le reste de la soirée à regarder des films avec sa sœur.

Andrea dut s'interrompre pour reprendre son souffle. Elle disposait d'un nouvel élément.

— À l'époque, le témoignage de Ricky confirmait le récit d'Eric, mais tout à l'heure, chez elle, elle m'a dit que Clay ne pouvait pas être le tueur parce qu'elle l'avait vu danser toute la soirée avec une pom-pom girl, au bal.

L'impassibilité de Bible se fissurait.

— Essaie de distinguer un avant et un après. Retourne chez Ricky en pensée. Comment se comportait-elle quand tu es arrivée ? Et quand tu es partie ? Maintenant, creuse entre ces deux moments. Est-ce qu'elle était nerveuse ? Est-ce qu'elle te regardait dans les yeux, ou…

— Elle avait l'air épuisée quand elle a ouvert la porte, comme si elle n'avait pas dormi de la nuit, mais quand elle est revenue du garage, elle était surexcitée, et elle est restée dans cet état jusqu'à ce que je parte.

Andrea avait déjà deviné ce qui pouvait expliquer cela.

— Quand je suis arrivée, Ricky a avalé deux comprimés d'un de ses flacons de médicaments. Je pense que, quand elle est revenue du garage, les médocs avaient fait effet. Elle s'est éloignée du script. Elle s'est involontairement située à proximité de la scène de crime, alors qu'elle n'y était manifestement pas. Pire, elle a disculpé Clay Morrow.

— En quoi est-ce que c'est pire ?

— Eh bien…

Elle haussa les épaules. Pour une fois, sa relation personnelle avec Clay paraissait sans importance.

— Ce n'est pas très malin. Tout le monde en ville pense que c'est Clay qui a tué Emily. Pourquoi lui fournir un alibi ? Quitte à faire porter le chapeau à quelqu'un, autant choisir le type qui est déjà en prison.

Bible ne répondit pas. Il regarda à travers la vitre et se gratta le menton, perdu dans ses pensées.

Andrea laissa échapper un long soupir. Le poids qui lui oppressait la poitrine avait disparu. Cela la soulageait de pouvoir enfin parler d'Emily Vaughn. Cependant, ce n'était qu'une maigre consolation, car elle n'était toujours pas près de savoir si Clay Morrow était déjà un meurtrier sadique avant de rencontrer Laura, ou s'il l'était devenu par la suite.

— Collègue, je vais te dire un truc que tu n'entendras pas souvent, dit Bible. Je me suis trompé. En fait, notre problème, c'est qu'on a *deux culs sur un seul cheval*, là.

Elle rit.

— J'accepte d'être l'un de ces culs-là si tu laisses tomber la métaphore du cheval.

— C'est d'accord, répondit-il. Alors, on a Stilton, Nardo, Dean et Ricky. Qu'ont-ils en commun ? Ils sont tous directement ou indirectement liés à la fois aux activités de la ferme et au meurtre d'Emily Vaughn.

Elle acquiesça d'un signe de tête.

— Tu as déjà entendu parler de la défense CPMCL ?

— C'est Pas Moi, C'est Lui, dit Andrea.

La plupart des criminels étaient tout disposés à dénoncer d'autres criminels, surtout s'ils arrivaient ainsi à négocier un accord qui leur épargnait la prison.

— Mais en quoi ça nous aide ? On n'a de moyen de pression sur aucun d'entre eux. Tu ne peux pas accuser Ricky d'être l'auteure des menaces de mort. On n'a personne à l'intérieur de la ferme qui soit disposé à dénoncer Nardo ou Wexler. Eric Blakely est mort. Clay Morrow va se foutre de notre gueule parce qu'il s'ennuie et qu'il peut se foutre de n'importe qui. Stilton peut toujours dire qu'il avait oublié les tentatives de suicide de Ricky, ou bien qu'il était gêné d'en parler parce qu'elle a failli mourir alors qu'elle était sous sa garde. Ce qui se comprendrait, parce que ça craint vraiment.

Bible attendit un peu pour s'assurer qu'elle avait terminé.

— Ricky était tellement flippée qu'elle a dû prendre des cachets quand tu as débarqué chez elle. Pour essayer de te faire peur, Wexler n'a pas hésité à t'agresser, *toi*, une US marshal ! Nardo a d'abord invoqué son droit au silence, puis il t'a suivie pour discuter avec toi. Quant à Stilton, soit c'est le pire flic du monde, soit il essaie de nous tenir éloignés de la ferme parce qu'il a peur qu'on découvre quelque chose.

Le silence retomba dans la voiture, mais cette fois, c'était Andrea qui était en pleine réflexion.

— Ils sont tous en train de paniquer, conclut-elle. Stilton ne t'a pas appelé pour le suicide d'Alice Poulsen. C'est Ricky qui t'a donné l'info au snack-bar, mais seulement après que Nardo, Wexler et elle ont eu le temps d'accorder leurs violons.

— On les a emmenés exactement là où on le voulait. D'après mon expérience, les gens qui paniquent ont tendance à faire beaucoup d'erreurs. C'est à ce moment-là qu'on fait monter la pression.

La pression... Andrea trouvait qu'elle montait plutôt lentement. Elle avait l'impression d'avoir passé chaque seconde écoulée depuis son départ de Glynco à essayer de surfer sur une vague qu'elle n'arrivait pas à attraper. Même si cela lui faisait du bien de parler de l'affaire Emily Vaughn avec Bible, ils ne l'avaient toujours pas élucidée ; et pendant ce temps-là, Alice Poulsen était toujours morte, et Star Bonaire, qui n'était plus qu'un cadavre ambulant, continuait pour ainsi dire de creuser lentement sa propre tombe.

Pourquoi Andrea s'était-elle enrôlée dans les Marshals ? Elle n'avait pas de réponse catégorique à cette question, mais ce qui était sûr, c'était qu'elle n'avait certainement pas survécu à plus de quatre mois d'enfer absolu pour finir par rester assise sur son cul alors qu'une jeune femme désespérée la suppliait de l'aider.

— Qu'est-ce qu'on peut faire ?

— Il est 17 h 15, collègue. Qu'est-ce que tu crois qu'on va faire ?

Elle ravala sa déception. C'était l'heure d'aller relever Mitt Harri et Bryan Krump. Les deux hommes surveillaient la propriété des Vaughn depuis 6 heures du matin. Andrea et Bible devaient prendre leur service quarante-cinq minutes plus tard.

— Règle numéro 3 des Marshals, dit Bible. Toujours faire son boulot.

Andrea s'adossa au mur en attendant qu'on appelle son numéro de commande au McDonald's. Bible et elle étaient tombés d'accord pour dire que le snack-bar n'était pas le meilleur endroit où dîner, ce soir-là. Il avait conduit jusqu'à un fast-food en périphérie de la ville, et il lui avait adressé un grand sourire en se garant sur le parking, parce que le restaurant se trouvait exactement à l'endroit occupé quarante ans plus tôt par le grill Chez Skeeter, dans la benne à ordures duquel on avait retrouvé le corps d'Emily Vaughn.

Son téléphone à la main, Andrea faisait machinalement défiler des photos sur Instagram, car il n'y avait littéralement rien d'autre à faire. Les dernières vingt-quatre heures venaient enfin de lui retomber dessus comme dix tonnes de briques. Quatre heures de sommeil, ce n'était pas assez pour une femme adulte normalement constituée. Tous les nerfs de son corps lui semblaient à vif. Elle se sentait émotionnellement vidée. Si elle réfléchissait encore au dossier Emily Vaughn, sa tête allait exploser. Si elle pensait une seconde de plus à Alice Poulsen et à Star Bonaire, son cœur exploserait probablement, lui aussi.

Pour se punir, elle consulta ses textos et passa en revue les diverses tentatives de Mike pour attirer son attention. Les gnous, le dik-dik. Il croyait peut-être sincèrement que c'était pour le travail qu'il avait pris le premier avion pour le Delaware, mais il aurait très bien pu passer un coup de fil. Il voulait la voir en personne. Il voulait s'assurer qu'elle était en sécurité. Et, pour le récompenser, elle lui en avait mis plein la gueule.

Elle garda les yeux rivés sur le curseur qui clignotait dans la boîte de dialogue de sa messagerie. À l'heure qu'il était, Mike était probablement dans un avion pour Atlanta. Elle devait lui présenter ses excuses. Il le fallait. Elle avait été dégueulasse avec lui.

Pourquoi avait-elle été aussi dégueulasse ?

Une notification apparut à l'écran. Laura lui avait envoyé un lien vers les statistiques criminelles de la région métropolitaine de Portland, quartier par quartier. Elle avait ajouté ce commentaire : « Je peux approfondir la question si tu me dis dans quel quartier tu voudrais habiter. »

Andrea éteignit son téléphone. Elle voulait habiter dans un ananas, au fond de la mer.

— Numéro 36 ?

Elle sursauta comme si elle venait de gagner au bingo. Elle attrapa les sacs et les boissons posés sur le comptoir. Bible était au téléphone quand elle ouvrit la portière de son SUV.

— Compris, patronne, dit-il en adressant un clin d'œil à Andrea. On est justement en train d'aller chez la juge. On a un peu de retard. Je crois que je n'aurai pas le temps d'appeler ma femme.

— J'espère qu'elle comprendra, dit Compton avant de mettre fin à l'appel.

Il quitta la place de parking.

— La patronne pense que notre petite opération de mise sous pression mériterait d'être augmentée d'un cran.

Andrea n'était pas d'humeur à jouer aux devinettes. Elle cala leurs verres de Coca dans les porte-gobelets et ouvrit son Happy Meal.

— Elle a demandé au service de presse d'accorder une interview à deux journalistes d'un des plus grands journaux du Danemark, continua-t-il. Plus de la moitié du pays le lit. D'accord, ça représente peut-être deux cents personnes – un peu plus, si on ajoute les quelques hérissons qui suivent l'actualité –, mais cette histoire pourrait éveiller la curiosité ailleurs.

Elle commença à manger ses frites.

— Les journalistes prennent l'avion à la première heure. Ils devraient être à Longbill Beach en fin d'après-midi. Je ne sais pas pour toi, collègue, mais moi, j'imagine bien Ricky se mettre à suer à grosses gouttes quand elle verra deux reporters fouiner en ville. Et tu peux être sûre que Dean Wexler n'appréciera pas non plus que deux Danois curieux viennent toquer à sa porte pour lui demander s'il y a quelque chose de pourri dans l'État du Delaware.

La référence à *Hamlet* lui plut, mais elle ne partageait pas son optimisme.

— En Europe, les lois contre la diffamation sont encore plus strictes que les nôtres. Ils se heurteront au même problème que nous. Les filles de la ferme ne parlent pas. Personne ne parle.

— Règle numéro 16 des Marshals : rien ne sert de courir, il faut partir à point.

Bible déballa son cheeseburger en souriant, mais il sembla percevoir son pessimisme. Il alluma la radio. Les trilles d'une mélopée de *yacht rock* s'élevèrent doucement des haut-parleurs. Conduisant d'une main, il mordit dans son hamburger.

Elle termina ses frites. Elle s'en voulait d'être si abattue alors que son coéquipier faisait preuve d'un optimisme inébranlable. Étant au courant des indicibles tortures qu'il avait subies aux mains des membres d'un cartel de drogue mexicain, le simple fait qu'il parvienne à sortir de son lit le matin aurait dû l'impressionner, de même que ses blagues sur les hérissons. À présent, elle était contente de l'entendre mâcher sur fond de « Rosanna » de Toto. Il ne restait plus que quelques heures de soleil avant que l'une des plus longues journées de sa vie prenne fin. Puis elle allait devoir passer douze heures à arpenter la propriété des Vaughn à cause d'une menace qui n'était plus exactement anonyme.

Pour empêcher ses pensées de tourner en rond, reliant dans une boucle infernale Mike, Emily, Alice, Star, Ricky, Clay, Jack, Nardo, Blake et Dean, elle regarda le paysage à travers la vitre. Ils traversaient un autre quartier résidentiel, pas très chic, celui-ci, mais pas ouvrier non plus. La ville de Longbill Beach était, grosso modo, un grand cercle avec une forêt domaniale en son centre. La maison de Ricky, le centre-ville, la propriété des Vaughn et la ferme étaient les rayons de cette espèce de roue. À pied, il ne fallait probablement pas plus de vingt minutes pour la traverser.

— Hé, collègue ? l'interpella Bible en baissant le volume de la radio. J'ai un aveu à te faire.

Jusqu'à présent, ses aveux avaient plutôt ressemblé à des révélations choquantes.

— Je ne crois pas que tu saches bien ce que ce mot signifie.

Il rit de bon cœur.

— Ne le dis pas à la patronne, mais je me suis arrangé avec Harri et Krump pour qu'on puisse arriver un peu en retard. On n'est qu'à trois minutes à vol d'oiseau de chez la juge. Je me suis dit que tu ne verrais pas d'inconvénient à ce qu'on fasse un autre arrêt.

Il n'attendit pas qu'elle donne son avis. Le 4 x 4 ralentit, et il se rangea sur le bas-côté de la route.

Elle regarda le petit cottage devant lequel ils étaient garés. Le revêtement gris en amiante. Les menuiseries noires sur la façade. La boîte aux lettres recouverte de coquillages. La lucarne à chapeau de gendarme, qui s'ouvrait comme un œil dans le toit de bardeaux. Le jardin était envahi par les plantes, mais ce n'étaient pas des mauvaises herbes. Cet aménagement naturel à faible consommation d'eau lui rappelait le jardin de Laura.

— C'est ici que Star Bonaire a grandi, expliqua Bible. Sa mère y habite toujours. Je me suis dit qu'on pourrait y faire un saut pour bavarder un peu, et voir si Melody Brickel est au courant de la situation de sa fille à la ferme.

Elle surprit le regard furtif qu'il lui lança avant d'ouvrir la portière. Il savait qu'elle reconnaîtrait ce nom. Elle aurait dû être stupéfaite par cette révélation, mais en un sens, c'était presque logique que Melody Brickel soit la mère de Star Bonaire.

Elle jeta un coup d'œil dans la rue avant de le suivre sur le trottoir. Les maisons étaient mieux entretenues et plus espacées que celles du quartier de Ricky. Une Prius jaune était garée dans l'allée. Un long câble était branché à la voiture et serpentait au sol jusqu'à une prise, à l'intérieur de l'abri pour voiture. Il y avait un réservoir qui récupérait le ruissellement des eaux de pluie depuis les gouttières. Des panneaux solaires se dressaient fièrement sur la toiture légèrement incurvée en son milieu. L'expérience qu'avait Andrea des petites villes américaines lui avait appris que les chaînes de pluie en cuivre suspendues à la façade de la maison suffisaient à elles seules à faire passer Melody pour une folle aux yeux de ses voisins.

— Je suppose que cette bonne vieille Star tient sa main verte de sa mère, dit Bible.

Andrea doutait fort que Melody se réjouisse de ce détail. Elle s'arrêta en bas des marches et laissa Bible passer devant elle. Elle ne pensait pas que Melody Brickel les accueillerait avec un fusil AR-15, mais on n'était jamais trop prudent. Parfois, une folle à lier se comportait vraiment en folle à lier.

Bible frappa doucement deux coups à la porte, qui s'ouvrit presque aussitôt.

Une femme âgée aux cheveux noirs courts et ébouriffés les regardait de l'autre côté de la porte moustiquaire. Elle devait avoir l'âge de Ricky, mais elle faisait facilement dix ans de moins. Elle avait également une silhouette incroyable. Son haut noir moulant mettait en valeur ses bras et ses épaules sculptés. Sur le dos de sa main droite, un tatouage coloré représentait un papillon. Son sourcil gauche était percé d'un petit anneau en argent.

— Melody Brickel ? demanda Bible.

— La seule et unique, répondit Melody. USMS ? s'enquit-elle en regardant le T-shirt de Bible. Si le M, c'est pour mormon, vous avez frappé à la mauvaise porte.

— Service des Marshals des États-Unis, précisa Bible en lui adressant l'un de ses plus beaux sourires. Je suis l'agent Bible, et voici l'agent Oliver.

— OK, dit-elle en croisant les bras et en jetant un coup d'œil à Andrea. Laissez-moi nourrir mes chats avant de m'emmener, s'il vous plaît. Je sais que j'ai enfreint mon injonction d'éloignement. Je ne vais pas mentir à un officier de police, par-dessus le marché.

— Vous avez quel genre de chats ?

Melody plissa les yeux, mais finit par répondre.

— Un petit calico plein de poils et un siamois très bavard.

— Moi aussi, j'ai un siamois, il s'appelle Hedy. Ma femme dit que c'est ma petite amie, parce que je l'aime trop.

Melody regarda à nouveau Andrea, puis Bible.

— Excusez-moi, mais je croyais que les marshals passaient leur temps à garder les avions et à rechercher les fugitifs.

— Eh bien, vous n'avez qu'à moitié raison, madame. Les Marshals de l'air appartiennent à l'administration des transports et de la sécurité, au sein du département de la Sécurité intérieure. Les US Marshals relèvent du département de la Justice, et la traque des fugitifs n'est qu'une de nos nombreuses missions.

Il sourit à nouveau.

— Pour le moment, nous sommes seulement là pour bavarder.

Elle n'avait pas l'air amusée.

— D'après mon avocat, je ne dois pas parler à la police sans l'appeler d'abord.

— Ça me semble être un bon conseil.

— Eh bien, ça se voit que vous n'avez jamais eu à payer de frais juridiques.

Elle ouvrit la porte.

— Entrez. Finissons-en vite.

Comme à la ferme de Wexler, Andrea fut surprise par l'intérieur du cottage. En voyant le jardin luxuriant et le système de récupération des eaux de pluie, elle avait pensé que la décoration intérieure de Melody Brickel regorgerait de quilts, d'attrape-rêves et d'autres capteurs d'énergies. Au lieu de cela, celle-ci avait opté pour les grands motifs floraux des années 1970, ponctués çà et là de quelques posters anachroniques de Eurythmics et des Go-Go's qui faisaient de leur mieux pour s'accorder avec toutes ces explosions de couleurs.

— C'est la maison de ma mère, expliqua Melody. J'ai emménagé ici il y a quatre ans, quand j'ai découvert que Star avait perdu la tête. Allons au fond. C'est plus confortable là-bas.

Bible laissa Andrea passer devant, et ils suivirent Melody dans le salon. Andrea regarda sa cheville gauche : le bas de son pantalon était retroussé ; elle ne portait pas de bande argentée.

— Ça, c'est Star. Ma Star, du moins, dit Melody, qui s'était arrêtée devant une série de photographies accrochées dans le petit couloir. Je sais ce que vous devez penser, mais je l'ai appelée comme ça en hommage à Ringo Starr. Elle a laissé tomber le deuxième R au collège. Je vous jure que je ne cherchais pas à l'inciter à rejoindre une secte.

Andrea essaya de ne pas réagir au mot *secte*. Elle se pencha vers les photos. Elle reconnaissait à peine la jeune fille, qui faisait ce que font toutes les jeunes filles sur les photos. Aujourd'hui, Star n'était plus que l'ombre d'elle-même – elle n'avait plus rien à voir avec l'adolescente en bonne santé et pleine de vie qui souriait ouvertement à l'objectif.

Melody dit tout haut ce que tout le monde pensait.

— Elle va finir par mourir si elle reste là-bas.

Andrea la suivit dans la cuisine, qui était tout aussi encombrée que celle de Ricky, mais chaleureuse et accueillante. Quelque chose mijotait dans la grande marmite posée sur la cuisinière. Une odeur de levure emplissait l'air. Une miche de pain cuisait dans le four, ce qui rendait plus poignant encore le souvenir de Star préparant du pain.

— Dites-moi une chose, dit Bible à Melody. Je ne vous le demande pas en tant que marshal, mais juste par curiosité. Pourquoi avez-vous enfreint votre injonction d'éloignement ?

— J'ai entendu parler d'une fille morte dans le champ. Il fallait que je sache si c'était Star ou pas.

Melody s'interrompit pour remuer le contenu de la marmite, sur le feu.

— Maintenant, à votre tour de me dire une chose, monsieur Bible, non pas en tant que marshal, mais en tant qu'être humain : cette fille, elle s'est suicidée, ou elle est morte toute seule ?

— Comment ça, toute seule ?

— Ce qui leur arrive, c'est un suicide lent, dit Melody. À ma connaissance, il y en a déjà deux qui sont mortes de faim. Littéralement. Leur corps a lâché, et elles sont mortes.

— C'était quand ? demanda Bible.

Elle posa la cuillère.

— Il y en a une qui est morte il y a trois ans. L'autre, c'était en mai dernier. Je ne vous donnerai pas leurs noms, parce que vous ne pouvez rien y faire, et que ce serait ajouter à la tragédie que de donner de l'espoir à leurs parents en deuil.

Bible hocha la tête.

— Comment êtes-vous au courant de ces deux décès ? demanda-t-il.

— Je fais partie d'un groupe de parents et de familles qui ont perdu leurs enfants à cause de Dean Wexler. Nous avions un site Internet, mais on nous a obligés à le supprimer. Notre page Facebook était sans cesse ciblée. Ils nous ont même retrouvés sur le dark web. Nos données personnelles ont été divulguées et on a tous reçu des menaces de mort. Chaque centime gagné par cette ferme de malheur sert à protéger Dean Wexler.

La douleur de Melody était palpable, au point qu'Andrea se sentit une nouvelle fois impuissante.

— Et Nardo ?

— Nardo n'a jamais été rien d'autre qu'un sale opportuniste. C'est Dean, le Charles Manson de cet endroit.

Melody reposa le couvercle sur la marmite.

— S'il y a une justice en ce bas monde, Dean mourra dans d'atroces souffrances, conclut-elle.

— En général, la vie vous fait payer votre comportement, dit Bible. Est-ce que par hasard vous connaîtriez les noms de jeunes filles qui seraient parties ? Elles seraient peut-être prêtes à…

— Pas la moindre chance, dit Melody. Monsieur Bible, je n'ai plus un sou de côté. Je vis des aides sociales et en enseignant le piccolo à des enfants de maternelle, parce que chaque centime que j'ai gagné dans ma vie est allé dans la poche des avocats qui n'ont pas pu m'aider à faire sortir ma fille de cet endroit. À mes yeux, toute fille qui aurait eu la force ou le courage de s'éloigner de Dean Wexler mérite qu'on la laisse vivre en paix.

— Je vous comprends parfaitement, dit Bible. Mais pour en revenir à ce que vous disiez au sujet de ces filles qui ont perdu la vie, je me demande pourquoi personne n'a rapporté leurs histoires à la presse ?

— Vous voulez dire au *New York Times* ? Au *Washington Post* ? Au *Baltimore Sun* ?

Elle eut un rire sans joie.

— Des gamines qui se laissent volontairement et lentement mourir de faim, ce n'est pas très intéressant comparé à la pandémie mondiale, aux conspirations délirantes autour des élections, aux révoltes sociales qui éclatent partout dans le monde et aux fusillades de masse qui ont lieu chaque semaine. Les quelques journalistes qui ont répondu à mes appels m'ont conseillé de laisser le temps faire son œuvre.

— Je comprends, dit-il.

— Pardonnez-moi, monsieur Bible, mais je ne crois pas que vous compreniez. Le temps, c'est précisément ce qui tuera ma fille, dit Melody, qui avait posé les mains sur ses hanches. Quand Star s'est fait entraîner dans cette folie, j'en ai parlé avec un spécialiste des troubles alimentaires pour savoir à quoi m'attendre. Ma mère était infirmière. J'ai besoin qu'on m'explique les choses de façon scientifique. De tous les troubles mentaux, l'anorexie mentale est celui qui a le taux de mortalité le plus élevé. En général, le cœur s'arrête, tout simplement. Le corps ne reçoit pas assez de potassium et de calcium pour produire l'électricité nécessaire au maintien d'un rythme cardiaque normal.

Andrea repensa aux mouvements mesurés de Star, dans la cuisine de la ferme. Aux longues pauses qu'elle faisait entre chaque geste. Elle était si sous-alimentée que la moindre dépense d'énergie l'épuisait.

— Et si le cœur ne s'arrête pas, poursuivit Melody, on souffre d'ostéoporose à cause d'une carence en calcium. Les os sont plus susceptibles de se briser, et les fractures ne guérissent jamais. Les infections sont plus graves, aussi, parce que le système immunitaire est affaibli. Les problèmes neurologiques peuvent aller de la crise d'épilepsie à des déficits cognitifs causés par des modifications structurelles dans le cerveau. Et n'oublions pas l'anémie, les troubles gastro-intestinaux, les défaillances d'organes, les fluctuations hormonales, l'infertilité… quoique je suppose que ce dernier point soit très pratique pour Dean et Nardo.

— Comment ça ? demanda Bible.

— Monsieur Bible, je ne suis pas la bonne femme hystérique et fébrile que Jack Stilton a sans doute dû vous décrire. Pour quelle autre raison est-ce qu'ils affameraient et maltraiteraient ma fille, s'ils ne la baisaient pas ?

Les laissant réfléchir à ses paroles, elle les mena jusqu'à la véranda derrière la cuisine.

Cette fois encore, la décoration étonna Andrea. Un mur entier était consacré à une gigantesque collection d'albums vinyles. Dans un coin trônait une batterie professionnelle, ce qui expliquait le lien avec Ringo Starr. Les posters encadrés sur les murs étaient de toute évidence des originaux. Andrea reconnut les festivals : Bonnaroo, Burning Man, Coachella, Lilith Fair, Lollapalooza. Des signatures étaient griffonnées sur les noms des groupes.

— Je travaille surtout comme batteuse de session, maintenant, mais mon mari et moi avons fait des tournées pendant trente ans, expliqua Melody. Ma mère gardait Star quand on était sur la route. Je ne la quittais jamais plus de deux semaines d'affilée, mais elles étaient très proches, toutes les deux. Et puis, il y a quatre ans et demi, maman est morte. Je crois que c'est ce qui a poussé Star à essayer de donner un sens à sa vie. Elle se sentait perdue. N'étant que sa mère, je ne pouvais évidemment pas lui donner ce dont elle avait besoin. Pour le meilleur ou pour le pire, c'est la ferme qui lui a donné quelque chose en quoi croire.

Bible s'assit sur le futon, qui était si bas qu'il avait presque les genoux sous le menton.

— Votre mari part toujours en tournée ?

— Denny est décédé un an avant ma mère. Quand j'y repense, je me dis que c'est à ce moment-là que Star a commencé à filer un mauvais coton. Elle s'essayait aux drogues. Ça ne me posait pas de problème : je l'ai fait aussi, et c'était fabuleux ; mais Star n'a pas réussi à s'arrêter.

Melody s'assit par terre, jambes croisées. Un calico rondouillard surgit de nulle part et grimpa sur ses genoux.

— Dean Wexler mis à part, j'étais plutôt contente quand elle est devenue bénévole à la ferme. Elle a arrêté de se droguer. Elle est redevenue ma petite fille. C'est drôle comme c'est facile de se rendre compte de toutes ses erreurs après coup.

Bible l'éloigna habilement de son examen de conscience.

— C'était comment ? Les tournées, et tout ça ? demanda-t-il.

— C'était le pied.

Elle partit d'un grand rire.

— On n'était pas des stars, mais on était assez bons pour gagner notre vie, ce qui n'est pas donné à tout le monde. Je me faisais appeler Melody Bricks, c'était plus court que Brickel, à ne pas confondre avec Edie Brickell. *That's me in the corner*, pour citer R.E.M.

Andrea se sentait prise de court. Elle avait parcouru du regard la collection de vinyles classés par ordre alphabétique. Le disque *Melody Bricks Experience* était exposé à la lettre B. Une photo de Melody jeune figurait sur la couverture. Elle criait dans un micro, derrière sa batterie. Andrea lut les noms de quelques titres. « Everything Gone » ; « Misery Loves Comity » ; « Absent in Absentia ». Ça faisait très *new wave*.

— Il y a un *Missundaztood* signé, quelque part par là, dit Melody. J'ai eu la chance de participer à la tournée de Pink dans le Midwest, lors du Party Tour. N'hésitez pas à jeter un œil.

Andrea n'était pas là pour admirer sa collection de disques, mais Bible avait réussi à établir avec cette femme un rapport décontracté qu'elle ne voulait pas rompre.

— Attendez… Avant de passer aux choses difficiles…

Melody se pencha et ouvrit une fenêtre. Une légère brise envahit la pièce.

— La ménopause, ce n'est pas pour les chochottes, ajouta-t-elle.

Bible gloussa.

— Là, je ne peux qu'être d'accord avec vous ! Ma femme, Cussy, je ne sais pas comment elle fait.

Melody se rassit par terre.

— Bon, monsieur Bible, même si c'est très sympa de parler de chats et de ménopause avec vous, allons droit au but, s'il vous plaît.

— Ma coéquipière et moi, nous sommes allés à la ferme, ce matin.

Il marqua une pause.

— Nous avons vu votre fille.

Andrea détacha le regard des albums. Les yeux de Melody s'étaient emplis de larmes.

— Est-ce qu'elle…

La voix de Melody s'étrangla.

— Est-ce qu'elle va bien ?

— Elle est vivante, lui répondit Bible. Je ne lui ai pas parlé, mais…

Son téléphone professionnel sonna. Il regarda l'identité de l'appelant.

— Monsieur Bible, je vous en prie, ne décrochez pas.

— C'est juste ma patronne. Elle attendra.

Il coupa la sonnerie.

— Oliver, montre-lui la photo que Star a prise avec ton téléphone.

— Quoi ? s'exclama Melody en se levant. Comment Star a-t-elle eu votre téléphone ?

— Je l'ai laissé en évidence sur le plan de travail, dans la cuisine, à son intention.

Andrea glissa l'album qu'elle avait entre les mains sous son bras, pour pouvoir sortir son iPhone.

— On peut prendre des photos sans le déverrouiller.

— Oui, dit Melody, je sais. Vous pouvez vous dépêcher, s'il vous plaît ?

Andrea composa son code et fit défiler les images jusqu'à la photo en question.

Melody prit le téléphone d'une main tremblante. Elle zooma sur les mots que Star avait tracés dans la farine.

Au secours.

Melody sembla avoir du mal à déglutir. Elle n'essuya pas le flot de larmes qui coulait à présent de ses yeux. Andrea se dit qu'après tout ce qu'elle avait traversé, ces quatre dernières années, il était normal qu'elle soit habituée à pleurer.

— Est-ce qu'elle allait bien ? demanda Melody. Est-ce qu'elle… Est-ce qu'elle a dit quelque chose ou…

Andrea regarda Bible.

— Non, madame, nous ne lui avons pas parlé. Elle était très maigre, mais elle se déplaçait. Il y avait de la farine sur le plan de travail parce qu'elle était en train de faire du pain.

Les larmes de Melody continuèrent de couler sur ses joues tandis qu'elle regardait fixement ce qui devait être la seule preuve de vie récente de sa fille.

— Ce n'est pas la première fois qu'elle fait quelque chose comme ça. Un jour, elle a glissé un message à un livreur. Il y a quelques mois, elle m'a téléphoné en pleine nuit et m'a dit qu'elle voulait rentrer à la maison.

— Qu'est-ce que vous avez fait ? demanda Andrea.

— J'ai fait intervenir Jack. À sa décharge, il y est allé les deux fois et il a essayé de faire un esclandre, mais Star a refusé de coopérer. Elle ne coopère jamais. Je pense qu'elle aime ça, cette attention. Ma psy dit qu'elle doit en tirer quelque chose. Les gens ne font rien s'il n'y a pas une récompense à la clé. Même s'il y a des conséquences négatives. Ce qui est familier a quelque chose de réconfortant.

— Et la fois où…, commença Andrea.

Elle s'interrompit, ne sachant comment formuler la question, et finit par dire les choses de façon abrupte.

— Vous avez essayé de l'enlever et de l'emmener voir un spécialiste de la déprogrammation ?

— Oui.

Melody eut un faible sourire. Elle prit l'album qu'Andrea avait calé sous son bras et s'en servit comme d'une excuse pour changer de sujet.

— Jinx en live à Monterey. Stéphane Grappelli est monté sur scène pour *Daphne*. Vous êtes fan de jazz ?

Andrea secoua la tête.

— Mon père adore, répondit-elle.

— Désolé, mesdames, dit Bible, qui regardait son téléphone personnel. Cette fois, c'est ma femme. Je ne peux pas l'ignorer. Si ça ne vous dérange pas, je vais répondre dehors.

— Je vous en prie, dit Melody.

Elle posa l'album en haut des étagères pendant qu'il quittait la véranda en repassant dans la cuisine. Elle fixa une nouvelle fois la photo des mots de Star dans la farine. Avant qu'Andrea n'ait pu l'en empêcher, elle était passée à la photo précédente.

Le visage émacié d'Alice Poulsen envahit l'écran.

Les yeux vitreux. Les joues creuses. La salive séchée autour des lèvres bleuies.

Il n'y eut aucune exclamation horrifiée.

Melody faisait défiler les clichés, gros plan après gros plan. Elle regardait, l'air impassible, les escarres rouge vif sur les omoplates d'Alice Poulsen. Ses côtes décharnées. Ses ongles fendus. Les bleus autour de ses poignets.

— Savez-vous qu'un poignet couvert de bleus ou foulé est l'un des signes les plus courants de violences domestiques ? demanda-t-elle.

Andrea ressentit soudain l'envie de tenir à nouveau son poignet.

— C'est ma psy qui m'a dit ça, expliqua Melody. Il y a tellement de nerfs, de ligaments et d'os dans cette petite zone. Quand on vous enserre le poignet, vous faites tout ce qu'on vous demande.

Andrea connaissait bien le phénomène qui conduisait à obéir pour échapper à la douleur, mais elle ne l'avait pas envisagé dans le cadre des violences domestiques.

— C'est comme ça que ça a commencé, avec Star. Un jour, elle est rentrée à la maison avec le poignet bandé. À l'époque, elle était au plus fort de sa dépendance. Je n'ai pas voulu savoir comment c'était arrivé. J'étais complètement accaparée par la succession de ma mère et j'essayais de savoir quoi faire de ma vie.

Andrea ne tenta pas de lui trouver des excuses, car elle savait que Melody n'en voudrait pas.

— Dean est un animal… Tout homme qui abuse d'une femme est un animal. Leur instinct leur dit d'y aller doucement, au début. Attrapez-la par le poignet, et voyez comment elle réagit. Puis, par l'épaule, ou par le bras. Et bientôt, ses mains se referment autour de son cou. Ils sont très doués pour repérer celle qui se taira et qui supportera tout ça.

Les yeux de Melody étaient à nouveau rivés sur le téléphone. Elle avait retrouvé la première photo qu'Andrea avait prise d'Alice Poulsen, gisant nue dans le champ. Les larmes de Melody ne s'étaient jamais vraiment arrêtées, mais là, elles coulaient à flots sur ses joues et imbibaient le col de sa chemise.

— Un jour, ce sera Star, et je ne peux rien y faire.

Andrea tentait de reprendre son téléphone avec douceur quand Melody laissa enfin échapper un cri, non pas d'horreur, mais de surprise. Elle avait fait glisser son doigt une dernière fois sur l'écran et avait découvert la photo qu'Andrea avait prise du collage de Judith, sur laquelle on voyait la jaquette de la compilation.

— Mon Dieu, j'avais complètement oublié ça !

Elle s'essuya les yeux.

— Où est-ce que vous avez trouvé ça ?

D'instinct, Andrea protégea Judith.

— Dans une boîte d'affaires ayant appartenu à Emily, chez les Vaughn.

— Bien sûr, dit Melody, aisément convaincue par l'explication. Je n'avais pas le droit de parler à Emily, mais je déposais régulièrement des compils dans sa boîte aux lettres. Celle-là, c'est la dernière que je lui ai faite, avant qu'elle soit assassinée. Regardez-moi cette écriture ridicule… J'essayais de masquer mon identité, au cas où ma mère découvrirait que je lui désobéissais.

Andrea fit semblant de regarder les titres sur la jaquette, mais elle les connaissait déjà par cœur.

— Vous connaissiez bien Emily ?

— Pas autant que je l'aurais voulu. C'était une fille extraordinaire, mais elle avait son groupe. On avait l'amour de la musique en commun. C'est une telle tragédie qu'elle ait disparu et que Dean Wexler soit encore de ce monde.

— J'ai beaucoup entendu parler de la consommation de drogues d'Emily.

— Oh ! c'est des conneries, tout ça ! dit Melody en lui rendant enfin son téléphone. Ne vous méprenez pas, hein… Aucun d'entre nous n'a dit non à la drogue, mais Emily n'a jamais pris de drogues dures. Je déteste parler comme ma mère, mais elle avait de mauvaises fréquentations, voilà tout.

Andrea n'aurait pas pu dire mieux.

— Avez-vous une idée de qui l'a tuée ?

— Eh bien…, commença Melody avant d'expirer lentement. Tout le monde a l'air de croire que c'est Clay. D'ailleurs, regardez ce qu'il a fait après avoir quitté la ville. Si ça, ce n'est pas un schéma récurrent, je ne sais pas ce que c'est.

— Ricky Fontaine a une hypothèse.

Andrea remarqua que Melody avait haussé un sourcil en entendant le nom de Ricky.

— Elle pense que c'est Jack Stilton qui l'a tuée.

— Bordel de merde !

Melody éclata de dire.

— Ricky n'est vraiment qu'une sale menteuse. Ils ont toujours détesté Jack. Toujours, depuis le jardin d'enfants. Nardo surtout ; il prenait un malin plaisir à le torturer. Emily détestait quand il faisait ça. Elle a toujours pris la défense de Jack. Il ne lui aurait jamais fait de mal.

Andrea repensa à l'injonction d'éloignement.

— Ricky peut être très vindicative, remarqua-t-elle.

— Ça, c'est le moins qu'on puisse dire ! La seule chose dont Ricky Blakely se soit jamais souciée, c'est Nardo Fontaine. Il l'obsède complètement, et il ne rate jamais une occasion de la faire tourner en bourrique.

Les mains de Melody s'étaient reposées sur ses hanches.

— Au moins une fois par semaine, Nardo se pointe dans ce snack-bar à la con, tard dans la soirée. Il traîne Star avec lui, pour qu'elle lui serve de public. C'est vraiment répugnant, mais comme je le disais, elle doit bien en tirer un avantage. Ce qui est familier a quelque chose de réconfortant.

Pour la première fois, Andrea mit en doute la véracité des propos de Melody.

— Ricky est sous l'effet d'une mesure d'éloignement permanente. Elle ne peut pas s'approcher à moins de six mètres de Nardo.

— La justice m'a interdit de m'approcher de la ferme, et pourtant, j'y étais ce matin, fit remarquer Melody. La loi importe peu si personne n'est là pour la faire appliquer.

Andrea ne pouvait pas la contredire sur ce point.

— Est-ce que je peux vous demander votre avis sur une autre chose que Ricky m'a dite ?

— Je suis sur ma lancée, dit Melody. Allez-y.

— Elle m'a dit que tout ce qui se passe à la ferme aujourd'hui est la même saloperie que ce qui est arrivé à Emily il y a quarante ans.

Melody ne dit pas « Impossible », ou « Ricky ne raconte que des conneries », ou encore « Bordel de merde ». Elle se contenta d'un :

— Ah... Eh bien, peut-être ?

Andrea sentit son cœur se mettre à palpiter dans sa poitrine. Melody avait connu Emily. Elle connaissait le groupe. Elle savait exactement ce qui se passait à la ferme.

— OK..., commença Melody avant de s'interrompre brièvement pour mettre de l'ordre dans ses pensées. Ma mère m'a raconté des choses avant de mourir. Je ne suis pas censée le savoir parce qu'elle était tenue au secret médical, mais cela n'a sûrement plus d'importance.

Andrea retint son souffle.

— Ça vient un peu de maman, un peu de ce que j'ai entendu dire au lycée, et un peu de ce qu'Emily m'a elle-même raconté. Elle a été droguée et violée au cours d'une fête. Elle n'avait absolument aucun souvenir de ce qui s'était passé. Je ne crois pas qu'elle ait jamais découvert qui l'avait violée. Et ce n'était pas une fête comme celles auxquelles vous pensez. Il n'y avait qu'elle et la clique. C'est-à-dire Nardo, Blake, Ricky et Clay.

— La clique ?

Andrea se souvenait que Ricky aussi avait utilisé cette expression.

— Oh ! oui, *la clique*. Tout le monde les trouvait si mystérieux ! dit Melody en levant les yeux au ciel. Le plus drôle, c'est qu'ils étaient tous un peu pathétiques – et je dis ça alors que je l'étais moi-même. Emily et moi, on était vraiment coincées. Notre passion, c'était l'orchestre du lycée. On portait les mêmes bretelles arc-en-ciel que Robin Williams dans *Mork & Mindy*, et on avait des casques orthodontiques.

Andrea faillit éclater de rire. Elle n'avait pas du tout imaginé cela.

— D'après les photos que j'ai vues, Emily était très jolie.

— Ça ne sert à rien d'être jolie si on ne le sait pas, dit Melody. Ricky était extrêmement impopulaire. Elle était lunatique et très mélodramatique, même pour une adolescente. Et Blake était calculateur. À chaque conversation, il cherchait un moyen de vous exploiter. Et puis, il y avait Nardo. Quand ils allaient en cours, les gamins prenaient carrément un autre itinéraire pour ne pas le croiser. Il était – et il est toujours – incroyablement cruel.

Andrea n'avait jamais entendu personne les décrire de façon aussi lucide.

— Et Clay ? demanda-t-elle.

— Eh bien, c'est lui qui les a réunis, n'est-ce pas ? Il leur donnait le sentiment d'être spéciaux, de faire partie de *la clique*. Sans lui, ils n'étaient personne. Tout ce qu'il leur demandait en retour, c'était un dévouement inconditionnel. Et ça allait jusqu'au cambriolage de voitures, à la consommation de drogues… bref, à tout ce que Clay réclamait d'eux.

Elle accompagna ses propos d'un haussement d'épaules qui laissait imaginer tout ce que le groupe avait accepté de faire pour avoir un sentiment d'appartenance.

— Clay était le seul d'entre eux à être vraiment populaire. Tout le monde l'aimait. Il avait cette capacité étrange à identifier ce qui vous manquait et à combler ce vide. C'était un vrai caméléon, déjà à l'époque.

Andrea savait qu'il l'était encore aujourd'hui.

— Et Dean Wexler ?

— C'était un prof de course à pied louche qui n'arrêtait pas d'entrer *accidentellement* dans le vestiaire des filles quand on se changeait, et aujourd'hui, on peut dire qu'il n'est rien d'autre qu'une pâle copie de Clay Morrow. On aurait pu croire le contraire, puisque Dean était le plus âgé, mais c'est difficile de faire comprendre à quel point l'influence de Clay était néfaste. Dean a été à bonne école.

Le ton de Melody changea à l'évocation du bourreau de sa fille.

— Au moins, Clay avait du charme. Dean est tellement primitif. Tout ce qui l'intéresse, c'est le contrôle. C'est un démon sorti tout droit des entrailles de l'enfer.

— Est-ce qu'on peut revenir sur un point que vous avez mentionné plus tôt ? demanda Andrea, qui essayait subtilement de l'éloigner de Wexler. Quelle a été la réaction d'Emily quand elle a compris qu'elle avait été violée ? Elle a dû être dévastée.

— Oui, elle l'était, répondit Melody. Ma mère était là quand elle a découvert qu'elle était enceinte. Elle m'a dit que cela avait été l'un des moments les plus douloureux de sa vie. Emily était sous le choc. Ma mère a dit que ce n'était pas tant la grossesse que la trahison qui avait mortellement blessé Emily. La clique, c'était toute sa vie. Pour elle, il était inimaginable que l'un d'entre eux ait pu lui faire une chose aussi ignoble. Elle était obnubilée par l'idée de retrouver celui qui lui avait fait ça. Elle appelait ça son « enquête à la Columbo ».

— Comme le détective de la série ?

— Peter Falk. Un acteur incroyable, répondit Melody. Emily menait cette enquête très sérieusement. Je vous ai dit que c'était une intello coincée. Elle a mené de véritables interrogatoires avec les gens. Elle notait tout. Souvent, je la voyais en classe ou dans le couloir en train de relire ses notes, pour essayer de voir si quelque chose ne lui avait pas échappé. C'était comme un journal intime, je suppose. Elle ne s'en séparait jamais. J'avais tellement de peine pour elle. C'est sans doute à cause de toutes les questions qu'elle posait qu'elle a été tuée.

Andrea se demandait si des morceaux de l'enquête d'Emily avaient pu se retrouver incorporés au collage que Judith avait réalisé quand elle était adolescente. Les bribes de phrases ressemblaient au genre de grandes déclarations qu'une jeune fille un peu cucul aurait pu écrire pour se donner du courage…

Continue de chercher ! Tu découvriras la vérité !!!

— Sur quelles personnes Emily a-t-elle enquêté ?

Melody haussa les épaules.

— Les mêmes que celles sur lesquelles le père de Jack a enquêté, je suppose.

Clayton Morrow. Jack Stilton. Bernard Fontaine. Eric Blakely. Dean Wexler.

— En quoi ce qui est arrivé à Emily à cette fête est-il lié à ce qui se passe à la ferme ? Est-ce que Dean drogue les filles ?

— Il n'a pas besoin de les droguer. Manifestement, les filles font tout ce qu'il veut.

Melody haussa encore les épaules.

— C'est malin, n'est-ce pas ? Ils choisissent instinctivement des filles suffisamment vulnérables pour être manipulées. C'est Nardo qui les sélectionne. Je me souviens que Star était emballée par ses entretiens. Je m'en veux de ne pas avoir remarqué qu'elle perdait trop de poids. Enfin, on ne dit jamais à une femme qu'elle est trop mince, n'est-ce pas ?

Andrea secoua la tête, même si elle savait que Melody ne cherchait pas son approbation.

— J'ai arrêté de la voir quand elle est allée vivre à la ferme. Ça fait partie du processus. Dean les isole de leurs familles. D'abord, les visites ne sont pas autorisées, on ne peut que téléphoner, puis tout ce que vous recevez, c'est un mail de temps en temps, et puis plus rien du tout. Tous les parents avec lesquels je parle me racontent exactement la même histoire. Avec le recul, je me dis que c'est aussi ce que Clay avait fait avec la clique. Ils étaient complètement isolés. Tous, sauf Emily, mais sa vie sociale était quand même considérablement réduite à cause de lui.

— Vous êtes au courant, pour les bracelets de cheville que les filles portent à la ferme ? demanda Andrea presque malgré elle.

— Oui.

Melody inspira brièvement. À l'évidence, c'était un sujet difficile à aborder pour elle.

— J'ai vu celui de Star quelques jours après qu'elle a cessé de communiquer avec moi. Je suis allée en voiture jusque là-bas, j'ai tambouriné à la porte et j'ai exigé qu'on me laisse la voir. Elle était si fière de ce bracelet de cheville ; c'était comme si elle avait été initiée à un rite spécial. Apparemment, c'est quelque chose qu'il faut mériter. Comme si Dean était encore professeur et qu'il distribuait des A à ses élèves préférés. Je ne comprends pas.

Andrea ne comprenait pas non plus.

— Vous avez dit qu'il avait un comportement louche, à l'école. D'où vient cette obsession du poids ?

— Il a toujours été porté sur la nourriture saine, les ultra-marathons et tous ces trucs que tout le monde trouvait un peu dingos dans les années 1980. Je me souviens qu'il était particulièrement cruel envers la fille en surpoids de la classe – mais, bien sûr, tout le monde l'était. Les groupes de jeunes, par définition, ça peut être sadique. Mais lui, il la prenait pour cible. Il laissait traîner des programmes de régime sur sa table. Il faisait des bruits de bouche lorsqu'elle marchait.

Melody secoua la tête d'un air dégoûté.

— En tout cas, ce n'est pas difficile de tracer une ligne directe entre le Dean d'autrefois et le Dean d'aujourd'hui, fétichiste de l'anorexie. Et, bien sûr, le sexe reste le sexe. Ça paraît logique qu'il mêle ses deux passions.

— Et Star ? demanda Andrea. Qu'est-ce qu'elle retire de tout ça, elle ?

— Je le lui ai demandé, un jour, à l'époque où elle me parlait encore, et elle m'a sorti tout un tas de conneries sur l'amour, répondit Melody. Le spécialiste des troubles alimentaires m'a appris que, chez les personnes anorexiques, la privation de nourriture peut créer une dépendance et agir comme un hallucinogène sur l'organisme. Au début, on entre dans un état de transe, dans lequel on est très influençable. Puis, finalement, le cerveau s'éteint pour économiser de l'énergie. Alors on perd…

Melody plaqua une main sur sa bouche. Des larmes coulaient à nouveau sur ses joues. Elle pensait évidemment à sa propre fille.

— Prenez votre temps, dit Andrea.

Plusieurs secondes s'écoulèrent avant que Melody ne baisse lentement la main.

— On perd connaissance. C'est ce qui se produit lorsqu'on prive son corps de l'alimentation de base. On s'évanouit. On est totalement inconscient.

Andrea répéta à voix haute les mots de Ricky :

— « Les trucs qui se passent à la ferme sont les mêmes saloperies que celles qui sont arrivées à Emily Vaughn il y a quarante ans. »

— Oui, on peut dire qu'Emily était inconsciente quand elle a été violée. Vous savez, quand j'ai compris ce qui arrivait à Star, tout ce que je me suis dit, au début, c'était : Quel genre de salopard tordu a envie d'avoir des relations sexuelles avec une femme qui est dans un état comateux ?

Clayton Morrow. Jack Stilton. Bernard Fontaine. Eric Blakely. Dean Wexler.

— C'est presque une forme de nécrophilie, non ? La femme n'a aucune idée de ce que l'homme est en train de lui faire. Elle est complètement impuissante, tout du long. Elle ne peut pas lui dire d'arrêter, ni même lui demander de continuer si elle aime ça. C'est un ensemble de trous inanimé. Ça pourrait aussi bien être un mannequin. Quel genre de sadique prend son pied comme ça ?

Andrea baissa les yeux vers sa main gauche. L'hématome commençait à apparaître. Elle avait autour du poignet une bande sombre laissée par les doigts de Dean Wexler.

— Oliver !

Elles sursautèrent toutes les deux quand Bible ouvrit la porte d'entrée à toute volée.

— J'ai besoin de toi ! cria-t-il.

Son ton alarmé déclencha une réaction en chaîne dans le corps d'Andrea.

À l'académie, ils avaient passé des heures à parler de l'adrénaline, et de la façon dont elle pouvait vous sauver ou vous tuer. Également appelée épinéphrine, cette hormone se déversait dans le sang et déclenchait un réflexe de survie face au danger : la lutte ou la fuite. Les sens s'aiguisaient. Le système nerveux s'illuminait. Au niveau microscopique, les voies respiratoires se dilataient et les vaisseaux sanguins se contractaient, redirigeant toute l'énergie vers les poumons et les principaux groupes musculaires.

Sans avoir conscience de ce qui se passait en elle, Andrea se rua vers la porte. Elle fut dehors, le pied sur la première marche de l'escalier, avant même d'avoir compris qu'elle s'était mise en mouvement. Elle bondit dans les airs et atterrit abruptement sur le trottoir. Bible était déjà dans son SUV, la vitre baissée.

— Regarde ! cria-t-il en lui montrant un panache de fumée noire qui s'élevait dans les airs, au loin. C'est la maison de la juge. Appelle les secours !

Il était dans un tel état de panique qu'il n'attendit même pas qu'elle monte dans la voiture. Elle le vit s'éloigner tandis qu'elle composait le 911. Le crépuscule irisait le ciel, et elle arriva à peine à voir Bible prendre un virage serré à gauche, au bout de la rue. Elle ne le suivit pas. Un peu plus tôt, il lui avait dit que la maison n'était qu'à trois minutes de là à vol d'oiseau. La fumée ressemblait à une flèche gigantesque qui lui indiquait la direction à suivre.

L'oreille vissée à son téléphone, elle s'élança à travers le jardin en face du cottage de Melody. Elle sautait par-dessus une clôture grillagée quand l'opératrice des services d'urgence décrocha enfin.

— Il y a un incendie chez…

— La juge Vaughn, dit la femme. Nous avons déjà envoyé des équipes.

Andrea fourra son portable dans sa poche. Elle escalada une palissade en bois, atterrit sur une poubelle, puis dégringola par terre. Elle sentait l'odeur âcre et épaisse de la fumée, à présent. La couleur sombre des volutes indiquait que c'étaient essentiellement des matériaux synthétiques qui brûlaient. Du bois, du Placoplatre et du mobilier. Repoussant ses limites, elle obligea ses jambes à continuer de courir. Elle avait les poumons en feu. Le vent tourna et lui envoya de la fumée au visage. Ses yeux piquaient tellement qu'elle avait du mal à les garder ouverts.

Elle franchit une rangée d'arbres et se retrouva devant la propriété de la juge. Les flammes léchaient l'arrière de la bâtisse. Elle avait arpenté le domaine pendant des heures, la nuit précédente ; elle se rappela l'intérieur de la maison. Deux ailes, une au nord et l'autre au sud. La partie centrale, avec la bibliothèque, le bureau, le salon de réception et la salle à manger. La cuisine à l'arrière, à côté du garage. Elle n'était jamais montée à l'étage, mais elle savait que la juge et son mari dormaient au premier, dans l'aile nord. Elle avait vu les lumières allumées dans leur chambre quand elle avait fait le tour de la maison. Leur balcon donnait sur l'atelier de Judith.

— Merde ! gémit-elle en se remettant à courir à toute allure.

L'atelier.

De l'essence de térébenthine. De la colle en spray. Des peintures. Du mordant. Des acides. Des toiles, du bois, et tant de choses susceptibles de s'enflammer ou de provoquer une explosion qui risquerait de détruire le reste de la maison.

Le 4 x 4 de Bible la rattrapa dans l'allée. Elle tapa de la main contre la portière en courant à côté.

— L'atelier ! cria-t-elle.

— Vas-y ! hurla-t-il en accélérant pour la dépasser.

Elle vit le 4 x 4 s'arrêter devant le garage et Bible sauter du véhicule.

Une forme massive sortit du garage. Harri et Krump. Ils portaient Franklin Vaughn. La juge les suivait, une grande mallette serrée contre la poitrine. L'objet était si lourd que la vieille dame faillit trébucher, mais Bible, la saisissant par la taille, l'entraîna loin des flammes.

Andrea contournait la maison quand elle aperçut Guinevere qui retournait en courant dans le garage. Elle eut une seconde d'hésitation, mais vit Bible se lancer à la poursuite de la jeune fille. Elle accéléra ses foulées. Rien de tout cela n'aurait plus d'importance si l'atelier prenait feu. Tout exploserait avant que quiconque ait réussi à s'éloigner suffisamment pour être en sécurité.

Son pied dérapa quand elle tourna à l'angle de la maison. Le flamboiement du brasier illuminait tout le terrain, à l'arrière. Le jardin anglais. La piscine. L'atelier. Elle toussa, asphyxiée par la fumée épaisse et âcre. Le feu avait déjà ravagé la chambre de la juge. Les flammes léchaient les fenêtres, rongeaient les boiseries et, telles des mains tendues, cherchaient désespérément à atteindre l'atelier.

Andrea trébucha.

Elle tomba à plat ventre, le nez écrasé contre les pavés du chemin. Sa vision se brouilla ; elle plissa les yeux et regarda derrière elle pour essayer de voir sur quoi elle avait trébuché.

De l'essence de térébenthine. Des boîtes de peinture. Du vernis. Judith était arrivée plus vite qu'elle à l'atelier. Courant dans tous les sens, elle jetait les liquides inflammables dans la piscine.

Andrea se releva.

Elle courut dans l'atelier, où elle commença à attraper tout ce qui lui paraissait dangereux – les aérosols, les pots de colle liquide. Elle croisa Judith sur le chemin de la piscine. Leurs regards se rencontrèrent, l'espace d'une seconde. Toutes deux savaient que les produits chimiques pouvaient être meurtriers. En école d'art, le premier cours était consacré à tous les risques d'empoisonnement ou de brûlures graves auxquels étaient exposés les étudiants.

Andrea balança dans la piscine toutes les bombes qu'elle avait dans les bras puis retourna en chercher d'autres. L'épaisse fumée lui encombrait de plus en plus la poitrine. Ses réflexes de survie se retournaient contre elle, lui intimant de reculer. Il y avait de l'air frais, un peu plus loin. Elle aurait pu s'allonger. Elle aurait pu étancher l'écoulement de sang au fond de sa gorge. Elle aurait pu fermer les yeux et se reposer.

Elle secoua la tête aussi vigoureusement que possible, pour se remettre les idées en place, et s'élança à nouveau vers l'atelier. Judith traînait un énorme bidon derrière elle. Andrea reconnut les symboles sur l'étiquette. L'acide sulfurique n'était pas inflammable en soi, mais, dans des circonstances particulières, il pouvait se transformer en gaz hydrogène – celui-là même qui avait détruit le dirigeable *Hindenburg*.

Andrea saisit l'anse, elle aussi. Le métal chaud lui brûla la main. Le bidon était très lourd. Judith et elle essayèrent de le soulever ensemble. Andrea poussa un gémissement. L'anse métallique lui rentrait dans la paume comme un rasoir. Ses dents claquaient sous l'effet de la tension. Elle sentait ses poumons se dilater au maximum. Sa vision commença à se troubler.

— Encore ! cria Judith.

Andrea fit un nouvel effort. Ses jambes tremblaient, mais elle parvint à traîner le bidon sur la pelouse. Elle entendit un énorme craquement derrière elle. La terre vibra sous ses pieds. Les consoles du balcon avaient commencé à s'effondrer. Tout l'étage était sur le point de glisser directement dans l'atelier.

— Allons-y ! hurla Andrea en luttant de toutes ses forces pour résister au poids.

Puis, soudain, le poids disparut.

Dans une sorte d'apesanteur, elle fut projetée en l'air, puis, dans un claquement froid, elle se sentit couler. Elle roula sur le côté, et son épaule alla heurter le fond de la piscine. Elle eut un goût de sang dans la bouche. Elle s'était mordu la lèvre. Judith flottait mollement à côté d'elle, les mains ballottant au-dessus de ses épaules. Le bidon alla se poser en douceur au fond. Andrea se retourna et leva les yeux vers la surface. Elle vit des flammes jaillir au-dessus de l'eau. Des morceaux de métal tordus se mirent à pleuvoir sur la piscine, suivis d'éclats de verre scintillants.

Puis, tout devint noir.

21 OCTOBRE 1981

Emily marchait en direction de chez elle. Elle avait chaud et se sentait poisseuse. Sa vessie était sur le point d'éclater. Cette journée avait été la plus longue de sa vie. Depuis qu'elle avait quitté sa cachette au fond de la bibliothèque, chaque minute qui s'était écoulée lui avait semblé durer une heure, chaque heure une journée. Au déjeuner, elle avait essayé de manger, mais la nourriture avait un goût métallique. Après trois heures de cours, elle était si épuisée qu'elle arrivait à peine à mettre un pied devant l'autre. Puis, pendant la cinquième heure, elle avait été réveillée en sursaut par le professeur qui tapait dans ses mains pour attirer son attention.

Elle avait prétendu qu'elle ne se sentait pas bien. Le professeur n'avait rien dit, et il l'avait laissée partir vingt minutes avant la sonnerie. À la réflexion, elle se disait qu'il valait mieux pour tout le monde qu'elle soit sortie discrètement, quand le couloir était encore vide. Au fil de la journée, les rires et les regards appuyés avaient laissé la place à une hostilité ouverte et générale. Même son professeur de maths l'avait regardée de haut.

Pourquoi ?

Pendant les presque dix-huit ans de son existence et jusqu'à ces derniers jours, Emily avait toujours été la gentille fille, la chouchoute du professeur, la bonne élève, la fille sympa qui vous prêtait sans hésiter ses notes de cours, celle qui était toujours prête à s'asseoir avec vous sur le parking si vous pleuriez à cause d'un garçon.

À présent, c'était une paria.

Sauf aux yeux de Melody Brickel, mais Emily ne savait pas trop quoi en penser.

Depuis des années, elles étaient des amies éloignées, se souriant toujours dans les couloirs, discutant de musique et riant de blagues idiotes lors des répétitions de l'orchestre du lycée. Elles avaient même dormi quelques fois ensemble au camp musical, même si Emily avait ressenti l'appel irrésistible de la clique à la seconde où le bus les avait déposées chez elles.

Aujourd'hui, Melody lui avait écrit une lettre. Emily n'avait pas besoin de la sortir de son sac pour savoir ce qu'elle disait. Elle l'avait lue et relue plusieurs fois au cours de la journée, allant même jusqu'à se cacher dans les toilettes pour mieux en analyser chaque mot.

Salut !

Je suis désolée de ce qui t'arrive. C'est TRÈS injuste. Il faut que tu saches que je suis TOUJOURS ton amie, même si je ne peux plus te parler. Du moins, pour le moment. Tout est si compliqué. Ma mère s'inquiète de me savoir auprès de toi. NON PAS qu'elle pense que tu as fait QUOI QUE CE SOIT de mal. Elle voulait que je te fasse BIEN COMPRENDRE que ce qui s'est passé N'EST PAS TA FAUTE. Quelqu'un a profité de toi ! Ce qui inquiète maman, c'est qu'on ME fasse du mal par association. Parce que les gens sont TELLEMENT MÉCHANTS et que je fais déjà l'objet d'insultes vu que tout le monde me trouve bizarre. J'ai toujours pensé que cette bizarrerie était une chose qu'on avait en commun, toi et moi ; mais TOI, tu n'es PAS bizarre parce que tu ne trouves pas ta place ici (ce qui est MON cas). Ta bizarrerie vient du fait que tu AIMES et ACCEPTES toutes sortes de gens. Personne d'autre à l'école n'est aussi SYMPA avec tout le monde, sans se soucier de qui ils sont, où ils habitent, s'ils sont intelligents, ou autre. Tu es réellement GENTILLE. Tu NE MÉRITES PAS ce que les gens disent sur toi. Peut-être que, quand tout ça sera fini, on pourra redevenir amies. Je compte toujours devenir une musicienne célèbre dans le monde entier un jour, et toi, tu seras une avocate qui aidera les gens, et tout sera à nouveau génial. En attendant que cela arrive, sache que JE T'AIME et que JE SUIS VRAIMENT DÉSOLÉE !!! Continue de chercher ! TU DÉCOUVRIRAS LA VÉRITÉ !!!

Ton amie

PS : Pardon si cette lettre est un vrai torchon, j'ai LITTÉRALEMENT PLEURÉ !!! tout le temps que j'ai passé à l'écrire.

La page de cahier était gondolée par endroits, là où les larmes de Melody avaient séché. Celle-ci les avait entourées, comme des pièces à conviction, comme si elle avait besoin de prouver qu'elle avait vraiment le cœur brisé.

Qu'était censée faire Emily de cette lettre ? Qu'était-elle censée en penser ? Elle ne pouvait pas aller voir Melody et lui poser la question.

... je suis TOUJOURS ton amie, même si je ne peux plus te parler.

Le petit mot avait été roulé autour d'une cassette et attaché par un élastique vert. Melody lui avait fait une copie de l'album des Go-Go's. Elle avait très bien reproduit la pochette originale, à l'aide d'un stylo-plume et de feutres. Elle avait troqué son habituelle écriture scripte contre une calligraphie cool et funky.

Continue de chercher ! TU DÉCOUVRIRAS LA VÉRITÉ !!!

Elle voulait parler de l'enquête à la Columbo. Elle l'avait vue étudier fébrilement les pages de son carnet, comme si elle pouvait y trouver la clé du mystère. Dans un moment de faiblesse, Emily lui avait avoué qu'elle essayait de découvrir qui avait profité d'elle à la fête. Elle lui avait même montré certains passages.

— « Quelqu'un a profité de toi », se répéta Emily, citant de tête la lettre de Melody.

Quelle drôle de formulation ! Quelqu'un avait « profité » d'elle comme on profiterait d'une offre promotionnelle – *Deux pour le prix d'un !* –, ou d'une soirée « steak à moitié prix » au snack-bar du coin.

Enfin, ce n'était pas juste *quelqu'un*…

Clay, Nardo, Blake. Peut-être Dean. Peut-être Jack.

Une voiture passa lentement à côté d'elle.

Elle détourna les yeux pour ne pas voir les visages qui l'observaient. La gorge en feu, elle ravala ses larmes. Elle était vraiment devenue une paria. Elle avait perdu la clique. Elle n'avait plus qu'une seule amie, à laquelle elle ne pouvait même pas parler. Toute l'école s'était retournée contre elle. Et Cheese…

Jack.

Les larmes finirent par couler sur ses joues. Nardo lui avait dit que Jack était à la Fête. Il avait dit que Jack était *pile devant elle* quand elle était entrée dans la maison.

Elle ferma les yeux, serrant fort les paupières, et tâcha de revoir la scène. Elle avait franchi la porte d'entrée de chez Nardo. Elle avait tiré la langue pour que Clay y pose le buvard d'acide. Elle revoyait le salon des Fontaine en contrebas, les lourds rideaux

aux grandes fenêtres, le canapé d'angle devant le large écran de projection.

Elle n'arrivait à faire remonter aucun souvenir prouvant que Jack était chez Nardo.

À aucun moment.

Ses yeux s'ouvrirent. Elle regarda le magnifique ciel bleu.

Jack vendait des joints pré-roulés. Elle le savait, c'était un fait. Il en avait un sac à sandwich plein, qu'il gardait dans la poche de son manteau. Il était de notoriété publique que Jack pouvait vous fournir. Tout le monde disait qu'il volait l'herbe dans la salle des pièces à conviction du poste de police, mais elle savait qu'il se la procurait auprès d'un cousin qui vivait dans le Maryland, et qu'il roulait les joints lui-même. Ce qu'elle ne savait pas, c'était si Jack vendait des drogues plus dures.

Elle essaya à nouveau de se remémorer cette soirée-là.

Elle franchissait la porte d'entrée. Tirait la langue. Clay brandissait le buvard d'acide comme un chef d'orchestre réclamant l'attention de ses musiciens.

Jack n'était pas là. Ce n'était pas un problème de mémoire ou un trou noir induit par le LSD. C'était du bon sens. Nardo détestait Jack. Tous les garçons le détestaient, d'ailleurs, surtout Clay. Ils se pliaient en quatre pour se montrer cruels envers lui ; ils lui faisaient des croche-pieds dans les couloirs, faisaient tomber le plateau de déjeuner qu'il tenait entre les mains, lui volaient ses vêtements dans son casier au gymnase ; et Jack faisait tout ce qu'il pouvait pour les éviter, coûte que coûte. Quelle que soit la somme d'argent que Nardo aurait pu lui proposer, elle ne voyait pas Jack se rendre volontairement chez lui.

Elle repensa à la conversation qu'elle avait eue avec Jack. Une des choses qu'il avait dites lui paraissait particulièrement pertinente à présent.

Des fois, ils inventent des mensonges pour faire porter le chapeau à quelqu'un d'autre.

Nardo était un menteur, c'était certain. Il mentait à ses parents sur les endroits où il allait. Il mentait à Clay quand il disait qu'il n'avait plus de cigarettes. Il mentait à Blake quand il lui racontait qu'il avait réussi son contrôle d'histoire. Il mentait tout le temps à Ricky quand il disait qu'il n'avait pas de sentiments pour elle et qu'il ne se passerait jamais rien entre eux. Pour lui, c'était un jeu ; il préférait ne dire aux gens que ce qu'il voulait bien qu'ils sachent, plutôt que leur dire tout simplement la vérité.

Alors pourquoi irait-elle croire qu'il disait la vérité sur la présence de Jack à la Fête ?

Et si Nardo mentait à propos de la Fête, était-ce pour le plaisir de mentir, ou pour couvrir ses arrières ?

La meilleure personne avec qui parler de cela était peut-être aussi la plus difficile à questionner sur ce sujet, mais elle était presque arrivée chez elle, et Jack était probablement dans le cabanon. Les choses avaient été particulièrement dures pour lui à la maison, ces derniers temps. Elle s'entraîna à l'interroger en remontant la longue allée. C'était Jack qui lui avait appris à mettre en œuvre la stratégie de Columbo, alors il était peu probable qu'elle fonctionne avec lui. Il n'y aurait pas de « Juste une dernière chose… ». Elle devait être honnête avec lui et espérer que, en retour, il le serait avec elle.

Elle s'exerça à haute voix, essayant de garder un ton égal, un débit léger, de chuchoter presque :

— Est-ce que c'est toi qui m'as fait ça ?

Elle ferma les yeux et répéta la question. Elle écouta attentivement sa propre voix. Elle ne voulait pas avoir l'air accusatrice. Elle n'était pas en colère. En fait, si elle apprenait que c'était Cheese le responsable, elle serait probablement soulagée, car, en un sens, il était presque logique qu'il profite de la situation. Il était si désespérément seul. Il avait très peu d'amis. À sa connaissance, il n'était jamais sorti avec une fille. Et, s'il n'y avait pas eu son petit business d'herbe, il aurait sans doute pu passer des jours entiers sans que personne de son âge ne lui adresse la parole.

Elle se surprit à secouer la tête. Même si elle admettait que Jack était présent à la Fête, il était impossible que les garçons, ou même Ricky, l'aient laissé *profiter* d'elle.

Cependant, d'après Dean, Ricky s'était évanouie sur la pelouse ; et les récits de Blake et de Nardo concordaient : ils étaient tous les deux dans la salle de bains, à l'étage. Jusque-là, tout le monde était d'accord pour dire que Clay et Emily se trouvaient à côté de la piscine. Ils s'étaient disputés. Se disputaient-ils à propos de Jack ?

Ils s'étaient querellés tellement de fois à son sujet, par le passé.

Elle entendit un son guttural s'échapper de sa propre gorge. Toutes ces spéculations sans fin l'épuisaient. Son cerveau était à nouveau sur un carrousel. La maison s'estompa, et des chevaux de bois se mirent à monter et descendre le long des perches d'un manège. Une musique nasillarde noyait le rugissement lointain de l'océan. Des larmes coulèrent le long de ses joues. Le carrousel tournait de plus en plus vite. Le monde se brouillait autour d'elle. Elle arrivait à peine à garder les yeux ouverts. Enfin, son cerveau s'éteignit, lui offrant un répit salutaire.

Elle n'aurait pas su dire combien de temps s'était écoulé. Elle était en train de contourner péniblement la maison, et, l'instant d'après, elle se retrouvait assise sur un banc en bois, dans le jardin anglais de sa mère. À la belle saison, les fleurs et les plantes débordaient dans l'allée : verges d'or, marguerites jaunes, asclépiades, lobélies bleues. Ce style de jardin datait du

XVIIIe siècle ; à l'époque, c'était une rébellion contre la symétrie et le formalisme des jardins classiques à la française.

Qu'Esther permette, voire encourage, que des choses aussi sauvages et déstructurées poussent dans son jardin, avait toujours paru étrange à Emily. Étant donné sa rigidité, on aurait pu la croire davantage attirée par les buis taillés au cordeau et les motifs rectilignes. Ce jardin avait toujours rendu Emily triste. Il lui rappelait qu'il existait une facette de sa mère qu'elle ne connaîtrait jamais.

— Emily ?

Clay avait l'air surpris de la voir là, alors même que c'était lui qui était entré par effraction.

— Qu'est-ce que tu fais ici ? demanda-t-elle.

— Je…

Les yeux de Clay se posèrent brièvement sur le cabanon.

— J'avais besoin d'un truc pour me détendre un peu.

Elle pinça les lèvres. Il était venu pour acheter de l'herbe et se retrouvait face à la dernière personne au monde qu'il avait envie de voir.

Il y avait des choses bien pires dans la vie.

— Jack n'est pas là, dit-elle, bien qu'elle n'en eût aucune idée. Je peux lui dire que tu es passé.

— Laisse tomber. Je le verrai plus tard.

Au lieu de partir, il mit les mains dans ses poches et lança un regard plein d'envie en direction du cabanon.

— Ces deux derniers jours ont été difficiles.

Elle rit.

— Désolée que ça ait été si dur pour toi, dit-elle.

Il poussa un profond gémissement et vint s'asseoir à côté d'elle sur le banc.

— Alors, tu ne me poses pas la question ?

Elle secoua la tête, car elle venait enfin de comprendre qu'il était inutile de demander. Personne ne serait honnête avec elle.

— Ce n'est pas moi, dit-il inutilement. Tu sais que je n'ai...

— Tu n'as pas ce genre de sentiments pour moi, l'interrompit-elle, terminant sa phrase pour lui. Oui, je le sais. Tes laquais me l'ont tous répété.

Il soupira encore et donna un coup de pied dans les graviers, laissant une traînée de terre dans son sillage. Elle allait devoir combler le trou après son départ. Cela n'avait rien d'étonnant. Presque toute leur vie, elle et tous les membres de la clique avaient camouflé les erreurs de Clay.

— Qu'est-ce que tu vas faire ? demanda-t-il.

Elle haussa les épaules. Personne ne lui avait demandé ce qu'elle allait faire. Ses parents avaient pris une décision, et maintenant, elle obéissait.

— Tu le sens ? demanda-t-il.

Elle suivit son regard. Il observait son ventre. Sans même y penser, elle avait posé sa paume à plat dessus.

— Non, répondit-elle.

Elle retira sa main, légèrement dégoûtée à l'idée que quelque chose bougeait à l'intérieur de son corps. Elle ne savait même pas à quoi ressemblait un bébé, à six semaines de grossesse. Est-ce qu'on le considérait encore comme un zygote ? Elle avait appris suffisamment de choses sur la gestation en cours de sciences naturelles pour réussir son examen, mais les détails lui avaient semblé quelque peu ésotériques, à l'époque. Elle imaginait un amas de cellules palpitant dans un liquide, attendant qu'une dose d'hormones leur dise si elles devaient se transformer en rein ou en cœur.

— J'ai entendu dire que tu avais reçu une demande en mariage.

Elle sentit que son cerveau tentait de retrouver le calme du carrousel. Elle s'obligea à s'ancrer dans le présent.

— Ce sont eux qui t'envoient ?

— Qui ça ?

— La clique.

D'habitude, elle appréciait sa réserve, mais là, elle la trouvait franchement agaçante.

— Ricky, Blake, Nardo. Ils ont peur que je détruise ta vie ?

Il regarda le sol. Il creusa un sillon encore plus profond dans les graviers.

— Je suis désolé, Emily. Je sais que ce n'est pas ce que tu voulais.

Elle se serait esclaffée si elle en avait eu l'énergie.

— Est-ce que tu…

La voix de Clay resta un moment en suspens.

— Est-ce que tu vas dénoncer quelqu'un ?

— Dénoncer quelqu'un ? répéta-t-elle. Qui est-ce que je dénoncerais ?

Il haussa les épaules, mais il devait connaître la liste. Nardo, Blake, Dean, Jack. Sans parler de lui-même car, bien qu'il n'arrêtât pas de répéter qu'elle ne l'intéressait pas, il avait malgré tout participé à la Fête, et ils s'étaient manifestement disputés à propos de quelque chose.

Soudain, elle eut un éclair de génie, à la Columbo. Peut-être n'était-elle pas encore totalement résignée, après tout.

— Clay, je suis désolée qu'on se soit disputés, le soir de la Fête. Ce n'était… Ce n'était pas ta faute.

— Je croyais que tu ne te souvenais de rien, dit-il en tordant un coin de sa bouche.

— Je me rappelle t'avoir crié dessus, mentit-elle.

Elle essaya d'en rajouter un peu.

— Je n'aurais pas dû te dire toutes ces choses.

— Peut-être, fit-il en haussant les épaules. Je sais que je peux être égoïste, Em. C'est sans doute parce que je suis fils unique.

Elle avait toujours trouvé glaçante la facilité avec laquelle il faisait abstraction de l'existence de ses frère et sœurs – même s'ils n'avaient pas grandi ensemble.

— Je pourrais toujours te dire que je vais essayer de m'améliorer, mais tu as raison aussi sur ce point. Je ne le ferai probablement pas. Je ferais peut-être mieux de m'accepter tel que je suis. Tu as l'air de l'accepter, toi.

Elle crut entendre l'écho d'un souvenir. Ils se tenaient tous les deux à côté de la piscine, chez Nardo. Elle lui avait crié qu'il promettait toujours de s'améliorer mais qu'il ne le faisait jamais. Il ne faisait que répéter les mêmes erreurs, encore et encore, et attendait que ce soient les autres qui changent.

— Au moins, je ne suis pas aussi pourri que Blake, pas vrai ? ajouta-t-il.

Elle ne sut que répondre. Parlait-il de ce que Blake avait fait la veille, ou de son comportement en général ? Ce pouvait être aussi bien l'un que l'autre : Blake avait été une véritable ordure, la veille ; mais, comme Clay, il ne changerait jamais. Son ego ne l'autoriserait jamais à reconnaître qu'il avait tort.

— Il vaut mieux que tu le saches, dit Clay. Blake raconte à tout le monde que tu te drogues et que tu fais la fête sans arrêt.

Elle prit une profonde inspiration et retint longuement l'air dans ses poumons. Cette nouvelle ne la surprenait pas. Blake avait un potentiel de cruauté qu'aucun d'eux ne pouvait seulement se représenter. Jack l'avait dit, ce matin. Nardo était méchant ; Clay s'ennuyait facilement ; mais quand Blake s'en prenait à une personne, il s'acharnait. Quant à Ricky, elle était un mélange de la méchante sorcière de l'Ouest et de ses singes volants.

— Nardo m'a dit que… Il dit que Jack… que Cheese était à la Fête.

Clay se tourna pour la regarder. Le bleu clair de ses yeux semblait délavé par le soleil. Elle voyait le duvet sous son menton. Il était très beau, mais elle ne ressentait plus le même émoi qu'avant.

— Tu étais défoncée, ce soir-là, dit-il.

Elle n'avait jamais prétendu le contraire, et elle ne comprenait absolument pas pourquoi il avait l'air en colère.

— Tu étais vraiment dans un sale état, continua-t-il. Tu te rappelles à peine comment tu es rentrée chez toi. Tu ne le savais même pas avant que ta grand-mère te le dise.

— Et ? fit-elle, se demandant où il voulait en venir.

— Ce que je veux dire, c'est que, concrètement, ce que dit Blake n'est pas très loin de la vérité.

Il baissa les yeux et regarda le bout de sa basket racler la terre.

— Tu te drogues. Tu fais la fête. Tu as voulu jouer, maintenant, tu dois accepter la défaite. Fais preuve de dignité, un peu !

La seule chose qui la surprenait encore, c'était le choc qu'elle continuait d'éprouver chaque fois que cela se produisait. Ils s'étaient tous retournés contre elle de la même manière, exactement – d'abord Dean, puis Ricky, Blake, Nardo, et maintenant Clay. On aurait vraiment dit qu'ils suivaient tous le même scénario. Gentillesse. Obséquiosité. Fureur. Mépris.

Clay se leva, les mains toujours dans les poches.

— Ne m'adresse plus jamais la parole, Emily.

Elle se leva à son tour.

— Pourquoi est-ce que je voudrais te parler, alors que tu ne fais que mentir ?

Il l'attrapa par les bras et la tira violemment en avant. Elle se prépara à recevoir une menace, une mise en garde, ou autre – à n'importe quoi, à part ce qu'il fit.

Clay l'embrassa.

Son baiser avait un goût de nicotine et de bière éventée. Elle sentait la rugosité de sa peau contre la sienne. Sa langue vint fouiller sa bouche. Leurs corps étaient pratiquement soudés l'un à l'autre. C'était son premier vrai baiser. Du moins, le premier vrai baiser dont elle se souvenait.

Et elle ne ressentait absolument rien.

Clay la repoussa. Il s'essuya la bouche du revers de la main.

— Au revoir, Emily.

Elle le regarda partir, les épaules voûtées, traînant les pieds.

Elle posa les doigts sur sa bouche. Délicatement, elle se toucha les lèvres. Elle s'était attendue à ce qu'un baiser vous procure une émotion, quelle qu'elle soit ; mais rien ne fourmillait en elle, son cœur ne battait pas la chamade. Elle avait éprouvé le même désintérêt passif que lorsque Blake, ivre, avait tenté de l'embrasser dans la ruelle, deux ans plus tôt.

Elle regarda Clay disparaître à l'angle de la maison. Ses épaules étaient toujours voûtées. Il avait l'air coupable de quelque chose, mais elle n'aurait su dire de quoi.

Elle sentit monter en elle une envie de rire, venue du plus profond de son âme. Si seulement elle pouvait rattraper tout le temps qu'elle avait gaspillé, au cours des dix dernières années, à être obnubilée par ce que Clayton Morrow pouvait bien ressentir !

Du bout du pied, elle recouvrit le sillon qu'il avait creusé dans le gravier. Elle leva les yeux vers la maison. Par hasard, elle aperçut son père qui retournait dans la chambre. Il était sur le balcon qui surplombait le cabanon et le jardin. Elle ne savait absolument pas combien de temps il était resté là, ni ce qu'il avait vu. À travers les fenêtres, elle suivit des yeux sa progression dans la pièce. Il s'approcha du buffet et se servit un verre.

Elle baissa les yeux. Sans s'en rendre compte, elle avait à nouveau posé la main sur son ventre. Elle se croyait seule dans toute cette histoire, mais, sur ce chemin difficile, il y avait quelqu'un à ses côtés. Ou plutôt *en elle*, pour être précis. Elle n'avait pas d'attachement pour ce petit amas de cellules, mais elle éprouvait un sentiment de devoir. C'était exactement ce que Melody avait écrit dans sa lettre…

Ta bizarrerie vient du fait que tu AIMES et ACCEPTES toutes sortes de gens.

Emily ne ressentait aucun amour pour ces cellules, du moins pas encore, mais elle s'était résignée à les accepter. Clay n'avait pas tout à fait tort quand il avait laissé entendre que c'était à elle de régler le problème de sa grossesse. C'était elle qui allait vivre avec pour le reste de sa vie. Elle se rassit sur le banc et regarda le jardin sauvage.

Elle se racla la gorge.

— Je te…, commença-t-elle, mais sa voix s'éteignit.

Une fois encore, elle trouvait étrange d'être seule et de parler ainsi à voix haute, mais elle avait autant besoin d'entendre ces mots que de les prononcer. Pour être honnête, il s'agissait plutôt d'une liste de souhaits, dans laquelle elle énumérait toutes les choses précieuses qu'elle avait perdues en l'espace de quelques jours. C'était aussi la promesse qu'elle faisait de rendre toutes ces choses perdues à son bébé à naître.

Elle se racla à nouveau la gorge. La promesse lui vint spontanément, cette fois, et elle la prononça d'une voix forte, car c'était important.

— Je te protégerai. Personne ne te fera jamais de mal. Tu seras toujours en sécurité.

Pour la première fois depuis des jours, Emily eut la sensation qu'une partie de son angoisse s'était enfin dissipée.

Derrière elle, elle entendit le claquement de la porte-fenêtre du balcon qui se refermait.

8

L'eau salée avait une apaisante teinte bleu de France. Andrea flottait la tête en bas, en apesanteur, libre. Elle aurait pu rester ainsi, au fond, alanguie, au chaud, mais quelque chose l'en dissuada. Ses mains se tendirent vers le haut. Ses pieds repoussèrent le sol. Elle remonta à la surface. Le soleil lui caressa les épaules. Elle s'essuya les yeux, tandis que les vagues lui léchaient le menton. Elle se retourna pour regarder la plage. Laura était étendue sous un grand parasol arc-en-ciel. Elle était un peu redressée pour garder un œil sur Andrea. Elle ne portait pas de haut de maillot de bain. On voyait les cicatrices de sa mastectomie. Un homme avec un sweat à capuche noir arrivait furtivement derrière elle.

— Maman !

Andrea se réveilla en sursaut.

Elle regarda tout autour d'elle. Elle n'était pas en train de nager dans l'océan. Elle était dans un lit d'hôpital. Avec une perfusion dans le bras. Un masque à oxygène recouvrait sa bouche et son nez, mais elle avait quand même l'impression qu'elle n'arrivait pas à inspirer suffisamment d'air. Elle sentit la panique la submerger comme une vague.

— Hé…

La main de Mike était posée sur son épaule. Il replaça correctement le masque sur son visage.

— Ça va aller, dit-il. Respire calmement.

Elle sentit sa panique se dissoudre lentement en le voyant. Il avait dans les yeux un air inquiet qui lui alla droit au cœur.

— Tu as changé de coiffure, non ? demanda-t-il.

Elle ne pouvait pas rire. La dernière heure lui revint en mémoire – l'incendie, le trajet en ambulance, les examens interminables, l'absence totale d'informations. Le médecin avait dit qu'elle devait simplement s'hydrater, qu'elle n'avait pas besoin de médicaments contre la douleur. Elle n'était pas d'accord. Son nez la faisait souffrir. Elle avait l'impression d'avoir la poitrine enserrée de cordes. Elle éprouvait un pincement au front. Elle avait la lèvre enflée. Elle leva la main pour la tâter.

Soudain, elle toussa si fort que ses yeux se mirent à pleurer. Le masque s'encrassa. Elle essaya de l'écarter, mais Mike le souleva. Elle roula sur le côté, prise d'une quinte de toux qui lui donna l'impression qu'elle allait cracher ses poumons. Elle tenta de mettre la main devant sa bouche, mais la perfusion lui tirait sur le bras. Ses pieds s'emmêlèrent entre les draps. L'oxymètre de pouls fixé comme une pince à son doigt se détacha.

Agenouillé à côté d'elle, Mike lui frottait le dos d'une main.

— Tu veux de l'eau ?

Elle hocha la tête. Elle le regarda prendre un grand pichet près du lavabo. Elle avait toujours les yeux qui brûlaient, à cause de la fumée. Elle prit un mouchoir dans la boîte et se moucha si fort que ses oreilles se débouchèrent. Le contenu du mouchoir ressemblait à l'intérieur d'une cheminée. Elle en prit un autre et souffla jusqu'à sentir à nouveau le changement de pression dans ses oreilles.

— Ma mère va bien ?

— Pour autant que je sache. Tu veux que je l'appelle ?

— Mon Dieu, non.

Il lui tint la paille pour qu'elle puisse boire au gobelet. Elle avait les ongles bordés de noir. Sa peau avait absorbé la fumée et la suie de l'incendie. L'infirmière lui avait donné une blouse pour qu'elle puisse se changer, mais la robe d'hôpital était déjà toute sale.

Elle renonça à boire. Cela lui faisait trop mal d'avaler.

— L'incendie. Est-ce que quelqu'un est…

— Tout le monde s'en est sorti. Bible a eu la main un peu brûlée. La fille de Judith est retournée dans la maison pour sauver la perruche de la famille, et il a dû aller les sauver toutes les deux.

Il s'assit au bord du lit.

— Toi qui es si douée pour les blagues sur les pigeons voyageurs et autres oiseaux, tu pourras peut-être trouver de quoi le chambrer un peu, plus tard.

Elle eut une bouffée de honte. Il faisait allusion à leur échange à Glynco. Il lui avait demandé pourquoi elle ne lui avait plus donné signe de vie, et elle s'était retranchée derrière une blague.

— Syd.

C'était tout ce qu'elle trouvait à dire pour l'instant.

— La perruche s'appelle Syd.

Mike poussa un long soupir. Il se leva et alla au lavabo pour laver ses mains couvertes de suie.

— Le capitaine des pompiers a déjà exclu la piste de l'incendie criminel. La juge n'avait jamais mis l'installation électrique aux normes. Le compteur fonctionnait toujours avec des fusibles. À l'étage, il y avait du matériel médical pour le mari. Ils ont utilisé une rallonge de trop.

— La fameuse radinerie yankee.

Elle commença à se frotter les yeux, puis se ravisa.

— Tu peux m'aider à m'asseoir ?

Les mains de Mike avaient beau lui maintenir fermement les épaules, elle eut l'impression que la chambre tanguait. Elle dégringola presque du lit.

— Holà, tout doux !

L'inquiétude se lut à nouveau dans les yeux de Mike ; mais presque aussitôt, une ombre passa sur son visage et il leva les mains en signe de reddition.

— Pardon, je sais que tu es capable de te débrouiller toute seule.

Elle eut l'impression qu'un rocher pesait sur sa poitrine.

— Mike, je…

— Tu as réussi à impressionner la patronne, dit Mike, dont le ton avait à nouveau changé. Te jeter dans un bâtiment en feu, épargner à tout un quartier d'être réduit en cendres… Tu as définitivement tordu le cou à toutes ces rumeurs de *petite fille sans défense*.

Il se souvenait vraiment de toutes les choses idiotes qu'elle lui avait dites.

Il retourna au lavabo, prit plusieurs serviettes en papier dans le distributeur et les mouilla sous le robinet.

— Ils t'ont retiré un morceau de verre du front. Tu as quatre points de suture.

Elle tâta les fils rigides qui lui maintenaient la peau en place. Elle n'avait qu'un vague souvenir du moment où le médecin l'avait recousue.

— Pourquoi est-ce que j'ai l'impression d'avoir des abeilles dans le nez ?

— Il n'est pas cassé. Tu l'as peut-être cogné quand tu es tombée dans la piscine ?

Elle avait un souvenir de chute dans l'eau, mais comme si c'était arrivé à quelqu'un d'autre.

— Reste tranquille, dit-il.

À l'aide d'une serviette humide, il lui essuya doucement le visage.

— Ce ne serait pas une bonne idée de poster des photos de toi sur les réseaux sociaux en ce moment.

Elle ferma les yeux. La serviette paraissait chaude sur sa peau. Il lui épongea soigneusement le front, puis descendit sur sa joue. Elle sentit la tension commencer à s'envoler. Elle eut très envie d'appuyer à nouveau son front contre le torse de Mike.

— Le mari de la juge..., commença-t-il. Ça ne se présente pas bien pour lui.

Elle rouvrit les yeux.

— Il n'était déjà pas en grande forme, continua Mike en lui caressant doucement l'autre côté du visage. Ça va, ce que je fais ?

Cela lui faisait un peu mal, mais elle répondit :

— Oui.

Il lui tamponna délicatement le bas du visage. Sa lèvre inférieure était douloureuse à l'endroit où elle était fendue. Elle se dit qu'elle méritait cette douleur.

— Il y a une différence entre avoir besoin d'être sauvé et demander de l'aide à quelqu'un qui tient à vous, dit Mike.

Elle ne trouva rien à lui répondre.

Il replia la serviette sur l'envers pour se servir du côté propre.

— Comment ça se passe, avec Bible ? demanda-t-il.

— C'est...

Une toux rauque l'interrompit.

— C'est une légende, répondit-elle.

Mike était descendu jusqu'à son cou, et la caressait presque comme si elle était un chat.

— Il t'a dit qu'il avait été mon premier coéquipier quand j'avais rejoint le WitSec ?

Elle n'était pas surprise que Bible ne lui ait pas fait part de cette information, mais elle était étonnée de savoir qu'il avait été à la protection des témoins.

— Est-ce qu'il sait pour… ?

— Je ne lui ai jamais parlé de ton statut, répondit Mike, mais je ne serais pas étonné qu'il ait compris. C'est un type drôlement malin.

Bible était plus que cela.

— C'est un drôle de type, oui !

Mike eut un sourire forcé. Il n'avait pas envie de parler de Catfish Bible.

— Pour info, il n'y a qu'une seule de mes sœurs qui a toujours besoin de mon aide, et si je suis aux petits soins pour ma mère, c'est parce qu'elle a travaillé dur toute sa vie et qu'elle le mérite.

Elle se força à ne pas détourner le regard.

— J'ai eu tort de dire ça. De dire tout ça…

— Tu le pensais ?

Elle secoua la tête.

— Non. J'adore ta mère, et tes sœurs sont géniales.

Ils se regardèrent une seconde droit dans les yeux, puis Mike retourna au lavabo et mouilla une nouvelle serviette en papier.

— Je ne suis jamais venu à ta rescousse. En fait, si on pense à ce qui s'est passé il y a deux ans, tu étais bien meilleure que moi. J'étais complètement dépassé.

Elle secoua la tête, car, dans son souvenir, c'était *elle* qui était complètement perdue.

— Tu as subi un traumatisme, Andy, dit-il. N'importe qui d'autre aurait abandonné. Je suis impressionné que tu t'en sois sortie vivante.

Elle sentit les larmes lui monter aux yeux. Elle avait désespérément envie que ce soit vrai.

Mike revint vers le lit. Il se mit à lui nettoyer les mains, bien qu'elle les ait déjà lavées.

— J'ai compris pourquoi tu m'avais laissé tomber. Ça n'allait pas. Tu avais besoin de temps pour comprendre qui tu étais, et ce que tu allais faire de ta vie. Je voulais te laisser ce temps. Je savais que tu valais la peine que je t'attende. Mais tu n'es jamais revenue.

Elle se mordit la lèvre ; le goût du sang lui envahit la bouche.

— Ces rumeurs dont parlait Bible…, commença Mike, qui lui prit les mains avec douceur.

Il était nerveux. Elle ne l'avait encore jamais vu comme cela.

— J'étais dans un sale état, quand tu as disparu. Tout le monde me chambrait parce que je me languissais d'une fille, mais la vérité, c'est que tu m'as brisé le cœur.

Elle se mordit la lèvre plus fort. Elle avait fait une grosse erreur, et elle l'avait profondément blessé.

— Enfin, bon… Je ne me suis pas laissé dépérir, non plus.

Mike tentait de cacher sa vulnérabilité derrière l'un de ses grands sourires, mais il lui manquait son insolence habituelle.

— Bien sûr, j'ai écrit quelques poèmes, mais je ne me suis pas mis à errer dans les rues, désœuvré, en criant ton nom.

Elle rit, mais seulement pour évacuer un peu du regret qui gonflait dans sa poitrine.

Il haussa les épaules.

— Je n'ai pas pu faire autrement que me jeter à corps perdu dans des relations sexuelles sans lendemain.

Elle rit de bon cœur, cette fois.

— Oh ! ne t'y trompe pas ! Je suis très reconnaissant pour tout ce sexe. J'ai beaucoup appris.

Il avait retrouvé son ton espiègle.

— Avec l'hôtesse de l'air, j'ai repris la tenue d'un journal intime. La ballerine, elle, m'a fait travailler ma danse de séduction. Et j'ai eu de beaux moments de tendresse avec cette mère dont les enfants avaient quitté le nid et qui habite juste au bout de la rue de ma mamie. Et les top-modèles, ah… Tout un tas de top-modèles.

Elle entrelaça ses doigts aux siens. Son cœur battait si fort qu'elle était certaine qu'il pouvait l'entendre.

— Bizarre…, dit-elle. C'est exactement comme ça que j'ai tenu le coup sans toi, moi aussi.

Mike leva un sourcil.

— Des top-modèles hommes ou femmes ?

Elle haussa les épaules.

— Oh ! tu sais, dans les orgies, tu vas là où on a besoin de toi.

— Oui, bien sûr. C'est une question de politesse.

Elle l'embrassa.

Elle lui passa les bras autour du cou et enroula les jambes autour de sa taille. Le corps de Mike lui semblait nouveau et familier à la fois. Sa barbe était aussi soyeuse qu'elle l'avait imaginée. Sa bouche avait la douceur du miel.

— Mike…

Le souffle court, elle réussit à s'écarter un peu de lui.

— Je suis désolée. Je suis vraiment stupide, et vraiment désolée.

Le rideau s'écarta brusquement.

— Il est temps d'y aller, messieurs dames ! On a besoin du lit.

L'infirmière n'avait pas l'air de regretter d'interrompre ce moment de tendresse. Elle tira sans cérémonie sur la perfusion plantée dans le bras d'Andrea.

— Si vous êtes enrouée, que vous avez des quintes de toux prolongées, que vous vous sentez désorientée ou avez des difficultés à respirer, appelez le 911 immédiatement. C'est votre mari ou votre collègue ?

— C'est compliqué, répondit Mike.

— Elle a une légère commotion cérébrale, dit l'infirmière en lui tendant un porte-bloc. Il faut que quelqu'un d'autre qu'elle me signe ça.

— Ce sera moi, dit Mike.

— Faites des exercices respiratoires toutes les heures.

Elle cocha une case sur sa feuille.

— Ne fumez pas et ne buvez pas d'alcool pendant les prochaines soixante-douze heures. Utilisez des pastilles pour la gorge ou un spray en cas de douleur. Du Tylenol, si nécessaire. Pas d'exercice fatigant.

— Est-ce qu'elle peut travailler ?

La question venait de la cheffe Cecelia Compton. Elle était toujours vêtue de son tailleur bleu marine sur mesure. Elle avait les bras croisés sur la poitrine.

— Ou est-ce qu'elle doit prendre un congé ? demanda-t-elle encore.

— Du travail administratif, ça ira, si elle s'en sent capable.

L'infirmière fouilla dans sa poche et tendit à Andrea des pastilles contre la toux.

— Vous pouvez reprendre du Tylenol dans six heures. Ne dépassez pas les quatre mille milligrammes sur une période de vingt-quatre heures.

Andrea aurait été prête à prendre de l'héroïne si cela avait pu soulager sa gorge. Elle sortit l'une des pastilles contre la toux de son emballage.

— Merci, dit-elle.

— Oliver ? Vous pouvez me suivre ? demanda Compton.

Mike aida Andrea à descendre du lit. Elle se cramponna à sa main jusqu'à ce qu'elle soit obligée de le lâcher. Puis elle dut courir pour rattraper Compton.

— Je suis contente que Mike soit là, dit Compton, qui marchait à vive allure en balançant les bras. Leonard a travaillé avec lui, il y a quelques années. Mike est un gars sur qui on peut compter. Je n'ai jamais cru à ces rumeurs. Aucune femme saine d'esprit ne voudrait lui briser le cœur.

Andrea fit rouler la pastille contre la toux dans sa bouche.

— Voilà le topo, reprit Compton, qui avait réendossé son rôle de patronne. Le sauvetage absurde de cette perruche a mis Bible sur la liste des blessés. Et je me fous de ce que votre infirmière a dit. Vous êtes tous les deux en arrêt maladie jusqu'à la fin de la semaine. Dormez un peu. Allez marcher sur la plage. J'ai une autre équipe qui assure la sécurité de la juge et de sa famille.

Avec le temps, Andrea aurait dû s'habituer aux déceptions, mais l'idée de rester assise dans une chambre de motel tandis que Dean Wexler vaquait joyeusement à ses occupations malsaines lui faisait l'effet d'un coup de marteau sur la tête.

Compton devina ses sombres pensées.

— Bible m'a tenue au courant de vos échanges avec Ricky Fontaine et Melody Brickel. Désolée que cela n'ait rien donné. Quelque chose finira bien par émerger. C'est toujours le cas.

Rien n'avait fait surface en vingt ans. Quarante, si on comptait depuis le meurtre d'Emily Vaughn. Andrea n'était pas prête à abandonner. Elle n'était pas devenue marshal pour que les méchants puissent continuer à faire leurs mauvais coups.

— Madame, je…

— Attendez.

Compton toqua bruyamment à la porte des toilettes des hommes.

— Ça vous dirait de rester dans le coin un peu plus longtemps ? demanda-t-elle à Andrea.

Avant que celle-ci ait eu le temps de répondre, la porte des toilettes s'ouvrit. Contrairement à elle, Leonard Bible avait l'air de s'en être sorti indemne. La seule chose indiquant qu'il était entré dans une maison en feu était le bandage d'un blanc éclatant qui recouvrait sa main droite. Il le leva en l'air pour qu'elle le voie.

— Tête de piaf, dit-il.

— Silence, ordonna Compton.

Bible fit un clin d'œil à Andrea.

— Si seulement ma femme était là, elle dirait à ma cheffe d'arrêter de me casser les couilles.

— Ouais, eh bien je te garantis que ta femme ne s'en approchera pas de sitôt.

Compton inspira profondément et reprit son rôle de patronne.

— La juge a demandé à vous parler, dit-elle à Andrea. Je crois qu'elle veut vous remercier, mais soyez brève. Le Dr Vaughn est au bout du rouleau. Il ne passera sans doute pas la nuit.

— Oui, cheffe.

Compton lui indiqua le couloir d'un geste vague, mais il était facile de deviner quelle était la chambre de Franklin Vaughn : sa porte était flanquée de deux marshals, aux pectoraux si musclés qu'on aurait dit des montgolfières. Sans qu'elle comprenne comment, ils reconnurent Andrea. L'un d'eux lui fit un signe de tête. L'autre ouvrit la porte.

Elle s'attendait à entendre le bourdonnement et les bips des machines, mais la chambre était silencieuse. La seule lumière provenait du luminaire au-dessus du miroir de la salle de bains. Quelqu'un avait laissé la porte entrouverte pour que la chambre ne soit pas plongée dans l'obscurité totale.

La juge Esther Vaughn était assise sur une chaise en bois, face au lit de son mari. La grande mallette qu'elle avait sauvée de l'incendie était posée à ses pieds. Toute son attention était concentrée sur son époux. Franklin Vaughn n'avait ni sonde ni perfusion, pas même une canule pour le supplémenter en oxygène. À l'évidence, il ne recevait plus que des soins palliatifs.

Andrea fit glisser sa pastille contre la toux à l'intérieur de sa joue.

— Madame ?

Les épaules de la juge tressaillirent comme si elle était surprise, mais elle ne se retourna pas.

— Asseyez-vous, marshal.

Andrea hésita. De l'autre côté du lit trônait un grand fauteuil rembourré comme on en trouvait dans presque toutes les chambres d'hôpital du pays. Elle avait passé d'innombrables heures dans un fauteuil identique à celui-ci pendant que sa mère se remettait de toutes les opérations qu'elle avait subies.

Elle fit le tour du lit, mais ne s'assit pas. Elle ne regarda pas non plus Franklin Vaughn.

— La cheffe Compton m'a dit que vous vouliez me parler, madame ?

Esther releva lentement la tête. Elle observa Andrea, sa peau couverte de suie et sa blouse sale.

— Merci.

— De rien, madame, répondit Andrea, qui réprimait tant bien que mal une envie de tousser. Je suis désolée que le Dr Vaughn n'aille pas bien. Puis-je vous apporter quelque chose avant de partir ?

La juge resta silencieuse. Andrea écouta la respiration superficielle de Franklin Vaughn. Sans même y penser, elle se mit à compter ses inspirations. Cela la ramena à la chambre d'hôpital de sa mère. Pendant des jours entiers, elle avait surveillé chaque inspiration de Laura, noté chaque médicament qu'elle prenait, chaque examen qu'elle passait, elle s'était levée d'un bond pour l'aider chaque fois qu'elle bougeait, de crainte que sa mère meure si elle baissait la garde.

Andrea battit des paupières. Elle n'aurait su dire si les larmes qui lui montaient aux yeux étaient dues à ses souvenirs ou à l'incendie.

— Madame, si vous n'avez besoin de rien d'autre, je vais…

— J'étais en train de repenser au jour où Judith est née, commença Esther. La naissance d'un enfant devrait toujours être une fête. Vous n'êtes pas d'accord ?

Andrea pinça les lèvres. La juge regardait à nouveau son mari. Elle tendit la main, mais seulement pour s'accrocher à la barrière du lit.

— Les médecins sont venus nous voir pour connaître notre décision. Franklin et moi, nous nous étions disputés tant de fois pour savoir si nous allions laisser partir Emily, une fois l'enfant sain et sauf. Moi, je voulais arrêter les machines. Franklin disait qu'on ne pouvait pas faire cela. Le monde entier nous regardait. *Notre* monde nous regardait. Mais Emily a pris la décision à notre place. Elle a développé une infection bactérienne post-partum dans l'utérus. Une fièvre puerpérale, c'est comme ça qu'ils ont dit que cela s'appelait. L'infection a entraîné une septicémie. Tout s'est passé très vite.

Andrea regarda les doigts d'Esther se crisper sur la barrière du lit.

— Quand Franklin a fait son AVC, l'année dernière, les médecins sont venus me trouver pour que je prenne une décision, reprit Esther d'une voix plus dure. Un souvenir très net m'est alors revenu en mémoire. Nous nous trouvions dans le bureau, lui et moi. Il était furieux, il insistait tellement pour que nous la maintenions en vie ! Je lui ai demandé ce qu'il voudrait qu'on fasse pour lui, s'il était à la place d'Emily. Il a blêmi, et il m'a dit : « Promets-moi, Esther. Ne me laisse *jamais* végéter. »

Andrea regarda la main d'Esther retomber lentement. La tête baissée, la vieille dame regardait fixement le sol.

— Je n'ai pas tenu ma promesse. J'ai obligé les médecins à prendre des mesures extraordinaires. Je l'ai laissé végéter. Sur le coup, je me suis dit : « Franklin est encore en vie, non ? Son cœur bat toujours. Il est capable de respirer. Seul Dieu peut prendre une vie. »

Andrea vit les mains de la juge se crisper sur ses genoux.

— En vérité, je voulais qu'il souffre.

Esther marqua une pause, comme si cet aveu lui avait demandé trop d'efforts.

— J'aurais dû défendre Emily quand elle était en vie. Contre la colère de Franklin. Contre ses poings. À l'époque, je me disais qu'il n'était pas si méchant que cela avec elle. Que si j'arrivais à le supporter, elle le pouvait aussi. Ce n'est que quand elle nous a quittés que je me suis rendu compte que je l'avais profondément trahie. C'était ma fille. Je n'ai rien fait pour la protéger.

Andrea repensa à la première lettre qui avait été envoyée à la juge :

ÇA TE PLAIRAIT QUE LE MONDE ENTIER SACHE QUE TON MARI ÉTAIT VIOLENT ENVERS TOI ET TA FILLE, MAIS QUE TU N'AS RIEN FAIT POUR LA PROTÉGER ?

— Je me disais que ma carrière l'émasculait, continua Esther. Quelle importance avait un bleu ? une gifle ? Mon ambition était un camouflet. Franklin n'a jamais eu de succès bien à lui. À la maison, il avait besoin de s'affirmer. Ma douleur était un faible prix à payer. Mais je n'avais pas le droit d'entraîner Emily dans notre pacte diabolique. Ni d'utiliser la tragédie dont elle a été victime comme une arme contre mes détracteurs.

Andrea se rappela cette fois la deuxième lettre.

TU AS SACRIFIÉ TON ENFANT À TA CARRIÈRE ! TU MÉRITES TA CONDAMNATION À MORT PAR LE CANCER !

— Pour Judith, j'ai mis le holà à la violence de Franklin. Je lui ai dit que je le quitterais s'il lui faisait du mal un jour. Il a capitulé sans résistance…

Des rides se creusèrent sur son front, comme si elle ne comprenait toujours pas la soumission de son mari.

— Pourquoi est-ce que je n'ai pas réussi à faire cela pour Emily ? Pourquoi est-ce que je ne l'ai pas fait pour moi-même ?

Andrea se mordit l'intérieur de la joue.

— Après l'agression d'Emily, Reagan m'a proposé de me retirer de sa liste. J'étais furieuse. Je ne pouvais pas renoncer à tout ce pour quoi j'avais travaillé. J'avais l'impression que, si je renonçais, Reagan y réfléchirait à deux fois avant de nommer une autre femme. Que n'importe quel président en ferait autant. Je voulais laisser une empreinte derrière moi.

Le regard d'Esther se posa sur son mari.

— Toute cette colère, toute cette volonté, tout ça pour se rendre compte en définitive que nous n'étions tous les deux rien de plus que des êtres fragiles et mortels.

TU CRÈVES DU CANCER ET TON MARI EST UN LÉGUME, MAIS TOUT CE DONT TU TE SOUCIES, C'EST L'EMPREINTE QUE TU VAS LAISSER !

— Pendant bien trop longtemps, j'ai cru que ma vie était bâtie sur les piliers de la force, de l'honnêteté et de l'intégrité, mais cela n'a jamais été le cas.

Le ton d'Esther n'était jamais aussi dur que lorsqu'elle s'adressait des reproches à elle-même.

— Au cours des quelques mois qui ont précédé son agression, Emily avait été dépouillée de tout artifice. Elle comprenait le monde mieux que moi. Elle me voyait telle que j'étais, mieux que quiconque. Plus j'approche de la mort, plus je comprends sa lucidité. J'étais aveuglée par ma propre arrogance. J'étais hypocrite. Une véritable imposture.

TU VAS CREVER, ESPÈCE DE SALOPE ARROGANTE, INUTILE, PERSONNE NE T'AIME ! TOUT LE MONDE VERRA TON IMPOSTURE. JE VAIS FAIRE EN SORTE QUE TU SOUFFRES !

— Je n'avais encore jamais prononcé ces mots à voix haute. Pas même devant Judith, avoua Esther. Je ne sais pas très bien pourquoi je vous dis tout cela aujourd'hui.

Andrea entendait à peine la voix de la vieille dame. Elle s'était recroquevillée sur elle-même, les mains jointes sur les genoux, le dos courbé, les yeux rivés au sol. Une sorte de nostalgie avait envahi la pièce. Le mari de la juge allait mourir dans les heures qui venaient. Esther n'avait plus que quelques mois à vivre. Elle s'était confiée à une inconnue, et tout ce qu'elle lui avait révélé dépassait de loin ce qu'elle avait jamais osé se dire à elle-même.

Andrea aurait dû ressentir de la pitié pour cette femme, mais elle se surprit à repenser à la déposition de 1982 de Ricky Blakely. À son écriture cursive. Aux cercles qu'elle dessinait au-dessus de ses « i ». Ricky n'était qu'une adolescente lorsqu'elle avait rédigé ces longues phrases décousues, mais, s'il y avait bien une chose qu'Andrea avait apprise au cours de sa vie, c'était que les gens ne changeaient pas tellement en vieillissant.

Il y avait tant de choses qui la turlupinaient dans ces menaces de mort. Le peu de gros mots. L'absence de menaces sexuelles. La rigueur de la ponctuation. Il était compréhensible qu'une personne écrivant des menaces de mort tente de dissimuler son identité, mais c'était difficile à faire lorsque celle-ci était *imposante*, *impérieuse*, *intelligente* et, surtout, *indomptable*.

— Madame ? l'interpella Andrea. Pourquoi vous êtes-vous envoyé ces menaces de mort à vous-même ?

Esther entrouvrit les lèvres, mais ce n'était pas sous l'effet de la surprise. Andrea reconnut le mécanisme de défense. Respirer, calmer le cœur qui s'emballait, se concentrer sur autre chose que le traumatisme immédiat.

Quand Esther leva enfin les yeux vers elle, ce ne fut pas pour répondre à sa question, mais pour en poser une à son tour.

— Pourquoi est-ce que vous n'avez pas peur de moi ?

— Je ne sais pas, reconnut Andrea. Quand je pense à vous, j'ai peur, mais ensuite, en vous voyant en personne, je me rends compte que vous n'êtes qu'une vieille dame perdue dont la fille a été assassinée et que son mari battait.

Esther baissa un peu le menton.

— Est-ce que Leonard est au courant ?

— Il croit toujours que c'est Ricky qui a écrit les lettres.

Esther baissa les yeux. Son regard se posa sur la mallette, à ses pieds. La maison de la juge avait été réduite en cendres, mais la seule chose qu'elle avait cherché à sauver, c'était cette mallette.

— Je n'aurais pas dû manipuler le système, dit Esther. Je vois maintenant combien mon comportement a été égoïste. Je vous présente mes excuses.

Andrea n'attendait pas d'excuses. Elle voulait une explication. La juge exerçait depuis presque aussi longtemps que les Marshals. Elle savait comment la Sécurité judiciaire fonctionnait. Quand un juge recevait une menace de mort crédible, la priorité absolue était d'assurer sa sécurité. De toute évidence, Esther s'était sentie suffisamment menacée pour demander à être protégée, mais elle avait également eu peur d'expliquer pourquoi. Andrea eut l'impression qu'une pièce manquante du puzzle allait enfin apparaître.

— De qui avez-vous besoin qu'on vous protège ? demanda-t-elle à la juge.

Les frêles épaules d'Esther se soulevèrent ; elle prit une profonde inspiration. Puis elle prononça un nom dans un souffle, comme si c'était celui d'une maladie.

— Dean Wexler.

Andrea dut se cramponner au dossier du fauteuil rembourré pour ne pas chanceler. Chaque fois que quelque chose d'horrible arrivait à une femme dans cette ville, la piste semblait toujours mener à Wexler.

— « Votre adversaire, le diable, rôde comme un lion rugissant, cherchant qui il dévorera », récita Esther, dont la voix trembla sur les derniers mots. Première Épître de saint Pierre, chapitre V, verset 8.

Andrea maintint sa prise sur le fauteuil. Elle ne voyait qu'une seule raison pour laquelle Dean Wexler susciterait la peur chez Esther Vaughn, mais elle ne pouvait se résoudre à l'avouer.

— Racontez-moi, demanda-t-elle simplement.

Cette fois encore, Esther dut inspirer profondément pour se donner du courage.

— Au cours de la première année de la vie de Judith, j'avais pris l'habitude d'installer son parc dans le jardin, afin de pouvoir passer du temps avec elle. Un jour, j'étais dans le cabanon, et je me suis rendu compte qu'elle ne faisait plus aucun bruit. J'ai couru dehors, et j'ai vu Wexler qui la tenait dans ses bras.

Andrea vit les yeux de la dame s'emplir de larmes. Visiblement, ce souvenir la hantait encore.

— Judith ignorait qu'elle était dans les bras d'un inconnu. Elle avait toujours été une enfant si confiante, si joyeuse. Mais je voyais bien l'expression sur le visage de Wexler… Il avait l'air de vouloir lui faire du mal. Il s'est débrouillé pour lui attraper le bras comme s'il allait le lui arracher. Cette malveillance dans ses yeux, le mal absolu…

Esther s'arrêta car ses émotions menaçaient de prendre le dessus.

— Je n'avais encore jamais crié comme je l'ai fait alors. Pas même quand on a appris l'agression d'Emily. Ni même quand Franklin…

Elle ne termina pas sa phrase, mais Andrea comprit qu'elle voulait parler des coups.

— Toute ma vie, je me suis considérée comme une femme forte et peu sensible. Les épreuves vous endurcissent, et vous continuez votre chemin. Mais voir cet ignoble démon tenir ma Judith dans ses bras, cela m'a littéralement brisée. Je me suis mise à genoux devant lui, et je le suppliais de me rendre Judith quand Franklin est sorti.

Andrea regarda la juge essayer de se remettre de ses émotions. Ses mains tremblaient. Des larmes coulaient de ses yeux.

— Je… Je me suis précipitée dans la maison avec Judith. J'avais l'impression d'avoir le cœur en feu. Quand Franklin est revenu à l'intérieur, je m'étais cachée dans le placard, à l'étage, avec Judith.

Aux prises avec ses souvenirs, Esther fit une pause.

— C'est à ce moment-là que Franklin m'a dit que Dean Wexler était le père de Judith.

Andrea sentit l'univers basculer à nouveau autour d'elle, même si elle avait commencé à se douter de ce que la juge allait lui annoncer. Les pensées qui tourbillonnaient dans sa tête menaçaient de devenir incontrôlables – *si Dean était bien le père de Judith, cela signifiait qu'il avait menti au sujet de sa stérilité, et s'il avait menti à ce propos, que cachait-il d'autre ?*

— Franklin m'a dit qu'il fallait qu'on paye Wexler pour qu'il s'en aille. Ils avaient conclu un marché, tous les deux, et Franklin allait régler tout ça.

Esther serra ses mains jointes pour les empêcher de trembler.

— J'aurais dû appeler immédiatement la police. Cela me paraît évident aujourd'hui, mais, à l'époque, je n'en ai rien fait.

— Pourquoi ? demanda Andrea.

— J'étais terrifiée à l'idée que Wexler trouve un moyen de récupérer Judith. Vous ne pouvez pas imaginer l'expression malfaisante qu'il avait sur le visage, ce jour-là, dans le jardin. Aujourd'hui encore, je reste absolument convaincue que cet homme est l'incarnation du mal.

Ses doigts allèrent toucher la croix autour de son cou, la triturant comme un talisman.

— Wexler aurait pu réclamer ses droits parentaux devant la justice, vous comprenez. Il aurait pu nous enlever Judith. Ou se voir accorder un droit de visite. Ou même avoir, d'une façon ou d'une autre, son mot à dire sur la manière dont elle était élevée. Le moyen le plus efficace de nous débarrasser de cette menace, c'était de le payer pour qu'il garde ses distances.

— Mais si Wexler avait essayé de revendiquer ses droits parentaux, il aurait en fait reconnu avoir commis un viol sur mineure, fit remarquer Andrea.

— Il faut replacer cet aveu dans le contexte de l'époque. La constitutionnalité des lois sanctionnant le viol sur mineur n'a été confirmée par la Cour suprême qu'en mars 1981. Dans l'État du Delaware, jusque dans les années 1970, l'âge du consentement légal était fixé à sept ans. Les lois sur la protection des victimes de viol ne dataient que de quelques années plus tôt. À l'époque où j'ai siégé pour la première fois à la Cour, une femme agressée sexuellement devait faire corroborer son récit par celui d'un témoin oculaire pour que sa plainte soit considérée comme crédible.

— Excusez-moi de vous dire ça, madame la juge, mais sur ce plan-là, peu de choses ont changé, ne put s'empêcher de dire Andrea. Aujourd'hui encore, une femme blanche tragiquement violée et assassinée reste une femme blanche tragiquement violée et assassinée.

— Voyez cela avec la presse à scandale, pas avec les tribunaux.

Esther s'interrompit, les doigts toujours agrippés à la petite croix à son cou.

— Comment aurait-on pu faire un lien entre le point A et le point B ? Dean reconnaissait la relation sexuelle, pas le meurtre, et il pouvait toujours revenir sur ses aveux. Ma position et tous les détails salaces de l'affaire auraient suffi à rendre n'importe quel procureur méfiant et à le faire hésiter à poursuivre Dean sans preuves à l'appui. Franklin et moi avions déjà engagé un détective privé qui n'avait pas réussi à retrouver l'assassin d'Emily. Nous étions confrontés à cet éternel problème : le manque criant de preuves.

Andrea choisit ses mots avec soin.

— La police trouve souvent des informateurs prêts à dénoncer les suspects.

— Vous voulez dire qu'on aurait dû acheter quelqu'un ou le suborner pour qu'il confirme la culpabilité de Dean ?

Esther n'avait pas l'air offensée par cette perspective, ce qui signifiait qu'elle avait dû l'envisager.

— Et si cette personne avait changé d'avis ? Et si elle avait fini par nous faire chanter ? Il vaut mieux avoir affaire à un diable que l'on connaît plutôt qu'à un diable dont on ignore tout, et Wexler était le diable incarné.

Andrea savait qu'Esther avait certainement pris la meilleure de toutes les mauvaises décisions possibles. Elle savait aussi qu'un autre événement s'était produit à peu près à la même époque.

— Wexler nous a dit qu'il avait hérité d'un parent décédé, et que c'était comme cela qu'il avait pu acheter la ferme.

Esther hocha lentement la tête.

— Cette propriété appartenait autrefois à la mère de Franklin. Après sa mort, elle était censée revenir à Emily, puis être transmise à Judith.

Esther sortit un mouchoir de la manche de sa robe et essuya soigneusement ses larmes avant de poursuivre.

— Franklin a cédé le terrain par acte notarié à une société en nom collectif. Cette société a vendu le terrain à une société écran, pour un prix symbolique. Puis la société écran a effectué des transferts non publics à un trust contrôlé par Dean Wexler.

Esther regarda Andrea, puis reformula la manœuvre en des termes plus simples :

— Fraude fiscale, évasion fiscale, détournement de fonds, faux et usage de faux, et peut-être même blanchiment d'argent, mais il faudrait que je vérifie dans la législation de 1983.

Andrea savait que Wexler n'en était pas resté là.

— Êtes-vous intervenue dans l'affaire des infractions au Code du travail ?

Esther hocha à nouveau la tête.

— Franklin m'a dit de rappeler à certaines personnes qu'elles avaient des dettes envers moi. C'était toujours comme cela qu'il le formulait : « Il faudrait que tu rappelles à Untel qu'il a une dette envers toi. » Je n'ai jamais remis en question ce qu'il me demandait. J'ai fait ce qu'il me disait de faire parce que je voulais protéger Judith.

Andrea releva une faille dans le récit de la juge.

— D'après le dossier de Bob Stilton, Wexler a soutenu qu'il ne pouvait pas être le père du bébé parce qu'il avait eu une maladie infantile qui l'avait rendu stérile.

— Encore une fois, il n'y avait aucune preuve.

Manifestement, Esther avait lu le dossier de l'affaire, elle aussi.

— Franklin m'a dit qu'on devait croire Wexler sur parole. Le risque était trop grand. Je voulais à tout prix protéger Judith, alors je n'ai pas posé de questions… et quand j'ai commencé à m'en poser, il était trop tard.

— Vous n'avez jamais demandé à Wexler de faire un test ADN ?

— Dans quelle intention ? Une fois qu'on a cédé au chantage, on est obligé de continuer, c'est un cercle vicieux. Franklin et moi nous étions rendus coupables en lui cédant le terrain. Dean détenait la preuve que nous avions enfreint la loi. De notre côté, nous n'avions aucune preuve qu'il avait assassiné notre fille.

Esther laissa échapper un soupir épuisé. Cela faisait des dizaines d'années qu'elle se heurtait aux murs contre lesquels Andrea ne butait que depuis deux jours.

— Je me suis dit que la menace était trop personnelle, trop intime, pour prendre le risque de rompre notre pacte. Wexler pouvait toujours trouver un moyen de s'en prendre à Judith. Et ensuite, quand Guinevere est née, les enjeux sont devenus encore plus élevés.

Andrea baissa les yeux vers son poignet gauche enflé.

— Vous savez ce que Dean fait aux jeunes femmes de la ferme ?

— Pendant des années, j'ai choisi de ne pas le savoir. Emily appelait cela mon *don pour l'aveuglement volontaire.*

Andrea voulait faire preuve de tact, mais elle repensa à Star Bonaire et à Alice Poulsen.

— Madame, vous semblez très bien renseignée pour quelqu'un qui affirme avoir toujours été tenue à distance des détails.

Le regard d'Esther se posa sur son mari, dont la respiration était devenue rauque. Les intervalles entre chacune de ses inspirations étaient plus longs.

— Après l'AVC de Franklin, il n'y avait plus personne pour me servir de tampon. Wexler est venu me voir directement. Je lui ai dit que j'étais condamnée. Je savais que mon cancer était inopérable. Je voulais passer le peu de temps qu'il me restait avec Judith et Guinevere.

Andrea avait vu comment Dean Wexler traitait les femmes qui lui tenaient tête.

— Qu'est-ce qu'il a fait ? demanda-t-elle.

— Nous avons reçu un courrier à la maison, adressé à Guinevere.

La main d'Esther se porta à nouveau à sa gorge et agrippa la croix en or.

— J'ai reconnu l'adresse de l'expéditeur. Wexler avait envoyé un formulaire de candidature pour un poste de bénévole à la ferme. Il était déjà prérempli, avec le nom et l'adresse de Guinevere.

— C'est tout ? demanda Andrea.

Elle n'imaginait pas Dean Wexler se contenter d'un message aussi subtil.

— L'enveloppe contenait des photos de Guinevere. Quelqu'un l'avait suivie de l'école à chez nous. L'une des photos avait été prise entre les rideaux entrouverts de la fenêtre de sa chambre.

Andrea perçut le désespoir dans la voix de la juge.

— Qu'est-ce que vous avez fait ?

— J'ai à nouveau été prise de panique, répondit Esther. Je n'avais rien appris de la première fois. Au lieu d'avouer enfin toute la vérité à la police, j'ai manipulé le système. Vous avez vu juste : c'est moi qui ai écrit les menaces de mort. Je savais que cela entraînerait l'intervention de la Sécurité judiciaire.

Andrea corrigea poliment sa version des faits, car Esther Vaughn n'avait pas accepté n'importe quelle offre de protection.

— Vous vouliez Bible.

— Leonard est un homme bien. J'ai passé une si grande partie de ma vie à craindre les hommes mauvais. Mon mari. Wexler. Mon propre entourage. J'ai toujours eu peur de perdre... Emily le voyait, et elle considérait cela comme de la lâcheté. Elle avait raison, bien sûr. Je ne me fais pas d'illusions, je sais que je souffrirai dans l'au-delà pour expier mes péchés, mais je voulais passer le peu de temps qu'il me reste sur terre entourée de gens qui m'aiment.

— Et que se passera-t-il quand vous ne serez plus là ? demanda Andrea, certaine que la juge avait un plan.

Esther secoua la tête.

— Je dois vous présenter mes excuses, je vous ai sous-estimée. Leonard m'a dit que vous aviez l'étincelle du génie.

Andrea ne releva pas le compliment. Trop de femmes subissaient encore les sévices de Wexler.

— Madame la juge, qu'y a-t-il dans votre mallette ?

26 NOVEMBRE 1981

Emily était assise à côté de sa grand-mère, à la table de la cuisine. Ensemble, elles décortiquaient des graines de citrouille pour la traditionnelle petite fête annuelle donnée chez les Vaughn à l'occasion de Thanksgiving – même si, cette année, au lieu des cinquante invités buvant des cocktails dans le salon de réception et des vingt autres entassés dans le petit bureau pour regarder le football à la télévision, seules quatre personnes seraient présentes. Et l'une d'elles ne savait pas vraiment qui étaient les autres.

— Mon père m'a appris à faire ça, dit grand-mère à Emily. Il adorait les graines de citrouille.

— Comment était-il ? demanda Emily, même si elle connaissait la suite par cœur.

— Eh bien, il n'était pas très grand.

Grand-mère commença par décrire les cheveux de son père, qui étaient doux et fins, à son grand désespoir, car il essayait de ressembler à Clark Gable. Quand elle passa à sa passion pour les vêtements, Emily se laissa aller à rêvasser. Elle regarda le mouvement des mains de sa grand-mère, qui décortiquaient les graines de citrouille. Esther les avait déjà fait griller dans le four. La plupart des gens les décortiquaient une par une au moment de les manger, comme les cacahuètes, mais grand-mère soutenait qu'il valait mieux faire ce travail avant, pour profiter pleinement de la dégustation ensuite. Elles avaient presque rempli le bol.

— Papa me disait de faire comme ça, expliqua grand-mère en lui montrant comment presser délicatement la coquille jusqu'à ce qu'elle s'ouvre et révèle la petite amande verte à l'intérieur. Mais il ne faut pas encore la manger. Il faut toutes les mettre dans le bol.

— C'est une bonne idée, dit Emily.

Elle tendit la main pour attraper une nouvelle poignée de graines, mais un spasme aigu dans le dos lui arracha un cri perçant. Résistant à l'envie de se plier en deux, elle se pencha plutôt en arrière pour essayer d'étirer le muscle.

— Oh ! ça va, ma chérie ? s'écria sa grand-mère.

Non, ça n'allait pas. Emily expira lentement, mâchoires serrées. Elle ne savait pas trop si ce muscle froissé était dû à sa grossesse, au port de son lourd sac de cours ou au fait qu'elle n'arrivait pas à dormir la nuit tant elle était angoissée par ce qui se passait au lycée.

— C'est un peu tôt pour les crampes.

C'était Esther, qui venait de sortir du cellier. Elle posa la boîte de choucroute sur la table et massa le dos d'Emily avec le poing.

— Prends sur toi, lui dit-elle.

Emily n'avait aucune envie de prendre sur elle. Elle voulait que tout cela se termine.

— Ça va mieux ? demanda Esther.

Emily hocha la tête, car le spasme s'était calmé. Elle s'appuya contre la hanche de sa mère, les yeux fermés. Esther la tint dans ses bras et lui caressa les cheveux. C'était quelque chose de nouveau, pour toutes les deux. Grand-mère avait toujours été celle qui séchait les larmes d'Emily ou qui embrassait les éraflures sur ses genoux. Esther était celle qui lui faisait travailler son vocabulaire et l'entraînait pour l'équipe de débat. C'était comme si la grossesse d'Emily avait fait ressortir chez Esther une fibre maternelle dont elles ignoraient toutes deux l'existence. Ou peut-être que la sénilité de grand-mère avait laissé un vide qu'Esther se sentait à présent capable de combler.

— Ma chérie, dit la vieille dame à Emily, tu es un peu jeune pour avoir un enfant.

Emily rit.

— Ça, c'est bien vrai !

La vieille dame eut un air un peu perdu, mais elle rit elle aussi.

Esther déposa un baiser sur le sommet du crâne d'Emily.

— Bon, je vais faire à manger. Ton père va bientôt revenir du club.

Emily regarda sa mère s'affairer dans la cuisine. En réalité, Esther ne *faisait* pas à manger : elle réchauffait ce qu'avait déjà préparé la cuisinière, laquelle était grande amatrice de gastronomie du Maryland. Beignets au crabe. Épis de maïs. Palourdes et huîtres farcies. Gelée de cranberries. Haricots verts aux tomates. Jambon rôti.

Le jambon était le signe le plus clair de leur changement de situation. Habituellement, Emily avait toujours été rebutée par la vue de cette énorme masse de viande rose et charnue qui mijotait dans son jus. La forme lui rappelait trop celle d'un véritable cochon. Mais le jambon qu'Esther avait sorti du frigo aujourd'hui était petit et ressemblait plutôt à une miche de pain. Il était pourtant assez gros pour nourrir plus de quatre personnes.

Personne ne le disait, mais l'absence de véritable fête était la faute d'Emily.

Son péché originel avait des conséquences bien plus importantes que la réduction du nombre d'invités aux festivités. La nomination d'Esther était devenue incertaine. Elle était constamment au téléphone, participait à des réunions à Washington DC, et se démenait autant qu'elle le pouvait pour montrer qu'elle méritait toujours qu'on lui confie un poste à vie. La pression était immense, même si elle n'en parlait jamais ouvertement. Elle avait avec Franklin des conversations anxieuses, qui s'interrompaient dès qu'Emily entrait dans la pièce. La nuit, Emily entendait leurs voix étouffées à travers le mur de la chambre et imaginait Franklin faisant les cent pas sur le plancher grinçant et Esther réfléchissant à des stratégies derrière son bureau.

La semaine précédente avait été particulièrement difficile. Emily avait lu une tribune dans le *Wilmington News Journal*, dont l'auteur se demandait si les ambitions judiciaires d'Esther Vaughn n'avaient pas éclipsé ses devoirs de mère. Franklin avait laissé le journal ostensiblement déplié sur la table du petit déjeuner pour qu'Emily le voie.

Elle se leva de table. Elle eut soudain envie de pleurer. Il n'y avait pas de mouchoirs dans la cuisine, aussi se moucha-t-elle dans une serviette en papier. Esther lui adressa un sourire signifiant qu'elle voyait bien qu'elle pleurait mais qu'il n'y avait rien à faire.

— Qu'est-ce que je peux faire pour t'aider ? lui demanda Emily.

— Le *hasty pudding* est dans le réfrigérateur du garage. Tu veux bien…

— Mon Dieu, dit la grand-mère en les regardant toutes les deux. Je crois que je vais me retirer dans ma chambre pour faire une sieste.

Emily devina que sa grand-mère n'avait aucune idée de l'identité des personnes qui se trouvaient devant elle, dans cette cuisine. Heureusement, la vieille dame vivait dans cette maison depuis assez longtemps pour trouver l'environnement familier. Elle traversa le couloir du fond d'un pas tranquille, en fredonnant distraitement la chanson *Yankee Doodle*. Elle monta même les marches de l'escalier en rythme.

Esther échangea un regard amusé avec Emily. Elle était d'une incroyable bonne humeur depuis le matin. Emily se demandait si sa grossesse avait vraiment réussi à les rapprocher. C'était très difficile à dire. Parfois, leur relation mère-fille semblait entrer dans une nouvelle phase. Et puis, à d'autres moments, Esther lui faisait la morale parce qu'elle avait trop monté le chauffage ou laissé une serviette humide traîner par terre.

— Alors, ce pudding ? la relança Esther.

— Ah, oui !

Emily savait qu'elle ne pouvait pas mettre ses absences sur le compte de sa grossesse. Si elle se laissait si facilement distraire, c'était parce que se concentrer sur le moment présent était trop déprimant.

Le garage était aussi froid que l'arrière-train d'un ours polaire, comme disait toujours grand-mère. Emily ne prit pas la peine de retourner chercher son manteau à l'intérieur. Sa température corporelle était très élevée. Bien sûr, ce ne fut plus le cas dès qu'elle atteignit le fond du garage.

Elle ouvrit le réfrigérateur en frissonnant. Grâce à sa grand-mère, elle se mit à fredonner *Yankee Doodle*, un petit air entêtant et insupportable quel que soit le jour de l'année. Elle se souvint d'avoir lu *Le Rêve de Jo March* de Louisa May Alcott en sixième pour avoir des points en plus. Emil et Franz étaient allés au moulin et avaient rapporté suffisamment de maïs pour que la famille puisse manger du *hasty pudding* et du pain de maïs pendant des mois. Le professeur avait accordé un bon point à Emily pour avoir fait le lien avec la chanson.

Elle ne recevait plus de bons points de la part de ses professeurs, désormais.

Elle était complètement ostracisée, au lycée. Même les agents d'entretien détournaient le regard quand elle passait devant eux.

C'était comme si sa grossesse avait généré un champ magnétique autour d'elle. Plus les rumeurs médisantes se répandaient, plus les gens gardaient leurs distances. Les enseignants secouaient la tête avec consternation. Quelqu'un avait fait un énorme trou dans le T-shirt qu'elle mettait pour le sport. Le mot PUTE avait été gravé sur son bureau en classe. Avant les vacances de Thanksgiving, un abruti avait collé une serviette hygiénique dépliée sur son casier. Des taches avaient été dessinées dessus au marqueur rouge, pour évoquer le sang. Un cadre au feutre noir faisait ressembler le tout à une carte postale, sous laquelle étaient griffonnés les mots :

Petit souvenir du bon vieux temps.

Elle soupçonnait Ricky d'être à l'origine de ce collage, voire de toute l'entreprise d'anéantissement qui la ciblait. Les attaques les plus féroces semblaient provenir de la clique. Les rumeurs lancées par Blake sur sa consommation de drogues et d'alcool s'étaient amplifiées et volaient maintenant de leurs propres ailes. Elle n'était plus simple consommatrice, elle était carrément devenue une dealeuse. Non seulement une adepte de la fumette, mais une toxico. Ricky y avait ajouté des mensonges de son cru, racontant à qui voulait l'entendre qu'elle avait vu Emily sucer plusieurs garçons derrière le gymnase. Et bien sûr, des garçons s'étaient portés volontaires pour raconter que c'étaient eux qui avaient bénéficié de ces gâteries. Comme on pouvait s'y attendre, Nardo se montrait particulièrement cruel et faisait des commentaires sarcastiques chaque fois qu'elle était à portée de voix.

Plouc, un jour.

Salope, le lendemain.

Et les jours où Emily avait l'air particulièrement déprimée, *grosse chienne.*

Clay l'ignorait totalement, ce qui était encore plus blessant que les horribles apartés de Nardo. En ce qui le concernait, Emily était complètement insignifiante. Sa présence à la cafétéria ou dans la rue lui faisait autant d'effet que la vue de la cabine téléphonique ou de la boîte aux lettres au coin de la rue.

Et puis, il y avait les autres. Melody Brickel lui lançait un sourire chaque fois qu'elle la voyait, mais ces sourires ne faisaient que lui rappeler ce qu'elle avait perdu.

Dean Wexler avait exigé qu'elle n'assiste plus à ses cours. Comme l'année scolaire était presque terminée, elle consacrait maintenant ce créneau à une heure d'étude improvisée, seule, dans la bibliothèque.

Et puis, il y avait Cheese – ou Jack, comme elle devait désormais l'appeler.

Au lycée, Jack faisait tout pour l'éviter. Il lui parlait à peine en dehors des cours, et, dans son temps libre, il était toujours très occupé. Il lui avait dit que c'était parce que son père le faisait travailler au poste, mais cette excuse paraissait bidon à Emily. Jack lui avait répété de nombreuses fois qu'il n'irait pas à l'académie de police, cet été. Il comptait quitter la ville dès qu'il aurait obtenu son diplôme.

Emily pensait que sa grossesse inexpliquée était la raison de la tension qu'elle percevait entre eux. Elle n'avait jamais demandé à Jack s'il avait été présent à la Fête. Elle s'était dit qu'elle refusait de tomber dans le piège de Nardo, mais une part d'elle-même appréhendait secrètement la réponse.

Jack était-il venu chez Nardo ?

Lui avait-il fait quelque chose ?

Elle se surprit à regarder fixement l'intérieur du réfrigérateur. Elle avait complètement oublié ce qu'elle était venue chercher.

Des bouteilles de bière, de la crème fouettée, des sodas, du lait.

Elle devait aller parler à Jack. Ils n'avaient jamais eu de secrets l'un pour l'autre. Pas au sujet des trucs importants. Elle l'avait vu se faufiler dans le cabanon, la nuit dernière. Elle lui avait laissé un oreiller et une couverture propre, car elle savait que les vacances se passaient toujours mal, chez lui. Sa mère ouvrait la bouteille d'alcool peu après le petit déjeuner. Le commissaire la rejoignait à midi. Et quand arrivait l'heure du dîner, ils étaient soit en train de se hurler dessus, soit en train de se battre, ou alors ils gisaient tous les deux par terre, sans connaissance.

— Le pudding ! s'exclama Emily, se rappelant enfin pourquoi elle se gelait les fesses dans le garage.

Elle posa le pot de crème fouettée sur le plat et referma la porte du réfrigérateur d'un coup de hanche. Elle traversa l'espace vide où son père garait normalement la voiture. Elle se demandait s'il était vraiment au club de golf. En général, le matin de Thanksgiving, ils faisaient des tournois simultanés pour que le personnel puisse avoir un semblant de congé. Elle savait qu'il s'était inscrit pour neuf trous, mais elle savait également qu'il ne fallait pas quatre heures pour les jouer.

— Tu t'es perdue ? demanda Esther, qui l'attendait à la porte.

Emily lui tendit le pudding.

— Je n'arrivais pas à me sortir cette stupide chanson de la tête.

Esther prit une inspiration, puis se mit à chanter :

— *Fath'r went to camp along with Captain Goodin.*

Emily se joignit à elle :

— *And there we saw the men and boys as thick as hasty puddin.*

Toutes deux rentrèrent dans la maison en chantant à tue-tête et en tapant du pied en rythme :

— *And there was Captain Washington and gentle folks about him… they say he's grown so tarnal proud he will not ride without them !*

Emily se sentit tout étourdie lorsque sa mère la serra contre elle. Esther était vraiment d'excellente humeur. Cela faisait une éternité qu'elles n'avaient pas chanté ensemble.

— Oh ! mon Dieu ! s'exclama Esther en essuyant des larmes de rire. C'était drôle, n'est-ce pas ?

Emily avait l'impression de la voir parader.

— Tu as l'air drôlement contente, aujourd'hui.

— Pourquoi est-ce que je ne serais pas contente ? J'ai enfin l'occasion de passer toute une journée avec ma famille.

Elle retint le bras d'Emily quelques secondes, puis se remit à la préparation du dîner.

— Assieds-toi. Je pense que je peux m'occuper du reste.

Emily lui fut reconnaissante de ce répit. Elle posa les pieds sur la chaise vide de grand-mère. Elle n'avait plus de spasmes dans le dos, mais elle sentait maintenant ses orteils gonfler et se transformer en petits boudins douloureux.

— Il faudrait que je travaille à mon devoir d'anglais. Il compte pour la moitié de ma note.

— Ne t'inquiète pas de ça aujourd'hui.

Esther tournait le dos à Emily, mais sa colonne vertébrale s'était raidie. Elle pivota sur elle-même et croisa les bras sur sa poitrine.

— À vrai dire, peut-être que tu ne devrais même plus t'en inquiéter du tout. Tu devrais quitter le lycée dès maintenant, de ton propre chef, plutôt que d'attendre le jour où cela deviendra impossible de continuer à y aller.

À cette seule idée, Emily eut le souffle coupé.

— Je ne peux pas quitter le lycée, maman. Si je tiens jusqu'à l'année prochaine, j'aurai validé assez de matières pour obtenir mon diplôme.

— Tu auras un bébé avant d'avoir ton diplôme, Emily. Tu ne t'imagines tout de même pas que tu vas traverser l'estrade avec le reste de la classe ?

Emily sentit toute la légèreté des derniers instants retomber brutalement. Elles n'étaient ni camarades ni amies. Esther était sa mère, et sa mère lui transmettait un décret.

— Ce n'est pas juste.

Si Esther se mettait à parler comme une adulte, Emily allait parler comme une enfant.

— Tu fais comme si je n'avais pas le choix.

— Tu as le choix, répliqua Esther. Tu peux choisir de te concentrer sur ce qui est important.

— Mes études, ce n'est pas important ?

— Bien sûr que c'est important. Ou plutôt, cela le sera, plus tard.

— Maman, je…

Elle n'avait pas formulé cette idée à voix haute jusque-là, mais cela faisait un mois qu'elle y songeait.

— Je peux encore aller à l'université. On pourrait engager une nounou et…

— Avec quel argent ?

Esther avait levé les mains en l'air, désignant malgré elle la demeure qui appartenait à la famille de Franklin depuis plus d'un demi-siècle.

— Qui payera cette nounou, Emily ? Tu prendras un travail en plus de tes cours ? La nounou sera là quand tu devras te préparer pour aller à la fac et quand tu rédigeras tes devoirs ?

— Je…

Emily s'apercevait maintenant qu'elle aurait dû anticiper davantage cette conversation. Elle avait besoin de chiffres concrets à présenter à ses parents, pour leur expliquer comment un petit investissement aujourd'hui pourrait leur rapporter des dividendes dans le futur.

— Je ne peux pas *ne pas* aller à l'université.

— Tu iras à l'université, promit Esther. Un jour ou l'autre. Quand l'enfant sera assez grand pour aller à l'école. Quand il aura été scolarisé avec succès pendant quelques années, tu pourras…

— Ce ne sera pas avant huit ans ! s'écria Emily, sidérée. Tu veux que j'aille à l'université quand j'aurai presque trente ans ?

— Ce ne serait pas totalement inédit, répliqua Esther en se gardant toutefois bien de donner le moindre exemple. Tu ne peux pas t'occuper d'un nourrisson tout en allant à l'université, ma chérie. C'est impossible.

Emily n'en revenait pas de cette hypocrisie.

— C'est exactement ce que tu as fait ! s'exclama-t-elle.

— Baisse d'un ton, la mit en garde Esther. Mon cas était différent. Ta grand-mère était à la maison et s'occupait de toi pendant que j'étais à Harvard. Et j'avais un mari. Ton père m'apportait une légitimité. Il m'a permis de faire carrière en dehors du foyer.

— « Permis » ? répéta Emily, qui ne put s'empêcher de rire. Tu es toujours en train de me dire que les femmes peuvent tout faire.

— Elles le peuvent, mais dans la limite du raisonnable.

— Maman ! s'exclama Emily, levant les bras au ciel, exaspérée.

— Emily, dit Esther d'une voix ferme et maîtrisée. Je sais que nous avons dit que nous ne discuterions pas des circonstances entourant la genèse de ton état.

— Bon Dieu, tu parles comme une avocate !

Elles eurent toutes deux l'air abasourdi. Emily plaqua une main sur sa bouche. Elle pensait sans arrêt ce genre de choses, mais jamais, au grand jamais, elle n'avait osé les dire à voix haute.

Au lieu de la sermonner, Esther s'assit à la table. Elle s'essuya les mains sur son tablier.

— Tu dois mériter ton retour, Emily. Tu as enfreint une règle – une règle capitale – que les femmes n'ont pas le droit d'enfreindre. Les portes qui t'étaient autrefois ouvertes se sont refermées. Ce sont les conséquences que tu dois subir pour tes actes.

— Quels actes ? Je n'ai pas…

— Tu ne retourneras pas au lycée, un point c'est tout, dit Esther. M. Lampert, le principal, a appelé ton père la semaine dernière. La décision est prise. Tu ne peux rien y faire. Tu as été désinscrite.

Emily sentit ses yeux s'emplir de larmes. Depuis toujours, sa mère lui inculquait la valeur des études. Elle avait passé des heures à étudier, à mémoriser et à réviser pour chaque contrôle, chaque devoir pour qu'elle soit fière d'elle.

Et aujourd'hui, elle lui disait que tout cela n'avait servi à rien !

— Ce n'est pas la fin du monde, Emily, dit Esther, même s'il était évident que c'était la fin de quelque chose. Ton père et moi en avons discuté, et nous sommes d'accord.

— Oh ! si Père le dit, alors OK…

Esther ne releva pas le sarcasme.

— Tu vas simplement attendre le bon moment. Tu vas rester à la maison, quitter le feu des projecteurs et, plus tard, quand suffisamment de temps se sera écoulé, nous trouverons un moyen de te faire revenir dans le monde.

— Tu veux que je reste enfermée à la maison pendant huit ans ?

— Arrête de dramatiser. Tu resteras confinée jusqu'à l'arrivée du bébé. Tu pourras te promener dans le jardin de derrière ou, les jours où il y a école, dans la rue. Il faudra que tu suives un programme d'exercices physiques, pour ta santé.

Emily entendit au ton posé de sa mère qu'elle était déterminée. Elle imaginait bien ses parents en train de régler tout cela, tard dans la nuit, Franklin arpentant la pièce, un verre de scotch à la main, Esther dressant la liste de tout ce qu'Emily pourrait et ne pourrait pas faire, aucun d'eux ne prenant la peine de se demander ce que leur fille enceinte voulait vraiment.

Exactement comme ils avaient décidé à sa place qu'elle garderait ce bébé.

Exactement comme ils l'obligeaient à quitter le lycée, à renoncer à son diplôme, à remettre l'université à plus tard, à repousser sa vie.

— Et après ? demanda Emily, qui voulait savoir ce qu'ils avaient décidé d'autre.

Esther sembla soulagée par cette question, qu'elle interprétait clairement comme un consentement.

— Quand le moment sera venu, ton père et moi nous commencerons à t'emmener à des réceptions. Des réunions simples, au début, avec les personnes de notre entourage, seulement. Nous choisirons les plus disposées à accepter ton retour. Une fois que l'enfant sera assez grand, tu pourras peut-être décrocher un stage. Ou un poste de secrétaire.

— Tu es vraiment hypocrite.

Esther sembla plus amusée qu'insultée.

— Je te demande pardon ?

Emily en avait assez de taire toutes les pensées qui se bousculaient dans sa tête.

C'était épuisant de rester prévenante et aimable, surtout quand personne ne l'était envers elle en retour.

— Du haut de ton piédestal, tu donnes des leçons à tout le monde sur l'importance d'être une femme forte. Tu veux paraître invincible. Tu fais croire à tout le monde que tu n'as peur de rien, mais tout ce que tu fais, tous les choix que tu fais, c'est parce que tu as peur.

— Moi, j'ai peur ? demanda Esther en étouffant un rire. Jeune fille, sache que je n'ai jamais eu peur de quoi que ce soit de toute ma vie.

— Combien de fois papa t'a-t-il frappée ?

Esther lui lança un regard foudroyant.

— Attention à ce que tu dis…

— Sinon quoi ? Papa me fera un autre bleu ? Il tordra le poignet de mamie jusqu'à ce qu'elle crie ? Il te traînera dans l'escalier par le bras et il te frappera avec ta brosse à cheveux ?

Esther ne détourna pas le regard, mais elle semblait ne plus voir Emily.

— Tu es complètement terrifiée à l'idée de ce que les gens risquent de penser de toi. C'est pour ça que tu restes avec papa. C'est pour ça que tu veux m'enfermer à la maison. Tu as gâché toute ta vie à essayer de te comporter comme ils le veulent.

— Toute ma vie ! répéta Esther d'un ton railleur. Dis-moi un peu, je te prie, qui désigne ce « ils » ?

— *Tout le monde*. Tu ne m'as pas laissée avorter parce que les gens risquaient de le découvrir. Tu ne m'as pas laissée faire adopter le bébé parce que les gens allaient se servir de ça contre toi. On m'oblige à abandonner le lycée parce que les gens t'ont dit qu'il le fallait. Tu fais comme si tu avais le contrôle total de ta vie, mais tu es terrifiée à l'idée que les gens puissent tout t'enlever à n'importe quel moment.

Esther fit la moue.

— Continue, vide ton sac.

Elle réagissait comme si Emily avait seulement besoin de se défouler, alors que celle-ci était très sérieuse.

— Je ne subis pas les conséquences de mes actes, maman. Je subis les conséquences de ta lâcheté.

Esther leva un sourcil, comme elle le faisait généralement lorsqu'elle se prêtait au jeu de son interlocuteur.

— Tu es une hypocrite, dit Emily.

Elle se répétait mais, à présent, ces mots lui faisaient l'effet d'une révélation. Elle n'avait jamais parlé à quelqu'un aussi franchement. Pourquoi s'était-elle tue pendant tant d'années ? Pourquoi s'était-elle tant inquiétée à l'idée de dire ou de faire ce qu'il ne fallait pas, de mettre en colère les mauvaises personnes ?

Qu'est-ce que *les gens* auraient bien pu lui faire ?

Elle se leva, les poings sur la table.

— Tu as un don incroyable pour l'aveuglement volontaire. Tu te crois tellement intelligente, tellement maligne, mais tu ne vois jamais ce que tu ne veux pas voir.

— Et qu'est-ce que je ne veux pas voir ?

— Que tu es terrifiée, répondit Emily. Que tu gardes tout le temps la peur dans ta bouche.

— Vraiment ?

— Vraiment. Tu as des rides autour de la bouche à force de retenir ta peur à l'intérieur, les lèvres pincées, comme en ce moment.

Les lèvres d'Esther se desserrèrent aussitôt. Elle essaya de rire, mais il n'y avait rien de drôle.

— Je te vois tout le temps t'étouffer avec ta peur. Avec papa. Avec tes amis. Même avec mamie et moi. Tu essaies de la ravaler à tout prix, mais elle ne veut pas disparaître. Tout ce que ça fait, c'est transformer tes mots en armes chaque fois que tu parles. Et ce que tu dis, ce sont des conneries, maman. Ce ne sont rien que des conneries parce que tu es terrifiée à l'idée que les gens sachent la vérité sur toi.

— Quelle vérité ?

— Que tu es lâche.

Esther se cala contre le dossier de sa chaise, jambes croisées.

— Je suis lâche, moi ?

— Pour quelle autre raison les choses se passeraient comme ça, sinon ? demanda Emily. Pourquoi tu ne me défends pas ? Pourquoi tu ne dis pas au principal Lampert d'aller se faire foutre ? Pourquoi tu ne vas pas tout de suite à Georgetown pour exiger qu'ils honorent leur lettre d'acceptation ? Pour dire au sénateur que je me présenterai bien à mon stage ? Pourquoi tu ne dis pas à papa qu'il doit…

— Tu n'as aucune idée de ce que j'ai fait pour toi.

— Alors dis-le-moi ! cria Emily. Tu parles tout le temps d'être un modèle pour les autres femmes. Quel genre de modèle es-tu pour moi, maman ?

Emily avait tapé du poing si fort sur la table que les graines de citrouille s'étaient éparpillées hors du bol. Elle regarda sa mère les rassembler en un tas et les faire glisser jusqu'au bord de la table pour les faire tomber dans sa main. Elle ne prit pas la parole avant que tout soit remis en place.

— Ma chérie, pour être tout à fait honnête, ce n'est pas pour les femmes comme toi que je m'efforce d'être un modèle. Peu importe comment tu t'es retrouvée enceinte, c'est arrivé. Tu as *laissé* cela se produire en t'exposant au danger. Si tu étais une fille pauvre qui vivait dans une caravane en Alabama, là, tes choix seraient différents.

Ses propos étaient si proches de ceux que Ricky avait criés à Emily quelques semaines plus tôt qu'elle sentit un poids s'abattre sur ses épaules.

— Je reconnais que les prochaines années vont être une période difficile de ta vie, mais un jour, tu apprécieras le cadeau que ton père et moi te faisons. Si tu fais ces sacrifices maintenant, si tu uses de ton temps avec sagesse, tu finiras par être à nouveau la bienvenue au bercail.

Emily s'essuya la bouche. Elle s'était mise tellement en colère qu'elle avait postillonné.

— Et si je ne le fais pas ?

Esther haussa les épaules comme pour dire que la réponse était évidente.

— *Les gens* te rejetteront.

Emily sentit sa gorge se serrer. Elle ne voyait pas comment elle aurait pu être encore plus rejetée qu'elle ne l'était en ce moment.

— Et si…

Elle se débattait intérieurement pour trouver une alternative convaincante.

— Et si on suivait leurs règles seulement jusqu'à ce que ta nomination soit confirmée ? Papa dit toujours que c'est un poste à vie. Une fois que tu seras en place, qu'est-ce que ça pourra changer ?

Esther la regarda comme si elle n'arrivait pas à croire qu'Emily était la chair de sa chair.

— Tu penses vraiment que ma plus grande ambition est d'être juge fédérale toute ma vie ?

Emily savait que ce n'était pas le cas.

— Tu as vu la confirmation de Sandy O'Connor à la télé. Jesse Helms a failli la faire tomber à cause de ses opinions sur l'avortement.

Esther donna un petit coup de doigt sur la table.

— Tu trouves ta vie dure ? Sandy n'a pas trouvé de travail après avoir obtenu son diplôme de droit à Columbia. Elle a dû se priver de salaire et faire des stages dans les cabinets ministériels, juste pour avoir un pied dans la place. Et aujourd'hui, elle est juge à la Cour suprême.

— Mais… tu peux changer les choses, maman, tenta Emily. Tu ne vois pas que…

— Je ne peux rien faire depuis l'extérieur.

— Il n'y aura pas d'autre ouverture à la Cour suprême avant des années, et même à ce moment-là, il faudra peut-être dix ans ou plus pour qu'une autre femme soit nommée. La vraie question, c'est ce que tu as l'occasion de faire maintenant, maman.

Emily tenta de ne pas prendre un ton suppliant.

— On pourrait faire semblant de faire ce que tu as dit. J'abandonnerai le lycée. Dès que les auditions du Sénat seront terminées et que tu auras prêté serment, je pourrai suivre des cours d'été, et ensuite, je pourrai…

— Le poste de juge fédéral m'est déjà réservé, dit Esther. Je me préparais à vous l'annoncer lors d'un toast avant le dîner. Reagan en personne m'a appelée ce matin. Même ton père n'est pas au courant.

Emily fut estomaquée par cette nouvelle, qui expliquait l'humeur radieuse de sa mère. Elle n'était pas heureuse d'avoir sa famille réunie autour d'elle en ce jour férié. Elle était folle de joie parce qu'elle avait obtenu ce qu'elle voulait.

Pour l'instant.

— Reagan dit que le processus prendra plus de temps que je ne le voudrais, mais qu'on ne peut rien y faire. L'annonce aura lieu en mars, avant les vacances de Pâques. Il y aura une période de vérification, j'aurai des réunions au Capitole, puis l'audition de confirmation commencera à la fin du mois d'avril.

Esther avait l'air euphorique.

— Ronnie veut imposer un modèle à suivre, il veut montrer au pays qu'il ne se contente pas de promouvoir des femmes juste pour le symbole. Il promeut les femmes *adéquates*.

— Bon Dieu, murmura Emily.

Elle se sentait complètement vaincue.

— Surveille ton langage, Emily. Quand il m'a appelée ce matin, Ronnie a fait référence à la *Pericope Adulterae*. Évangile selon saint Jean, chapitre VIII, versets 1 à 20. Est-ce que tu sais ce que cela signifie ?

Emily n'avait rien à lui répondre. Sa mère était comme grisée au seul souvenir de cette conversation téléphonique. Rien de ce qu'elle avait pu dire au cours des dix dernières minutes n'avait réussi à fendre sa carapace. Elle avait défié sa mère, elle lui avait reproché son hypocrisie, et maintenant, Esther citait saint Jean comme s'il ne s'était rien passé.

— Tu connais ce passage, continua Esther. Les Pharisiens ont amené une femme adultère devant Jésus. Ils Lui ont dit : « La loi de Moïse nous a ordonné de lapider une telle femme. Toi, qu'en dis-tu ? »

Emily rembobina le fil de leur discussion pour essayer de déterminer à quel moment Esther était à nouveau montée sur ses grands chevaux. De toute évidence, sa mère s'attendait à ce qu'elle joue le jeu et fasse ce qu'elles faisaient toutes les deux avec Franklin. Ignorer les bleus. Oublier les cris. Prétendre que les sanglots et supplications qu'elle entendait à travers le mur de la chambre provenaient de la télévision, et non de sa mère.

— Les Pharisiens essayaient de mettre Jésus à l'épreuve, dit Esther. Pour voir si sa morale était solide. Tu sais ce que Jésus a dit ? Tu le sais ?

Avec répugnance, Emily dut convenir qu'elle connaissait la réponse. Elle l'avait apprise au catéchisme, mais jusque-là, jamais elle ne s'était demandé pourquoi les Pharisiens étaient prêts à lapider cette femme alors qu'ils n'avaient même pas envisagé de punir l'homme avec lequel elle avait été prise en flagrant délit.

— Tu connais ce verset ? demanda Esther.

Emily le récita par cœur.

— « Il se leva et leur dit : Que celui d'entre vous qui n'a jamais péché lui jette la première pierre. »

— Exactement, dit Esther avec un hochement de tête approbateur. Reagan comprend que les gens bien peuvent parfois faire des erreurs. Tu sais qu'il a divorcé avant d'épouser Nancy.

Emily opina du chef en même temps que sa mère, comme si elle en avait quoi que ce soit à faire de la vie privée de Ronald Reagan. Elle n'était pas une femme adultère. Elle n'avait pas commis d'erreur sciemment.

— Ronnie m'a dit que ton père et moi donnions un exemple admirable, en te soutenant dans cette période difficile. Il a dit que c'était la preuve d'une grande force de caractère.

— Oh..., fit Emily, comme si tout s'éclairait, à présent. Alors, si Reagan dit que tu n'es pas lâche et hypocrite, de quoi se mêle ton abrutie de fille ?

— Je t'ai demandé de surveiller ton langage !

Esther se leva de table, interrompant abruptement la conversation.

— Pose les graines de citrouille à côté du bar, dans le salon. Ton père va bientôt rentrer. Je veux que le dîner soit sur la table quand il sortira de la douche. Ta grand-mère va probablement...

La voix d'Esther et ses exigences s'éloignèrent tandis qu'Emily se dirigeait vers le salon. Elle aurait dû se douter qu'il valait mieux éviter de débattre avec une femme qui avait bâti sa carrière sur cet exercice.

Mais les choses ne se résumaient pas à cela.

Elle ne parviendrait jamais à être comprise de sa mère, en grande partie parce que la juge se mettrait toujours en travers de leur chemin. Esther était la femme au foyer, la jardinière, la réchauffeuse de plats préparés, la mère, la belle-fille, l'accompagnatrice occasionnelle lors des sorties scolaires. La juge était celle dont l'objectif principal était de donner une impression de force. Tout le monde la trouvait intimidante. Lors des soirées, elle dissertait comme une érudite. Ses opinions circulaient comme si elles émanaient d'une divinité. Elle maniait l'intelligence comme une épée. Elle régnait sur son prétoire comme une reine.

Puis elle rentrait à la maison, et son mari la tabassait.

Emily mangea une poignée de graines de citrouille, qui croustillèrent entre ses dents. Au lieu d'aller dans le salon, elle poussa la porte du patio. L'air froid fouetta les cheveux autour de son visage. Elle serra le bol de graines de citrouille contre sa poitrine.

Sisyphe avait eu beau faire inlassablement rouler son rocher sur le corps d'Emily dans la cuisine familiale, elle sourit à l'idée de voir Jack. Elle lui apporterait une assiette bien garnie après le dîner. Quand il passait la nuit dans le cabanon, il se nourrissait en général de barres chocolatées et de bœuf séché. Du moins, à en juger par les emballages qu'elle ramassait le lendemain. Les graines de citrouille le feraient patienter un moment.

La porte gondolée du cabanon ne fermait pas bien. Elle apporterait à Jack une des couettes supplémentaires rangées dans le placard. Il ne se plaignait jamais, mais le froid était particulièrement rude à cette période de l'année. L'abri n'était pas isolé. La moindre brise légère faisait trembler le simple vitrage, comme si un train passait dans le jardin.

Elle s'arrêta devant la porte et tendit l'oreille. Son cœur se brisa quand elle entendit un faible gémissement. Chaque fois qu'elle se disait qu'elle était seule au monde, elle aurait dû se rappeler ce que Jack traversait. Certes, sa mère était une hypocrite qui donnait des leçons de morale, et son père un tyran, mais au moins, elle ne passait pas Thanksgiving dans un cabanon glacé.

Elle se pencha, se disant qu'elle allait seulement lui déposer le bol de graines devant la porte, mais elle entendit alors un autre gémissement. Son cœur se serra. Elle avait déjà vu Jack pleurer. Bien plus d'une fois, à vrai dire. La distance qu'il avait mise entre eux à l'école l'avait blessée, mais il restait son ami.

Elle poussa la porte.

Au début, elle ne sut pas vraiment ce qu'elle voyait. Son esprit n'arrivait pas à le comprendre.

Clay tournait le dos à la porte. Les mains de Jack étaient arc-boutées à l'établi. Elle crut d'abord qu'ils se battaient. Qu'ils chahutaient. Qu'ils jouaient. Mais ensuite, elle vit que le pantalon de Clay était baissé sur ses chevilles. Jack gémit une nouvelle fois. L'établi vacilla quand Clay le pénétra.

Ils faisaient l'amour.

9

Andrea répéta sa question :

— Qu'y a-t-il dans la mallette ? »

Au lieu de répondre, la juge posa son regard sur Franklin Vaughn. Il n'y avait aucune émotion sur son visage, aucun geste d'amour entre eux. L'homme qui avait été son mari pendant près d'un demi-siècle allait mourir dans les heures à venir. Et Esther ne tarderait pas à le suivre.

— Quand on m'a annoncé que j'avais un cancer, dit-elle, je me suis efforcée de mettre de l'ordre dans mes affaires. Franklin avait toujours pris en charge cet aspect-là de nos vies. Je me disais que les testaments étaient dans le coffre, avec les autres documents financiers. C'était le cas, mais je ne m'attendais pas à trouver également ceci.

Esther se pencha et souleva péniblement la mallette posée par terre. Andrea contourna le lit pour l'aider. La mallette était plus légère qu'elle ne l'aurait cru ; elle la souleva d'une main et la posa sur les genoux de la juge.

— Merci.

Les doigts d'Esther firent tourner la combinaison, les verrous s'ouvrirent avec un déclic.

Andrea se tenait au-dessus de la vieille dame et put donc voir ce que la mallette contenait. Des liasses de documents, quelques enveloppes de papier kraft, et un vieil ordinateur portable encore relié à son câble d'alimentation.

— Franklin a toujours été plus versé dans les nouvelles technologies que moi, dit Esther en levant les yeux vers elle. Il a enregistré toutes ses conversations avec Wexler. Le fils Fontaine apparaît plusieurs fois, lui aussi. Il y a des enregistrements audio de leurs premiers entretiens. Plus tard, Franklin a même caché une caméra dans la bibliothèque pour filmer les négociations. Il y a une vidéo qui est particulièrement compromettante. Ils ont mis sur pied une association caritative foncière en utilisant Fontaine pour dissimuler une servitude de conservation qui a rapporté à Wexler plus de 3 millions de dollars net. Le délai de prescription au niveau fédéral pour conspiration et infraction continue ne démarre pas à partir de l'acte original mais dès lors que les objectifs de la conspiration ont été abandonnés ou atteints. Le chantage lui-même a duré près de quatre décennies. Toutefois, le problème, avec les escroqueries, c'est qu'il faut prouver qu'elles sont intentionnelles ; et de ce point de vue, les enregistrements vidéo sont on ne peut plus éloquents. Avec cela, ils n'ont plus aucune chance de s'en sortir.

Andrea aurait dû se réjouir, mais elle n'arrivait à ressentir que de la colère. Cela faisait donc plusieurs dizaines d'années que cette information était disponible.

— Pourquoi est-ce que votre mari n'a pas… Il aurait pu…

— Oui, Franklin aurait pu les dénoncer il y a des années. D'un point de vue juridique, il est en tort, lui aussi, mais d'un point de vue moral, je suis l'unique coupable.

Esther fit la moue et chercha à reprendre ses esprits.

— Je me suis dit que quelques mois ne changeraient rien à l'affaire, poursuivit-elle. Grâce aux menaces de mort, Judith et Guinevere seraient sous protection policière vingt-quatre heures sur vingt-quatre. Bible se plierait en quatre pour assurer leur sécurité ; et moi, je finirais ma vie comme je l'entendais. Wexler et Fontaine seraient poursuivis après ma mort, et personne d'autre ne souffrirait. C'est du moins ce que je me suis dit, mais je me suis bien trompée, n'est-ce pas ?

Andrea avait la gorge serrée.

— Alice Poulsen, dit-elle uniquement.

— Oui, Alice Poulsen.

Esther plongea la main dans la mallette, pour la poser sur une épaisse enveloppe de papier kraft. Elle regarda Andrea dans les yeux.

— À cause de ma lâcheté, d'autres parents ont perdu leur enfant, dit-elle. Je n'ai pas mérité une mort paisible.

Andrea la regarda sortir l'enveloppe de la mallette. Dessus il était écrit, à la main :

À remettre à Leonard Bible après ma mort.

— Cette enveloppe renferme des copies de tous les documents officiels relatifs au transfert de terrain, à la servitude de conservation et à la fiducie foncière caritative. L'ordinateur contient tous les enregistrements, audio et vidéo, de même que les mails les plus parlants, les virements bancaires, les IBAN des comptes en banque et les divers documents fiscaux. Vous y trouverez les dates, les heures, les lieux, les démarches qu'ils ont effectuées lorsqu'ils m'ont forcée à intervenir juridiquement. J'ai également inclus un résumé qui reprend l'affaire dans les grandes lignes. Dean Wexler et Bernard Fontaine peuvent être inculpés pour évasion fiscale, fraude fiscale, cybercriminalité – et pour de nombreux autres crimes. Tout est ici.

Andrea était trop choquée pour prendre l'enveloppe. Esther lui offrait sur un plateau tout ce qu'il fallait pour mettre Wexler et Nardo hors d'état de nuire.

— Le gouvernement peut compter sur mon entière coopération, tant que je suis capable de la lui apporter, dit la juge.

Maintenant qu'elle s'était décidée, elle semblait avoir hâte d'en finir. Elle rangea l'enveloppe dans la mallette et attendit qu'Andrea emporte le tout.

Il n'y avait plus rien à dire.

Les mains d'Andrea s'étaient mises à trembler. Elle avait froid et transpirait tout à la fois. Elle serra contre sa poitrine la mallette, qui lui semblait plus lourde à présent. Sans doute parce qu'elle contenait l'âme errante d'Alice Poulsen. L'avenir incertain de Star Bonaire. La mort paisible qu'Esther Vaughn ne méritait pas.

Les marshals adressèrent un signe de tête à Andrea lorsqu'elle quitta la chambre de Franklin Vaughn. Ce n'est que lorsqu'elle eut atteint le bout du couloir qu'elle s'autorisa à prendre réellement conscience de ce qu'elle avait entre les mains.

Les preuves des crimes de Wexler et de Nardo.

De quoi les envoyer en prison. De quoi faire fermer la ferme.

L'euphorie vint enfin. Elle en avait la tête qui tournait. L'adrénaline rendait tout plus net, plus précis. Elle tourna au coin du couloir en courant à petites foulées, cherchant Bible du regard. Elle le vit enfin près des ascenseurs, en train de discuter avec Mike. Tous deux adossés au comptoir d'accueil des infirmières. Bible tenait sa main bandée. Compton était à un mètre de lui et tapait quelque chose sur son téléphone.

— Andy ? fit Mike. Qu'est-ce qui ne va pas ?

Andrea pouvait à peine parler. Ses mains étaient tellement moites qu'elle faillit en lâcher la mallette. Elle les rejoignit d'un pas chancelant.

— Andy ? répéta Mike en prenant la mallette. Ça va ?

— Je suis…

Elle dut s'interrompre pour reprendre son souffle.

— C'est la juge qui a écrit les menaces de mort elle-même, dit-elle enfin.

Compton leva les yeux de son téléphone. Bible avait les mâchoires contractées mais il ne dit rien.

— Elle…

Andrea dut s'arrêter à nouveau. Elle prit une seconde inspiration et posa une main sur sa poitrine, pour calmer les battements de son cœur.

— Wexler la faisait chanter. Ça fait des dizaines d'années que ça dure. Depuis l'époque où Judith était bébé. Wexler lui a dit que c'était lui le père, mais je ne sais pas si c'est vrai. Peut-être qu'il a menti, mais ça n'a plus d'importance, parce qu'on… parce qu'on les tient. Tous les deux. Nardo était dans le coup, lui aussi.

— Oliver, expliquez-moi tout, lui dit Compton, qui s'était accroupie pour examiner le contenu de la mallette. Qu'est-ce que c'est que ça ?

— L'ordinateur portable. Franklin Vaughn enregistrait tout. Ce qu'il y a là-dedans suffira à envoyer Wexler et Fontaine en prison pour fraude, au minimum.

Andrea s'était accroupie, elle aussi. Elle sortit l'enveloppe adressée à Bible.

— Esther a résumé… Tout est résumé ici. Elle m'a dit qu'elle nous avait monté un dossier en béton, que Wexler et Fontaine étaient tous les deux impliqués.

Compton ne disait plus rien et parcourait les pages. Elle se mit à secouer la tête quand elle arriva au dernier paragraphe.

— Nom d'un chien ! s'exclama-t-elle. Elle nous a pratiquement rédigé les demandes de mandat. Leonard…

Tous levèrent les yeux vers Bible. Il serrait encore les mâchoires.

Compton se releva et posa doucement la main sur la joue de son mari.

— Mets tout ça de côté, mon chéri. Tu y penseras plus tard. D'accord ?

Bible hocha brièvement la tête, mais on lisait encore sur son visage la douleur d'avoir été trahi.

— Elle nous a donné tout ce qu'il faut ? demanda-t-il.

— Oui.

Compton chercha des yeux Mike, qui était en train de brancher l'ordinateur, derrière le bureau des infirmières.

— Mike, vous serez détaché et sous mes ordres pendant toute la durée de cette opération. La traçabilité de la procédure commence dès maintenant. On doit tout faire dans les règles. Envoyez ces vidéos au ministère de la Justice. Je veux aussi des mandats de perquisition pour la ferme, et des mandats d'arrestation pour Wexler et Fontaine. Nous devons tout mettre en œuvre dès ce soir. J'ai des marshals dans la région, je peux les affecter à la surveillance de la ferme. Il faut qu'on s'assure que Wexler et Fontaine ne filent pas avant qu'on leur mette le grappin dessus. Les individus de ce genre ont toujours un plan d'urgence. Est-ce qu'on peut se fier à Stilton ?

La question s'adressait à Bible.

— Je ne sais pas, répondit-il en secouant la tête.

— Très bien, on laisse Stilton sur le banc de touche jusqu'aux arrestations. Fontaine portait une arme dissimulée. Il faut partir du principe qu'ils sont armés. Je vais faire venir l'équipe d'assaut depuis Baltimore. Il faut à tout prix éviter que la situation ne dégénère en prise d'otages. Notre priorité absolue est d'assurer la sécurité de ces filles, n'est-ce pas ?

Compton attendait une réponse de la part de Bible.

— Oui, répondit-il enfin.

— Bien, fit Compton. Je vais aussi faire venir des ambulances, au cas où des filles souhaiteraient quitter la ferme. On les conduira à l'hôpital Johns-Hopkins. J'espère qu'on trouvera une façon de briser l'emprise que Wexler a sur elles. Idem pour Fontaine. Si Esther ne se trompe pas, il est bon pour passer un sacré bout de temps en prison. Il essaiera certainement d'obtenir un accord en se retournant contre Wexler. On va le transférer à Baltimore, pour le faire mariner. Bible, je vais avoir besoin que vous vous occupiez personnellement de Fontaine. Collez-le vingt-quatre heures dans une cellule de détention provisoire, et il sera prêt à parler.

— Non, madame, répondit Bible. Je veux Wexler, et je le veux ce soir.

— Pourquoi ? demanda Compton.

— On n'arrivera plus jamais à lui coller autant les jetons si on s'y prend plus tard, répondit Bible. Là, on le tire du lit en pleine nuit, on le colle dans la cellule de Stilton, on lui tombe dessus à bras raccourcis, et on le force à avouer. C'est la façon la plus rapide d'en finir une bonne fois pour toutes.

— Ou bien on le balance en cellule, il se chie dessus, réclame un avocat, et on ne le revoit pas avant trois ans, au tribunal, rétorqua Compton. On a un seul coup à tenter, et on n'a pas intérêt à se louper. Si on emmène Wexler jusqu'à Baltimore, il aura le temps de réfléchir à des arguments pour se sortir de ce qu'il présentera comme un terrible malentendu. Et c'est ça qu'on veut, n'est-ce pas ? On veut qu'il nous parle, qu'il se mette à nous expliquer les choses.

— C'est un psychopathe, dit Bible. Si on lui laisse le temps de retomber sur ses pattes, il va nous pondre un plan.

— Vous avez sans doute raison, dit Compton avant de se retourner vers Mike. Vous êtes dans l'équipe, vous aussi. Alors, qu'en pensez-vous ? On met la pression à Wexler dès ce soir ou on lui laisse du temps ?

— Mon instinct me dit d'agir dès ce soir, répondit Mike. Et je sais que vous ne me demandez pas mon avis là-dessus, mais je ne veux pas que Fontaine trouve un arrangement. Pourquoi courir après Renfield, quand on peut directement enfoncer un pieu dans le cœur de Dracula ?

Andrea se surprit à hocher la tête. Elle ne voulait pas que Nardo s'en sorte aussi facilement, elle non plus. La comparaison avec Renfield était vraiment bien trouvée : Nardo n'était pas seulement le disciple de Dean, il fournissait également des victimes à son maître maléfique.

— Oliver, fit Compton en se tournant vers elle, dites-nous ce que vous en pensez.

Andrea ne pouvait que partager ce qu'elle savait être la vérité.

— Nardo va appeler ses avocats. C'est ce qu'il fait toujours. Si le plan, c'est de l'amener à témoigner contre Wexler, je ne crois pas que ça se produira avant qu'il soit mis dos au mur. Et peut-être même qu'il ne le fera pas du tout, même dans ces conditions. C'est un nihiliste.

— OK, laissez tomber Fontaine, alors, dit Compton. Quelle est la meilleure façon de s'en prendre à Wexler ?

— Il ne fait des erreurs que lorsqu'il est en colère, répondit Andrea.

Elle l'avait déjà vu sortir de ses gonds, et, moins de dix minutes plus tard, se vanter d'avoir été, à lui seul, le précurseur de toute l'agriculture biologique.

— Si on lui laisse le temps de se calmer, il s'en servira pour trouver une issue, ajouta-t-elle.

— Très bien, ma décision est prise, conclut Compton. Bible, Oliver et vous, vous allez vous occuper de Wexler dès ce soir. On va lui mettre le grappin dessus à la ferme et l'emmener directement chez Stilton. Fontaine ira à Baltimore. Oliver, retournez prendre une douche au motel. Dès que Wexler sera en garde à vue, on fera un saut au poste de police. Exécution du plan dans trois heures, soyez prête dans deux.

Andrea ne comptait pas rester assise à attendre pendant deux heures.

— Madame, je…

— Obéissez aux ordres, l'interrompit Compton. Je n'ai pas besoin de bras en plus, mais d'un cerveau. Vous avez déjà eu affaire à Wexler. Il sait que vous n'avez pas peur de lui. Quand il vous verra, il ne faut pas que vous ayez l'air d'avoir échappé à un incendie et sauté dans une piscine. Bible, expliquez-lui tout ça, puis venez me trouver. Mike, cherchons un endroit tranquille pour regarder ces vidéos.

Mike referma l'ordinateur portable. Il croisa à nouveau le regard d'Andrea avant de partir avec Compton.

Andrea avait le corps tendu comme un ressort. Elle mourait d'envie de les suivre, de faire n'importe quoi plutôt que de subir cette interminable attente.

— C'est quoi, la stratégie ? demanda-t-elle à Bible. Comment va-t-on pousser Wexler à avouer ?

— Les stratégies ne servent à rien, avec les psychopathes, répondit Bible. Ils réagissent toujours de façon inattendue.

Elle n'avait jamais vraiment pensé à Wexler comme à un psychopathe avant cet instant. Il répondait en effet à tous les critères : absence de honte et de remords, suffisance pompeuse, caractère manipulateur, difficulté à contrôler ses pulsions. Elle connaissait intimement cette liste car elle avait remarqué les mêmes caractéristiques chez son père.

— Très bien, mais on doit quand même s'en tenir à une espèce de plan, ou de cadre…

— Il n'y a pas de plan ce coup-ci, collègue, la coupa Bible en haussant les épaules comme si tout cela ne prêtait pas à conséquence. Imagine qu'on joue à la marelle, OK ? On lance un palet dans la case et on attend que Wexler saute dedans.

Elle n'avait pas besoin qu'on lui fasse la leçon, elle voulait des infos concrètes.

— Donc… on fait quoi, au juste ? On le laisse nous réciter son cours sur les fèves en espérant qu'à un moment ou à un autre il lâche : « Oh ! à propos, oui, j'ai commis tout un tas de trucs illégaux, où est-ce que je signe mes aveux ? »

— Ce serait génial, mais je ne crois pas qu'on puisse compter là-dessus, dit Bible. Il va falloir orienter la conversation, et le recadrer régulièrement. Comme ça, il finira bien par sauter dans la bonne case.

— On n'a pas le temps pour les métaphores, Bible, c'est bien trop important. Chaque fois que tu m'as balancée dans le grand bain, je me suis débrouillée pour nager, mais cette fois, c'est différent. Il me faut au moins les grandes lignes.

— OK, j'ai capté, répondit-il. Alors, mettons au point un plan. L'interrogatoire, c'est moi qui le mènerai. Ça te va, comme ça ?

— Oui, dit Andrea, qui ne s'attendait pas à autre chose.

— Et là, notre bon vieux Dean nous dit « Je ne parlerai à personne d'autre qu'elle », en te pointant du doigt. Alors je me lève et je vous laisse seuls tous les deux. Et ensuite ?

Elle se mordit la lèvre.

— Ou alors on décide que c'est toi qui mènes l'interrogatoire, qu'est-ce que tu en penses ?

Bible ne la laissa pas répondre et continua sur sa lancée.

— Et alors Dean dit « Non, je ne parlerai pas à cette fille. Moi je ne parle qu'aux hommes ». Et dans ce cas, c'est toi qui devras te lever et t'en aller.

— Alors, on va tous les deux…

— On doit tous les deux passer les deux prochaines heures à cogiter, l'interrompit-il. C'est comme ça qu'on va se préparer. C'est ça, la stratégie. On ne peut pas anticiper ce qu'il va dire. On croit qu'il va vouloir nous parler de la ferme ? Peut-être qu'il voudra plutôt nous parler d'Emily. On s'attend à ce qu'il nous parle d'Emily ? Peut-être qu'il voudra plutôt nous dire que sa maman ne l'a jamais aimé, ou nous parler du jour où son papa a tiré sur l'oiseau moqueur.

— Alors on le laisse juste nous raconter ce qu'il veut ?

— Absolument, répondit Bible. Tu as entendu ce qu'a dit la cheffe. Le faire parler, c'est exactement ce qu'on veut. On le fout en rogne, on lui fournit un auditoire, et il fait une bourde. Il faut juste garder en tête à quel endroit on veut l'emmener, et ce qu'on veut lui faire raconter. Et de quoi est-ce qu'on veut qu'il nous cause, selon toi ?

— Nom de Dieu, dit Andrea, peu convaincue par cette maïeutique. Le chantage. La transaction foncière bidon. Les infractions au Code du travail. La servitude de conservation. L'évasion fiscale. L'association caritative bidon. Emily Vaughn.

— Un seul de ces points nous suffira, dit-il en levant un doigt en l'air. Il suffit de lui faire avouer un seul crime. Et puis on le fait causer et on le pousse à en avouer un autre. Et puis encore un autre. On lance le palet, il saute jusqu'à la bonne case. Et c'est comme ça qu'on gagnera. Mais ça nous prendra du temps.

— Putain, j'en ai tellement marre de toujours devoir attendre !

— C'est l'animal à qui on a affaire qui l'exige.

— Ça me fait chier, s'agaça Andrea, dont la frustration se muait en colère. Soit Wexler a violé et tué Emily Vaughn, soit il sait qui l'a fait. Ça fait quarante ans qu'il terrorise la famille d'Esther. Il tient Star Bonaire à sa merci. Il a poussé Melody Brickel au bord de la faillite. Alice Poulsen s'est tuée pour lui échapper. Il y a au moins une dizaine d'autres filles dans sa ferme qui sont des cadavres ambulants. Tout ce que cet enfoiré touche se flétrit et meurt, et il se débrouille toujours pour s'en sortir.

Bible l'étudia attentivement.

— On dirait que tu es en train d'en faire une affaire personnelle.

— Carrément, ouais.

Andrea avait été trop impatiente pour attendre que quelqu'un la dépose au motel. Elle avait parcouru à pied le court trajet depuis l'hôpital, tenant à bout de bras le sac estampillé « EFFETS PERSONNELS DES PATIENTS ». Elle n'aurait même pas dû s'en préoccuper. Ses vêtements étaient irrécupérables. Son arme de service, pleine d'eau, avait été expédiée à Baltimore, et elle n'en recevrait une autre que le lendemain matin. Son Android était encore dans son sac à dos, qui était resté dans le SUV de Bible. Son iPhone était tellement abîmé que les circuits apparaissaient derrière le verre brisé de l'écran. Même ses chaussures étaient fichues. De l'eau en sortait chaque fois qu'elle faisait un pas.

Après la douche la plus longue et la plus chaude de sa vie, elle se sentit enfin propre, mais rien ne pouvait lui ôter Dean Wexler de l'esprit. Elle ne cessait de repenser à ce qu'Esther Vaughn lui avait dit, non pas sur le chantage et sur la fraude, mais au sujet de la peur panique qui s'était emparée d'elle quand elle avait vu

Wexler dans le jardin tenir Judith dans ses bras. Andrea comprenait ce genre de terreur jusque dans la moelle de ses os. Elle savait aussi ce que ça faisait, de se considérer comme un certain type de personne, et de devenir quelqu'un de radicalement différent après un traumatisme.

Comme Laura, comme Esther, comme Star et Alice, Andrea menait deux vies différentes : celle d'avant et celle d'après sa rencontre avec un psychopathe.

Elle alla à la fenêtre et jeta un coup d'œil entre les rideaux. La rue était déserte, la forêt à l'arrière-plan était plongée dans les ténèbres. Les équipes de surveillance devaient être déployées, à l'heure qu'il était. Six marshals surveillaient les routes menant à la ferme, observaient les allées et venues, et tâchaient de déterminer où se trouvaient Wexler et Nardo. L'équipe d'intervention de Baltimore devait être en route. Les mandats étaient sans doute déjà signés. Il n'y avait rien d'autre qu'elle pût faire, à part s'efforcer de ne pas s'arracher les cheveux, pendant qu'elle attendait, attendait, et attendait encore.

Elle regarda l'horloge : 23 h 10. Il lui restait encore quatre-vingt-dix minutes avant de se retrouver à nouveau face à face avec Dean Wexler.

Elle appuya le front contre la vitre froide. Même si Bible lui avait dit de ne pas faire de plan, elle ne pouvait pas s'en empêcher. Elle n'avait pas sa belle assurance, ni bien sûr ses dizaines d'années d'expérience. Elle se représenta la salle d'interrogatoire exiguë au fond du poste de police de Stilton. Elle essaya de s'imaginer assise en face de Wexler. Mais au lieu de cela, elle se vit à nouveau dans la cuisine de la ferme. Star rassemblait les ingrédients pour faire du pain. Wexler n'arrêtait pas de parler, d'un ton monocorde de télévangéliste. Avec cet air satisfait sur le visage. Elle se souvint de la longue pause qu'il avait faite avant d'autoriser Star à poser son verre d'eau sur la table.

Il aimait tout contrôler. Et il aimait que d'autres personnes en soient témoins.

Ce qui signifiait qu'il voudrait qu'Andrea et Bible restent tous les deux dans la salle pendant l'interrogatoire.

Bible se chargerait de lui parler. Et *elle*, alors, que ferait-elle ?

Elle se dirigea vers le bureau. Les pages de son carnet étaient bien noircies, à présent. Elle avait noté ses observations sur le bref moment qu'elle avait passé seule avec Dean Wexler. Bible avait sa marelle, mais elle avait ses leviers. Le but, ce soir, était que Wexler sente le contrôle de la situation lui échapper. Ce serait à cet instant qu'il commettrait sa première erreur. Elle avait déjà trois exemples antérieurs de moments où son masque était tombé, et les trois s'étaient produits dans son vieux pick-up Ford.

La première fois, c'était quand elle avait prononcé le nom d'Emily Vaughn. Sans crier gare, il avait enfoncé la pédale de frein, si fort qu'elle avait failli se retrouver la tête dans le pare-brise.

Il avait freiné tout aussi brutalement une seconde fois quand elle lui avait fait remarquer que, même s'il avait abandonné l'enseignement, il avait quand même trouvé une façon de s'entourer de jeunes femmes vulnérables.

Le troisième incident était à la fois plus direct et plus compliqué. Il lui avait dit qu'il chiait des merdes plus grosses que les siennes, et elle lui avait répondu de se sortir la tête du cul.

Cela ne lui avait pas plu et il s'était mis très en colère. Il lui avait attrapé le poignet pour la faire taire.

Elle tapota le bout de son stylo sur le carnet. Les piques qu'elle pouvait lui lancer pour le provoquer étaient faciles à trouver. Il ne voulait pas entendre parler d'Emily. Il n'aimait pas qu'on le traite de prédateur. Et surtout, il ne supportait pas qu'on pointe du doigt toutes les conneries qu'il racontait.

Elle ne savait pas où toutes ces réflexions la menaient. Elle posa son stylo, retourna à la fenêtre et balaya à nouveau la route désolée du regard. Elle croisa les bras. Puis elle tourna le dos à la fenêtre et ferma les yeux.

Entre chatouiller l'ego de Wexler et réveiller sa rage, la frontière était mince. Ce n'était pas sa violence qu'elle redoutait. Elle savait se défendre, même si elle doutait fort que Bible laisse la situation dégénérer. Non, le problème était plutôt le suivant : si jamais elle poussait Wexler trop fort dans la mauvaise direction, elle risquait de tout faire capoter. D'un autre côté, si elle ne le poussait pas assez fort, il penserait sans doute qu'elle avait peur. Et si le comportement de ce taré avait jamais prouvé quoi que ce soit, c'était qu'il aimait que les femmes aient peur de lui.

Elle ouvrit les yeux. Deux minutes seulement s'étaient écoulées. Arpenter la pièce et regarder par la fenêtre pendant encore quatre-vingt-huit minutes n'allait pas l'aider à trouver une stratégie valable. Il était facile de mettre Wexler en rogne, mais elle ne savait pas comment lui extorquer des informations utiles. Melody Brickel avait dit de lui qu'il n'était qu'une pâle copie de Clayton Morrow. Andrea ne connaissait qu'une seule personne sur terre qui s'était confrontée à Clayton Morrow et avait survécu à cette épreuve.

Elle décrocha le téléphone fixe sur le bureau et composa le numéro avant d'avoir le temps de changer d'avis.

Sa mère décrocha à la quatrième sonnerie.

— Ma chérie ? Ça va ? Quelle heure est-il ?

— Ça va, maman. Je suis désolée, je…

Une chose lui vint à l'esprit.

— Est-ce que mon numéro s'est affiché ? demanda-t-elle.

Laura marqua une longue pause avant de répondre.

— Je sais que tu es à Longbill Beach, dit-elle enfin.

Andrea marmonna un juron. Elle était censée aider à tendre un piège à Dean Wexler pour qu'il avoue, et elle n'avait même pas eu assez de jugeote pour désactiver la géolocalisation de son iPhone.

— Alors tu m'as menti pendant tout ce temps ? demanda Laura.

— Tu veux dire, comme tu m'as menti à moi ?

C'était de bonne guerre.

— Chérie, est-ce que tu vas bien ?

Andrea posa la tête dans sa main. Elle sentait les points de suture qui maintenaient fermée la plaie sur son front. Elle avait mal au nez et à la gorge.

— Je suis désolée de t'avoir menti.

— Eh bien moi, je suis pas du tout désolée de t'avoir menti, je me suis même bien amusée ! rétorqua Laura.

De bonne guerre aussi.

— Pourquoi m'appelles-tu depuis ta chambre de motel ? Qu'est-ce qui ne va pas ?

— Rien, répondit Andrea en réprimant une quinte de toux. Ne t'inquiète pas, je ne me suis pas lancée du haut d'une falaise ces derniers temps.

— Tu ne t'es pas *jetée*, plutôt.

Andrea ouvrit la bouche et la referma aussitôt. Ce n'était pas la première fois que sa mère la reprenait sur sa façon de parler. Ce genre de petits accrochages avaient été incessants, ces deux dernières années. Elle décida de laisser tomber.

— J'ai besoin de ton aide, maman.

— Bien sûr, répondit Laura. Qu'est-ce qui ne va pas ?

— Rien, insista Andrea. Pourrais-tu… Est-ce que ça t'embêterait… de me parler un peu de lui ?

Laura ne lui demanda pas à qui elle faisait allusion. Clayton Morrow était le Voldemort de leur vie.

— Que veux-tu savoir ?

— Je…

Andrea ne savait pas trop par où commencer. Autrefois, elle s'était toujours renfermée sur elle-même chaque fois que sa mère évoquait son père. La seule façon dont elle pouvait surmonter cette épreuve à présent, c'était en se rappelant que, quarante ans plus tôt, Dean Wexler s'était inspiré de Clay Morrow.

— Quels souvenirs as-tu de lui ? Je veux dire, de ta première rencontre avec lui, par exemple.

— Au lit, ce n'était pas terrible.

— Maman !

— Très bien, fit Laura. J'imagine qu'il y a une meilleure façon de le dire. Le sexe ne comptait pas tant que ça. Le véritable aphrodisiaque, c'était de réussir à capter son attention. De toute évidence, je n'étais pas la seule à être son esclave. Je l'ai vu faire la même chose avec des hommes, d'autres femmes, et même des enfants. Il observe les gens et perçoit ce dont ils ont besoin, puis il trouve une façon d'être la seule personne au monde capable de le leur apporter. Et après, ils font tout ce qu'il leur demande.

Andrea savait d'instinct que Wexler suivait le même mode opératoire. Il niait être entré en contact avec les bénévoles, mais Star était manifestement sous sa coupe. Elle s'infligeait tellement de souffrances qu'elle n'allait pas tarder à y laisser la vie.

— À propos de l'endroit où tu te trouves, poursuivit Laura, je n'ai jamais cru que ton père avait tué cette pauvre ado. Ni à l'époque où on me l'a raconté, ni maintenant.

Andrea ne voulait pas se laisser distraire de la raison principale de son appel, mais elle ne put s'empêcher de demander :

— Pourquoi pas ?

— Je ne cautionne pas ton choix de carrière, mais quand même, je suis ta mère. J'ai regardé le programme que tu m'as envoyé. Six de tes cours à Glynco portaient sur l'analyse de la psychocriminologie.

Andrea n'aurait pas dû être étonnée.

— Et ?

— Regarde les chefs d'accusation qui pèsent sur ton père. Pour les crimes dont le gouvernement a connaissance, du moins. Il n'est question que de conspiration. Il s'est débrouillé pour ne jamais se salir les mains. Commettre des actes de violence était indigne de lui.

Andrea savait que ce n'était pas vrai.

— J'ai vu une cicatrice qui affirme le contraire, rétorqua-t-elle.

— Ma chérie, c'étaient les années 1980. On était tous un peu brutaux à cette époque.

Andrea se tut. Laura parlait toujours avec un peu trop de légèreté des violences que Clay lui avait fait subir.

— Le truc de ton père, ce n'était pas de commettre les crimes lui-même, poursuivit Laura. Ce qui le faisait vibrer, c'était de pousser les autres à en commettre à sa place.

Andrea se mordit la lèvre. C'était un autre trait de la personnalité de Clay que Wexler avait imité. Nardo Fontaine sélectionnait les bénévoles potentielles. Son nom figurait au bureau de l'association caritative bidon qui avait rapporté 3 millions de dollars à Wexler. Et Andrea imaginait très bien Nardo être à l'origine de l'idée de faire chanter la juge. Elle le voyait très bien aussi suivre Guinevere partout en ville avec un appareil photo, jouissant déjà de la panique que ses clichés provoqueraient.

— Andy ?

— Tu l'as pris au piège et tu as fait en sorte qu'il s'incrimine, dit Andrea. Comment tu t'y es prise ? Comment pousse-t-on un psychopathe à dire la vérité ?

Laura garda le silence si longtemps qu'Andrea se demanda si elle n'avait pas raccroché.

— Tu lui fais la même chose que ce qu'il t'a fait, répondit enfin Laura. Tu lui fais croire que tu crois en lui.

Andrea savait que sa mère avait cru en une bonne partie de la philosophie destructrice de Clay Morrow.

— Ton père était..., commença Laura, qui semblait chercher le mot juste. Il était si crédible. Il racontait des choses qui *semblaient* vraies, même si elles manquaient souvent de précision.

— Est-ce que tu avais le droit de ne pas être d'accord avec lui ?

— Bien sûr, répondit Laura. Il adorait les débats. Mais on ne peut pas avoir une discussion logique avec quelqu'un qui invente ses propres faits. Il y avait toujours des statistiques ou des données que lui seul connaissait. Il était plus malin que les autres, vois-tu. Il avait tout compris. Finalement, on se sentait gêné de ne pas s'être rallié à son point de vue plus tôt. Il faut quand même faire preuve d'une arrogance hors du commun pour croire sincèrement qu'on est la seule personne sur terre à savoir la vérité et que tous les autres se fourrent le doigt dans l'œil.

Andrea hocha la tête machinalement. Cette fois encore, il aurait aussi bien pu être question de Wexler.

— Alors comment s'y prend-on pour leur faire croire qu'on gobe tout ce qu'ils racontent ?

— Tu commences par te montrer sceptique, mais en laissant bien entendre que tu pourrais te laisser convaincre. Au bout d'un moment, tu lui concèdes certains points. Tu développes certains de ses arguments. Tu lui fais croire que tu as été ébranlée par son génie. La façon la plus facile de pousser quelqu'un à te faire confiance, c'est de répéter tout ce qu'il dit, comme un perroquet.

Laura s'interrompit, comme si elle avait peur d'en dire trop.

— Les gens croient que les psychopathes sont très intelligents, reprit-elle, mais en général, ils convoitent les fruits les plus faciles à cueillir sur l'arbre. Moi, je voulais être convaincue. J'avais besoin de croire en quelque chose.

— Comment as-tu réussi à lui échapper ?

— Comment ça ? demanda Laura. Je t'ai déjà raconté comment j'ai...

— Pas physiquement, la coupa Andrea qui songeait à Star Bonaire. Mentalement, je veux dire, comment est-ce que tu lui as échappé ?

— Grâce à toi, répondit Laura. Je croyais l'aimer, mais j'ai compris ce qu'était l'amour la première fois que je t'ai tenue dans mes bras. Passé ce jour, tu étais tout ce qui comptait pour moi. Et je savais que je devais faire tout ce qui était en mon pouvoir pour te protéger.

Andrea avait souvent entendu sa mère lui faire ce genre de déclarations auparavant, mais cette fois, au lieu de lever les yeux au ciel ou de l'ignorer, elle répondit :

— Je sais ce que tu as abandonné pour me protéger.

— Ma chérie, je n'ai rien abandonné, j'ai tout gagné, au contraire. Tu es sûre que tu n'as pas besoin de moi en ce moment ?

— J'avais besoin d'entendre ta voix.

Andrea ne savait pas si c'était le stress ou l'épuisement qui venait de lui faire monter les larmes aux yeux.

— Maintenant que je l'ai entendue, je vais y aller, ajouta-t-elle. Mais je t'appellerai ce week-end. Et... je t'aime vraiment, maman. Je t'aime. D'accord ? Je t'aime vraiment.

Laura se tut un instant. Cela faisait longtemps qu'Andrea ne lui avait pas dit ces mots aussi sincèrement.

— Très bien, ma fille chérie. Appelle-moi ce week-end. Promis ?

— Promis.

Andrea raccrocha. Elle s'essuya les yeux du revers de la main. Un autre jour, il faudrait qu'elle réfléchisse à la raison pour laquelle elle s'était mise à pleurer.

Pour l'instant, elle devait considérer ce que sa mère lui avait dit. Peut-être que, après tout, Wexler n'était pas une pâle copie de Clay Morrow, mais plutôt une copie conforme. Elle prit son carnet et relut la liste des sujets susceptibles de faire sortir Wexler de ses gonds. Devait-elle s'en servir ou non ? Devait-elle essayer de le mettre en rogne ou au contraire lui faire croire qu'elle était ouverte à sa philosophie ?

Peut-être devait-elle juste accepter l'idée que Bible était bien meilleur qu'elle pour ce genre de choses. Il n'y avait aucun moyen de prédire le comportement d'un psychopathe. Ils devaient laisser Wexler les emmener où il voulait. La stratégie à suivre leur apparaîtrait une fois qu'ils auraient commencé à le faire parler. Tout ce qu'elle pouvait faire, c'était se préparer psychologiquement à affronter l'inattendu.

Elle regarda à nouveau l'heure et laissa échapper un juron plein de colère. Encore quatre-vingts minutes à attendre. Elle allait devenir folle si elle devait rester dans cette chambre une seconde de plus. Le poste de police était à dix minutes de marche. Elle pourrait très bien attendre dans l'escalier que les marshals arrivent avec Wexler.

Elle griffonna un mot à laisser à la porte de sa chambre. Elle portait les seuls vêtements propres dont elle disposait : un pantalon Cat & Jack pour garçon et un T-shirt noir qu'elle avait trouvé au fond de son sac. Quand elle enfila ses baskets encore trempées, ses chaussettes se froncèrent. Par habitude, elle glissa son iPhone dans sa poche arrière, alors même qu'il était inutilisable. Elle ferma la porte en y coinçant le mot, espérant qu'il était assez explicite :

Suis déjà sur place.

Lorsqu'elle traversa la route, elle vit l'enseigne du motel clignoter puis s'éteindre. Comme elle voulait rester sous les lampadaires et qu'il n'y avait pas de trottoir, elle marcha sur la chaussée. Le vent salé venu de l'océan brûlait la plaie ouverte qu'elle avait sur le nez. Ses yeux piquaient. L'air de la nuit était froid, elle détourna la tête et respira un grand coup. Ses cheveux mouillés collaient à sa nuque. Fourrant les mains dans les poches de son pantalon, elle suivit la ligne jaune qui filait droit devant elle.

Un bruit de moteur la fit se retourner. Elle alla se placer sur le bas-côté gravillonné. Elle tournait le dos à la forêt. Elle pensa à nouveau aux équipes de surveillance. Aux forces d'intervention de Baltimore. Aux mandats d'arrêt et de perquisition. À toutes les filles prisonnières de la ferme.

Tout en poursuivant son chemin vers le poste de police, elle repensa à la conversation qu'elle avait eue avec sa mère. Ce qu'elle avait appris de plus important deux ans auparavant, c'était que les psychopathes étaient comme le feu. Il leur fallait de l'oxygène pour brûler. Peut-être était-ce là la clé, avec Wexler. Elle savait user du silence comme d'une arme. Si elle arrivait à priver Wexler d'oxygène, il finirait sans doute par s'éteindre.

Une autre voiture la dépassa ; c'était une BMW. Elle se réfugia à nouveau sur le bas-côté de la route et la regarda se diriger vers le centre-ville. Les feux de frein ne s'allumèrent pas. La voiture avança jusqu'au bout de Beach Road, puis tourna à gauche, s'éloignant de la mer. Andrea s'apprêtait à retourner sur la route mais elle s'immobilisa quand elle perçut un mouvement du coin de l'œil.

De la main, elle se protégea les yeux contre l'éclat des lampadaires et lança un regard en direction du motel. Elle ne se souvenait pas d'être passée devant un chemin forestier. Si elle le remarquait à présent, c'était parce qu'un véhicule avançait lentement dessus. Elle entendait le ronronnement d'un moteur. Le craquement sec de branches et de racines écrasées par des pneus.

L'avant d'un pick-up bleu surgit soudain des ténèbres.

Elle sentit son cœur se glacer à la vue de la vieille Ford.

Puis le gravier de la bande d'arrêt d'urgence crissa sous les roues du véhicule. Les phares étaient éteints. Elle écouta son instinct et traversa la route comme une flèche pour aller se cacher dans l'obscurité.

Le pick-up roulait tout doucement. Elle n'arrivait pas à distinguer le visage du conducteur, mais elle le vit tourner la tête à gauche puis à droite, avant que les pneus, lentement, entrent en contact avec le bitume de la route. L'espace d'un instant, elle aperçut l'intérieur de l'habitacle alors que le pick-up tournait en direction du centre-ville. Les visages furent brièvement éclairés par la lumière des lampadaires. Ceux du chauffeur et de sa passagère.

Bernard Fontaine.

Star Bonaire.

26 NOVEMBRE 1981

Emily laissa échapper le bol qu'elle tenait dans les mains. Les graines de courge se répandirent sur le sol du cabanon.

Clay s'arracha à Jack. Son pénis retomba contre son jean comme il le remontait précipitamment. Il trébucha en arrière et heurta une fenêtre. Le verre se fendit. Elle entendit le choc se répercuter sur les vitres d'à côté.

— Oh mon Dieu ! s'exclama Jack, s'agenouillant.

Il se couvrit le visage des mains, honteux, et se balança d'avant en arrière.

— Oh mon Dieu, oh mon Dieu, oh mon Dieu…, répétait-il.

Clay ne disait rien. Il avait l'air à la fois terrifié et fou de rage.

— Je suis…

Emily n'avait plus aucun mot à sa disposition. Son cerveau était comme étourdi par ce qu'elle venait de voir. Elle n'avait rien à faire ici. Ce qui se passait là était privé.

— Je suis désolée, dit-elle enfin.

Elle se retourna pour s'en aller, mais Clay fut si rapide qu'il claqua la porte avant qu'elle ait pu l'atteindre.

— Regarde-moi bien ! lui ordonna-t-il en lui attrapant les bras et en lui cognant le dos contre la porte. Si jamais tu parles de ça à qui que ce soit, je te jure que je te tue !

Elle était trop secouée pour répondre. Elle ne s'était pas autorisée à comprendre ce qui se passait sur le moment, mais elle sentait maintenant une prise de conscience se faire tout au fond de son esprit. Les deux garçons étaient en train de faire l'amour. Clay et Jack. Depuis combien de temps cela durait-il ? Étaient-ils amoureux ? Il fallait forcément aimer une personne pour la laisser faire ça. Mais alors, pourquoi Clay traitait-il Jack si mal, s'ils étaient amoureux ?

— Clay, fit Jack en lui posant une main sur l'épaule.

— Lâche-moi, bordel ! lança Clay en le repoussant violemment. Nom de Dieu, espèce de sale pédé ! Ne me touche plus jamais, tu entends !

Jack resta là, comme paralysé, la main tendue. Il avait l'air si blessé que Clay lui aurait fait moins de mal en le poignardant.

— Clay, intervint Emily, qui ne supportait pas de le voir aussi cruel. Tu ne peux pas…

— Ta gueule, Emily ! rugit Clay en la menaçant du doigt. Je suis très sérieux, ne t'avise pas de raconter ça à qui que ce soit !

— Elle ne…, commença Jack d'une voix rauque.

Il s'était mis à pleurer.

— Elle ne dira rien, dit-il.

— Elle n'a pas intérêt, nom de Dieu !

Clay s'éloigna brusquement d'Emily et se mit à arpenter le cabanon, en frappant du poing dans sa paume. Son pas lourd résonnait sur la pierre.

— Je raconterai à tout le monde qu'elle m'a fait des avances, fulmina-t-il. Je dirai qu'elle a essayé de me faire chanter pour que je l'épouse. Qu'elle allait mentir à tout le monde et raconter que c'était moi le père.

Elle le regardait faire les cent pas comme son père quand il décidait pour elle de son avenir.

— Clay…, tenta-t-elle.

— Je t'ai dit de fermer ta gueule, merde ! aboya Clay en lui lançant un regard assassin et en brandissant à nouveau vers elle un doigt colérique. Je te détruirai, Emily. Ne crois pas que j'hésiterai une seconde à le faire.

— Alors vas-y, répondit-elle.

Elle lui tint tête avec force, mais sa voix était faible. Elle n'avait jamais rien fait d'autre à la personne qui se tenait devant elle que l'aimer presque toute sa vie durant.

— Dis à tout le monde que j'ai essayé de te faire chanter. Dis que je suis une putain. Dis que je t'ai sucé derrière le gymnase. Quel mal pourrais-tu faire de plus à ma réputation ? Je suis déjà complètement détruite.

— Emily, murmura Jack.

— Quoi, Jack ? Tout le monde raconte déjà toutes ces choses sur moi. Grâce à Blake et Ricky. Grâce à Nardo. Grâce à toi aussi, Clay.

Clay eut le front de prendre l'air offensé.

— Je n'ai jamais relayé ces rumeurs, rétorqua-t-il.

— Tu ne les as jamais fait taire non plus.

Elle en avait plus qu'assez de voir ces lâches se cacher derrière leur moralité tordue.

— Tu aurais pu tout arrêter, Clay, ajouta-t-elle. Tu aurais pu faire en sorte que ça se passe bien.

— Ça ? s'exclama-t-il en ouvrant grand les bras et en haussant les épaules tout à la fois. De quoi tu veux parler, nom d'un chien ?

— *Ça !* répondit-elle en se tenant le ventre. Ce bébé. Tu aurais pu tout arranger, avec la clique. Tu aurais pu commencer par donner le ton au lycée, faire en sorte que je ne sois pas rejetée.

— Rejetée ? répéta-t-il. C'est ridicule.

— Ridicule, vraiment ?

Elle se faisait horreur car elle avait l'impression d'entendre parler sa mère, mais là, le ton qu'elle venait d'employer était parfaitement indiqué.

— Clay, c'est toi qui décides qui sont les gens fréquentables ou non. Tout le monde t'admire ! Un geste, un seul mot de ta part peut suffire à exclure une personne. Tu aurais pu me protéger.

Il détourna le regard au lieu d'essayer de la contredire.

— Tu peux encore le faire, ajouta-t-elle.

Pour la première fois depuis des mois, elle aperçut une vraie possibilité de s'en sortir. Elle avait supplié sa mère de lui venir en aide, mais Clay avait bien plus de pouvoir qu'Esther dans le petit monde où elle évoluait.

— La seule raison pour laquelle les gens au lycée pensent que j'ai fait quelque chose de mal, c'est qu'on leur dit que c'est mal. Toi, tu pourrais tout changer. Tu pourrais me sauver la mise.

— Comment peux-tu être aussi bête ? La seule chose qui pourrait les faire changer d'avis là-dessus, ce serait que je dise que c'est moi le père. Pourquoi je ferais ça pour toi ?

Elle sentit le désespoir lui comprimer la poitrine.

— Parce que tu es mon ami ! répondit-elle.

Le mot ami resta en suspens dans le petit cabanon, comme un écho lointain. Emily et Clay étaient amis depuis toujours. Chaque membre de la petite clique avait toujours fait partie de la vie des autres.

Clay secoua la tête, incrédule.

— Je ne peux plus être ton ami, Emily. Tu t'en rends bien compte, j'espère. Tout a changé.

Elle aurait voulu se mettre à hurler jusqu'à ce que sa gorge saigne. Rien n'avait changé pour lui. Il avait toujours autant de succès qu'avant. Il avait toujours la clique avec lui. Il allait toujours partir faire ses études dans l'Ouest. Il avait encore un avenir.

— Emily, il faut que tu comprennes, poursuivit-il. Mes parents pensaient que c'était moi. J'ai dû jurer sur la Bible. Ils allaient me forcer à t'épouser.

— Te forcer ? répéta-t-elle, stupéfaite que personne ne lui ait demandé son avis. Mais je ne veux pas t'épouser. Je ne veux épouser personne.

— Arrête tes conneries, rétorqua-t-il. Si tu te mariais, la situation serait réglée.

Elle serra les lèvres pour ne pas lui éclater de rire en pleine figure. Jamais rien ne serait réglé pour elle. Le bébé continuerait de grandir en elle. Au lieu de faire un stage auprès d'un sénateur et d'apprendre la macroéconomie et de se renseigner sur la réforme du système de responsabilité civile, elle changerait des couches et nettoierait les régurgitations qu'elle aurait sur l'épaule.

— Je ne peux pas prendre le risque de laisser penser à mes parents que j'ai menti, reprit Clay. Ils me déshériteraient. Tu sais à quel point ils sont croyants. Ils sont prêts à supporter pas mal de mes conneries, mais pas ça. Ils ont été très clairs sur ce point. Je me retrouverais sans rien.

Elle finit par éclater de rire.

— Eh bien, que Dieu te garde et fasse que tu ne perdes pas tes chers parents, dit-elle.

— Va te faire foutre, espèce de salope manipulatrice.

La fureur de Clay s'embrasa comme une fusée de détresse.

— Je ne resterai pas coincé dans ce trou pourri ! Je ne passerai pas le reste de ma vie entouré de ces connards de petits-bourgeois qui ne lisent pas, ne parlent pas d'art, et ne pigent que dalle au monde dans lequel on vit. Et ce qui est sûr, bordel de merde, c'est que je ne reverrai jamais vos sales gueules aussi longtemps que je vivrai.

Emily entendit Jack pousser un sanglot. Il regardait Clay, une expression désespérée sur le visage. Sa douleur se répandit comme un virus jusque dans le cœur d'Emily. Chaque jour, ils ne cessaient tous deux de perdre les mêmes choses, encore et encore.

— Clay, supplia Jack, tu m'avais dit que je pourrais venir avec toi. Tu m'avais dit…

Elle ne se serait pas aperçue de la transformation de Clay si elle ne l'avait pas observé aussi attentivement. Ses traits harmonieux se déformèrent en une laideur monstrueuse. La rage lui assombrit les yeux. Le coude en arrière, il traversa la pièce en courant et alla écraser son poing sur le visage de Jack.

— Sale monstre !

Clay avait frappé Jack si fort que la tête de ce dernier était allée cogner le mur. Puis il le frappa encore. Et encore.

— Tu n'es pas ma petite copine, merde !

Les bras levés, Jack essayait vainement de parer les coups de poing sans riposter, bien qu'il fût nettement plus grand et plus fort que Clay. Même quand Clay lui ébrécha une dent et lui cassa un doigt en le retournant, il continua d'encaisser les coups.

— Non… ! dit Emily en portant les mains à sa bouche.

Horrifiée par cette violence, elle était incapable de l'arrêter. Clay continua à frapper Jack jusqu'à ce qu'ils se retrouvent tous les deux au sol. Son poing était un vrai marteau-pilon. Alors même qu'il était évident que Jack ne ferait rien pour l'arrêter, Clay continua à le frapper. Ce ne fut qu'après avoir usé toute son énergie qu'il s'arrêta, à contrecœur.

Il avait le visage maculé de sang et transpirait abondamment. Il se releva, mais, au lieu de s'en aller, il mit un coup de pied dans la tête de Jack.

— Non ! cria Emily. Arrête !

Elle avait parlé d'une voix si forte que l'air semblait vibrer.

Clay tourna brusquement la tête. La furie brillait dans ses yeux.

— Arrête ! répéta-t-elle d'une voix apeurée.

Il s'était immobilisé, mais uniquement parce qu'il semblait se rendre compte de l'endroit où il était – dans un cabanon sur la propriété des Vaughn, sous le regard de leur fille enceinte. Il se toucha le visage. Au lieu d'essuyer le sang, il l'étala sur ses traits froids et durs, en une sorte de maquillage d'horreur. Il se montrait enfin tel qu'il était.

Tel qu'il était *vraiment*.

Le garçon qu'elle avait rencontré à l'école primaire, le gamin cool qui lui avait parlé d'art, de livres et du monde, n'était qu'un masque derrière lequel se dissimulait le monstre barbouillé de sang qui avait battu son amant, presque à mort.

Il ne prit pas la peine de remettre le masque sur son visage. Elle l'avait vu, à présent. Elle savait exactement qui il était. Il lui enfonça une dernière fois le doigt dans la poitrine.

— Si tu parles de ça à qui que ce soit, je te ferai la même chose.

Il la poussa pour l'écarter de la porte. Elle trébucha, et se cogna contre le mur. Le battant claqua si fort que les vitres déjà fendues se brisèrent. Clay allait rentrer chez les Morrow. Il se laverait avant de les voir. Il s'assiérait à table pour prendre le repas de Thanksgiving préparé par sa mère et regarderait le football avec son père, et ni l'un ni l'autre ne saurait quel genre de monstre sadique et fourbe ils hébergeaient sous leur toit.

Jack roula sur le dos. Il laissa échapper un cri de douleur.

Elle se précipita vers lui et tomba à genoux. Avec le bas de son chemisier, elle essuya le sang qui lui coulait dans les yeux.

— Oh ! Jack… Ça va ? Regarde-moi.

Les yeux de Jack se révulsèrent. Il était pantelant. Son nez et sa bouche pissaient le sang. Une méchante blessure lui fendait l'arcade sourcilière. Il avait une dent de devant ébréchée. L'auriculaire de sa main gauche était anormalement tordu.

Elle essaya de l'aider à se redresser, mais en vain. Il était trop lourd. Elle finit par s'asseoir par terre, la tête de Jack posée sur ses genoux. Il sanglotait si fort qu'elle se mit à pleurer, elle aussi.

— Je suis désolé, souffla-t-il.

— Ne t'en fais pas.

Elle lui remit doucement les cheveux derrière l'oreille, comme sa grand-mère le faisait quand elle se sentait mal.

— Tout va bien se passer.

— On... On n'était pas...

— Je m'en fiche, Jack. Je suis seulement désolée qu'il t'ait fait du mal.

— Ce n'est pas...

Il gémit encore et se redressa péniblement. Le sang et les larmes ruisselaient sur son visage.

— Je suis tellement désolé, Emily. Je ne voulais pas que tu saches ce que... ce que je suis.

Elle prit avec douceur sa main indemne dans la sienne. Elle savait à quel point on pouvait se sentir seul quand personne ne vous touchait avec gentillesse.

— Tu es mon ami, Jack. Voilà ce que tu es.

— Je ne suis pas..., commença-t-il, la respiration entrecoupée. Je ne suis pas celui que tu crois.

— Tu es mon ami, répéta-t-elle, et je t'aime. Il n'y a rien qui cloche chez toi.

Elle savait qu'elle devait être forte pour lui. Elle essuya ses larmes. Elle entendit le bruit mat de la portière de la voiture de son père qui se refermait, dans le garage. Elle avait encore un peu de temps devant elle, car il prendrait d'abord sa douche puis boirait quelques verres avant de passer à table.

— Je ne le dirai à personne, promit-elle à Jack. Je ne ferais jamais ça.

— C'est trop tard, murmura-t-il. Clay me déteste. Tu as entendu ce qu'il a dit. Je pensais que je pourrais aller à l'université avec lui, peut-être trouver du travail, mais…

Un flot de paroles rassurantes vint à l'esprit d'Emily, mais elles étaient toutes fausses. Clay en avait fini avec Jack comme il en avait fini avec elle. Elle pouvait s'estimer heureuse qu'il n'ait fait que lui tourner le dos. Elle avait été présente bien des fois lorsque son propre père perdait le contrôle, mais jamais elle n'avait vu un être humain se transformer en monstre sous ses yeux.

— Je ne dirai rien. Non pas que je pense que tu doives avoir honte, mais si tu…

— Nardo est au courant.

Jack s'adossa contre le mur et regarda le plafond. Ses larmes coulaient toujours aussi abondamment.

— Il nous a vus ensemble, Clay et moi. Il sait.

Elle en resta bouche bée, mais ce qui la surprenait le plus, c'était que Nardo ne l'avait pas encore raconté à toute l'école.

— Quoi ?

— Je…, commença Jack, qui dut s'interrompre pour déglutir. J'ai demandé à Nardo si c'était lui le père.

Elle renversa la tête en arrière contre le mur. Elle avait passé des heures à étudier de près son enquête à la Columbo. Jack avait-il trouvé le coupable ? Pourquoi ne le lui avait-il pas dit ?

— Je suis désolé, reprit-il. Nardo n'a pas… Il n'a pas avoué. Il m'a dit d'aller me faire foutre, et ensuite il m'a dit qu'il nous avait vus ensemble, Clay et moi, et que, si je continuais à poser des questions, il allait…

Elle sentit son cœur tambouriner dans sa poitrine. Elle savait de quelle méchanceté Nardo était capable. Ce n'était pas logique qu'il garde pour lui un secret aussi salace.

Jack renifla.

— Mais j'avais déjà demandé à tout le monde, continua-t-il. Même à Clay.

— Mais…

Elle ne savait pas comment formuler cela autrement qu'en étant directe.

— Visiblement, Clay n'est pas intéressé par les filles, dit-elle.

Jack secoua la tête.

— Il aime aussi les filles. Il n'est pas comme moi. Il peut se faire passer pour un mec normal.

Son ton était lourd de culpabilité.

— Tout le monde a nié, pour ce que ça vaut. Ils avaient tous bien peaufiné leur histoire.

— C'est qui, tout le monde ?

Elle avait du mal à comprendre ce qu'il avait fait. Elle lui avait montré son enquête à la Columbo le mois précédent, et il n'avait rien dit.

— À qui tu as parlé ?

— À Nardo, à Blake, à Clay, à Ricky et à Wexler. Les mêmes que ceux que tu as interrogés.

La respiration de Jack se fit sifflante.

— Je suis désolé, Emily. Je sais que tu enquêtais de ton côté, et que ça t'obsédait – pour une bonne raison, évidemment – mais je me suis dit que j'arriverais mieux à résoudre le mystère parce que je regardais les choses avec plus de clarté et moins d'émotion que toi. Personne ne fait vraiment attention à moi. Au lycée, je suis invisible, et j'entends parfois des choses. Je pensais pouvoir assembler les pièces du puzzle, mais j'ai échoué. Je t'ai laissée tomber.

— Tu ne m'as pas laissée tomber, Jack.

Elle prit une profonde inspiration.

— Nardo a insinué que c'était toi le père, ajouta-t-elle.

Il eut un petit rire sans joie.

— Ouais, bah, regarde un peu d'où vient l'info.

— Il a dit que c'était toi qui lui avais vendu l'acide qu'on a tous pris à la Fête.

— C'est vrai, dit Jack. Je l'ai eu par mon cousin.

Elle le regarda. Il ne l'avait pas évitée parce que les choses étaient tendues entre eux, mais parce qu'il lui cachait quelque chose.

— Tu étais là, Jack ? Tu as vu quelque chose ?

— Non, je te jure. Je te l'aurais dit.

Il tourna la tête pour la regarder à son tour.

— Nardo m'a obligé à partir avant que tout le monde arrive. Mais après ce qui s'est passé, Clay était dans tous ses états. Il m'a dit que tu t'étais vraiment mise en colère contre lui, à la fête. Il t'a vue par les baies vitrées qui donnent sur la piscine. Tu étais dehors, et tu avais enlevé ta robe. Il t'a forcée à la remettre. Il faisait vraiment froid. Et tu as commencé à lui crier dessus.

— À propos de quoi ?

— Il ne savait pas pourquoi tu étais si furieuse. Il a dit que tu faisais une crise d'hystérie. Et que tout ce qu'il avait pu faire, c'était d'aller chercher Nardo.

Elle essaya de se représenter la scène, non pas à l'aide de souvenirs, mais comme une sorte de projection de ce qui pourrait être la vérité. Elle, nue près de la piscine, Clay se précipitant pour la rhabiller. Non… C'était trop chevaleresque. Il aurait voulu savoir ce qui s'était passé. Il aurait fait une blague sur sa nudité.

Et puis il se serait énervé parce qu'elle était à cran, mais si elle était à cran, c'était parce que quelqu'un l'avait violée.

— Clay t'a dit ce qui s'est passé ensuite ? demanda-t-elle.

— Ils étaient tous trop défoncés pour te ramener chez toi.

Avec son bras, Jack essuya le sang sur son visage.

— Nardo a appelé M. Wexler parce qu'il savait qu'il n'en parlerait à personne. Ils ne savaient pas quoi faire d'autre. Tu avais complètement pété les plombs. Blake a dû te donner deux amphet pour te calmer. Tu étais encore en train de hurler sur Clay quand Wexler et Nardo t'ont traînée dans la voiture.

Emily détourna le regard. Elle n'avait pas seulement pris de l'acide. Ses amis lui avaient donné un psychotrope habituellement prescrit pour prévenir l'anxiété et les crises d'épilepsie. Puis ils l'avaient livrée à l'épouvantable Dean Wexler, pour qu'il puisse être seul avec elle dans sa voiture.

— Tu crois que Clay a dit la vérité ? demanda-t-elle.

— Je ne sais pas. C'est un menteur, mais c'est leur cas à tous, répondit Jack, qui s'était remis à pleurer. Je suis désolé, Emily. J'aurais dû te dire tout ça avant. J'avais honte, et je ne savais pas comment t'expliquer pourquoi Clay s'était confié à moi, sans te parler de… de ce que je suis.

— Je sais ce que ça fait d'être jugé par les gens. Je ne vais pas te juger, Jack. Cela ne me regarde pas.

Jack prit une grande inspiration.

— Je suis vraiment désolé.

— Tu n'as pas à l'être.

Elle ne voulait pas le laisser s'enfoncer dans cette spirale de haine de soi. Elle savait que ces ténèbres-là étaient abyssales.

— Comment Nardo a-t-il su, pour Clay et toi ?

Jack haussa les épaules.

— Le seul moment où il a pu nous voir, c'est quand on était dans le pick-up de chasse de mon père. On l'a pris pour aller jusqu'au chemin forestier derrière le terrain de la ferme. Celui qui débouche près du centre-ville.

Elle connaissait ce chemin. Le terrain de la vieille ferme appartenait à sa grand-mère. Cette dernière avait créé une fiducie pour qu'il lui revienne un jour.

— Est-ce que Clay sait que Nardo vous a vus ?

Jack hocha la tête.

— À quoi tu penses ? demanda-t-il.

Elle aurait voulu avoir son carnet avec elle, mais elle le rangeait toujours dans son sac à main, car c'était le seul endroit où ses parents n'iraient pas regarder.

— C'est bizarre que Nardo ait gardé un secret, sans le raconter à tout le monde.

Les lèvres de Jack s'entrouvrirent sous l'effet de la surprise.

— Tu crois que Clay sait un truc sur Nardo ?

— C'est possible.

Elle se disait que c'était logique, mais beaucoup de ses hypothèses lui avaient paru logiques à un moment ou à un autre.

— Nardo ne s'en prendrait jamais à Clay. Il est terrifié à l'idée d'être seul. Il a besoin de quelqu'un qui l'appuie, qui lui dise quoi faire, qui être. Et Clay pourrait retourner tout le lycée contre Nardo. Personne ne croirait qu'il est…

— Homo, termina Jack à sa place.

Dans sa bouche, ce mot sonnait comme un gros mot.

— Tu as raison, dit-il. Ils finiraient tous par se retourner contre Nardo. Et beaucoup d'élèves vont à Penn l'année prochaine. La réputation que Clay lui aurait faite le poursuivrait jusqu'à l'université. Il se la fermera quoi qu'il arrive.

Emily soupira, car elle en était arrivée à la même conclusion.

— J'ai l'impression qu'il y a une roue dans ma tête, et qu'elle tourne, et tourne, pour essayer de m'indiquer la bonne personne. Parfois, c'est Clay, puis c'est Nardo, puis Blake, puis…

— Moi ?

— Je n'ai jamais cru ça. Sauf quand je me disais qu'à tout prendre, j'aurais préféré que ce soit toi plutôt qu'un autre.

— Je t'aime, Emily, dit Jack. Je pourrais t'épouser. Du moment que tu sais ce que je suis. Je ne peux pas changer ça. Et pourtant, Dieu sait que j'ai essayé.

— Moi aussi je t'aime, Jack, mais tu mérites quelqu'un qui t'aime comme tu veux être aimé. On le mérite tous les deux, ajouta-t-elle.

Il se prit le visage entre les mains. La vie de Jack avait été si difficile. Elle avait toujours su que c'était un solitaire, mais elle ne se rendait compte que maintenant qu'il avait toujours été absolument seul.

— Jack, ce n'est pas ta faute, dit-elle en lui prenant doucement les mains et en les gardant entre les siennes. Tout ce que je veux, c'est savoir qui m'a fait du mal. J'ai renoncé à ce que cette personne soit punie pour ça. Et je ne veux me marier avec aucun d'entre eux, ni même continuer à les fréquenter, pour être honnête. L'idée qu'un de ces connards fasse partie de ma vie, prenne des décisions pour moi ou mon bébé, n'est pas seulement terrifiante, elle est répugnante.

— Moi aussi, je veux le savoir, dit Jack en essuyant ses larmes avec son bras. Qu'est-ce que ça donne, ton enquête à la Columbo ? Il y a du nouveau ?

— Pendant un moment, j'ai cru que c'était Blake, avoua-t-elle. Il est tellement calculateur, n'est-ce pas ? Il manipule les gens comme des pions sur un échiquier. Il s'est empressé de me proposer une solution qui lui assurerait toute la gloire et aucun reproche.

Jack acquiesça d'un signe de tête.

— Qu'est-ce qui t'a poussée à l'écarter, finalement ?

— C'est le moins populaire des trois garçons. Honnêtement, je ne crois pas que Clay et Nardo le protégeraient. Comme je l'ai déjà dit, ils se soutiennent mutuellement. Clay a besoin d'être adoré par Nardo et Nardo a besoin de la popularité de Clay, si on peut dire ça comme ça. Blake est l'agneau sacrificiel le plus évident.

— Pour eux, ce serait le moyen le plus facile de s'en sortir, approuva Jack. Je veux dire, s'ils accusaient Blake, ça ferait retomber la pression qui pèse sur eux.

Emily haussa les épaules, mais elle était parvenue à la même conclusion. Jusqu'à ce qu'elle se convainque du contraire et que la roue recommence à tourner.

— Parfois, je me dis que ça pourrait être Nardo. Il est tellement égoïste et sans pitié. Il prend toujours ce qu'il veut. Mais je me suis dit que, si c'était lui, Clay s'en prendrait à lui, non ? Clay se protège toujours avant tout.

— Nardo nous a vus ensemble, Clay et moi, lui rappela Jack. Ils sont à la merci l'un de l'autre.

— Il n'y a aucune garantie, avec Nardo. Il est incapable de garder un secret, c'est presque pathologique. S'il voit une occasion de blesser quelqu'un, le poison se répand avant qu'il puisse l'arrêter. Le truc dans son cerveau censé le mettre en garde contre les conséquences est cassé.

— Ça, c'est vrai. C'est pour ça que Clay est en train de passer son diplôme en avance, et qu'il partira dès qu'il le pourra. Il m'a dit qu'il ne faisait pas confiance à Nardo pour la fermer.

— Et Clay ? Tu m'as dit qu'il aimait aussi les filles.

Elle sentit son visage s'empourprer, mais elle était allée trop loin pour rebrousser chemin.

— Je me disais que j'avais peut-être… que j'avais peut-être fait quelque chose pour le provoquer ? Peut-être que je me suis jetée sur lui ? Et qu'il a cédé, mais qu'il était en colère après coup.

Jack lui lança un regard incrédule.

— Emily, tu pèses environ quarante-cinq kilos, même enceinte. Je suis sûr que Clay est capable de te repousser s'il le veut. Et il en a eu l'occasion plein de fois.

Elle eut une bouffée de chaleur. Clay avait dû rire avec Jack du faible qu'elle avait pour lui.

— Et Wexler ? demanda Jack. C'est un sale type. La façon dont il regarde les filles à l'école est vraiment dégueulasse. Et il se débrouille toujours pour parler de trucs sexuels avec elles, même pendant les cours.

Elle ne voulait pas penser au moment qu'elle avait dû passer dans la voiture de Dean Wexler le soir de la Fête. Elle était presque comateuse. Il avait pu faire n'importe quoi. Et Nardo le savait sûrement quand il l'avait fait monter dans la voiture.

— Souviens-toi, Dean m'a dit qu'il ne pouvait pas avoir d'enfants.

— Ne le prends pas mal, mais c'est typiquement le genre de truc qu'un gars dirait pour ne pas avoir à mettre de préservatif.

— Je pense que tu en sais aussi peu que moi sur les préservatifs, répliqua-t-elle en riant.

Il regarda ses pieds. La blague avait fait mouche.

— Je te l'ai dit, je suis invisible. Je les entends tout le temps parler de sexe et de filles dans les vestiaires. Et ce qu'ils disent n'est pas sympa. Surtout Nardo. Mais Clay rigole toujours à ses blagues, et en général Blake en rajoute une couche derrière.

Elle avait déjà assisté à ce genre de spectacle. Plus Clay arrivait à aiguillonner la malveillance de Nardo, plus il était content. Et Blake était toujours ravi de participer au massacre, encourageant

Nardo tout en le méprisant pour sa cruauté. Elle se dit qu'elle pouvait aussi ajouter Ricky à cette cabale malfaisante. À bien des égards, c'était elle la plus féroce de tous.

— Pourquoi je ne me suis jamais rendu compte que c'étaient tous des êtres humains aussi malveillants ? Je les aimais tellement. C'étaient mes meilleurs amis. Je leur faisais entièrement confiance.

Jack sembla hésiter.

— Dis-le-moi, lui ordonna-t-elle. On n'a aucun secret l'un pour l'autre, toi et moi.

Il hocha la tête car c'était vrai.

— Je suis désolé, Emily. Personne n'a jamais compris pourquoi une fille aussi gentille et chouette que toi traînait avec eux.

Elle ne le comprenait pas elle-même. Ou peut-être qu'elle ne voulait pas s'en avouer la raison. Clay les avait tous fait se sentir si spéciaux, si cool.

— Pourquoi tu ne me l'as jamais dit ?

— Bah..., commença Jack en haussant les épaules. C'était assez évident qu'ils étaient infects.

Elle ne s'en rendait compte qu'a posteriori, ce qui était doublement déprimant, parce que, quelques semaines auparavant, Ricky l'avait accusée d'être une petite fille gâtée et naïve.

Pourtant, elle éprouvait encore le besoin de les défendre, du moins en partie. Ils n'avaient pas toujours été méchants. Seul Nardo avait montré très tôt des signes de sa perversité, il était toujours en train de lui tirer les cheveux ou de faire claquer la bretelle du soutien-gorge de Ricky. Clay avait été gentil, autrefois. Il y avait bien longtemps, Blake avait fait preuve de sensibilité. Même Ricky avait été adorable, quand elle avait apporté son soutien à Emily le jour où quelqu'un avait détruit son projet artistique – même si, avec le recul, elle se disait que c'était probablement Ricky elle-même qui l'avait démoli. Cette fille était une vraie garce.

— Emily, tu n'es pas toute seule dans cette histoire, OK ? dit Jack. Je serai là si tu as besoin de moi. Chaque fois que tu auras besoin de moi. J'ai déjà été accepté à l'académie de police pour le troisième trimestre. J'avais postulé seulement pour que mon père me lâche la grappe, mais comme Clay ne veut pas que je parte avec lui, je n'ai pas d'autre option. Je vais rester à Longbill et travailler avec mon père quand je sortirai de l'académie.

Le cœur d'Emily se serra. Si quelqu'un avait besoin de fuir cette ville, c'était bien Jack Stilton. Il fallait qu'il aille à Baltimore ou dans une autre grande ville, où les gens comme lui pouvaient mener une vie plus heureuse.

— Non, Jack, ne choisis pas la voie de la facilité. Bats-toi pour ton bonheur. Tu veux partir d'ici depuis l'école primaire.

— Qu'est-ce que je peux faire d'autre ? demanda-t-il. Tu as entendu Clay. Il ne changera pas d'avis. Et mes notes sont merdiques. Je vais avoir mon bac de justesse. Je ne peux pas m'engager dans l'armée, parce qu'ils te demandent direct qui tu es, et je ne peux pas le leur dire. Enfin, si, je pourrais, mais je finirais au trou. Ou mort, si mon père l'apprend. Au moins, à Longbill, je connais les gens à qui j'ai affaire. Et ils croient me connaître.

— Jack…

Emily ne pouvait pas le contredire. Comme elle, il était pris au piège.

— Si vraiment tu deviens flic, si tu arrives à supporter ça, tu veux bien me faire une promesse ?

— Bien sûr. Tu sais que je ferais n'importe quoi pour toi.

— Je veux que tu trouves celui qui m'a fait ça. Pas pour moi, parce que je ne veux plus avoir affaire à aucun de ces salauds inhumains. Si je veux que tu l'attrapes, c'est pour les filles qui risquent d'être les suivantes.

Jack eut l'air un peu décontenancé, mais il acquiesça.

— Tu as raison. Les criminels ont un modus operandi, un schéma qu'ils répètent toujours. C'est comme ça qu'ils se font prendre.

— Promets-le-moi, dit-elle d'une voix qui se brisa.

Elle ne pouvait pas imaginer qu'une autre fille ait à subir ce qu'elle vivait.

— S'il te plaît, Jack. Promets-le-moi.

— Emily, tu sais que je vais…

— Non, ne me fais pas de promesse parce que je pleure. Fais-le parce que ça compte. Parce que ce qu'il m'a fait compte. Parce que *moi*, je compte.

Elle se mit à genoux, les mains jointes, soudain accablée de chagrin, pour tout ce qu'elle avait perdu.

— Il ne m'a pas seulement violée, Jack. Il savait que je n'étais pas vraiment là… Pour lui, j'étais seulement un… un réceptacle.

— Emily…

— Non, ne me dis pas que ce n'est pas vrai.

Elle résistait à la vague de dévastation qui menaçait de la submerger.

— Il ne m'a pas fait du mal seulement ce soir-là. Il a souillé mon âme. Il m'a anéantie. À cause de lui, je suis détruite. La vie que je me construisais par mon travail, que je planifiais, cette vie-là a disparu. Tout ça parce qu'il a décidé que ma volonté et mes désirs n'étaient rien à côté des siens. Tu ne peux pas laisser une chose pareille arriver à une autre fille. Ce n'est pas possible.

— Je ne le laisserai pas recommencer, Emily. Je découvrirai qui t'a fait ça, même si ça doit me tuer.

Jack était à genoux, lui aussi. Il posa précautionneusement ses mains blessées sur celles d'Emily.

— Je te le promets.

10

Andrea suivait le vieux pick-up Ford déglingué de Nardo en prenant garde de rester dans l'ombre.

Il était au volant. Star s'était collée contre la portière du côté passager, mettant le plus d'espace possible entre elle et lui. Il ne semblait pas s'en soucier. Il conduisait lentement et fumait une cigarette, sortant nonchalamment le bras par la fenêtre.

Andrea scruta les ténèbres de la route derrière elle, espérant apercevoir un 4 x 4 noir du gouvernement, qui lui indiquerait que l'une des six équipes de surveillance avait suivi le pick-up depuis la ferme. Mais les équipes étaient stationnées aux entrées et aux sorties. Elles ne surveillaient pas un ancien chemin forestier qui avait probablement été rayé de la carte au cours du siècle dernier.

Elle se retourna. Le pick-up roulait toujours. Il n'y avait pas de téléphone public dans la rue. Le motel était à dix minutes. C'était exactement ce que craignait Compton : les hommes comme Wexler et Nardo avaient toujours un plan d'urgence. Andrea n'était pas surprise de voir Nardo s'enfuir. Après tout, il s'était affranchi de Clay Morrow. Il pouvait donc se passer de Dean Wexler.

Elle se précipita à découvert et tenta sa chance en montant quatre à quatre les marches qui menaient au commissariat. Elle tira sur la porte verrouillée. Elle regarda dans le hall. À l'intérieur, les lumières étaient éteintes. Elle frappa à la vitre.

Rien.

— Merde, marmonna-t-elle en redescendant l'escalier à toute allure.

Le mandat d'arrêt devait maintenant être entre les mains d'un juge. À tout moment, Bernard Fontaine allait passer de suspect potentiel à fugitif. Si elle le perdait de vue, ils ne le retrouveraient peut-être jamais. Il ne répondrait jamais de ses actes devant la justice. Melody Brickel ne reverrait peut-être jamais sa fille.

Il y avait un téléphone au restaurant.

Le snack-bar était à une centaine de mètres. Elle courut vers la lueur rose des néons en laissant se dérouler dans sa tête la liste des catastrophes qui pouvaient se produire.

Elle n'avait pas de renforts. Son arme détrempée était en route pour Baltimore. Elle savait que Nardo en portait une dissimulée. À la forme, elle avait deviné que c'était un mini-pistolet, vraisemblablement le SIG Sauer P365, l'un des 9 mm les plus populaires. Ce qui signifiait dix balles dans le chargeur, une dans la chambre. Star était avec lui, et, en quelques secondes, elle pouvait passer de passagère à otage.

Andrea se réfugia dans l'embrasure d'une porte au moment où les feux de stop du véhicule s'allumaient. Elle regarda Nardo se garer à quelques mètres du snack-bar. Le grondement du moteur de la Ford s'éteignit. Le frein à main grinça. Il jeta sa cigarette sur le trottoir, sortit de la camionnette et claqua la portière. Il étira les bras vers le ciel, cambrant tellement le dos que son T-shirt blanc sortit de son pantalon cargo.

Andrea attendit, retenant sa respiration.

Star resta assise dans le pick-up. Elle ne bougea pas avant que Nardo lui en donne la permission, d'un geste du poignet. Alors, elle ouvrit la portière. Elle fit pivoter son corps. Elle descendit du siège. Ses pieds touchèrent le sol. Elle le suivit à quelques pas de distance, et tous deux disparurent à l'intérieur du snack-bar.

Andrea fit un rapide examen de la situation, non pas pour dramatiser mais pour prendre conscience de son état physique. Ses réflexes de survie étaient mis à mal. Elle transpirait. Son cœur battait à un rythme de roulement de tambour. L'adrénaline lui faisait tourner la tête. Elle se tenait sur la pointe des pieds. Les muscles tendus. Les poings serrés. Elle retenait son souffle.

Elle ouvrit la bouche et inspira.

Elle expira puis inspira à nouveau, encore, et encore, jusqu'à ce que l'étourdissement passe.

Elle lista mentalement toutes les choses qu'elle n'avait *pas* observées. Le pick-up n'avait pas accéléré. Nardo n'avait pas passé son temps à se retourner pour vérifier si quelqu'un le suivait. Il n'avait pas pris la route qui lui aurait permis de quitter la ville. Ce n'était pas Star qui conduisait, il ne s'était pas caché à l'arrière du pick-up. Leurs gestes, leurs mouvements n'avaient rien de frénétique.

Elle fut frappée par une soudaine prise de conscience. Nardo ne s'enfuyait pas. Il essayait d'emmerder Ricky. Melody Brickel avait raconté à Andrea qu'il venait au snack-bar au moins une fois par semaine. Il amenait toujours Star avec lui, pour lui servir de public.

Andrea s'éloigna du bâtiment. Elle jeta un dernier coup d'œil par-dessus son épaule. La route était dégagée. Personne n'arrivait. Elle avança sur le trottoir, les bras relâchés le long du corps. Dix pas plus loin, elle était devant le petit établissement. Elle regarda au-delà de l'enseigne au néon. Il n'y avait que trois personnes à l'intérieur, formant un triangle asymétrique.

Nardo trônait dans le box semi-circulaire. Ricky se tenait derrière le comptoir, près de la caisse enregistreuse. Star était assise sur un tabouret, à l'autre extrémité du comptoir. Elle regardait droit devant elle, les yeux rivés sur le mur carrelé. Ses mains étaient jointes sur le bar, ce qui faisait ressortir ses omoplates anguleuses comme deux ailerons de requin.

Andrea avait atteint l'entrée. Elle regarda à travers la porte vitrée. Ses yeux repérèrent la caméra de sécurité, dans le coin, le bar bien approvisionné derrière la caisse enregistreuse, le long couloir qui desservait les toilettes et la cuisine, et qui débouchait dehors, sur la promenade en bois qui longeait l'Atlantique. Elle tendit la main vers la poignée de la porte. Son instinct de survie essayait de l'en dissuader. Elle avait la peau moite. La ceinture de son pantalon était trempée de sueur. Sa vue était si nette et précise qu'elle en avait mal aux yeux.

Elle dut se convaincre qu'ils ne pouvaient pas être au courant de toutes ces choses qu'elle ressentait. Tout ce qui comptait, c'était l'apparence qu'elle aurait, son attitude quand elle entrerait dans le snack-bar.

Elle ouvrit la porte.

— Oh merde, fit Ricky.

Andrea avait vraiment une sale tête. Elle venait de survivre à un incendie. Elle s'était presque cassé le nez. Elle avait le front entaillé et la lèvre fendue. Si elle avait l'air suante et tremblante, il y avait une sacrée bonne raison.

— Bah quoi, Ricky Jo ! beugla Nardo. Y a Porky qui vient de débarquer. Tu ferais mieux de pas *enf-enf-enfreindre ta-ta me-me-mesure d'é-d'éloi-loignement*.

Star resta muette. Elle ne se retourna même pas.

— Ne faites pas attention à ce connard, dit Ricky. Sept mètres, ajouta-t-elle en indiquant, de la pointe du couteau qu'elle tenait à la main, une ligne de scotch rouge collée au sol.

La mesure d'éloignement. Si Nardo venait sans cesse au snack-bar, c'était parce qu'il voulait que Ricky l'enfreigne, mais elle avait fait un marquage au sol afin de ne pas risquer de le faire. La caméra dans le coin les obligeait à rester sages. Star était là parce que ce petit jeu n'aurait aucun sens s'il n'y avait personne pour y assister.

Rien de tout cela n'avait d'importance, car tout ce qu'Andrea voulait, c'était un téléphone.

Elle avança vers le comptoir. Elle se laissa aller à jeter un œil en direction de Nardo. Il avait les bras écartés sur le dossier de la banquette du box. Une grande assiette de spaghettis était posée sur la table, devant lui. Voyant qu'elle le regardait, il leva sa chope de bière en l'air, comme pour porter un toast en son honneur.

Ricky lui avait gardé son assiette au chaud. Elle savait qu'il allait venir.

— Ça va, ma jolie ? demanda-t-elle en mâchonnant son chewing-gum.

Elle était en train de couper des fruits pour prendre de l'avance sur le coup de feu du petit déjeuner du lendemain. Les bracelets à ses poignets claquaient contre le comptoir. On aurait dit un groupe de percussion à elle toute seule : le couteau s'abattait d'un coup sec sur la planche à découper, la bulle de chewing-gum éclatait, puis les bracelets cliquetaient, et le couteau s'abattait à nouveau sur la planche.

— Oui, ça va, répondit Andrea en s'installant au comptoir pour pouvoir garder un œil sur Nardo.

Le miroir derrière le bar lui offrait une vue panoramique sur le restaurant. La caisse enregistreuse était sur sa gauche. Elle avait Ricky dans sa diagonale droite, de l'autre côté du bar. Star était à la périphérie de son champ de vision. La jeune femme n'avait même pas remarqué son arrivée. Il n'y avait ni nourriture ni boisson devant elle sur le comptoir. Elle n'avait pas bougé depuis qu'Andrea avait franchi la porte.

— J'ai entendu parler de l'incendie, mon chou.

Tout en coupant son melon, Ricky gardait un œil sur elle. La discussion qu'elles avaient eue chez Ricky ne s'était pas bien terminée. Elle était manifestement toujours sur ses gardes.

— Je peux vous faire un sandwich. On n'a plus de pâtes.

Andrea remarqua la petite note scotchée sur la caisse enregistreuse : LE TÉLÉPHONE N'EST PAS À LA DISPOSITION DES CLIENTS.

— Mon chou ? l'appela Ricky.

Andrea dut déglutir avant de pouvoir parler.

— Non, merci. Je peux avoir de la tequila ?

— Vous avez l'air d'en avoir besoin.

Ricky laissa le couteau retomber avec fracas sur la planche à découper. Sans lui demander quelle marque elle voulait, elle prit la bouteille de Milagro Silver, sur l'étagère du bas.

— J'ai senti la fumée depuis chez moi. Bon sang, ça fait un bail que cette maison est là ! Difficile de croire qu'elle a disparu. Tout le monde va bien, pas vrai ?

— Oui.

Andrea vit que ses mains avaient laissé des traces de transpiration sur le comptoir. Il fallait qu'elle se remette Ricky dans la poche.

— Je ne suis pas censée le dire à qui que ce soit, mais…

Ricky, qui remplissait un verre à shot à ras bord, dressa l'oreille.

— Le mari de la juge…

— Franklin.

— C'est ça.

Andrea se pencha en avant et poursuivit à voix basse.

— Il n'allait déjà pas bien avant, mais avec l'incendie…

Ricky hocha lentement la tête pour indiquer qu'elle comprenait.

— C'est dramatique, le nombre de tragédies que cette famille a dû encaisser au fil des années. Judith, ça va ?

— Elle est triste. Ça l'aiderait peut-être si vous preniez de ses nouvelles.

Ricky acquiesça à nouveau d'un signe de tête.

— Je vais lui préparer à manger. Dans ces cas-là, les gens ont toujours besoin de nourriture.

— Je suis sûre que la juge vous en sera reconnaissante.

Andrea plongea la main dans sa poche arrière et en sortit son téléphone. Elle fit mine de se souvenir brusquement qu'il était cassé.

— Et merde.

— Merde, c'est le bon mot, commenta Ricky en posant la tequila devant elle. Vous avez foutu ce machin au micro-ondes, ou quoi ?

— Il a été abîmé pendant l'incendie.

Andrea sentit sa voix se réduire à un filet. Elle se racla la gorge.

— J'ai bien vu l'écriteau, mais est-ce que je pourrais quand même utiliser votre téléphone ?

— L'écriteau, c'est pour les touristes.

Ricky tendit le bras sous la caisse enregistreuse. Elle en sortit le téléphone, qu'elle posa sur le comptoir.

Andrea regarda fixement l'appareil, qui avait l'air d'une antiquité. Un câble sortait de l'arrière du poste. Le combiné était relié à la base par un cordon en spirale. Le clavier à touches se trouvait sur le socle. Le plan d'Andrea était d'emporter avec elle le téléphone sans fil dans le couloir de derrière, pour passer son appel en privé. Ce téléphone-là était inamovible.

— Ça va, mon chou ?

Ricky était de retour devant sa planche à découper. Elle lança à Nardo un regard qui en disait long.

— Ouais… Journée compliquée, répondit Andrea en regardant dans le miroir.

Nardo l'observait. Ricky l'observait. Seule Star semblait n'en avoir rien à faire. Andrea décrocha le téléphone.

— J'ai oublié de vous dire que c'était un appel longue distance, mais je peux vous payer.

— C'est bon, dit Ricky en prenant une poignée de fraises. Faites vite, c'est tout.

Andrea composa le seul numéro qu'elle ait jamais appris par cœur. Le téléphone sonna une fois, et quelqu'un décrocha.

— Chérie ? Qu'est-ce qu'il y a ?

Sa mère avait l'air de ne pas s'être rendormie.

— Salut, maman. Désolée de ne pas t'avoir rappelée après ma sortie de l'hôpital.

— Quoi ? s'écria Laura d'une voix rendue suraiguë par l'inquiétude. Quand est-ce que tu es allée à l'hôpital ?

— Non, je n'ai pas réussi à m'endormir, dit Andrea, voyant que Ricky écoutait ouvertement sa conversation. Dis-moi, j'ai oublié de te demander. Tu veux bien appeler Mike pour moi ? Son numéro est enregistré dans mon téléphone, et il est fichu.

Ricky fit une grimace devant l'iPhone cassé, comme si elle participait à la discussion.

— Mike ? demanda Laura. Pourquoi Mike ? Qu'est-ce que Mike vient faire là-dedans ?

— Dis-lui que je suis allée au snack-bar à pied pour prendre un verre.

Andrea faisait rouler le verre entre ses doigts d'une main assurée.

— J'ai reçu un message au boulot. C'était notre voisin, il a besoin de l'aide de Mike. Renfield s'est échappé.

— OK.

La voix de Laura était devenue extrêmement calme. Dans son passé de criminelle, elle avait communiqué exclusivement par codes et messages cryptés.

— Attends, je note tout ça par écrit. Je suis censée appeler Mike et lui dire que tu es au snack-bar. C'est ça ?

— Oui, bien sûr.

— Et je ne sais pas ce que le reste signifie, mais je lui dirai texto : « J'ai reçu un appel de notre voisin. Il a besoin de l'aide de Mike. Renfield s'est échappé. »

— C'est ça, dit Andrea. Merci, maman. Je t'aime.

Elle reposa le combiné sur le socle du téléphone. Elle but une gorgée de tequila. Ses doigts glissaient sur le verre.

Ricky laissa le téléphone sur le comptoir. Son couteau n'avait pas cessé ses allers-retours sur la planche, mais elle n'avait jamais quitté Andrea des yeux.

— C'était votre mère ?

Andrea hocha la tête.

— Mon chat est sorti. Il ne revient que quand mon petit ami l'appelle.

— J'aimerais bien avoir le temps pour un animal de compagnie.

Ricky souriait, mais il y avait une tension dans sa voix.

— Un peu tard pour un coup de fil, non ?

La curiosité de Ricky virait à la méfiance. Elle lança un nouveau coup d'œil à Nardo.

Andrea savait qu'elle l'avait vue composer le numéro.

— Ma mère habitait en Géorgie avant, mais elle a déménagé à Portland l'an dernier.

— Dans le Maine ?

— L'Oregon.

Andrea résista à la tentation de vérifier ce que faisait Nardo. Elle avait l'impression qu'il creusait un trou dans son dos à force de la fixer.

— Il est trois heures de moins qu'ici, là-bas. Elle regardait la télé.

— J'adore l'Oregon, la relança Ricky, qui n'avait pas l'intention de lâcher prise. Elle est dans quel coin ?

— À Laurelhurst, dit Andrea. C'est à l'est de Portland. Elle habite près du parc avec la statue de Jeanne d'Arc, à côté d'un café qui programme de bons concerts.

Ricky se détendit, mais un peu seulement.

— Ça a l'air sympa, dit-elle.

— Ça l'est.

Andrea termina sa tequila et s'autorisa à regarder Nardo dans le miroir. Il avait repoussé son assiette, et il reposa sa chope vide sur la table.

— Serveuse ? appela-t-il.

Ricky l'ignora, mais se mit à donner de violents coups de lame sur la planche à découper.

— Hé, serveuse ! Il reste un peu de cette tequila ?

Ricky posa délibérément le couteau sur la planche, comme si elle voulait se retenir de l'utiliser contre lui. Elle attrapa la bouteille et fit claquer un verre à shot sur le comptoir.

Andrea regarda Nardo. Il souriait d'un air narquois. Elle réfléchit : Laura avait dû appeler Mike immédiatement ; elle était sûre qu'il aurait décroché le téléphone, parce que les témoins protégés n'appelaient qu'en cas de danger de mort.

Andrea est au snack-bar. Renfield s'est enfui. Elle a besoin de votre aide.

À l'hôpital, Mike avait employé le nom de Renfield pour décrire Nardo ; il comprendrait tout de suite que quelque chose n'allait pas.

Elle jeta un coup d'œil à l'horloge murale et regarda la trotteuse passer d'un chiffre à l'autre. Il avait sans doute fallu deux minutes à Laura pour transmettre le message à Mike. Deux minutes de plus pour que Mike le relaie à son tour à Compton. Quatre minutes pour que Compton mobilise les équipes. Les marshals les plus proches se trouvaient à la ferme, à quinze minutes de là, mais ce trajet pouvait être réduit à dix grâce aux gyrophares et aux sirènes.

Un total de dix-huit minutes, donc, si tout se passait exactement comme elle l'anticipait. Son appel à Laura s'était terminé à 23 h 59. Quelqu'un pourrait arriver au plus tôt à 00 h 17.

— Chaud devant ! lança Ricky en envoyant glisser le verre de tequila le long du comptoir.

Le verre s'arrêta pile avant de heurter le coude pointu de Star.

Cela faisait clairement partie du petit jeu auquel elle se livrait avec Nardo. Elle ne pouvait pas franchir la ligne rouge. Star n'était pas uniquement là pour servir de public à Nardo ; elle était là pour le servir, tout court.

— Allez, ma grande, dit Nardo en tapant du poing sur la table. Un peu d'exercice, ça te fera le plus grand bien !

Contre toute attente, Ricky éclata de rire. Elle regardait Star avec un air de satisfaction malsaine. Le claquement de son couteau sur la planche se mua en un véritable *staccato* tandis que Star franchissait lentement toutes les étapes nécessaires pour aller servir son verre à Nardo. Sa robe jaune se balançait d'avant en arrière sur son corps anguleux. Ses pieds nus faisaient comme un chuchotis en effleurant le sol.

Andrea jeta un nouveau coup d'œil dans le miroir, mais cette fois, elle voulait voir l'extérieur. Il n'y avait que le pick-up bleu dans la rue. Elle regarda l'horloge. Une minute seulement s'était écoulée.

— Serveuse ! appela encore Nardo. Où est mon dessert, ma vieille ? Je devrais peut-être parler au manager. Le service est vraiment lamentable, ici.

Ricky leva les yeux au ciel, pour Andrea, mais elle lui obéit. À l'aide d'un couteau de chef, elle coupa une grosse part de gâteau au chocolat. Puis elle balança l'assiette sur le comptoir, pour que Star la récupère.

Andrea serra les dents en voyant celle-ci traverser à nouveau la pièce d'un pas hésitant. Dans sa tête, elle récapitula : l'appel de Laura à Mike, de Mike à Compton, de Compton à l'équipe de surveillance. Ils n'allaient pas se ruer à l'intérieur du bâtiment. Ils verraient trois otages potentiels. Ils se diraient que Nardo était armé. Comme elle, ils supposeraient qu'il s'agissait d'un SIG Sauer P365 laissant à son propriétaire dix occasions de descendre les trois otages.

Andrea ne pouvait rien faire pour Ricky ou pour elle-même, mais Star n'était qu'à quelques centimètres d'elle. Elle tendait la main en direction de l'assiette contenant la part de gâteau de Nardo. Ses lèvres gercées étaient entrouvertes. Andrea sentait l'odeur douceâtre et quasi médicamenteuse de son haleine.

— J'ai parlé à votre mère.

Star ne répondit rien.

— Vous lui manquez. Elle veut vous voir.

— Ma jolie, dit Ricky à Andrea, je sais que vous essayez de l'aider, mais…

Star lâcha l'assiette. La fine porcelaine se brisa en deux. Le gâteau roula sur le comptoir, répandant du chocolat partout.

— Bordel de merde !

Ricky attrapa un torchon pour nettoyer les dégâts.

— Qu'est-ce qui se passe, là-bas ? demanda Nardo.

— Ton putain de Skeletor a cassé une assiette, voilà ce qui se passe.

Ricky se retourna pour mouiller le torchon dans l'évier du bar.

— Bon Dieu, Nardo, pourquoi tu ne te barres pas ?

Star avait la tête baissée. Ses yeux brillaient de larmes qui refusaient de couler.

— Allez dans le couloir, sortez par la porte de derrière, dit Andrea à la jeune femme.

— Sortez par où, vous avez dit ? s'écria Nardo en se levant brusquement de table. Star, au pied. Retourne à ta place. Sois un bon chien-chien.

Andrea ne put empêcher Star de reprendre sa place à l'autre bout du comptoir. Elle regarda la jeune femme pivoter lentement sur le tabouret de bar pour faire face à nouveau au mur carrelé.

— Allons, allons, ma petite Sudiste, dit Nardo en traversant lentement la pièce. Je n'ai fait qu'emprunter cette chère Star. Je dois la rendre en un seul morceau.

Andrea se leva. Elle ne comptait pas être assise quand il la rejoindrait.

— Du calme, Robocop, dit-il en mettant ses mains bien en évidence.

Mais il continuait d'avancer.

— Star est la meilleure fille de la ferme. Vous n'avez pas entendu ? Elle a gagné le trophée de l'atrophie.

Elle n'eut pas le temps de formuler une réponse.

Deux choses se produisirent en même temps.

Ricky se mit à rire.

Jack Stilton franchit la porte.

Il portait un jean et un T-shirt Bon Jovi délavé qui se tendait sur son ventre gonflé par la bière et était rentré dans la ceinture de son pantalon, à laquelle était fixée son arme. Pas son arme de service, mais un revolver, un Ruger Blackhawk à simple action, chambré en calibre .454 Casull. Un seul tir pouvait fendre une boule de bowling en deux.

Andrea sentit son cœur s'emballer en le voyant jeter des coups d'œil nerveux autour de lui.

Il n'était pas là pour lui sauver la mise. Il était embêté de constater qu'il n'était pas le seul client dans le snack-bar. Il était ivre, en plus. Elle sentait l'odeur de l'alcool à cinq mètres de distance.

— Regardez-moi cet enculé, avec ses yeux de biche.

Nardo récupéra d'une main le bout de gâteau tombé sur le comptoir.

— Serveuse, dit-il, je m'attends à une réduction.

Ricky fit semblant de ne pas l'entendre et s'adressa à Stilton.

— Qu'est-ce que tu veux, Cheese ?

— Un verre.

Sa réponse marmonnée avait été formulée comme une question. Andrea voyait son véhicule de patrouille garé dans la rue. Il n'était pas en service. Il était soûl. Compton avait dit qu'elle l'appellerait uniquement lorsque Wexler et Nardo seraient en garde à vue. De toute évidence, il n'avait aucune idée de ce qui était en train de se passer.

— Bordel de merde ! tonna Ricky. Aucun des trouducs de ce bled ne sait lire l'enseigne lumineuse géante dans la vitrine ? On ferme à minuit. Désolée ma jolie, je ne parlais pas pour vous.

Andrea ne fit pas attention à ses excuses. Elle regardait Nardo qui avançait vers Star. Le contour de son SIG Sauer était visible dans son dos, sous son T-shirt. Il s'assit à côté d'elle au comptoir en poussant un grommellement sonore et mordit dans le gâteau, qu'il tenait à deux mains.

Ricky émit un petit bruit dégoûté avant de s'adresser à nouveau à Stilton.

— Fais vite, Cheese. Tu veux de la Blue Earl ou une pression ?

— Ce qui est le plus simple.

Stilton s'assit à une table, dos à la porte. Il tâta prudemment le terrain avec Andrea.

— Qu'est-ce que vous faites ici ?

— Le fromage a reniflé la souris, dit Nardo.

— La ferme, connard, rétorqua Stilton, toujours tourné vers Andrea. Je croyais que vous étiez censée surveiller la juge.

Andrea se força à desserrer les poings. Son cœur battait si vite qu'elle le sentait tambouriner sous son T-shirt.

— Il y a une autre équipe qui garde sa famille, à l'hôpital.

— Allons, allons, madame la poulette adjointe, vous ne racontez pas tout, dit Nardo qui avait terminé son gâteau.

Il s'essuya les mains sur son T-shirt, laissant des traces de chocolat en travers de sa poitrine.

— Cheese, ta copine marshal essayait de sauver cette pauvre Star, ajouta-t-il. Pas vrai, Ricky ? La maman de Star veut récupérer sa petite fille.

Levant les yeux au ciel, Ricky posa une canette de bière sur le comptoir.

— Ça vous embêterait de faire le service, mon chou ? demanda-t-elle à Andrea.

Andrea profita de cette excuse pour aller rejoindre Stilton. Elle lui tendit la bière, mais, au lieu de retourner à sa place, elle s'installa à table à côté de lui.

— Regarde-moi ça, Ricky, Cheese s'est trouvé une nana, dit Nardo. Pardon de vous faire redescendre de votre petit nuage, miss Poulaga, mais Cheese débande à la vue d'une chatte.

Ricky éclata de rire, tout en continuant d'emballer ses fruits dans des boîtes en plastique.

Andrea n'aimait pas le sens de l'humour tordu de cette femme. Elle baissa les yeux en direction de l'énorme revolver de cow-boy que Stilton portait à la ceinture. La bride autour de la crosse était détachée. Elle essaya d'attirer son attention, mais il était trop occupé à descendre sa bière d'un trait.

Elle regarda l'horloge. 00 h 05. Encore huit minutes. Au bas mot.

Arriverait-elle à arracher le pistolet de Stilton ? Résisterait-il ? Parviendrait-elle à prendre le revolver, puis à se lever et viser, avant que Nardo ait le temps de glisser la main dans son dos pour attraper le sien ?

Le problème, c'était Star. Elle était assise juste à côté de Nardo. Andrea était bonne tireuse au stand de tir, mais là, on était dans la vraie vie. Elle avait les nerfs à vif. Elle avait du mal à respirer. La sueur lui dégoulinait dans le dos. Elle n'était pas sûre de réussir à toucher l'un sans mettre l'autre en danger.

Elle regarda encore l'horloge : 00 h 05. La trotteuse n'avait quasiment pas bougé.

— Bon sang, dit Ricky qui regardait l'horloge, elle aussi. Dernière commande, les gars. Dans six heures, je dois me réveiller pour recommencer ces conneries.

— Ne fais pas ta rabat-joie, la vieille.

Nardo avait pivoté sur le tabouret pour faire face à Andrea et à Stilton. Son instinct animal lui disait que quelque chose clochait. Une personne sensée aurait écouté cette mise en garde et serait partie ; mais lui s'adossa au comptoir, les coudes sur le rebord.

— Serveuse, je prendrais bien une de ces bières, moi aussi.

Andrea n'écouta pas la réponse sarcastique de Ricky. Elle attendit que Stilton la regarde. Puis elle lança un coup d'œil appuyé en direction de son arme. Il pouvait placer Nardo en garde à vue. Il pouvait mettre fin à tout ça immédiatement.

Les yeux de Stilton se plissèrent. Ses réflexes de flic étaient noyés dans l'alcool, mais il devait avoir senti la tension. Elle ne put s'empêcher de regarder à nouveau l'horloge, suppliant en silence les aiguilles d'avancer. Elle fixa le cadran jusqu'à ce que la grande aiguille passe au chiffre suivant.

00 h 06.

Un téléphone sonna.

L'atmosphère était si tendue qu'Andrea pouvait à peine respirer.

La sonnerie du téléphone retentit à nouveau. Stilton fouilla dans sa poche. Elle aperçut le nom de l'appelant.

USMS COMPTON.

Il la regarda, comme pour obtenir une explication. Elle fit le hochement de tête le plus imperceptible possible, priant pour qu'il retrouve ses esprits et ne commette pas une erreur qui leur coûterait la vie à tous les deux.

Stilton s'éclaircit la gorge.

— Allô ?

Il tenait mollement le téléphone contre son oreille. Andrea entendait le murmure de la voix de Compton, mais ne parvenait pas à distinguer ses propos.

— Ah, dit Stilton.

Il y eut une longue pause, tandis qu'il écoutait. Andrea devinait sans mal ce que la patronne était en train de dire. Wexler en détention. Nardo au snack-bar. Mandat d'arrêt délivré. Individu potentiellement armé et dangereux.

Stilton fit exactement ce qu'il ne fallait pas faire. Il regarda Nardo tout en répondant.

— Je suis justement au snack-bar, dit-il. Bien sûr. Bien sûr. Je comprends ce que vous dites. Pas de problème.

Andrea le regarda raccrocher. Il posa le téléphone face contre la table. Lentement, il appuya le bras sur le dossier de sa chaise. Ses doigts n'étaient qu'à quelques centimètres de la crosse de son revolver.

Mais il laissa l'arme dans son étui.

— Nardo, dit-il, et si tu me parlais d'Emily ?

Elle se mordit la lèvre si fort qu'elle rouvrit sa plaie.

— Putain de merde, laisse tomber, Jack, dit Ricky.

Nardo pouffa, les coudes toujours appuyés sur le comptoir, derrière lui. Stilton et lui pouvaient dégainer leur arme à tout moment.

— Une sacrée salope, pas vrai ? ricana-t-il.

Andrea serrait si fort les dents qu'elle en avait la mâchoire douloureuse. Pourquoi Stilton posait-il des questions sur Emily ? Compton lui avait clairement donné le feu vert. Pourquoi ne l'arrêtait-il pas ?

— Je sais que tu l'as violée, dit Stilton.

— C'est vrai ? demanda Nardo en inclinant la tête sur le côté, pour bien faire comprendre qu'il voyait que Stilton était armé. Je ne connais pas bien la loi, mon vieux, mais je crois que le délai de prescription a expiré, oh, il y a peut-être trente-cinq ans.

— Alors reconnais-le, dit Stilton. Tu l'as violée.

— OK, ça suffit, intervint Ricky en tapant du poing sur le comptoir pour attirer leur attention. Cheese, tu es bourré. Nardo, j'en ai marre de tes conneries. Je veux que tout le monde sorte d'ici. Vous aussi, mon chou.

Personne ne bougea. Le silence retomba dans la pièce, au point qu'Andrea pouvait entendre le sang battre à ses tempes.

— Un peu, que je l'ai baisée, ouais ! dit Nardo.

Ricky poussa un petit cri étouffé. Le cœur d'Andrea s'arrêta. Stilton ne bougea pas.

— Bah quoi ? s'exclama Nardo qui avait l'air ravi de leur réaction. Me dites pas que personne n'y a jamais pensé avant. Bien sûr, que je l'ai baisée. Elle avait de sacrés nichons !

Andrea tenta de réprimer une soudaine montée de panique. Cela faisait des jours qu'elle courait après un aveu, et maintenant qu'il était là, tout ce à quoi elle pouvait penser, c'était qu'aucun d'eux n'allait s'en sortir vivant.

— Stilton, dit-elle. Nardo a une arme.

— Moi aussi.

Stilton posa les doigts autour de la crosse du revolver mais, pour une raison incompréhensible, laissa toujours l'arme dans son étui.

— Tu ne l'as pas baisée, dit-il à Nardo. Tu l'as violée.

— Tout ce que j'ai fait, c'est remplir tous les trous de cette jeune demoiselle avec ma bite.

Nardo se délecta de l'expression horrifiée de Stilton.

— Elle n'attendait que ça. Elle en redemandait.

— Nardo, le mit en garde Ricky.

— Tiens, dit Nardo avant de se racler la gorge et de cracher un tas de glaires au sol. Fais comparer mon ADN à celui de Judith. Tout ce que ça prouvera, c'est que j'ai joui à l'intérieur de sa mère. Plusieurs fois, même, si tu tiens à le savoir.

La veine saillante sur la tempe de Stilton se mit à tressauter. Il serrait si fort le revolver entre ses doigts qu'il en avait les articulations toutes blanches. Il allait tirer sur Nardo. C'était inévitable. Et il était tellement ivre qu'il tuerait probablement Star du même coup.

— Jack…, tenta Andrea. Il faut vous…

— Et Dean ?

Stilton avait buté sur le nom. Il avait l'air frappé de stupeur, comme s'il n'arrivait pas à croire ce qu'il entendait.

— C'est Dean qui l'a ramenée chez elle, dit-il encore.

Le sourire narquois de Nardo se transforma en un rictus sadique.

— Oh ! qui sait ce que le vieux a fait dans la voiture ? C'est sûr, notre bon M. Wexler aime bien les filles qui ne peuvent pas dire non.

— Putain de merde, Nardo, ferme ta gueule ! dit Ricky.

— Pour la petite histoire, je pense que toutes ces dames à la ferme sont la preuve vivante que le vieux ne peut pas se reproduire.

Nardo ne pouvait plus s'arrêter. Il se repaissait de la douleur de Stilton.

— Dis-moi, Cheese. C'est à cause d'Emily que tu t'es mis à picoler ? Tu la pleures encore, ta pondeuse à l'encéphalogramme plat ?

— Nardo ! cria Ricky. Il y a une putain de marshal des États-Unis qui écoute chaque mot que tu prononces !

— J'en ai tellement ras le cul de cette ville à la con. Ça fait quarante ans, et tout le monde continue de pleurnicher « Qui est le père, qui est le père ? », dit Nardo en prenant un ton geignard. Alors ça y est, maintenant le noir secret est enfin révélé au grand jour. La belle affaire. Dans le pire des cas, j'obtiendrai un droit de visite pour aller voir ma petite-fille, elle est canon.

Stilton se leva si vite qu'il en renversa sa chaise. Son pistolet était enfin dégainé. Il le pointa vers la poitrine de Nardo et l'arma d'un coup de pouce.

— C'est fini, enfoiré. Ils sont au courant, pour le chantage.

— Star ! cria Andrea, essayant vainement d'attirer l'attention de la jeune femme.

Elle était en plein dans la trajectoire de tir. Son dos formait une cible.

— Star, dégagez de là !

— Le chantage ? demanda Nardo d'un air indifférent. Vingt ans se sont écoulés depuis que tu m'as fait sauter cette amende pour conduite en état d'ivresse. C'est toi qui vas avoir des problèmes, ouais.

Stilton rigola.

— Pas moi, espèce d'abruti. La juge leur a tout balancé.

Pour une fois, Nardo n'avait rien à riposter. C'est Ricky qui répondit à sa place.

— De quoi tu parles, Cheese ?

Elle avait à nouveau son couteau à la main. Star était toujours dans la ligne de mire, elle ne bougeait pas. Andrea avait l'impression que son cœur tremblait dans sa poitrine. Ricky était imprévisible. Stilton arrivait à peine à tenir son pistolet. Nardo pouvait d'une seconde à l'autre dégainer son arme et les tuer tous.

— Cheese, dit Nardo. Réfléchis à ce que tu es en train de faire. Réfléchis bien à ce que je sais.

— Raconte-le aux marshals. Je n'en ai plus rien à foutre.

La voix de Stilton s'érailla à nouveau. Il s'était mis à pleurer.

— Tu vois, l'appel que je viens de recevoir ? C'était la cheffe des marshals. Ils ont déjà traîné Wexler dehors, menottes aux poignets. Et ils vont arriver pour te coffrer, pauvre minable. La prochaine fois que tu reverras la lumière du jour, ce sera à travers des barreaux.

Star bougea enfin, mais uniquement pour se retourner.

— Dean va bien ? demanda-t-elle à Stilton.

— Personne ne va bien, répondit Stilton en avançant vers Nardo.

Son visage était baigné de larmes. Il devait s'y prendre à deux mains pour stabiliser le revolver.

— Il y a quarante ans, j'ai promis à Emily de retrouver le salopard qui l'avait violée. Ça fait quarante ans que cette promesse m'obsède, sale fumier. Quarante années, bordel, et je t'ai eu. Je t'ai enfin eu.

Nardo avait retrouvé son sourire narquois.

— Va te faire foutre, dit-il.

Une fois encore, tout se passa très vite.

Nardo tendit la main dans son dos.

Stilton appuya sur la gâchette.

Le coup de feu fit un bruit assourdissant. Andrea se baissa, les mains plaquées sur les oreilles. Elle vit le côté droit du corps de Nardo projeté en arrière. La balle lui avait déchiré le cou. Star eut le visage et la poitrine éclaboussés de sang.

Ricky se mit à crier.

— Put…

Nardo plaqua la main contre le côté de son cou. Son arme tomba par terre avec fracas. Il avait les yeux écarquillés. Ses lèvres tremblaient.

— Ne bouge pas ! cria Stilton en armant à nouveau son pistolet et en visant pour tirer une seconde fois.

— Non ! hurla Andrea en poussant le canon vers le bas.

Nardo n'était pas armé. Il n'était pas en état de ramasser son SIG Sauer. Il ne serait bientôt plus en état de faire quoi que ce soit, d'ailleurs.

L'être humain possède deux artères carotides communes, une de chaque côté du cou. Leur structure varie, mais le but de chacune de ces artères est d'acheminer le sang oxygéné en grands volumes depuis le cœur jusqu'au cerveau. Un anévrisme, un caillot ou une obstruction du flux sanguin peuvent provoquer un très grave accident vasculaire cérébral. Et si l'approvisionnement en sang est détourné et quitte le corps, la mort par exsanguination peut survenir en cinq à quinze secondes.

La main de Nardo maintenait le sang à l'intérieur de son artère.

— J'app… J'appelle une ambulance, bredouilla Ricky en se précipitant sur le téléphone et en composant le numéro.

— Tu as assassiné Emily, dit Stilton à Nardo. Dis-le, avec tes mots. Je veux t'entendre le dire.

La bouche de Nardo s'ouvrit. Un gargouillement s'échappa de sa gorge. Ses dents commencèrent à claquer. Sa peau était devenue cireuse. Le sang suintait entre ses doigts.

— S'il te plaît, le supplia Stilton. Tu ne vas pas t'en sortir. Dis-moi seulement la vérité. Je sais que c'est toi qui l'as assassinée.

— Au secours ! cria Ricky au téléphone. Mon mari… Il est… Oh ! mon Dieu ! À l'aide !

— Dis-le, répéta Stilton. Regarde-moi et dis-le.

Pendant quelques secondes seulement, Nardo regarda Jack Stilton droit dans les yeux. Le coin de sa bouche trembla et s'étira en un vague sourire.

— S'il te plaît…, dit Stilton.

Nardo écarta brusquement la main de son cou en un geste théâtral, comme pour annoncer le dernier acte. Une gerbe de sang jaillit de l'artère sectionnée.

Il était mort avant même de toucher le sol.

Bible conduisait. Andrea était assise sur la banquette arrière du SUV avec Ricky, qui ne pouvait s'arrêter de sangloter. Elle frissonnait sous la fine couverture de coton de l'ambulance. Elle n'avait pas voulu aller à l'hôpital. Elle avait refusé de faire une déposition. Elle leur avait dit que tout ce qu'elle souhaitait, c'était rentrer chez elle.

Il n'y avait aucun motif légal pour lui refuser ce souhait et, en fait, tout ce qu'Andrea voulait, c'était s'éloigner de ce snack-bar le plus vite possible. Elle savait qu'elle aurait dû être satisfaite que Nardo soit mort, mais elle n'arrivait pas à surmonter le sentiment d'injustice qui l'habitait. Jamais il ne payerait pour avoir violé Emily. Il ne serait pas non plus jugé pour le meurtre de la jeune fille. Même si sa mort avait été violente, il avait quand même réussi à partir selon ses propres règles. Il n'était pas digne d'avoir une fin paisible. Comme l'aurait dit Esther Vaughn, il ne l'avait pas méritée.

— Qu'est-ce…

Ricky ravala un nouveau sanglot.

— Qu'est-ce qu'ils vont faire de… du corps ?

Andrea échangea un regard avec Bible. S'ils s'étaient portés volontaires pour ramener Ricky Fontaine chez elle, il y avait une bonne raison. Nardo avait reconnu le viol, mais pas le meurtre. En apparence, cette distinction semblait ténue, mais pour prouver sa culpabilité au-delà du doute raisonnable, ils avaient besoin de la vérifier grâce à une autre source. Eric Blakely s'était noyé quarante ans plus tôt. Clay Morrow était en prison. Bernard Fontaine ne risquait certainement plus de parler. Jack Stilton avait prouvé qu'il n'avait rien à voir avec le meurtre d'Emily. Dean Wexler avait invoqué son droit à garder le silence quand quatre marshals l'avaient escorté hors de la ferme.

Ricky était peut-être la seule personne sur terre à pouvoir confirmer que Bernard Fontaine avait assassiné Emily Vaughn.

— Le corps sera emmené à la morgue, lui répondit Andrea, pour l'autopsie.

Ricky se remit à sangloter et à trembler. Elle serra fort la fine couverture sur ses épaules. Pour une fois, les bracelets en argent à ses poignets ne tintaient pas. Elle avait tenté de réanimer Nardo, en vain. En séchant, son sang avait collé les bracelets entre eux.

— On y est.

Bible remonta l'allée en pente qui menait à la maison de Ricky. Il se retourna vers la banquette arrière.

— Désolé, leur dit-il, il faut que je passe un coup de fil. Faites-moi savoir si vous avez besoin de quelque chose. Madame…

Ricky baissa les yeux vers la main que Bible venait de poser sur son bras.

— Toutes mes condoléances, fit-il.

Andrea sortit du 4 x 4 et fit le tour du véhicule pour aller aider Ricky. L'éclairage cru des phares n'était pas flatteur pour cette dernière. Elle avait vieilli au cours de la dernière heure. Les rides de son visage étaient plus profondes. Des cernes lui assombrissaient les yeux. Elle s'appuya lourdement sur le bras d'Andrea pour monter l'escalier. La porte n'était pas fermée à clé. Ricky l'ouvrit.

Andrea n'attendit pas d'être invitée. Elle fit le tour du salon pour allumer les lampes. Puis elle grimpa la petite volée de marches jusqu'à la cuisine. Le lustre brillait au-dessus de la table ; elle se dirigea vers la gazinière. La bouilloire était déjà pleine. Elle alluma le gaz et attendit que le brûleur s'embrase.

— Le thé sera prêt dans une minute, cria-t-elle à l'attention de Ricky.

Elle tendit l'oreille, mais Ricky ne répondit pas. Andrea alla se mettre en haut des marches. Elle voyait le haut du crâne de Ricky, dans le salon. Celle-ci était assise sur le canapé. Elle se balançait d'avant en arrière, la couverture toujours serrée autour des épaules. Les ambulanciers avaient dit qu'elle était sans doute en état de choc.

Andrea l'était aussi, mais elle avait investi trop d'elle-même dans cet effort pour se laisser aller à craquer maintenant.

Elle trouva une tasse sale dans l'évier et une éponge sur le rebord de la fenêtre. Elle tendit à nouveau l'oreille pour écouter Ricky. Le bruit de ses pleurs étouffés montait du salon. Andrea lava et sécha soigneusement la tasse. Elle alla vers le réfrigérateur et regarda les photos, les cartes postales, les pense-bêtes et les tickets de caisse. Certains étaient si vieux que l'encre s'était effacée. Aucune des cartes postales n'avait l'air particulièrement personnelle. La plupart semblaient avoir été écrites par des touristes qui évoquaient affectueusement leur passage au restaurant. Elles lui rappelaient les petits mots anodins qu'elle avait lus dans l'album de promotion de Ricky.

La chorale, c'était l'éclate ! Souviens-toi du cours de chimie ! Ne change pas, surtout !

Andrea prit l'un des flacons de pilules rouges posés sur le comptoir. Instinctivement, elle tendit la main pour prendre son iPhone, mais celui-ci étant HS, elle n'avait aucun moyen de chercher à quoi correspondaient les noms génériques sur les étiquettes. Les seuls qu'elle reconnut étaient ceux du Valium, du Tylenol 3, et du Percocet. Laura les avait essayés tous les trois à différents stades de son traitement contre le cancer, mais seule la morphine par voie orale avait réussi à atténuer la douleur.

La bouilloire se mit à siffler. Andrea éteignit le gaz. Elle se leva pour fouiller dans le placard, mais se ravisa. Elle retourna en haut de l'escalier.

— Où est-ce que vous rangez le thé ? cria-t-elle à Ricky en bas.

Ricky avait rabattu la couverture sur sa tête, comme si elle voulait disparaître.

— Le thé ? répéta Andrea.

— Dans le placard…, répondit Ricky d'une voix éraillée. Le placard près de l'évier.

Il n'y avait rien d'autre que des épices et une grande boîte de camomille dans ce placard. Andrea versa l'eau bouillante dans la tasse et plongea un sachet dedans. Elle trouva un dessous-de-verre sur le plan de travail.

Quand elle arriva en bas des marches, Ricky n'était plus sur le canapé. Elle était debout devant la console, toujours emmitouflée dans la couverture, et elle avait le visage gonflé par les pleurs. Les ambulanciers avaient essayé de la nettoyer, mais le sang de Nardo avait taché sa chemise et coagulé dans ses cheveux teints.

Andrea posa le dessous-de-verre et la tasse sur la console. Elle vit que les deux tiroirs étaient ouverts. Ricky avait étalé quelques-unes des photos – la fête d'anniversaire, les photos de mariage, celle où Nardo et Clay étaient assis au comptoir du même snack-bar où l'un d'eux venait de mourir.

Elle prit la photo de groupe.

— On n'est plus que deux, maintenant.

Andrea entendait la désolation dans sa voix. Ils avaient été tout son monde, en particulier Nardo.

— Je suppose que c'est fini, hein ? Vous allez dire à la juge que c'était Nardo.

Andrea hocha la tête.

— J'aimerais bien que ce soit aussi simple, mais Nardo n'a pas tout avoué.

Ricky prit une courte inspiration, mais elle ne leva pas les yeux vers elle.

— Nardo a reconnu avoir eu des rapports sexuels avec Emily, ajouta Andrea, et l'ADN le prouvera d'une façon ou d'une autre, mais il n'a rien dit à propos du meurtre.

Elle attendit un moment, mais Ricky se contenta de garder les yeux rivés sur la photo qu'elle avait entre les mains.

— Ricky, est-ce que Nardo vous a déjà parlé d'elle ? Ou de ce qui s'est passé le soir du bal de fin d'année ? Est-ce qu'Emily a dit quelque chose ou…

— C'est Clay qui l'a fait entrer dans la clique.

La voix de Ricky était atone. Elle avait les yeux vitreux.

— Nardo ne l'a jamais aimée. Elle était si ennuyeuse. Elle n'était pas à sa place avec nous. Emily n'a jamais été à sa place.

Andrea la regarda reposer délicatement le cadre sur la console.

— Nardo avait dix-huit ans, quand ça s'est passé. Je veux dire, on est prêt à baiser n'importe quoi, à dix-huit ans, pas vrai ? Même une petite conne effarouchée comme elle.

Andrea entendait la colère s'insinuer dans la voix de Ricky. Cette femme refusait toujours de croire que Nardo avait violé Emily.

— Ce que Cheese a dit… Il n'en savait rien. Emily a seulement raconté à ses parents qu'elle avait été violée parce qu'ils étaient furieux qu'elle se soit retrouvée enceinte. C'était une sale menteuse.

Ricky regarda la photo de Nardo et Clay au restaurant. Du bout du doigt, elle suivit les traits du visage rond de Nardo.

— Le soir de la fête, elle flirtait avec tout le monde. Elle a commencé avec Clay, puis elle a essayé avec mon frère. Il a fini par s'enfermer dans la salle de bains pour qu'elle le laisse tranquille.

Andrea la regarda appuyer sa paume à plat sur le visage de Nardo comme si elle pouvait en quelque sorte le protéger.

— Emily était censée être ma meilleure amie. Je l'ai détestée parce qu'elle avait baisé avec lui. Nardo était *à moi*. Il m'appartenait. Et maintenant…

Sa voix se brisa.

— Il est parti. Je n'arrive pas à croire qu'il soit parti.

Ricky s'effondra à nouveau. Elle se couvrit le visage avec la couverture. Ses pleurs étaient presque un cri de lamentation. Elle avait les épaules voûtées comme si le poids de ce qu'elle avait porté toutes ces années l'avait enfin écrasée.

— Ricky, tenta Andrea. Est-ce que Nardo vous en a déjà parlé ? De ce qui s'est passé ?

— Merde, dit Ricky en regardant autour d'elle. J'ai besoin d'un mouchoir.

— Si vous pouviez…, commença Andrea en lui posant doucement une main sur l'épaule.

— Donnez-moi une minute.

Ricky se débarrassa de la couverture, puis monta l'escalier, la main agrippée à la rampe. Elle secouait encore la tête quand elle disparut dans la cuisine.

Andrea se baissa pour ramasser la couverture. Elle faillit se cogner la tête contre le coin d'un des tiroirs de la console.

Elle jeta un œil à l'intérieur.

Ricky avait laissé les tiroirs ouverts, et elle lui avait montré une partie de leur contenu : elle n'avait aucune raison valable de penser qu'Andrea ne regarderait pas le reste.

Andrea se releva, recula de quelques pas et se mit sur la pointe des pieds pour avoir une meilleure vue sur la cuisine. Ricky tournait le dos à l'escalier. Elle avait les mains posées de chaque côté de l'évier. Ses épaules tremblaient. Elle pleurait.

En revenant devant la console, Andrea laissa tomber la couverture. Elle prit le certificat de décès d'Eric Blakely établi au Nouveau-Mexique. Le document était vieux, mais elle sentait encore sous ses doigts l'empreinte des lettres laissée par la machine à écrire. Elle le mit de côté et fouilla dans le tiroir de gauche, où elle trouva des factures pour un cercueil, une crémation, et pour un smoking noir de la boutique Les Tenues de soirée de

Maggie. Elle se souvint de l'index de poche en métal. Si Ricky l'avait rangé dans son sanctuaire, il devait y avoir une bonne raison. Elle tendit la main jusqu'au fond du tiroir.

Il était là, et le curseur argenté était toujours aligné sur les lettres A-B.

Avec l'ongle du pouce, elle appuya sur le bouton du bas. Le boîtier s'ouvrit. Elle vit un nom apparaître : Brickel Melody. L'adresse était la même que celle à laquelle elle s'était rendue la veille, avec Bible. Elle imagina que le numéro de téléphone à sept chiffres n'avait pas changé.

L'écriture était belle, on aurait presque dit celle d'une maîtresse d'école. La graphie ne correspondait à aucune des déclarations des témoins – elle ne reconnut ni les pattes de mouche presque illisibles de Jack Stilton, ni les ronds sur les *i* de Ricky, ni les majuscules aléatoires de Clay, ni le gribouillage serré de Nardo, ni les pâtés maladroits d'Eric Blakely qui avaient failli transpercer le papier. Elle ne reconnut pas non plus le style de la compilation de Melody ou de ce qu'elle avait pris pour des phrases d'automotivation d'Emily Vaughn.

Andrea essaya de comprendre comment l'appareil fonctionnait. Les pages étaient articulées par le haut. Des onglets alphabétiques s'échelonnaient de haut en bas. Il y avait des pages supplémentaires dans chaque section. Le curseur était muni d'une petite pince qui bloquait les pages précédentes. Elle referma le couvercle et le fit glisser vers le bas, jusqu'aux lettres C-D. Le boîtier se rouvrit. Trois mots soulignés en haut de la page attirèrent son attention.

Enquête à la Columbo.

Son cœur fit un bond dans sa poitrine. La belle écriture était celle d'Emily Vaughn.

Elle recula à nouveau pour vérifier ce que faisait Ricky ; celle-ci était toujours debout devant l'évier, en train de pleurer.

Andrea lut le premier mot qui figurait sous le titre *Enquête à la Columbo.*

Clay ?

Elle dut déglutir avant de réussir à passer à la ligne suivante.

Dean Wexler – 20 octobre 1981 : Dean dit qu'il n'est « pas le père de mon chiard ». Il a reconnu être venu me chercher à la Fête. Il a dit que Nardo l'avait appelé pour me ramener à la maison. Il a dit que j'étais en train de me disputer avec Clay près de la piscine quand il est arrivé. Il a juré de me faire du mal si jamais je l'accusais publiquement. Il m'a attrapée par le cou. Ça m'a fait vraiment mal.

Mise à jour : J'ai cherché des infos sur cette maladie à la bibliothèque et il dit peut-être la vérité quand il nie être le père, mais ça ne veut pas dire qu'il n'a rien fait, n'est-ce pas ?

Andrea lut le paragraphe suivant.

Ricky Blakely – 20 octobre 1981 : Elle a dit que j'étais une menteuse et que j'avais déjà eu des relations sexuelles avec plein de personnes qu'ils ne connaissent pas au camp musical, au club de débat, etc. Et pas seulement à la Fête. Elle m'a accusée d'être une petite fille gâtée et naïve, et elle a dit que mes parents feraient en sorte que Nardo m'épouse parce que c'est ce que font les riches. Elle a aussi dit que j'avais tout foutu en l'air pour la clique. Oh ! et aussi que je voulais obliger Clay à m'épouser, ce qui n'est pas logique puisque mes parents ont déjà conclu un arrangement avec les parents de Nardo (apparemment ???). Elle ne veut plus jamais me parler. Elle m'a traitée de salope débile et m'a dit de partir de chez elle. J'ai toujours su qu'elle pouvait être méchante, mais elle a été horrible avec moi. Comment est-ce que j'ai pu croire un jour que c'était mon amie ?

Andrea tourna la page. Il y avait encore du texte au dos. L'écriture était plus petite, les phrases étaient collées les unes aux autres.

Blake (le même jour) – Il m'a dit qu'il était tellement « bourré » à la Fête qu'il était « tombé comme une masse » et s'était pissé dessus. Il est resté enfermé dans la salle de bains tout du long. Il dit que ce n'est pas lui qui m'a fait ça. Il m'a demandé de l'épouser, mais c'était juste pour s'assurer une carrière politique. Je lui ai répondu non, et il a dit que je ferais mieux de jeter le bébé dans les chiottes et de tirer la chasse. Il m'a fait des avances et a carrément posé ma main sur son machin, et c'était dégueu. Blake est aussi mauvais que Nardo. Pourquoi je n'ai jamais accepté jusqu'à aujourd'hui de voir à quel point il est épouvantable ?

Andrea vit que ses mains tremblaient lorsqu'elle tourna la page.

Nardo Fontaine – 21 octobre 1981 : Je le déteste tellement. C'est un vrai connard. D'abord, ses parents nous envoient une lettre idiote disant que je ne dois pas l'approcher, et puis le même jour, il vient me trouver à la bibliothèque et il n'arrête pas de jacter. Il a reconnu avoir appelé M. Wexler le soir de la Fête, mais il a dit qu'il avait dû le soudoyer avec de l'acide pour qu'il le « débarrasse » de moi. D'après lui, je me disputais avec Clay, mais on dirait qu'ils ont tous accordé leurs violons, et dans leur version, c'est moi la méchante. Nardo m'a dit que Jack était à la Fête et qu'il nous a vendu de l'acide, ce qui sous-entendrait que Jack serait celui qui m'a fait du mal. Je ne le crois pas. Jack nous a peut-être vendu de l'acide, mais il ne m'aurait jamais fait ça. Nardo n'est qu'un sale menteur. Des fois, il dit des choses cruelles juste pour blesser les gens. Et ça marche !

Andrea trouva ensuite le passage sur Clay, qui était de loin le plus bref.

Clay – 21 octobre 1981 : Ses mots EXACTS : « Tu as voulu jouer, maintenant tu dois accepter la défaite. Fais un peu preuve de dignité. »

Ensuite, les notes prenaient la forme d'un journal intime. L'encre changeait de couleur. Les dates s'espaçaient. L'écriture, plus serrée, remplissait toute la page, marge incluse. Andrea en feuilleta rapidement le contenu, s'arrêtant au hasard sur les réflexions qu'Emily Vaughn avait couchées sur le papier quarante ans plus tôt.

Ce n'est pas Jack qui m'a fait du mal. Il a promis de m'aider, et je sais qu'il le fera… Le dernier jour où je suis allée au lycée, Clay m'a dit qu'il était désolé que tout ça soit arrivé, mais je pense qu'il faisait semblant d'être gentil uniquement pour me faire taire. Il ne comprend pas ce que tout ça signifie pour mon avenir… Nardo m'a pincé les seins devant toute l'école, et ça m'a vraiment fait mal, mais il a rigolé quand j'ai pleuré… Je pense que c'est Ricky qui a collé des serviettes hygiéniques sur mon casier et les a coloriées en rouge… Je crois que c'est elle qui a fait un trou dans ma tenue de sport… Je sais qu'elle a déchiré toutes mes notes du cours d'anglais… Ça ne peut être que Ricky qui a étalé de la merde sur l'étui de ma flûte… Elle a dit que je méritais de mourir… Elle était en ville quand je suis allée chercher mes affaires à la boutique de Maggie, pour ce soir. Elle m'a poursuivie dans la rue. Je ne l'avais jamais vue aussi furieuse. Elle m'a dit que, si jamais elle me voyait près de Nardo ce soir, elle me battrait à mort, à mains nues. Je m'en fiche. Je vais au bal quand même. Aucun d'entre eux n'y sera. Ils ne s'abaisseraient jamais à se mêler aux ploucs.

Andrea tourna la page. Elle avait atteint la section des W-X. Après cela, il n'y avait plus que des feuilles blanches. Le dernier paragraphe était daté du 17 avril 1982, le jour du bal de promo.

Andrea ramassa le reçu du smoking. Vingt dollars, ce n'était pas assez pour acheter un smoking, mais c'était un prix raisonnable pour une location. Le logo en haut du ticket indiquait « Les Tenues de soirée de Maggie ». Il était daté du 17 avril 1982. L'article était désigné sous le nom de « b-tux », ce qu'Andrea avait interprété comme « *black tuxedo* », smoking noir.

Elle s'était trompée.

En 1982, Eric Blakely était un jeune homme ; son smoking devait être une taille adulte. Il était probablement impossible de trouver des smokings de location pour femmes. Andrea, qui avait dû chercher un pantalon d'uniforme dans le rayon enfant, aurait dû comprendre que le b de « b-tux » voulait dire *boy*, petit garçon. D'après les écrits d'Emily Vaughn, ce jour-là, Ricky était allée à la boutique de Maggie, elle aussi. Elle s'était choisi un smoking pour garçon, au rayon enfant, qu'elle comptait porter au bal de fin d'année pour qu'ils soient tous assortis.

Andrea regarda à nouveau la photo de groupe. Elle n'avait pas remarqué auparavant qu'ils portaient tous des vêtements de différentes nuances d'une même couleur.

La clique.

Emily avait été évincée de la photo. Quarante ans s'étaient écoulés depuis que Ricky avait battu Emily Vaughn à mort, et elle n'arrivait toujours pas à supporter la vue de son visage.

Andrea reposa la photo. Elle monta les marches de la cuisine.

Ricky était toujours devant l'évier, dos tourné.

— Tout va bien, ma jolie ? demanda-t-elle.

Andrea crut déceler dans son ton une sérénité contrefaite.

— Oui, oui. Je pensais juste à une chose.

— À quoi ? demanda Ricky dont la voix sonnait toujours faux.

— À l'académie, on nous dit toujours de ne jamais faire de suppositions. Je pense que quelqu'un a fait une très mauvaise supposition à propos d'Emily.

— Ah ouais ? fit Ricky, tournant toujours le dos à Andrea.

— Je ne crois pas que la personne qui l'a violée à la fête soit celle qui l'a tuée.

Ricky regarda la fenêtre au-dessus de l'évier. Elle croisa le reflet d'Andrea dans la vitre, comme dans un miroir.

— Emily avait commencé quelque chose qu'elle appelait son enquête à la Columbo. Elle prenait des notes sur tous ceux qui pouvaient savoir ce qui lui était arrivé à la fête. J'ai supposé qu'elle les écrivait dans un carnet de notes, mais ce n'était pas le cas, n'est-ce pas ? C'était dans son carnet d'adresses.

Andrea attendit une réaction, mais il n'y en eut aucune.

— Elle l'avait sur elle le jour où elle est morte, seulement la police ne l'a jamais retrouvé. Elle était toute nue. Son sac à main avait disparu. Vous savez ce qu'il est devenu ?

Ricky ne dit rien, mais elle devait bien être au courant de ce qu'il y avait dans le tiroir de sa console.

— Des fils noirs ont été retrouvés sur la palette, dans la ruelle.

Andrea marqua un temps d'arrêt.

— Est-ce que vous portiez un smoking noir, ce soir-là, Ricky ? Vous m'avez déjà dit que vous étiez au bal.

Ricky laissa tomber sa tête en avant. Elle regardait fixement le fond de l'évier, toujours agrippée au plan de travail. Les bracelets en caoutchouc et en argent reposaient sur ses mains. La lumière faisait ressortir les cicatrices à demi effacées sur ses poignets, qui trahissaient ses tentatives de suicide passées.

Les paroles de Bible revinrent à la mémoire d'Andrea – « Un meurtrier, c'est suicidaire ».

— Vous feriez mieux de…, commença Ricky avant d'être interrompue par une quinte de toux. Vous feriez mieux de vous en aller, OK ? J'ai besoin de me reposer.

— Ça fait quarante ans, dit Andrea. Vous n'en avez pas assez de vivre avec cette culpabilité ?

— Je… Je ne…

Ricky toussa encore.

— Je veux que vous partiez. S'il vous plaît, allez-vous-en.

— Je ne m'en irai pas, Ricky. Vous devez me dire ce qui s'est passé. Pas pour la juge, ni pour Judith. Vous devez me le dire pour vous-même.

— Je… Je ne sais pas ce que vous… Je ne peux pas, d'accord ? Je ne peux pas.

— Si, vous pouvez, insista Andrea. Vous avez assez souffert. Combien de fois avez-vous tenté de vous suicider, parce que vous n'arriviez pas à vivre avec ce que vous avez fait ?

Ricky était écrasée par le poids de la culpabilité. Elle appuya le front sur le bord de l'évier.

— S'il vous plaît, ne m'obligez pas.

— Ça vous détruit de l'intérieur, dit Andrea. Prononcez les mots, Ricky. Prononcez-les.

Le silence retomba dans la cuisine. On n'entendait que le tic-tac de l'horloge. Enfin, Ricky prit une profonde inspiration.

— Oui, lâcha-t-elle dans un murmure rauque. Je l'ai tuée, ça vous va ? J'ai tué Emily.

Andrea ouvrit la bouche, mais seulement parce qu'elle avait besoin d'air.

— Je lui avais dit de ne pas s'approcher de Nardo.

Ricky posa les coudes sur l'évier et se prit le visage dans les mains.

— Je l'ai vue lui parler devant le gymnase. Flirter avec lui. Essayer de le séduire. Elle ne pouvait pas… Elle ne pouvait pas se tenir éloignée de lui. Pourquoi est-ce qu'elle n'est pas simplement restée loin de lui ?

Andrea ne dit rien.

— Je n'avais pas l'intention de…

Ricky toussa dans ses mains.

— Je voulais seulement la mettre en garde, mais j'ai… j'ai perdu le contrôle. Elle n'était pas censée être là. Je lui avais dit de ne pas venir et je… je n'ai pas réussi à m'arrêter. Tout s'est passé si vite. Je ne me rappelle même pas être allée dans la ruelle. Ni avoir ramassé la planche. J'étais tellement en colère. Tellement en colère, putain.

Andrea savait Ricky capable de ce genre de rage. Ce qu'elle ne savait pas, c'était ce qui s'était passé ensuite. Emily Vaughn pesait soixante-neuf kilos au moment de son agression. Il était impossible que Ricky l'ait déplacée toute seule.

— Votre frère vous a aidée à déplacer son corps hors de la ruelle ?

Ricky hocha la tête.

— C'est pour ça qu'il est parti. Il était terrifié à l'idée que quelqu'un ait pu le voir, à l'idée de se faire arrêter, et il savait qu'il ne pourrait pas… qu'il serait obligé de dire la vérité sur…

Sa voix se perdit dans ses sanglots.

— Pourquoi lui avez-vous enlevé sa robe ? demanda Andrea.

— Blake a dit qu'il pouvait y avoir des preuves dessus ou… Je ne sais pas. J'ai fait ce qu'il m'a dit. On a tout brûlé derrière la maison.

Ricky renifla.

— Il était doué pour ce genre de choses, pour envisager toutes les possibilités, pour penser à tous les petits détails que les autres négligeaient…

Andrea ne pouvait la contredire : grâce à la méticulosité de son frère, Ricky n'avait pas été inquiétée pendant quarante ans.

— Je suis désolée, murmura Ricky. Je suis vraiment désolée.

Ses épaules étaient secouées de sanglots. C'était sur elle-même qu'elle pleurait si fort et se lamentait. Elle semblait docile pour le moment, mais Andrea ne savait pas combien de temps cela durerait. Elle lui posa une main ferme sur l'épaule. Elle était sur le point de l'escorter hors de la maison quand elle remarqua une traînée de liquide sombre sur les assiettes sales, dans l'évier.

Sa première pensée fut que ce devait être du produit vaisselle, mais elle aperçut ensuite les comprimés partiellement dissous qui parsemaient le liquide comme des constellations.

Ricky toussa encore une fois. De la bile s'écoula de sa bouche et dégoulina sur sa chemise. Elle avait les paupières qui se fermaient et elle tanguait sur ses jambes.

Andrea tourna brusquement la tête vers les flacons de pilules rouges posés sur le comptoir.

Le Valium. Les médicaments contre la douleur.

Les trois flacons étaient vides.

Le gargouillis qui s'échappa de la gorge de Ricky ressemblait étrangement à celui que Nardo avait fait au restaurant.

Elle commença à s'effondrer. Andrea la rattrapa par la taille. Au lieu de l'accompagner en douceur jusqu'au sol, elle serra son poing gauche dans sa main droite et les enfonça le plus fort possible dans l'abdomen de Ricky.

— Non ! s'écria Ricky.

Elle eut un haut-le-cœur et vomit dans l'évier.

Des pilules fondues et des bouts d'aliments non digérés allèrent éclabousser la vaisselle.

— Je vous en prie…

Andrea effectua une nouvelle compression rapide vers le haut. Puis une autre. Et encore une, jusqu'à ce que Ricky crache un flot de vomi sur le sol. Les pilules orange et jaunes dessinèrent un arc-en-ciel écœurant sur le linoléum. Rassemblant toutes ses forces, Andrea exerça une dernière pression sur le ventre de Ricky.

Ricky eut un haut-le-cœur si puissant que tout son corps fut pris de convulsions. Elle continua de vomir, encore et encore, jusqu'à ce qu'elle n'ait plus rien dans l'estomac. Alors, la seule chose qu'elle parvint à faire fut de se remettre à pleurer, comme un petit enfant perdu.

— Pourquoi ? demanda-t-elle d'une voix suppliante. Pourquoi vous ne m'avez pas laissée partir ?

— Parce que vous ne l'avez pas mérité, répondit Andrea.

11

UN MOIS PLUS TARD

Andrea était assise en bas de l'escalier de son immeuble, à Baltimore. Le téléphone à l'oreille, elle écoutait Bible lui décrire les obsèques de la juge Esther Vaughn. Son cancer l'avait emportée plus vite que prévu. Ou peut-être était-ce une femme qui savait quand tirer sa révérence. Elle avait fait une déposition complète auprès des procureurs. Elle avait enregistré sa dernière déclaration. Puis elle était rentrée chez elle à Baltimore, avait déjeuné léger avec Judith et Guinevere, et s'était ensuite allongée pour faire une sieste dont elle ne s'était jamais réveillée.

— Il n'y avait pas beaucoup de monde, à cause de tous les délits que la juge avait commis, dit Bible. Par contre, les amis que Judith s'est faits aux Beaux-Arts sont venus en nombre. Bon sang, ces gens-là aiment picoler !

Andrea sourit. Boire était en réalité la seule raison pour laquelle on s'inscrivait aux Beaux-Arts.

— Est-ce qu'elle a parlé de ce qui s'est passé avec Nardo et Ricky ? demanda-t-elle.

— Bah… Judith est une femme pragmatique, répondit Bible. Elle n'était pas vraiment surprise d'apprendre que son père était un sale type. Quant à Ricky… Tu sais, je n'en ai aucune idée. Judith est satisfaite que cette vieille peau ait plaidé coupable et qu'elle aille en prison pour le restant de ses jours. Je pense que ça a apporté une certaine paix à Esther, de savoir enfin la vérité. Et quand Esther était heureuse, alors en général Judith l'était aussi.

Andrea se dit que cela ressemblait beaucoup à Judith, effectivement. Malgré son côté indomptable, intimidant, et toutes ses activités illégales, la juge Esther Vaughn avait toujours aimé sa petite-fille. Au fond, ce n'était qu'une vieille dame perdue, que son mari battait et dont la fille avait été assassinée.

— Tu aurais dû voir le festin qu'ils avaient préparé, collègue ! Tu as déjà mangé du *hasty pudding* ? C'était le dessert préféré de la juge.

Andrea ne connaissait ce dessert qu'à cause de la pire chanson susceptible de vous trotter sans fin dans la tête.

— Pourquoi on l'appelle « *hasty* », ce pudding ?

— Pas la moindre idée. On l'a peut-être baptisé comme ça en souvenir d'un fermier yankee qui aimait le pudding. Je vais te dire un truc, en tout cas, j'en ai tellement avalé que je vais devoir renoncer au pain jusqu'à la fin du mois. Tu sais ce qu'on dit…

— Un marshal maigre, c'est un marshal amoureux de sa femme, termina-t-elle à sa place. Qu'est-ce que ça peut bien vouloir dire, d'ailleurs ?

Il gloussa.

— Tu sais qu'ils nous font passer un test d'aptitude physique une fois par an. Avant, ils avaient le droit de te virer si tu étais un peu trop grassouillet. Ils ne peuvent plus le faire aujourd'hui parce que c'est de la discrimination. Alors maintenant, pour t'inciter à garder la ligne, si tu réussis le test, ils t'offrent deux semaines de congé à passer avec ta chère épouse. Ou ton époux, le cas échéant.

Cette méthode incitative lui semblait familière, car Gordon lui avait fait une présentation PowerPoint pour exposer toutes les informations importantes qu'il avait tirées du guide de l'employé de l'USMS. À l'époque, la seule réaction d'Andrea avait été de se dire que Citibank allait sans doute prélever le dernier remboursement de son prêt étudiant sur son assurance obsèques.

— Hé, collègue, ça va ? demanda Bible.

— Ça va, répondit-elle.

Ce ne serait complètement vrai que quand l'accord juridique avec Dean Wexler serait approuvé et que ce psychopathe serait derrière les barreaux.

Ils ne pouvaient pas prouver que Wexler avait fait quoi que ce soit à Emily Vaughn. Heureusement, la fraude fiscale, l'évasion fiscale, la cybercriminalité et ses nombreux autres forfaits liés à la fiscalité étaient des crimes que le gouvernement des États-Unis prenait très au sérieux. Le meilleur accord qu'il pourrait obtenir, c'était une peine de vingt-cinq ans dans une prison fédérale. Il avait soixante-cinq ans. Même avec une remise de peine pour bonne conduite, quand il sortirait, il aurait au moins quatre-vingts ans.

Elle avait été heureuse d'apprendre qu'une partie de cet accord garantirait qu'il n'atterrirait pas dans un Club Féd tranquille, comme Clay Morrow. Il purgerait sa peine au FCI Berlin, dans le New Hampshire, un établissement fédéral à sécurité moyenne, avec des dortoirs collectifs, et où le quotidien était dangereux à cause d'un manque de personnel. Wexler devrait porter un uniforme de prisonnier, passer la serpillière, nettoyer ses propres toilettes, survivre à coups de rations de nourriture industrielle, se lever à 6 heures tous les matins et faire son lit avant 7 h 30. Tout son courrier serait passé au crible. Ses appels téléphoniques seraient enregistrés. Ses visites seraient limitées. Rien ne lui appartiendrait, pas même son temps libre.

Pourtant, ce n'était pas suffisant.

La seule consolation d'Andrea était le souvenir de ce que Wexler lui avait dit dans son vieux pick-up Ford, le jour où le corps d'Alice Poulsen avait été retrouvé : il s'était vanté de la belle vie qu'il menait depuis qu'il avait quitté son poste d'enseignant. S'il y avait une justice en ce bas monde, Dean Wexler n'aurait plus jamais l'occasion de contempler le bleu infini du ciel.

Andrea se racla la gorge, s'apprêtant à aborder le sujet le plus délicat.

— Comment vont les filles ?

— Les filles…, répéta Bible.

Le sujet était difficile pour lui aussi. Tous les deux jours, ils discutaient de leurs missions respectives, de la météo, de Cussy et de la patronne, mais ils finissaient toujours par en revenir aux filles de la ferme.

Après l'arrestation de Wexler, des ambulances avaient été mises à disposition, prêtes à emmener les filles à l'hôpital Johns-Hopkins de Baltimore. Seules trois jeunes femmes sur les douze avaient accepté l'offre. L'une d'elles était morte d'inanition. Une autre avait quitté l'hôpital. La dernière était dans un tel état de malnutrition que l'on avait fait appel à un expert du Centre de contrôle et de prévention des maladies, afin de la prendre en charge.

Star Bonaire avait rassemblé autour d'elle les bénévoles restées à la ferme. Elle était en quelque sorte devenue leur leader. Elles allaient toutes au tribunal chaque fois que Wexler comparaissait ; et quand on le ramenait en cellule, elles regagnaient la ferme, leur propre prison.

— Tu sais, Cussy, ma femme, est allée là-bas ce matin, avec Melody Brickel, pour parler à Star. Elles voulaient informer les filles qu'elles auraient des solutions quand le gouvernement saisirait la ferme. Un centre d'hébergement, peut-être. Ou bien leur famille – elles en ont toutes une, quelque part. La patronne me dit que Melody et elle se tapent la tête contre les murs à essayer de les convaincre, mais je pense que ça leur fait du bien, elles se sentent mieux.

— J'en suis sûre.

Elle entendit des bruits de pas dans l'escalier. Mike apparut, une bouteille de vin à la main.

— Désolée, Bible. Je dois y aller. Prends soin de ta main, tête de piaf.

— Ah pitié non, plus de blague de perruche, collègue, j'en ai *ara* le bol !

Andrea raccrocha en riant. Mike s'assit derrière elle dans l'escalier. Elle s'adossa à ses jambes et leva les yeux vers lui.

— Maman et Gordon sont en train de déballer mes livres.

Il eut un air méfiant.

— Comment ça se passe ? demanda-t-il.

— Gordon a proposé de créer un tableau Excel. Ils ont déjà eu un débat animé pour savoir s'il valait mieux les classer par ordre alphabétique ou par genre.

— Ils te demandent ton avis ?

— Non.

— Et tu vas les ranger par couleur dès qu'ils seront partis ?

— Ouaip.

Elle l'embrassa sur la bouche et glissa les doigts dans sa barbe. Elle lui pinça gentiment la joue.

— Ne déconne pas avec ma mère.

— Ma chérie, tu sais bien que je ne ferais jamais une chose pareille.

Elle savait bien que si, au contraire, mais il était inutile de chercher à retarder l'inévitable. Ils remontèrent le long couloir. Les détecteurs de mouvement déclenchèrent les lumières à leur passage. Son nouvel appartement était plus petit que l'ancien, mais au moins, il n'était pas au-dessus du garage de sa mère. Il n'était au-dessus de rien du tout, d'ailleurs. Elle n'avait pu se payer qu'un appartement en sous-sol à SOBO – c'était comme ça que les habitants du coin appelaient le quartier sud de Baltimore. La propriétaire avait baissé le montant du loyer quand elle avait découvert qu'Andrea était une marshal, mais, malgré cette ristourne, elle allait manger des *ramen* jusqu'au moment béni où elle toucherait des aides sociales. Si les aides sociales existaient encore quand elle pourrait enfin prendre sa retraite.

En ouvrant la porte de l'appartement, elle lança un dernier regard d'avertissement à Mike.

— Oh ! regarde, papa et maman sont là, dit-il en voyant les parents d'Andrea.

Laura tenait un livre entre les mains.

Gordon se racla la gorge.

Mike fit le tour de la pièce avec son grand sourire bêta.

— Il est sympa, cet appart que tu nous as trouvé là, Andy. Évidemment, c'est la première fois que je le vois, et je n'ai aucune idée de l'endroit où se trouve la chambre.

Les narines de Laura se dilatèrent.

Gordon se racla à nouveau la gorge.

Andrea prit la bouteille de vin. Jamais elle ne pourrait survivre à cette épreuve à jeun.

Sa minuscule cuisine était collée au salon et donnait sur sa chambre, qui était encore plus petite. La salle de bains était si exiguë que la porte frottait contre les toilettes. L'appartement avait en tout et pour tout trois fenêtres. Celle au-dessus de l'évier de la cuisine était longue et étroite, et offrait une vue imprenable sur les chaussures des gens qui passaient sur le trottoir.

Andrea était sûre d'adorer cet endroit.

Elle chercha les verres à vin, mais abandonna rapidement. Elle n'avait pas réussi à déballer quoi que ce soit avant que ses parents viennent l'aider – en grande partie *parce qu'*elle savait qu'ils allaient venir l'aider. Elle trouva deux verres à eau, un pot de confiture vide et une tasse à café dans un carton étiqueté « bazar ».

Elle ouvrit le robinet de la cuisine, prit l'éponge et versa du liquide vaisselle dans l'évier. Les assiettes de la veille étaient couvertes de sauce séchée. Sans crier gare, l'image de Nardo Fontaine en train de retirer sa main de son cou s'imposa à elle.

Le sang avait éclaboussé Star. La jeune femme n'avait pas crié. Elle n'avait même pas essuyé son visage. Elle était restée assise sur le tabouret, les mains jointes sur le comptoir, regardant fixement les carreaux du mur en attendant que quelqu'un lui dise quoi faire.

Andrea ferma les yeux et prit une profonde inspiration.

Cela arrivait parfois. Le traumatisme revenait. Des flashs de violence, des flashs de douleur. Au lieu de les combattre en vain, au lieu d'essayer de changer complètement de vie pour les éviter, elle avait appris à les accepter. Ces souvenirs faisaient partie de la personne qu'elle était à présent, tout comme celui du triomphe qu'elle avait ressenti en recueillant les aveux complets de Ricky Fontaine.

Elle écouta les bruits qui provenaient de l'autre pièce. Son absence avait fait redescendre la température. Elle entendait Laura faire la leçon à Mike, et Gordon se moquer d'eux. Elle sortit son iPhone de sa poche arrière. Sur son compte iCloud, elle avait sauvegardé les photos qu'elle avait subrepticement prises du collage réalisé par Judith dans sa jeunesse. L'œuvre originale avait été détruite dans l'incendie. Andrea détenait la seule preuve de son existence.

Elle fit défiler les mots écrits sur la pochette de la compilation de Melody Brickel. Les phrases d'encouragement qui provenaient, comme elle l'avait compris un peu tard, d'une lettre de Melody. Les échographies déployées en éventail au milieu de l'œuvre. Les photos sur lesquelles Emily riait, jouait et faisait tout sauf mourir.

Andrea avait voulu se persuader à tout prix que Judith ressemblait à Clay, mais en réalité, elle ressemblait beaucoup à sa mère. Les yeux bleu clair d'Emily n'avaient rien à voir avec les yeux bleu glacier de Clay. Quant aux pommettes saillantes et à la légère fossette au menton, Judith pouvait les tenir d'un parent éloigné de la famille Vaughn ou Fontaine, exactement comme Andrea devait son propre petit nez de Porcinet à son patrimoine génétique.

Elle fit encore glisser son doigt sur l'écran et s'arrêta sur la photo de groupe que Judith avait placée parmi les autres clichés pris sur le vif. C'était la même photo que celle à laquelle Ricky avait accordé une place d'honneur pendant quarante ans.

La clique.

Emily et Ricky étaient habillées de la même façon, leur trait d'eye-liner et leurs cheveux permanentés les situaient en plein dans les années 1980. Les garçons avaient tous les cheveux ébouriffés, et les manches de leurs blousons Members Only étaient retroussées. Ricky ressemblait davantage à Nardo qu'à son propre frère jumeau. Blake et Clay auraient pu être frères. Tous ensemble, ils avaient l'air de poser pour un *prequel* du film *Breakfast Club*, bien qu'il n'y ait parmi eux ni sportif ni princesse. Andrea ne voyait que l'intello un peu coincée, le cinglé, et bien sûr, tous étaient des criminels patentés, sauf une.

Le rire bruyant de Gordon l'arracha à ses pensées. Elle perçut un ton moqueur dans la réponse de Laura. Pour une fois, apparemment, Mike n'avait rien à riposter.

Elle remit le téléphone dans sa poche. Elle plongea les mains dans l'eau savonneuse et commença à faire la vaisselle. Ses doigts glissèrent le long du bord lisse d'une assiette. Son esprit se remit à vagabonder vers le snack-bar.

L'enquête de la police d'État du Delaware avait conclu que Jack Stilton était en état de légitime défense quand il avait tiré sur Bernard Fontaine. Andrea ne pouvait qu'être d'accord avec ce verdict, même si elle se demandait si Stilton n'aurait pas trouvé de toute façon un moyen de tuer Nardo. Elle l'avait vu prêt à tirer une seconde fois. Il l'aurait fait si elle ne l'avait pas arrêté. Elle comprenait la haine qu'il vouait à Nardo. Il avait été harcelé et malmené par ce salopard pendant des années – y compris à la fin des années 1990 quand, d'après lui, Nardo l'avait menacé de révéler à tout le monde son homosexualité s'il ne faisait pas sauter son amende pour conduite en état d'ivresse. Elle imaginait combien sa vie avait dû être difficile. Il était tourmenté par le meurtre de sa meilleure amie de lycée, désemparé par son impuissance à traduire son assassin en justice, conscient que Nardo était la clé pour résoudre le crime, mais trop terrifié pour l'affronter. Andrea savait que Stilton était alcoolique et misogyne, mais il avait aussi été le seul véritable ami d'Emily Vaughn.

— Coucou !

Les bras de Mike se glissèrent autour de sa taille. Il posa les lèvres sur sa nuque.

— Ça va ?

— Ouais.

La boule dans sa gorge lui rappela de ne pas lui mentir.

— Je n'arrête pas de penser à Star.

Mike l'embrassa à nouveau dans le cou. Ses trois sœurs lui avaient appris qu'on ne pouvait pas résoudre tous les problèmes.

— Je suis désolé, dit-il simplement.

Laura se racla la gorge pour attirer leur attention. Elle leva en l'air trois verres à vin.

— Je les ai trouvés dans le carton étiqueté *Salle de bains*.

Andrea haussa les épaules.

— Évidemment. À quoi ça rime de prendre un bain sans boire un verre ?

Laura fronça les sourcils quand Mike lui prit les verres des mains.

— J'ai lu la nécrologie de cette juge dans le *Times*. Pas étonnant que Reagan l'ait nommée. Quelle sale hypocrite !

— Les criminels voient la paille dans l'œil du voisin, mais pas la poutre dans le leur, remarqua Mike.

— Ça n'a absolument rien à voir, rétorqua Laura. On ne se hisse pas à ces niveaux de pouvoir sans corrompre son âme. Regarde mon rapace de frère.

Andrea fut incroyablement soulagée d'entendre son téléphone sonner. L'identité de l'appelant s'afficha sur son écran : BIBLE LEONARD. C'était étrange, car c'était USMS BIBLE qui s'affichait d'habitude.

— Je sais que vous n'arrivez pas à être gentils l'un envers l'autre, mais essayez au moins de la jouer fair-play, dit-elle à Mike et Laura.

Elle se faufila hors de la pièce avant que sa mère n'ait eu le temps de riposter, et se dirigea vers l'escalier tout en répondant au téléphone.

— Tu me rappelles pour gazouiller encore un peu ?

Il y eut un long silence à l'autre bout du fil. Elle entendit un bruit de fond : le brouhaha reconnaissable des cris et des obscénités qu'on entendait généralement dans les prisons fédérales.

— Bonjour, Andrea, dit Clayton Morrow.

Elle sentit sa main se poser malgré elle sur sa bouche.

— J'ai entendu dire que tu étais allée faire un petit tour dans ma bonne vieille ville natale, continua-t-il.

Elle laissa retomber sa main. Ses lèvres s'entrouvrirent et elle prit une profonde inspiration. Elle ne cria pas. Elle ne céda pas à la panique. Elle se rappela les faits. Son père était en prison. Les téléphones portables de contrebande étaient faciles à obtenir. Clay avait piraté le numéro de Bible pour qu'elle décroche.

Il voulait quelque chose.

— Andy ? J'ai appris la nouvelle, pour Ricky et Nardo. Quelle relation toxique ! Ils se sont toujours mérités l'un l'autre.

Elle inspira à nouveau profondément. Dean Wexler était peut-être une pâle copie de Clay Morrow, mais le ton cruel de Clay lui rappelait Bernard Fontaine.

— As-tu trouvé ce que tu cherchais ?

Elle se leva. Elle ne pouvait pas prendre le risque que sa mère surprenne cette conversation. Elle grimpa l'escalier raide et poussa la porte qui donnait sur la rue. Les voitures passaient à toute vitesse. Les klaxons retentissaient. Les trottoirs étaient noirs de monde. Elle s'adossa à la façade de l'immeuble. Si Mike était toujours devant l'évier, il pourrait voir ses pieds par l'étroite fenêtre.

— Qu'est-ce que tu veux ? demanda-t-elle à Clay.

— Ah, revoilà cette magnifique voix, dit-il. J'aimerais que tu viennes me rendre visite, ma fille. Je t'ai mise sur ma liste.

Elle se sentit trembler de la tête aux pieds. Jamais elle ne viendrait le voir.

— Ton oncle Jasper… Je sais que tu as travaillé avec lui.

— Je ne travaillais pas avec Jasper, rétorqua-t-elle. J'essayais de faire en sorte que tu restes en prison toute ta vie.

— Hélas, je suis innocent, dit Clay. Même si, corrige-moi si je me trompe, j'ai comme l'impression que tu regrettes que ce ne soit pas moi qui l'aie tuée, en fait.

Elle sentit ses doigts se crisper sur le téléphone. L'audience de libération conditionnelle de Clay devait avoir lieu cinq mois plus tard. Elle était certaine que Jasper se démenait dans l'ombre et tirait les ficelles pour s'assurer que sa demande soit refusée. Andrea, quant à elle, s'était juré de ne pas laisser son monde s'arrêter brusquement de tourner à cause de son psychopathe de père. Elle avait échoué à faire sa part pour le maintenir derrière les barreaux, mais elle n'allait certainement pas laisser Clayton Morrow insinuer qu'elle était une ratée.

— Néanmoins, j'ai quelques histoires fascinantes sur le passé de ce cher Jasper, et ça pourrait t'intéresser.

— Quoi, par exemple ? demanda-t-elle. Il a assisté à chacune de tes audiences de libération conditionnelle, et l'idée d'utiliser cette information pour le faire taire ne t'est pas venue plus tôt ?

— Curieux, n'est-ce pas ? Pourquoi est-ce que je garderais pour moi quelque chose qui pourrait le détruire ?

Clay eut un petit rire.

— Viens me voir, ma fille. Je te promets que tu ne seras pas déçue.

Elle ouvrit la bouche pour répondre, mais aucun mot n'en sortit. Elle sentit l'air froid s'infiltrer dans sa gorge. Elle pensa à tout l'oxygène qui flottait autour d'elle, qui circulait dans son système sanguin, qui apportait la vie à son corps.

Clayton Morrow ne l'avait pas appelée parce qu'il voulait traîner Jasper dans la boue. Il appelait pour la ramener dans son orbite. Elle n'allait pas le laisser faire. C'était un psychopathe. Attirer l'attention était son oxygène à *lui*. Il avait besoin d'Andrea pour nourrir son feu.

— An-dree-aaa, chantonna-t-il. Je pense que tu devrais…

Elle lui raccrocha au nez.

Elle remit son téléphone dans sa poche. Elle regarda autour d'elle. Un vélo passa à toute allure. Les gens se pressaient pour faire leurs courses. Les enfants négociaient pour retarder l'heure des devoirs. Des milléniaux buvaient des cafés *latte*. Un dogue allemand en laisse passa devant elle en trottant comme un cheval de parade.

Andrea s'écarta du mur et rentra dans l'immeuble. Depuis l'escalier, elle entendit le grondement grave de la voix de Mike, la chaleur du rire de Laura, le raclage de gorge incessant de Gordon.

Un mois plus tôt, sa mère l'avait accusée d'aborder chaque défi de la vie comme s'il s'agissait d'une falaise du haut de laquelle elle devait se jeter. En perdant complètement le contrôle. En laissant la gravité prendre le dessus.

À présent, sa vie ressemblait davantage à un plongeoir.

Et Andrea avait enfin appris à plonger.

Tomber, elle savait déjà faire.

Remerciements

Mes premiers remerciements vont comme d'habitude à Kate Elton et Victoria Sanders, toujours là quoi qu'il arrive. Et justement, il est arrivé une tonne d'enquiquinements ces derniers temps, donc je vous adresse toutes mes excuses et ma gratitude. Je remercie également tout particulièrement Diane Dickensheid, qui veille à ce que les voiles de notre navire soient toujours bien orientées, à Emily Krump, pour son calme olympien à toute épreuve, et à Bernadette Baker-Baughman, ma consœur qui me permet de garder la raison. Ou du moins, de rester ponctuelle.

Chez HarperCollins : Liate Stehlik, Jen Hart, Heidi Richter-Ginger, Kaitlin Harri, Miranda Mettes, Kathryn Cheshire, Elizabeth Dawson, Sarah Shea, Izzy Coburn, Chantal Restivo-Alessi, Julianna Wojcik, et tous mes collègues de GPP dans le monde entier. Chez WME, Hilary Zaitz-Michael et Sylvie Rabineau. Chez Made Up Stories, l'incroyable Bruna Papandrea, Steve Hutensky, Janice Williams et Casey Haver. Merci également à Charlotte Stoudt, Lesli Linka Glatter et Minkie Spiro pour leur professionnalisme exceptionnel et leurs qualités humaines. Eric Rayman et Jeff Frankel ont joué un rôle déterminant, comme d'habitude. Et bien sûr, je m'en voudrais de ne pas mentionner les gens merveilleux de Netflix.

Au Service des Marshals des États-Unis, je dois beaucoup à Keith Booker, Marc Cameron, Brooke Davis, Van Grady, Chaz Johnson, Kevin R. Kamrowski, David Oney et J.B. Stevens qui ont pris le temps de répondre à toutes mes laborieuses questions. Toutes les erreurs sont entièrement de mon fait, malgré leur immense patience et leur persévérance.

Alafair Burke, Patricia Friedman, Charles Hodges et Greg Guthrie m'ont aidée pour les aspects juridiques. Sara Blaedel m'a confirmé la sophistication du hérisson danois moyen. David Harper a répondu à quelques petites questions d'ordre médical et est prêt à se lancer dans les prochaines aventures de Sara et Will, pour ceux d'entre vous qui se demandent de quoi demain sera fait. Kristian Bush et Melanie Hammet m'ont expliqué les changements de signature rythmique et autres bizarreries musicales, afin que je ne me ridiculise pas complètement à l'écrit (je n'ai sans doute pas réussi à éviter cet écueil, mais au moins ils ont essayé de m'aider). Carly Place m'a aidée en me fournissant des informations sur le Delaware, bien que la ville de Longbill Beach soit entièrement fictive.

Mes derniers remerciements vont toujours à mon père pour avoir tenu le coup, et à D.A. pour ne pas m'avoir tordu le cou – tu es mon cœur. Vous êtes mon foyer.

Composé et édité par HarperCollins France.

Achevé d'imprimer en mars 2023.

FIRMIN-DIDOT

à Mesnil-sur-l'Estrée (Eure)

Dépôt légal : avril 2023.

Pour limiter l'empreinte environnementale de ses livres, HarperCollins France s'engage à n'utiliser que du papier fabriqué à partir de bois provenant de forêts gérées durablement et de manière responsable.

Imprimé en France